COLLECTION
FOLIO ESSAIS

Albert Camus

À *Combat*

Éditoriaux et articles, 1944-1947

Édition établie, présentée et annotée
par Jacqueline Lévi-Valensi

Gallimard

Cette anthologie des éditoriaux et articles d'Albert Camus dans le journal *Combat* a originairement paru dans la série « Cahiers Albert Camus », dont elle constitue le numéro 8, sous le titre *Camus à* Combat.

À Pierre
Et à Mina

Je tiens à exprimer mes plus vifs remerciements
à Catherine Camus, pour sa confiance et pour son aide,
à Robert Gallimard, sans qui cette édition n'aurait pas vu le jour,
à Roger Grenier, qui m'a généreusement fait bénéficier de ses souvenirs et de ses documents,
à Agnès Spiquel, pour sa disponibilité,
à Pierre Lévi-Valensi, dont les connaissances historiques et la patience m'ont été très précieuses.

Avertissement

Cette édition est établie à partir des textes publiés dans *Combat*. Pour ceux d'entre eux que Camus a repris en volume dans *Actuelles* et *Actuelles III*, seules les variantes significatives (ou les coquilles...) ont été indiquées ; d'une manière générale, Camus a supprimé les intertitres, diminué le nombre de paragraphes, corrigé la ponctuation ; ces changements strictement typographiques n'ont pas été relevés.

Œuvres de Camus citées en référence :

Essais, articles autres que ceux de *Combat, Actuelles* et *Actuelles III* : Albert Camus, *Essais*, Bibliothèque de la Pléiade. Introduction par R. Quilliot, textes établis et annotés par R. Quilliot et L. Faucon, Gallimard, 1965, désigné par *Essais*.

La Peste, Édition Folio, Gallimard, 1987.

Articles d'*Alger-Républicain* et du *Soir-Républicain : Fragments d'un combat, 1938-1940, Alger-Républicain*, Cahiers Albert Camus 3. Édition établie, présentée et annotée par Jacqueline Lévi-Valensi et André Abbou, 2 vol., Gallimard, 1978.

Carnets, mai 1935-février 1942, Gallimard, 1962, désigné par *Carnets I*.
Carnets, janvier 1942-mars 1951, Gallimard, 1964, désigné par *Carnets II*.
Camus éditorialiste à « L'Express ». Introduction, commentaires et notes de Paul-F. Smets, Cahiers Albert Camus 6, Gallimard, 1987.
Journaux de voyage, texte établi, présenté et annoté par Roger Quilliot, Gallimard, 1978.

Correspondances :

Albert Camus-Jean Grenier, Correspondance, 1932-1960. Avertissement et notes par Marguerite Dobrenn, Gallimard, 1981.
Correspondance 1939-1947 Albert Camus-Pascal Pia, présentée et annotée par Yves-Marc Ajchenbaum, Fayard/Gallimard, 2000.

Avant-propos

Le rôle éminent que Camus a tenu à *Combat*, en tant que rédacteur en chef et éditorialiste, entre août 1944 et juin 1947, est bien connu. Mais il est difficile de déterminer avec certitude les articles dont il est l'auteur. Il n'y a évidemment aucun doute pour ceux qu'il a repris lui-même dans *Actuelles, Chroniques 1944-1948*, publiés chez Gallimard en 1950, ni pour ceux qui, dans le journal, portent sa signature ; c'est le cas des éditoriaux parus entre le 13 décembre 1944 et le 9 février 1945 et de presque tous les textes qui ne sont pas des éditoriaux — comme les réflexions sur le journalisme ou le reportage sur l'Algérie, repris dans *Actuelles III, Chroniques algériennes*, en 1958. Il n'y a pas non plus d'hésitation en ce qui concerne les articles dont il existe, dans les archives du Fonds Camus, un état dactylographié ; on voit mal pourquoi Camus aurait conservé des dactylographies d'articles qui n'étaient pas les siens ; d'autant qu'elles correspondent souvent à un article signé ; elles ont été faites d'après le journal, ainsi que le prouve celle du 8 octobre 1944, qui reproduit une phrase telle qu'elle a été publiée, avec une ligne sautée ; il est très probable que cet état a été établi au moment où Camus a envisagé la publication en volume de ses articles ; malheureusement, les dactylographies archivées s'arrêtent le 11 janvier 1945.

Tous ces textes qui ne posent pas de véritable problème sont donc signalés comme certains. Pour les autres, il ne peut évidemment s'agir que d'une attribution, dont le degré de probabilité est indiqué. Quelques-uns peuvent être identifiés sans trop de risque d'erreur par des témoignages objectifs : une allusion dans une lettre de Camus lui-même, de Francine Camus, ou de quelque autre correspondant, un souvenir précis d'un des collaborateurs de *Combat*. La confrontation avec les recueils publiés par certains d'entre eux, tel *Fausses Sorties*[1] d'Albert Ollivier, a permis d'éviter des confusions. Restent — et ils sont assez nombreux — les articles pour lesquels seuls des recoupements, et une critique interne particulièrement scrupuleuse, tant de la forme que du fond, autorisent une attribution qui ne peut être qu'hypothétique ; elle est d'autant plus délicate à établir qu'il y a un « ton » commun à l'équipe du journal, impulsé par Camus et Pia, relecteurs attentifs, en particulier des éditoriaux. Entre prudence et désir d'exhaustivité, j'espère avoir observé un légitime équilibre.

Cette édition n'est pas toujours en accord avec celle, partielle, donnée par Roger Quilliot dans le volume des *Essais*[2], qui propose un choix d'articles de *Combat* en « Textes complémentaires » à *Actuel-*

1. Albert Ollivier, *Fausses Sorties*, La Jeune Parque, 1946.

2. Albert Camus, *Essais*, Bibliothèque de la Pléiade, Gallimard, 1965. Introduction de R. Quilliot, textes établis et annotés par R. Quilliot et L. Faucon.

les, ainsi qu'une liste ; mais cette liste n'est pas entièrement fiable, et certains textes sont accompagnés d'une signature qui ne figurait pas au bas de l'article. Cette édition se démarque bien davantage encore de celle de Norman Stolde, *Le « Combat » d'Albert Camus*, dont les inexactitudes ont été depuis longtemps relevées[1].

Il m'a semblé souhaitable de présenter ces articles dans l'ordre chronologique de leur parution. Cela permet de mieux les situer en fonction de l'actualité dont ils rendent compte, et qui est si fertile pendant cette période 1944-1947, de suivre, parfois au quotidien, la variété des sujets qu'ils abordent, et de prendre ainsi la mesure de la remarquable ouverture d'esprit dont Camus fait preuve. Cependant, il m'a paru nécessaire de proposer également un regroupement thématique de ces articles, afin que leur diversité n'occulte pas leur cohérence ni l'« obstination », pour reprendre un mot que Camus emploie souvent, de ses convictions éthiques et politiques ; ce regroupement, que l'on trouvera à la fin de l'introduction, facilitera une éventuelle lecture en continu des articles portant sur un même thème. Les rubriques retenues n'ont pas d'autre ambition, et ne cherchent pas à systématiser la pensée de Camus. Un tel regroupement a d'ailleurs ses limites : par exemple, l'éditorial du 15 novembre 1944 qui porte sur les fausses informations en provenance d'Allemagne traite à la fois de la presse, de

1. *Le « Combat » d'Albert Camus*, textes établis, annotés et présentés par Norman Stokle, Les Presses de l'Université Laval, Québec, 1970. Outre des annotations parfois inexactes, N. Stokle a été très généreux dans ses attributions, et peu attentif dans la reproduction des textes — au point que cette édition n'a pas été autorisée.

la guerre, et de la situation en Allemagne ; et si la distinction entre ce qui relève de la politique intérieure et ce qui a trait aux affaires internationales se justifie, Camus lui-même note le 25 mai 1945 : « Il n'est pas un seul de nos problèmes [...] qui n'ait sa répercussion sur le plan mondial, et sur lequel la politique internationale n'influe à son tour. » En fait, à l'ensemble de sa contribution à *Combat* pourrait convenir le titre de la plus longue partie d'*Actuelles* : « Morale et politique ».

Suscités par l'actualité, ces éditoriaux et ces articles sont, par définition, des textes « de circonstance ». Les événements qu'ils commentent, les personnages qu'ils mettent en scène, et qui étaient les acteurs de l'histoire en train de se faire, étaient connus de leurs lecteurs ; le journaliste savait qu'il pouvait procéder simplement par allusion à ce qui nourrissait l'expérience collective de ses contemporains immédiats. Le lecteur d'aujourd'hui ne partage plus cette connaissance. Il était indispensable, pour lui permettre d'apprécier pleinement ces textes, de les accompagner de notes, parfois nombreuses, qui ne sont en rien des commentaires, mais cherchent seulement à garder aux articles toute leur clarté.

Plus de cinquante ans après leur publication, et bien qu'ils soient intimement liés aux événements historiques de leur temps, dont ils reflètent parfaitement les espoirs et les désillusions, ces articles n'ont rien perdu de leur force ni de leur valeur ; ils nous parlent encore, et ont encore beaucoup à nous dire sur la liberté, la justice, la vérité, la démocratie ; ils semblent parfois avoir été écrits pour nous, pour notre époque, en nous incitant à la lucidité et à la vigilance ; ils témoignent de l'importance et de l'intérêt de l'œuvre de Camus journaliste à *Combat*, et de son étonnante résonance dans la conscience contemporaine.

Un journal dans l'histoire

Du mouvement « Combat » au journal Combat

Lorsque le lundi 21 août 1944, dans Paris qui se libère, *Combat* paraît au grand jour, en édition spéciale vendue à la criée, il porte le numéro 59. Il a déjà un riche passé : né du mouvement de résistance créé par Henri Frenay en 1941[1], il a connu pendant quatre ans une existence clandestine dont on imagine aisément qu'elle ne fut ni facile ni dénuée de danger. Le journal dont Albert Camus devient rédacteur en chef s'inscrit dans la continuité de cette expérience majeure, et de l'exigence morale qui l'avait fondée.

On sait que Camus a toujours été d'une extrême discrétion sur son activité dans la Résistance, estimant, comme il l'a dit à plusieurs reprises, que ceux qui avaient pris le plus de risques avaient payé ce courage de leur vie, et qu'eux seuls auraient gagné le « droit de parler[2] ». L'un des rares témoignages

1. Voir Henri Frenay, *La nuit finira, Mémoires de Résistance, 1940-1945*, Robert Laffont, 1973.

2. *Infra*, article du 27 octobre 1944, p. 306.

directs sur son engagement est un bref résumé qu'en septembre 1944 il fait dans une lettre à sa femme, encore en Algérie :

Après avoir essayé de passer en Espagne et y avoir renoncé puisqu'il fallait faire plusieurs mois de camp ou de prison et que je ne pouvais le faire dans mon état, je suis entré dans les mouvements de résistance. J'ai beaucoup réfléchi et je l'ai fait en toute clairvoyance parce que c'était mon devoir. J'ai travaillé en Haute-Loire et puis tout de suite après à Paris avec Pia, au mouvement Combat[1].

Quelques allusions dans les lettres de Francine Camus à sa mère font état de « missions d'inspection et de liaison », et de son rôle d'« inspecteur pour Paris » du Mouvement de Libération nationale[2]. Il n'est pas possible de préciser davantage. Mais on ne saurait aborder sa participation au journal *Combat* sans rappeler brièvement l'histoire du mouvement avec lequel il est entré en contact en 1943[3]. D'autant que sa vision personnelle de cette histoire peut se lire à travers des notes manuscrites et restées inédites[4]

1. Cité par Francine Camus dans une lettre envoyée d'Alger à sa mère restée à Oran. Copyright Catherine et Jean Camus.

2. Lettres du 31 octobre et du 15 novembre 1944. Copyright Catherine et Jean Camus.

3. Cf. Olivier Todd, *Albert Camus, Une vie*, Gallimard, 1996. Lettre à Paul Roux-Fouillet, citée p. 797, note 35 : « Je n'ai pris contact avec le mouvement "Combat" qu'en 1943. » Sur les activités du mouvement « Combat », voir dans *La France des années noires*, sous la direction de Jean-Pierre Azéma et François Bédarida, tome 2, « De l'Occupation à la Libération », Seuil, 1993, le chapitre « La Résistance », par Dominique Veillon et Olivier Wieviorka, en particulier pp. 75-79.

4. Fonds Camus, Inventaire CMS 2, Atl-01-05. Copyright Catherine et Jean Camus.

vraisemblablement écrites au lendemain de la Libération ou dans l'immédiat après-guerre, en 1944 ou 1945 ; dans leur laconisme, elles donnent des repères essentiels, et permettent de restituer la réalité des circonstances qui ont présidé à la naissance du journal dans la clandestinité et à son organisation, jusqu'à sa libre publication. Sans suivre exactement l'ordre de ces notes — sur lequel Camus lui-même a hésité —, il m'a paru légitime d'y trouver le point de départ de cette introduction, qui ne prétend pas rivaliser avec les études historiques sur cette période tourmentée[1], mais tente seulement de rendre plus proches ce que fut l'aventure de *Combat*, entre 1941 et 1947, et la place qu'y a tenue Albert Camus.

Les notes conservées par Camus proposent sans doute un canevas pour une conférence, comme le laisse supposer le dernier paragraphe qui s'adresse ouvertement à un public.

Sont tout d'abord rappelés certains événements de l'époque clandestine, avec le nom des principaux artisans de cette aventure, puis les derniers moments de la clandestinité :

Frenay. De Menthon
1) Combat
B. Albrecht
En 41 [*sic*]. *Frenay recherché peut signer de son nom*
André Bollier

1) Organisation technique de Combat *en journal imprimé*

1. Voir la bibliographie en fin de volume.

2) Les 2 imprimeries et les trois centres
3) 350 000 de tirage
4) La société anonyme
La voiture
Le nouvelliste
5) Les 2 évasions
6) L'attaque de l'imprimerie clandestine. René Leynaud

2) Atmosphère du travail
Les petits rendez-vous
Les transports
La distribution
Lehmann. Jacqueline

3) Organisation du Combat *de la Libération*
a) Le cas des événements d'Algérie
e) b) Technique de l'organisation. Le journal 0
b) c) Arrestation de Jacqueline et publication de bulletins d'information
d) L'insurrection

La mention « Frenay. De Menthon » renvoie aux origines du journal. Le capitaine Henri Frenay, antiallemand plutôt qu'antifasciste, fait partie de l'armée d'armistice ; dès août 1940, il envisage la création d'une « armée secrète », et il démissionne au début de 1941. Lui et Bertie Albrecht sont amis de longue date. Ils se sont retrouvés à Vichy, puis à Lyon ; bientôt rejoints par Jacqueline Bernard et son frère Jean-Guy Bernard, ils créent l'un des premiers mouvements de résistance : le « Mouvement de Libération nationale », qui se manifeste par un « Bulletin d'informations » ; dactylographié en quelques exemplaires, ce Bulletin est remis en mains sûres, qui les ronéotent et les diffusent. En avril 1941, il fusionne avec un petit journal émanant de l'une des filiales du Mouvement dans le Nord, *Les Petites Ailes du Nord et du Pas-de-Calais* ; la publication commune s'intitule d'abord *Les Petites Ailes de France*, et bientôt, en juillet 1941, *Vérités*. C'est dès lors un véritable journal, imprimé, qui atteint rapidement un tirage de 6 000 exemplaires[1]. La rencontre entre Frenay et François de Menthon, qui a, lui aussi, avec Pierre-Henri Teitgen, René Capitant, Alfred et Paul Coste-Floret, fondé un journal clandestin, *Liberté*, et un mouvement de résistance du même nom, est un moment important dans l'histoire de la Résistance et des publications clandestines : en novembre 1941, le « Mouvement de Libération nationale » et « Liberté » s'unissent pour devenir le « Mouvement de Libération française » ; en décembre, sort le premier numéro de leur journal commun, sous le titre *Combat*, qui désormais désignera également leur organisation. Son comité directeur comprend alors sept membres : Henri Frenay, Maurice Bertin-Chevance, Claude Bourdet, François de Menthon, Pierre-Henri Teitgen, Georges Bidault, et Rémy Roure. « En règle générale, écrit Alain Guérin[2], la feuille clandestine engendre le Mouvement ; notable originalité, le Mouvement, ici, préexiste à la feuille. » Sur le choix de cette dénomination, le témoignage de Jacqueline Bernard est précieux :

1. Les publications clandestines furent très nombreuses ; Yves Marc Ajchenbaum, dans Combat, *1941-1974, Une utopie de la Résistance, une aventure de presse*, Gallimard, coll. Folio Histoire, 2013, dénombre plus de 1 100 périodiques clandestins en France entre 1939 et 1945 (p. 31).

2. Alain Guérin, *La Résistance. Chronique illustrée 1930-1950*, préface de Jacques Debû-Bridel, Livre Club Diderot, 1973, tome 2, p. 348.

Le titre nous fut inspiré par le Mein Kampf *de Hitler. On a d'abord pensé à* Notre Combat, *cela faisait bizarre, on a opté pour* Combat[1].

Ainsi, *Combat* est né de l'union de *Vérités* et de *Liberté* : on peut y voir un beau symbole du sens et de la valeur que Camus continuera à assigner au journal...

Les notes manuscrites de Camus rappellent les noms de Bertie Albrecht et d'André Bollier, puis celui de René Leynaud. Tous les trois paieront leur engagement de leur vie. En même temps qu'elle était à l'origine du mouvement et du journal, Bertie Albrecht fut la fondatrice — avec Jacqueline Bernard — du premier Service social de la Résistance. Arrêtée une première fois, internée à Vals, elle fit la grève de la faim pour réclamer d'être jugée[2] ; évadée, grâce à André Bollier[3], reprise par la Gestapo, elle fut fusillée le 6 juin 1943[4]. *Combat* se fera l'écho, le 22 octobre 1944, de l'hommage qui lui sera rendu, en particulier par Henri Frenay. André Bollier — qui a l'humour de se choisir des pseudonymes liés à la pâte à papier : Carton, Vélin, Alfa — joue un rôle essentiel dans la réalisation matérielle du journal. Il trouve les outils nécessaires à l'impression du journal, et organise son transport. Arrêté, torturé, il réussira à s'évader par deux fois ; sans

1. Entretien rapporté par Y. M. Ajchenbaum, *op. cit.*, p. 43.
2. Voir *Combat*, 11 novembre 1945.
3. Voir Y. M. Ajchenbaum, *op. cit.*, p. 57.
4. Plusieurs versions sont données de sa mort. Selon Aragon, elle aurait été décapitée ; on dit aussi qu'elle se serait suicidée pour ne pas parler sous la torture. Voir Alain Guérin, *La Résistance, op. cit.*, tome 3, p. 146 et suivantes.

doute est-ce à lui — ou à lui et à Bertie Albrecht — que se réfèrent les « deux évasions » mentionnées par Camus. C'est au cours de l'attaque de la Milice contre l'imprimerie clandestine de *Combat*, à Lyon, le 17 juin 1944, alors même qu'il prépare le numéro 58 de *Combat*, qu'il est tué ; il avait vingt-quatre ans[1]. Quant à René Leynaud, auquel Camus consacrera son éditorial du 27 octobre 1944, il fut arrêté en mai 1944, et fusillé le 13 juin ; on sait quelle fut l'action héroïque de ce chef de la résistance lyonnaise, et l'amitié profonde et admirative que Camus vouait à l'homme, au journaliste et au poète[2].

Combat *clandestin*

Dès son premier numéro, *Combat* porte en manchette la phrase de Georges Clemenceau qu'il répétera tout au long de sa parution clandestine :

« Dans la guerre comme dans la paix, le dernier mot est à ceux qui ne se rendent jamais. »

Sobrement intitulée « Appel », la présentation du journal due à Henri Frenay est à la fois un faire-part de naissance et une définition de ses objectifs et de sa spécificité ; l'accent est mis sur la qualité des « informations précises puisées aux meilleures sources », sur l'étendue de l'aire de diffusion « de Brest à Nice et de Dunkerque à Bayonne », sur la volonté de lutter « contre l'anesthésie du peuple

1. Pour sa mort aussi, les versions diffèrent ; il a été abattu, ou bien, blessé, se serait lui-même achevé ; voir Henri Frenay, *op. cit.*, pp. 461-463, Y. M. Ajchenbaum, *op. cit.*, p. 132, et *Combat* des 17-18 juin 1945.

2. Voir la préface qu'il donna aux *Poésies posthumes* de René Leynaud, Gallimard, 1947 ; reprise dans *Essais*, pp. 1471-1482.

français », de dépasser les « tendances » et les « milieux » particuliers sous l'égide d'une large « union », d'être « accessible à tous » et de faire en sorte qu'« à la défaite des armes succède la victoire de l'esprit ». Sans doute, comme le remarque justement Yves-Marc Ajchenbaum, ce texte — qui ne parle pas de Pétain — emploie-t-il « un vocabulaire, des images qui, formellement, ne rompent pas avec la propagande vichyssoise[1] » : il se réfère à « Jeanne la Pucelle » et veut organiser « la croisade de la Vérité contre le Mensonge, du Bien contre le Mal, du Christianisme contre le Paganisme, de la Liberté contre l'Esclavage ».

Mais en même temps, très directement, il s'agit d'un appel à la lutte armée :

Le journal Combat *appelle les Français à la lutte. Il les convie à s'unir pour vaincre l'esprit de soumission et préparer l'appel aux armes.*

Et *Combat* s'affirme sûr de son impact :

Le chiffre de notre tirage nous classe d'ores et déjà au premier rang de la presse française. Notre longévité est assurée.

Dès le numéro 2, une rubrique « Doctrine » affiche la volonté d'être un « journal d'information et de réflexion », qui diffuse les nouvelles de France ou de l'étranger, dénonce les collaborateurs, ou explique, par exemple, les raisons de la pénurie de matières premières. Il fait une large place à la politique coloniale de Vichy.

1. Y. M. Ajchenbaum, *op. cit.*, p. 41.

Combat à ses débuts n'est pas hostile à Pétain, et s'attaque plutôt à son entourage ; Frenay, dans un Manifeste de novembre 1940, s'était dit « passionnément attaché » à l'œuvre du maréchal Pétain, et souscrivait aux réformes entreprises[1]. Ce n'est qu'en mai 1942 que le journal prend ses distances à l'égard du chef de l'État français, par une lettre accusatrice — répétée dans un autre numéro — qui lui demande de partir :

La France entière contre Laval est désormais contre vous. Vous l'avez voulu.

Dans le numéro suivant, *Combat* reproduit une déclaration du général de Gaulle :

L'enjeu est clair : c'est l'indépendance ou l'esclavage. [...] *La France et le monde luttent et souffrent pour la liberté, la justice et le droit des gens à disposer d'eux-mêmes.*

En août 1942 (n° 33), est publié un communiqué en commun avec « Libération », qui désigne à la fois un mouvement de résistance et une publication clandestine ; les deux organismes

affirment qu'ils mènent une action convergente, qu'ils poursuivent les mêmes buts, sont animés par le même idéal et reconnaissent le général de Gaulle comme chef et symbole de la Résistance française.

Il faut souligner cette reconnaissance, qui peut sembler tardive par rapport à d'autres mouvements

1. *La France des années noires, op. cit.*, tome 2, p. 68.

de résistance, mais qui s'affirmera numéro après numéro ; il faut aussi noter la volonté de rassemblement qui, malgré des désaccords internes, se manifeste clairement : elle sera encore à l'œuvre dans les premiers temps de la Libération, mais son échec rendra plus amères les déceptions et les dissensions de l'après-guerre.

Dès l'automne 1942, la croix de Lorraine apparaît dans le sigle du journal, imbriquée dans le *C* de son titre. On peut relever, dans le n° 36 de novembre 1942, une phrase reprise de la Déclaration montagnarde du 24 juin 1793 — dont l'éditorial de Camus du 23 août 1944 semblera se faire l'écho[1] :

Quand le gouvernement viole les droits du peuple, l'insurrection est pour le peuple le plus sacré des droits et le plus indispensable des devoirs.

En décembre (n° 38), le journal affiche des slogans appelant à l'unité et dessinant un avenir politique :

« Un seul chef, un seul symbole : de Gaulle
Un seul idéal : Liberté dans l'honneur
Un seul régime : République socialiste et démocratie en actes. »

Ce programme marque un tournant dans les objectifs du journal, qui incluent désormais une visée politique pour les lendemains de la Libération. C'est ainsi qu'en février 1943, *Combat* publie un « Manifeste pour la Nation française » :

1. Voir « Ils ne passeront pas » : « Qu'est-ce qu'une insurrection ? C'est le peuple en armes. »

Ce que nous voulons, c'est la IVᵉ République
une République moderne, forte, vivante
Et nous voulons faire la Révolution
La Révolution que nous portons en nous sera Socialiste
Une Révolution de l'Esprit

Lorsque les mouvements « Combat », « Franc-Tireur » et « Libération » fusionnent en « Mouvements unis de la Résistance » (M.U.R.) en janvier 1943, *Combat* inscrit sous son titre « Organe des Mouvements unis de Résistance » tout en rappelant régulièrement les deux autres membres de cette union. En février 1944 (n° 54), le journal publie un appel : les M.U.R., « Résistance » et « Défense de la France » se constituent en « Comité d'Initiative du Mouvement de la Libération nationale », et demandent aux autres mouvements de Résistance de « se joindre à eux, et de créer immédiatement des Comités locaux analogues sur le plan local ». L'appel est entendu : le numéro suivant, en mars 1944, porte en sous-titre « Organe du Mouvement de la Libération nationale », et publie un communiqué :

Le M.L.N., mouvement unifié, possède six journaux principaux qui expriment ses diverses tendances : Combat, Défense de la France, Franc-Tireur, Libération, Lorraine, Résistance. [...] *Il appelle tous les patriotes français à soutenir son effort pour libérer la France, assurer son indépendance nationale et instaurer une république nouvelle.*

Combat reflète ainsi la vie même des mouvements de Résistance, et les difficultés de leur organisation.

Depuis décembre 1942, le journal répète, à côté de la phrase de Clemenceau, une formule très unitaire :

« Un seul chef : DE GAULLE. Un seul combat : pour NOS LIBERTÉS. »

Pourtant, il est incontestable que le pluralisme politique règne parmi les fondateurs des « M.U.R. » et, à plus forte raison, du M.L.N. Il est certain qu'Henri Frenay, ou Claude Bourdet, hostiles au régime des partis, n'ont pas tout à fait les mêmes espérances que le groupe réuni autour de François de Menthon, qui envisage la « création d'une formation politique d'inspiration chrétienne[1] ». Soucieux de l'indépendance de la Résistance intérieure, « Combat » s'oppose à Jean Moulin et au Conseil national de la Résistance, où se retrouvent, à son goût, trop de politiciens de la IIIe République. Dès ce moment, *Combat* affirme un rejet des partis d'avant-guerre et du retour de leurs chefs, qui restera une de ses positions les plus constantes après la Libération — position qui rejoint la méfiance et le mépris que Camus ressent à l'égard des politiciens qui « ont trahi[2] » depuis la dégradation du Front populaire.

Combat *à Alger*

La mention des « événements d'Algérie » ne renvoie pas seulement à l'histoire ; elle rappelle que, parallèlement au mouvement de Résistancc et au

1. Y. M. Ajchenbaum, *op. cit.*, p. 74.
2. Voir, entre autres, *Carnets, mai 1935-février 1942*, Gallimard, 1962, p. 167 : « Tous ont trahi... » et les prises de position d'*Alger-Républicain*, dans *Fragments d'un combat, 1938-1940, Alger-Républicain*, édition établie, présentée et annotée par Jacqueline Lévi-Valensi et André Abbou, Cahiers Albert Camus 3, Gallimard, 1978, 2 volumes.

journal clandestin de la Métropole, « Combat » a existé, sous cette double forme, en Algérie[1].

Dès 1941, sous l'impulsion du professeur René Capitant, le mouvement « Combat » étend son action en Algérie, en particulier à Alger, où les autorités institutionnelles se sont empressées de se soumettre au régime et aux lois de Vichy. Jusqu'au débarquement allié en Afrique du Nord, le 8 novembre 1942, il est en liaison étroite avec l'organisation métropolitaine, et parvient à garder le contact même après cette date. « Combat », comme en France occupée, publie un journal qui porte le même titre : c'est une édition tirée à la ronéo[2]. Après le débarquement, dans la confusion politique régnant à Alger, *Combat* reste dans l'illégalité, et n'est autorisé à paraître au grand jour que le 27 février 1943 (n° 49). Il est alors diffusé également au Maroc. D'abord bimensuel, puis hebdomadaire, sa manchette le définit comme l'« Organe du Mouvement de Libération française », et s'accompagne de citations souvent empruntées au général de Gaulle — telle : « Un seul combat pour une seule patrie », qui a peut-être inspiré la formule que répète *Combat* clandestin en Métropole[3]. La croix de Lorraine apparaît en première page, non pas imbriquée dans le *C* du titre comme dans le journal publié en France, mais en tête de l'éditorial. Le *Combat* d'Alger ne pouvait, à l'évidence, se confondre avec celui de la Métropole occupée, mais il

1. Je remercie Georges Lévi-Valensin, qui m'a signalé cette existence.

2. Ces renseignements sont tirés d'un article de *Combat* clandestin, n° 52, décembre 1943 : « René Capitant et *Combat* en Afrique du Nord ».

3. Citée plus haut (p. 27) : « Un seul chef : DE GAULLE. Un seul combat : pour NOS LIBERTÉS. »

en est proche. Autant qu'il le peut, *Combat* clandestin se fait l'écho, en France, des événements d'Alger. Le 1er août 1943 (n° 46) est relaté l'accueil fait à Alger par le groupe « Combat » au général de Gaulle, qui lui a réservé une de ses premières visites. L'article s'achève ainsi :

L'action de « Combat » en Afrique du Nord a trouvé son couronnement dans la Libération. Bientôt, nous aussi, nous verrons la Victoire récompenser nos peines et nos sacrifices. Et comme René Capitant qui, quelques jours à peine avant le débarquement allié, était venu nous parler de sa lutte et de ses espoirs, nous accueillerons le CHEF qui n'a jamais capitulé.

Le 15 octobre 1943 (n° 49), *Combat* clandestin reproduit une photo de Giraud et de Gaulle à Alger, et en fac-similé une lettre autographe du général de Gaulle, datée d'« Alger, le 30 août 1943 » :

Mes Camarades
Ce que vous faites, ce que vous souffrez dans la Résistance, c'est-à-dire dans le Combat, l'honneur et la grandeur de la France en dépendent. La fin approche !
Voici venir la récompense. Bientôt, tous ensemble, nous pourrons pleurer de joie !

En décembre 1943 (n° 52), *Combat* clandestin publie en France une lettre de René Capitant, président du Mouvement de Libération française, qui explique « ce qu'est devenu le mouvement "Combat" en Algérie libre » et affirme :

rien ne nous est plus utile, plus nécessaire que d'être en liaison avec vous, camarades de France, de rece-

voir vos journaux clandestins et d'avoir la visite de ceux d'entre vous qui passent parmi nous. [...] Chers camarades, chers combattants de France, notre tâche est légère comparée à la vôtre. Mais elle se soude étroitement à elle.

Cependant, des différences notables se font jour entre Paris et Alger. René Capitant précise :

« Combat » n'est pas un parti politique. Il reste et entend bien rester un mouvement. Mais sa tâche, par la force des choses, revêt un aspect politique de plus en plus accentué ;

et il justifie le regroupement, autour de « Combat », dans la « Fédération de la France combattante » en Afrique du Nord, de « représentants des anciennes tendances politiques : parti communiste, parti socialiste, parti radical [...] » — ce qui, vraisemblablement, ne devait pas satisfaire tous les membres du mouvement métropolitain : dans ce même numéro, un article intitulé « Pas de retour aux combines », et signé « Marcus » — pseudonyme de Claude Bourdet —, donnait des prédictions d'une tonalité bien différente :

La vie de la République de demain comptera, en dehors du parti communiste, qui a gagné dans l'action ses lettres de cité, deux ou trois grands partis. Et ce seront de nouveaux partis, avec de nouvelles méthodes, et des hommes nouveaux.

Ainsi, sous le même titre, *Combat* connaît deux vies parallèles, dont il n'est pas nécessaire de souligner tout ce qui les sépare. Mais on imagine mal que Camus ne se soit pas intéressé à ce qu'à Paris on pouvait connaître du *Combat* d'Alger... Il est certain qu'il a eu connaissance des numéros de l'automne 1943, puisqu'il avait alors rejoint le mouvement.

Camus et Combat *clandestin*

Si les notes de Camus ne permettent pas de reconstituer l'« organisation technique » du journal, ni l'« atmosphère du travail[1] », il est évident qu'elles sont au plus près de la réalité. La mention du fait que « recherché, Henri Frenay signe de son nom » renvoie au véritable défi que Frenay lance à la Gestapo qui le traque : en avril 1943 (n° 43)[2] il signe, pour la première fois, un article de *Combat* clandestin : « Le peuple a choisi », où il affirme que seul de Gaulle — contre Giraud — peut « défendre les intérêts français et représenter les aspirations nationales ». À travers « les deux imprimeries et les trois centres », qui désignent sans doute les imprimeries clandestines de Crémieu, près de Lyon, et celle de la rue Viala, en pleine ville, peuvent se deviner les difficultés matérielles que doit surmonter l'équipe du journal.

La mention « Le nouvelliste » — titre d'un journal collaborateur publié à Lyon — renvoie probablement à un fait relaté dans *Combat* clandestin de

1. Qui sont bien décrites dans l'ouvrage d'Yves Marc Ajchenbaum déjà cité. Voir également de nombreux passages de *La Résistance, op. cit.*

2. Et non 1941, comme l'écrit Camus — ce qui peut confirmer qu'il s'agit là de simples notes préparatoires.

février 1944 (n° 54), sous le titre « Un journal français dans les kiosques de Lyon » :

Le 31 décembre, à Lyon, cinq minutes après la distribution du Nouvelliste *une camionnette Hachette passait dans les kiosques, reprenait le numéro qui venait d'être livré, sous prétexte qu'il était censuré, et distribuait d'autres exemplaires qui furent immédiatement mis en vente.*

En réalité, sous le titre du Nouvelliste, *les lecteurs lyonnais surpris et ravis trouvèrent le texte d'un journal de la Résistance.*

On s'arracha les exemplaires. La police alertée trop tard vint vers 9 heures rechercher les exemplaires délictueux : ils faisaient déjà le tour de la ville.

L'allusion à cet épisode permet de supposer avec quelque vraisemblance que Camus est l'auteur du petit entrefilet le relatant.

Il est évidemment difficile de préciser ce qu'évoquent « la voiture », « les transports », « les petits rendez-vous », « la distribution ». Mais on peut aisément l'imaginer. Et l'intérêt de ces notes lapidaires est double ; d'une part, elles redisent que la fabrication et la diffusion d'un journal clandestin en temps d'occupation ne relèvent pas que du métier de journaliste ; d'autre part, elles nous indiquent que Camus n'ignore rien de cette vie difficile. À partir de quand exactement a-t-il pensé à la partager ? Lorsqu'il se soigne au Panelier, et se lie d'amitié avec Pierre et Marianne Fayol, résistants eux-mêmes ? Sans doute est-ce lors de ses fréquents voyages à Saint-Étienne pour faire insuffler son pneumothorax ou à Lyon, qui l'amènent à rencontrer longuement Pascal Pia, René Leynaud ou Francis Ponge — tous trois militants actifs, les premiers au sein du mouvement « Combat », et Ponge dans la Résistance communiste. Une fausse carte d'identité[1], établie au nom d'« Albert Mathé », et datée du 20 mai 1943, prouve qu'à cette date il est déjà bien engagé dans l'action résistante. Il appartient certainement au mouvement lorsqu'une partie de l'équipe du journal, dont Jacqueline Bernard, quitte Lyon pour Paris, avec les membres dirigeants du M.U.R. puisque ses activités commencent en Haute-Loire. En juin, il séjourne à Paris, et s'y installe en automne. En novembre 1943, il devient lecteur chez Gallimard, qui, on le sait, a édité l'année précédente *L'Étranger* et *Le Mythe de Sisyphe*. Dès juillet 1943, la *Première lettre à un ami allemand*[2]rend compte d'un état d'esprit de révolte, de colère, de combattant, même — ou plutôt surtout — si ce combattant déteste la guerre, la haine et la violence :

C'est beaucoup que de se battre en méprisant la guerre, d'accepter de tout perdre en gardant le goût du bonheur, de courir à la destruction avec l'idée d'une civilisation supérieure [...]

Mais nous avions encore à vaincre ce soupçon où nous tenions l'héroïsme [...]

Nous avons eu à vaincre notre goût de l'homme, l'image que nous nous faisions d'un destin pacifique, cette conviction profonde où nous étions qu'aucune victoire ne paie, alors que toute mutilation de l'homme est sans retour [...].

1. Archives Catherine Camus.
2. Publiée dans le n° 2 de *La Revue libre*, 1943.

Car nous serons vainqueurs, vous n'en doutez pas [...] *nous avons nos certitudes, nos raisons, notre justice : votre défaite est inévitable.*

[...] *Nous luttons pour cette nuance qui sépare le sacrifice de la mystique, l'énergie de la violence, la force de la cruauté, pour cette plus faible nuance encore qui sépare le faux du vrai, et l'homme que nous espérons des dieux lâches que vous révérez*[1].

N'est-ce pas là le langage d'un homme qui n'a pas choisi le combat de gaieté de cœur, qui sait que « l'histoire n'est pas tout[2] », mais qui est déjà engagé dans une lutte active ?

Les trois autres *Lettres*, entre décembre 1943 et juillet 1944, rediront la nécessaire entrée dans l'histoire lorsque les circonstances l'exigent, mais affirmeront aussi la nécessité de préserver le sens et le goût du bonheur, l'amour de la vie, la « fidélité à l'homme » :

[...] *vous avez fait ce qu'il fallait, nous sommes entrés dans l'Histoire* [...] *Mais notre exploit difficile revenait à vous suivre dans la guerre sans oublier le bonheur. Et, à travers les clameurs et la violence, nous tentions de garder au cœur le souvenir d'une mer heureuse, d'une colline jamais oubliée, le sourire d'un cher visage*[3].

Les Lettres à un ami allemand éclairent admirablement le sens qu'il faut donner à l'engagement de Camus, et à sa participation à *Combat* clandestin.

1. *Essais, op. cit.*, pp. 222-224.
2. Préface à la réédition de *L'Envers et l'Endroit, Essais, ibid.*, p. 6.
3. *Essais, ibid.*, p. 241.

Tous les témoignages s'accordent pour rappeler que c'est Pascal Pia qui, à l'automne 1943, introduit Camus, sous son pseudonyme de Bauchard, dans l'équipe du journal. En l'absence d'Henri Frenay, qui a rejoint Alger, c'est Claude Bourdet qui la dirige ; mais très pris lui-même par ses activités dans l'organisation de la Résistance, et en particulier au sein du Noyautage des Administrations publiques[1], celui-ci va recruter Pascal Pia, par l'intermédiaire de Marcel Peck — bientôt arrêté — pour s'occuper du journal. Albert Camus et Pascal Pia sont restés liés au-delà de l'aventure d'*Alger-Républicain*[2]. Ils se sont revus souvent à Lyon. Et Pascal Pia a joué un rôle capital pour la publication de *L'Étranger* et du *Mythe de Sisyphe* — qui lui est dédié —, pour l'introduction de Camus auprès de Jean Paulhan et de Gaston Gallimard et, d'une manière générale, dans le milieu intellectuel parisien.

Lors de la rencontre avec l'équipe de *Combat* — André Bollier, Jacqueline Bernard —, Camus dit avoir fait un peu de journalisme et de mise en pages. En fait, on sait que son expérience de journaliste à *Alger-Républicain* a été importante et variée : entre octobre 1938 et août 1939, il a publié de nombreux articles, qui vont de la chronique littéraire au compte rendu de procès, ou d'informations et de prises de position sur la politique municipale à Alger au reportage sur la « Misère de la Kabylie » ; du 15 septembre 1939 au 7 janvier 1940, Camus a

1. Y. M. Ajchenbaum, *op. cit.*, p. 84.
2. Voir *Fragments d'un combat, op. cit.*, et la *Correspondance 1939-1947 Albert Camus-Pascal Pia*, récemment éditée par Y. M. Ajchenbaum, Fayard/Gallimard, 2000.

été le rédacteur en chef du *Soir-Républicain*, qui, dans sa brève existence, a d'abord doublé *Alger-Républicain*, puis l'a remplacé[1]. Il a pratiqué un journalisme engagé, ne se contentant jamais de la description des faits, mais proposant une réflexion aussi bien sur les errements de l'appareil judiciaire que sur le fonctionnement des institutions politiques, et s'efforçant de définir une véritable éthique du journalisme. Quant à la mise en pages, on sait qu'en 1940, il a été secrétaire de rédaction à *Paris-Soir*. Il est effectivement chargé de la mise en pages de *Combat* clandestin ; celle-ci doit être minutieusement préparée : rédigé à Paris, *Combat* est alors imprimé clandestinement à Lyon.

Mais là ne se limite certainement pas sa participation au journal clandestin. S'il est difficile de la déterminer avec précision, il est probable qu'il intervient aussi dans le transport et la diffusion du journal. Et dans la rédaction des articles ; l'un d'entre eux peut être identifié avec une quasi-certitude : en effet, dans « À guerre totale, résistance totale », en mars 1944 (n° 55), signé « Combat », des formules telles que « il suffit du moins que la vérité soit dite pour que le mensonge recule », ou « ce cœur tranquille que les meilleurs des nôtres emportent jusque dans les prisons », ou encore : « ce combat vous concerne. Dites-vous seulement que nous y apporterons tous ensemble cette grande force des opprimés qu'est la solidarité dans la souffrance » — qui évoque si nettement le thème et le ton de *La Peste* — laissent peu de doutes sur leur auteur. Mais il faut noter que cet appel à la résistance semble enchaîner directement avec un article paru en

1. *Alger-Républicain* est suspendu le 28 octobre.

août 1943, « La résistance totale », dont le style semble exclure qu'il ait pu être écrit par Camus, et qui affirmait déjà :

L'heure de l'action totale de la Résistance totale a enfin sonné.

C'est dire que, dès la clandestinité, *Combat* est fait par une équipe solidaire, et qu'en dépit des difficultés, il y a une continuité dans sa conception et sa rédaction.

Si l'on s'accorde également pour attribuer à Camus l'article de mai 1944 (n° 57), « Pendant trois heures ils ont fusillé des Français », les autres sont plus hypothétiques. Un article en avril (n° 56), deux autres et un « encadré » en juillet (n° 58) sont très probablement de Camus. Les tourmentes que connaît le journal dans les derniers moments avant la Libération ont en effet considérablement réduit l'équipe[1]. Les arrestations sont nombreuses : en janvier, Jean-Guy Bernard, qui mourra à Auschwitz ; en mars, Claude Bourdet ; en juillet, Jacqueline Bernard, l'« infatigable secrétaire de rédaction de *Combat* », comme le dira le journal qui, le 30 mai 1945, pourra annoncer son retour de déportation, ainsi que celui de sa belle-sœur, Yvette Baumann.

En juin, le journal, désorganisé par la destruction de l'imprimerie de Lyon et la mort d'André Bollier,

1. Selon Yves Marc Ajchenbaum, *op. cit.*, p. 133, le numéro de juillet aurait été écrit à deux : Camus et Marcel Paute, qui gardera le pseudonyme de Gimont par la suite. Camus est sans doute l'auteur de « La grande peur des assassins » et d'un encadré sur « La profession de journaliste » ; l'attribution de « Vous serez jugés sur vos actes », plus discutable, ne peut cependant être écartée.

doit se contenter de « Bulletins d'information » ronéotypés[1].

D'après le témoignage du Père Bruckberger, Camus, comme ses compagnons, connaît des moments sinon de désespoir, du moins de doute ; le dominicain rapporte en effet des paroles que Camus lui aurait dites, un soir de mars 1944 :

Nous ne savons plus pourquoi nous continuons la lutte. Avec toutes ces arrestations, les Alliés trouveront-ils des survivants de la Résistance quand ils se décideront enfin à débarquer ? C'est une course contre la montre. Nous ne continuons plus que pour l'honneur, sans rien voir, sans rien vouloir voir[2].

Camus lui-même est menacé. Dans le résumé déjà cité, fait pour sa femme en septembre 1944, il disait :

Il y a six semaines, j'ai failli être arrêté et j'ai disparu de la vie publique[3].

Ses notes manuscrites sur *Combat* clandestin s'achèvent par une conclusion rédigée :

Ici s'arrête l'histoire du journal proprement clandestin. Combat *avait publié 56 numéros pendant ces 4 ans*[4].

Ma seule ambition est d'avoir pu vous faire imagi-

1. Sous le titre « Combat-Informations » et le sous-titre « Bulletin d'informations du journal COMBAT », trois numéros sont diffusés.
2. *La Résistance, op. cit.*, tome 3, p. 22.
3. Lettre citée de Francine Camus à sa mère. Voir note 1, p. 20.
4. Il y eut en réalité 58 numéros.

ner un peu ce que représentait chacun de ces numéros. Il n'y a pas de doute qu'ils nous ont coûté d'abord les meilleurs d'entre nous. Car si nous sommes quelques-uns à avoir survécu à Bollier, c'est seulement que nous avons fait moins que Bollier et que lui a fait tout ce qu'il était convenable de faire à ce moment. Je sais que sur ce sujet la littérature devient facile. Et beaucoup cèdent quelquefois à la tentation de dire que nos camarades morts nous dictent notre devoir d'aujourd'hui et de toujours. Mais naturellement, nous savons bien que ce n'est pas vrai. Et que ces morts ne peuvent plus rien pour nous comme nous ne pouvons plus rien pour eux. C'est une perte sèche. Ce n'est pas maintenant qu'il convient de les aimer ostensiblement. C'était au temps où ils étaient vivants. Et notre plus grande amertume est peut-être de ne pas les avoir assez aimés alors, parce que la fatigue et l'angoisse de ces jours de lutte nous donnaient des distractions. Non, nous ne pouvons plus rien pour eux qui se sont battus. Du moins, nous sommes quelques-uns encore à garder au fond du cœur le souvenir de ces visages fraternels et à les confondre un peu avec le visage de notre pays. Nous leur donnons ainsi les seules choses que sans doute ils auraient admises, les seules choses qu'un individu puisse donner à ceux qui l'ont aidé à se faire une plus haute idée de l'homme en général et de son pays en particulier, les seules choses qui seront à la hauteur de cette dette inépuisable contractée envers eux et qui sont le silence et la mémoire.

Le 21 août 1944, pour le rédacteur en chef de *Combat*, l'heure ne sera cependant pas au recueillement dans « le silence et la mémoire », mais à la tâche urgente, ample et quotidienne qui sera la sienne pendant les mois qui vont suivre.

La sortie de l'ombre

Malgré les arrestations et les dangers de plus en plus pressants, « le journal 0 » se prépare, en prévision de sa sortie au grand jour. Le débarquement allié en Normandie, le 6 juin 1944, fait espérer en une libération et une victoire prochaines. Jacqueline Bernard a rappelé une réunion de juin 1944, qui s'est tenue rue Vaneau, dans l'appartement de Gide dont Camus avait loué une partie, où il fut décidé de la maquette du journal et de la manchette « De la Résistance à la Révolution », en présence d'Albert Ollivier, mais non de Pascal Pia qui s'occupait en province des « Comités de Libération » :

On ne savait pas quand paraîtrait le premier numéro. Ce pouvait être l'affaire de huit jours ou de huit mois. Camus nous a exposé ses conceptions du journalisme critique. Il fallait un sous-titre. Nous avions lu, je crois, dans Franc-Tireur *ou dans la* Revue de Franc-Tireur *un article intitulé « De la Résistance à la Révolution », qui était sans doute de Georges Altman. Nous avons estimé que cela ferait un excellent sous-titre, et nous avons demandé à Altman l'autorisation de l'utiliser, qu'il nous a évidemment accordée. Nous nous sommes réparti les papiers. Nous avons réservé l'éditorial pour le dernier moment*[1].

1. *Camus et le premier « Combat »*, Actes du Colloque de Paris X-Nanterre, présenté par Jeanyves Guérin, Éditions européennes Érasme, 1990, p. 49, « Table Ronde ».

En fait, s'il s'agit bien du titre d'un article paru dans *La Revue libre*[1], publiée par *Franc-Tireur*, l'auteur en est Léo Hamon, qui le rapporte dans son livre de souvenirs sur ses propres engagements, *Vivre ses choix* :

L'avenir dont nous rêvions était à la fois celui du court terme et de temps plus éloignés. Comme je l'ai montré, nous passions facilement de l'action résistante à l'idée d'une nécessaire révolution. J'avais exprimé cela en écrivant « De la Résistance à la Révolution », qui devait devenir la devise du journal Combat. *J'ai probablement été le premier à formuler cette liaison en écrivant ces mots dans un article de* La Revue libre[2].

À l'approche des troupes alliées, Paris connaît, en juillet, des manifestations, et en août des heures fiévreuses ; la grève des cheminots le 10, suivie le 15 de celle de la police, devient générale le 18. Le 19, le Comité national de la Résistance appelle à l'insurrection ; la préfecture de Police puis l'Hôtel de Ville sont occupés, et de nombreux combats de rue ont lieu. Paris sera libéré le 25 août[3].

Le 19 août[4], Camus, Pia et Gimont se retrouvent devant l'immeuble du 100, rue Réaumur, dans le

1. S'ajoutant aux journaux clandestins, sont publiés également des « tracts périodiques, organes de réflexion plus épais », comme le dit Léo Hamon ; c'est le cas de *La Revue libre*, publiée par *Franc-Tireur*, ou des Cahiers de *Témoignage chrétien*.

2. Léo Hamon, *Vivre ses choix*, Robert Laffont, 1991, p. 155.

3. Pour une description détaillée de ces journées, voir Adrien Dansette, *Histoire de la libération de Paris*, Les grandes études contemporaines, Librairie Arthème Fayard, 1946.

4. Cf. Y. M. Ajchenbaum, *op. cit.*, p. 140-141.

IIe arrondissement, siège du journal *L'Intransigeant*, puis, sous l'Occupation, du *Pariser Zeitung*[1]. Maurice Leroy, Cordier, Touratier, ouvriers du livre et résistants[2] qui ont participé à la fabrication de *Combat* clandestin, investissent également les lieux. *Combat* partage l'immeuble avec *Défense de la France* et *Franc-Tireur*[3].

L'éditorial du « dernier moment », que Camus devait écrire, a changé avec le cours rapide des événements. Ses notes manuscrites le rappellent :

> *Le samedi*[4] Combat *publiait le communiqué de la victoire définitive et le général de Gaulle lançait à la France ce cri qui résonne encore à nos oreilles : « Paris, Paris enfin libre... »*
>
> *Le dimanche* Combat *publiait un éditorial appelant tous les Français à l'action et à la lutte pour la continuation victorieuse de la guerre et la réalisation de la justice morale : « Nous avons gagné notre libération, disait cet éditorial. Il nous reste maintenant à conquérir nos libertés. »*

Mais, en fait, ces numéros ne sont pas publiés. Paris n'est pas encore libéré... C'est seulement le lundi 21 août que les journaux de la Résistance

1. Ils sont rejoints par Henri Cauquelin, rédacteur technique qui est venu renforcer l'équipe de *Combat* clandestin, par Alice Fano, propriétaire de la Librairie « Le livre ouvert », devenue lieu de rencontre pour Camus et ses amis ; également par Michel Hincker, qui l'a remplacée provisoirement. *Ibid.*

2. Voir in *ibid.*, p. 120, 134-135, 141-142, et les témoignages des typographes recueillis dans *À Albert Camus, ses amis du Livre*, Gallimard, 1962.

3. Selon une répartition décidée par la Commission de la presse, émanation de la Délégation du Gouvernement provisoire d'Alger.

4. Il s'agit du samedi 19 août 1944.

obtiennent d'Alexandre Parodi, représentant du Gouvernement d'Alger, et de Jean Guignebert, désigné dans la clandestinité comme responsable de l'Information[1], l'autorisation de paraître[2], et que peut être mis en vente le premier numéro libre de *Combat*, avec le premier éditorial de Camus : « Le combat continue... » ; il peut apparaître comme une réponse, ou un prolongement à un article de *Combat* clandestin annonçant, en mars 1943 (n° 42) : « Le combat commence. Les Français se sont révoltés. La bataille s'engage... » Mais il ne signifie pas seulement que la libération du territoire national n'est pas achevée, et que la guerre est loin d'être terminée ; au-delà de cette incontestable réalité, il s'agit de continuer à combattre pour l'établissement d'une véritable démocratie républicaine. Dans ces journées où la lutte armée continue, où la libération est imminente, où écrire un éditorial alors que « Paris fait feu de toutes ses balles » apparaît comme la suite évidente des actes de résistance, les journaux retrouvent ou découvrent leur liberté avec exaltation. C'est ce dont témoigne le magnifique article « De la Résistance à la Révolution », publié le 21 août, en même temps que l'éditorial « Le combat continue... » — l'un et l'autre écrits par Camus :

Il a fallu cinq années de lutte obstinée et silencieuse pour qu'un journal, né de l'esprit de résistance, publié sans interruption à travers tous les dangers de la clandestinité, puisse paraître enfin au grand jour dans un

1. Après l'arrestation, en juin, de Pierre-Henri Teitgen.
2. Les journaux collaborateurs ont cessé de paraître le 18.

Paris libéré de sa honte. Cela ne peut s'écrire sans émotion.

L'article — le « leader » en terme technique —, véritable texte-programme, est jugé si important que, pensant qu'il « n'a pu atteindre qu'un nombre limité de lecteurs », les rédacteurs le redonnent le lendemain, en précisant : « Cet article engage la ligne politique de notre journal, et nous croyons utile, pour cette seule raison, de lui donner la plus grande diffusion. » S'y énonce avec force la volonté de créer un « état social » nouveau, rompant avec « l'esprit de médiocrité et les puissances d'argent », fondé sur l'honneur, la liberté, la justice — ce que recouvre « l'esprit révolutionnaire issu de la Résistance ». Le même jour encore, un petit texte encadré — sans doute préparé d'avance par l'équipe pour ce premier numéro libre — précise les « références du journal *Combat* » ; il rappelle les origines et l'histoire du journal, rend hommage à André Bollier, et affirme :

Les journalistes qui ont pris l'initiative de faire désormais de Combat *un quotidien d'informations et de combat appartenaient à la rédaction du journal clandestin.*

Cela les autorise aujourd'hui à dire qu'ils connaissent leurs responsabilités et qu'ils sauront trouver leurs mots.

C'est avec gravité que l'équipe de *Combat* s'engage dans cette nouvelle phase de son action ; au sens des responsabilités qu'elle revendique s'ajoute la conviction qu'elle trouvera le langage qui convient à ses objectifs. Si l'on ne peut être assuré que Camus est l'auteur de cet entrefilet, nul doute qu'il n'ait souscrit à ce double engagement.

Le ton et l'ambition du journal sont donnés dès ce premier numéro : il s'agit d'informer et de combattre pour l'avènement d'une nouvelle ère politique — non de dicter une opinion, ni d'être un instrument au service d'un parti. *Combat*, souvent par la plume de Camus, réitérera cette définition de ses orientations, qui lui vaudront bien des attaques de ses confrères, mais sont pour lui l'affirmation et la garantie de sa liberté.

Les riches heures de Combat

Le 21 août 1944, *Combat* paraît en fin d'après-midi ; mais dès le lendemain, il deviendra un quotidien du matin, comme le dit une annonce publiée à plusieurs reprises, qui rappelle en même temps son passé immédiat :

> Combat *paraît tous les matins après quatre ans de lutte clandestine contre l'ennemi*.

Le 28, un petit encadré, qui sera repris quotidiennement, signale que le « journal est entièrement exécuté par des ouvriers syndiqués ». Cette mention discrète n'est pas anodine : elle renseignc sur l'organisation sociale du journal, sur l'engagement des correcteurs et typographes ; et de plus elle explique la dureté de la grève « perlée » de janvier-février 1946 et de celle de février 1947 qui seront fatales à l'équilibre financier de *Combat* : le gouvernement refusant la hausse de salaire réclamée par les syndicats, les journaux « exécutés par des ouvriers syndiqués[1] » seront dans l'impossibilité totale de paraître. Pour l'heure, il n'est pas question de conflit. C'est une équipe enthousiaste qui prépare, écrit, fabrique et publie *Combat*.

Les 27 et 28 août, un placard précise :

Albert Camus, Henri Frédéric[2]*, Marcel Gimont, Albert Ollivier et Pascal Pia rédigent actuellement* Combat *après l'avoir rédigé dans la clandestinité.*

Mais à partir du 3 novembre 1944, c'est une autre formule, quasi définitive jusqu'en octobre 1945, qui apparaît :

Comité de Direction :
Pascal Pia, directeur ; Albert Camus, rédacteur en chef ; Marcel Gimont et Albert Ollivier.

Il s'agit là du « noyau dur » de *Combat*.

Sur le plan juridique, le titre sera déposé par Jean Bloch-Michel en décembre 1944.

Même si les statuts de la S.A.R.L. ne sont officiellement déposés qu'en décembre 1945, c'est bien en Société à Responsabilité limitée que fonctionne *Combat*. Les porteurs, à égalité de parts, seront Jacqueline Bernard, Jean Bloch-Michel, Albert Camus, Marcel Gimont, Albert Ollivier, Pascal Pia. Et si le journal ne peut se donner une existence de « coopérative ouvrière » comme il l'a envisagé[3], tous les

1. C'est-à-dire *Combat, Franc-Tireur, Front national, Libération.*
2. Le nom d'Henri Frédéric n'est plus jamais mentionné. En fait, il s'agit d'Henri Cauquelin, présent dès la première heure, et qui assurera la mise en pages du journal.
3. Voir Y. M. Ajchenbaum, *op. cit.*, p. 164.

témoignages font état de son fonctionnement en équipe[1].

Ces témoignages s'accordent également pour souligner l'omniprésence de Pascal Pia à *Combat*. Comme il le faisait à *Alger-Républicain*, Pia vérifie tout — et écrit peu. Une légende tenace affirme qu'il n'a écrit dans *Combat* qu'un seul texte, de quelques lignes, le 22 décembre 1944, sous la rubrique « L'Écran », pour dire son désaccord avec la critique de Jean Rougeul sur *Le Corbeau* de Clouzot[2]. Cette légende n'est pas tout à fait exacte. En fait, outre ce rectificatif, Pascal Pia est au moins l'auteur de deux éditoriaux, signés de ses initiales en 1945, et d'un petit article, signé de son nom en 1946. Le 28 janvier 1945, Pia proteste à la suite de l'annonce faite par le ministre de l'Information, Pierre-Henri Teitgen, de restrictions dans l'allocation de papier accordée aux journaux, pour permettre la parution de nouveaux titres ; il oppose « la presse actuelle,

1. Voir entre autres, outre *À Albert Camus, ses amis du Livre*, Olivier Todd, *op. cit.*, p. 360, les souvenirs de Roger Grenier, dans *Albert Camus, Soleil et Ombre*, Gallimard, 1987, pp. 185-192, ou de Raymond Aron, *Mémoires, 50 ans de vie politique*, Julliard, 1983, pp. 208-210, et les témoignages d'anciens de *Combat*, dans *Camus et le premier « Combat », op. cit.*

2. Rougeul regrettait que ce film n'ait pas été retenu dans la sélection de « La Quinzaine du Cinéma français » au cours de laquelle étaient présentés des films réalisés pendant l'Occupation ; sous le titre « Pas d'accord du tout », Pia rappelle que le film avait été produit par une firme allemande et que son éviction est légitime. On peut apprécier le style très... camusien du dernier paragraphe : « Rougeul objecte que la *Kermesse héroïque* avait été réalisée par une firme allemande. Sans doute. Mais les Allemands n'étaient pas à Paris. Et si le metteur en scène du *Corbeau* qui s'appelle, je crois, Clouzot, a fait preuve de talent, il a montré qu'en revanche il manquait singulièrement de caractère. »

surgie comme on sait dans la conquête de la liberté », à ces nouveaux journaux,

dont on peut supposer qu'ils seront plus dociles que les autres, puisque au lieu de naître de l'insurrection, ils seront nés de la bienveillance gouvernementale.

Accusant P.-H. Teitgen de défendre « la liberté du commerce de la presse », et non la liberté de la presse, Pia conclut :

On voudrait écraser la presse actuelle — la seule presse libre qu'ait jamais eue la France — sous le poids et la concurrence de l'argent qu'on ne saurait mieux s'y prendre que M. Teitgen.

Le 1er février 1945, Pia reprend la plume pour répondre au *Monde*, qui prétend que la majorité des Français n'approuverait pas les mesures révolutionnaires préconisées par la Résistance, et dont *Combat* s'est fait l'écho sous la plume de Pierre Herbart. Pia regrette que le général de Gaulle ne prenne pas rapidement ces mesures qui

rendraient plus aisée demain la révolution économique et sociale sans laquelle ce pays est condamné.

Enfin, le 21 mai 1946, sous le titre « Les convertis font toujours du zèle », Pia répond à *L'Aurore* qui avait accusé *Combat* d'incarner « la parfaite droiture dans l'esprit faux », et de « regarder les problèmes de face après les avoir posés de travers ». Pia interroge :

L'Aurore *aura-t-elle l'honnêteté de reconnaître que les erreurs d'appréciation des rédacteurs de* Combat *les ont toutefois préservés de s'égarer, à l'automne de 1940, dans* L'Œuvre *de Marcel Déat*[1] ?

Pour réduites qu'elles soient, ces contributions méritent d'être signalées et soulignées. Elles nous rappellent en effet que Pascal Pia n'a pas eu que des activités administratives au journal ; et il est plus que probable qu'il a participé, de très près ou de plus loin, à la rédaction de textes collectifs et de certains éditoriaux. De plus, l'ironie dont Pia fait preuve, son style mordant, son goût pour la chute assassine — voire sa susceptibilité — lorsque *Combat* ou la presse de la Résistance sont menacés ou attaqués, sont bien proches de certains des thèmes et même de l'accent des articles de Camus. Cela confirme une certaine unité de ton du journal qui a souvent été relevée — et qui, bien entendu, accentue la difficulté d'attribution des articles.

Le domaine de Marcel Gimont est celui de la politique internationale. Journaliste chevronné[2], qui a joué un rôle actif dans la fabrication des derniers *Combat* clandestins, il publiera de nombreux articles de fond, et se fera éditorialiste à plusieurs reprises, surtout en 1946.

Albert Ollivier, dont les éditoriaux alterneront avec ceux de Camus à un rythme variant selon les périodes, et qui donnera un grand nombre d'articles

1. Citant le rédacteur en chef de *L'Aurore*, Jean Piot, qui reconnaît avoir commis une erreur en croyant « qu'on pouvait essayer de faire, même sous l'Occupation, un journal français », Pia conclut : « Comme *Combat* n'est pas méchant, il n'insistera pas sur l'erreur de M. Piot, qui n'était évidemment pas celle d'un "esprit faux". »

2. Comme Georges Altschuler, il a été journaliste à *Paris-Soir* avant la guerre.

politiques[1], propose quotidiennement une « Revue de presse » vigilante et incisive, et se fait à l'occasion critique théâtral[2]. Par ses éditoriaux ou ses articles de fond, il sera l'un des rédacteurs les plus réguliers de *Combat*, jusqu'à sa rupture avec Camus en avril 1947.

Viennent rapidement se joindre à eux François Bruel recruté pour les questions économiques, et Jean Chauveau, qui s'occupe surtout de politique intérieure ; ils se retireront en même temps qu'Albert Ollivier.

Dès le 21 août, Jean Bloch-Michel, jeune avocat résistant, rescapé de la prison et de la torture, est engagé comme administrateur[3] ; il le restera jusqu'à la cession du journal, en juin 1947. Il aura la lourde charge de régler les multiples problèmes administratifs et financiers du journal, et prendra parfois la plume pour des articles portant sur l'organisation de la justice[4] : au sein de l'équipe fondatrice de *Combat*, les fonctions ne sont pas figées par une distribution rigide des rôles et des compétences. Lorsque Jacqueline Bernard, à l'automne 1945, y

1. Dont il a repris certains dans *Fausses Sorties*, *op. cit.*

2. Selon Y. M. Ajchenbaum, *op. cit.*, p. 130, il aurait choisi de « privilégier ses activités radio », au moment de la Libération de Paris ; mais il publie dès le 7 septembre un article signé sur l'administration en France ; et il est sans doute l'auteur, sinon de tous les éditoriaux qui ne sont pas de Camus dès août-septembre 1944, du moins de certains d'entre eux.

3. Il est désigné comme « gérant » dans certains encarts ; mais le plus souvent, c'est à Pascal Pia que ce terme est appliqué ; dans les premiers jours, le « gérant » porte le nom de Gaillard, pseudonyme de Pia dans la Résistance. J. Bloch-Michel sera désigné comme « Directeur-gérant » entre le 9 avril et le 3 juin 1947.

4. Voir « La réquisition, loi révolutionnaire », le 30 septembre 1944 ; « Pour une véritable réforme judiciaire », le 12 janvier 1945, et « L'enfant devant les tribunaux », le 30 janvier 1945.

reprendra sa place, elle sera désignée comme « secrétaire générale » du journal[1]. Mais elle aussi publiera des articles aux sujets éclectiques, tels, en octobre 1945, un reportage au camp de Stuthof, en février 1946, « Rien de changé aux Sciences-Po, si ce n'est qu'on n'y voit plus de chapeaux melons », à l'humour ravageur, ou « La revanche de Rosine Deréan », lors de la première du *Bal des pompiers* de Jean Nohain, qui salue avec émotion le retour à la scène de la comédienne, croisée dix-huit mois plus tôt à Ravensbrück ; ou encore, en 1947, une enquête sur les exportations françaises de parfums ou de produits de la mode...

Mais l'équipe de *Combat* ne fonctionne pas en vase clos ; elle accueille volontiers de grandes signatures, en publiant des extraits de *La Lutte avec l'ange* de Malraux, en octobre 1944, ou, à plusieurs reprises, des textes de Bernanos[2] ; elle donne la parole à Emmanuel Mounier ; elle s'assure la collaboration quasi quotidienne de journalistes confirmés comme Georges Altschuler, ou celle, occasionnelle, d'écrivains déjà reconnus, comme Jean-Paul Sartre. Du 28 août au 4 septembre 1944, celui-ci — à l'initiative, dit-on, de Camus — publie un reportage intitulé « Un promeneur dans Paris insurgé » qui décrit l'insurrection et la Libération de Paris ; on peut noter que c'est avec le premier de ces articles que, pour la première fois, une signature apparaît dans le journal ; détail savoureux, puisque cette série est due, en fait, à Simone de Beauvoir, au moins en par-

1. Cf. l'encart reproduit du 6 octobre à la fin novembre 1945.

2. En septembre 1944, ce sont des textes transmis du Brésil ; plus tard, Bernanos donnera quelques articles — jusqu'au moment où *Combat* refusera un article défendant Darnand.

tie[1]... En janvier 1945, Sartre sera « envoyé spécial » de *Combat* aux États-Unis — en même temps que du *Figaro*, auquel il réservera ses articles les plus vivants ou les plus littéraires[2]. Le romancier Henri Calet sera présent entre octobre 1944 et juillet 1945[3]. Dès octobre 1944 également, Pia demande un article à Raymond Aron, qui donnera de nombreux éditoriaux entre avril 1946 et mai 1947[4].

Combat ouvre aussi ses colonnes à de jeunes talents, qui ne tarderont pas à faire leurs preuves d'écrivains, de cinéastes, ou de critiques — Roger Grenier, Alexandre Astruc, Jacques-Laurent Bost, Jacques Lemarchand, Albert Palle[5] ; si certains — Paul Bodin, Pierre Kaufmann — semblent surtout voués aux reportages divers, portant sur les « usines allemandes » abritées dans le métro de Paris aussi bien que sur l'avance de l'armée américaine, pour eux non plus les rubriques ne sont pas un apanage institutionnel : les tâches et les responsabilités sont interchangeables. Bodin donne un texte sur Gide ; Roger Grenier est l'auteur de critiques littéraires, mais aussi de certains billets signés Suétone, de comptes rendus de procès — dont celui de Laval —, de reportages —

1. Cf. Michel Contat et Michel Ribalka, *Les Écrits de Sartre*, chronologie, bibliographie commentée, Gallimard, 1970, p. 103. Selon Y. M. Ajchenbaum, *op. cit.*, p. 169-170, c'est l'ensemble des articles qui seraient dus à Simone de Beauvoir.

2. Voir la liste de ces articles, in *Les Écrits de Sartre*, *op. cit.*, pp. 117-123.

3. Il publie un premier article le 13 octobre 1944, un récit consacré à un camarade de guerre blessé qu'il a accompagné à Paris, et des reportages divers, plutôt consacrés à des « cas sociaux » ou humains.

4. Voir Raymond Aron, *op. cit.*, pp. 208-218. Ce témoignage du « spectateur engagé » est intéressant à plus d'un titre.

5. Voir l'article de J. Guérin (note suivante), et le témoignage de Roger Grenier, *op. cit.*

tel celui qui le mène dans l'Espagne de Franco. Pas plus que Denis Marion, Alexandre Astruc ne se contente de rubriques cinématographiques : il fait, par exemple, le compte rendu d'audience du procès qui voit la condamnation à mort de Brasillach, le 20 janvier 1945 ; Jacques Lemarchand n'est pas cantonné à la critique théâtrale, mais peut partir en reportage en Allemagne. Jacques-Laurent Bost est, un moment, « correspondant de guerre ». Selon l'heureuse formule de Jeanyves Guérin, il s'agit de l'« aventure d'un intellectuel collectif[1] ».

Combat *et la presse libre*

Dans son « programme d'action » mis au point à Alger, le Comité national de la Résistance[2] avait prévu toute une série de « mesures à appliquer dès la libération du territoire[3] ». D'ordre politique, social,

1. Cf. « Le premier *Combat* ou l'aventure d'un intellectuel collectif », in *Camus et le premier « Combat »*, *op. cit.*, pp. 21-46 ; très bien informé, cet article renseigne sur les collaborateurs de *Combat*, et donne une image vivante de la vie intellectuelle et des débats politiques de l'époque. L'évocation rapide que je propose ne saurait prétendre à l'exhaustivité.

2. Les mouvements et partis regroupés au sein du C.N.R. s'engageaient à rester unis « afin d'établir le gouvernement provisoire de la République formé par le général de Gaulle ».

3. *L'Année politique, 1944-1945. Revue chronologique des principaux faits politiques, économiques et sociaux de la France, de la Libération de Paris au 31 décembre 1945*, sous la direction de M. Seydoux et M. Bonnefous, Éditions du Grand Siècle, 1946, Annexes, p. 430. On peut relever que dans l'Introduction, les auteurs situant les différents mouvements de résistance par rapport aux communistes et aux socialistes signalent que « d'autres faisaient preuve de plus d'indépendance, par exemple les membres de l'organisation "Combat", tels que M. Henri Frenay, Albert Camus, Albert Ollivier, Pascal Pia ».

économique, ces mesures visent à restaurer la démocratie et la liberté ; la presse a son rôle à jouer dans cette rénovation, et le C.N.R. s'engage à « assurer »

la liberté de la presse, son honneur, et son indépendance à l'égard de l'État, des puissances d'argent et des influences étrangères.

C'est bien dans cette perspective que se situe *Combat*[1].

Un encadré du 22 août annonce que « seuls les quotidiens patriotes sont autorisés à paraître à Paris, en raison de leur activité dans la clandestinité ou de leur attitude patriotique à l'égard de l'ennemi », et en donne la liste : *L'Aube, L'Humanité, Le Figaro, Le Peuple, Le Populaire, Ce soir, Défense de la France, Combat, France Libre, Franc-Tireur, Front national, Libération, Le Parisien libre.*

La renaissance d'une presse libre est également saluée au début d'une « Revue de la presse libre » qui deviendra quotidienne. D'abord anonyme, elle est en fait due à Albert Ollivier — qui signera parfois « Jacques Vingtras[2] ». Cette première « revue », toujours le 22 août, s'ouvre, elle aussi, avec émotion :

Dans l'après-midi d'hier, la plupart des journaux de résistance ont publié au grand jour, dans Paris en bataille, des éditions spéciales.

1. Cf. « Notre désir [...] était de libérer les journaux de l'argent », *in* « Critique de la nouvelle presse ».

2. Ce pseudonyme est emprunté au héros de la trilogie de Jules Vallès, *L'Enfant, Le Bachelier, L'Insurgé* ; on ne saurait s'étonner de cet hommage rendu à Vallès par l'auteur de *La Commune*, dont Camus avait fait un compte rendu élogieux dans *Alger-Républicain*, le 4 juillet 1939.

Les journaux du Mouvement de la Libération nationale : Défense de la France, Le Franc-Tireur, *et nous-mêmes,* L'Humanité, Le Populaire et Ce soir *pouvaient enfin s'exprimer au grand jour après quatre années de combat souterrain et de silence.*

Les Parisiens s'arrachaient, dans les rues, les titres si familiers avant la guerre, comme L'Humanité *et* Ce soir, *et les nouvelles manchettes que la diffusion clandestine avait déjà appris à connaître.*

La bataille du journalisme français, menée pendant quatre ans par des hommes venus de tous les horizons politiques, était gagnée.

Les extraits reproduits dans cette « Revue de la presse libre » sont précédés de brèves présentations enthousiastes, telle celle du *Franc-Tireur,* « l'héroïque journal qui pendant trois ans a paru dans la clandestinité malgré les coups que lui portait la Gestapo », et qui sait prendre dès son premier numéro publié « le langage sans confusion qui est celui de toutes les grandes époques révolutionnaires ». Quant à *Défense de la France,* il est désigné comme l'« organe de l'un des Groupements les plus actifs du Mouvement de la Libération nationale ».

La même tonalité se retrouve dans un communiqué du Conseil national de la Résistance, publié le 23 août, qui

salue la réapparition à Paris d'une presse libre où se retrouvent, fraternellement unis dans la lutte pour la libération de la France, les anciens journaux restés fidèles à la Patrie et les journaux que publient maintenant les équipes nées dans la Résistance et l'activité clandestine.

Conscient de se faire l'interprète exact du pays tout entier, il veut voir, dans l'apparition de journaux vraiment libres, la promesse que le peuple français trouvera en eux les défenseurs intellectuels qui lui ont trop souvent manqué.

Cette déclaration allait tout à fait dans le sens des préoccupations de l'équipe de *Combat*, qui voyait ainsi reconnaître la continuité entre le combat clandestin et celui qu'elle s'apprêtait à mener. La « revue de presse » du même jour signale le « beau titre du *Populaire* : La liberté frappe à la porte », et l'« énergie infatigable et farouche » de *L'Humanité*, appelant le peuple de Paris à l'insurrection libératrice :

La presse libre de Paris, sortie du sein de la bataille, a continué hier mardi son combat obstiné pour la libération de Paris.

Combattants parmi les combattants, les journalistes français tiennent leur place dans le dernier combat.

Le 24, la rubrique devient « La presse libre » et porte en titre : « Les journaux de l'insurrection » :

Cinquième jour de l'insurrection. Le peuple de Paris continue. Les journaux de la presse combattante continuent. Ils ne sont qu'un cri, et jamais l'unanimité d'un peuple n'a été si grande. Cette presse qui ne parle qu'un seul langage réalise d'elle-même, sans contrainte, par le seul souffle de la liberté, cette union profonde et sans fissure de tous les esprits que quatre années de dictature n'ont pu réaliser. La presse combattante de Paris, en trois jours de parution, a sauvé l'honneur de la presse française que des esprits domesti-

qués ont vainement essayé de compromettre pendant des années.

Dans la même veine, le 25, la rubrique intitulée « Les journaux de la victoire » souligne l'émotion générale ; et le « chapeau », s'ouvrant sur ces « journées lourdes de sens, lourdes de gloire et lourdes de douleur », rend hommage à ceux qui ont donné leur vie pour cette victoire.

Cette belle confraternité[1], cet accent mis sur la solidarité entre les journaux « patriotes » sont d'autant plus intéressants à relever qu'ils ne durent pas. Dès le 28 août, « Lendemain de victoire » note que la presse se diversifie, selon ses positions politiques, et souhaite qu'elle puisse « être à la hauteur de ses origines », c'est-à-dire de la révolution. Le lendemain, « Vers l'avenir », à la lecture de « beaucoup de congratulations, d'affirmations généreuses et vagues », exprime une inquiétude :

Espérons que la presse libre ne s'abandonnera pas à cette inflation verbale qui fut celle de Vichy...

Le 30, sous le titre « Roulements de tambours », le ton se fait beaucoup plus incisif, et apparaît un état d'esprit critique, qui sera désormais celui de la rubrique :

1. La confraternité et l'œcuménisme de l'époque trouvent également leur illustration dans le fait que voisinent, dans le même journal, des textes venus d'horizons très différents ; ainsi, le 9 septembre 1944, le premier numéro libre des *Lettres françaises*, hebdomadaire communiste dirigé par Claude Morgan, publie côte à côte Mauriac et Sartre. En mai 1944, Camus y avait publié un article, « Tout ne s'arrange pas ». Voir également les premiers échanges entre *Combat* et *Le Figaro*.

La lecture des éditoriaux ne nous apprend pas grand-chose de neuf. Après la secousse des journées d'insurrection, l'éloquence prend le pas sur l'imagination et la pensée. Malheureusement, c'est elle qui donne le ton. Des roulements de tambours sonores et bien marqués scandent les principaux articles. On songe parfois aux chœurs de l'Opéra qui chantent : « Marchons, marchons... » et n'avancent point.

Et le 22 septembre, le commentateur notera :

On doit le dire carrément : la presse libre a causé une déception.

L'inquiétude sur l'évolution de la presse, la nécessité de la vigilance à son égard et la déception étaient exprimées par Camus dès le 31 août, dans un article signé, au titre éloquent : « Critique de la nouvelle presse[1] » :

La presse libérée, telle qu'elle se présente à Paris après une dizaine de numéros, n'est pas satisfaisante.

Le lendemain, il affirme avec force que réforme morale et réforme politique de la presse sont indissociables, aussi indispensables l'une que l'autre, et qu'elles exigent une « mise en question du journalisme par les journalistes eux-mêmes », ce qui n'est guère le cas.

1. Cet article ainsi que ceux du 8 septembre, « Le journalisme critique », et du 22 novembre, « Faisons un peu d'autocritique », seront repris dans *Actuelles* ; celui du 1er septembre, « La réforme de la presse », n'y figurera pas.

Ainsi, en quelques jours, semblent s'être évanouis l'espoir, et même l'illusion lyrique d'une presse non seulement libérée de l'Occupation, non seulement indépendante des puissances d'argent, mais délivrée aussi de la paresse d'esprit, des « formules qu'on croyait périmées », des « excès de la rhétorique », ou des « appels à cette sensibilité de midinette qui faisaient avant la déclaration de guerre ou après le plus clair [des] journaux[1] ».

Les années d'Occupation ont montré ce que pouvaient être les effets néfastes d'une presse soumise, encourageant l'opinion publique à ne pas s'opposer à l'occupant. Inversement, les journaux de la Résistance ont été faits par des hommes qui savaient quels risques ils prenaient. Pour être fidèle à elle-même, la « nouvelle presse » se doit de manifester hautement le sens de ses responsabilités morales et politiques. C'est ce à quoi, dans les mois qui suivent, vont s'efforcer Camus et l'équipe de *Combat*.

Cependant, la presse doit accepter certaines limites à l'exercice de sa liberté.

Il y a tout d'abord les limites matérielles, c'est-à-dire les restrictions en ce qui concerne le papier ; *Combat* bénéficie des réserves du *Pariser Zeitung*, mais elles n'auront qu'un temps ; et le journal doit se plier au tirage, au rythme de parution et au format imposés par les directives ministérielles. *Combat* tire à 180 000 exemplaires, paraît le plus souvent sur deux pages[2], exceptionnellement sur quatre pages ; comme ses confrères, il est bientôt contraint

1. *In* « Critique de la nouvelle presse », 31 août 1944. Cf. « Sentir à *Paris-Soir* tout le cœur de Paris et son abject esprit de midinette », *Carnet* I, p. 212.

2. Le format 42 x 60 est, à certaines périodes, réduit à 29 x 42.

à ne pas paraître le lundi, puis publie un numéro daté des dimanche et lundi. En juin 1945, le journal, profitant d'une attribution de papier destinée à permettre aux journaux d'avoir certains jours un grand format, tente de publier « une édition magazine du dimanche[1] » ; mais telle n'était pas la destination de cet apport de papier, et ce supplément essentiellement culturel, ouvert aux textes inédits — on peut y lire des nouvelles traduites de Steinbeck ou d'Hemingway, entre autres — mais aussi aux reportages politiques, n'a que quelques numéros[2] ; Camus y publie le 30 juin un reportage sur l'Allemagne occupée. Une seconde tentative, quelques mois plus tard, ne durera pas davantage.

On comprend aisément que l'apparition de nouveaux titres, concurrents des premiers journaux patriotes autorisés à paraître en août 1944, ne soit pas très bien accueillie. *Combat* sera toujours assez critique à l'égard du *Monde*, dont le premier numéro paraît le 19 décembre 1944.

La très réelle pénurie de papier n'est pas sans arrière-plan politique ; en août 1945, au moment où s'achève le procès Pétain, les journaux parisiens sont menacés de ne pouvoir paraître — faute de papier. *Combat* signale qu'il a dû emprunter du papier à des confrères, et proteste :

Tout se passe comme si le Gouvernement avait souhaité que les comptes rendus du procès Pétain fussent publiés le plus succinctement possible en des jour-

1. Le premier numéro est annoncé les 15 et 16 juin. Il comprend un inédit de Saint-Exupéry, une nouvelle inédite de Marc Bernard, des reportages.
2. Voir Y. M. Ajchenbaum, *op. cit.*, p. 219.

naux de petit format. Tout se passe comme si le Gouvernement voulait punir la presse de n'avoir pas répondu à ce vœu. Tout se passe comme si le Gouvernement souhaitait ne pas voir paraître les journaux au lendemain du verdict[1].

De fait, les journaux seront réapprovisionnés ; mais cela témoigne d'un état d'esprit bien différent de celui qui régnait un an auparavant entre les autorités et la presse.

Une autre limitation à la liberté de la presse, d'ordre moral, vient de la censure. Dès son premier numéro, *Combat* passe un communiqué rappelant que « les décrets de 1939 relatifs à la censure restent en vigueur[2] ». Mais cette censure ne devrait concerner que les nouvelles militaires. Le 22 septembre 1944, alors qu'un communiqué du C.N.R. a été censuré, Camus consacre un éditorial énergique à la question :

Nous acceptons librement la censure militaire sur les nouvelles pouvant servir à l'ennemi. Nous n'acceptons à aucun moment la censure politique.

Il se dit prêt à ce que le journal retourne à la clandestinité si une telle censure devait s'exercer. Il y revient le 24 octobre :

Nous élevons ici contre les procédés de la censure une protestation ferme et mesurée. Elle sera mesurée

1. *Combat*, 14 août 1945.

2. « En application des décrets des 24 août et 27 août 1939, aucun écrit imprimé, de quelque nature que ce soit, ne peut être publié sans l'autorisation préalable de la censure. » Communiqué de l'A.F.P.

dans les termes, mais elle sera ferme dans la décision de faire paraître nos commentaires politiques, et cet éditorial s'il y a lieu, contre la décision même de la Censure[1].

En matière de censure, Camus n'avait pas oublié les démêlés du *Soir-Républicain* avec le Gouvernement général d'Alger. Mais au-delà de cette expérience, c'est un principe fondamental de la liberté de la presse que, par sa plume, *Combat* réaffirme avec force.

Les éditoriaux de Camus consacrés à la presse témoignent de sa vigilance extrême quant à la liberté d'esprit et d'expression qui, seule, pourrait permettre cette « presse claire et virile, au langage respectable[2] », dont la France a besoin et qu'il appelle de ses vœux.

Cette liberté que le rédacteur en chef de *Combat*, son directeur, toute son équipe, mettent au-dessus de tout pour la réalisation de leur journal nécessite, à l'évidence, d'être garantie par une totale indépendance financière et idéologique. L'équipe fondatrice de *Combat* a refusé de s'inféoder à un parti politique tout autant que de faire appel à des capitaux extérieurs ; elle ne tardera pas à en subir les conséquences.

1. On verra *infra* l'attitude différente de Mauriac sur ce sujet.
2. *Combat*, « Critique de la nouvelle presse », article du 31 août 1944. Repris dans *Actuelles*.

La vie difficile d'un journal indépendant

Le journal a évidemment besoin d'être rentable pour vivre. Plusieurs facteurs vont se conjuguer, qui rendront précaire sa situation financière. La concurrence avec de nouveaux journaux — dont *Le Monde*, en particulier — ou certains titres, nés de la Résistance, mais devenus davantage « grand public » — telle la transformation de *Défense de la France* en *France-Soir*, dont le tirage et les moyens sont bien supérieurs à ceux de *Combat* — rend le journal vulnérable ; il supporte mal les grèves des ouvriers du livre en janvier-février 1946, et surtout en février 1947. En même temps, la suppression des autorisations à paraître, qui permet la création de nouveaux journaux n'ayant plus rien à voir avec la presse de la Résistance, ouvre une nouvelle ère pour la presse française.

D'autre part, la liberté d'expression — qui est la raison d'être de *Combat* —, le désir d'être un journal d'information et d'opinion, mais non l'organe d'un parti politique, l'entraîne à ne pas donner de conseils clairs, ni *a fortiori* de consignes, lors des consultations populaires que la France va connaître en 1945-1946. Ne soutenant aucun parti, il n'est soutenu par aucun... Sa référence fidèle à l'esprit de la Résistance, déjà contestée quelques semaines après la Libération de Paris, et surtout après la fin de la guerre, n'est plus aussi bien reçue. On en trouve une illustration significative dans l'éditorial du 1er janvier 1946, qui est peut-être d'Albert Ollivier ; il évoque le discours prononcé par Malraux à l'Assemblée constituante le 29 décembre 1945. Malraux a affirmé que si la presse est sous influence, comme on l'en accuse, c'est celle de la Résistance, et que la presse de la Résistance n'est pas une presse de justice, mais de combat. Or, cette référence à la Résistance, loin de susciter les applaudissements comme elle l'eût fait un an plus tôt, suscite la gêne. L'éditorialiste commente :

De la Résistance, on accepte bien volontiers qu'hommage soit rendu à ses héros, à ses morts, à ses victimes ; mais rappeler son esprit révolutionnaire, sa volonté de liberté, cela a paru à beaucoup un anachronisme et une incongruité. [...] *À* Combat, *dès le premier jour, en prenant comme devise « De la Résistance à la Révolution », nous entendions indiquer que la Résistance — si glorieuse qu'elle fût — n'était pas une fin, mais une étape, et que tout restait à faire.*

Cette insistance sur ce qui reste à faire n'est sans doute plus du goût d'un grand nombre de lecteurs, dont les préoccupations vont surtout aux difficultés de ravitaillement, de chauffage, de logement, de transports, et dont le désir est d'oublier au plus vite les sombres heures de l'Occupation et de retrouver une vie insouciante. Si *Combat* tire toujours autour de 180 000 exemplaires, il y a beaucoup d'invendus. Les difficultés financières sont telles que *Combat* envisage une association avec *La Voix du Nord* dont le directeur, Léon Chadé, inquiète Camus par son « côté balzacien[1] ». Les pourparlers, menés par Jean Bloch-Michel, seront rompus en avril 1947.

1. Archives Jean Bloch-Michel ; cité par Y. M. Ajchenbaum, *op. cit.*, p. 352. Dans cette lettre non datée, Camus écrit encore : « Nous n'acceptons pas d'être coiffés [...] nous sommes décidés à faire disparaître le titre avec nous [...] c'est nous qui constituons la seule valeur commerciale du titre — et [...] il importe en conséquence de nous laisser en paix. »

Les problèmes financiers ne sont pas les seuls que rencontre le journal. À son retour de déportation, Claude Bourdet préfère l'action politique au journalisme ; il ne reprend pas sa place à *Combat*. Il fonde, avec Henri Frenay, l'Union démocratique et socialiste de la Résistance, l'U.D.S.R., qui se veut le parti de gauche de la Résistance non communiste. Candidat non élu aux législatives d'octobre 1945, il devient, pendant quelques mois, directeur de la radiodiffusion française. Henri Frenay est ministre des Prisonniers, Déportés et Réfugiés dans le gouvernement provisoire ; dès février 1945, il est l'objet d'attaques virulentes de la part du parti communiste, qui lui reproche de ralentir volontairement le rapatriement des prisonniers et déportés, et met en cause ses méthodes[1] ; sans doute n'est-ce là que l'aspect le plus spectaculaire de la lutte engagée par le parti communiste pour la direction du M.L.N. Bien que *Combat* le défende, probablement par la plume de Camus, en juin[2], et le soutienne lorsqu'en décembre, ayant porté plainte pour diffamation contre *L'Humanité*, il sera débouté[3], l'équipe directrice du journal refuse de publier, à l'automne, les

1. On va jusqu'à l'accuser de détournement de fonds au profit de *Combat*...

2. Voir article du 5 juin 1945.

3. Un entrefilet des 9-10 décembre rapporte les accusations de *L'Humanité*, et commente : « Les débats ont établi que ces assertions étaient fausses, mais le juge Albert, qui a rendu l'arrêt, a considéré qu'elles n'étaient pas diffamatoires, montrant peut-être ainsi à ceux qui l'ignoraient encore que la conception que certains magistrats se font de l'honorabilité explique leur présence actuelle dans le prétoire en dépit du serment prêté à Pétain. M. Henri Frenay, dont la conception de l'honneur procède de sentiments tout différents a décidé d'interjeter appel de l'arrêt qui l'a débouté. »

articles violemment anticommunistes par lesquels il veut répondre et se justifier. *Combat* a pour principe de ne pas ouvrir ses colonnes aux dirigeants de partis[1]. Frenay et Bourdet veulent alors faire valoir leurs droits sur le journal. De projets de compromis en arbitrages, demandés d'abord à Francisque Gay et Rémy Roure[2], dont les avis divergent, puis à Louis Martin-Chauffier, président du Comité national des journalistes, l'usage et la jouissance du titre sont définitivement reconnus à l'équipe de Pascal Pia et de Jean Bloch-Michel, qui a mené toutes ces transactions. Le verdict rendu par Martin-Chauffier en février 1946 concède à Bourdet et Frenay leur priorité sur la propriété du titre, et leurs droits sur le fonds du journal clandestin — ce qui suppose des remboursements qui ne se feront pas sans mal ; mais on peut lire, dans ses « considérant », un bel hommage aux qualités singulières du journal depuis sa publication libre :

Considérant que la valeur du titre Combat *est faite aujourd'hui surtout du succès de ce titre depuis la Libération* [...] *que l'équipe actuelle a donné au journal un lustre particulier dû au talent des rédacteurs et des directeur et rédacteur en chef, et une tonalité particulière ; qu'elle lui a imposé une politique parti-*

1. « Faire une exception, c'est [...] au mieux transformer *Combat* en une tribune ; au pis, le réduire à être le porte-drapeau d'une organisation politique. Dans les deux cas, cela signifie, pour la rédaction, perdre son âme », écrit Y. M. Ajchenbaum, *op. cit.*, pp. 313-314.

2. Francisque Gay, ministre d'État, ancien résistant — comme R. Roure et L. Martin-Chauffier —, est le directeur de *L'Aube* ; Rémy Roure — qui a fait partie de *Combat* clandestin — dirige la rédaction politique du *Monde*. Pour le détail sur les arbitrages, voir Y. M. Ajchenbaum, *op. cit.*, pp. 320-329.

culière ; que l'exploitation du journal a été commercialement un succès [...] *qu'il est donc incontestable que la valeur du titre* Combat [...] *provient pour la plus grande partie de l'effort, du travail et de la compétence personnelle dont ont fait preuve, depuis la Libération, les membres du groupe Pia-Bloch-Michel*[1].

Combat reste donc le journal de ce groupe. Mais au moment où ce verdict est rendu, Camus a déjà pris quelque distance par rapport à lui.

1. Cité dans la plaidoirie de Maître Boissaurie, dans le procès qui opposera, en décembre 1950, Claude Bourdet à Henri Smadja. Fonds Albert Camus, CMS2, At 2 0402. L'avocat note qu'« Albert Camus est le chef de file » de l'équipe fondatrice du journal, et que « *Combat* avait mission, depuis Camus, d'incarner le message constructif de la Résistance ».

Un écrivain face à l'histoire

« *Notre éditorialiste habituel* »

Si le directeur de *Combat* est indiscutablement Pascal Pia — du moins jusqu'en mars 1947 —, la place de premier plan qu'occupe son rédacteur en chef Albert Camus au sein de l'équipe et le rôle capital qu'il joue dans l'orientation et la tenue du journal sont tout aussi incontestables, tant pour ceux qui partagent avec lui cette aventure qu'aux yeux du public. Il faut cependant préciser que sa participation effective, entre le 21 août 1944 et le 3 juin 1947, connaît des modes et des rythmes différents, en fonction de ses déplacements, de ses problèmes personnels, de son état de santé ; mais en relation étroite également avec l'évolution du climat politique de la France, des clivages qui se font jour au sein même du journal, des difficultés que celui-ci rencontre ou des orientations que veulent lui donner certains de ses rédacteurs.

Dans les premiers mois d'existence libre de *Combat*, d'août à décembre 1944, au temps de l'unité de la Résistance, de l'espoir exaltant de voir se construire et triompher un état d'esprit révolutionnaire, capable de redonner à la France sa grandeur et d'établir une véritable démocratie, fondée sur la justice, la vérité, la liberté, Camus se dépense sans compter au journal.

Lorsque Francine Camus parvient enfin à quitter Alger et à le rejoindre, à la fin du mois d'octobre 1944, elle est frappée par son énergie, son activité, elle dit sa fierté et sa joie de voir Camus apprécié, aimé, entouré d'une considération qui va tout à la fois à l'homme, à l'écrivain, et au journaliste ; mais elle dit aussi son inquiétude devant sa fatigue, son surmenage : Camus est « débordé », sollicité de toutes parts, il n'a plus le temps de travailler pour lui — il a besoin de repos et ne peut en prendre. Il passe l'essentiel de ses journées et une partie de ses soirées au journal ; il y dîne le plus souvent ; il rencontre souvent des personnalités politiques — Duff Cooper[1], Pierre Mendès France, Louis Joxe — ou littéraires : Sartre et Simone de Beauvoir, mais aussi Malraux, Guéhenno ; il voit les amis d'Alger : Edmond Charlot, Claude de Fréminville, Charles Poncet — entre beaucoup d'autres. Il aime les soirées animées, après la journée passée au journal.

On ne saurait d'autre part oublier que malgré quelques interruptions, il est toujours lecteur chez Gallimard[2], que *Le Malentendu*[3] est repris entre le

1. Représentant de la Grande-Bretagne auprès du Comité de Libération nationale jusqu'en 1944 puis ambassadeur en France entre 1944 et 1947.

2. Le travail à *Combat*, la maladie, le surmenage le forcent, de temps en temps, à quitter cette fonction, qu'il reprend cependant toujours.

3. Créée le 24 juin 1944, jouée du 2 au 23 juillet, la pièce est un peu modifiée pour la reprise, en octobre 1944, pour « 30 représentations exceptionnelles ».

14 octobre et le 6 novembre 1944, et que *Caligula* est créé le 25 septembre 1945[1] ; Camus, enfin, travaille à *La Peste*, publie en 1945 la « Remarque sur la révolte[2] », avant-texte de *L'Homme révolté*, écrit « Prométhée aux Enfers » en 1946[3], et donne des articles à différentes revues, et de nombreuses conférences[4]. « Les étudiants lui demandent des conférences, les revues des articles, les associations sa présence », note Francine Camus[5].

Il reste que l'essentiel, en cette période, est évidemment son activité à *Combat*.

Parmi les jeunes collaborateurs qu'il recrute se trouve Roger Grenier, qui évoquera ainsi sa présence au journal :

En fin d'après-midi, Camus discutait du sujet de l'éditorial avec Pascal Pia. Puis il s'enfermait dans son petit bureau pour l'écrire. [...]

Son rôle ne se bornait pas à écrire et à être le porte-drapeau du journal. L'homme qui avait toujours aimé le travail d'équipe, au théâtre, dans les journaux et dans le sport, était un vrai rédacteur en chef et, dans ses périodes de collaboration avec Combat, *il passait plusieurs heures par jour dans la rédaction*[6].

1. La pièce est mise en répétition le 16 août et la générale a lieu le 25 septembre 1945. Camus a mis quelque temps à trouver l'interprète du rôle-titre ; Henri Rolland qui devait le jouer étant tombé malade, Camus retint un jeune acteur inconnu : on sait ce que devait être la carrière de Gérard Philipe.
2. Dans la revue *L'Existence*.
3. Publié dans *L'Été* en 1954.
4. Cf. J. Lévi-Valensi, « Camus journaliste et écrivain au temps de *Combat* », in *Camus et le premier « Combat »*, *op. cit.*, pp. 85-101.
5. Lettre à sa mère. Copyright Catherine et Jean Camus.
6. Roger Grenier, *op. cit.*, p. 188.

Et plusieurs de « ses amis du Livre » rappelleront avec émotion les longues heures passées « au marbre » : « Il était au marbre comme chez lui, plein d'animation et de gaieté, blagueur et "dans le coup", bref, en plein dans la tradition[1] », dit Georges Roy, typographe ; et Lemaître, linotypiste : « Il aimait se trouver devant des pages, devant des lignes de plomb […] Camus était plus souvent au marbre qu'à la rédaction[2]. »

Au marbre ou à la rédaction, son activité journalistique est alors étonnamment féconde. Du 21 août au 30 novembre 1944, Camus a écrit 70 éditoriaux — dont 9 ne peuvent être donnés que comme « probables[3] », 7 articles dont 1 est authentifié, 4 sont signés Albert Camus, et un du pseudonyme transparent « Juste Bauchard[4] ».

Presque quotidienne jusqu'à la fin novembre, sa collaboration se ralentit un peu en décembre 1944. Le 8 décembre, *Combat* annonce :

> *Afin de soulager notre éditorialiste habituel, l'éditorial sera rédigé, selon les jours, par deux ou trois rédacteurs du journal. Il continuera à exprimer la pensée commune de* Combat.

1. *À Albert Camus, ses amis du Livre, op. cit.*, pp. 7-18.
2. *Ibid.*, p. 23.
3. Les textes sont donnés comme « probables » lorsqu'ils ne peuvent être authentifiés ni par la signature, ni par la reprise dans *Actuelles*, ni par un critère objectif ou un témoignage, mais que leur teneur, leur style, le rapprochement avec d'autres textes permettent de les attribuer à Camus sans trop de risques d'erreur.
4. « Bauchard » — ou « Bauchart » — était un des pseudonymes de Camus dans la clandestinité.

Si Camus est bien cet « éditorialiste habituel », on ne saurait cependant en déduire qu'il est l'auteur de tous les éditoriaux publiés jusque-là, puisque certains figurent dans le livre d'Albert Ollivier. Entre le 8 décembre et le 9 février, les éditorialistes signent de leurs initiales ; on trouve encore souvent celles d'Albert Camus, en alternance avec Pierre Herbart et Albert Ollivier ou plus rarement Henri Calet.

Entre le 1er décembre et le 11 janvier 1945, Camus publie encore 19 éditoriaux — dont 1 probable —, 2 articles signés, et 5 billets signés « Suétone ». Mais, malade, il doit s'interrompre totalement du 12 janvier au 9 février 1945. Le 18 janvier, *Combat* précise à ses lecteurs :

L'absence de notre rédacteur en chef Albert Camus qui, depuis la Libération, a donné à Combat *une collaboration remarquée, a valu à notre journal et à Camus lui-même un courrier volumineux. Faute de pouvoir répondre à chacun de ces correspondants, Camus nous a envoyé pour eux ces quelques lignes :*

« Je remercie les lecteurs qui ont bien voulu m'écrire leur sympathie et je m'excuse de ne pouvoir leur répondre individuellement. Les sérieuses raisons de santé qui me tiennent éloigné de Combat *ne m'empêchent pas d'en rester solidaire. Mon seul souhait est d'y reprendre ma place dès que cela sera possible.*

« De toute façon, Combat *est surtout l'œuvre d'une équipe. L'abstention momentanée d'un de ses membres ne peut l'empêcher de continuer une action dont je remercie encore mes correspondants d'avoir reconnu la nécessité.*

Albert Camus. »

À son retour, le 9 février, au journal — où on l'accueille « comme l'enfant prodigue[1] » —, Camus signe un éditorial insistant sur la solidarité de l'équipe, et sur la responsabilité collective des éditorialistes. Après cette date, sans doute pour manifester cette solidarité, les éditoriaux redeviennent anonymes et ils le resteront jusqu'en avril 1946.

Mais Camus doit limiter ses heures de présence à *Combat* ; le rythme de sa participation devient irrégulier et nettement moins intense : en février 3 éditoriaux, dont un signé et 2 probables[2] ; 6 éditoriaux — dont 5 probables — en mars, 8 en avril, dont 3 probables. Du 18 avril au 7 ou 8 mai, Camus est en Algérie ; il en rapportera l'importante suite des 6 articles signés consacrés à la « Crise en Algérie », et publiera 8 éditoriaux, dont 6 probables. En juin, 4 éditoriaux — dont l'un sera repris en conclusion de « Crise en Algérie » dans *Actuelles III*, et 2 sont probables — et un reportage, « Images de l'Allemagne occupée » dans le numéro des 30 juin/1er juillet du supplément éphémère *Combat Magazine*. En août, 13 éditoriaux, dont 11 probables. Et, sans doute, un éditorial en septembre et un en novembre.

En 1944-1945, Camus a donc écrit 133 éditoriaux — dont 92 sont signés ou authentifiés — et 16 articles, dont un probable.

On peut retenir, parmi bien d'autres possibles, deux moments emblématiques de l'activité journalistique de Camus, et de la place de *Combat* dans la

1. Lettre de F. Camus à sa mère du 14 février 1945. Copyright Catherine et Jean Camus.

2. Les dactylographies archivées s'arrêtant au 11 janvier, un plus grand nombre d'éditoriaux ne peuvent plus être donnés que comme « probables ».

presse de la Libération : la polémique qui l'oppose à Mauriac, et les articles consacrés à la « Crise en Algérie ». Pour des raisons différentes, ils donnent une juste idée de la conception que Camus s'est faite du métier de journaliste, et de sa manière d'en assumer la responsabilité.

Justice et charité : le débat Camus-Mauriac

Alors que *Combat*, né de la Résistance, animé par une jeune équipe, est l'exemple même de la nouvelle presse, pour *Le Figaro*, qui avait cessé de paraître en novembre 1942, sa renaissance en août 1944 renoue avec un long passé. Sous la direction de Pierre Brisson, il accueille des journalistes et des écrivains reconnus[1], au premier rang desquels se trouve François Mauriac. Ses éditoriaux alternent, sans régularité, avec ceux de Wladimir d'Ormesson[2].

On sait tout ce qui peut séparer le grand bourgeois catholique, membre de l'Académie et dont l'œuvre est déjà abondante, du jeune écrivain venu d'Alger[3]. Mais ils ont en commun leur passé de

1. Tels Georges Duhamel, les frères Tharaud, Jean Schlumberger ou Alexandre Arnoux, entre autres.

2. Sur W. d'Ormesson, voir note 2, p. 187 à l'éditorial du 8 septembre 1944 ; on peut noter que les articles de Mauriac ne sont pas ornés du « F » traversé d'une plume, qui est le sigle du journal : il parle en son nom personnel, même s'il reflète souvent les opinions chrétiennes du journal.

3. Voir dans l'excellent ouvrage de Jeanyves Guérin, *Portrait de l'artiste en citoyen*, François Bourin, 1993, le chapitre 3 : « Face à Mauriac et à l'épuration », pp. 43-63 ; et dans le recueil de Maurice Weyembergh, *Albert Camus ou la mémoire des origines*, De Boeck Université, Bruxelles, 1998, l'article sur « Merleau-Ponty et Camus », dont une partie est consacrée à cette polémique, pp. 104-109.

résistants, et surtout un même souci éthique, et le même désir de ne pas séparer morale et politique. Leur dialogue public, d'abord empreint de respect et même d'admiration réciproque, va se transformer en affrontement ; cette évolution est tout à fait significative de l'état d'esprit qui règne dans les premiers mois qui suivent la Libération de Paris.

L'échange s'instaure sur les valeurs qui permettront de fonder une nouvelle société : pour Wladimir d'Ormesson et Mauriac, c'est essentiellement le christianisme et sa « loi de charité » ; pour Camus, il s'agit de l'avènement de la justice, qui sera mieux garanti par des valeurs proprement humaines[1]. Ce débat de fond aura pour principal point d'application la question de l'épuration, sur laquelle Camus et Mauriac vont rapidement s'opposer. Leur débat sera grave, voire douloureux, parfois ironique, toujours d'une très haute tenue.

Si les deux écrivains journalistes s'accordent sur la nécessité d'une réforme morale de la presse[2], la première divergence apparaît à propos de la censure ; Camus en reconnaît le bien-fondé en ce qui concerne les informations militaires, mais récuse la censure politique, d'une manière que Mauriac juge excessive[3]. Sans doute, cependant, Camus et *Combat* se sentent-ils assez proches de Mauriac lorsqu'il note que « la politique est impure par essence[4] » ou

1. Voir « Justice et liberté », éditorial du 8 septembre, p. 187.

2. Voir l'article de Camus sur « La réforme de la presse » le 1er septembre, p. 172, et celui de Mauriac, « Examens de conscience », le 9 septembre.

3. Voir l'éditorial de Camus du 22 septembre : « Tout le monde sait que les journaux... », et celui de Mauriac les 24-25 septembre : « La traversée ».

4. Dans « La tentation de l'écrivain », le 29 septembre.

exprime le désir d'aller « vers un socialisme humaniste[1] » ; Camus souligne, le 11 octobre, que *Le Figaro* fait partie des journaux qui « n'ont jamais manqué à l'honneur », et qu'il « est fort bon ». Mais bientôt Mauriac prend sur l'épuration une position critique qui va dans le sens de l'« apaisement[2] », position que conteste *Combat*, le lendemain, dans sa « Revue de presse ». C'est là le véritable début de la polémique qui va profondément opposer Camus et Mauriac. On sait que si l'attitude de Mauriac sous l'Occupation a été courageuse et irréprochable, il n'en a pas été de même pour certains de ses très proches ; ce qui, sans doute, est venu s'ajouter aux convictions chrétiennes de l'auteur du *Cahier noir* pour conforter sa méfiance à l'égard de l'épuration. Allant dans le sens d'un appel du général de Gaulle[3], Mauriac plaide pour l'indulgence envers ceux qui se seraient simplement trompés, alors que pour Camus, il y a des situations où « l'erreur n'est qu'un crime[4] ». Mauriac ayant regretté le poids de la presse unique, issue de la Résistance, Camus réplique clairement : « Nous ne sommes pas d'accord avec M. François Mauriac[5]. » Il rappelle, comme il l'a fait déjà à plusieurs reprises, que « la France a

1. C'est le titre de son éditorial du 11 octobre.
2. « [...] nous exigeons le châtiment des coupables — non celui des suspects ; et nous ne faisons pas bon marché de la vie ni de la liberté des innocents. [...] Si le pays veut l'apaisement, s'il l'exige, le Gouvernement devra s'arrêter dans la voie de l'épuration. [...] Que nos Jacobins alors se consolent, en se rappelant que beaucoup de nos martyrs ont prononcé en mourant des paroles de pardon qui, à travers les bourreaux, atteignaient leurs frères égarés. » « Révolution et Révolution », 13 octobre.
3. Discours du 14 octobre.
4. Éditorial du 18 octobre, p. 278.
5. C'est la première phrase de son éditorial du 20 octobre, p. 285.

une révolution à faire en même temps qu'une guerre » et que cette nécessité exige une justice rigoureuse[1]. Dans sa « Réponse à *Combat* », Mauriac dit son « admiration » et sa « sympathie » pour son cadet, mais aussi son incompréhension ; Camus lui répond longuement[2] ; dans cet éditorial où il réitère sa conviction de la nécessité d'une justice rapide et efficace, s'exprime toute la différence entre celui qui espère en une justice divine et celui qui a « choisi d'assumer la justice humaine » ; Camus formule admirablement son sens de la responsabilité historique qui incombe à sa génération.

Dans un article consacré à « La liberté de la presse[3] », Mauriac s'oppose à la protestation de Camus contre la censure[4] qui, pour lui, se justifie en temps de guerre, et reproche à « l'éditorialiste de *Combat* » de partager les Français entre « les hommes de la Résistance et les hommes de la trahison et de l'injustice » ; lecteur attentif de *Combat* et de sa « Revue de presse », qui lui prête une attitude d'impatience à l'égard de la Résistance[5], Mauriac s'en défend dans une « Mise au point[6] » qui est également une réponse à l'éditorial que Camus a consacré à René Leynaud ; Camus terminait en estimant que « la mort d'un tel homme » était « un prix

1. Éditoriaux des 20 et 21 octobre, p. 285 et p. 288.
2. « Nous hésitions à répondre à M. François Mauriac... », 25 octobre, p. 302.
3. Le 26 octobre.
4. « Nous élevons ici contre les procédés de la censure... », 24 octobre, p. 298.
5. « Revue de presse » du 28 octobre, signée Jacques Vingtras — alias Albert Ollivier.
6. 29 octobre.

trop cher pour le droit redonné à d'autres hommes d'oublier dans leurs actes et dans leurs écrits ce qu'ont valu pendant quatre ans le courage et le sacrifice de quelques Français ». Pourquoi Mauriac — qui cite ce passage — se sent-il directement visé ? À cause de l'attaque de la « Revue de presse » ? Parce qu'il sent que la belle confraternité des premiers jours n'existe déjà plus ? Accusant Camus de « se servir d'un jeune mort contre un vieux vivant », il fait preuve d'une susceptibilité qui n'était peut-être pas fondée, mais la vivacité de sa réaction va singulièrement compromettre leurs relations. C'est au passé qu'il évoquera « les libres discussions d'idées[1] » que *Le Figaro* a eues avec *Combat*, comme si l'époque en était définitivement révolue. Pourtant, les deux écrivains expriment la même amertume devant l'impossibilité de faire coïncider morale et politique[2], et se retrouvent dans leur approbation des discours tenus au Congrès du parti socialiste[3]. L'attention quotidienne que chacun d'eux porte aux articles de l'autre ne se dément pas[4]. La polémique reprend à propos de la presse ; Camus voit dans la réduction — un moment envisagée — du tirage des journaux parisiens une marque de « l'offensive contre la Résistance[5] » ; Mauriac réplique avec vivacité

1. « La politique impure », 7 novembre.

2. Mauriac, « La politique impure » ; Camus, « L'Assemblée consultative a tenu hier… », 8 novembre.

3. Camus, « Le parti socialiste a tenu hier… », 10 novembre, p. 340 ; Mauriac, « Le bilan de quatre-vingts jours », 12 novembre.

4. Voir les articles de Mauriac des 16 et 22 novembre, et les allusions de Camus le 23 dans « À lire attentivement la presse parisienne… », p. 364.

5. « Le ministère de l'Information… », 30 novembre ; « Le problème de la presse… », 1er décembre, p. 380 et p. 384.

en demandant que l'on ne critique pas les ministres issus de la Résistance[1].

Camus commence avec humour son éditorial du 5 décembre : « Il y a entre M. Mauriac et nous une sorte de contrat tacite : nous nous fournissons réciproquement des sujets d'éditoriaux » ; mais c'est très sérieusement qu'il exprime son inquiétude que ne soit compromise l'instauration d'un véritable régime républicain[2].

À la suite du discours du pape du 24 décembre, *Combat* et *Le Figaro* manifestent ouvertement leurs différences : à l'approbation sans réserve de Wladimir d'Ormesson s'oppose le regret exprimé par Camus que les paroles du pape en faveur de la démocratie ne se soient pas fait entendre plus tôt[3].

Dès les premiers jours de janvier 1945, le désaccord sur l'épuration devient total ; si Camus et Mauriac constatent l'un et l'autre son échec, ils en tirent des conclusions radicalement divergentes. Mauriac, à plusieurs reprises, avait souligné la nécessité de la charité comme « ordre » supérieur à celui de la politique[4]. Camus qui s'insurge contre « les condamnations absurdes et les indulgences saugrenues », et regrette que l'on n'ait pas institué une loi spécifique pour juger les collaborateurs, perçoit ce recours comme le besoin de « dérisoires consolations[5] ». Ce qui entraîne une réponse très ironique

1. « La vocation de la Résistance », 3-4 décembre.

2. Il mentionne 11 fois le nom de Mauriac, le plus souvent accompagné de termes laudatifs.

3. Les deux éditoriaux paraissent le 26 décembre.

4. En particulier dans son éditorial du 14 décembre, « La nouvelle alliance ».

5. Éditorial du 5 janvier, « La presse, ces jours-ci, se préoccupe de l'injustice », p. 450.

de Mauriac[1] à l'égard de « notre jeune maître, qui a des clartés de tout » ; au désaccord de fond sur la justice et la charité s'ajoute sans doute l'irritation de Mauriac à la lecture du billet de « Suétone » qui, quelques jours plus tôt, s'en prenait à Duhamel[2].

Le 11 janvier, sous le titre « Justice et charité », Camus répond, longuement et avec gravité, non dans un éditorial, mais dans un texte encadré et signé, qu'il reprendra dans *Actuelles*. Ce n'est pas le collectif *Combat* qui s'exprime, mais, en son nom personnel, un homme blessé par le ton inhabituel de Mauriac, et sa totale incompréhension. Camus — que les « circonstances[3] » vont obliger à s'absenter pendant quelques semaines du journal — annonce que ce texte, pour lui, clôt le débat ; il y redit sa conviction de la nécessité d'une justice rigoureuse, qui exclut tout à la fois la « haine » et le « pardon » ; et il se définit par rapport au christianisme en des termes que Rieux ne désavouerait pas. Mais il devait bientôt constater que cette justice n'avait pu s'exercer et que l'épuration était « non seulement manquée, mais encore déconsidérée » et commenter amèrement :

Le mot d'épuration était déjà assez pénible en lui-même. La chose est devenue odieuse[4].

La polémique continuera entre Mauriac et *Combat*, mais Camus n'y participera plus ; Mauriac

1. Les 7-8 janvier, « Le mépris de la charité ».
2. « Le treizième César », 31 décembre, p. 439.
3. C'est-à-dire ses sérieux problèmes de santé.
4. Éditorial du 30 août 1945, p. 621.

regrettera explicitement l'absence de cet interlocuteur hors pair. En novembre 1945, dans un article où il se plaindra qu'on lui ait fait répondre par « le dernier de la classe[1] », il écrira :

À vrai dire, depuis que M. Albert Camus n'est plus là, les admirateurs de Combat, *parmi lesquels je m'honore de figurer, vivent du parfum d'un vase non certes brisé, mais aux trois quarts vide.*

On ne saurait achever le récit de ces relations difficiles sans rappeler que, le 25 décembre 1948, Camus publie dans *Combat* — qui n'est plus son journal — ses « Réponses à l'Incrédule » adressées à François Mauriac, à propos de Garry Davis et de son mouvement ; et, surtout, que dans un exposé fait cette même année 1948 au couvent des dominicains de Latour-Maubourg[2] il devait évoquer le débat qui l'avait opposé à Mauriac, et déclarer :

Je puis témoigner cependant que malgré quelques excès de langage venus de François Mauriac, je n'ai jamais cessé de méditer ce qu'il disait. Au bout de cette réflexion, et je vous donne ainsi mon opinion sur l'utilité du dialogue croyant-incroyant, j'en suis venu à reconnaître en moi-même et publiquement ici que sur le fond, et sur le point précis de notre controverse, M. François Mauriac avait raison contre moi[3].

1. C'est le titre de son éditorial du 24 novembre.
2. Repris dans *Actuelles*.
3. *Essais, op. cit.*, pp. 371-372.

Cette « controverse » a permis une véritable confrontation d'idées particulièrement riche. Si les positions de Mauriac et de Camus sont antagonistes, elles ont, pour l'un comme pour l'autre, des fondements d'ordre moral, et n'excluent pas une vision lucide de leurs conséquences politiques. Au nom de la charité, Mauriac prêche l'oubli ou le pardon des fautes, et la réconciliation entre tous les Français, et en particulier entre les anciens responsables et les nouveaux ; au nom de la justice, Camus réclame l'application concrète, rapide et mesurée de lois adaptées, et appelle à un renouveau complet de la classe politique. C'est Mauriac qui l'a emporté : il rejoignait les vœux de la majorité des Français, et du général de Gaulle ; mais il a fallu près d'un demi-siècle pour que la France reconnaisse pleinement la vérité de la collaboration et du régime de Vichy, ce « passé qui ne passe pas[1] ».

« *Crise en Algérie* »

Camus a accordé suffisamment d'importance à ses articles de mai-juin 1945 sur l'Algérie pour les reprendre presque tous dans *Actuelles III, Chroni-*

1. Voir Éric Conan et Henry Rousso, *Vichy, un passé qui ne passe pas*, Fayard, 1994 ; Folio Histoire, Gallimard, 1996 ; *La France de Vichy*, de Robert O. Paxton, a paru en français dès 1973 ; mais c'est surtout à partir des années 1990 que les historiens français ont exploré cette période.

ques algériennes en 1958[1]. Mais on ne peut prendre la dimension de leur originalité et de leur lucidité qu'en les replaçant dans leur contexte, et en les comparant avec la manière dont d'autres journaux ont alors traité les événements.

Combat s'est intéressé à l'Algérie avant mai 1945. À deux reprises, peut-être sous l'impulsion de Camus, le journal a accueilli des articles de fond d'Ahmed Belloul[2] ; le 1er décembre 1944, il a traité de « l'opinion musulmane devant la réforme électorale » ; se félicitant des progrès marqués par le projet de réforme du général de Gaulle dans l'ordonnance du 7 mars[3], il en souligne les limites ; il rappelle que l'Algérie musulmane a été présente sur tous les champs de bataille et a accueilli la renaissance française, et estime que la représentation parlementaire envisagée est insuffisante pour la rendre réellement présente dans les Assemblées. Quelques semaines plus tard[4], évoquant la commission d'enquête que le C.N.R. a décidé d'envoyer en Algérie, il note que les multiples commissions déjà venues se sont toujours limitées à des randonnées touristiques confortables, et n'ont donné que des rapports soigneusement revus par le Gouvernement général de l'Algérie, et

1. La publication d'*Actuelles III* en juin 1958 est passée presque inaperçue, et n'a guère suscité de commentaires ; on retiendra cependant les articles de Roger Quilliot dans *La Revue socialiste*, n° 120, juil-déc. 1958, et de Germaine Tillion dans *Preuves*, n° 91, sept. 1958.

2. Agrégé de l'Université, président du Comité d'organisation des Nord-Africains de Paris.

3. Cette ordonnance affirmait : « Les Français musulmans jouissent de tous les droits des Français non musulmans. »

4. « Au titre indigène », 9 janvier 1945.

finalement « déposés à Paris... dans les tiroirs ». Il proteste contre l'inégalité de traitement entre Européens et indigènes dans l'armée, et réclame pour les Français musulmans « un peu de clarté et d'humanité, moins de prévention, surtout dans l'administration de l'Afrique du Nord et des Nord-Africains ».

On ne peut douter que Camus ait lu ces articles, et qu'il y ait totalement souscrit. Il a lui-même consacré deux éditoriaux, les 13 octobre et 28 novembre 1944, à la situation des Français musulmans en Algérie ou à l'armée.

Lorsqu'il peut enfin se rendre en Algérie en avril 1945, ses motivations sont sans doute personnelles : il a quitté sa terre natale depuis août 1942 ; il n'a pas revu sa mère depuis cette date, et s'est senti « en exil » en France. Mais il part aussi pour des raisons professionnelles : pour rapporter aux lecteurs de *Combat* les résultats d'une enquête menée pendant trois semaines en Algérie, afin de « diminuer un peu l'incroyable ignorance de la Métropole en ce qui concerne l'Afrique du Nord[1] ». Ce ne sont donc pas les émeutes de Sétif et de Guelma qui sont à la source de la série de ses articles ; il n'en est pas témoin : le 8 mai, il est sur le chemin du retour ou déjà rentré à Paris. Du moins a-t-il pu prendre la mesure des incidents qui, le 1er mai, à Alger et à Oran, ont opposé les manifestants réclamant la libération de Messali Hadj[2] à la police.

1. 13-14 mai 1945.

2. Messali Hadj avait fondé un parti nationaliste, l'Étoile nord-africaine, dès 1927 ; lorsque l'E.N.A. est dissoute, en 1937, il crée le Parti du peuple algérien — le P.P.A. ; il est arrêté, envoyé au bagne de Lambèze, dans le Sud, puis transféré à Sétif ; le 23 avril 1945, décision est prise de le déporter à Brazzaville, ce qui entraîne les manifestations du 1er mai.

Cette enquête n'a rien de commun avec celles que décrivait ironiquement Ahmed Belloul. Elle s'inscrit dans le droit-fil de « Misère de la Kabylie », publié en juin 1939 dans *Alger-Républicain* ; Camus fait preuve du même souci d'objectivité, au plus près de la vie quotidienne d'une communauté qui n'est pas la sienne, mais dont il ne méconnaît ni les difficultés ni les espérances. Loin de tout pittoresque comme de tout préjugé racial, il s'efforce de donner les raisons économiques et politiques qui expliquent la révolte de ceux qu'il appelle le « peuple arabe ».

De façon prémonitoire, Camus envisage les lourdes conséquences d'une répression aveugle ; il s'efforce de montrer la complexité du problème, alors que l'ensemble de la presse en simplifie singulièrement les données.

Combat s'est montré prudent ; le 12 mai, il annonce : « Agitation en Algérie où la disette a fait naître un vif mécontentement » ; rapportant les décisions du Conseil des ministres pour remédier à cette « épouvantable disette », il note que les « grosses difficultés » rencontrées par l'administration « sont nées, en partie[1], de l'insuffisance de ravitaillement des populations indigènes ». Le 15, le journal reproduit une dépêche de l'A.F.P. et le communiqué du ministère de l'Intérieur, faisant état des victimes européennes, rappelant les mesures prises pour remédier à la pénurie de ravitaillement, et assurant que l'ordre est rétabli, que les coupables seront châtiés, que « toute tentative de division entre Français

1. *Combat* sous-entend qu'il y a d'autres causes.

et Français musulmans » sera réprimée, et que la France poursuivra « l'application de sa politique d'accession progressive des Français musulmans d'Algérie à la citoyenneté française ». *Combat* ne commente pas, mais cette reprise des annonces officielles voisine avec le deuxième article de Camus, « Famine en Algérie ».

Les autres journaux sont beaucoup moins nuancés. Pour *France-Soir*[1], c'est l'« agitateur Ferrat [*sic*] Abbas qui a suscité les troubles d'Algérie », avec l'aide de quelques « hommes de main » qui, comme lui, « semblent être à la solde d'éléments étrangers ». Pour *L'Humanité*[2], il s'agit d'un « attentat fasciste » ; les révoltes de la faim ont été suscitées par la 5e colonne, pour installer une dictature « versaillaise[3] » ; la famine a été organisée par les grands propriétaires colons et les fonctionnaires vichyssois. Bien que les articles du journal communiste soient en partie censurés, le message est clair : « Le fascisme organise ouvertement la guerre civile[4] », pour mettre en place un régime autoritaire. En fait, *L'Humanité* relaie — ou inspire — les tracts du parti communiste algérien, qui affirment : « Il n'y a pas eu de "Révolte arabe". Mais un complot fasciste. »

Sur place, *La Dépêche algérienne* publie la « Relation officielle des émeutes sanglantes de la région de Sétif » : la responsabilité des émeutes incombe aux manifestants qui, malgré l'engagement de ne

1. 13-14 mai 1945.
2. 11 mai 1945.
3. 12 mai ; on sait que la 5e colonne désigne les services secrets d'espionnage ennemi sur le territoire.
4. 19 mai.

pas donner de signification politique à leur marche de la mosquée de Sétif vers le monument aux morts, ont brandi des pancartes : « Libérez Messali » ou « Nous voulons être vos égaux » ; les heurts ont éclaté quand ils se sont trouvés face à la police ; ils ont alors fait usage de leurs armes. Sont recensés les Européens assassinés, les magasins ou les maisons pillés ; aucune mention n'est faite de victimes algériennes — ni d'ailleurs nettement de répression ; le journal se contente d'indiquer :

Vers onze heures, l'ordre fut rétabli et la force publique commença les opérations de nettoyage, effectuant les perquisitions et les arrestations qui s'imposaient.

Le Figaro se contente, le 15 mai, d'un bref commentaire du communiqué du ministère de l'Intérieur, notant que « la disette est une des causes principales de ce début d'insurrection » et affirmant que « si la situation n'est pas très grave, elle n'en reste pas moins sérieuse ». Le journal attend quelques jours avant de proposer son analyse des « Positions et dimensions de la crise algérienne[1] » ; le titre donné par Camus à son premier article a-t-il influencé l'auteur ? Il insiste sur l'« état de crise » où se trouve l'Algérie, et sur le fait qu'en quelques années les musulmans ont été soumis aux propagandes les plus diverses, aboutissant à un « laminage à outrance des esprits ». Dans sa description de la situation économique et agricole de l'Algérie, l'article semble s'être inspiré des données fournies par Camus :

1. 22 mai, article signé Philippe Roland.

mêmes chiffres (arrondis), même argumentation. Peut-être également en ce qui concerne la présentation des « Amis du Manifeste ». En juillet, le journal proposera trois articles de fond[1], qui s'efforcent de « faire le point », et précisera en les introduisant :

Notre pensée doit aller aux Français massacrés en mai ainsi qu'aux milliers de ceux qui vivent aujourd'hui dans les alarmes.

Il s'agit d'une relation des faits et de citations de déclarations recueillies plus que d'une réflexion sur les causes et les conséquences des émeutes de Sétif. L'auteur conclut en appelant les autorités à protéger les colons menacés, et en affirmant :

Il suffit de ne pas laisser semer la discorde ; de ne pas mêler les indigènes à nos luttes politiques métropolitaines […] *; il nous faut être justes et conserver notre prestige.*

Ces quelques emprunts à la presse quotidienne de l'époque permettent d'évaluer à sa juste mesure l'enquête de Camus. Aux lecteurs actuels, qui connaissent l'évolution historique de l'Algérie, elle peut paraître timide. Mais on chercherait en vain, en mai 1945, l'équivalent de tel vœu prémonitoire :

1. Les 7, 8 et 13 juillet ; ce reportage en Algérie est signé Pierre Dubard.

Je voudrais que nous répondions au meurtre par la seule justice, pour éviter un avenir irréparable[1]

Camus s'est efforcé de « comprendre avant de juger[2] » ; les analyses qu'il propose s'appuient sur un état des lieux précis, non seulement d'ordre économique et politique, mais aussi humain. Il ne méconnaît ni l'atrocité des massacres de Guelma et de Sétif, ni les excès de la répression, ni la légitimité des revendications algériennes. Tous ses articles en appellent à la démocratie, à la vérité, à « la force infinie de la justice[3] ». Certes, il n'envisage pas l'indépendance de l'Algérie ; mais il ne croit pas davantage à la pérennité d'une domination française fondée sur le maintien d'un ordre injuste.

En juin 1946, *Combat* publiera une interview de Ferhat Abbas, où celui-ci évoquera les articles « honnêtes et justes » publiés l'année précédente par Albert Camus et affirmera : « Ces articles ont été les seuls, à cette époque, dans la presse française, à exprimer la vérité[4]. »

On sait que, lorsque Camus reviendra au journalisme, en collaborant à *L'Express*, entre mai 1955 et février 1956, ce sera pour contribuer au retour au pouvoir de Pierre Mendès France, dont il espérait qu'il saurait régler le problème de l'Algérie[5].

1. « C'est la justice qui sauvera l'Algérie de la haine », 23 mai, p. 552.
2. « L'Algérie demande des bateaux et de la justice », 16 mai, p. 530.
3. Éditorial du 15 juin, p. 574.
4. Interview recueillie par Jacques Marette, le 11 juin 1946. Dans ce même article, F. Abbas préconisait un État fédéral en Algérie.
5. Voir *Albert Camus éditorialiste à L'Express*, Introduction, commentaires et notes de Paul-F. Smets, Cahiers Albert Camus 6, Gallimard, 1987. Voir en particulier l'Introduction, pp. 20-21, et la quinzaine d'articles consacrés à l'Algérie.

La fin d'un rêve

En septembre 1945, Camus cesse sa collaboration régulière en tant qu'éditorialiste. Sa lassitude physique et morale est accrue par les difficultés matérielles liées, en particulier, à la recherche d'un appartement[1] ; la crise du logement à Paris rend difficile à résoudre ce problème qui devient crucial avec la naissance, le 5 septembre, des jumeaux, Catherine et Jean. Camus veut se consacrer davantage à son œuvre. Il reprend ses fonctions de lecteur chez Gallimard, où il dirigera bientôt la collection « Espoir ».

Au mois d'octobre 1945, il fait toujours partie du Comité de direction du journal, avec Pascal Pia, Marcel Gimont, Albert Ollivier, mais c'est Philippe Diolé qui est rédacteur en chef — comme l'indique un « placard » répété presque quotidiennement entre le 5 octobre et le 28 novembre[2].

Cette période est riche en événements de politique intérieure. Le 21 octobre les Français ont en même temps à élire leurs représentants à la Chambre, et à répondre aux deux questions d'un référendum[3] sur

1. On trouve un écho de ces difficultés dans la nouvelle « Jonas ou l'Artiste au travail », dans *L'Exil et le Royaume*. L'appartement de Jonas doit sans doute sa configuration tout en hauteur et en vitres à celui qu'après un séjour à Bougival Camus habite rue Séguier.

2. Jacqueline Bernard est désignée comme secrétaire générale, et Jean Bloch-Michel comme administrateur.

3. « Voulez-vous que l'Assemblée élue à ce jour soit constituante ? Si le corps électoral a répondu oui à la première question, acceptez-vous que les pouvoirs publics soient, jusqu'à la mise en vigueur de la nouvelle Constitution, organisés conformément aux

la mise en place d'une Assemblée constituante, à la durée limitée, chargée d'instaurer la IVe République. *Combat* appelle à la responsabilité, dit sa « préférence » pour le « oui » aux deux questions en espérant qu'il permettra une véritable révolution sociale et économique mais, semble-t-il, sans trop y croire.

Camus ne se reconnaît plus dans les positions de *Combat*, et bientôt refuse de cautionner les éditoriaux contradictoires que publie le journal. Que l'on en juge : le 1er novembre, l'éditorialiste regrette que les trois partis ne se soient pas mis d'accord sur un programme défini ; le 2 novembre, c'est une attaque féroce contre *L'Humanité* et le parti communiste, évoquant « la maladie sénile du parti communiste français » ; le 6, le journal exprime sa méfiance à l'égard de la Constituante, et le 7, ironise sur le discours d'ouverture du doyen d'âge, M. Cuttoli ; mais le 10, en même temps qu'il critique sévèrement les trois grands partis, qui semblent fuir leurs responsabilités, l'éditorialiste se défend d'exprimer « un antiparlementarisme déguisé » ; cependant, les 11-12 novembre, il se demande si l'on veut « que le parlementarisme achève de se disqualifier » ; le 13, la position est claire : « Nous souhaitons que le général de Gaulle refuse le pouvoir qui lui sera offert », sous peine de jouer un rôle semblable à celui d'Hindenburg dans l'Allemagne de 1932 ; le 14, après l'élection de De Gaulle à l'unanimité, le

---

dispositions du projet de loi dont le texte figure au verso de ce Bulletin ? » La réponse est un « oui » massif à la première question (90 %), plus modéré à la seconde (66 %). Les communistes remportent 152 sièges, les socialistes 142, le M.R.P. 141.

pessimisme et la défiance sont encore plus nets : « Encore quelques manifestations d'unanimité du même genre, et la démocratie aura vécu. » Le 16, le journal approuve le général de Gaulle d'avoir refusé au parti communiste l'un des trois ministères clés (Guerre, Intérieur, ou Affaires étrangères) qu'il réclamait. Le 17, la mise en garde porte sur le danger de l'antiparlementarisme. Le 18, *Combat* déplore que le général de Gaulle, en demandant à être confirmé dans ses fonctions, ait fait acte de candidature, et estime que c'est le parti communiste qui devrait prendre la responsabilité du pouvoir…

Dans une lettre à Pascal Pia, que l'on peut dater avec certitude du 19 novembre 1945[1], Camus s'explique sur les raisons qui l'ont éloigné du journal, et sur la forme qu'il entend désormais donner à une éventuelle collaboration. Retenu « au lit » par ce qu'il appelle pudiquement, comme souvent, « une heureuse grippe », il écrit :

> […] *j'ai lu* Combat *avec des sentiments mêlés mais jamais avec celui de la satisfaction. Et il me semble bien que le lecteur n'a pu voir dans vos positions successives que contradictions et incohérence. On ne peut pas, après avoir publié trois éditoriaux d'un antiparlementarisme acerbe et évident, demander gravement au lecteur de ne pas tomber dans l'antiparlementarisme. On ne peut pas, après trois commentaires d'un anticommunisme sans nuances, réclamer d'autre part le*

1. Commencée un samedi, qui ne peut être que le 17 novembre, d'après les allusions aux différents articles du journal, la lettre est recopiée et achevée le lundi — donc le 19. Elle est publiée dans la *Correspondance Albert Camus-Pascal Pia*, *op. cit.*, pp. 143-145.

pouvoir pour les communistes, à moins de laisser prise aux pires interprétations [...]

Je sais bien à quels repentirs, fort honorables, obéissent ces variations, mais le lecteur, lui, ne le sait pas et je crois pouvoir dire que, probablement, dans la crise actuelle, Combat *n'a pas fait de bien au pays. Le peu d'énergie que pouvait avoir l'édito que je t'ai envoyé a été noyé dans des corrections lénifiantes et confuses*[1]*. Je suis pourtant persuadé que la tâche de* Combat *aurait été de proposer dès le début une solution pratique et de ne proposer qu'elle pendant toute la crise. Tant d'hésitations au contraire enlèvent du sérieux au journal dans son ensemble.*

Cela m'amène à te dire ceci, dont je voudrais que tu le prennes avec ton amitié : parmi les raisons que j'ai eues de quitter le journal la première était certainement le dégoût qui m'était venu de toutes les formes d'expression publique. J'avais envie de me taire. Or, en acceptant de rester parmi vous nominalement, je suis arrivé, par camaraderie, au résultat contraire. Pratiquement, je parle tous les jours, mais je ne parle pas avec ma voix, je dis tous les jours des choses que deux jours sur cinq je n'approuve pas [...] *C'est pourquoi, y ayant bien réfléchi, je voudrais te demander la permission de me retirer tout à fait du journal.*

[...]

Plus tard, si tu le désires toujours et si je m'en sens capable, il sera toujours possible que je donne des articles signés. Mais d'ici là, laissez-moi me retirer et ne doute pas de ma vieille et fidèle affection.

1. Il s'agit très probablement de l'éditorial du 15 novembre. Voir p. 627.

On ne sait pas quelle fut la réponse de Pascal Pia. Mais effectivement Camus se retire ; sa collaboration à *Combat* sera désormais très limitée, et chacune de ses interventions sera signée[1].

En 1946, le journal se réorganise et change sa politique éditoriale. Le 26 avril, un « chapeau » indique une nouvelle orientation :

Depuis le 21 août 1944, les lecteurs de Combat *ont trouvé, chaque jour, à cette place, un éditorial où nous nous sommes efforcés d'éclairer l'actualité dans un souci d'objectivité. Mais un commentaire quotidien du fait politique, économique ou social risque, à la longue, de devenir aussi fastidieux pour le lecteur que pour celui à qui incombe généralement la tâche de parler au nom de l'équipe qui anime le journal.*

Aussi avons-nous décidé, tant par souci d'éviter la monotonie que par désir de faire entendre ici des voix diverses, d'accorder souvent la place de l'éditorial à des commentaires d'un tour et d'un ton plus personnels, et de revenir à notre formule habituelle pour affirmer une prise de position générale lorsque l'événement le sollicitera.

Le premier éditorial de cette nouvelle formule, qui accentue la diversité des opinions exprimées

1. Une lettre à Jean Grenier du 20 février 1946 permet de connaître son état d'esprit pendant cette période : « J'ai perdu la moitié de mon hiver à défendre mes enfants du froid, à assurer notre ravitaillement et à me battre contre des administrations absurdes. [...] je suis comme beaucoup de Français à la fois immensément fatigué et indigné en vain. » *Albert Camus-Jean Grenier. Correspondance, 1932-1960*, Avertissement et notes par Marguerite Dobrenn, Gallimard, 1981, p. 116.

dans *Combat*, et contribue sans doute par là à troubler les lecteurs, est dû à Raymond Aron, et, sous le titre « Oui ou non », s'interroge sur la nature du régime instauré par la Constitution qui vient d'être votée : régime d'assemblée, ou régime parlementaire ? Ses positions sont sensiblement différentes de celles d'Albert Ollivier.

Camus n'est pas directement concerné par ce changement. Du 10 mars au 21 juin, il effectue un long voyage aux États-Unis, où il prononce de nombreuses conférences, mais d'où il n'enverra rien au journal[1]. Durant cette année 1946, sa seule participation à *Combat* — mais elle est capitale — réside dans les 8 articles de « Ni victimes ni bourreaux ». Ce bref retour est une tentative de sauvetage du journal. En effet, et contrairement à ce que sa longue absence pourrait laisser croire, il ne s'en est pas totalement désintéressé.

Le climat politique et social en France n'est plus celui des illusions unitaires qui régnait aux premiers mois de la Libération ; les partis ont repris leurs luttes rivales ; les intérêts particuliers, exacerbés par les difficultés matérielles toujours pesantes, sont revenus à leur place habituelle, devant l'intérêt général. Ce climat influe sur le journal, où les problèmes financiers sont rendus plus aigus encore par la longue grève des ouvriers du Livre en février, où les dissensions internes sont de plus en plus vives, et où les positions deviennent inconciliables.

Dans cette situation difficile, Camus revient au

1. Voir *Journaux de voyage*. Texte établi, présenté et annoté par Roger Quilliot, Gallimard, 1978. R. Quilliot indique cependant (note 1, p. 145) que Camus a « fait le voyage à titre de journaliste ».

journal, dont il assure la direction effective du 17 mars au 2 juin. Pascal Pia n'a pas supporté les accusations selon lesquelles il aurait rejoint le mouvement gaulliste : il quitte définitivement le journal. Sa rancune à l'égard de l'équipe qui n'aurait pas suffisamment démenti cette rumeur — et en particulier à l'égard de Camus — est tout aussi définitive.

En avril, une violente polémique oppose Albert Ollivier et Camus. Quelques semaines après Pia, Albert Ollivier, François Bruel, Jean Chauveau quittent à leur tour le journal. À la suite de l'éditorial de Camus du 22 avril 1947, intitulé « Le Choix », Albert Ollivier demande à publier une « Mise au point », où il reproche à Camus de donner à penser que son départ — et celui de Pia, Bruel, et Chauveau — est lié à un « choix » politique : « pour ou contre le R.P.F. ». Partisan déterminé du général de Gaulle, Ollivier reproche au journal — et plus précisément à Camus — son refus de s'engager dans une logique de parti :

> *Certes,* Combat *n'a jamais été un journal de parti, et je déplorerais le premier qu'il en devînt un. Mais garder son sang-froid, son indépendance d'esprit signifie-t-il qu'il faille se montrer indifférent à l'égard des dilemmes — même d'importance relative — qui s'imposent à la France ? Je ne le crois pas. Éluder une question n'est pas la résoudre, encore moins la dominer*[1].

Dans sa réponse, Camus fait état de son amertume et, en « accord avec tous les camarades qui

1. Fonds Camus, CMS2 At 2-04-02.

essaient de faire encore quelque chose pour *Combat* », refuse de publier ce texte :

> [...] *pendant le temps au moins de ma présence ici, je n'accepterai jamais d'étaler au grand jour nos dissentiments et de donner ainsi le coup de grâce à une entreprise qui fut la mienne plus que la tienne, et que moi, du moins, je mettrai moins de cœur à sacrifier de cette manière. Il reste que je te reconnais le droit théorique de publier ton texte dans un autre journal. C'est une responsabilité à prendre*[1].

Une lettre de Jean Bloch-Michel résume parfaitement la position de Camus et d'une partie de l'équipe fondatrice, et réaffirme ce qu'ont été leurs ambitions :

> *La raison d'être de* Combat, *et de ce qui le rendait, et le rend encore, unique dans la presse française, était sa parfaite indépendance à l'égard du pouvoir et des partis. Son refus de traiter les questions politiques sur le ton de la polémique personnelle ou partisane, la publication d'articles de ce genre eût été la transformation complète de notre journal, et la disparition de ce qui fait sa valeur, sans doute plus morale et intellectuelle que commerciale*[2]

Mais le *Combat* ainsi défini vit ses dernières semaines. Le 2 juin, cinq des six actionnaires du

1. Lettre inédite. Copyright Catherine et Jean Camus. Fonds Camus, CMS2 At 2-04-02.

2. Lettre du 22 janvier 1947, Archives Jean Bloch-Michel, reproduite avec l'aimable autorisation de Marc Bloch.

journal — Pascal Pia, Albert Camus, Albert Ollivier, Jacqueline Bernard, Jean Bloch-Michel — cèdent la totalité de leurs parts à Claude Bourdet et Henri Frenay ; Gimont garde 20 % des siennes. Le lendemain, 3 juin, dans un article ému et émouvant, sobrement intitulé « À nos lecteurs », Camus et son équipe annoncent leur départ du journal. *Combat*, désormais, est dirigé par Claude Bourdet, en accord avec Henri Smadja, un homme d'affaires qui détiendra 50 % des parts, et restera propriétaire du journal jusqu'à sa disparition en 1974[1].

Pendant ces quelques mois, Camus publie 5 éditoriaux et 3 articles, tous signés[2]. « À nos lecteurs » marque la fin du premier *Combat* qui avait été essentiellement le sien et celui de Pascal Pia.

Lorsque son nom ou sa signature apparaîtront dans le *Combat* de Claude Bourdet et Henri Smadja, ce sera à titre extérieur, si l'on peut dire. En 1948, ce ne sera pas le journaliste ni l'ancien rédacteur en chef qui s'exprimera, mais le militant mondialiste soutenant le « citoyen du monde », Garry Davis : une large place sera faite aux interventions publiques de Camus — généralement désigné comme « l'auteur de *La Peste* » — en sa faveur ; il est vrai que Claude Bourdet, comme Camus, fait partie du Comité de soutien à son mouvement. Le 9 décembre, *Combat* publie le texte d'une allocution prononcée lors d'un meeting, « À quoi sert l'O.N.U. ? » ; les 25-

1. Voir Y. M. Ajchenbaum, Combat, *1941-1974, op. cit.*, qui retrace toutes ces péripéties.

2. On peut ajouter, pour 1947, la réponse de Camus à l'enquête menée, depuis le début de l'année, par Jean Desternes sur la littérature américaine. C'est en tant qu'écrivain que Camus y répond le 17 janvier.

26 décembre, « Réponses à l'Incrédule », adressées à François Mauriac. Ou bien ce sera l'écrivain dramaturge qui sera accueilli : les colonnes de *Combat* s'ouvriront à lui pour défendre, face à Gabriel Marcel, le fait d'avoir situé *L'État de siège* en Espagne[1].

On peut enfin relever une dernière intervention de Camus dans *Combat* : le 14 mars 1949, il cosigne avec René Char un bref texte pour défendre des tirailleurs algériens condamnés à mort pour désertion devant l'ennemi, neuf ans plus tôt.

De l'aventure de *Combat*, Albert Camus gardera une grande amertume — et une grande nostalgie. Dès juin 1947, alors que *La Peste* vient d'obtenir le Prix des Critiques, du Panelier où il est parti se reposer quelques jours, il écrit à Marguerite Dobrenn :

Ici, c'est la vraie campagne — bois, prairies, champs de fleurs. Je récupère — j'en avais besoin. Et le Prix des Critiques ne me console pas de l'histoire Combat *qui ne m'a laissé que déceptions. C'est qu'il n'y a pas de commune mesure*[2].

En août 1948, il écrira à Touratier :

Je suis bien loin de Paris et de Combat *que j'ai quitté le cœur serré, il y a plus d'un an maintenant. C'est pourquoi cet anniversaire ne s'est pas passé sans mélancolie. J'ai relu, moi aussi, ce premier éditorial non sans tristesse, vous pouvez m'en croire. Nous l'avons signé ensemble par notre travail, notre lutte et*

1. « Pourquoi l'Espagne ? », 25 novembre 1948.
2. Correspondance inédite avec Marguerite Dobrenn. Reproduite avec l'aimable autorisation de la destinataire. Copyright Catherine et Jean Camus.

nos espoirs communs. Mais nous étions désarmés, puisque nous étions honnêtes. Cette presse, que nous voulions digne et fière, elle est aujourd'hui la honte de ce malheureux pays. Mais quelque chose reste, du moins, et votre lettre me le prouve bien. C'est la fraternité que quelques hommes ont scellée dans le danger et l'effort quotidien[1].

Et en 1951, dans un entretien avec Jean Daniel publié par la revue *Caliban*, sous le titre, repris d'une phrase de Camus, « Une des plus belles professions que je connaisse » — désignant ainsi le journalisme — « parce qu'elle vous force à vous juger vous-même », il affirme encore :

Nous avons fait, pendant deux ans, un journal d'une indépendance absolue et qui n'a jamais rien déshonoré. Je ne demandais rien de plus. Tout porte fruit, un jour ou l'autre[2].

La haute tenue du journal a souvent été saluée par les contemporains. Dès novembre 1945, Mauriac, dans un article du *Figaro* qui note que le journal n'est plus le même depuis que Camus s'en est absenté, évoque : « Ce renom d'honnêteté intellectuelle qui assurait le prestige de *Combat*. »

Le 4 juin 1947, *L'Aube* écrit : « Ne laissons pas partir la belle équipe qui avait donné à *Combat* sa tenue et son allure sans dire combien elle a honoré la nouvelle presse. »

Et même *Franc-Tireur*, annonçant le changement

1. *À Albert Camus, ses amis du Livre, op. cit.*, pp. 21-22.
2. *Caliban*, août 1951, pp. 14-16 ; repris dans *Essais, op. cit.*, pp. 1564-1566.

de direction politique du journal, souligne qu'elle était « composée de journalistes avec lesquels on pouvait sans doute ne pas être d'accord, mais dont on respectait l'honnêteté et la sincérité ».

Lorsqu'il présentera l'entretien de *Caliban*, Jean Daniel rappellera :

> *On se souvient que l'auteur de* La Peste *est aussi le créateur d'une formule journalistique dont le retentissement fut international.*

Ce que corrobore l'article que, dès le 5 juin 1947, *The Manchester Guardian* consacre au départ de l'équipe de Camus :

> Combat *n'a ni une longue histoire ni une large diffusion, mais parmi ses 117 000 lecteurs, plus d'un a dû ressentir cette nouvelle comme un coup personnel. Sa réputation est devenue en trois ans internationale* [...]

Le quotidien britannique regrette la disparition d'« un journal dont la ligne politique était si manifestement désintéressée, et la teneur intellectuelle si haute[1] ».

Ces témoignages rejoignent celui de Morvan Lebesque, dont le bel hommage à *Combat* et à Camus résume ce qui a fait la valeur exceptionnelle de ce

1. Fonds Camus, CMS2 At2-04-02. Dactylographie en français. Le journal ajoute : « De toutes les créations du mouvement de la Résistance, *Combat* semblait avoir été le plus près de réaliser les grands espoirs qui se sont allumés dans la nuit de l'occupation allemande et qui, dans bien des cas, sont tristement partis en fumée à la lumière du jour. »

journal — qui n'aura finalement vécu que du 21 août 1944 au 3 juin 1947 :

> *La France eut rarement un journal comparable au* Combat *de cette époque pour la tenue, le style, la valeur des informations et le respect du lecteur*[1].

Ce ne sont là que quelques échos de l'« aura » du journal, au temps de Pia et de Camus.

Entre le 21 août 1944 et le 3 juin 1947, Camus aura publié 165 textes : 138 éditoriaux[2] et 27 articles[3] — sans compter les 5 billets probables signés Suétone, et quelques communiqués ou brefs « chapeaux ». Tous ces textes ne sont évidemment pas de même importance, mais aucun n'est anodin ni ne laisse le lecteur indifférent.

La postérité de l'histoire

Plus d'un demi-siècle après leur publication, les éditoriaux et les articles de Camus ne sont pas seulement des documents sur une époque difficile et riche en événements dont les conséquences peuvent encore se mesurer aujourd'hui ; complétant les volumes d'*Actuelles*, ils nous apportent la réflexion tout à la fois lucide et passionnée d'un homme, d'un journaliste, d'un écrivain, qui s'est situé « dans et contre l'histoire[4] ».

1. Morvan Lebesque, *Camus par lui-même*, « Écrivains de toujours », Seuil, 1963, p. 67. Les quelques pages consacrées au journal et à son éditorialiste n'ont rien perdu de leur acuité ni de leur valeur (pp. 66-69).
2. Dont 97 sont signés ou authentifiés.
3. Dont un probable.
4. *L'Homme révolté, Essais, op. cit.*, p. 709.

L'écrivain reconnu, conscient de l'œuvre qu'il porte en lui, et l'homme public, engagé, dont on connaît bien désormais les positions, grâce à *Combat*, déploient une remarquable activité. Si cela ne va sans doute pas sans difficultés ni déchirements, ces différents champs d'action ne sont pas contradictoires. Le rédacteur en chef, l'éditorialiste, le journaliste, l'écrivain, l'homme public parlent le même langage, au service des mêmes convictions, avec le même sens de leurs responsabilités.

Dès ses premiers éditoriaux, le public et les autres journaux sont sensibles à leur singularité, tant dans leur ton que dans leur contenu. Dans *Le Figaro*, dès le 11 septembre, Wladimir d'Ormesson salue ces éditoriaux qui « sont d'une si belle tenue ».

On apprend vite l'identité de leur auteur.

Cette voix inquiète et grave dominant le tumulte de la Libération, chacun pouvait maintenant lui donner un visage,

écrira Morvan Lebesque[1].

Et Raymond Aron résumera d'une excellente formule l'exceptionnelle qualité de ses articles, et l'aura les entourant :

Les éditoriaux d'Albert Camus jouissaient d'un prestige singulier : un véritable écrivain commentait les événements du jour[2].

Le « véritable écrivain » se reconnaît d'abord à ses qualités d'écriture. Jean Daniel, pour qui *Com-*

1. *Camus par lui-même, op. cit.*, p. 67.
2. Raymond Aron, *Mémoires, op. cit.*, p. 208.

bat fut « l'un des journaux les mieux écrits de la presse française depuis qu'elle existe[1] », a rappelé les exigences de Camus en la matière :

La concision, le sens de la formule, le trait percutant. [...] *Pour définir un éditorial, il disait : « Une idée, deux exemples, trois feuillets. » Un reportage : « Des faits, de la couleur, des rapprochements.*[2] »

Et l'on pourrait relever des traits spécifiques, des modalités stylistiques propres aux articles de Camus : dans la facture des articles, dans l'organisation de l'argumentation, toujours rigoureuse, dans le mordant des accroches — telle l'ouverture par une interrogation, attirant une réponse précise, ou la chute ironique —, dans le rythme, souvent ternaire, des phrases, dans le choix d'un vocabulaire qui exclut la facilité autant que la préciosité, dans le refus de l'emphase, même lorsque l'émotion se devine (par exemple dans les premiers éditoriaux) ou que s'exprime l'indignation devant certains comportements politiques. Cela mériterait sans aucun doute une analyse exhaustive.

Mais pour incontestables que soient les vertus de l'écriture journalistique — la clarté, la précision, souvent l'élégance, l'ironie, le mouvement, tout ce qui fait un style original et personnel —, il est certain cependant qu'elles n'auraient pas suffi à donner aux articles de Camus leur résonance et leur valeur, même si, d'évidence, elles y contribuent. Camus a lui-même revendiqué sa qualité de journa-

1. Jean Daniel, « Le combat pour *Combat* », in *Camus*, Collection « Génies et Réalités », Hachette, 1964, p. 91.
2. *Ibid.*

liste « professionnel[1] » ; il en fera encore la preuve dans les articles qu'il donnera à *L'Express*, de mai 1955 à février 1956. Mais il n'a pas séparé cette activité de la haute idée qu'il se faisait de la responsabilité de l'écrivain, ni de sa vision, difficile et lucide, de la création artistique, comme témoignage de la dignité de l'homme. L'exigence morale, la réflexion à la fois politique et éthique, la volonté de participer à la restauration de la France, l'espoir mis dans une révolution sociale pacifique mais fondamentale apportent à ces commentaires de l'actualité une dimension qui dépasse singulièrement la portée habituelle des articles de journaux — surtout de la presse quotidienne —, voués à perdre de leur intérêt en dehors des circonstances qui les ont suscités. L'époque de la Libération, de la fin de la guerre et de l'immédiat après-guerre, est particulièrement fertile en faits historiques. Camus a su prendre leur mesure — qu'il s'agisse de politique intérieure ou internationale, du statut de la presse, des émeutes en Algérie, ou de l'utilisation de la bombe atomique. La diversité des sujets dont il traite apparaît clairement à travers le classement thématique de ses articles. Mais non moins nettement peuvent être discernées les lignes de force de sa pensée et de ses choix : l'introduction de la morale dans la politique, la nécessité d'un langage clair et d'une véritable justice, pour les hommes et pour les peuples ; le refus des mensonges et des compromis, le respect de la démocratie ; l'établissement d'un nouvel ordre international, qui fasse leur

1. « Nous étions — et je suis — journalistes professionnels », affirme-t-il dans son entretien donné à *Caliban*, en 1951 *(Essais, op. cit.*, p. 1565).

place aux petites nations ; en un mot, la participation à l'histoire, mais avec le souci constant de « préserver cette part de l'homme qui ne lui appartient pas[1] ». C'est pourquoi ces articles, pour la plupart écrits dans l'urgence, directement inscrits dans la suite quotidienne des événements, atteignent souvent le statut atemporel et universel de la véritable œuvre littéraire.

1. « Ni victimes ni bourreaux », « Vers le dialogue », 30 novembre 1946, p. 668.

Regroupements thématiques

Cette proposition de « regroupements thématiques » ne cherche pas à « classer » les textes de manière autoritaire ni restrictive ; de nombreux textes relèvent de plusieurs rubriques, et sont donc mentionnés plusieurs fois ; ils sont tous inspirés par le désir ou la volonté d'introduire la morale en politique. Ces « regroupements » permettent seulement de mettre en évidence la continuité des préoccupations et la cohérence de la pensée.

La lettre « s » désigne les textes signés, « a » les textes authentifiés, « p » les textes dont l'attribution est probable.

L'HISTOIRE EN TRAIN DE SE FAIRE

LA LIBÉRATION DE PARIS

LA CONTINUATION DE LA GUERRE

POLITIQUE INTÉRIEURE

30-11-44	« *Le ministère de l'Information...* » (p) 380
1-12-44	« *Le problème de la presse...* » (a) 384
5-12-44	« *Il y a entre M. Mauriac et nous...* » (p) 390
13-12-44	« *On lit un peu partout...* » (s) 400
14-12-44	« *On a commencé de discuter...* » (s) 403
15-12-44	« *La Consultative a abordé...* » (s) 406
29-12-44	« *La politique générale...* » (s) 431
2-1-45	« *Panem et circenses* » (Suétone) 442
5-1-45	« Tibère, ministre » (Suétone) 454
9-2-45	« *Il paraît que* Combat... » (s) 463
9-3-45	« *Depuis deux jours, M. Teitgen...* » (p) 472
11/12-3-45	« *Nous avons donné, hier...* » (p) 475
18-3-45	« *Pour une fois...* » (p) 481
5-4-45	« *"Je suis professeur et j'ai faim"...* » (a) 496
6-4-45	« *Ceux qui ne verraient...* » (a) 499
12-5-45	« *On attend le remaniement...* » (p) 515
25-5-45	« *Le général de Gaulle a prononcé...* » (p) 559
26-5-45	« *En attendant le remaniement...* » (a) 561
27-6-45	« *M. Herriot vient de prononcer...* » (a) 578
23-8-45	« *Le Congrès du parti radical...* » (p) 607
24-8-45	« *Au congrès radical...* » (p) 611
26/27-8-45	« *Nous avons été bons prophètes...* » (p) 614
28-8-45	« *Beaucoup de lecteurs...* » (p) 618
15-11-45	« *La France est en état de siège...* » (p) 627

POLITIQUE ÉTRANGÈRE

Reconnaissance du gouvernement français

Politique européenne

Allemagne

POLITIQUE INTERNATIONALE

POLITIQUE COLONIALE

Algérie

Indochine

17-2-45 « *Ici, du moins…* » (p) 469
29-3-45 « *Il n'y a pas de repos dans la vérité…* » (p) 487
15-8-45 « *Ni le premier, ni certainement le dernier…* » (p) 600

Madagascar

10-5-47 « La contagion » (s) 699

LA LIGNE POLITIQUE DE COMBAT

21-8-44 « Le combat continue… » (a) 148
21-8-44 « De la Résistance à la Révolution » (a) 151
2-9-44 « La démocratie à faire » (a) 175
4-9-44 « Morale et politique » (a) 179
19-9-44 « *Le Mouvement national de Libération…* » (a) 208
1-10-44 « *On nous dit : "En somme, qu'est-ce que vous voulez ?…"* » (p) 234
7-10-44 « *Le 26 mars 1944…* » (a) 250
8-10-44 « *Le Conseil national de la Résistance…* » (a) 254
20-10-44 « *Nous ne sommes pas d'accord…* » (a) 285
21-10-44 « *Oui, le drame de la France…* » (a) 288
10-11-44 « *Le parti socialiste a tenu hier…* » (a) 340
11-11-44 « *Nos amis de* Défense de la France… » (a) 343

5-12-44	« *Il y a entre M. Mauriac et nous…* » (p) 390
14-12-44	« *On a commencé de discuter…* » (s) 403
15-12-44	« *La Consultative a abordé…* » (s) 406
16-12-44	« *On pense, dans quelques milieux…* » (s) 409
31-12-44/ 1-1-45	« 1945 » (p) 441
9-2-45	« *Il paraît que* Combat *a changé d'orientation…* » (a) 463
5-6-45	« *Henri Frenay est un de nos camarades…* » (p) 571
14-8-45	« *Nous avions manifesté…* » (p) 597
23-8-45	« *Le Congrès du parti radical…* » (p) 607
24-8-45	« *Au congrès radical…* » (p) 611
26/27-8-45	« *Nous avons été bons prophètes…* » (p) 614
28-8-45	« *Beaucoup de lecteurs nous demandent…* » (p) 618
1-9-45	« *L'après-guerre est commencée…* » (p) 623
15-11-45	« *La France est en état de siège…* » (p) 627
22-4-47	« Le choix » (a) 690
3-6-47	« À nos lecteurs » (a) 703

MORALE ET POLITIQUE

29-8-44	« L'intelligence et le caractère » (a) 163
4-9-44	« Morale et politique » (a) 179

6-9-44 « La fin d'un monde » (a) 181
8-9-44 « Justice et liberté » (a) 187
12-9-44 « *Camarade qui nous écrivez…* » (p) 195
29-9-44 « *Nous sortons de l'euphorie…* » (a) 226
1-10-44 « *On nous dit : "En somme, qu'est-ce que vous voulez ?…"* » (p) 234
6-10-44 « *Il y a eu beaucoup de bruits…* » (a) 247
7-10-44 « *Le 26 mars 1944…* » (a) 250
8-10-44 « *Le Conseil national de la Résistance…* » (a) 254
12-10-44 « *On parle beaucoup d'ordre en ce moment…* » (a) 261
29-10-44 « *Le ministre de l'Information…* » (a) 309
2-11-44 « *Le Conseil des ministres…* » (a) 315
3-11-44 « *Gouverner est bien…* » (a) 319
3-11-44 « Le pessimisme et le courage » (s) 322
4-11-44 « *Il y a deux jours…* » (a) 327
8-11-44 « *L'Assemblée consultative…* » (a) 335
10-11-44 « *Le parti socialiste…* » (a) 340
11-11-44 « *Nos amis de* Défense de la France… » (a) 343
23-11-44 « *À lire attentivement…* » (a) 364
24-11-44 « *Plus on y réfléchit…* » (a) 367
1-12-44 « *Le problème de la presse…* » (a) 384
14-12-44 « *On a commencé de discuter…* » (s) 403
15-12-44 « *La Consultative a abordé…* » (s) 406
17-12-44 « *Que faut-il faire quand une révolution…* » (s) 412
26-12-44 « *Le Pape vient d'adresser au monde…* » (s) 427

29-12-44	« *La politique générale…* » (a) 431
9-2-45	« *Il paraît que* Combat *a changé d'orientation…* » (a) 463
17-2-45	« *Ici du moins…* » (p) 469
9-3-45	« *Depuis deux jours, M. Teitgen…* » (p) 472
11/12-3-45	« *Nous avons donné, hier…* » (p) 475
27-3-45	« *Il est très fâcheux…* » (a) 484
3-4-45	« *Que fêtait-on hier…* » (a) 490
14-4-45	« *Il avait le visage du bonheur…* » (a) 505
17-4-45	« *Chaque pas qui nous rapproche…* » (p) 510
12-5-45	« *On attend le remaniement…* » (p) 515
17-5-45	« *"Nous avons pour nourriture…"* » (a) 533
19-5-45	« *Nous avons protesté avant-hier…* » (a) 543
25-5-45	« *Le général de Gaulle a prononcé…* » (p) 559
5-6-45	« *Henri Frenay est un de nos camarades…* » (p) 571
27-6-45	« *M. Herriot vient de prononcer…* » (a) 578
8-8-45	« *Le monde est ce qu'il est…* » (a) 594
17-8-45	« *Maintenant que la guerre est terminée…* » (p) 602
23-8-45	« *Le Congrès du parti radical…* » (p) 607
24-8-45	« *Au congrès radical…* » (p) 611
26/27-8-45	« *Nous avons été bons prophètes…* » (p) 614
1-9-45	« *L'après-guerre est commencée…* » (p) 623

LA CHAIR

NI VICTIMES NI BOURREAUX

LA PRESSE

31-8-44 « Critique de la nouvelle presse » (s) 168

1-9-44 « La réforme de la presse » (s) 172

8-9-44 « Le journalisme critique » (s) 190

22-9-44 « *Tout le monde sait que les journaux…* » (a) 212

3-10-44 « *Sous la signature d'Allan Forbes…* » (a) 237

4-10-44 « *On verra par ailleurs…* » (a) 240

7-10-44 « *Le 26 mars 1944…* » (a) 250

11-10-44 « *La situation de la presse…* » (a) 257

20-10-44 « *Nous ne sommes pas d'accord avec M. F. Mauriac…* » (a) 285

24-10-44 « *Nous élevons ici contre les procédés de la censure…* » (a) 298

31-10-44 « *Il est possible de faire allusion…* » (a) 312

5-11-44 « L'Officiel *publie…* » (a) 330

15-11-44 « *Il y a quelque chose d'irritant…* » (a) 349

22-11-44 « *Faisons un peu d'autocritique…* » (a) 361

30-11-44 « *Le ministère de l'Information…* » (p) 380

1-12-44 « *Le problème de la presse…* » (a) 384

10-12-44 « *De nombreux journaux…* » (a) 398

16-12-44 « *On pense, dans quelques milieux…* » (s) 409

23-12-44 « Renaissance française » (Suétone) 424

LA JUSTICE

6-10-44 « *Il y a eu beaucoup de bruits…* » (a) 247
12-10-44 « *On parle beaucoup d'ordre…* » (a) 261
18-10-44 « *Parlons un peu de l'épuration…* » (a) 278
20-10-44 « *Nous ne sommes pas d'accord avec M. Mauriac…* » (a) 285
21-10-44 « *Oui, le drame de la France…* » (a) 288
21-10-44 « L'argent contre la justice » (Juste Bauchart) 291
25-10-44 « *Nous hésitions à répondre à M. François Mauriac…* » (a) 302
31-10-44 « *Il est possible de faire allusion…* » (p) 312
2-11-44 « *Le Conseil des ministres…* » (a) 315
5-11-44 « L'Officiel *publie…* » (a) 330
30-12-44 « Ne jugez pas » (s) 434
5-1-45 « *La presse ces jours-ci…* » (s) 450
11-1-45 « Justice et charité » (s) 459
29-3-45 « *Il n'y a pas de repos dans la vérité…* » (p) 487
23-5-45 « C'est la justice qui sauvera l'Algérie de la haine » (a) 552
15-5-45 « *Un moment secouée…* » (a) 574
2-8-45 « *Puisque la Cour de Justice…* » (p) 586
30-8-45 « *On nous excusera de commencer…* » (a) 621
10-5-47 « La contagion » (a) 699

L'ÉGLISE

DIVERS

À Combat

Combat *clandestin : mars-juillet 1944*

Les articles publiés dans les numéros clandestins de Combat *ne peuvent être donnés que comme probables, et il n'est pas impossible que Camus en ait écrit davantage. Mais il n'en avait évidemment gardé aucune trace, et ni l'étude des thèmes ni l'analyse du style ne sont décisives, dans la mesure où ces articles, qui sont autant d'actes de résistance, répondent à des objectifs communs à tous les rédacteurs.*

COMBAT CLANDESTIN, N° 55, MARS 1944

À guerre totale résistance totale[1]

On ne ment jamais inutilement. Le mensonge le plus impudent, pourvu qu'il soit répété assez souvent

1. À la suite de Roger Quilliot, ou d'Yves-Marc Ajchenbaum, on peut penser que l'attribution à Camus de cet article est plus

et assez longtemps, laisse toujours sa trace. C'est un principe que la propagande allemande a pris à son compte et nous avons aujourd'hui encore un exemple de la façon dont elle l'applique. Inspirée par les services de Goebbels[1], aboyée par la presse des domestiques, mise en scène par la Milice[2], une formidable campagne vient de s'ouvrir qui, sous le couvert d'une lutte contre les patriotes des maquis et de la Résistance, vise à diviser une fois de plus les Français. On dit aux Français : « Nous tuons et nous détruisons des bandits qui vous tueraient si nous n'étions pas là. Vous n'avez rien de commun avec eux. »

Mais si le mensonge, tiré à des millions d'exemplaires, garde un certain pouvoir, il suffit du moins que la vérité soit dite pour que le mensonge recule. Et la vérité la voici : C'est que les Français ont tout en commun avec ceux qu'on veut aujourd'hui leur apprendre à craindre et à mépriser. Il n'y a pas deux France, l'une qui combat et l'autre qui juge le combat. Car quand bien même certains voudraient rester dans la position confortable du juge, cela

---

que probable. L'accent mis sur le fait que c'est toute la communauté des Français qui est concernée par l'Occupation et la Résistance, et l'idée que la souffrance partagée et solidaire est une force pour les opprimés sont des thèmes essentiels de *La Peste*, déjà en gestation à cette époque.

1. Goebbels, Joseph Paul (1897-1945). Au parti national-socialiste dès 1922, il se consacre essentiellement à l'action psychologique, à l'information et à la propagande. Chef de la propagande du parti nazi en 1928, il est en 1933 ministre de la Propagande et de l'Information. Fidèle à Hitler jusqu'à la fin, il s'empoisonne avec toute sa famille lors des derniers combats de Berlin.

2. Créée en janvier 1943, sous la direction de Darnand, la Milice avait pour tâche de soutenir l'action des Allemands contre la Résistance française.

n'est pas possible. Vous ne pouvez pas dire « Cela ne me concerne pas ». Car cela vous concerne. La vérité est qu'aujourd'hui l'Allemagne n'a pas seulement déclenché une offensive contre les meilleurs et les plus fiers de nos compatriotes, elle continue aussi la guerre totale contre la totalité de la France, totalement offerte à ses coups.

Ne dites pas « Cela ne me concerne pas. Je vis à la campagne, et la fin de la guerre me trouvera dans la paix où j'étais déjà au début de la tragédie. » Car cela vous concerne. Écoutez plutôt. Le 29 janvier, à Malleval, dans l'Isère, tout un village, sur le seul soupçon que des réfractaires avaient pu s'y réfugier, a été incendié par les Allemands. 12 maisons ont été complètement détruites, 11 cadavres découverts, une quinzaine d'hommes arrêtés. Le 18 décembre en Corrèze, à Chaveroche, à 5 km d'Ussel, un officier allemand ayant été blessé dans des conditions obscures, 5 otages ont été fusillés sur place et deux fermes incendiées. Le 4 février à Grole, dans l'Ain, les Allemands, n'ayant pas trouvé les réfractaires qu'ils recherchaient, ont fusillé le maire et deux notables.

Voici donc des morts français que « cela ne concernait pas ». Mais les Allemands ont décidé que cela les concernait et de ce jour ils ont fait la preuve que cela nous concernait tous. Ne dites pas : « Cela ne me concerne pas ; je suis chez moi avec ma famille, j'écoute tous les soirs la radio et je lis mon journal. » Car on viendra vous chercher sous le prétexte qu'un autre homme, à l'autre bout de la France, n'a pas voulu partir. On prendra votre fils que cela non plus ne concerne pas et on mobilisera votre femme qui croyait jusqu'ici qu'il s'agissait d'une affaire d'hommes. En vérité cela vous concerne et cela nous concerne tous. Car tous les Français aujourd'hui sont liés par l'ennemi dans de tels liens que le geste de l'un crée l'élan de tous les autres et que la distraction ou l'indifférence d'un seul fait la mort de dix autres.

Ne dites pas : « Je sympathise, cela suffit bien, et le reste ne me concerne pas. » Car vous serez tué, déporté ou torturé aussi bien comme sympathisant que comme militant. Agissez, vous ne risquerez pas plus et vous aurez au moins ce cœur tranquille que les meilleurs des nôtres emportent jusque dans les prisons.

La France ainsi ne sera pas divisée. L'effort de l'ennemi est en réalité de faire hésiter les Français devant ce devoir national qui est la résistance au S.T.O.[1] et l'appui des maquis. Il y réussirait si la vérité ne se dressait pas devant lui. Et la vérité, c'est que l'action conjuguée des assassins de la Milice et des tueurs de la Gestapo[2] n'a eu que des résultats dérisoires. Des centaines de milliers de réfractaires résistent encore, luttent et espèrent. Ce n'est pas quelques arrestations qui changeront cela. Et c'est cela que doivent comprendre les 125 000 jeunes

1. Le S.T.O., Service du travail obligatoire, est institué en février 1943 par le gouvernement de Vichy sous la pression de l'Allemagne : il s'agit de fournir de la main-d'œuvre française aux usines allemandes ; de nombreuses personnes ainsi requises préférèrent prendre le maquis ; mais il y eut quand même 170 000 « travailleurs » qui partirent en Allemagne.

2. La Gestapo (abréviation de *Geheime Staatspolizei*) est la police politique du parti nazi. Créée par Goering en 1933, dirigée ensuite par Himmler et Heydrich, elle a fait régner la terreur en Allemagne et dans les pays occupés, employant tous les moyens les plus atroces de persécution des opposants au régime, des résistants et des Juifs. Elle sera condamnée au tribunal de Nuremberg, après la guerre, pour crime contre l'humanité.

gens que l'ennemi se propose de déporter tous les mois. Car ils sont tous visés par la même arme et les classes 44 et 45 que l'ennemi appelle avec une belle franchise « un réservoir de main-d'œuvre » donnent l'exemple de cette France que l'Allemagne unit dans la même haine.

La guerre totale est déclenchée et elle demande la résistance totale. Vous devez résister car cela vous concerne et il n'y a pas deux France. Et les sabotages, les grèves, les manifestations organisés avec la France tout entière sont les seules façons de répondre à cette guerre. C'est cela que nous attendons de vous. *À l'action dans les villes* pour répondre à l'attaque des campagnes. *À l'action dans les usines. À l'action sur les voies de communications de l'ennemi. À l'action contre la Milice* : tout milicien est un assassin possible.

Il n'y a qu'un seul combat, et si vous ne le rejoignez pas, notre ennemi vous démontrera tous les jours qu'il est pourtant le vôtre. Prenez-y votre place car si le sort de tout ce que vous aimez et respectez vous concerne, alors encore une fois, n'en doutez pas, ce combat vous concerne. Dites-vous seulement que nous y apporterons tous ensemble cette grande force des opprimés qu'est la solidarité dans la souffrance. C'est cette force qui à son tour tuera le mensonge et notre espoir commun est qu'elle gardera alors assez d'élan pour animer une nouvelle vérité et une nouvelle France.

COMBAT

COMBAT CLANDESTIN, N° 56, AVRIL 1944

Les hors-la-loi[1]

Qu'est-ce que la Milice ? Quand on prend la presse parisienne, on y lit qu'elle est la plus grande espérance, la dernière chance, et que cette dernière chance ne doit pas être déçue. Cela aide à comprendre. Car la Milice défend quelque chose, et ce quelque chose n'a rien à voir avec l'ordre qu'elle prétend maintenir. Elle défend la peau et les intérêts, la honte et les calculs d'une petite fraction de Français dressés contre la France et menacés d'être exterminés par la victoire. Elle met le crime au service de la lâcheté.

Mais elle met aussi le crime au service de la trahison. Depuis quatre ans, l'ennemi n'a jamais cessé un seul jour de dresser les Français les uns contre les autres. Tout lui a été bon. Mais il est juste de

1. Selon le témoignage de Jacqueline Bernard, rapporté par Yves Marc Ajchenbaum (*op. cit.* p. 121), l'attribution à Camus serait peu vraisemblable. Cependant, l'accroche de l'article par une interrogation est un procédé que l'on retrouvera à plusieurs reprises dans les éditoriaux de Camus (voir, par exemple, « Qu'est-ce qu'une insurrection ? », le 23 août 1944, ou « Que fait le peuple allemand ? », le 17 septembre) ; la répétition : « il a fallu quatre années » est semblable à celle de l'article « De la Résistance à la Révolution », du 21 août ; l'alliance de l'ironie et de la gravité est souvent mise en œuvre par Camus. Enfin, si la Milice est évidemment une cible fréquente des articles des journaux clandestins, les attaques contre ces « hors-la-loi » sont bien proches de celles de l'article de juillet, « Vous serez jugés sur vos actes », très probablement attribuable à Camus.

dire qu'il ne lui a pas fallu moins de quatre ans pour décider un petit nombre d'hommes déshonorés à porter les armes contre la France elle-même et ses hommes les meilleurs. Il y a eu en effet chez nous pendant ces quatre années de folie et de honte des chefs d'État, des ministres et une police qui, consciemment ou non, par lâcheté ou par faiblesse, dans la trahison ou dans la veulerie, ont fait le jeu allemand. Il s'est trouvé aussi des Français pour aller combattre sur des fronts lointains et défendre la cause de ceux-là mêmes qui torturaient leur patrie. Mais il a fallu quatre années entières pour que se recrute une troupe de mercenaires assassins résolus à prêter main-forte à l'ennemi de la France contre la France elle-même. Il a fallu quatre ans de propagande allemande pour découvrir un « héros des deux guerres » qui accepte de traîner ses décorations dans la besogne policière la plus lâche et la plus dégradante.

Mais ces hommes ont été trouvés et leur existence même pose un problème de justice. Car comme il arrive toujours, Sganarelle veut faire mieux que Don Juan, le domestique renchérit sur le maître. Sur ce point, convaincus [*sic*] que les serviteurs sont bien stylés. On se désigne pour maintenir l'ordre et l'on enlève courageusement un couple de vieillards que l'on déshabille dans un champ, et que l'on abat avec des raffinements de torture. On représente la France héroïque et l'on se fait livrer par les Allemands, comme à Nice récemment, six Français arrêtés par la Gestapo (la plupart pour des motifs futiles) pour les torturer, les défigurer et les faire mourir. On s'annonce comme les défenseurs de la loi, et l'on fait passer devant un tribunal de bandits des patriotes qu'on fusille quelques instants après une parodie de jugement. Le héros des deux guerres prétend continuer une admirable tradition française. Elle consiste apparemment à prendre des otages, à tuer l'intellectuel et l'ouvrier, à torturer et à humilier pour, ensuite, profitant d'une presse à genoux couvrir ses victimes de mensonges ou d'insultes. Mais en vérité, c'est une tradition que nous connaissons bien. Elle est née outre-Rhin dans le cœur d'un autre héros de la guerre. Pour M. Darnand[1], il ne s'agit pas d'une tradition, mais d'une trahison.

Mais c'est là justement ce qui rend facile à régler le problème de justice. Car si pour d'autres qui ont trahi il est souhaitable que les formes de la justice soient observées, la Milice, de ce point de vue, s'est mise hors la loi. Il faut qu'il soit bien clair qu'en signant son engagement, chaque milicien ratifie en même temps sa propre condamnation à mort. En se dressant contre la France, ils se mettent hors de la France. Les branches pourries d'un arbre ne peuvent pas lui rester attachées. Il faut qu'elles soient arrachées, broyées et jetées à terre. C'est là le sort qui attend chacun des assassins à Darnand. Et les cours martiales seront inutiles. La Milice est à elle-même son propre tribunal. Elle s'est jugée et condamnée à mort. Les sentences seront exécutées.

1. Darnand, Joseph (1897-1945), héros des commandos de la guerre 14-18, a été un militant actif d'extrême droite au sein de l'Action française entre les deux guerres. Apôtre de la collaboration avec l'Allemagne, secrétaire d'État à l'Intérieur du gouvernement de Vichy, il est le fondateur du Service d'ordre légionnaire et de la Milice qu'il dirige, et dont l'objectif est de combattre la Résistance. Parti à Sigmaringen avec Pétain, puis en Italie, où il est arrêté, il est condamné à mort et fusillé le 10 octobre 1945.

COMBAT CLANDESTIN, N° 57, MAI 1944

Pendant trois heures ils ont fusillé des Français[1]

Il faut dire les choses comme elles sont : nous sommes vaccinés contre l'horreur. Tous ces visages défigurés par les balles ou les talons, ces hommes broyés, ces innocents assassinés, nous donnaient au début la révolte et le dégoût qu'il fallait pour entrer consciemment dans la lutte. Maintenant la lutte de tous les jours a tout recouvert et si nous n'en oublions jamais les raisons, il peut nous arriver de les perdre de vue. Mais l'ennemi est là, et comme s'il veillait à ne laisser personne se détourner, il augmente ses efforts, il se dépasse lui-même, il renchérit chaque fois un peu plus sur la lâcheté et sur la crise. Aujourd'hui, en tout cas, il est allé plus loin qu'on ne pouvait l'imaginer et la tragédie d'Ascq rappelle à tous les Français qu'ils sont engagés dans une lutte générale et implacable contre un ennemi déshonoré.

Quels sont les faits ?

Le 1er avril 1944, dans la nuit, deux explosions se produisent, occasionnant la rupture d'un rail et le déraillement de deux wagons d'un train de troupes allemandes. La voie fut obstruée. Aucune victime dans le train.

1. Comme celui de mars 1944, cet article est unanimement attribué à Camus. La vigueur du style, le réalisme visionnaire, l'idée-force, ici encore, de la solidarité ne laissent en effet guère de doute.

Vers 23 heures, alors que M. Carré, chef de gare à Ascq, alerté à son logement par les agents du service de nuit, prenait au téléphone les dispositions utiles, un officier allemand faisant partie du transport pénètre en hurlant dans son bureau suivi de plusieurs soldats qui, à coups de crosse, abattent MM. Carré, chef de gare, Peloquin, commissaire de 1re classe, Derache, facteur-enregistreur qui s'y trouvaient. S'étant ensuite retirés à la porte du bureau, ils tirèrent une salve de mitraillette sur les trois agents abattus. MM. Carré et Peloquin sont grièvement blessés au ventre et aux cuisses. Puis l'officier amène un important contingent de troupes dans la localité, fouille les maisons après en avoir défoncé les portes et rassemble environ 60 hommes qui sont amenés dans une pâture en face de la gare. Là on les fusille. Vingt-six autres hommes sont également fusillés dans leur domicile ou à leurs abords. En plus de ces 86 fusillés, il y a un certain nombre de blessés.

Le facteur-enregistreur Derache parvient à alerter la permanence de l'arrondissement de Lille qui prévient la Préfecture du Nord ; celle-ci fait intervenir l'Oberfeldkommandantur.

Ce n'est qu'à l'arrivée d'officiers d'État-Major sur les lieux que les exécutions cessent : elles ont duré plus de trois heures.

Je ne sais pas si l'on imagine suffisamment ce qu'il y a derrière ce compte rendu brutal. Mais est-il possible de lire sans une révolte et un dégoût de tout l'être ces simples chiffres : 86 hommes et 3 heures.

Quatre-vingt-six[1] hommes comme vous qui lisez

1. Le texte est continué en deuxième page sous le titre « La tuerie d'Ascq ».

ce journal ont passé devant les fusils allemands, 86 hommes qui pourraient remplir trois ou quatre pièces comme celle où vous vous tenez, 86 visages hagards ou farouches, bouleversés par l'horreur ou par la haine.

Et la tuerie a duré trois heures, un peu plus de deux minutes pour chacun d'entre eux. Trois heures, le temps que certains ont passé ce jour-là à dîner et à converser paisiblement avec des amis, le temps d'une représentation cinématographique où d'autres riaient au même moment au spectacle d'aventures imaginaires. Pendant trois heures, minute après minute, sans un arrêt, sans une pause, dans un seul village de France, les détonations se sont succédé et les corps se sont tordus par terre.

Voilà l'image qu'il faut garder devant les yeux pour que rien ne soit oublié, celle qu'il faut proposer à tous les Français qui restent encore à l'écart. Car sur ces 86 innocents beaucoup pensaient que, n'ayant rien fait contre la force allemande, il ne leur serait rien fait. Mais la France est solidaire, il n'y a qu'une seule colère, qu'un seul martyre. Et quand M. de Brinon[1] écrit aux autorités allemandes non pour se plaindre du massacre de tant de Français, mais pour gémir qu'on entrave ainsi son propre travail de policier mondain, il est responsable de ce martyre et justiciable de cette colère. Car il ne s'agit pas de savoir si ces crimes seront pardonnés, il s'agit de savoir s'ils seront payés. Et si nous avions tendance à en douter, l'image de ce village couvert de

1. Fernand de Brinon (1885-1947). Partisan actif de la collaboration, représentant du gouvernement de Vichy auprès des autorités allemandes à Paris, puis secrétaire d'État, il sera condamné à mort à la Libération par la Haute Cour de justice et exécuté.

sang et maintenant seulement peuplé de veuves et d'orphelins suffirait à nous assurer que le crime sera payé puisque cela désormais dépend de tous les Français et puisque devant ce nouveau massacre, nous nous découvrons la solidarité du martyre et les forces de la vengeance.

COMBAT CLANDESTIN, N° 58, JUILLET 1944

La grande peur des assassins[1]

Sur les murs, sur les urinoirs de Paris, Darnand étale sa prose. Il s'adresse aux siens, réclame l'obéissance absolue, promet des châtiments exemplaires pour les défaillants. Il y a donc des défaillants dans la Milice ! Qui s'en étonnera ?

Quand les Allemands avaient incendié quelques villages et capturé quelques patriotes, les miliciens, avec un retard calculé, arrivaient et prenaient possession des prisonniers. Ils regardaient ces captifs silencieux et ils se mettaient en colère. Rien n'est plus irritant que la vue d'un homme pour ceux qui

1. Le numéro de juillet est tout entier de la main de Camus et de Marcel Gimont-Paute (voir Y. M. Ajchenbaum, *op. cit.*, p. 133). S'il est difficile de procéder à une attribution certaine, le ton, le thème et les allusions à Bernanos et à Malraux dans cet article permettent de penser qu'il est dû à Camus.

« La grande peur des assassins » est une reprise du titre du livre-pamphlet de Bernanos, *La Grande Peur des bien-pensants* (1930), que Camus admirait beaucoup.

ont délibérément cessé d'être hommes. Et puis leur travail commençait. Il s'agissait de prouver que la dignité humaine est un mensonge et que l'homme conscient de soi et maître de son destin n'est qu'un mythe démocratique. Ils couvraient d'insultes leurs victimes, pour se mettre en goût, pour les avilir d'abord en paroles et pour s'avilir un peu plus. Puis ils arrachaient quelques ongles, ils défonçaient quelques poitrines ; il fallait obtenir de la victime pantelante un cri de souffrance, un aveu, un reniement. S'ils y parvenaient, ils respiraient un peu mieux, ils pensaient : nous sommes tous pareils, ceux-là ne crâneront plus... heureux d'avoir transformé des juges muets en complices de leur déchéance. Malraux dit quelque part qu'il est impossible de diriger le jet d'un lance-flammes sur le visage d'un homme qui vous regarde[1]. Qu'on imagine donc ce que doit être un milicien qui s'acharne à supplicier un homme dont les yeux sont ouverts. C'est qu'ils ont une fonction très précise : effacer tout ce qui n'est pas vil, tout ce qui n'est pas lâcheté, démontrer par leur propre exemple et par celui des autres que l'homme est fait pour vivre dans les chaînes et dans la terreur. S'ils y parvenaient, ils n'auraient plus de témoins et leur déchéance personnelle s'identifierait aux vices de la nature humaine.

Mais aujourd'hui on veut les faire sortir de leur rôle. Les Allemands occupés ailleurs ne sont plus là

1. Dans *L'Espoir*, lors des combats à l'Alcazar de Tolède, l'un des combattants républicains, le Négus, se trouve face à face avec un fasciste qui tient un lance-flammes ; parce qu'il hésite « un quart de seconde » avant de diriger le lance-flammes sur lui, le Négus a le temps de tirer sur lui, et commente ensuite : « Ça doit être difficile, brûler vif un homme qui vous regarde » (*Œuvres complètes*, t. II, Bibliothèque de la Pléiade, Gallimard, 1996, p. 113).

pour les défendre ; une armée de la résistance est sortie de terre. On leur demande de se battre homme contre homme, fusil contre fusil. Et c'est profondément injuste. Où veut-on que ces bourreaux trouvent du courage ? Il faudrait qu'ils possèdent précisément les qualités qu'on leur a demandé de détruire chez eux et chez les autres, la confiance en l'homme, la confiance en soi. Darnand[1] le sait. Voilà pourquoi il menace. Mais il est trop tard. Il n'y a pas de menace assez terrible pour faire un homme d'un milicien.

1. Sur Darnand, voir note 1, p. 136 de l'article d'avril.

COMBAT CLANDESTIN, N° 58, JUILLET 1944

Vous serez jugés sur vos actes[1]

Au moment où la dernière lutte s'engage, Pétain[2] et Laval[3] ont tenu à faire entendre une fois de plus

1. L'insistance sur l'engagement que constituent les paroles, et sur la justice, des expressions comme « la chair de la France », qui préfigure le titre d'un chapitre d'*Actuelles*, ou « la guerre est devenue totale », qui s'inscrit dans la continuité de l'article de mars 1944, et le ton même de cet article, bien dans la ligne des précédents, plaident en faveur de l'attribution à Camus.

2. Pétain, Philippe (1856-1951). Maréchal de France en 1918, considéré comme le vainqueur de Verdun, il est ministre de la Guerre pendant quelques mois en 1934. Proche de Maurras et de l'Action française, il devient ambassadeur en Espagne auprès de Franco en 1939. Vice-président du gouvernement Paul Reynaud, en mars 1940, puis, à la démission de celui-ci, président du Conseil le 16 juin 1940, il demande l'armistice et devient chef de l'État français — qui remplace la République, après le vote de l'Assemblée nationale, le 10 juillet 1940. Il installe le gouvernement à Vichy. Sous une nouvelle devise « Travail, Famille, Patrie », il pratique une politique de collaboration active, même si son pouvoir est affaibli par la puissance de Laval, et l'occupation de la zone libre (novembre 1942). Emmené à Sigmaringen, il rentre en France en avril 1945, où son procès a lieu du 23 juillet au 15 août 1945. Condamné à mort, sa peine est immédiatement commuée en détention à perpétuité. Il meurt à l'île d'Yeu en juin 1951.

3. Laval, Pierre (1883-1945). Député socialiste, puis « socialiste indépendant », ministre de la IIIe République à plusieurs reprises, et deux fois président du Conseil, contraint de démissionner en 1936, il revient au pouvoir après la défaite de 1940 ; ministre d'État de Pétain, il fait voter par le Parlement la révision de la Constitution — qui met fin à la République, et joue un rôle primordial dans la mise en place du gouvernement de Vichy, dont il est vice-président. Chantre de la collaboration, il est l'organisateur de l'entrevue Pétain-Hitler de Montoire en octobre 1940 ; arrêté sur

leurs voix désaccordées et à faire bénéficier leur politique commune d'une apparente différence de ton. Ils se sont tous les deux adressés au pays, et selon leur traditionnelle division du travail, Laval a parlé de l'Allemagne, tandis que Pétain faisait mine de parler de la France. Mais à la vérité, ils parlaient tous deux de trahison. Simplement ils en parlaient tous deux sur le ton de la tristesse, comme si cette trahison brusquement devenait clairvoyante. Il y a des années que cela dure. Depuis le temps où Pétain jetait à Vichy les bases d'un régime qui nous a tout rationné sauf l'humiliation et la honte, il n'a pas cessé, par ce jeu qu'il croit habile, d'être le plus haut symbole que nous ayons du compromis et de la confusion. Mais quand le compromis règne, il suffit de parler net. Nous sommes dans un temps où il n'est pas d'autre habileté que le courage et le langage clair. Et comme toujours, c'est la Résistance française qui dit les paroles où la France se reconnaît. Et puisque l'heure est aux appels, la Résistance lance, elle aussi, un suprême appel au peuple de ce pays. Elle lui dit qu'il n'y a plus à réfléchir, à peser ou à évaluer. Les arrière-pensées de Pétain, à supposer qu'il en ait, les finasseries de Laval sont sans importance : la neutralité n'est plus possible. Le temps vient où les hommes de ce pays ne seront plus jugés sur leurs intentions, mais sur leurs actes

---

l'ordre de Pétain — qui le remplace par Darlan pendant quelques mois (janvier 1941-avril 1942) —, il est libéré par les Allemands, qui en font l'homme fort du régime vichyste, à la fois ministre de l'Intérieur, de l'Information et des Affaires étrangères. On sait qu'il déclara souhaiter la victoire de l'Allemagne. Parti à Sigmaringen avec Pétain, puis en Autriche, il sera arrêté, condamné à mort et après une tentative de suicide, fusillé le 15 octobre 1945.

et sur les actes que leurs paroles ont engagés. Cela seul est juste.

Et la Résistance française nous dit clairement que depuis cinq ans, les paroles et les actes de Pétain et Laval n'ont désuni que la France, n'ont humilié que la France, n'ont tué que des Français. Pétain et Laval ont désormais les déshonneurs de la guerre. Ils seront jugés pour cela.

La Résistance vous dit que nous sommes dans un temps où toutes les paroles comptent, où toutes engagent, et plus encore, quand ce sont des paroles qui ratifient l'exécution de nos frères, qui insultent à notre courage, et qui livrent la chair même de la France au plus implacable des ennemis. Quand on appelle terroristes, assassins des patriotes, quand on nomme honneur ce qui n'est que démission, ordre ce qui est torture, loyalisme ce qui est meurtre, le compromis n'est pas possible.

La Résistance vous dit que vous n'avez pas de gouvernement sur le sol de France, et que vous n'en avez pas besoin. Nous sommes bien assez grands pour supporter les dents serrées ce qui nous entoure et nous écrase, bien assez grands pour la pensée de nos camarades emprisonnés et torturés, dont nous ne parlons jamais, et sur lesquels nous du moins nous laissons le silence de la fraternité ; bien assez grands pour la faim et le meurtre. Nous n'avons pas besoin de Vichy pour régler notre compte avec la honte. Nous n'avons pas besoin de bénédiction hypocrite, nous avons besoin d'hommes et de courage ; pas besoin de servir le culte de la souffrance, nous avons seulement à la surmonter. Non pas seuls, mais avec tout un peuple contre une nation de proie et quelques traîtres déshonorés. Nous n'avons pas besoin d'une morale de confiseur, nous avons besoin d'âme et ce ne sont pas les apôtres de toutes les démissions qui nous fourniront.

Français, la Résistance française vous lance le seul appel que vous ayez à entendre. La guerre est devenue totale, il n'y a plus qu'une seule lutte. Ce n'est pas au moment où le meilleur de la nation se prépare au sacrifice que nous serons tentés de pardonner. Tout ce qui n'est pas avec nous est contre nous. Il n'y a plus désormais que deux partis en France : la France de toujours et ceux qui seront détruits pour avoir tenté de la détruire.

COMBAT CLANDESTIN, N° 58, JUILLET 1944

La profession de journaliste[1]

« Pour la première fois dans l'histoire, le métier de journaliste est devenu une profession honorable », a déclaré M. Marcel Déat[2].

M. Marcel Déat a raison.

Le journalisme clandestin est honorable parce qu'il est une preuve d'indépendance, parce qu'il comporte

1. Ce petit encadré, par sa vivacité, son ironie, et la conception du journalisme qui le fonde, ne laisse guère de doute sur son auteur.

2. Déat, Marcel (1894-1955). Député socialiste, ministre de la IIIe République, il devient en 1940 directeur du journal *L'Œuvre*, et fonde le Rassemblement national populaire, qui prônait la collaboration. Secrétaire d'État au Travail et aux Affaires sociales en 1944, il est un très actif propagandiste. Réfugié en Italie, il sera condamné à mort par contumace.

un risque. Il est bon, il est sain que tout ce qui touche à l'actualité politique soit devenu périlleux. S'il est une chose que nous ne souhaitons pas revoir, c'est l'impunité derrière laquelle se sont abritées tant de lâchetés, tant de combinaisons néfastes.

Étant devenus des activités honorables, la politique et le journalisme auront à juger demain ceux qui en furent le déshonneur... M. Marcel Déat, par exemple.

21 août 1944 - 15 novembre 1945

Pendant toute cette période, et en particulier jusqu'au 11 janvier, la présence et la participation de Camus à Combat *sont quotidiennes, et remarquablement fécondes. À partir du 9 février, elles deviennent un peu moins régulières, même si, jusqu'à la fin du mois d'août, Camus est toujours très actif, comme le montrent de nombreux éditoriaux — malheureusement sans signature, et sans dactylographie archivée — ou l'importante série « Crise en Algérie ». Après un dernier éditorial en novembre, Camus s'éloigne du journal.*

21 AOÛT 1944

Le combat continue[1]*...*

Aujourd'hui 21 août, au moment où nous paraissons, la libération de Paris s'achève. Après cinquante

1. Éditorial. Texte dactylographié. Jusqu'au 10 septembre, les éditoriaux ont un titre et généralement un C, en guise de signature.

mois d'occupation, de luttes et de sacrifices, Paris renaît au sentiment de la liberté, malgré les coups de feu qui, soudain, éclatent à un coin de rues.

Mais il serait dangereux de recommencer à vivre dans l'illusion que la liberté due à l'individu lui est sans effort ni douleur accordée. La liberté se mérite et se conquiert. C'est par la lutte contre l'envahisseur et les traîtres que les Forces françaises de l'Intérieur rétablissent chez nous la République, inséparable de la liberté. C'est par la lutte que la liberté et la République triompheront.

La libération de Paris ne constitue qu'une étape dans la libération de la France, — et il faut prendre ici le mot LIBÉRATION dans son acception la plus large. Le combat contre l'Allemagne nazie continue ; il sera poursuivi sans défaillance. Mais si c'est le plus dur des combats pour lesquels toute la France est mobilisée, ce n'est pas le seul qu'il nous faut mener.

Ce ne serait pas assez de reconquérir les apparences de liberté dont la France de 1939 devait se contenter. Et nous n'aurions accompli qu'une infime partie de notre tâche si la République française de demain se trouvait comme la Troisième République sous la dépendance étroite de l'Argent[1].

On sait que la lutte contre les puissances d'argent a constitué longtemps un des thèmes favoris de Pétain et de son équipe. Mais on sait aussi que jamais l'Argent n'a plus lourdement pesé sur notre peuple que depuis juillet 1940, c'est-à-dire depuis l'époque où, hissant les traîtres au pouvoir, il a, pour conserver et accroître ses privilèges, délibérément lié ses intérêts à ceux de Hitler.

1. Ce sera là l'une des constantes de l'attitude politique de *Combat* et de Camus.

Ce n'est pas par hasard que l'on a vu se succéder, dans les conseils des ministres de Vichy, les Laval, les Bouthillier[1], les Baudouin[2], les Pucheu[3], les Leroy-Ladurie[4].

Ce n'est pas par hasard qu'à la tête des principaux Comités dits d'« organisation » ont été placés des « organisateurs » dont, dans la plupart des cas, les rapports avec le prolétariat n'avaient jamais été que des rapports de maîtres à domestiques.

Par la lutte que nous poursuivons avec les Alliés contre les armées hitlériennes, tout le territoire français sera bientôt libéré. Les Alliés auront rendu possible notre libération. Mais notre liberté, c'est à nous-mêmes qu'il appartient de l'établir.

Le combat continue.

C

1. Bouthillier, Yves, ministre des Finances (1940-1942).

2. Baudouin, Paul, ministre des Affaires étrangères.

3. Pucheu, Pierre, ancien dirigeant du Cartel de l'Acier, d'abord ministre de la Production industrielle, puis ministre de l'Intérieur (1941-1942). Condamné à mort à Alger, il est exécuté en mars 1944. Camus lui consacre un article « Tout ne s'arrange pas », paru clandestinement dans *Les Lettres françaises*, en mai 1944 (*Essais, op. cit.*, pp. 1468-1470).

4. Leroy-Ladurie, Jacques, ministre de l'Agriculture et du Ravitaillement (1942).

21 AOÛT 1944

De la Résistance à la Révolution[1]

Il a fallu cinq années de lutte obstinée et silencieuse pour qu'un journal, né de l'esprit de résistance, publié sans interruption à travers tous les dangers de la clandestinité, puisse paraître enfin au grand jour dans un Paris libéré de sa honte. Cela ne peut s'écrire sans émotion. Cette joie bouleversée qu'on commence à lire sur le visage des Parisiens est aussi, et plus encore peut-être, la nôtre. Mais la tâche des hommes de la résistance n'est pas terminée. Il y a eu le temps de l'épreuve et nous en voyons la fin. Il nous est facile de donner son temps à la joie. Elle prend dans nos cœurs la place que pendant cinq années y a tenue l'espérance. Là aussi, nous serons fidèles. Mais le temps qui vient maintenant est celui de l'effort en commun. La tâche qui nous attend est d'un tel ordre et d'une telle grandeur qu'elle nous contraint de faire taire le cri de notre joie pour réfléchir aux destinées de ce pays pour lequel nous nous sommes tant battus. Au premier jour de sa parution publique, le dessein des hommes de *Combat* est de dire aussi haut et aussi net que possible ce que cinq années d'entêtement et de vérité leur ont appris sur la grandeur et les faiblesses de la France.

Ces années n'ont pas été inutiles. Les Français qui

1. Article. Texte dactylographié. Republié le lendemain, avec un chapeau soulignant qu'il « engage la ligne politique » du journal, il en explicite la devise.

y sont entrés par le simple réflexe d'un honneur humilié en sortent avec une science supérieure qui leur fait mettre désormais au-dessus de tout l'intelligence, le courage et la vérité du cœur humain. Et ils savent que ces exigences d'apparence si générale leur créent des obligations quotidiennes sur le plan moral et politique. Pour tout dire, n'ayant qu'une foi en 1940, ils ont une politique, au sens noble du terme, en 1944. Ayant commencé par la résistance, ils veulent en finir par la Révolution.

CE QUE NOUS SAVONS

Nous ne croyons ni aux principes tout faits ni aux plans théoriques. C'est dans les jours qui viendront, par nos articles successifs comme par nos actes, que nous définirons le contenu de ce mot Révolution. Mais pour le moment il donne son sens à notre goût de l'énergie et de l'honneur, à notre décision d'en finir avec l'esprit de médiocrité et les puissances d'argent, avec un état social où la classe dirigeante a trahi tous ses devoirs et a manqué à la fois d'intelligence et de cœur. Nous voulons réaliser sans délai une vraie démocratie populaire et ouvrière. Dans cette alliance, la démocratie apportera les principes de la liberté et le peuple la foi et le courage sans lesquels la liberté n'est rien. Nous pensons que toute politique qui se sépare de la classe ouvrière est vaine. La France sera demain ce que sera sa classe ouvrière.

CE QUE NOUS VOULONS[1]

Voilà pourquoi nous voulons obtenir immédiatement la mise en œuvre d'une Constitution où la liberté et la justice recouvrent toutes leurs garanties, les réformes de structure profondes sans lesquelles une politique de liberté est une duperie, la destruction impitoyable des trusts et des puissances d'argent, la définition d'une politique étrangère basée sur l'honneur et la fidélité à tous nos alliés sans exception. Dans l'état actuel des choses, cela s'appelle une Révolution. Il est probable qu'elle pourra se faire dans l'ordre et dans le calme. Mais, de toute façon, c'est à ce prix seulement que la France reprendra ce pur visage que nous avons aimé et défendu par-dessus tout.

Bien des choses dans ce monde bouleversé ne dépendent plus de nous. Mais notre honneur, notre justice, le bonheur des plus humbles d'entre nous, cela nous appartient en propre. Et c'est par la sauvegarde ou la création de ces valeurs, par la destruction sans faiblesse d'institutions et de clans qui se sont attachés à les nier, par l'esprit révolutionnaire issu de la résistance, que nous donnerons au monde et à nous-mêmes l'image et l'exemple d'une nation sauvée de ses pires erreurs, surgissant de

1. Cet intertitre reprend celui d'un article publié en février 1944 dans *Combat* clandestin, « Où va la Résistance ? » ; il définissait les grandes orientations de la « IVe République », qui devrait être créée par des hommes nouveaux, et verrait la naissance d'un grand parti républicain et révolutionnaire, héritier de la Résistance. Le style de cet article n'engageait pas à l'attribuer à Camus, mais il n'est pas impossible qu'il ait participé à sa rédaction, d'autant que dans le même numéro paraissait l'entrefilet sur « Le nouvelliste », cité p. 22 de l'introduction.

cinq années d'humiliations et de sacrifices avec le jeune visage de la grandeur retrouvée[1].

22 AOÛT 1944

Le temps de la justice[2]

Le gouvernement de Vichy s'est évanoui en fumée. À la première poussée alliée contre Paris, au premier choc de l'insurrection, ces hommes qui, à force de gouverner contre la nation avaient fini par l'oublier, ont cru qu'ils pouvaient encore la tromper et n'ont rien reconnu du visage français dans cette face convulsée d'enthousiasme et de colère que le pays tournait vers eux. Ils sont partis.

Ceux d'entre eux qui avaient été les plus cruels ont été aussi les plus lâches. Darnand et Déat se sont enfuis. Mais ceux d'entre eux qui n'ont jamais cessé de ruser et de mentir sont encore partis dans

1. Le même jour, un encadré donne « Les références du journal *Combat* » ; après un bref historique du journal, rappelant les 58 numéros de *Combat* clandestin, le fait qu'il ait été l'organe du mouvement « Combat » animé par Henri Frenay, puis l'un des journaux des Mouvements unis de Résistance et enfin du Mouvement de la Libération nationale, l'article précise : « Les journalistes qui ont pris l'initiative de faire de *Combat* un quotidien d'information et de combat appartenaient à la rédaction du journal clandestin. Cela les autorise à dire aujourd'hui qu'ils connaissent leurs responsabilités et qu'ils sauront trouver leurs mots. »

Il s'achève sur un hommage à Vélin (André Bollier) et aux camarades déportés.

2. Article possible. Le titre, certaines formules, les thèmes rendent ce texte attribuable, sans certitude.

la ruse et le mensonge. Laval et Pétain ont tenté de faire croire qu'ils étaient emmenés de force. Le président du compromis et le maréchal de la confusion ont du moins été fidèles à eux-mêmes s'ils ne l'ont pas été à la France.

Mais la confusion et le compromis ne sont plus possibles. Et c'est ce qu'il s'agit de dire très haut.

Il n'y a pas de différence entre Laval et Pétain, parce qu'en certaines circonstances il n'y a pas de différence entre la trahison et la démission.

Ces hommes qui nous ont tout rationné, sauf la honte, qui bénissaient d'une main pendant qu'ils tuaient de l'autre, qui ajoutaient l'hypocrisie à la terreur, qui pendant quatre ans ont vécu dans un effroyable mélange de prêches moraux et d'exécutions, d'homélies et de tortures, ces hommes ne peuvent attendre de la France ni l'oubli ni l'indulgence.

Nous avons eu l'imagination qu'il fallait devant les mille nouvelles de nos frères arrêtés, déportés, massacrés, ou torturés. Ces enfants morts qu'on faisait entrer à coups de pied dans des cercueils, nous les avons portés en nous pendant quatre ans. Maintenant, nous aurons de la mémoire.

Nous ne sommes pas des hommes de haine. Mais il faut bien que nous soyons des hommes de justice. Et la justice veut que ceux qui ont tué et ceux qui ont permis le meurtre soient également responsables devant la victime, même si ceux qui couvraient le meurtre parlent aujourd'hui de double politique et de réalisme. Car ce langage est celui que nous méprisons le plus.

Il n'y a pas deux politiques, il n'en est qu'une et c'est celle qui engage, c'est la politique de l'honneur.

En 1940 a commencé une époque où toutes les paroles et tous les actes engageaient. Et ceux qui prirent alors en main ce qu'ils appelaient les destinées de la France prirent en même temps en charge les têtes qui commencèrent alors de tomber et les visages défigurés par les balles. Il n'y a aucun « réalisme » qui puisse tenir devant ce langage simple.

Et ce serment que nous n'avons jamais prononcé, mais qu'au fond de nous-mêmes nous avons fait à nos camarades morts, nous le tiendrons jusqu'au bout.

23 AOÛT 1944

Ils ne passeront pas[1]

Qu'est-ce qu'une insurrection ? C'est le peuple en armes. Qu'est-ce que le peuple ? C'est ce qui dans une nation ne veut jamais s'agenouiller.

Une nation vaut ce que vaut son peuple et si nous avions jamais eu la tentation de douter de notre pays, l'image de ses fils debout, les poings hérissés de fusils, nous remplirait de la certitude bouleversante que cette nation est égale à ses plus grands destins et qu'elle va conquérir sa renaissance en même temps que ses libertés.

Au quatrième jour de l'insurrection, après le premier recul de l'ennemi, après un jour d'une fausse

1. Éditorial. Texte dactylographié. Ce titre est évidemment une traduction du « *No pasarán* » des républicains espagnols, dont on sait combien Camus se sentait proche. Il consacrera plusieurs éditoriaux et articles à l'Espagne. Voir « Regroupements thématiques ».

trêve coupée d'assassinats de Français, le peuple parisien va continuer le combat et dresser ses barricades.

L'ennemi terré dans la ville ne doit pas en sortir. L'ennemi en retraite qui veut entrer dans la ville ne doit pas y pénétrer. Ils ne passeront pas.

Aux quelques rares Français qui, mutilés dans leur mémoire et leur imagination, oublieux de l'honneur et insoucieux de la honte, assis dans leur confort personnel, pourraient demander : « À quoi bon ? » il faut, ici, répondre.

Un peuple qui veut vivre n'attend pas qu'on lui apporte sa liberté. Il la prend. Et par là, il s'aide en même temps qu'il aide ceux qui veulent l'aider. Chaque Allemand qui ne sortira pas de Paris, c'est une balle en moins pour les soldats alliés et nos camarades français de l'Est. Notre avenir, notre révolution, sont tout entiers dans ce présent, plein des cris de la colère et des fureurs de la liberté.

Ce n'est pas nous qui avons choisi de tuer[1]. Mais on nous a mis dans le cas de tuer ou de nous mettre à genoux. Et quoiqu'on ait tenté de nous en faire douter, nous savons après ces quatre ans de terrible lutte que nous ne sommes pas d'une race à nous mettre à genoux.

Quoiqu'on veuille encore nous en faire douter, nous savons aussi que nous sommes une nation majeure. Et une nation majeure prend toutes ses destinées en main, dans l'orgueil comme dans la honte.

Nous avons su porter le poids de notre défaite, ce n'est pas devant les charges de la victoire que nous reculerons.

1. On retrouve là l'un des thèmes majeurs des *Lettres à un ami allemand*.

Le 21 août 1944, dans les rues de Paris, a commencé un combat qui pour nous tous et pour la France se terminera par la liberté ou la mort[1].

24 AOÛT 1944

Le sang de la liberté[2]

Paris fait feu de toutes ses balles dans la nuit d'août. Dans cet immense décor de pierres et d'eaux, tout autour de ce fleuve aux flots lourds d'histoire, les barricades de la liberté, une fois de plus, se sont dressées. Une fois de plus, la justice doit s'acheter avec le sang des hommes.

Nous connaissons trop ce combat, nous y sommes trop mêlés par la chair et par le cœur pour accepter sans amertume cette terrible condition. Mais nous connaissons trop aussi son enjeu et sa vérité pour refuser le difficile destin qu'il faut bien que nous soyons seuls à porter.

Le temps témoignera que les hommes de France ne voulaient pas tuer, et qu'ils sont entrés les mains pures dans une guerre qu'ils n'avaient pas choisie[3]. Faut-il donc que leurs raisons aient été immenses

1. C'est le cri, entre autres, des révolutionnaires de 1789...
2. Éditorial. Repris dans *Actuelles*, sans titre, chapitre « La Libération de Paris », avec quelques variantes.
3. Cf. Éditorial du 23 août, p. 156, et les *Lettres à un ami allemand.*

pour qu'ils abattent soudain leurs poings sur les fusils et tirent sans arrêt, dans la nuit, sur ces soldats qui ont cru pendant deux ans que la guerre était facile ?

Oui, leurs raisons sont immenses. Elles ont la dimension de l'espoir et la profondeur de la révolte. Elles sont les raisons de l'avenir pour un pays qu'on a voulu maintenir pendant si longtemps dans la rumination morose de son passé. Paris se bat aujourd'hui pour que la France puisse parler demain. Le peuple est en armes ce soir parce qu'il espère une justice pour demain. Quelques-uns vont disant que ce n'est pas la peine, et qu'avec de la patience, Paris serait[1] délivré à peu de frais. Mais c'est qu'ils sentent confusément combien de choses sont menacées par cette insurrection, qui resteraient debout si tout se passait autrement.

Il faut, au contraire, que cela devienne bien clair : personne ne peut penser qu'une liberté conquise dans cette nuit, dans ce sang[2] aura le visage tranquille et domestiqué que certains se plaisent à lui rêver. Ce terrible enfantement est celui d'une révolution.

On ne peut pas espérer que des hommes qui ont lutté quatre ans dans le silence et des jours entiers dans le fracas du ciel et des fusils, consentent à voir revenir les forces de la démission et de l'injustice, sous quelque forme que ce soit. On ne peut pas s'attendre, eux qui sont les meilleurs et les plus purs[3], qu'ils acceptent à nouveau de faire ce qu'ont fait pendant vingt-cinq ans les meilleurs et les purs, et qui consistait à aimer en silence leur pays et à mépriser en silence ses chefs. Le Paris qui se bat ce

1. *Actuelles* : Paris *sera* […]
2. *Actuelles* : conquise *dans ces convulsions* […]
3. *Actuelles* : « les plus purs » supprimé.

soir veut commander demain. Non pour le pouvoir, mais pour la justice, non pour la politique, mais pour la morale, non pour la domination de leur pays, mais pour sa grandeur.

Notre conviction n'est pas que cela se fera, mais que cela se fait aujourd'hui, dans la souffrance et l'obstination du combat. Et c'est pourquoi, par-dessus la peine des hommes, malgré le sang et la colère, ces morts irremplaçables, ces blessures injustes et ces balles aveugles, ce ne sont pas des paroles de regret, mais ce sont des mots d'espoir, d'un terrible espoir d'hommes isolés avec leur destin, qu'il faut prononcer.

Cet énorme Paris noir et chaud, avec ses deux orages dans le ciel et dans les rues, nous paraît, pour finir, plus illuminé que cette Ville Lumière que nous enviait le monde entier. Il éclate de tous les feux de l'espérance et de la douleur, il a la flamme du courage lucide, et tout l'éclat non seulement de la libération, mais de la liberté prochaine.

25 AOÛT 1944

La nuit de la vérité[1]

Tandis que les balles de la liberté sifflent encore dans la ville, les canons de la libération franchissent les portes de Paris, au milieu des cris et des

1. Éditorial. Repris dans *Actuelles*, sans titre, chapitre « La Libération de Paris ».

fleurs. Dans la plus belle et la plus chaude des nuits d'août, le ciel de Paris mêle aux étoiles de toujours les balles traçantes, la fumée des incendies et les fusées multicolores de la joie populaire. Dans cette nuit sans égale s'achèvent quatre ans d'une histoire monstrueuse et d'une lutte indicible où la France était aux prises avec sa honte et sa fureur.

Ceux qui n'ont jamais désespéré d'eux-mêmes ni de leur pays trouvent sous ce ciel leur récompense. Cette nuit vaut bien un monde, c'est la nuit de la vérité. La vérité en armes et au combat, la vérité en force après avoir été si longtemps la vérité aux mains vides et à la poitrine découverte. Elle est partout dans cette nuit où peuple et canon grondent en même temps. Elle est la voix même de ce peuple et de ce canon, elle a le visage triomphant et épuisé des combattants de la rue, sous les balafres et la sueur. Oui, c'est bien la nuit de la vérité et de la seule qui soit valable, celle qui consent à lutter et à vaincre.

Il y a quatre ans, des hommes se sont levés au milieu des décombres et du désespoir et ont affirmé avec tranquillité que rien n'était perdu. Ils ont dit qu'il fallait continuer et que les forces du bien pouvaient toujours triompher des forces du mal à condition de payer le prix. Ils ont payé le prix. Et ce prix sans doute a été lourd, il a eu tout le poids du sang, l'affreuse pesanteur des prisons. Beaucoup de ces hommes sont morts, d'autres vivent depuis des années entre des murs aveugles. C'était le prix qu'il fallait payer. Mais ces mêmes hommes, s'ils le pouvaient, ne nous reprocheraient pas cette terrible et merveilleuse joie qui nous emplit comme une marée.

Car cette joie ne leur est pas infidèle. Elle les justifie au contraire et elle dit qu'ils ont eu raison.

Unis dans la même souffrance pendant quatre ans, nous le sommes encore dans la même ivresse, nous avons gagné notre solidarité. Et nous reconnaissons avec étonnement dans cette nuit bouleversante que pendant quatre ans nous n'avons jamais été seuls. Nous avons vécu les années de la fraternité.

De durs combats nous attendent encore. Mais la paix reviendra sur cette terre éventrée et dans ces cœurs torturés d'espérances et de souvenirs. On ne peut pas toujours vivre de meurtres et de violence. Le bonheur, la juste tendresse, auront leur temps. Mais cette paix ne nous trouvera pas oublieux. Et pour certains d'entre nous, le visage de nos frères défigurés par les balles, la grande fraternité virile[1] de ces années ne nous quitteront jamais. Que nos camarades morts gardent pour eux cette paix qui nous est promise dans la nuit haletante et qu'ils ont déjà conquise : notre combat sera le leur.

Rien n'est donné aux hommes et le peu qu'ils peuvent conquérir se paye de morts injustes. Mais la grandeur de l'homme n'est pas là. Elle est dans sa décision d'être plus fort que sa condition. Et si sa condition est injuste, il n'a qu'une façon de la surmonter qui est d'être juste lui-même. Notre vérité de ce soir, celle qui plane dans ce ciel d'août, fait justement la consolation de l'homme. Et c'est la paix de notre cœur comme c'était celle de nos camarades morts de pouvoir dire devant la victoire

1. On sait que l'expression est d'André Malraux (1901-1976) dans la Préface du *Temps du mépris* (1935), roman que Camus avait adapté pour le Théâtre du Travail, à Alger, en 1936 ; cf. l'éditorial du 30 août qui porte ce titre. L'auteur de *La Condition humaine* et de *L'Espoir* est aussi le commandant de la brigade « Alsace-Lorraine » alors en plein combat à l'est de la France.

revenue, sans esprit de retour ni de revendication : « Nous avons fait ce qu'il fallait. »

C

29 AOÛT 1944

L'intelligence et le caractère[1]

M. Bergery[2] a offert ses services au général de Gaulle. Il n'a pas eu à les retirer à Pétain, le maréchal s'étant retiré lui-même. M. Bergery s'est donc trouvé ses services en main, sans utilité directe, avec sa seule bonne volonté.

Après réflexion, il a jugé qu'il n'était pas moral que l'intelligence restât sans emploi, et il a fait l'offre de la sienne au général de Gaulle.

Car M. Bergery est un homme intelligent. Il a même écrit le seul message intelligent que Pétain ait

1. Éditorial. Texte dactylographié.

2. Bergery, Gaston (1892-1974). Avocat, député radical, ancien chef de cabinet d'Herriot, il quitte le parti radical en 1934 et crée le journal *La Flèche* ; il est l'un des fondateurs du « Front commun contre le fascisme », ou « parti frontiste », qui préconise un regroupement entre la droite et la gauche sur un programme pacifiste et des réformes de structure politique et économique ; Camus avait donné, le 13 février 1939, dans *Alger-Républicain*, un compte rendu plutôt favorable d'une conférence de G. Bergery sur ce parti. Voir *Fragments d'un combat*, Cahiers Albert Camus 3, Gallimard, 1978, tome II, pp. 623-625. Mais Bergery est de ceux qui, en juillet 1940, souhaitent que la France s'intègre à la nouvelle Europe, et vote les pleins pouvoirs à Pétain ; il devient ambassadeur du gouvernement de Vichy à Moscou puis à Ankara. *Combat* signale la veille que, depuis Ankara, il a écrit au général de Gaulle pour lui demander des instructions. Après un procès devant la Haute Cour, il sera acquitté en 1949.

eu à lire devant le micro. Il a publié avant la guerre un des rares journaux intelligents de la Troisième République. On y parlait beaucoup de pureté et de révolution, on y voulait du mal aux trusts. Tant d'intelligence a mené M. Bergery à devenir l'un des penseurs du régime de Vichy. Une pureté si souvent affirmée l'amène aujourd'hui à fournir ses services à deux maîtres différents et successifs sans apercevoir qu'il y a là quelque chose qui contredit à la délicatesse. M. Bergery fait en somme du réalisme politique.

C'est un effet de l'intelligence seule. Cette faculté aperçoit très bien la relativité de toutes choses. Sa conclusion normale quand elle examine un événement historique est que cela passera, qu'il n'est donc pas de raisons de se gêner. Et passant de la révolution à Pétain, on peut effectuer un pas de plus et faire des offres d'emploi à ceux-là que Vichy justement a tenté de déshonorer.

Si nous disions ici notre pensée pure, à savoir que le réalisme politique est chose dégradante, M. Bergery serait surpris. C'est que l'intelligence seule ne suffit pas à apercevoir cette évidence. Il faut aussi du caractère, que M. Bergery n'a jamais montré.

D'un certain côté cependant, il n'a pas tort. Il est vrai qu'en ce monde les caractères sont rares, et qu'il suffit d'un peu d'intelligence pour se retourner dans n'importe quelle circonstance, puisque personne n'est là pour vous montrer vos torts. Le réalisme a donc raison sur le plan de la politique, s'il a tort sur celui de la morale.

Mais il vient des temps où la morale rentre dans la politique, parce que des hommes, tout d'un coup, se sont mis à payer cette politique avec leur sang, parce que des Français l'ont faite au moyen de tortures et d'assassinats d'un côté, de sacrifices et de grandeurs secrètes de l'autre. Et tout d'un coup le réalisme a tort. Car ce sont les caractères qui se mettent à faire l'histoire, et l'histoire exige alors du caractère.

C'est le moment où tout s'éclaircit, où chaque action engage, où le choix doit se payer, où plus rien n'est neutre. C'est le temps de la morale, c'est-à-dire celui où le langage devient net et où il est possible de le tenir à la face même des réalistes.

Et voici ce langage : M. Bergery n'a pas compris qu'en parlant pour Pétain il se solidarisait avec ses démissions, et que, rédigeant un message politique pour Vichy, il endossait en même temps les exécutions de patriotes et les trahisons de ce régime.

M. Bergery s'étant discrédité pendant quatre ans, vient aujourd'hui de se déshonorer. Et aussi longtemps que parmi les hommes de la Résistance il y aura un caractère, son rôle sera de rappeler en tout temps et en tout lieu à M. Bergery que son intelligence n'a pas été suffisante pour le préserver de cet aveuglement impardonnable qui le sépare pour toujours de la nation.

30 AOÛT 1944

Le temps du mépris[1]

Trente-quatre Français torturés, puis assassinés à Vincennes, ce sont là des mots qui ne disent rien si

1. Éditorial. Repris dans *Actuelles*, sans titre, chapitre « La Libération de Paris ». Le titre, emprunté à Malraux, était déjà celui d'un article du *Soir-Républicain*, le 14 décembre 1939, *Fragments d'un combat*, II, pp. 756-757.

l'imagination n'y supplée pas[1]. Et que voit l'imagination ? Deux hommes face à face dont l'un s'apprête à arracher les ongles à un autre qui le regarde.

Ce n'est pas la première fois que ces insupportables images nous sont proposées. En 1933 a commencé une époque qu'un des plus grands parmi nous a justement appelée le temps du mépris[2]. Et pendant dix ans, à chaque nouvelle que des êtres nus et désarmés avaient été patiemment mutilés par des hommes dont le visage était fait comme le nôtre, la tête nous tournait et nous demandions comment cela était possible.

Cela pourtant était possible. Pendant dix ans, cela a été possible et aujourd'hui, comme pour nous avertir que la victoire des armes ne triomphe pas de tout, voici encore des camarades éventrés, des membres déchiquetés et des yeux dont on a écrasé le regard à coups de talon. Et ceux qui ont fait cela savaient céder leur place dans le métro, tout comme Himmler[3] qui a fait de la torture une science et un métier, rentrait pourtant chez lui par la porte de

1. L'information a été donnée la veille par *Combat*, sous le titre « Le témoignage des martyrs » : « Dans les fossés de Vincennes, on découvre 34 cadavres de Français torturés par les S.S. »

2. Cf. éditorial du 25 août, p. 160 ; il s'agit d'André Malraux ; *Combat* dira son inquiétude lorsqu'on le croira disparu et lui réservera un accueil chaleureux lors de sa visite le 23 septembre ; le journal publie alors une photo souvent reproduite où figurent Camus et Malraux. À partir du 4 octobre, il publiera des extraits de *La Lutte avec l'ange*, sous le titre « Que la victoire soit avec ceux qui ont fait la guerre sans l'aimer ».

3. Himmler, Heinrich (1900-1945). Très proche d'Hitler, chef de la Gestapo et chef suprême de la police allemande, il est ministre de l'Intérieur du Reich en 1943. Il porte une responsabilité majeure dans le fonctionnement des camps de concentration et d'extermination. Il sera destitué par Hitler en 1945 pour avoir pris contact avec les Alliés ; arrêté par les Anglais, il se suicidera en 1945.

derrière, la nuit, pour ne pas réveiller son canari favori.

Oui, cela était possible, nous le voyons trop bien. Mais tant de choses le sont et pourquoi avoir choisi de faire celle-ci plutôt qu'une autre ? C'est qu'il s'agissait de tuer l'esprit et d'humilier les âmes. Quand on croit à la force, on connaît bien son ennemi. Mille fusils braqués sur lui n'empêcheront pas un homme de croire en lui-même à la justice d'une cause. Et s'il meurt, d'autres justes diront « non » jusqu'à ce que la force se lasse. Tuer le juste ne suffit donc pas, il faut tuer son esprit pour que l'exemple d'un juste renonçant à la dignité de l'homme décourage tous les justes ensemble et la justice elle-même.

Depuis dix ans, un peuple s'est appliqué à cette destruction des âmes. Il était assez sûr de sa force pour croire que l'âme était désormais le seul obstacle et qu'il fallait s'occuper d'elle. Ils s'en sont occupés et, pour leur malheur, ils y ont quelquefois réussi. Ils savaient qu'il est toujours une heure de la journée et de la nuit où le plus courageux des hommes se sent lâche[1].

Ils ont toujours su attendre cette heure. Et à cette heure, ils ont cherché l'âme à travers les blessures du corps, ils l'ont rendue hagarde et folle, et, parfois, traîtresse et menteuse.

Qui oserait parler ici de pardon ? Puisque l'esprit a enfin compris qu'il ne pouvait vaincre l'épée que par l'épée, puisqu'il a pris les armes et atteint la vic-

1. On retrouvera la même formule à la fin des carnets de Tarrou, dans *La Peste* : « Il répondait pour finir [...] qu'il y avait toujours une heure de la journée et de la nuit où un homme était lâche et qu'il n'avait peur que de cette heure-là », Édition Folio, p. 254.

toire, qui voudrait lui demander d'oublier ? Ce n'est pas la haine qui parlera demain, mais la justice elle-même, fondée sur la mémoire. Et c'est de la justice la plus éternelle et la plus sacrée, que de pardonner peut-être pour tous ceux d'entre nous qui sont morts sans avoir parlé, avec la paix supérieure d'un cœur qui n'a jamais trahi, mais de frapper terriblement pour les plus courageux d'entre nous dont on a fait des lâches en dégradant leur âme, et qui sont morts désespérés, emportant dans un cœur pour toujours ravagé leur haine des autres et leur mépris d'eux-mêmes.

31 AOÛT 1944

Critique de la nouvelle presse[1]

Puisque entre l'insurrection et la guerre, une pause nous est aujourd'hui donnée, je voudrais parler d'une chose que je connais bien et qui me tient à cœur, je veux dire la presse. Et puisqu'il s'agit de cette nouvelle presse qui est sortie de la bataille de Paris, je voudrais en parler avec, en même temps, la fraternité et la clairvoyance que l'on doit à des camarades de combat.

1. Cet article — signé — est le premier d'une série sur la presse qui sera continuée les 1er et 8 septembre et le 22 novembre 1944. Il est repris dans *Actuelles*, avec son titre, chapitre « Le journalisme critique ». On remarquera que Camus, lorsqu'il signe un article, dit « Je » et parle en son nom propre, ce qu'il ne fait jamais dans ses éditoriaux où il emploie toujours le « nous ».

Lorsque nous rédigions nos journaux dans la clandestinité, c'était naturellement sans histoires et sans déclarations de principe. Mais je sais que pour tous nos camarades de tous nos journaux, c'était avec un grand espoir secret. Nous avions l'espérance que ces hommes, qui avaient couru des dangers mortels au nom de quelques idées qui leur étaient chères, sauraient donner à leur pays la presse qu'il méritait et qu'il n'avait plus. Nous savions par l'expérience que la presse d'avant-guerre était perdue dans son principe et dans sa morale. L'appétit de l'argent et l'indifférence aux choses de la grandeur avaient opéré en même temps pour donner à la France une presse qui, à de rares exceptions près, n'avait d'autre but que de grandir la puissance de quelques-uns et d'autre effet que d'avilir la moralité de tous. Il n'a donc pas été difficile à cette presse de devenir ce qu'elle a été de 1940 à 1944, c'est-à-dire la honte de ce pays.

Notre désir, d'autant plus profond qu'il était souvent muet, était de libérer les journaux de l'argent et de leur donner un ton et une vérité qui mettent le public à la hauteur de ce qu'il y a de meilleur en lui. Nous pensions alors qu'un pays vaut souvent ce que vaut sa presse. Et s'il est vrai que les journaux sont la voix d'une nation, nous étions décidés, à notre place et pour notre faible part, à élever ce pays en élevant son langage. À tort ou à raison, c'est pour cela que beaucoup d'entre nous sont morts dans d'inimaginables conditions et que d'autres souffrent la solitude et les menaces de la prison.

En fait, nous avons seulement occupé des locaux, où nous avons confectionné des journaux que nous avons sortis en pleine bataille. C'est une grande victoire et, de ce point de vue, les journalistes de la

Résistance ont montré un courage et une volonté qui méritent le respect de tous. Mais, et je m'excuse de le dire au milieu de l'enthousiasme général, cela est peu de chose puisque tout reste à faire. Nous avons conquis les moyens de faire cette révolution profonde que nous désirions. Encore faut-il que nous la fassions vraiment. Et pour tout dire d'un mot, la presse libérée, telle qu'elle se présente à Paris après une dizaine de numéros, n'est pas satisfaisante.

Ce que je me propose de dire dans cet article et dans ceux qui suivront, je voudrais qu'on le prenne bien. Je parie au nom d'une fraternité de combat et personne n'est ici visé en particulier. Les critiques qu'il est possible de faire s'adressent à toute la presse sans exception, et nous nous y comprenons. Dira-t-on que cela est prématuré, qu'il faut laisser à nos journaux le temps de s'organiser avant de faire cet examen de conscience ? La réponse est « non ».

Nous sommes bien placés pour savoir dans quelles incroyables conditions nos journaux ont été fabriqués. Mais la question n'est pas là. Elle est dans un certain ton qu'il était possible d'adopter dès le début et qui ne l'a pas été. C'est au contraire au moment où cette presse est en train de se faire, où elle va prendre son visage définitif qu'il importe qu'elle s'examine. Elle saura mieux ce qu'elle veut être et elle le deviendra.

Que voulions-nous ? Une presse claire et virile, au langage respectable. Pour des hommes qui, pendant des années, écrivant un article, savaient que cet article pouvait se payer de la prison ou[1] de la mort, il était évident que les mots avaient leur valeur et qu'ils devaient être réfléchis. C'est cette responsabi-

1. *Actuelles* : *et* de la mort [...]

lité du journaliste devant le public qu'ils voulaient restaurer.

PÉCHÉ DE PARESSE[1]

Or, dans la hâte, la colère ou le délire de notre offensive, nos journaux ont péché par paresse. Le corps, dans ces journées, a tant travaillé que l'esprit a perdu de sa vigilance. Je dirai ici en général ce que je me propose ensuite de détailler : beaucoup de nos journaux ont repris des formules qu'on croyait périmées et n'ont pas craint les excès de la rhétorique ou les appels à cette sensibilité de midinette qui faisaient, avant la guerre ou après, le plus clair de nos journaux.

Dans le premier cas, il faut que nous nous persuadions bien que nous réalisons seulement le décalque, avec une symétrie inverse, de la presse d'occupation. Dans le deuxième cas, nous reprenons, par esprit de facilité, des formules et des idées qui menacent la moralité même de la presse et du pays. Rien de tout cela n'est possible, ou alors il faut démissionner et désespérer de ce que nous avons à faire.

Puisque les moyens de nous exprimer sont dès maintenant conquis, notre responsabilité vis-à-vis de nous-mêmes et du pays est entière[2]. L'essentiel, et c'est l'objet de cet article, est que nous en soyons bien avertis. La tâche de chacun de nous est de bien

1. *Actuelles* : intertitre supprimé.

2. La notion de « responsabilité » est essentielle dans la conception que Camus a du journalisme ; ce texte programmatique vient compléter — sur le plan précis de la presse — l'article « De la Résistance à la Révolution » du 21 août 1944, p. 151.

penser ce qu'il se propose de dire, de modeler peu à peu l'esprit du journal qui est le sien, d'écrire attentivement et de ne jamais perdre de vue cette immense nécessité où nous sommes de redonner à un pays sa voix profonde. Si nous faisons que cette voix demeure celle de l'énergie plutôt que de la haine, de la fière objectivité et non de la rhétorique, de l'humanité plutôt que de la médiocrité, alors beaucoup de choses seront sauvées et nous n'aurons pas démérité.

ALBERT CAMUS

1er SEPTEMBRE 1944

La réforme de la presse[1]

Toute réforme morale de la presse serait vaine si elle ne s'accompagnait de mesures politiques propres à garantir aux journaux une indépendance réelle vis-à-vis du capital. Mais, inversement, la réforme politique n'aurait aucun sens si elle ne s'inspirait d'une profonde mise en question du journalisme par les journalistes eux-mêmes[2]. Ici comme ailleurs, il y a interdépendance de la politique et de la morale[3].

1. Article signé, qui continue celui de la veille, mais n'est pas repris dans *Actuelles*.

2. Dans « Examens de conscience », in *Le Figaro* du 9 septembre, Mauriac dit combien « il faut approuver ce vœu de M. Albert Camus ».

3. Cette formule résume un des fondements essentiels de la pensée de Camus, qui sous-tend toutes ses prises de position, de manière explicite ou non.

Cette mise en question, il nous semblait en principe que les journalistes de la nouvelle presse avaient dû l'opérer pendant les années de la clandestinité. Je persiste à croire que cela reste vrai. Mais j'ai dit hier que ce genre de réflexions ne se reflétait pas beaucoup dans la façon dont la presse actuelle est présentée.

Qu'est-ce qu'un journaliste ? C'est un homme qui d'abord est censé avoir des idées. Ce point mérite un examen particulier et sera traité dans un autre article[1]. C'est ensuite un homme qui se charge chaque jour de renseigner le public sur les événements de la veille. En somme, un historien au jour le jour — et son premier souci doit être de vérité. Mais n'importe quel historien sait combien, malgré le recul, les confrontations de documents et les recoupements de témoignages, la vérité est chose fuyante en histoire. À cet état de fait, il ne peut apporter qu'une correction, qui est morale, je veux dire un souci d'objectivité et de prudence.

De quelle urgence ces vertus deviennent-elles alors dans le cas du journaliste, privé de recul et empêché de contrôler toutes ses sources ! Ce qui pour l'historien est une nécessité pratique devient pour lui une loi impérieuse hors de laquelle son métier n'est qu'une mauvaise action.

Peut-on dire qu'aujourd'hui notre presse vit de prudence et ne se soucie que de vérité ? Il est bien certain que non. Elle remet en honneur des méthodes qui sont nées, avant la guerre, de la course aux informations. Toute nouvelle est bonne qui a les apparences d'être la première (voyez par exemple le

1. Voir l'article du 8 septembre 1944, « Le journalisme critique », p. 190.

faux espoir donné aux Parisiens touchant le retour du gaz et de l'électricité).

Comme il est difficile de toujours être le premier en ce qui concerne la grande information, puisque la source actuellement en est unique, on se précipite sur le détail que l'on croit pittoresque. Et dans un temps où la guerre déchire l'Europe, où nous n'avons pas assez de nos journées pour énumérer les tâches qui nous attendent, pas assez de toute notre mémoire pour le souvenir des camarades que nous devons encore sauver, tel journal monte en tête de ses colonnes, sous un gros titre, les vaines déclarations d'un amuseur public qui se découvre une vocation d'insurgé après quatre ans de veules compromissions. Cela déjà était méprisable lorsque *Paris-Soir*[1] donnait le ton à toute une presse. Mais cela est proprement désespérant quand il s'agit de journaux qui portent maintenant tout l'espoir d'un pays.

On voit ainsi se multiplier des mises en page publicitaires surchargées de titres dont l'importance typographique n'a aucun rapport avec la valeur de l'information qu'ils présentent, dont la rédaction fait appel à l'esprit de facilité ou à la sensiblerie du public : on crie avec le lecteur, on cherche à lui plaire quand il faudrait seulement l'éclairer. À vrai dire, on donne toutes les preuves qu'on le méprise et, ce faisant, les journalistes se jugent eux-mêmes plus qu'ils ne jugent leur public.

Car l'argument de défense est bien connu. On

1. On sait que *Paris-Soir* — où il a travaillé en 1940 comme secrétaire de rédaction — symbolise pour Camus la médiocrité, la lâcheté, la complaisance, la sentimentalité, c'est-à-dire la mauvaise presse. Cf. notre introduction, p. 62, « Un journal dans l'histoire », et note 1.

nous dit : « C'est cela que veut le public. » Non, le public ne veut pas cela. On lui a appris pendant vingt ans à le vouloir, ce qui n'est pas la même chose. Et le public, lui aussi, a réfléchi pendant ces quatre ans : il est prêt à prendre le ton de la vérité puisqu'il vient de vivre une terrible époque de vérité. Mais si vingt journaux, tous les jours de l'année, soufflent autour de lui l'air même de la médiocrité et de l'artifice, il respirera cet air et ne pourra plus s'en passer.

Une occasion unique nous est offerte au contraire de créer un esprit public et de l'élever à la hauteur du pays lui-même. Que pèsent en face de cela quelques sacrifices d'argent ou de prestige, l'effort quotidien de réflexion et de scrupule qui suffit pour garder sa tenue à un journal ? Je pose seulement la question à nos camarades de la nouvelle presse. Mais, quelles que soient leurs réactions, je ne puis croire qu'ils y répondent légèrement.

ALBERT CAMUS

2 SEPTEMBRE 1944

La démocratie à faire[1]

Nous l'avons déjà dit, il se pose un problème de gouvernement. Il est, dans une grande mesure, notre affaire, comme il est l'affaire de tous. Mais nous ne sommes pas encore intervenus nettement parce que

1. Éditorial. Texte dactylographié.

nous étions d'opinion qu'il fallait faire confiance aux hommes, qui ont jusqu'ici représenté la France à l'extérieur. Nous pensions qu'en prenant conseil de ceux qui l'ont défendue à l'intérieur, ils apercevraient sans délai la solution qui convient. Nous le pensons toujours.

Mais d'autres interviennent, dont les affirmations nous surprennent. Et comme nous ne concevons pas de politique sans langage clair[1] nous devons dire ici ce que nous en pensons.

Nos camarades du *Populaire*[2] rendent compte d'une entrevue entre le général de Gaulle et le secrétaire général du parti socialiste. Ce dernier aurait préconisé la formation d'un gouvernement constitué par « un brassage d'hommes anciens assurant la continuité de la République et la solidarité doctrinale du régime avec la démocratie d'hier, et d'hommes nouveaux dont la présence dans le gouvernement assure le rajeunissement manifestement réclamé par le pays ».

1. Camus exprime souvent cette exigence d'un « langage clair » en politique, mais aussi d'une manière plus générale : « J'ai compris que tout le malheur des hommes venait de ce qu'ils ne tenaient pas un langage clair », dira Tarrou (*La Peste, op. cit.*, p. 229).

2. Lancé en 1916, *Le Populaire* est, depuis le Congrès de Tours de 1920, l'organe officiel du parti socialiste ; le directeur politique en est longtemps Léon Blum ; et Vincent Auriol y collabore souvent ; il cesse de paraître sous l'Occupation, et fait partie des « journaux patriotes » autorisés en même temps que *Combat*. Dans son premier numéro libre, il rend hommage à Léon Blum, et rappelle quotidiennement, en manchette, que celui-ci est « déporté en Allemagne » jusqu'à son retour en mai 1945 ; Guy Mollet succédera à Léon Blum à sa direction. Le 1er septembre, le journal publie un récit de l'entrevue entre Daniel Mayer, secrétaire général du parti socialiste, et le général de Gaulle, et un éditorial de Daniel Mayer, mettant l'accent sur ce que souligne Camus.

Nous avons, avec nos camarades socialistes, suffisamment de luttes et d'espoirs en commun pour nous sentir autorisés à dire que ce vocabulaire en lui-même n'est pas bon. Mais ce qu'il recouvre, s'il n'est pas précisé, nous paraît encore plus inquiétant.

Nous sommes perplexes sur ces hommes anciens dont la politique, pour finir, n'a pas été si brillante qu'il faille aujourd'hui marquer notre solidarité avec elle. Beaucoup d'entre eux ont trahi la France, par volonté ou par faiblesse. D'autres, qui ne l'ont pas trahie, ne l'ont pas bien servie. Ils n'ont plus rien à faire parmi nous.

Certes, nous concevons qu'à l'intérieur comme à l'extérieur, il nous faille donner quelques apaisements. La France, pour elle-même comme pour ses amis, a besoin d'être mise en ordre. Mais il faut s'entendre sur cet ordre.

Un ordre qui ne marquerait qu'un retour à des personnes et à un régime qui n'ont pas pu résister au choc d'une guerre, à un Parlement qui, dans son immense majorité, a démissionné devant Pétain[1], un ordre qui consacrerait les puissances d'argent, les combinaisons de couloirs et les ambitions personnelles, cet ordre-là ne serait qu'un désordre puisqu'il consoliderait l'injustice.

L'ordre, c'est le peuple qui consent. Et, à moins que la terrible expérience de ces quatre ans n'ait été vaine, à moins que nos espoirs ne soient que fumées et notre foi dérision, le peuple ne peut consentir à voir revenir ceux-là mêmes qui sont partis

1. On sait que, le 10 juillet 1940, les deux Chambres réunies ont voté les pleins pouvoirs à Pétain, par 570 voix contre 80 ; sur l'attitude des parlementaires, voir l'excellent ouvrage d'Olivier Wieviorka, *Les Orphelins de la République*, L'Univers historique, Seuil, 2001.

au moment où il fallait rester. Dans tous les cas, le peuple inconnu de la résistance n'y consentira pas.

Le plus sûr moyen d'obtenir le désordre est donc de vouloir restaurer cet ordre médiocre et taré que représentent M. Chautemps[1], M. Chichery[2] et bien d'autres, sous le vain prétexte de la démocratie. Nous sommes fâchés d'avoir à le dire, mais cet ordre ancien avec lequel on veut aujourd'hui renouer, ce n'était pas la démocratie, mais sa caricature.

La démocratie, la vraie, nous avons à la faire. Et nous la ferons dans l'ordre, le vrai, celui d'un peuple unanime et résolu à survivre, où chacun recevra la place qui lui est due et où, par conséquent, ces hommes anciens, qui n'inspirent plus qu'indifférence ou mépris, pourront toujours s'employer à la rédaction de Mémoires destinés à n'être jamais lus.

1. Chautemps, Camille (1885-1963). Actif au sein du parti radical, il est plusieurs fois ministre et président du Conseil sous la IIIe République — en particulier en 1937 et 1938. Membre du cabinet de Paul Reynaud en 1940, il quitte le gouvernement Pétain dès le 10 juillet 1940 et part aux États-Unis. Il est alors parmi le groupe des immigrés qui ne se sont pas ralliés au général de Gaulle, et influencent Roosevelt dans sa perception de la France et sa méfiance à l'égard de De Gaulle et de son Gouvernement provisoire.

D'une manière générale, depuis les gouvernements de « Rassemblement populaire » qui ont dénaturé le Front populaire, Camus s'en prend souvent aux radicaux, comme l'attestent déjà certains articles d'*Alger-Républicain* (voir *Fragments d'un combat, op. cit.*). À la Libération, ils représentent pour lui les hommes politiques d'avant-guerre, responsables de la guerre et de la défaite.

2. Chichery, Albert. Président du groupe parlementaire radical en 1939, il devient proche de Laval ; il est exécuté par des maquisards le 15 août 1944.

4 SEPTEMBRE 1944

Morale et politique[1]

Ni les événements, ni surtout la réflexion ne nous invitent à corriger la portée de notre dernier éditorial ou à diminuer la méfiance que nous marquions au personnel politique disparu dans la défaite. La réflexion nous persuade au contraire d'accentuer notre réserve.

Il serait vain de laisser ignorer à nos amis du monde entier le profond malaise qui a saisi l'immense majorité des Français patriotes à la nouvelle des événements politiques qui ont suivi le débarquement allié en Algérie[2]. C'est un malaise qui

1. Éditorial. Texte dactylographié, qui n'est pas repris dans *Actuelles* ; mais un chapitre important porte ce titre, qui pourrait convenir à la plupart des articles de Camus dans *Combat*.

2. Après le débarquement allié en Algérie, au terme des accords conclus à Cherchell entre les États-Unis et la résistance locale, qui avait grandement aidé au débarquement, c'est le général Giraud qui doit prendre la direction de l'Afrique du Nord ; mais la présence fortuite de l'amiral Darlan — vice-président du Conseil entre janvier 1941 et avril 1942, et toujours successeur officiel de Pétain et chef des forces françaises — fait qu'il s'impose comme un interlocuteur incontournable ; c'est lui qui signe les accords avec le général Clark et, le 10 novembre, un cessez-le-feu pour l'Afrique du Nord ; représentant de Pétain, il prend à ce titre la tête d'un Conseil impérial, formé par des notables et des fonctionnaires nommés par Vichy, le général Giraud assurant le commandement des troupes. Devant l'émotion soulevée par ce recours à Vichy, Roosevelt a parlé d'« expédient provisoire » ; mais tout demeure en l'état après l'assassinat de Darlan en décembre 1942, le Conseil impérial ayant investi Giraud comme chef civil et militaire. La législation — et les hommes — de Vichy (on a pu parler d'un vichysme sous protection américaine) reste en place jusqu'à l'arrivée de De Gaulle en mars 1943, et la constitution du Comité français de Libération nationale en mai 1943.

tenait à la nature même de l'espoir français. Et cet espoir était de justice et de renaissance.

Or cela contrariait la justice que des hommes que le peuple français avait déjà condamnés reparussent sur la scène politique avec le sourire de l'innocence. Et cela compromettait infiniment la renaissance de ce pays que des politiciens entêtés à ramener la politique à leur propre mesure, qui était petite, pussent encore parler et agir comme s'ils avaient la moindre idée de la grandeur et des souffrances de la nation.

Pour tout dire, et de ce point de vue, M. Chautemps nous a fait bien du mal. M. Chautemps et ceux qui lui ressemblent[1]. Ils se sont faits les informateurs de nos amis et ces informateurs ne savaient pas ce dont ils parlaient. À vrai dire, ils ne l'avaient jamais bien su. Mais ils le savaient encore moins à l'heure où la France connaissait des abîmes que l'imagination de ces informateurs était trop nulle pour mesurer.

Ils ont parlé d'une France morte ou abstraite, ignorants qu'ils étaient de cette patrie de larmes et de sang qui se survivait sans eux. Leur langage était donc faux et il nous a fait deux fois du mal, parce qu'il était faux d'abord et ensuite parce qu'il couvrait notre cri étouffé. Aujourd'hui nous n'avons pas assez de tous nos journaux et de toutes nos voix rassemblées pour nous faire mieux connaître.

En admettant que cela ne nous laisse pas de ressentiment, cela du moins nous donne de la résolution. Et d'abord celle de ne plus admettre dans la politique française ceux qui en sont sortis alors que

1. Sur Camille Chautemps et son action aux États-Unis, voir éditorial du 2 septembre, note 1, p. 178.

la résistance était toute prête à les accueillir. Cela revient à dire que les affaires de ce pays doivent être gérées par ceux qui ont payé et répondu pour lui. Cela revient à dire que nous sommes décidés à supprimer la politique pour la remplacer par la morale. C'est ce que nous appelons une révolution[1].

C

6 SEPTEMBRE 1944

La fin d'un monde[2]

Il y a déjà longtemps que notre pays n'a plus en propre que deux aristocraties, celle du travail et celle de l'esprit. Et nous connaissons maintenant une nouvelle définition du mot aristocratie : c'est la partie d'une nation qui refuse en même temps d'être asservie et d'asservir.

Mais les quatre années de la défaite et de la résistance ont seulement vérifié un état de choses qui était clair, avant la guerre, pour tous ceux qui aimaient, en même temps qu'ils la jugeaient, cette France si déconcertante. D'évidence, la classe dirigeante de ce pays avait démissionné.

La bourgeoisie française qui avait eu son temps

1. Ces dernières phrases résument deux points sur lesquels Camus ne cessera de revenir : la France doit être gouvernée par des hommes issus de la Résistance ; la morale doit être introduite en politique et y régner.

2. Éditorial. Texte dactylographié.

de grandeur ne faisait plus que se survivre. Elle ne pouvait plus se maintenir à la hauteur de ses devoirs, ne vivant plus que du souvenir de ses droits. Pour une classe, prise dans sa totalité, ce sont les signes de la décadence. Pour le reste, la bourgeoisie avait peur. S'il faut résumer en quelques mots sa condamnation, elle n'aimait pas le peuple et aurait tout accepté pour se sauver de lui.

C'est la peur qui fait les traîtres. Et une grande partie de ceux qui ont trahi depuis ne s'y sont laissés aller que parce qu'ils n'aimaient pas ce peuple qui allait toujours de l'avant avec l'inconscience de ceux qui ont raison. Quoi qu'en ait dit Bergery par la bouche de Pétain[1], le régime de Vichy marquait la revanche des événements de 1936. Les plus cruels avaient été justement les plus lâches.

Qu'on nous comprenne bien. Ce n'est pas une condamnation abstraite que nous portons. Bien des représentants de cette classe ont partagé les souffrances et les luttes de la France. Ils ont leur place partout où l'honneur et la fidélité ont la leur. Mais il s'agit de voir et de comprendre que le rôle directeur de la bourgeoisie s'est terminé en 1940 et que ses représentants politiques doivent seulement essayer d'écouter et de comprendre cette énorme voix qui monte du peuple et qui parle de l'avenir.

Avant la défaite, nous aurions tenu le même langage. Aujourd'hui, nous le tenons seulement avec le souvenir tout proche de l'humiliation. Cela ne peut pas nous rendre indulgents. Un temps viendra peut-être où, dans une France plus heureuse et plus forte, nous accepterons avec sérénité le spectacle de

1. Sur Gaston Bergery, voir l'éditorial du 29 août, note 2, p. 163 ; il a rédigé certains discours de Pétain.

manœuvres politiques par lesquelles les représentants d'une classe moribonde essaient de nous démontrer une fois de plus que cette classe n'a rien compris.

Mais aujourd'hui, on sent bien que cela n'est pas possible.

Nous avons trop à faire et trop à réparer. Que peut dire un cœur encore endolori par la honte, sinon ceci : « Qu'ils s'en aillent. » Oui, qu'ils s'en aillent, qu'ils nous laissent tout seuls. Ils le voient bien que la France n'est plus leur affaire. Nous allons nous mettre au travail. Nous allons essayer loyalement, honnêtement, jour après jour, de refaire ce qu'ils ont détruit, de redonner à la nation ce visage inégalable et secret que nous lui avons rêvé pendant cette nuit de quatre années. Mais il faut bien que nous soyons seuls pour cela, il ne faut pas qu'on nous oblige à détruire encore avant de reconstruire.

Personne parmi nous ne demande la disparition de cette classe. Nous savons maintenant que les vies françaises sont irremplaçables. Mais il faut que cette classe comprenne, qu'elle nous laisse enfin après nous avoir tant lassés. Et qu'après avoir tant manqué de courage et de générosité, elle ne se prive pas de cette intelligence élémentaire qui lui permettrait encore d'être le témoin d'une grandeur dont elle n'a pas su être l'ouvrière.

7 SEPTEMBRE 1944

Nos frères d'Espagne[1]

Cette guerre européenne qui commença en Espagne, il y a huit ans, ne pourra se terminer sans l'Espagne[2]. Déjà, la péninsule bouge. On annonce un remaniement ministériel à Lisbonne. Et, de nouveau, la voix des républicains espagnols se fait entendre sur les ondes. C'est le moment peut-être de revenir à ce peuple sans égal, si grand par le cœur et la fierté, et qui n'a jamais démérité à la face du monde, depuis l'heure désespérée de sa défaite.

Car c'est le peuple espagnol qui a été choisi au début de cette guerre pour donner à l'Europe l'exemple des vertus qui devaient finir par la sauver. Mais, à vrai dire, c'est nous et nos Alliés qui l'avions choisi pour cela.

C'est pourquoi beaucoup d'entre nous, depuis 1938, n'ont plus jamais pensé à ce pays fraternel sans une secrète honte. Et nous avions honte deux

1. Éditorial. Texte dactylographié.

2. On sait ce que pour Camus représente l'Espagne, sa « seconde patrie » (voir J. Lévi-Valensi, « Camus et l'Espagne », in *Espagne et Algérie au XXe siècle*, L'Harmattan, 1985, pp. 141-157). Mais son attachement viscéral ne va pas seulement à l'Espagne éternelle. Il a pris fait et cause pour l'Espagne républicaine ; il n'a cessé de plaider pour elle, depuis *Révolte dans les Asturies*, en 1936, ou les articles d'*Alger-Républicain* jusqu'à *L'État de siège*, et de multiplier les interventions et les prises de position publiques en sa faveur ; plusieurs éditoriaux de *Combat* sont consacrés aux républicains espagnols, et à la politique des Alliés à l'égard de Franco.

fois. Car nous l'avons d'abord laissé mourir seul. Et lorsque ensuite nos frères vaincus par les mêmes armes qui devaient nous écraser sont venus vers nous, nous leur avons donné des gendarmes pour les garder à distance. Ceux que nous appelions alors nos gouvernants avaient inventé des noms pour cette démission. Ils la nommaient, selon les jours, non-intervention ou réalisme politique[1]. Que pouvait peser devant des termes si impérieux le pauvre mot d'honneur ?

Mais ce peuple qui trouve si naturellement le langage de la grandeur s'éveille à peine de six années de silence, dans la misère et l'oppression, qu'il s'adresse déjà à nous pour nous délivrer de notre honte. Comme s'il avait compris que désormais c'était à lui de nous tendre la main, le voilà tout entier dans sa générosité, sans peine aucune pour trouver ce qu'il fallait dire.

Hier, à la radio de Londres, ses représentants ont dit que le peuple français et le peuple espagnol avaient en commun les mêmes souffrances, que des républicains français avaient été frappés par des phalangistes espagnols, comme les républicains espagnols l'avaient été par des fascistes français, et qu'unis dans la même douleur, ces deux pays devaient l'être demain dans les joies de la liberté.

1. Le gouvernement du Front populaire décida de ne pas intervenir — du moins officiellement — dans la guerre d'Espagne, déclenchée le 19 juillet 1936 par le coup d'État de Franco, et qui devait s'achever en juillet 1939 par la victoire du dictateur. Camus s'élèvera souvent contre la notion même de « réalisme politique » — toujours contraire à la morale, à la justice, à la fidélité.

Qui d'entre nous pourrait rester insensible à cela ? Et comment ne dirions-nous pas ici, aussi haut qu'il est possible, que nous ne devons pas recommencer les mêmes erreurs et qu'il nous faut reconnaître nos frères et les libérer à leur tour ? L'Espagne a déjà payé le prix de la liberté. Personne ne peut douter que ce peuple farouche est prêt à recommencer. Mais c'est aux Alliés de lui économiser ce sang dont il est si prodigue et dont l'Europe devrait se montrer si avare — en donnant à nos camarades espagnols la République pour laquelle ils se sont tant battus.

Ce peuple a droit à la parole. Qu'on la lui donne une seule minute et il n'aura qu'une voix pour crier son mépris du régime franquiste et sa passion de la liberté. Si l'honneur, la fidélité, si le malheur et la noblesse d'un grand peuple sont les raisons de notre lutte, reconnaissons qu'elle dépasse nos frontières et qu'elle ne sera jamais victorieuse chez nous tant qu'elle sera écrasée dans la douloureuse Espagne.

8 SEPTEMBRE 1944

Justice et liberté[1]

Dans *Le Figaro* d'hier, M. d'Ormesson[2] commentait le discours du pape[3]. Ce discours appelait déjà beaucoup d'observations. Mais le commentaire de M. d'Ormesson a du moins le mérite de poser très

1. Éditorial. Repris dans *Actuelles*, sans titre, chapitre « Morale et politique ». Cet article inaugure le dialogue avec *Le Figaro*.

2. Wladimir d'Ormesson (1888-1973). Ambassadeur de France au Vatican de mai à octobre 1940, en Argentine après la guerre, entre 1945 et 1948, puis de nouveau au Vatican entre 1948 et 1956 ; écrivain et, à la Libération, éditorialiste au *Figaro*, où ses articles alternent avec ceux de François Mauriac. Le 7 septembre, sous le titre « Le pape et le problème social », il affirme que le christianisme seul, dont « la première loi [...] est la loi de la charité », peut permettre de concilier la liberté individuelle et l'organisation sociale. Le 11 septembre, la réponse de W. d'Ormesson reprend le titre de Camus avec une très légère variante : « La justice et la liberté » ; son début mérite d'être cité : « Le journal *Combat* — dont les éditoriaux sont d'une si belle tenue — vient de reprendre l'article où je commentais le récent discours du pape. Il a élevé des objections à la thèse que je développais, objections exprimées de façon si intéressante qu'il ne me paraît pas inutile de poursuivre la discussion. Qu'il est réconfortant, d'ailleurs, de pouvoir reprendre enfin de courtoises controverses ! Qu'il est merveilleux d'écrire ce que l'on pense et d'éveiller de libres critiques ! »

3. Il s'agit du pape Pie XII, Eugenio Pacelli (1876-1958), qui a été élu en mars 1939. Nonce en Bavière puis à Berlin en 1920, il a été sans doute influencé par ces séjours en Allemagne. Il a tenté de définir les conditions d'une « Paix chrétienne » ; Camus rappellera le 26 décembre qu'il n'a pas dénoncé les dictatures du temps où elles régnaient ; son silence sur le génocide des Juifs fera l'objet de longues polémiques dans les années à venir. Sa condamnation du marxisme et la constitution des deux blocs amèneront la suppression des relations du Vatican avec l'Est. En France, il prendra des mesures restrictives vis-à-vis des prêtres ouvriers.

clairement le problème qui se présente aujourd'hui à l'Europe.

« Il s'agit, dit-il, de mettre en harmonie la liberté de l'individu, qui est plus nécessaire, plus sacrée que jamais, et l'organisation collective de la société que rendent inévitable les conditions de la vie moderne. »

Cela est très bien dit. Nous proposerons seulement à M. d'Ormesson une formule plus raccourcie en disant qu'il s'agit pour nous tous de concilier la justice avec la liberté. Que la vie soit libre pour chacun et juste pour tous, c'est le but que nous avons à poursuivre. Entre des pays qui s'y sont efforcés, qui ont inégalement réussi, faisant passer la liberté avant la justice ou bien celle-ci avant celle-là, la France a un rôle à jouer dans la recherche d'un équilibre supérieur.

Il ne faut pas se le cacher, cette conciliation est difficile. Si l'on en croit du moins l'Histoire, elle n'a pas encore été possible, comme s'il y avait entre ces deux notions un principe de contrariété. Comment cela ne serait-il pas ? La liberté pour chacun, c'est aussi la liberté du banquier ou de l'ambitieux : voilà l'injustice restaurée. La justice pour tous, c'est la soumission de la personnalité au bien collectif. Comment parler alors de liberté absolue ?

M. d'Ormesson est d'avis, cependant, que le christianisme a fourni cette solution. Qu'il permette à un esprit extérieur à la religion, mais respectueux de la conviction d'autrui, de lui dire ses doutes sur ce point. Le christianisme dans son essence (et c'est sa paradoxale grandeur) est une doctrine de l'injustice.

Le pape a prononcé le 1er septembre une allocution radiodiffusée sur « l'œuvre gigantesque de restauration de la vie sociale » et la nécessité de recréer « une loi morale ».

Il est fondé sur le sacrifice de l'innocent et l'acceptation de ce sacrifice[1]. La justice au contraire, et Paris vient de le prouver dans ses nuits illuminées des flammes de l'insurrection, ne va pas sans la révolte.

Faut-il donc renoncer à cet effort apparemment sans portée ? Non, il ne faut pas y renoncer. Il faut simplement en mesurer l'immense difficulté et la faire apercevoir à ceux qui, de bonne foi, veulent tout simplifier.

Pour le reste, sachons que c'est le seul effort qui, dans le monde d'aujourd'hui, vaille qu'on vive et qu'on lutte. Contre une condition si désespérante, la dure et merveilleuse tâche de ce siècle est de construire la justice dans le plus injuste des mondes et de sauver la liberté de ces âmes vouées à la servitude dès leur principe. Si nous échouons, les hommes retourneront à la nuit. Mais, du moins, cela aura été tenté.

Cet effort, enfin, demande de la clairvoyance et cette prompte vigilance qui nous avertira de penser à l'individu chaque fois que nous aurons réglé la chose sociale et de revenir au bien de tous chaque fois que l'individu aura sollicité notre attention. Une constance si difficile, M. d'Ormesson a raison de penser que le chrétien peut la soutenir, grâce à l'amour du prochain. Mais, d'autres, qui ne vivent pas dans la foi, ont cependant l'espoir d'y parvenir aussi par un simple souci de vérité, l'oubli de leur propre personne, et le goût de la grandeur humaine.

C

1. Sans s'étendre ici sur les relations de Camus avec le christianisme, il faut souligner qu'elles ne sauraient être simplifiées ; elles rencontrent la thématique de l'innocence et de la culpabilité, si importante dans sa pensée et son œuvre.

8 SEPTEMBRE 1944

Le journalisme critique[1]

Il faut bien que nous nous occupions aussi du journalisme d'idées. La conception que la presse française se fait de l'information pourrait être meilleure, nous l'avons déjà dit. On veut informer vite au lieu d'informer bien. La vérité n'y gagne pas.

On ne peut donc raisonnablement regretter que les articles de fond prennent à l'information un peu de la place qu'elle occupe si mal. Une chose du moins est évidente : l'information telle qu'elle est fournie aujourd'hui aux journaux, et telle que ceux-ci l'utilisent, ne peut se passer d'un commentaire critique. C'est la formule à laquelle pourrait tendre la presse dans son ensemble.

D'une part, le journaliste peut aider à la compréhension des nouvelles par un ensemble de remarques qui donnent leur portée exacte à des informations dont ni la source ni l'intention ne sont toujours évidentes. Il peut, par exemple, rapprocher dans sa mise en page des dépêches qui se contredisent, et les mettre en doute l'une par l'autre. Il peut éclairer le public sur la probabilité qu'il est convenable d'attacher à telle information, sachant qu'elle émane de telle agence ou de tel bureau à l'étranger.

1. Article repris dans *Actuelles*, sous son titre, qui est aussi celui du chapitre regroupant quatre textes sur la presse. On peut le lire comme un véritable bréviaire du journaliste selon Camus.

Pour donner un exemple précis, il est bien certain que, parmi la foule de bureaux entretenus à l'étranger, avant la guerre, par les agences, quatre ou cinq seulement présentaient les garanties de véracité qu'une presse décidée à jouer son rôle doit réclamer. C'est[1] au journaliste, mieux renseigné que le public, de lui présenter, avec le maximum de réserves, des informations dont il connaît bien la précarité.

À cette critique directe, dans le texte et dans les sources, le journaliste pourrait ajouter des exposés aussi clairs et aussi précis que possible qui mettraient le public au fait de la technique d'information. Puisque le lecteur s'intéresse au docteur Petiot[2] et à l'escroquerie aux bijoux, il n'y a pas de raisons immédiates pour que le fonctionnement d'une agence internationale de presse ne l'intéresse pas. L'avantage serait de mettre en garde son sens critique au lieu de s'adresser à son esprit de facilité. La question est seulement de savoir si cette information critique est techniquement possible. Ma conviction sur ce point est positive.

Il est un autre apport du journaliste au public. Il réside dans le commentaire politique et moral de l'actualité. En face des forces désordonnées de l'histoire, dont les informations sont le reflet, il peut

1. *Actuelles* : *Il revient* au journaliste [...]

2. Le « docteur » Petiot est l'auteur de multiples assassinats, précédés d'escroqueries, entre 1942 et 1944 ; son procès est largement commenté dans l'ensemble de la presse — mais peu dans *Combat* qui précise le 3 novembre : « Nous nous refusons à grossir une affaire qui est répugnante à tant de points de vue. Trop de problèmes douloureux ou urgents requièrent notre attention pour que nous consentions à entrer dans les détails scandaleux de l'information sensationnelle. Nous espérons seulement que les lecteurs nous en sauront gré. » Petiot fut condamné à mort.

être bon de noter, au jour le jour, la réflexion d'un esprit ou les observations communes à plusieurs esprits. Mais cela ne peut se faire sans scrupules, sans distance et sans une certaine idée de la relativité. Certes, le goût de la vérité n'empêche pas la prise de parti. Et même, si l'on a commencé de comprendre ce que nous essayons de faire dans ce journal, l'un ne s'entend pas sans l'autre. Mais, ici comme ailleurs, il y a un ton à trouver, sans quoi tout est dévalorisé.

Pour prendre des exemples dans la presse d'aujourd'hui, il est certain que la précipitation étonnante des armées alliées et des nouvelles internationales, la certitude de la victoire remplaçant soudain l'espoir infatigable de la libération, enfin l'approche de la paix, forcent tous les journaux à définir sans retard ce que veut le pays et ce qu'il est. C'est pourquoi il est tant question de la France dans leurs articles. Mais, bien entendu, il s'agit d'un sujet qu'on ne peut toucher qu'avec d'infinies précautions et en choisissant ses mots. À vouloir reprendre les clichés et les phrases patriotiques d'une époque où l'on est arrivé à irriter les Français avec le mot même de patrie, on n'apporte rien à la définition cherchée. Mais on lui retire beaucoup. À des temps nouveaux, il faut, sinon des mots nouveaux, du moins des dispositions nouvelles de mots. Ces arrangements, il n'y a que le cœur pour les dicter, et le respect que donne le véritable amour. C'est à ce prix seulement que nous contribuerons, pour notre faible part, à donner au pays le langage qui le fera écouter.

On le voit, cela revient à demander que les articles de fond aient du fond et que les nouvelles fausses ou douteuses ne soient pas présentées comme des nouvelles vraies. C'est cet ensemble de démarches que j'appelle le journalisme critique. Et, encore une fois, il y faut du ton et il y faut aussi le sacrifice de beaucoup de choses. Mais cela suffirait peut-être si l'on commençait d'y réfléchir.

ALBERT CAMUS

10 SEPTEMBRE 1944[1]

Le nouveau gouvernement est constitué. À première vue, il ressemble à tous les gouvernements. C'est une liste de noms. Nous avons l'habitude des listes de noms. Tant d'habitude que nous ne les lisions plus. On serait donc tenté de dire, pour se mettre en règle avec soi-même, que ce gouvernement est attendu à ses actes. Plutôt que de le juger à ce qu'il est, on l'estimera à ce qu'il va faire.

Apparemment, ce serait le bon sens. En fait, ce serait pécher par facilité. La justice, c'est de juger les hommes sur eux-mêmes et non sur leurs noms ou leurs idées. Ce ministère n'est pas seulement un ministère. C'est une assemblée d'hommes qui respirent, qui ont une certaine façon de serrer les mains ou de porter leur cravate. Ce gouvernement vaudra ce que vaudront ces hommes.

De ce point de vue, certains des hommes du ministère d'aujourd'hui se sont déjà jugés à ce qu'ils ont fait. Il y avait trop longtemps que les ministres

1. Éditorial. Texte probable. À partir de cette date, les éditoriaux n'ont plus de titre spécifique, et le ☾ final est remplacé par l'en-tête COMBAT.

étaient des noms ou des symboles pour que nous ne nous réjouissions pas de voir à leur place des hommes de chair qui ont payé de leur personne. Car enfin, jusqu'ici, les hommes politiques prenaient les ministères et on essayait ensuite de les persuader de prendre leurs responsabilités. Mais voici des hommes qui ont pris des responsabilités avant de prendre des ministères et occupé des cellules avant de s'installer devant des cartons verts. C'est ainsi que la France peut citer parmi ses titres de fierté un ministre qui vient à peine de quitter le maquis breton[1] et un autre qui n'est à son poste que parce qu'il s'est enfui, par le toit d'un wagon, du train qui le déportait en Allemagne[2].

Sans doute, cela ne fait pas une révolution. Mais du moins, cela fait une révolution dans les mœurs. Et cela nous met en bonne posture pour la révolution réelle. Celle que nous avons commencée et dont nous attendons sagement, mais avec vigilance, que le gouvernement la termine.

Sans doute encore, il n'est pas suffisant d'avoir fait de bonne prison pour faire de bonne administration. Mais cela mérite au moins une confiance de principe.

C'est celle que nous accorderons sans réserve à ces hommes. À leur tour ils doivent mesurer la valeur de ce capital que le pays leur donne avec cette confiance. Et ne pas le dilapider. Nous ne voyons qu'une façon pour eux de demeurer à la hauteur de leur passé, c'est de faire entrer dans les

1. Il s'agit de François Tanguy-Prigent, nommé ministre de l'Agriculture.

2. Il s'agit de Pierre-Henri Teitgen, nommé ministre de l'Information.

institutions cette révolution qui a commencé dans les rues[1].

Mais nous y reviendrons.

12 SEPTEMBRE 1944[2]

Camarade qui nous écrivez pour nous parler des prisonniers, de votre joie, mêlée de tristesse devant l'entrée des soldats victorieux de Leclerc[3], nous voudrions vous répondre ici.

Vous nous parlez de ceux qui ont été les vaincus et qu'on risque d'oublier, vous nous affirmez qu'ils n'ont jamais pensé qu'à la victoire. Nous le savons. Ces vaincus n'ont pas besoin qu'on plaide pour eux. Car leur âge est le nôtre, nous avons été vaincus en même temps qu'eux et, au bout de ces quatre années terribles, nous savons que la fraternité qui se forge dans les défaites est plus sûre que celle qui naît dans la victoire. D'eux à nous, il n'y a pas de fossé.

Aucun de nous n'aimait la guerre. Dix siècles d'intelligence et de courage nous avaient faits civili-

1. Camus et *Combat* dans son ensemble reviendront souvent sur cette idée.

2. Éditorial. Texte probable.

3. Leclerc de Hauteclocque, Philippe (1902-1947). Prisonnier évadé, il rejoint de Gaulle à Londres, puis, gouverneur du Cameroun et commandant militaire de l'Afrique-Équatoriale française, qu'il a ralliée à la France libre, il mène son armée du Tchad à Tripoli ; il participe au débarquement allié du 6 juin 1944 en Normandie, et entre à Paris à la tête de la 2e division blindée. C'est lui qui libérera Strasbourg, et qui recevra pour la France la capitulation du Japon. Il mourra dans un accident d'avion. Il sera fait maréchal de France à titre posthume.

sés. Nous n'avions pas de goût pour la haine et nous avions l'idée de la justice. C'est pourquoi nous nous demandions alors si la justice était avec nous. Et pendant que nous nous le demandions, la foudre nous frappait et nous jetait dans la poussière.

Nous étions entrés dans cette guerre avec l'idée que cela était absurde, mais qu'on ne pouvait pas faire autrement. Nous pouvons dire ainsi que nous y sommes entrés pour l'honneur. Ce qui nous gênait seulement, c'est que l'honneur parlât le langage de M. Daladier[1] et que la démocratie que nous voulions défendre ne s'exprimât plus depuis quelque temps que par décrets-lois. Et pendant que nous étions occupés à résoudre cette contradiction, l'Allemagne nous frappait à la face et les traîtres dans le dos.

Depuis Munich[2], en somme, il nous a fallu du temps pour nous mettre en règle avec nous-mêmes. Et pour ce simple souci de cohérence, il nous a fallu payer un tribut qui avait tout le poids du sang. Mais

1. Daladier, Édouard (1884-1970). Radical-socialiste, plusieurs fois ministre et président du Conseil de la IIIe République, vice-président du Conseil dans le gouvernement de Léon Blum, il lui succède (avril 1938-mars 1940). Signataire de l'accord de Munich ; c'est son gouvernement qui déclare la guerre à l'Allemagne le 3 septembre 1939. Emprisonné par le gouvernement de Vichy, jugé au procès de Riom, déporté en Allemagne en 1943, il redevient député après la Libération. Aux yeux de Camus, il est — comme Herriot — un symbole des politiciens peu soucieux de justice sociale, appliquant une politique « centriste de droite », et il l'a souvent attaqué dans *Alger-Républicain* (voir dans *Fragments d'un combat, op. cit.*, I, pp. 234-237, « Dialogue entre un président du Conseil et un employé à 1 200 francs par mois » et II, p. 668 et suivantes : « Petit portrait dans le goût du temps », et les « Lettres de Vincent Capable »).

2. Les accords signés à Munich le 30 septembre 1938 entre Hitler, Mussolini, Chamberlain et Daladier, pour tenter de sauver la paix, ont en fait permis aux Allemands d'occuper le territoire des Sudètes en Tchécoslovaquie, puis d'envahir ce pays.

nous demandons s'il se trouvera une seule voix dans le monde pour dire que la France n'est pas entrée dans cette guerre avec les mains pures[1] et pour oser insulter des vaincus qui ont payé le prix qu'il fallait payer pour des erreurs qui n'ont pas été seulement les leurs, mais aussi bien celles de l'Europe.

Car vous et nous avons payé. Nous savons maintenant que la justice est avec nous. Seulement, notre science s'est faite dans des matins d'exécutions et des soirs d'agonies, dans la fureur, l'attente et la terreur.

Mais nous vous disons de ne rien regretter. Il valait mieux périr avec la justice que triompher avec l'injustice. Et nous avons fait en sorte, par notre patience et notre honneur, de vaincre en même temps que la justice elle-même.

Ni vos malheurs ni les nôtres n'ont été vains. C'était en vérité les mêmes malheurs, et ce que nous avons partagé dans la détresse, nous devons aujourd'hui le retrouver ensemble dans la grandeur. Car c'est votre refus joint à notre révolte qui nous a faits ce que nous sommes. Dans cette longue et amère méditation où vous êtes entrés en juin 1940, la France est entrée en même temps que vous. Nous avons fait ce qu'il fallait pour que l'on ne vous tue pas avec elle, mais vous avez fait ce que vous deviez pour qu'elle ne meure pas avec votre dignité.

Lorsque nos camarades reviendront, vous ne devez pas craindre que nous les rejetions. Ils sont nos frères d'armes et de victoire, leur place est parmi nous. Et nous pouvons bien dire que leur destin

1. Comme l'éditorial du 24 août 1944, « Le sang de la liberté », où se trouve déjà l'expression « les mains pures », celui-ci fait écho aux thèmes des *Lettres à un ami allemand*.

nous paraît plus dur que le nôtre puisque nous, du moins, avons pu lutter pour cette justice soudain découverte. Tant de solitude et d'abandon, tant de courage et d'impuissance, vos poings serrés dans l'inaction, ce long silence, le cœur nous manque lorsque nous y pensons. Non, nos quatre ans de guerre sans uniforme ne sont rien, vous avez notre respect.

Et quand la France officielle oserait même vous oublier, vous devez savoir que nous lierons notre sort au vôtre, puisque c'est celui du pays tout entier que vous et nous avons mené de la plus désespérée des défaites à la plus clairvoyante des victoires[1].

15 SEPTEMBRE 1944[2]

En 1933, un avide et frénétique personnage se juchait en Allemagne sur les débris de la république

1. Le même jour, *Combat* commence la publication d'une série d'articles de Georges Bernanos, avec une présentation que l'on peut probablement attribuer à Camus : « Nous commençons aujourd'hui la publication d'une série d'articles inédits en France de Georges Bernanos. Ces articles nous ont été communiqués par un ami personnel de l'écrivain, qui a jugé que leur place était ici.

« C'est une occasion pour nous d'affirmer notre solidarité profonde avec un esprit dont tant de choses auraient pu nous séparer, mais avec qui nous ne nous sommes jamais senti qu'une fraternité reconnaissante. Le langage de Bernanos, c'est celui que nous avons l'ambition de tenir, avec les moyens qui nous sont propres. C'est aussi le seul qui donnera à ce pays la conscience de sa grandeur. »

2. Éditorial. Texte dactylographié.

de Weimar[1] et annonçait à son peuple ravi et au monde incrédule qu'un magnifique destin commençait pour son pays et pour lui-même. Onze ans après, les armées ennemies foulent le sol de la patrie allemande et vont donner le coup final à une nation exténuée par dix années sous les armes et cinq dans les flammes de la guerre. L'expérience est concluante.

Il s'est trouvé beaucoup d'hommes, presque tous les Allemands, un grand nombre d'Européens et quelques Français, pour croire au génie d'Adolf Hitler[2]. C'est que pour beaucoup d'hommes le succès est une loi et la brutalité une tentation. Il n'est pas sûr ainsi que cette conviction ait tout à fait disparu de certains esprits. Aujourd'hui où, pour la première fois depuis plus d'un siècle, la terre allemande est envahie par des ennemis décidés à y laisser les marques et les blessures de la force victorieuse, il est temps de revenir sur cette idée.

Hitler a tout joué sur le résultat. Des années sans confort, les privations, la plus dure des disciplines, l'art, la pensée et la morale asservis au même but, les forces matérielles et spirituelles de l'Allemagne pliées impitoyablement dans un effort unique, jamais peu-

1. La république de Weimar désigne le régime politique de l'Allemagne entre 1919 et 1933 ; régime très instable et affaibli par la crise économique — ce qui favorisa l'expansion du national-socialisme, et son triomphe. Le dernier président de la République, Hindenburg, dut nommer Hitler chancelier en 1933.

2. Adolf Hitler (1889-1945) a fait régner l'idéologie nazie en Allemagne et dans les pays occupés pendant la Seconde Guerre mondiale (dictature totalitaire, expansion territoriale, suprématie de la race aryenne, persécution des Juifs et des opposants, etc.). Il est devenu chancelier en 1933, puis « Reichsführer » — chancelier et président — en 1934. Il se suicidera le 30 avril 1945, devant la défaite du IIIe Reich.

ple n'a connu pareille rigueur et pareil espoir. Une fois pour toutes, Hitler avait choisi pour sa nation entre le bonheur et la puissance. À sa parole, quatre-vingts millions d'êtres humains ont renoncé au bonheur le plus simple avec le seul espoir d'être puissants un jour.

Il faut l'avouer, si Hitler avait réussi, l'Histoire eût reconnu en lui un grand homme. Quelques-uns d'entre nous, sans doute, l'eussent encore nié au nom même de la grandeur dont nous aurions jugé qu'elle avait été pour toujours avilie dans un régime où le nom d'homme avait perdu son sens. Mais l'Allemagne entière et le monde eussent oublié la médiocrité irrémédiable de cette âme livrée aux idées fixes, les crimes que jusqu'à lui on pensait être sans nom, mais qui prendront maintenant le sien, le malheur enfin qu'il traînait autour de lui et qu'il a étendu comme une nuit sur tant de pays désespérés.

Mais aujourd'hui, et devant le résultat, l'Histoire elle-même reculera. Elle mettra en balance les sacrifices demandés à une nation et l'abîme d'humiliations et de douleur dont on va la récompenser.

Elle qui aurait tenu pour peu de chose le bonheur de mille peuples en face de la puissance d'un grand individu, elle devra reconnaître que l'Allemagne a tout sacrifié pour ne rien obtenir. Privée de bonheur pendant dix ans, elle ne connaîtra pas la puissance de longtemps.

Oui, l'expérience est concluante. Ce n'était pas un génie que cet homme qui, pendant dix ans, hurla sa haine au-dessus de milliers de têtes casquées et qui porte tout seul un poids de crimes et de mensonges tel que nul pardon humain ne pourra jamais l'en décharger.

Et cela est dans l'ordre. Car l'ordre veut que le réalisme, à la fin, ne paye pas. Le mensonge peut arriver à vaincre lorsque la vérité a peur de ses propres forces. Mais il vient un temps où la vérité ne veut pas mourir et où elle s'aide de l'épée. De ce jour-là, le mensonge a perdu, le réalisme n'a plus sa force.

Ce que le terrible exemple de cette Allemagne à l'agonie peut apprendre à des esprits libérés de la haine comme de la faiblesse, c'est qu'en histoire comme ailleurs, le génie n'est jamais dans le mensonge et qu'il est tout entier dans la vérité qui connaît sa puissance. Il nous a fallu dix ans et des millions de morts pour reconnaître cette évidence. Du moins ne l'oublierons-nous pas, après l'avoir si chèrement payée.

16 SEPTEMBRE 1944[1]

Une information d'agence que nous avons publiée dans notre numéro du 14 septembre annonçait quelques changements dans l'épiscopat français. Le problème qu'on soulevait ainsi a des répercussions trop générales pour que nous ne tentions pas de le préciser. La situation est d'ailleurs nette. Alors que beaucoup d'évêques, comme Mgr Saliège, de Toulouse[2], se montraient l'honneur de leur foi et de leur patrie, une minorité de dignitaires ont eu, pendant l'occupa-

1. Éditorial. Texte dactylographié.

2. Mgr Jules Saliège (1870-1956), archevêque de Toulouse, s'est opposé publiquement aux mesures antisémites le 30 août 1942 en chaire et par la diffusion d'une « lettre diocésaine » ; il deviendra cardinal en 1946.

tion, une attitude incompatible avec les intérêts de la nation. À Paris, le cardinal Suhard[1] est de ceux-là.

Jusqu'en 1940, beaucoup d'entre nous, qui rendions justice à ce prodigieux événement spirituel que fut le christianisme, se demandaient cependant par quel aveuglement l'Église s'obstinait à rester en dehors des terribles problèmes qui agitaient le siècle. Pendant des années, des hommes, en Europe, ont attendu que les grandes voix de l'esprit s'élevassent pour condamner ce qui était à condamner. Mais, pendant des années, les grandes voix sont restées muettes.

C'était le signe le plus certain d'une décadence profonde que cet entêtement à se séparer du tourment des peuples pour tenter seulement de se survivre sans avoir à prendre parti. En 1936, la crise devint même assez grave pour qu'une grande voix catholique, celle de Bernanos, fût obligée de s'élever et de dénoncer cet assoupissement de l'Église[2].

1. Le cardinal Emmanuel Suhard (1974-1949), archevêque de Paris pendant la guerre, n'a jamais élevé la moindre protestation contre les persécutions.

2. Allusion aux *Grands Cimetières sous la lune* de Georges Bernanos, qui a condamné l'attitude de l'Église pendant la guerre d'Espagne. Camus a toujours manifesté son admiration pour un écrivain pourtant bien éloigné de lui. Il a écrit, en 1939, dans *Alger-Républicain*, une belle critique sur *Scandale de la vérité*. *Combat* accueille à plusieurs reprises des articles de Bernanos — soit parvenus du Brésil, où l'écrivain se trouvait pendant la guerre, soit donnés directement au journal après son retour en France.

Le 28 octobre 1944, *Combat* reproduira un article de Georges Bernanos, « Monseigneur Suhard et Jeanne d'Arc », écrit en janvier 1941, lorsque Laval est rappelé par Pétain, avec l'assentiment de l'archevêque de Paris. Il n'est pas impossible que le petit texte de présentation soit de Camus : « Lorsque Pierre Laval, en janvier 1941, fut rappelé par Pétain, avec l'assentiment de l'archevêque de Paris, Georges Bernanos écrivit l'article qui suit, qui donne toute sa portée à l'attitude du cardinal Suhard pendant l'Occupation. C'est une question que nous avons déjà posée. Elle

Depuis 1940, et nous le disons avec d'autant plus de force que nous sommes hors de la religion, la question ne se pose plus pour nous. Les chrétiens sont rentrés dans la vie de la nation en rentrant dans ses risques. Les doctrines, comme les nations et les individus, ne meurent qu'en refusant de s'engager. Nous pouvons dire aujourd'hui que pendant quatre ans nos camarades chrétiens ont prouvé que leur foi était vivante.

C'est cela qui nous autorise à être encore plus sévères pour des hommes dont l'attitude a risqué de séparer l'Église de la Nation. Car enfin, si nous nous montrons impitoyables pour les trahisons de créatures dont c'était le métier de trafiquer des valeurs morales sous le couvert de la politique, quelle terrible accusation devrons-nous porter alors contre

---

n'a pas reçu de réponse. Nous laissons donc à la plus grande des voix catholiques le soin de donner sa vraie dimension à ce conflit de la conscience catholique. »

Bernanos écrit notamment : « [...] les catholiques français s'efforceront de recevoir patiemment ce dernier coup porté à leur conscience et à leur honneur, mais qu'ils ne l'oublieront pas, qu'ils ne le pardonneront pas. [...] cette moderne conception de l'obéissance passive [...] doit avoir ses avantages, puisque les dictateurs en ont fait la règle fondamentale de la Morale totalitaire. [...] le salut temporel de la France doit avoir quelque importance aux yeux de l'Éternel, puisqu'il a daigné l'assurer jadis par la main d'une Sainte [...] l'indépendance temporelle de mon pays est aussi le gage de sa liberté spirituelle. »

On comprend que ces accents aient retenu l'attention de Camus.

Le 31 octobre 1944, *Combat* publiera une réponse du cardinal Suhard, affirmant qu'il n'a jamais été mêlé aux affaires politiques et qu'il avait démissionné du Conseil national fondé par Pétain. *Combat* ne veut pas démentir Bernanos, dit attendre son retour pour qu'il précise sa position et ajoute : « Nous reprochons au cardinal Suhard de n'avoir pas été Monseigneur Saliège, dans un temps où tous les chrétiens devaient vivre à la hauteur de l'archevêque de Toulouse. »

ceux-là mêmes dont c'était le métier de défendre l'esprit, d'élever le cœur des hommes et de dénoncer le mal ? Nous demandons de la conséquence à des politiciens dont c'était la tradition de n'en jamais avoir.

Comment passerions-nous sous silence l'inconséquence d'hommes qui portent dans leur robe l'un des messages les plus purs que l'humanité ait jamais connus ? Comment ne leur rappellerions-nous pas que pour un chrétien, avoir peur, c'est trahir.

La vocation éternelle de ces hommes était en effet d'affirmer que la force ne pouvait rien contre l'esprit qui refuse de la reconnaître. Leur vocation n'était pas de concéder et de temporiser, elle était de refuser et de mourir au besoin. Ils ont trahi leur vocation.

Il était plus difficile à la Résistance qu'à l'Église d'avoir ses martyrs. Beaucoup, parmi nos camarades qui ne sont plus, ont connu une mort sans espoir et sans consolation[1]. Leur conviction était qu'ils mouraient tout entiers et que leur sacrifice terminait tout. Ils ont consenti pourtant ce sacrifice. Comment, dès lors, ne jugerions-nous pas avec amertume la tiédeur de ceux pour qui la mort n'est qu'une étape et le martyre une libération supérieure ?

Ce sont là les raisons qui font que ce problème est grave. Il est grave politiquement ; l'exemple de l'Espagne, où l'Église s'est séparée du peuple, devrait le prouver. Mais il est grave aussi moralement. C'est un problème de conséquence et d'honneur qui engage toute l'attitude humaine. Et ce ne

1. Cf. « la certitude consciente d'une mort sans espoir », *in* « Le vent à Djémilla », *Noces* (*Essais*, p. 63) et bien sûr *L'Étranger*.

sont pas nos amis de *Temps présent*[1] et des *Témoignages chrétiens*[2], ce ne sont pas nos camarades chrétiens de *Combat* qui nous contrediront lorsque nous affirmons qu'il doit être réglé sans retard par les catholiques. C'est au christianisme lui-même à rejeter sans rémission ceux qui ont fait la preuve qu'ils n'étaient chrétiens que de profession.

17 SEPTEMBRE 1944[3]

Que fait le peuple allemand ? Le peuple allemand dort. Il dort d'un sommeil traversé de cauchemars

1. *Temps présent*, hebdomadaire catholique, dont le directeur littéraire est Stanislas Fumet, a repris fin août 1944 sa publication, arrêtée dès juin 1940. Le 8 septembre, un article intitulé « Justice pour la vérité » — et signé « Synchrone » — rend hommage à *Combat* — et à Camus : « On ne peut qu'être sensible à cette rigueur que l'on trouve dans les éditoriaux de *Combat*. Nous avons aimé ces déclarations qui sont plus profondes que ce qu'on lit souvent ailleurs : [citation des dernières phrases du "Temps du mépris", depuis "Ce n'est pas la haine qui parlera demain"].

« Nous pensons que c'est Albert Camus qui a rédigé cet éditorial "Le temps du mépris". Il faut l'en louer. »

L'article conclut en soulignant que *Combat* et *Temps présent* ont une même conception de la « morale » : « C'est le salut public, et la purification de l'air que doit respirer, s'il veut vivre, l'esprit politique. »

2. Fondés en novembre 1941 par le révérend père Pierre Chaillet, jésuite théologien, pour animer la « résistance spirituelle » au nazisme, les *Cahiers du témoignage chrétien* sont devenus à la Libération, toujours sous sa direction, *Témoignage chrétien* (au singulier). Camus débattra avec le R. P. Chaillet dans son éditorial du 16 mars 1945. Sur l'histoire de l'hebdomadaire, voir dans *Le Monde* du 1er décembre 2001 l'article de Thomas Férenczi pour son soixantième anniversaire.

3. Éditorial. Texte dactylographié.

et d'angoisses, mais il dort. Et lui, dont on a attendu le réveil si longtemps, continue à se taire derrière ses frontières entamées, massif, obstiné, muet sur les crimes qu'on a commis en son nom, résigné aux terribles blessures qui tombent sur ses villes.

Un peu partout, on s'interroge sur son cas : « Il va se réveiller. Il va racheter aux yeux du monde un peu de l'affreuse responsabilité qu'il porte devant l'Histoire. » Mais rien ne bouge. La jeunesse allemande fond sur les champs de bataille pour préserver un honneur que ses dirigeants ont prostitué mille fois, une nation va mourir, un siècle d'efforts vers l'unité s'achève dans la plus sanglante des faillites, mais le peuple allemand ne bouge pas. Cette énorme masse garde son silence comme si le monde entier et son propre destin lui étaient devenus étrangers. Tous les observateurs alliés et neutres sont d'accord : le peuple allemand continue de dormir dans le crépuscule de ses dieux.

C'est qu'en vérité, ce peuple suit sa vocation profonde, celle d'un pays qui n'a pas voulu penser et qui pendant des années n'a pas eu d'autre souci que d'éviter les charges de la pensée. L'unité qui a commencé avec Bismarck[1] n'était pas la fusion harmonieuse et féconde d'individus différents. Cette unité était d'abord une unanimité. Et jamais, comme sous Hitler, cette unité n'a été si totale. Elle était l'unité indistincte et amorphe d'un peuple content d'avoir la paix. Oui, ce peuple a fait la guerre parce qu'il voulait la paix de l'esprit. Et la paix de l'esprit

1. Bismarck, Otto von (1815-1898), chancelier de l'Empire allemand, a réalisé l'unité de l'Allemagne et gagné la guerre de 1870 sur la France ; c'est à Versailles qu'il proclama le IIe Reich.

consistait pour lui à laisser à d'autres le soin de penser pour lui.

Ce peuple n'aime pas la liberté, puisqu'il hait la critique. C'est pour cela qu'il n'aime pas les révolutions qui affranchissent l'homme et qu'il n'a jamais fait que des révolutions légales, qui renforçaient à la fois l'État et la nation. Et ce régime hitlérien qui lui enlevait le bonheur et la dignité, l'honneur et la vie personnelle, il l'a accepté parce que, pour finir, il y trouvait ce sommeil de l'esprit dont il avait toujours rêvé.

Voilà pourquoi ce peuple dort aujourd'hui. On a raison de le dire, s'il se révolte demain, ce sera dans le désespoir et non sous la poussée d'une réflexion constructive. Il retombera ensuite dans cette épaisseur, cette inertie qui le livreront aux vainqueurs du moment, occupé seulement à retrouver par d'obscurs et lents mouvements cette grande chaleur allemande dont il ne peut se passer.

Alors, peut-être, un nouvel orateur viendra qui donnera sa formule à cette unanimité inconsciente. Il faudra recommencer.

Faut-il donc désespérer de l'Allemagne à jamais et prendre sur soi de déclarer que quatre-vingts millions d'hommes en Europe ne serviront jamais à rien qu'à nier l'esprit libre et à tuer des hommes ? Nous ne pouvons nous y résoudre. Mais avouons du moins notre incertitude et notre déception présentes. Avec le plus grand cœur du monde, qui pourrait encore plaider pour un peuple qui refuse d'élever la voix pour sa propre défense ?

19 SEPTEMBRE 1944[1]

Le Mouvement national de Libération[2] a tenu sa première grande séance publique. Des hommes qui ne parlaient au nom d'aucun parti, qui ne s'adressaient à aucune clientèle existant déjà avant la guerre, ont été acclamés par un nombre assez considérable de Français. On n'a peut-être pas bien remarqué qu'il y avait là quelque chose de nouveau. On n'a pas bien remarqué non plus que ces hommes qui, pendant quatre ans, n'avaient parlé que de la France, ont parlé hier de révolution.

Essayons de comprendre. De quelle révolution s'agit-il ? Celle dont on parlait dimanche à Pleyel ne ressemble à aucune de celles qui nous étaient déjà proposées avant la guerre et par des partis très différents. C'est pour cela qu'elle semble vague à certains esprits. On a l'habitude de faire correspondre aux mots les images les plus familières. La révolution, pour beaucoup, c'est 1789 et 1917. Le reste est trop fatigant à penser. Il n'est même pas sûr que les mouvements représentés à la réunion d'hier aient eux-mêmes une idée tout à fait précise de cette révolution. Mais ils parlaient au nom d'une force intérieure qui les dépasse, qui les a portés pendant

1. Éditorial. Texte dactylographié.

2. Le Mouvement de Libération nationale prend la suite des Mouvements unis de la Résistance en janvier 1944.

Ce meeting important s'est tenu le 17 ; *Combat* l'a annoncé en reproduisant un communiqué qui commence par « La Résistance vous appelle aujourd'hui 17 septembre ». Le 19, le journal lui consacre un long compte rendu.

quatre ans et qui, dans certaines conditions, pourrait prendre demain sa vraie forme.

La révolution n'est pas la révolte[1]. Ce qui a porté la Résistance pendant quatre ans, c'est la révolte. C'est-à-dire le refus entier, obstiné, presque aveugle au début, d'un ordre qui voulait mettre les hommes à genoux. La révolte, c'est d'abord le cœur.

Mais il vient un temps où elle passe dans l'esprit, où le sentiment devient idée, où l'élan spontané se termine en action concertée. C'est le moment de la révolution.

La Résistance française, sous sa forme originale, a commencé dans la pureté du refus total. Mais quatre ans de lutte lui ont apporté les idées qui lui manquaient. Tout au bout de sa révolte triomphante, elle en vient à souhaiter la révolution. Et si le souffle de cette révolte ne tourne pas court, elle fera cette révolution en lui donnant la théorie originale et précise que ce pays attend. Nous croyons ici qu'il est déjà possible de donner les premiers éléments de cette doctrine et nous y reviendrons.

Pour le moment, et malgré les sceptiques, nous nous satisfaisons déjà, avec les réserves de forme qui conviennent, de cette volonté affirmée. Nous ne croyons pas ici aux révolutions définitives. Tout effort humain est relatif. L'injuste loi de l'histoire est qu'il faut à l'homme d'immenses sacrifices pour des résultats souvent dérisoires. Mais si mince que soit le progrès de l'homme vers sa propre vérité,

1. Ces réflexions sur la révolte et la révolution seront au cœur de *L'Homme révolté*. L'évolution de la révolte à la révolution apparaît ici comme une illustration de la devise de *Combat* : « De la Résistance à la Révolution ».

nous pensons qu'il justifie toujours ces sacrifices. Nous croyons justement aux révolutions relatives.

Dans tous les cas, l'informe pensée qui jaillit aujourd'hui au bout de ces quatre ans de nuit, on ne doit pas la sous-estimer. Elle porte le germe de toutes les flammes et de toutes les renaissances.

Ceux qui en doutent auront peut-être raison demain. Ils ont tort pour l'instant, parce qu'ils cèdent à la paresse d'esprit et qu'ils imaginent que l'histoire ne se renouvelle pas.

La révolution, ce n'est pas forcément la guillotine et les mitrailleuses, ou plutôt, ce sont les mitrailleuses quand il le faut. Ceux à qui cette force nouvelle paraît vague ou sans importance sont peut-être ceux-là mêmes qui sont déjà en arrière et qui, croyant tenir la vérité du moment, ont perdu à jamais la vérité tout court, qui est toujours celle de demain.

20 SEPTEMBRE 1944 [1]

Nous avons parlé l'autre jour du peuple allemand et de son silence. Cependant, si le peuple allemand ne parle pas, il désire entendre. Il désire justement entendre celui à qui il doit d'être dispensé de parler. On attend en Allemagne, on attend surtout en Rhénanie, un discours de Hitler. Mais on l'attend en vain.

Les journaux parlent donc pour lui. Et la *Koelnische Zeitung*, dans son éditorial, explique que Hitler

1. Éditorial. Texte dactylographié, qui vient dans la suite de l'éditorial du 17 septembre, p. 205.

ne dira rien parce que ce n'est pas le moment : « Le silence du Führer, dit-elle, s'adresse aujourd'hui à la nation allemande, et ce silence est plus éloquent que tout. »

Il est vrai, ce silence est éloquent. Il s'identifie à celui de toute l'Allemagne, il est celui d'un homme qui, lui aussi, a renoncé à penser. Hitler, sans doute, n'était pas un penseur. Mais c'était un homme à qui les mots tenaient lieu d'idées. Ses méditations, elles étaient hurlées à pleins poumons devant cent mille Allemands. Et se taire pour lui, c'est ne plus être.

On ne l'a pas assez remarqué, jamais Hitler n'a autant parlé qu'entre 1938 et 1942. C'était les années de la victoire. À partir de 1942, on l'a de moins en moins entendu, jusqu'à cet été 1944 où le grand silence a commencé. Et ce peuple qui avait renoncé à tout pour ne plus être que la voix rauque d'un seul, perd son existence en même temps que son chef perd la parole.

Il y a là une leçon qui devrait décourager à jamais les dictateurs du monde entier. On ne peut parler que lorsqu'on croit avoir raison. L'Allemagne a accepté d'avoir raison ou tort avec Hitler. Et la raison de Hitler n'était faite que de sa force. L'Allemagne a accepté d'avoir raison ou tort avec la force. La conviction profonde de ce peuple était que Hitler serait toujours plus fort que son destin. Mais aucun homme jamais ne peut être plus fort que son destin, sinon dans le silence de son cœur ou par les pouvoirs de l'amour. Seulement, c'était là le genre de force qui le faisait rire.

Et cette extraordinaire imprudence qui liait le sort de tous aux raisonnements et aux discours d'un seul reçoit aujourd'hui son prix. Ce peuple qui a tant détesté l'individu, a pris de l'individualisme la part la plus basse, celle qui met un homme au-dessus des autres au mépris de toute conscience. Il suffit alors que cet homme ait tort, il suffit qu'il se taise et c'est le signe de l'expiation.

Elle sera terrible pour ce malheureux peuple. Mais il n'est pas possible de l'alléger. Il va poursuivre derrière son conducteur muet une aventure de sang et de désespoir dont on ne voit plus la fin.

Car Hitler ne se tait pas parce qu'il a tort, il se tait parce qu'il a perdu. Et continuant à s'identifier à cette nation qu'il a couverte de sang et de honte, il poursuivra son silence jusqu'à sa conclusion naturelle qui est la mort.

Cet homme et cette nation vont mourir dans un affreux silence. Mais à ceux qui ne peuvent plus parler, il reste l'attitude. On peut compter sur Hitler pour qu'elle soit théâtrale et sanglante. Les jours qui viennent ne seront pas des jours heureux. Ce sera, pour l'Histoire, ce temps où un peuple et son chef ont pu consentir à un suicide collectif[1].

22 SEPTEMBRE 1944[2]

Tout le monde sait que les journaux d'aujourd'hui se soumettent, avec bonne grâce d'ailleurs, à la censure militaire. Nous comprenons tous la nécessité

1. On sait qu'Hitler, effectivement, se suicidera en avril 1945 ; mais l'idée que Camus se fait de l'état du peuple allemand sera démentie quand il découvrira l'Allemagne à la fin de juin 1945 : voir « Images de l'Allemagne occupée », pp. 581-586.
2. Éditorial. Texte dactylographié.

qu'il y a de ne donner aucune indication qui puisse favoriser les plans de l'ennemi. Nous le comprenons si bien que, chaque fois qu'il est possible, nous faisons notre censure nous-mêmes. On nous le dit d'ailleurs tous les soirs, avec une amabilité inépuisable, il ne s'agit pas de censure, mais d'un contrôle militaire. Comment ne pas s'incliner devant tant de pudeur et de ferme courtoisie ?

Mais voici qu'une querelle d'interprétation vient de s'élever. Nous considérions que le contrôle militaire, comme son nom l'indique, avait à contrôler les nouvelles militaires. Et nous considérions que les nouvelles militaires étaient des nouvelles qui pouvaient intéresser la conduite des opérations. L'organisme de contrôle a une autre interprétation. Est nouvelle militaire toute nouvelle où l'on parle de militaires. Le Conseil national de la Résistance ayant fait allusion dans son dernier communiqué à certaines formations armées, s'est vu censuré dans les colonnes de tous les journaux[1]. Et s'il nous prenait envie d'évo-

1. Dès la veille, *Combat* a protesté contre la censure du communiqué du C.N.R., sous le titre « Une mauvaise méthode » : « Au cours de sa réunion de mardi, le Conseil national de la Résistance a adopté une résolution dont le texte nous a été communiqué mardi soir.

« Il est inutile de dire que ce texte ne contenait aucune indiscrétion qui mît la Patrie en danger. Il n'en a pas moins été l'objet d'un interdit du contrôle militaire.

« Nullement désireux de créer un incident, *Combat* a respecté cet interdit. Il n'en est que plus à l'aise pour déclarer que la méthode qui consiste à imposer silence au Conseil national de la Résistance en dérobant ses textes au public est une mauvaise méthode de gouvernement. »

Peut-être ces quelques lignes sont-elles déjà de Camus ; il avait eu bien des démêlés avec la censure au temps d'*Alger-Républicain* et plus encore de *Soir-Républicain*, et avait élevé de nombreuses protestations, souvent avec humour ; voir, par exemple, dans

quer le célèbre sabre de Joseph Prudhomme[1]. Il nous faudrait soumettre la chose à la censure.

Le résultat est clair. Le contrôle militaire a été hier tourné en ridicule dans la presse française. Personne n'a rien à y gagner. Et nous nous permettons de rappeler aux autorités compétentes qu'il faut éviter les frais du ridicule à un pays qui sort à peine de l'humiliation.

Il est entendu que la presse est libre. Nous avons prouvé pendant assez longtemps, et sans être militaires au sens où les militaires l'entendent, que nous avions le goût de cette liberté. La liberté, quoi qu'on en pense, peut très bien aller avec quelques contraintes. Mais à la condition que ces contraintes soient d'abord librement acceptées et soient ensuite clairement définies. Puisque les autorités compétentes n'ont pas été capables de cette claire définition, il faut bien que nous la leur fournissions. Voici donc nos explications :

Nous acceptons librement la censure militaire sur les nouvelles pouvant servir à l'ennemi. Nous n'acceptons à aucun moment la censure politique. Nous n'acceptons surtout pas qu'un organisme de contrôle, reconnu sous un certain nom, soit utilisé pour une politique qui n'a pas de nom.

Fragments d'un combat, II, p. 750, une formule bien proche de ce petit texte : « Nous croyons mauvaise la méthode par laquelle la censure entend ainsi soutenir le "moral" du pays. »

Voir également, *ibid.*, pp. 720-725 : « Notre position » (6 novembre 1939), « Mise au point » (7 novembre 1939), pp. 752-757, ou encore « Pétrone et les ciseaux » (18 décembre 1939), pp. 708-710.

1. Joseph Prudhomme, personnage inventé par Henri Monnier, qui symbolise l'autosatisfaction, le conformisme et la stupidité petits-bourgeois à l'époque du romantisme.

En particulier, nous ne reconnaissons pas à la censure militaire le droit de contrôler la pensée et l'action du premier organisme de la Résistance.

Si l'on veut bien comprendre cela, nous supposons que tout ira bien. Si l'on ne veut pas le comprendre, il appartiendra aux journaux, réunis en assemblée plénière, de défendre à leur façon la liberté de la presse. Et nous le disons avec sérénité : l'une de ces façons est de faire paraître dans la clandestinité les nouvelles ou les commentaires politiques que l'on veut censurer. C'est un travail que, d'une façon générale, nous connaissons bien[1].

23 SEPTEMBRE 1944[2]

Il y a quatre ans, le 15 septembre 1940 exactement, l'Allemagne perdait la guerre avec la bataille d'Angleterre. Alors que Hitler se croyait au sommet de toutes les victoires, cent quatre-vingt-cinq bombardiers allemands tombaient dans la région de Londres et la Grande-Bretagne restait dans la lutte.

C'est peut-être le moment de rendre à nos amis anglais ce qui leur revient. Et ce qui leur revient, c'est cette grave amitié et ce souvenir vivace que

1. Cette déclaration provoque une riposte de François Mauriac qui, dans *Le Figaro* des 24-25 septembre, ironise sur les réactions excessives de certains journaux, et en particulier — mais sans nommer *Combat* — sur cet appel « à retourner au maquis de la presse clandestine ». C'est là sans doute la première faille dans la compréhension mutuelle qui régnait jusqu'alors entre Mauriac et Camus.

2. Éditorial. Texte dactylographié.

nous leur garderons toujours désormais. Ce souvenir est né dans cet été de 1940 où chez nous, dans les villes du Sud, des hommes que la retraite et l'exode mêlaient dans l'épuisement, désespéraient de toutes choses et se préparaient à entrer dans la plus affreuse des histoires. Ces hommes-là ont douté alors de l'Angleterre. Ils ont pensé qu'elle aussi capitulerait. Mais elle ne l'a pas fait et malgré tout ce qui devait suivre et les douloureuses tragédies qui manquèrent de nous séparer, c'est cela que nous n'oublierons plus.

Bien entendu, nous ne nous y trompons pas. L'Allemagne n'aurait pas été vaincue sans les sacrifices incalculables de la grande Russie, sans les coups formidables que l'armée rouge a portés à la force allemande. L'Allemagne n'aurait pas été vaincue sans le flot intarissable de matériel que l'Amérique a déversé sur l'Europe, sans ce génie industriel qui a su gagner la plus acharnée des batailles en épargnant le plus possible le sang des hommes.

Mais nous ne pouvons pas oublier que l'Angleterre est restée seule pendant un an, qu'elle a serré les dents pendant ce temps et qu'elle n'a pas désespéré. Nous ne pouvons pas oublier que, pas une minute, l'idée de capitulation n'a été admise par un seul Anglais.

Il faut bien le dire aussi, cet héroïsme, cette volonté calme, auraient été moins admirables s'ils ne s'étaient accompagnés de tant de farouche pudeur. Aujourd'hui encore, la plupart des Français ignorent la gravité des blessures que l'Allemagne infligea à la Grande-Bretagne. C'est que ce peuple supérieur a oublié de se plaindre. Il a souffert dans le silence, il s'est préoccupé seulement de sa victoire. Et c'est cette force intérieure et ce courage tranquille qui ont autorisé ce miracle d'un pays arrivé à l'extrémité de son destin et qui laissait cependant intacte la démocratie dont il vivait.

Bien des choses ont pu ou pourront nous séparer de nos amis anglais. Il arrive que nous nous comprenions mal. Nous les exaspérons souvent et ils nous déconcertent quelquefois. Mais quoi qu'il arrive, quelques-uns parmi nous n'oublieront jamais l'étonnant spectacle de ce peuple qui alliait le courage du cœur à celui du langage et qui, seul dans l'univers déchaîné, a défendu sa liberté sans élever une seule fois le ton.

Dans l'article que nous avons publié, le grand écrivain Charles Morgan demandait aux Français de pardonner à l'Angleterre sa victoire et sa force[1]. Nous lui pardonnons de grand cœur. Nous ne serions plus une grande nation si nous ne savions reconnaître la noblesse où elle se trouve. La grandeur doit recevoir sa récompense et ce peuple a fait la preuve de sa grandeur. Quoi qu'on écrive un peu partout en France aujourd'hui, nous n'avons pas l'illusion que la France ait retrouvé son ancienne puissance. Nous savons qu'il nous reste beaucoup à

1. Charles Morgan (1894-1958), romancier — *Fontaine* et *Sparkenbroke* sont ses romans les plus connus —, dramaturge et critique anglais ; Camus lui consacre une petite note dans les *Carnets II*, p. 21, en 1942. Le 20 septembre, *Combat* a reproduit un article publié à la fin de 1943 dans *La France libre* : « Pardonnez-nous notre victoire » ; Charles Morgan rappelle sa vaine tentative pour créer les « Puissances unies », dit sa fidélité à l'Angleterre et son amour pour la France — et s'adresse aux Français : « Lorsque au prix du sang, de la sueur et des larmes, nous aurons gagné la guerre, pardonnez-nous notre victoire. [...]

« Pendant des années, la France restera plus faible que son associée [...] Pardonnez-nous notre force.

« Il nous arrivera de manquer de tact [...] Pardonnez-nous nos offenses. »

faire et nous allons essayer de le faire avec fidélité et clairvoyance. Mais le souci douloureux et fier que nous avons de notre pays ne pourra jamais nous rendre ingrats et nous faire oublier ce mois de septembre où la vérité humaine qu'on écrasait chez nous remportait sa première victoire dans la libre Angleterre.

26 SEPTEMBRE 1944[1]

Avec l'arrestation de Louis Renault, c'est le procès de la grande industrie française qui est engagé[2]. Le problème est compliqué parce que les intérêts qui s'y mêlent ne sont pas simples. On ne peut espérer le résoudre en quelques lignes. Mais s'il était jamais possible de concilier l'objectivité avec l'énergie, c'est à ce propos qu'il faudrait le faire, parce que toute une part de la morale nationale y est engagée.

Il y a d'abord un fait : l'industrie française — et

1. Éditorial. Texte dactylographié.

2. Louis Renault (1877-1944), industriel français, créateur des usines portant son nom, avait travaillé pour l'aviation en 1914-1918. Sous l'Occupation, ses usines ont travaillé pour l'Allemagne. Le 23 septembre, *Combat*, comme ses confrères, a annoncé depuis Madrid que Louis Renault « l'industriel bien connu qui serait poursuivi par le gouvernement français pour son attitude collaborationniste a quitté la France » ; la nouvelle est démentie le lendemain : « L'industriel Louis Renault est placé sous mandat de dépôt. » Incarcéré à Fresnes, il est accusé d'avoir livré à l'Allemagne plus de 6 milliards de francs de matériel de guerre. Il se défendra en disant que ses usines étaient occupées, et qu'il fallait produire pour éviter la déportation en Allemagne des ouvriers et des machines. Mais il mourra avant son procès.

Renault avec elle — a travaillé pour l'ennemi[1]. C'est l'évidence qui frappe d'abord les âmes les plus simples, celles qui, sur un certain plan, ne se trompent jamais. Mais déjà les explications parviennent. Il y avait en France un armistice signé par un gouvernement qui donnait l'apparence de la légalité. Et les clauses de cet armistice obligeaient les usines françaises à travailler pour l'occupant. Les industriels français n'ont fait qu'obéir à leur gouvernement.

Ils peuvent aussi démontrer (on le verra assez au procès Renault) qu'ils l'ont fait de mauvais gré. Ils ont en réserve les chiffres qui prouveront que le travail a été freiné, que la production de Renault pendant les quatre ans de guerre atteignit à peine le quart de la production d'une année d'avant-guerre. Les bénéfices sont plus gênants. Mais ce n'est un mystère pour personne qu'un certain nombre d'industriels prouveront qu'ils ont fait passer cet argent, par des voies qui ne sont pas toujours directes, aux défenseurs de la bonne cause.

Ne nous aveuglons pas, cette position est forte. Apparemment, il n'est pas de loi qui puisse condamner des entreprises qui disent s'être résignées à appliquer un armistice ayant force de loi. Qu'avons-nous à opposer à cette argumentation ? La simple intuition que l'un des devoirs les plus sacrés d'un homme et d'un citoyen a été violé à cette occasion. Mais les juges traditionnels ne feraient qu'en rire. C'est pourtant à cette intuition qu'il faut donner son contenu.

On pourrait évidemment contester le freinage, dire que les bombardements ont ralenti cette pro-

1. *Combat* reviendra souvent sur la nécessité de juger les responsables de l'industrie française qui ont collaboré avec l'Allemagne.

duction malgré elle ; on pourrait rappeler qu'une grande partie des usines Renault ne produisait pas sans doute, mais était spécialisée dans la réparation des véhicules allemands. Mais nous préférons dire que la question n'est pas là.

Remarquons-le : un tribunal révolutionnaire expéditif ne discuterait pas. Il condamnerait. Ce n'est pas la voie que nous avons choisie et nous maintenons la liberté au profit même de ceux qui l'ont toujours combattue. Il faut donc, si nous voulons condamner, que nous donnions un sens à notre accusation.

Il ne faut pas avoir honte de dire que cette accusation est morale et qu'elle est sans recours. Pour tout dire d'un mot, le problème est dans la responsabilité. Un chef d'industrie qui a vécu de tous les privilèges ne peut se juger comme tel fonctionnaire subalterne qui a obéi à Vichy parce qu'il avait l'habitude de l'obéissance. Les hommes doivent porter la responsabilité de leurs privilèges. Et cette puissance tant détestée que Louis Renault avait avant la guerre, il avait la possibilité de la faire comprendre et supporter, en démontrant qu'il en connaissait aussi les devoirs.

Car enfin, l'obéissance au gouvernement n'est pas la vertu obligatoire des chefs d'industrie. En 1936, les industriels français ont prouvé qu'ils savaient ne pas obéir aux lois et qu'il leur arrivait de se mettre au-dessus du gouvernement. Il n'est pas possible que les mêmes hommes, à l'heure des grandes responsabilités, repassent les leurs à un gouvernement de leur choix.

Il n'est rien de plus clair pour nous : le devoir des grands industriels français en 1940 était de se mettre, et cette fois au nom des vrais intérêts de la nation, au-dessus de la loi et du gouvernement. On nous répondra que l'usine aurait été prise en charge par les Allemands. Mais cela s'est déjà vu et le résultat a été lamentable. Une production réduite à son quart est encore de trop. La construction freinée est encore de la construction et les bénéfices partagés ne sont rien d'autre qu'une affaire méprisable.

D'autres, à cette époque, se sont mis au-dessus de la loi. Ils étaient sans titres et sans argent. Ce qui était pour eux le simple devoir qu'ils trouvaient dans leur cœur, devait être pour Louis Renault une obligation impérieuse et inéluctable. Pour parler clair, il devait se révolter avant le peuple lui-même.

Ce langage est nouveau et il donne de quoi rire. On rirait moins s'il entrait dans la loi et si les responsabilités proportionnelles trouvaient une traduction juridique. Ces quatre affreuses années ont donné à tous les Français le spectacle d'un crime (et nous pesons nos mots) qu'aucune loi n'avait prévu et qui était celui de ne pas faire assez. La grande industrie française est condamnée pour nous parce qu'elle a refusé de rien risquer. Elle s'est séparée pour toujours de la nation en ignorant tranquillement ses révoltes. Et ces hommes qui ont invoqué la loi pour éluder leur devoir doivent remettre leurs places à ces autres hommes qui ne se sont pas souciés d'honneurs, mais qui ont pourtant sauvé celui de leur pays.

27 SEPTEMBRE 1944[1]

On nous excusera de revenir sur le cas de Renault. C'est que le problème dépasse la personnalité de l'inculpé. Il n'est pas exagéré de dire qu'il engage l'avenir même du pays, dans la mesure où il démontrera si nous sommes sans armes pour détruire la fiction légale dont Vichy a couvert toutes les trahisons.

La condamnation qu'on porte contre Louis Renault a, en effet, des conséquences douloureuses. Nous l'avons dit hier, les industriels français repassent leurs responsabilités au gouvernement de Pétain et s'abritent derrière l'armistice. Si nous les condamnons, il faudra donc condamner la foule de ceux qui, eux aussi, ont obéi. Et nous allons nous séparer de la majorité des Français.

Ce n'est pas cela que nous voulons et c'est pourquoi nous avons défini hier la responsabilité particulière de l'industrie française. Simplement, il nous a fallu constater que cette responsabilité peut échapper à la loi.

Mais elle n'en demeure pas moins. Ce qui caractérise l'époque que nous vivons, ce qui fait son émotion, c'est qu'elle porte la politique de ce pays sur un plan moral : celui du sacrifice et de la responsabilité[2]. Pendant quatre ans, ce n'est pas au nom de la loi écrite que nous avons jugé, c'est au nom de la loi des cœurs. Quant aux textes de lois, ils ne servaient

1. Éditorial. Texte dactylographié. Suite du précédent.
2. On notera l'insistance de Camus à placer sur le plan moral un problème qui n'a pas réellement trouvé sa solution, plus de cinquante ans après les faits...

qu'au bourreau. Et pourtant, ceux-là mêmes qui s'étaient mis hors de la légalité savaient bien qu'ils étaient restés dans la vérité. Il y a donc des cas où les deux ne coïncident plus. Et toute la fausse adresse de la grande industrie consiste à s'abriter derrière une loi dont s'est déjà retirée la vérité, comme toute notre difficile entreprise est de la juger au nom d'une vérité qui n'a pas encore pris forme de loi.

Cette situation est dure parce qu'elle est générale. Elle n'est cependant pas tout à fait neuve. Nous connaissons tous, dans la vie de tous les jours, des délits qui échappent à la loi. Il arrive alors qu'on en appelle à des tribunaux d'honneur. Il faudra donc en appeler à une loi d'honneur qui permette de juger les habiles. Cette proposition peut paraître étrange. Mais elle revient seulement à dire que notre pays ne retrouvera sa grandeur qu'à condition de punir comme les plus graves des délits le manquement à l'honneur ou au devoir.

Le jour où tous les tribunaux du monde absoudraient Renault et reconnaîtraient que sa défense est irréprochable au regard du droit, ce jour-là nous affirmerions encore qu'il relève d'une loi plus haute, claire à la conscience populaire comme à la réflexion la plus spécialisée, et qui est impérative. Cette loi que les industries de guerre ont violée leur commandait de s'écarter des lois et de comprendre que le temps des responsabilités venait de naître.

En 1940 a commencé, en France, une époque où les hommes ont été appelés à se juger un par un, dans la solitude, hors de tout appui traditionnel. Dès cet instant, et pendant quatre ans, les industriels français qui ont produit pour l'Allemagne se sont jugés eux-mêmes. Nous avons seulement à ratifier ce jugement.

Le gouvernement qui a eu la neuve audace de passer par-dessus tout pour entrer dans cette justice supérieure doit être remercié. C'est à lui qu'il revient de donner sa nouvelle loi à la vérité de toujours qui condamne Louis Renault. Mais c'est à nous qu'il appartient de garder dans la clarté la nature morale du difficile problème qu'il se propose de résoudre.

28 SEPTEMBRE 1944[1]

On lira, par ailleurs, le communiqué du Conseil des ministres. Nous voulons seulement dire l'importance que nous attachons aux décisions prises par le gouvernement[2].

1. Éditorial. Texte dactylographié.
2. Le communiqué annonce effectivement des mesures importantes : F. de Menthon — garde des Sceaux — a fait approuver une ordonnance tendant à accélérer les poursuites en « indignité nationale » et à organiser la confiscation des biens des accusés reconnus coupables.

R. Lacoste — ministre de la Production — a annoncé les mesures prises pour l'épuration des entreprises industrielles, et le gouvernement a approuvé la réquisition des usines Renault et la nationalisation des Houillères du Nord et du Pas-de-Calais, ainsi que la confiscation des profits illicites.

P.-H. Teitgen — ministre de l'Information — a fixé par ordonnance le régime provisoire de la presse, et le statut provisoire de l'Agence française de Presse et de l'Entreprise des Messageries des Journaux français.

On conçoit que toutes ces mesures, qui vont dans le sens de la morale et de la justice réclamées par Camus depuis plusieurs semaines, aient eu son approbation totale et certainement celle de l'ensemble de l'équipe de *Combat*.

Nous le disons sans vanité déplacée, elles vérifient les principes que nous avions engagés hier et avant-hier dans notre discussion du cas Renault. Chose plus importante, elles donnent à ces principes leur traduction pratique.

La notion d'indignité nationale que le ministre de la Justice vient de préciser correspond à la loi d'honneur dont nous avons parlé. Elle concerne ceux qui ont su trahir leur pays sans cesser de respecter la loi. Ceux-ci perdront à la fois leurs droits civiques et leurs biens. Aucune justice ne nous paraît plus respectable. Car la difficile exigence de la liberté qui veut qu'elle soit étendue même à l'ennemi est ici respectée : ce n'est pas la personne qui est touchée.

Mais en même temps, il est juste qu'un homme qui n'a pas su prendre le souci de son pays soit exclu des débats qui décident de l'avenir de ce pays. Il n'est pas moins juste que ses biens, soit qu'ils résultent de la trahison, soit qu'ils l'aggravent dans la mesure où ils auraient dû s'accompagner d'un sens proportionnel du devoir, reviennent à la nation qui a été lésée.

Qui pourrait se plaindre de voir des hommes que l'argent a détournés de toute conscience frappés dans ce qu'ils ont justement de plus cher et qui est encore l'argent ? Cette mesure, à la fois impitoyable et calculée, nous paraît à ce point précieuse que nous souhaitons qu'on en fasse l'extension à beaucoup de cas en face desquels des hommes de liberté et de justice se trouvent ligotés par leurs principes eux-mêmes et seraient empêchés d'agir s'ils ne décidaient pas, une fois pour toutes, de faire de leur conscience la nouvelle loi dont ils ont besoin.

Aussi bien, l'un des premiers effets de cette disposition se reconnaît déjà dans la décision concernant les usines Renault. Elles sont réquisitionnées. La nation les prend en charge puisqu'elles ont pris en charge, pendant quatre ans, Vichy et l'occupant. Au regard de la loi, on ne peut pas convaincre, peut-être, Louis Renault d'intelligences avec l'ennemi. Mais en face de la nation, il est accusé de ne s'être pas placé à la hauteur de ses privilèges et de sa fonction. Dans la grande économie de la nation française, il faudra désormais avoir fait la preuve qu'on mérite ce que l'on possède.

Cet ensemble de décisions nous fait entrer dans une voie nécessaire. Elles ont en vue le salut public. Nous ne les approuverons jamais assez clairement. Le gouvernement vient de démontrer qu'il sait et qu'il peut s'attaquer aux vrais problèmes. Des actes de ce genre lui assurent le concours du pays entier. Nous avons ici donné assez de preuves de notre indépendance pour pouvoir aujourd'hui dire, sans équivoque, notre accord complet avec l'esprit et la volonté dont vient de faire preuve le Conseil des ministres.

29 SEPTEMBRE 1944[1]

Nous sortons de l'euphorie. La France entière, dans un mouvement légitime de l'enthousiasme, a cru que la libération terminait tout et que Paris recouvrait la paix avec ses drapeaux revenus. Ce n'était

1. Éditorial. Texte dactylographié.

pas une pensée précise, c'était une pente de l'esprit naturelle à des hommes qui avaient beaucoup souffert et beaucoup lutté, et qui avaient pris l'habitude de confondre l'espoir de la liberté avec celui de la victoire définitive.

La liberté est venue et nous découvrons peu à peu qu'elle a ses charges et son poids, et qu'elle les aura tant que la guerre ne sera pas achevée et ses conséquences liquidées. Elle ne termine rien. Elle est un commencement. La liberté n'est pas la paix, nous avons eu notre victoire qui n'est pas encore la victoire de tous. Et nous savons maintenant que nous avons conquis seulement le droit de faire encore la guerre.

Bien entendu, nous pensons à cette guerre intérieure qu'il faut bien que nous soutenions encore contre l'argent et la démission. Mais pour aujourd'hui, il s'agit surtout de la guerre tout court, celle qui nous a abattus, dont nous nous sommes relevés, et qu'il faut que nous menions à nouveau.

Dans l'enthousiasme de la libération, et avec l'aide de quelques correspondants de guerre trop pressés, le peuple français n'était pas loin de croire que l'Allemagne allait être abattue en quinze jours. Ici du moins, nous n'avons jamais eu cette illusion. Et chaque fois que nous avons eu à parler de l'Allemagne, nous avons dit notre conviction qu'elle tiendrait jusqu'au bout.

Nous souhaitons nous tromper. Mais nous avons l'idée que l'Allemagne hitlérienne est décidée à finir dans le plus tragique et le plus théâtral des suicides, et qu'elle fera payer de beaucoup de sang la victoire que nous ne tenons pas encore. Si nous avions tendance à en douter, les prédictions que vient de faire M. Churchill[1] sont là pour nous donner à réfléchir.

Il faut nous en persuader, la guerre va durer plus que nous ne l'attendions. Si même nous devions être heureusement démentis, il faut cependant vivre et agir avec cette conviction. Cela revient à dire que la liberté que nous venons de conquérir nous engage au moins autant qu'elle nous délivre.

Nous disons cela sans exaltation inutile. Une guerre n'est jamais assez courte. Le monde que nous espérons a déjà été payé trop cher. S'il y faut encore le sang et la douleur des hommes, il faudra bien donner ce sang et souffrir cette douleur. Mais pas un seul Européen ne saurait y penser avec légèreté. Et dans tous les cas, ce n'est pas dans ce pays où nous venons de vivre toute l'étendue et toute l'absurdité de la misère humaine qu'on trouvera des hommes pour l'accepter dans la gaîté du cœur.

Mais pour être amère, notre résolution ne doit pas être moins ferme. Les Français n'avaient pas tous reconnu en 1939 que la guerre avait un sens[2]. Ils savent maintenant qu'elle en a un. Elle a même pris pour eux un sens supérieur puisqu'ils n'ont plus seulement à détruire un ennemi, mais aussi à

1. Churchill, Winston (1874-1965), député libéral puis conservateur, ministre dès 1917. Succédant à Chamberlain comme Premier ministre en mai 1940, il organise et symbolise la Résistance en Grande-Bretagne, pendant la « bataille d'Angleterre » et les menaces d'invasion allemande ; il joue un rôle de premier plan dans la lutte contre l'Allemagne et ses alliés, dans la coordination de l'effort de guerre et la préparation de l'après-guerre. Il sera battu par le travailliste Attlee aux élections de juillet 1945, et reviendra au pouvoir entre 1951 et 1955.

2. Camus pense peut-être à lui-même ; voir les passages des *Carnets I*, en particulier pp. 165-182, où il s'interroge sur ce qu'est la guerre.

vaincre l'idée que quatre années de trahisons officielles ont donnée de la France à l'extérieur. Nous n'avons plus une place à défendre, mais une place à reprendre. Si dur, si injuste parfois que nous paraisse ce sort, il faut bien l'accepter d'abord pour le vaincre à la fin.

Nous nous sommes mis dans la position difficile d'un peuple qui doit à nouveau faire la preuve d'une noblesse et d'une grandeur autrefois reconnues sans effort. Que nous ayons à le faire avec la vie des meilleurs d'entre nous, c'est l'affreuse tragédie de notre nouvelle histoire. Nous avons commencé cette démonstration révoltante et nécessaire. Nous l'avons poursuivie à travers quatre ans de luttes ingrates et aujourd'hui encore bien souvent ignorées. Il nous faut la continuer maintenant sur les champs de bataille.

Peut-être quelques esprits à l'étranger se rendent-ils compte de cette difficile destinée. Mais nous ne devons pas attendre qu'on nous en sache gré. Nous devons nous taire et travailler. Nous devons nous convaincre que la guerre va durer et accepter les sacrifices de la victoire du même cœur que nous avons pris les charges de la défaite.

La victoire elle-même ne terminera rien encore. Rien n'est plus difficile à refaire qu'une grandeur, du moins aux yeux du monde. Mais nous serons sur la voie de cette renaissance et de cette consécration si nous savons offrir aux yeux de ce même monde l'image d'une nation généreuse avec les autres et dure avec elle-même, résignée virilement aux sacrifices nécessaires, mais jamais oublieuse de son honneur à elle et du bonheur d'autrui.

30 SEPTEMBRE 1944[1]

M. Churchill vient de prononcer un discours dont toute la force réside dans la clarté[2]. De là, l'impression de réconfort qu'on retire de sa lecture. Pour des esprits déterminés, la vérité est toujours la meilleure nouvelle.

Mais c'est le même raisonnement qui nous fait penser que la vérité reste la seule diplomatie valable. Et c'est le langage de la vérité que nous tenons en constatant que la partie du discours concernant la France est la seule qui ne soit pas claire.

Certes, nous savons que M. Churchill ne peut pas être clair. Il ne pourrait l'être que de deux façons : en refusant ou en acceptant de reconnaître le gouvernement français. Mais il ne veut pas l'un et il ne peut pas l'autre, ou du moins il ne le peut tout seul. Ce n'est un mystère pour personne qu'une partie des cercles officiels américains s'oppose à cette reconnaissance.

Quoique ce problème soit douloureux pour notre fierté, quoique la sensibilité française soit encore à

1. Éditorial. Texte dactylographié.

2. Dans son discours à la Chambre des communes, Churchill a notamment déclaré : « Je désire voir la France prendre sa place, dès que possible, dans les hauts commandements alliés » ; exprimant sa « sympathie » et sa « compassion » pour la France, rendant hommage au peuple français, il dit son espoir de voir la reconnaissance du gouvernement français se produire le plus tôt possible ; ce qui suppose que le « Comité national de la Libération » (premier nom du Gouvernement provisoire de la République française) soit responsable devant l'Assemblée consultative élargie et approuvée par le peuple français. Voir éditorial du 14 octobre 1944, « Dans son dernier discours… », p. 267.

vif, nous voudrions en parler sans amertume, mais seulement avec la franchise qu'il faut et qu'on ne montre pas toujours dans cette affaire. En fait, il semble que cette méfiance ait deux raisons. La première est une opposition à la personne même du général de Gaulle[1]. La seconde se résume dans une

1. De Gaulle, Charles (1890-1970). Après avoir participé à la guerre de 14-18 (où il fut fait prisonnier et tenta plusieurs fois de s'évader), auteur d'ouvrages d'histoire politique et de stratégie militaire, il devient général de brigade (« à titre temporaire ») en 1940 ; sous-secrétaire à la Défense sous le gouvernement de Paul Reynaud, il refuse l'armistice et rejoint Londres, d'où il lance l'« Appel du 18 juin » pour la continuation de la lutte. Il organise les Forces françaises libres, en s'appuyant sur les pays de l'Empire colonial qui répondent à son appel. En 1943, à l'instigation de Jean Moulin, il crée le Conseil national de la Résistance, qui s'efforce de coordonner l'action de la Résistance en France. Après le débarquement allié en Afrique du Nord, il fait — difficilement — reconnaître son autorité par les Anglo-Américains, en remplacement du général Giraud, et crée le Comité français de Libération nationale. Dès janvier 1944, à la conférence de Brazzaville, il envisage une nouvelle politique coloniale, au sein de l'Union française. Chef du Gouvernement provisoire de la République française, d'abord à Alger puis à Paris à partir d'août 1944, incarnation de la France libre, il rétablit l'autorité de l'État et reconstitue l'armée française qui participe aux combats aux côtés des Alliés. Élu président du gouvernement par la première Assemblée constituante en novembre 1945, il démissionnera en janvier 1946. En avril 1947, il créera le Rassemblement du peuple français. Il reviendra au pouvoir en mai 1958, porté par les événements d'Algérie, proposera une nouvelle Constitution qui mettra en place la Ve République, dont il deviendra le président, élu au suffrage universel. Après huit ans de guerre, il fera reconnaître l'indépendance de l'Algérie en 1962. Après l'échec du référendum sur la régionalisation et la réforme du Sénat, il démissionnera en 1969.

Combat soutient totalement le libérateur, le chef de la Résistance, mais une partie des journalistes — dont Camus — est plus réticente sur l'action politique de De Gaulle, qu'elle se réserve le droit d'approuver ou de critiquer. Une véritable scission se fera en 1947 entre les partisans du R.P.F. (Ollivier, Pia, Chauveau) et les autres.

certaine circonspection à l'égard du parti de la Résistance dont on feint de croire qu'il est tout entier communiste. De là cette idée que rien ne peut se faire avant les élections législatives dont on suppose alors qu'elles risquent de désavouer le général de Gaulle ou de faire revenir à la surface des partis politiques de tout repos.

On voit que nous parlons franchement. Mais puisque cette impression est celle que nous avons en France, nous n'avons pas à la cacher. Il n'est pas d'autre moyen de parvenir à un accord loyal. Ayant donc reconnu franchement la méfiance qu'on nous oppose, il faut bien que nous énoncions franchement notre réponse. La voici :

La France, aujourd'hui, forme un tout. Elle a ses questions intérieures à régler qui ne regardent qu'elle et dont elle sortira plus grande si elle sait les mener avec la lucidité qui convient. Ceci est notre affaire et nous y pensons. Mais, pour tous les problèmes extérieurs, elle forme un tout. Et il faut le prendre comme un tout, avec le général de Gaulle et avec les communistes.

Car le général de Gaulle, les partis de la résistance et les communistes ont scellé dans un même combat une fraternité qu'ils ne démentiront pas. Ils ne sont pas forcés d'avoir, sur toutes choses, toujours les mêmes idées. Nous ne sommes pas forcés d'approuver sans cesse le général de Gaulle, de partager toujours les vues du parti communiste. Il peut même arriver que, sur tel ou tel point, nous nous opposions fortement. Mais il n'y a aujourd'hui qu'une France, qui est celle de l'espoir et du danger. Ceux qui ont espéré ensemble, souffert, succombé et triomphé ensemble ne peuvent pas se laisser désunir par la simple méfiance que tel ou tel cercle étranger peut nourrir à l'égard de tel ou tel des partis français.

Il faut que nos alliés comprennent cela et choisissent de reconnaître la France ou rien. Reporter cette reconnaissance à des élections législatives qui ne peuvent avoir lieu avant la fin de la guerre, cela n'est ni généreux ni raisonnable. Si nos amis américains désirent une France unie et forte, ce n'est pas un bon moyen d'y contribuer que de la diviser par l'extérieur.

Nous savons bien qu'on dit que, depuis cinq ans, le peuple n'a pas parlé, et qu'il convient de l'entendre. Ce n'est pas à nous qu'on l'apprendra. C'est pour que la parole lui soit rendue que nous nous sommes levés. Mais en vérité, le peuple vient de parler. Il a parlé par ses fusils et ses grenades, dressé sur toutes les barricades. Ce n'était pas une voix qui faisait plaisir à tout le monde, parce qu'elle était rauque et fiévreuse. Mais, nous le jurons à nos amis, c'était la voix même de la liberté.

Nous avons perdu beaucoup de choses dans cette guerre. Pas assez cependant pour que nous nous résignions à quémander ce qui nous revient de droit. S'il faut nous taire et travailler seuls, nous le ferons donc. Mais ce n'est pas ce que nous désirons. Nous désirons pouvoir aimer librement nos amis et faire la preuve que notre gratitude n'a pas d'amertume. Nous croyons ainsi que nous ne demandons pas grand-chose. Et si cela même ne paraît pas encore convaincant, alors qu'on nous facilite au moins cette tâche difficile qui est la nôtre, en considération de toute une histoire où nous avons appris à un monde ignorant le nom même de la liberté.

1er OCTOBRE 1944[1]

On nous dit : « En somme, qu'est-ce que vous voulez[2] ? » Cette question est bonne parce qu'elle est directe. Il faut y répondre directement. Naturellement, cela ne peut se faire en un ou deux articles. Mais en y revenant de temps en temps, on doit y apporter de la clarté.

Nous l'avons dit plusieurs fois, nous désirons la conciliation de la justice avec la liberté. Il paraît que ce n'est pas assez clair. Nous appellerons donc justice, un état social où chaque individu reçoit toutes ses chances au départ, et où la majorité d'un

1. Éditorial. Texte très probable, qui reprend les idées exprimées dans l'article « De la Résistance à la Révolution » le 21 août, et contribue à définir ce que l'on peut appeler la ligne politique de *Combat*.

2. Ce texte semble répondre indirectement à un article de *Défense de la France* du 28 septembre. *Défense de la France* est, comme *Combat*, né dans la clandestinité ; « fondé sous l'Occupation le 14 juillet 1941, ancien organe clandestin de la Résistance », comme l'indique le journal, il a paru au grand jour dès le 9 août 1944 à Rennes ; ce n'est qu'à partir du 17 septembre qu'il donne une adresse à Paris : il partage dès lors les locaux du 100, rue Réaumur avec *Franc-Tireur* et *Combat* ; il a le même imprimeur que *Combat*, et, comme lui, est fabriqué par des ouvriers syndiqués. Une édition parisienne paraît depuis le 22 septembre ; à partir du 8 novembre 1944, le journal prendra le titre de *France-Soir* tout en gardant le sous-titre *Défense de la France*. À plusieurs reprises, les deux journaux polémiqueront — sur un ton d'abord amical, puis agressif.

Dans son article, Robert Salmon reprochait à ceux qu'il appelait « certains de nos meilleurs amis » une critique systématique du gouvernement, qu'il expliquait ainsi : « Goût d'intellectuel pour l'hypercritique dégénérant en sympathie pour l'anarchie [...] méfiance préalable à l'égard d'un ministre parce qu'il n'appartient pas à la même tendance que soi. »

pays n'est pas maintenue dans une condition indigne par une minorité de privilégiés. Et nous appellerons liberté un climat politique où la personne humaine est respectée dans ce qu'elle est comme dans ce qu'elle exprime.

Tout cela est assez élémentaire. Mais la difficulté réside dans l'équilibre de ces deux définitions. Les expériences également intéressantes que nous offre l'Histoire le montrent bien. Elles nous donnent à choisir entre le triomphe de la justice ou celui de la liberté. Seules, les démocraties scandinaves sont au plus près de la conciliation nécessaire. Mais leur exemple n'est pas tout à fait probant en raison de leur isolement relatif et du cadre limité où s'opèrent leurs expériences.

Notre idée est qu'il faut faire régner la justice sur le plan de l'économie et garantir la liberté sur le plan de la politique. Puisque nous en sommes aux affirmations élémentaires, nous dirons donc que nous désirons pour la France une économie collectiviste et une politique libérale. Sans l'économie collectiviste qui retire à l'argent son privilège pour le rendre au travail, une politique de liberté est une duperie. Mais sans la garantie constitutionnelle de la liberté politique, l'économie collectiviste risque d'absorber toute l'initiative et toute l'expression individuelles. C'est dans cet équilibre constant et serré que résident non pas le bonheur humain, qui est une autre affaire, mais les conditions nécessaires et suffisantes pour que chaque homme puisse être le seul responsable de son bonheur et de son destin. Il s'agit simplement de ne pas ajouter aux misères profondes de notre condition une injustice qui soit purement humaine.

En somme, et nous nous excusons de répéter ce

que nous avons dit une fois, nous voulons réaliser sans délai une vraie démocratie populaire. Nous pensons en effet que toute politique qui se sépare de la classe ouvrière est vaine et que la France sera demain ce que sera sa classe ouvrière[1].

Voilà pourquoi nous voulons obtenir immédiatement la mise en œuvre d'une constitution où la liberté recevra ses garanties et d'une économie où le travail recevra ses droits, qui sont les premiers. Il n'est pas possible d'entrer dans le détail. Nous le ferons chaque fois qu'il sera nécessaire. Pour qui sait nous lire d'ailleurs, nous le faisons déjà sur beaucoup de points précis.

Il reste un mot à dire sur la méthode. Nous croyons que l'équilibre difficile que nous poursuivons ne peut se réaliser sans une honnêteté intellectuelle et morale de tous les instants qui, seule, peut fournir la clairvoyance nécessaire. Nous ne croyons pas au réalisme politique. Le mensonge, même bien intentionné, est ce qui sépare les hommes, ce qui les rejette à la plus vaine des solitudes. Nous croyons au contraire que les hommes ne sont pas seuls et qu'en face d'une condition ennemie, leur solidarité est totale. Est juste et libre tout ce qui sert cette solidarité et renforce cette communion, tout ce qui par conséquent touche à la sincérité.

Voilà pourquoi nous pensons que la révolution politique ne peut se passer d'une révolution morale qui la double et lui donne sa vraie dimension. On comprendra peut-être alors le ton que nous essayons de donner à ce journal. Il est en même temps celui de l'objectivité, de la libre critique, et

1. De fait, ce paragraphe reprend textuellement des phrases déjà formulées dans « De la Résistance à la Révolution ».

celui de l'énergie. Si l'on faisait seulement l'effort de le comprendre et de l'admettre, nous avons la faiblesse de croire que pour beaucoup de Français commencerait une grande espérance.

3 OCTOBRE 1944[1]

Sous la signature d'Allan Forbes le *Daily Mail* vient de publier un article intéressant sur la presse française[2]. Il va de soi que cet article est bien disposé envers la France. Il apporte simplement le point de vue d'un confrère attentif, qui s'étonne de voir que la presse française, dans son ensemble, donne plus de place à la politique intérieure qu'aux nouvelles de la guerre. Le journaliste anglais se félicite seulement qu'il n'en soit pas de même dans son pays.

Il a raison de s'en féliciter. C'est la preuve que l'Angleterre est en bonne santé. Ce n'est pas notre cas. Assez souvent, nous avons dit nous-mêmes les insuffisances de notre presse pour nous formaliser d'une critique objective, formulée avec courtoisie. Mais l'objectivité elle-même demande qu'on ajoute à ces observations quelques remarques qui donneront leur exacte portée.

Et d'abord, pourquoi donc ne donnons-nous pas plus de place à la guerre ? La réponse est simple :

1. Éditorial. Texte dactylographié.
2. Fondé en 1896, le *Daily Mail* est un grand quotidien britannique d'information. Il a eu dans les années 1930 le plus fort tirage du monde.

nous ne recevons pas plus d'informations que nous n'en publions. La source de ces nouvelles est unique. C'est l'Agence française de presse[1] qui, par ailleurs, fait correctement son travail. Nous n'avons pas, comme nos confrères britanniques, les deux ou trois agences nationales et étrangères et les bureaux à l'extérieur qu'il nous faudrait. Aucun journal français n'a aujourd'hui la possibilité d'installer un correspondant hors de nos frontières, fût-ce à Genève. Nous ne pouvons même pas faire admettre un journaliste sur le front de Saint-Nazaire.

Par ailleurs, les journaux anglais peuvent ajouter à toutes leurs informations les dépêches de leurs correspondants de guerre. Après plus d'un mois de démarches, nous ne sommes pas encore arrivés à faire accréditer les nôtres auprès des armées alliées. On connaîtra sans peine que, dans ce cas précis, notre responsabilité est au moins relative.

Un calcul approximatif et sans complaisance peut nous amener à dire que nous recevons ainsi trois fois moins d'informations sur la guerre que nos confrères britanniques. Personne ne s'étonnera si, justement, nous en publions trois fois moins. C'est une erreur de croire que nous ne donnerions pas, si nous le pouvions, toute sa place à la guerre. C'est toujours elle qui intéresse le public et, même d'un point de vue purement professionnel, nous ne som-

1. Succédant à l'agence Havas, devenue Office français de l'Information sous l'Occupation, l'Agence France-Presse vient d'être fondée par une ordonnance du 30 septembre 1944, qui prévoit que seront fixées « les conditions dans lesquelles une agence coopérative d'information sera substituée à l'A.F.P. » ; mais en 1947 encore, *Combat*, sous la plume de Roger Stéphane, constatera que cela n'a pas été fait, et que l'A.F.P. fonctionne comme une agence d'État ; une loi sera votée en 1957.

mes pas assez aveugles pour ne pas tirer de ce fait les conséquences qui conviennent.

Reste la politique intérieure. Il est vrai que c'est le péché originel des Français. Il est vrai que notre presse ne fait pas toujours le départ entre la critique clairvoyante et la stérile polémique. Mais nos amis anglais ne doivent pas oublier que les Français ont quelque raison de montrer tant d'énergie, et quelquefois de violence, dans leurs revendications intérieures. L'Angleterre n'a pas connu, comme nous, le phénomène de trahison officielle.

Pendant quatre ans, elle a empoisonné la France, la vie de la nation et elle continue à fausser les problèmes qui nous sont le plus douloureux. L'Angleterre n'a pas eu de honte. Il n'est pas d'Anglais qui se soit trouvé comme nous dans la dure nécessité de refuser sa main. On n'a pas obligé la Grande-Bretagne au mépris.

La trahison que nous avons connue, par sa durée, son étendue et son efficacité est unique dans l'histoire d'une nation. On reconnaîtra que cela pose quelques problèmes et qu'il serait vain de vouloir les remettre à plus tard. Pour quelques-uns d'entre nous, c'est même parce que nous pensons à la guerre que nous restons vigilants en ce qui concerne les problèmes intérieurs. Nous savons par une triste expérience qu'un pays ne peut faire la guerre sans être sûr de sa santé. Nous avons été bien malades. Il ne serait pas raisonnable de croire que la convalescence va maintenant de soi et que nous pouvons faire la guerre de la démocratie sans réaliser en même temps la démocratie elle-même.

Pour finir, Allan Forbes plaide pour une entente entre les deux pays. Nous n'aurons pas ici la prétention de parler pour la majorité des Français. Mais, pour ceux que nous connaissons au moins, leur désir d'entente avec l'Angleterre est profond, affectueux, et ne comporte aucune arrière-pensée. Il faut seulement, pour cela, que nous admettions nos faiblesses mutuelles et que nous fassions l'effort de les comprendre. Les nôtres, aujourd'hui, sont les plus criantes. Nous n'avons pas de raison particulière d'en être fiers. Mais nous n'avons pas de raison non plus d'en avoir honte. Tout ce qu'on peut nous demander, c'est d'apporter la bonne volonté qu'il faut pour y remédier. Cette bonne volonté, nous l'avons. Et nous espérons que notre confrère voudra bien en voir une preuve dans la simplicité avec laquelle nous venons de lui présenter nos observations.

4 OCTOBRE 1944[1]

On verra par ailleurs que la Fédération de la Presse clandestine[2] proteste contre les ordonnances publiées par l'*Officiel* sur la parution et le fonctionnement

1. Éditorial. Texte dactylographié.
2. La Fédération de la Presse clandestine avait protesté dès le 30 septembre parce qu'elle n'avait pas été consultée sur les ordonnances prises en Conseil des ministres ; ces ordonnances n'ayant pas encore été publiées par l'*Officiel*, la Fédération disait son espoir que les textes seraient conformes « au projet jadis adopté dans la clandestinité, et que dictait le seul souci d'arracher la presse à l'empire des trusts ». Elle exigeait « qu'aucune décision concernant la presse ne soit prise sans accord préalable avec ceux qui ont représenté et représentent encore la Résistance française ».

des journaux. La Fédération en appelle au général de Gaulle contre le Gouvernement. C'est un paradoxe qui a ses raisons.

Le public voudrait peut-être comprendre. Mais le problème est clair et si nous réagissons avec tant d'énergie, c'est aussi qu'il est grave. Quel est ce problème ? L'*Officiel* vient donc de publier des ordonnances. Sur toutes les questions qui intéressent directement les journalistes de la Résistance, à savoir la parution éventuelle de nouveaux journaux (art. I, par. III), la composition de la Commission de la carte professionnelle, chargée en fait d'exclure les journalistes collaborateurs (art. IX), le prix de vente, la répartition du contingent de papier, le format et la périodicité des journaux (art. XIII), ces textes remettent tous les pouvoirs aux ministères responsables, sans que les journaux de la Résistance puissent être appelés en consultation.

C'est contre ces faits que nous prenons position. Nous ne tenons pas à entrer en guerre contre le Gouvernement. Nous souhaitons même que le Gouvernement nous évite ce genre de guerre. Nous ne défendons pas une position, nous défendons seulement une morale. Et si les milieux officiels veulent bien en faire le raisonnement avec nous, ils apercevront sans peine cette morale que trop de conseilleurs interposés sont en train de lui masquer.

Posons un principe. Le Gouvernement, par la force des circonstances, est obligé, aujourd'hui, de gouverner sans Parlement. En vérité, il n'y a plus que l'étranger pour ne pas apercevoir qu'il y est bien forcé. Nous supposons, d'autre part, qu'il est exclu qu'il veuille gouverner seul. Il faut donc qu'il s'appuie sur quelque chose.

Nous trouvera-t-on naïfs si nous disons qu'il faut

qu'il s'appuie, pour chaque question, sur les spécialistes de cette question ? Mais qu'appelle-t-on un spécialiste ? Ce ne sont pas seulement ceux qui connaissent les difficultés techniques d'un métier. Ce sont ceux qui en connaissent à la fois les difficultés techniques et les difficultés morales. Nous venons de donner ainsi la définition des journalistes de la Résistance représentés dans la Fédération de la Presse clandestine.

Ces journalistes ont dénoncé la trahison de la presse française et l'indignité de ses représentants. Ils ont fait des journaux clandestins. Aujourd'hui, la Résistance paraît facile. Tout le monde en faisait, cela est bien connu. Mais dans le temps, il faut bien dire que les journalistes de la Résistance, mal informés, sans doute, se sentaient un peu seuls. Dans cette solitude, ils ont réfléchi. Ils ont aperçu que le déshonneur de la presse française tenait aussi bien aux personnes qu'aux institutions. Ils ont changé cela en prenant des dispositions qui ont permis une véritable révolution de presse. Le public ne s'en rend pas tout à fait compte. Mais l'action de la Fédération clandestine a permis à nos journaux de sortir en pleine insurrection et de vivre aujourd'hui de la façon la plus libre, sans une seule servitude financière ou morale.

C'est un résultat. Mais nous avons à veiller sur cette jeune révolution. Et nous voulons être consultés. Non pas pour des raisons de vain prestige, mais à cause de cette réflexion dont nous avons parlé et de cette science qui nous est venue dans la nuit et que nous ne sommes plus décidés à laisser sans emploi. Si le Gouvernement ne s'appuie pas sur nous à cet égard, il ne s'appuiera sur rien. Ou il s'appuiera sur une foule de conseilleurs empressés qui ont leur mot à dire, parce qu'ils sont de ceux qui ont d'abord haussé les épaules en disant que rien ne changerait rien, et qui ont été ensuite consternés de voir que quelque chose, cependant, avait été changé.

Nous ne pouvons pas croire que le Gouvernement veuille s'appuyer sur rien. Mais nous ne voulons pas croire qu'il préfère ceux qui conseillent aujourd'hui à ceux qui ont payé hier. Il faut donc par-dessus les conseilleurs que nous en appelions à un autre homme qui fut le premier à payer et qui a montré que lui, du moins, avait une idée de l'honneur. Ce sont les raisons du paradoxe qui font que nous nous adressons à Charles de Gaulle contre son gouvernement[1].

Nous le faisons, à vrai dire, sans joie particulière. Nous préférerions qu'on ne nous mette pas dans l'obligation de dire non. Mais nous le faisons avec détermination à cause de ce serment secret que chacun d'entre nous a formé dans la solitude des années de résistance et qu'aucun d'entre nous n'acceptera désormais d'oublier.

1. Voici le texte de cet appel : « La presse menacée fait appel à de Gaulle » : « La Fédération nationale de la Presse française, violemment émue par l'ensemble des ordonnances publiées à l'*Officiel* des 1er et 2 octobre 1944 a décidé de demander une audience au président du Gouvernement provisoire de la République française pour lui soumettre sa protestation véhémente contre les dispositions qu'elle estime directement contraires à l'esprit de la Résistance, à la liberté de la presse et à l'honneur de la France. »

5 OCTOBRE 1944[1]

À cette même place, nous avons déjà dit ce que nous devons à nos camarades d'Espagne[2]. Nous pensions que cela devait être dit parce qu'ils avaient été les premiers à entrer dans ce silence désespéré que les doctrines fascistes ont commencé, en 1938, de faire peser sur l'Europe. Nous pensons toujours que notre lutte est la leur et que nous ne pouvons être ni heureux ni libres, tant que l'Espagne sera meurtrie et asservie.

C'est pourquoi nous nous étonnons du traitement qu'on continue d'imposer à des hommes qui n'ont jamais démérité de la liberté. Si nous parlons des Espagnols, c'est que nous les connaissons bien. Mais le traitement qu'on leur fait est le même que celui qu'on réserve à beaucoup d'émigrés antifascistes et nous voulons appuyer, sur cet exemple précis, la protestation de la Commission de justice du C.N.R.[3] auprès du ministre responsable[4].

1. Éditorial. Texte dactylographié.
2. Voir éditorial du 7 septembre « Nos frères d'Espagne », p. 184.
3. Le C.N.R. — Conseil national de la Résistance — a été mis en place en 1943 par Jean Moulin, délégué par le général de Gaulle pour fédérer et coordonner les mouvements de résistance en France ; après l'arrestation de Jean Moulin, le C.N.R. est présidé par Georges Bidault. Voir l'éditorial du 8 octobre 1944, qui lui est consacré, p. 254.
4. Le même jour, le journal rapporte : « La Commission de Justice du C.N.R. proteste contre la lenteur de l'épuration. »

« Cette Commission, reçue par M. de Menthon, proteste contre la lenteur des mises en jugement et sur le fait que certains ministres (Monzie, Prouvost) ou des dirigeants d'entreprise (Hotchkiss) sont toujours en liberté. Ces faits, ont-ils remarqué, sont d'autant plus surprenants que chaque jour des émigrés antifascistes sont traqués ou incarcérés arbitrairement. »

Que se passe-t-il ? On est en train, par le simple jeu de quelques règlements, de concentrer à nouveau les Républicains espagnols dans une caserne parisienne ou de les évacuer sur des provinces où ils risquent d'être sans ressources. Avant de dire comment, nous voudrions donner de la mémoire à ceux qui manquent d'imagination. En 1938, ceux pour qui nous avons trouvé ce mot de réfugiés, dont nous ne savions pas encore qu'il allait prendre pour nous un sens si écrasant, ont été, dans leur immense majorité, rassemblés dans des camps de concentration. Pendant la guerre, ils se sont transformés en engagés volontaires ou nous en avons fait des travailleurs forcés.

Le régime de Vichy a encore ajouté à ces nobles procédés. Il a demandé à ces hommes de choisir entre la servitude et la mort. Les Républicains espagnols devaient travailler pour l'Allemagne ou retourner en Espagne. Une grande partie de nos camarades ont rejoint les maquis et se sont battus pour notre liberté dont ils continuaient à penser, avec une obstination digne d'un meilleur sort, qu'elle était aussi la leur. D'autres, dans les villes, se sont procuré de fausses attestations de travail. Les derniers, enfin, ont travaillé pour l'occupant.

Aujourd'hui, on met de l'ordre dans tout cela. C'est-à-dire que les Républicains qui, grâce à l'attestation allemande, fausse ou vraie, ont eu leur situation régularisée, sont concentrés à la caserne Kellermann ou refoulés hors du département de la Seine. Quant aux combattants des maquis, ce sont eux justement qui se trouvent dans la plus irrégulière des situations, puisqu'ils n'ont pas demandé à entrer dans l'ordre allemand. Ils peuvent donc être, et ils le sont quelquefois, arrêtés à toutes les minutes.

Il y a six ans que dure cette vie. Pour ces hommes, il n'y a pas eu seulement la défaite et l'exil, il y a eu aussi six ans d'humiliations et de déceptions. Nous savons le mal qu'une certaine propagande a fait à nos camarades dans l'esprit de quelques Français.

Mais nous voulons le dire aussi hautement qu'il est possible, ces hommes, au contraire, nous ont donné, les premiers, l'exemple du courage et de la dignité et c'est nous qui devrions être fiers de leur tendre la main.

Ce qu'on oppose à ce sentiment élémentaire est d'ordre administratif. Mais le problème qui se pose, lui, n'est pas affaire d'administration. Il est affaire de cœur. Et si les règlements administratifs ne correspondent pas à ces exigences profondes, alors cela est tout simple, il faut changer les règlements plutôt que de changer quelque chose à la dette de reconnaissance que nous avons envers l'Espagne.

Nous pensions à cela, hier, en sortant d'une projection de *Sierra de Teruel*, le film bouleversant de Malraux sur la guerre d'Espagne[1]. Nous aurions souhaité que la France entière vît le visage de ces combat-

1. Le même jour également paraît une critique sur ce film, non signée, que Camus a certainement au moins relue :

« *Sierra de Teruel*, film d'André Malraux.

« Quelques privilégiés seulement ont pu assister à la projection de *Sierra de Teruel*, le film que Malraux a tiré de son roman *L'Espoir*.

« Nous en donnons une photographie en 1re page. Mais ce que nous ne pouvons pas restituer à nos lecteurs, c'est la bouleversante vérité de ce film fait avec les seuls moyens de la pauvreté et du courage. Le simple récit de ces quelques hommes réunis en escadrille et allant mourir au sommet d'une montagne atteint à la grandeur sans qu'on y sente un moment l'effort et la contorsion. Il a suffi pour cela du ton de la vérité et de ces visages espagnols dont la présence, le naturel et la fierté ont de quoi serrer le cœur quand on pense au destin qui leur était réservé. Il y a aussi le leitmotiv du film, où tous ces hommes disent seulement en présence

tants et de ce peuple sans pareils unis dans le même héroïsme sacrifié. Pour que nous puissions prétendre au titre de grande nation, il faut que nous sachions distinguer la grandeur et la saluer là où elle se trouve. Et il n'est pas un homme digne de ce nom qui, hier, ne se serait senti le cœur serré devant les images de cette lutte d'avance inégale, mais jamais résignée.

Nous savons bien qu'on ne peut à la fois recevoir l'ambassade de Franco et rendre justice aux hommes qu'il insulte. Mais nous disons qu'il faut choisir. Dans tous les cas, il n'est pas possible que nous éludions un devoir impérieux sous le couvert de règlements absurdes. Et si les bureaux s'obstinent à l'ignorer, il faut alors que les bureaux soient détruits pour qu'ils ne nous mettent pas une fois de plus dans la situation misérable d'un pays qui exalte la république et la liberté en persécutant les plus fiers de leurs défenseurs.

6 OCTOBRE 1944[1]

Il y a eu beaucoup de bruits dans la nuit d'hier, au-dessus de la France[2]. Des bruits d'éclatements et

---

des tâches les plus héroïques qu'ils feront ce qu'ils pourront. Et ce qu'ils peuvent, en vérité, le monde entier l'a vu.

« Ce film sera sans doute donné au public. C'est par un miracle d'ailleurs que l'unique copie a été conservée, les Allemands ayant cru la brûler, alors qu'ils détruisaient seulement une copie de *Drôle de drame.* »

1. Éditorial. Texte dactylographié.

2. Il y eut en effet cette nuit-là des raids massifs — plus de 7 000 bombardiers — sur l'Allemagne, en particulier sur Sarrebruck.

de destructions, la voix même de la mort. Ainsi, à intervalles réguliers, la guerre se rappelle aux mémoires trop légères.

On nous dit en même temps que les Alliés seront peut-être obligés d'annoncer un jour la fin des hostilités sans avoir signé l'armistice, à cause de la détermination hitlérienne qui est de ne jamais en finir. Et le docteur Goebbels[1] annonce que chaque maison allemande sera défendue jusqu'à la mort. Il y a beaucoup de maisons en Allemagne. Ainsi, à intervalles réguliers, la guerre donne un nouvel aliment aux imaginations défaillantes.

C'est que nous n'aurons jamais assez de mémoire et jamais assez d'imagination pour nous tenir à la hauteur de notre destin actuel. Nous le répétons, parce qu'il faut le répéter, la liberté n'est pas la paix. C'est seulement le droit enfin obtenu de mériter la paix en gagnant la guerre. On nous a forcés à cette guerre[2]. Le monde entier sait que la France n'en voulait pas et que les meilleurs de ses fils rêvaient à des destins pacifiques lorsqu'ils ont été tout d'un coup abattus. Mais, maintenant, nous y sommes et nous savons qui est notre ennemi. En 1933, beaucoup de Français mesuraient seulement ce que nous avions à perdre dans la guerre. Aujourd'hui, nous connaissons ce que nous avons à y gagner.

Il faut donc faire la guerre. Et notre première victoire, si durement conquise, c'est de savoir maintenant que nous pouvons la faire sans rien abandonner

1. Sur Goebbels, voir l'article de mars 1944 de *Combat* clandestin, note 1, p. 130.

2. Une fois encore, Camus reprend un des thèmes majeurs des *Lettres à un ami allemand*.

de notre foi d'hier, que nous pouvons vaincre sans haïr, nous battre en méprisant la violence et choisir l'héroïsme en gardant notre goût du bonheur. Mais cette victoire n'est que la première. Il nous en faut une autre, définitive celle-là, où nous pourrons faire quelque chose pour le bonheur des hommes sans faire couler leur sang.

Mais comment faire la guerre ? Chaque pays la fait comme il le peut. Le monde ne doit pas oublier que la France, pour faire la guerre, doit liquider la trahison. On nous dit que nous ne pourrons faire la guerre que dans l'unité. Cela est vrai, si l'on veut bien s'entendre. Il est vrai que les querelles de personnes, les polémiques stériles et la mauvaise foi doivent être écartées. Mais c'est l'expérience même de la guerre de 1939 qui nous fait penser qu'on ne peut faire à l'extérieur la guerre de démocratie en supprimant la démocratie à l'intérieur.

Nous n'avons pas de querelles de personnes à soutenir, mais nous avons des questions de principe à éclairer. C'est là que la France doit marquer sa jeune force. Les grands pays sont ceux qui peuvent soutenir les convulsions de l'histoire sans cesser de régler leurs problèmes intérieurs.

La Grande-Bretagne nous en donne l'exemple. Certes, nous devons être économes de nos critiques. Mais nous devons être alors d'autant plus énergiques dans celles qui nous paraissent vitales. La force de l'âme consiste à énoncer le non aussi clairement que le oui. C'est cette force que nous devons choisir. Et c'est en pleine lumière que ce pays veut faire sa guerre.

En même temps que dans l'unité, nous dirons que la France ne peut faire la guerre que dans la vérité. Pour nous tous, maintenant, il n'y a plus qu'une guerre qui est celle de la vérité. Pendant de longues années encore, nous nous sentirons faibles dans le mensonge et nous ne saurons prendre force que dans la clarté crue de la sincérité.

C'est ainsi seulement que nous pourrons associer le pays tout entier à cette guerre dont il faut attendre qu'elle dure. C'est en donnant tous ses droits au peuple de France qu'il admettra de lui-même ses devoirs. Il n'y a d'avenir possible pour ce pays que s'il est capable de vivre dans cet équilibre maîtrisé où la force et la justice se compenseront et se renforceront l'une l'autre. Nous ne voulons pas d'une justice sans victoire. Mais nous avons mis quatre ans à savoir qu'une victoire dédaigneuse de toute justice ne serait que dérision.

7 OCTOBRE 1944[1]

Le 26 mars 1944, à Alger, le Congrès de *Combat* a affirmé que le mouvement « Combat » faisait sienne la formule : « L'anticommunisme est le commencement de la dictature. » Nous croyons bon de le rappeler et d'ajouter que rien ne peut être changé aujourd'hui à cette formule, au moment où nous voudrions nous expliquer avec quelques-uns de nos camarades communistes sur des malentendus que l'on voit poindre. Notre conviction est, en effet, que rien de bon ne peut se faire en dehors de la

1. Éditorial. Texte repris dans *Actuelles*, chapitre « Morale et politique ».

lumière. Et nous voudrions essayer, aujourd'hui, de tenir sur un sujet difficile entre tous le langage de la raison et de l'humanité.

Le principe que nous avons posé au début ne l'a pas été sans réflexion. Et c'est l'expérience de ces vingt-cinq dernières années qui dictait cette proposition catégorique. Cela ne signifie pas que nous sommes communistes. Mais les chrétiens non plus qui, pourtant, ont admis leur unité d'action avec les communistes. Et notre position, comme celle des chrétiens, revient à dire : Si nous ne sommes pas d'accord avec la philosophie du communisme ni avec sa morale pratique, nous refusons énergiquement l'anticommunisme politique, parce que nous en connaissons les inspirations et les buts inavoués.

Une position aussi ferme devrait ne laisser aucune place à aucun malentendu. Cela n'est pas, cependant. Il faut donc que nous ayons été maladroits dans notre expression, ou simplement obscurs. Notre tâche est alors d'essayer de comprendre ces malentendus et d'en rendre compte. Il n'y aura jamais assez de franchise ni de clarté répandues sur l'un des problèmes les plus importants du siècle.

Disons donc nettement que la source des malentendus possibles tient dans une différence de méthode. La plus grande partie des idées collectivistes et du programme social de nos camarades, leur idéal de justice, leur dégoût d'une société où l'argent et les privilèges tiennent le premier rang, tout cela nous est commun. Simplement, et nos camarades le reconnaissent volontiers, ils trouvent dans une philosophie de l'histoire très cohérente la justification du réalisme politique comme méthode privilégiée pour aboutir au triomphe d'un idéal commun à beaucoup de Français. C'est sur ce point que, très clairement, nous nous séparons d'eux. Nous l'avons dit maintes fois, nous ne croyons pas au réalisme politique[1]. Notre méthode est différente.

Nos camarades communistes peuvent comprendre que des hommes qui n'étaient pas en possession d'une doctrine aussi ferme que la leur aient eu beaucoup à réfléchir pendant ces quatre années. Ils l'ont fait avec bonne volonté, au milieu de mille périls.

Parmi tant d'idées bouleversées, tant de purs visages sacrifiés, au milieu des décombres, ils ont senti le besoin d'une doctrine et d'une vie nouvelles. Pour eux, c'est tout un monde qui est mort en juin 1940.

Aujourd'hui, ils cherchent cette nouvelle vérité avec la même bonne volonté et sans esprit d'exclusive. On peut bien comprendre aussi que ces mêmes hommes, réfléchissant sur la plus amère des défaites, conscients aussi de leurs propres défaillances, aient jugé que leur pays avait péché par confusion et que désormais l'avenir ne pourrait prendre son sens que dans un grand effort de clairvoyance et de renouvellement.

C'est la méthode que nous essayons d'appliquer aujourd'hui. C'est celle dont nous voudrions qu'on nous reconnaisse le droit de la tenter avec bonne foi. Elle ne prétend pas à refaire toute la politique d'un pays. Elle veut essayer de provoquer dans la vie politique de ce même pays une expérience très limitée qui consisterait, par une simple critique objec-

1. On sait que la notion de « réalisme politique », déjà dénoncée à propos de l'Espagne, est à l'opposé de la volonté souvent répétée d'introduire la morale en politique. Ce texte est particulièrement important pour définir la position de Camus — et de *Combat* — à l'égard des communistes en 1944.

tive, à introduire le langage de la morale dans l'exercice de la politique. Cela revient à dire oui et non en même temps et à le dire avec le même sérieux et la même objectivité.

Si on nous lisait avec attention, et la simple bienveillance qu'on peut accorder à toute entreprise de bonne foi, on verrait que souvent, nous rendons d'une main, et au-delà, ce que nous semblons retirer de l'autre. Si l'on s'attache seulement à nos objections, le malentendu est inévitable. Mais si on équilibre ces objections par l'affirmation plusieurs fois répétée ici de notre solidarité, on reconnaîtra sans peine que nous essayons de ne pas céder à la vaine passion humaine et de toujours rendre sa justice à l'un des mouvements les plus considérables de l'histoire politique.

Il peut arriver que le sens de cette difficile méthode ne soit pas toujours évident. Le journalisme n'est pas l'école de la perfection. Il faut cent numéros de journal pour préciser une seule idée. Mais cette idée peut aider à en préciser d'autres, à condition qu'on apporte à l'examiner la même objectivité qu'on a mise à la formuler.

Il se peut aussi que nous nous trompions et que notre méthode soit utopique ou impossible. Mais nous pensons seulement que nous ne pouvons pas le déclarer avant d'avoir rien tenté. C'est cette expérience que nous faisons ici, aussi loyalement qu'il est possible à des hommes qui n'ont d'autre souci que la loyauté.

Nous demandons seulement à nos camarades communistes d'y réfléchir comme nous nous efforçons de réfléchir à leurs objections. Nous y gagnerons du moins de pouvoir préciser chacun notre position et, pour notre part au moins, de voir plus clairement les difficultés ou les chances de notre entreprise. C'est là du moins ce qui nous amène à leur tenir ce langage. Et aussi le juste sentiment que nous avons de ce que la France serait amenée à perdre si par nos réticences et nos méfiances réciproques nous étions conduits à un climat politique où les meilleurs des Français se refuseraient à vivre, préférant alors la solitude à la polémique et à la désunion.

8 OCTOBRE 1944 [1]

Le Conseil national de la Résistance s'est présenté, hier, pour la première fois, au peuple de Paris[2]. Cela veut dire qu'on a pu entendre enfin les représentants de ce que M. Georges Bidault[3] a appelé « les familles politiques et spirituelles qui ont fait la grandeur de ce pays libre ».

1. Éditorial. Texte dactylographié.

2. Sur le C.N.R., voir texte du 5 octobre ; le 7, un communiqué a annoncé le meeting du C.N.R. au Vél'd'hiv', en précisant : « Pour la première fois depuis la Libération de Paris, les membres du C.N.R. vont prendre contact aujourd'hui avec la population. » En fait, il semble que depuis la formation du gouvernement, le 9 septembre, le C.N.R. ait perdu une part de son autorité. (On peut remarquer qu'aucun journal de l'époque ne fait la moindre allusion à l'usage fait du Vél'd'hiv' les 16 et 17 juillet 1942 lors de la rafle des Juifs étrangers.)

3. Georges Bidault (1899-1983) ; membre du mouvement « Combat », président du Conseil national de la Résistance, après l'arrestation de Jean Moulin, il a joué un rôle important dans les relations entre la Résistance intérieure et le général de Gaulle ; il est ministre des Affaires étrangères dès septembre 1944 et le restera dans plusieurs gouvernements de la IVe République. Il sera l'un des fondateurs du Mouvement républicain populaire.

Nous ne sommes pas sûrs que la France entière ait pris une idée claire de ce que fut la Résistance et du rôle que joua le C.N.R. On en a beaucoup parlé, il est vrai, depuis la libération. Mais il faut de l'imagination pour mettre derrière les mots la vérité quotidienne, la dure peine et les heures fiévreuses qui emplirent ces quatre dernières années. Il n'est pas sûr non plus que la France entière apprécie justement les intentions des hommes de la Résistance.

Il est vrai que le C.N.R. et les journaux ont souvent affirmé le droit qu'ils se sentaient à être consultés. Mais on se tromperait profondément si l'on y voyait les signes d'un esprit d'exclusive ou la preuve que la Résistance se fait une idée exagérée de ce qu'on lui doit.

On aura peut-être remarqué que, de l'ensemble des discours d'hier, se dégage un programme ferme et avancé dont beaucoup de ses défenseurs auraient été surpris avant la guerre[1]. Mais l'épreuve de la défaite et de la lutte a été décisive pour ces esprits de bonne volonté.

Des hommes de droite, qui n'avaient pas toujours pensé au problème social, ont compris qu'une nation

1. Devant 15 000 personnes, les orateurs successifs ont protesté contre la non-reconnaissance du gouvernement français par les Alliés ; ils ont réclamé le châtiment des traîtres, et la confiscation des biens des collaborateurs ; ils ont demandé la nationalisation des grandes entreprises, dénoncé les compagnies d'assurances et les grandes banques de crédit, évoqué la sécurité sociale, affirmé qu'une presse libre est garante d'institutions libres ; ils ont appelé à se méfier de l'antisémitisme et exigé l'égalité entre tous les citoyens, y compris ceux de l'Empire colonial ; Georges Bidault, ministre des Affaires étrangères, et ancien président du C.N.R., a déclaré : « Nous ne pouvons nous séparer de toutes les familles politiques et spirituelles qui ont fait la grandeur de ce pays libre. »

On comprend que Camus ait approuvé ce programme.

ne pouvait vivre séparée de son peuple et que ce qui était donné au peuple revenait pour finir à la nation. Des hommes de gauche, que leur idéal de justice élevait au-dessus de la patrie, ont aperçu qu'aucun idéal ne pouvait se soutenir dans une patrie asservie et que tout ce qu'on faisait pour une nation injustement humiliée retournait enfin à la justice elle-même.

On trouve ici l'aspect le plus significatif de la Résistance. Par une révolte du cœur, elle a consolidé quelques vérités de l'intelligence. Et c'est parce que les hommes de la Résistance ont une exacte idée de l'enseignement qu'ils apportent, qu'ils ont cru de leur devoir de continuer par la parole et l'action ce qu'ils avaient commencé dans le silence. C'est pourquoi le C.N.R. a parlé hier, et demande tous les jours à être consulté. Mais les raisons mêmes de son action, cette science commune où tant d'idées qui se croyaient ennemies ont été conciliées pour la grandeur même du pays, ces raisons garantissent que l'action de la Résistance restera au-dessus des partis pris ou des ambitions personnelles.

Nous le disons parce que nous le pensons ici profondément : la Résistance ne veut pas s'imposer, elle demande seulement à être écoutée. Beaucoup d'entre nous ont conscience de n'avoir pas fait plus que ce qu'ils devaient faire. Ac-[complir son devoir ne de-[1]]mande ni récompense, ni publicité, et ne donne pas forcément tous les droits. Ou du moins, cela peut donner le droit de recommencer à l'occa-

1. Le journal — et la dactylographie, ce qui prouve qu'elle a été faite d'après le journal — saute une ligne et répète deux fois la même. La reconstitution des quelques mots manquants ne pose cependant guère de problème.

sion. La Résistance a fait ce qu'elle a pu pour redonner à ce pays sa liberté. Mais cela consistait à donner au peuple sa souveraineté. La Résistance le savait et c'est ce qu'elle a cherché. Elle a payé cela de douleurs difficiles à penser et de morts que quelques-uns d'entre nous ne pourront oublier. Mais c'est le prix qu'il fallait payer pour que le peuple français pût sortir de son silence. Cela maintenant est fait.

Dans quelques mois peut-être le peuple jugera de la politique et du gouvernement qu'il désire. On n'aurait rien compris à ce que fut et demeure la Résistance si l'on ne se pénétrait pas de cette vérité grave et importante entre toutes.

Si demain, le peuple de France, appelé à s'exprimer librement, désavouait la politique de la Résistance, la Résistance s'inclinerait et les hommes qui ont cru de leur devoir de continuer leur action au service du pays retourneraient reprendre cette vie personnelle et ces bonheurs plus faciles dont les a tirés un moment, au milieu de la défaite, le sentiment, alors justifié, que quelque chose était à faire et ne pouvait se faire sans eux.

11 OCTOBRE 1944[1]

La situation de la presse pose des problèmes. Ces problèmes ont été discutés justement par la presse. Et le public a essayé de comprendre, quelquefois

1. Éditorial. Texte dactylographié.

impatient et quelquefois inquiet. Apparemment, cela faisait un peu querelle de famille et tout le monde sait que nous devrions donner plus de place aux dépêches de nos correspondants de guerre, bien qu'ils ne soient toujours pas accrédités. Mais pour accueillir la guerre dans les journaux, il faut avoir des journaux, nous voulons dire des vrais. On voit que le problème est toujours le même, puisque nous sommes bien persuadés que c'est la vie même de la nouvelle presse qui pourrait être mise en question.

Pourquoi ne pas essayer d'expliquer posément au public les raisons de notre inquiétude ? Et pourquoi ne pas lui dire clairement, par exemple, qu'il y aura bientôt une contestation entre la nouvelle et l'ancienne presse. On songe, en effet, à ressusciter d'anciens titres. D'une façon générale, et après réflexion, nous y sommes opposés. Quelles sont nos raisons ?

Ce que le public ne sait pas assez, c'est que le journalisme est le seul domaine où l'épuration soit totale, parce que nous avons effectué, dans l'insurrection, un renouvellement complet du personnel. Cette épuration s'est faite en un jour. Elle a cet avantage sur d'autres qu'elle a été radicale. Aujourd'hui, des journaux paraissent, qui ont leurs défauts mais qui, du moins, vivent seulement de leur vente. La France a maintenant une presse libérée de l'argent. Cela ne s'était pas vu depuis cent ans.

Nous avons la faiblesse de tenir à cette révolution. Et il est vrai qu'en général nous avons les anciens titres en suspicion. À cet égard, il faut faire des distinctions. Il est des journaux qui ont cru pouvoir reparaître sous l'Occupation, que ce soit en zone nord après juin 1940, ou en zone sud après novembre 1942. Pour ceux-là, on ne nous en voudra pas si nous disons seulement qu'ils n'ont plus rien à faire parmi nous.

Il est des journaux qui n'ont pas reparu sous l'Occupation. Mais il convient de distinguer deux cas. Il y a ceux qui se sont sabordés courageusement et qui n'ont jamais manqué à l'honneur. Tels sont *Le Figaro*[1] et *Le Progrès de Lyon*[2]. Ils ont leur place parmi nous, qu'ils tiennent avec tant de compétence et de dignité que nous pourrons toujours bénéficier de leur expérience. Du reste, nous n'avons attendu aucune décision officielle pour leur rendre cette place avec joie.

Mais il est d'autres journaux qui n'ont pas reparu sous l'occupation parce qu'ils n'y ont pas été autorisés, malgré leurs négociations avec les autorités allemandes.

Il en est d'autres encore qui n'ont pas reparu, mais qui ont loué aux occupants leur matériel ou leurs locaux, et qui ont tiré des bénéfices d'une situation dont ils ne pouvaient plus recevoir de prestiges. Nous sommes fondés à dire que leur cas est jugé d'avance.

On nous dit que ces anciens titres pourraient reparaître avec de nouveaux hommes. Mais nous ne voyons pas l'utilité d'une confusion supplémentaire. La raison qu'on en donne est que le public était

1. *Le Figaro* a quitté Paris pour Lyon en mai 1940 ; il a cessé de paraître en novembre 1942, avec l'occupation de la zone dite « libre » ; il renaît au grand jour à la libération de Paris, sous la direction de Pierre Brisson.

2. *Le Progrès de Lyon* cessa également de paraître entre novembre 1942 et la libération de Lyon ; plusieurs de ses journalistes sont entrés dans la Résistance ; parmi eux, René Leynaud ; voir éditorial du 27 octobre 1944, p. 306.

habitué aux anciens titres. La réponse est que le public s'habituera aux nouveaux titres. S'il veut absolument retrouver un journal non clandestin, il achètera *Le Figaro* qui est fort bon. Du reste, cet argument part du principe que le public est veule par nature. C'était une opinion qui avait cours avant la guerre, justement dans les anciens journaux, mais dont nous avons perdu l'habitude depuis quatre ans. La première condition pour faire un bon et libre journaliste est d'apprendre à ne pas mépriser systématiquement son lecteur.

Peut-être nous dira-t-on enfin que nous défendons notre position par crainte de la concurrence. En somme, ce serait nous, cette fois, qui serions méprisables. Disons seulement ceci : ce que nous avons conquis nous a coûté fort cher. Nous voudrions que ce prix payé par les journalistes à la cause de la liberté leur vaille au moins l'estime de ceux qui s'occupent d'eux. Nous savons, dans le secret de nos cœurs, que nous accepterons toujours et avec gratitude la concurrence du talent. Mais nous ne voulons plus de la concurrence de l'argent. Nous sommes prêts à nous rendre à la raison, à tout ce qui sert l'intérêt du pays. Mais nous n'apercevons rien dans les arguments qu'on nous propose qui mérite autre chose que la tristesse et le dédain.

À défaut de compréhension, nous demandons qu'on fasse preuve d'un peu de patience. Et qu'on laisse à cette nouvelle presse, malgré les défauts dont elle est consciente, le temps de faire ses preuves. Nous osons à peine rappeler qu'elle a un peu mérité ce sursis, depuis juin 1940.

12 OCTOBRE 1944[1]

On parle beaucoup d'ordre, en ce moment. C'est que l'ordre est une bonne chose et nous en avons beaucoup manqué. À vrai dire, les hommes de notre génération ne l'ont jamais connu et ils en ont une sorte de nostalgie qui leur ferait faire beaucoup d'imprudences s'ils n'avaient pas en même temps la certitude que l'ordre doit se confondre avec la vérité. Cela les rend un peu méfiants, et délicats sur les échantillons d'ordre qu'on leur propose.

Car l'ordre est aussi une notion obscure. Il en est de plusieurs sortes. Il y a celui qui continue de régner à Varsovie[2], il y a celui qui cache le désordre et celui, cher à Goethe[3], qui s'oppose à la justice. Il y a encore cet ordre supérieur des cœurs et des consciences qui s'appelle l'amour et cet ordre sanglant où l'homme se nie lui-même et qui prend ses

1. Éditorial. Texte repris dans *Actuelles*, chapitre « Morale et politique ».

2. Allusion, d'une part, aux déclarations du maréchal Sébastiani, à la Chambre des députés, en 1831, lors de la répression sanglante par les Russes de la révolte polonaise ; ce qui avait donné lieu à la publication d'une lithographie restée célèbre dans le journal *La Caricature*, représentant un soldat russe au milieu de cadavres, avec la légende « L'ordre règne à Varsovie » ; et, d'autre part, au fait que Varsovie est toujours sous l'occupation allemande ; elle ne sera libérée que le 17 janvier 1945.

3. Goethe, Johann Wolfgang von (1749-1832). Ce n'est évidemment pas à l'écrivain, auteur des *Souffrances du jeune Werther*, de *Faust*, des *Années d'apprentissage de Wilhelm Meister*, ou des *Conversations avec Eckermann*, qu'il cite souvent dans ses *Carnets*, que Camus s'en prend ici, mais à celui qui a affirmé préférer une injustice à un désordre.

pouvoirs dans la haine. Nous voudrions bien dans tout cela distinguer le bon ordre.

De toute évidence, celui dont on parle aujourd'hui est l'ordre social. Mais l'ordre social, est-ce seulement la tranquillité des rues ? Cela n'est pas sûr. Car enfin, nous avons tous eu l'impression, pendant ces déchirantes journées d'août, que l'ordre commençait justement avec les premiers coups de feu de l'insurrection. Sous leur visage désordonné, les révolutions portent avec elles un principe d'ordre. Ce principe régnera si la révolution est totale. Mais lorsqu'elles avortent ou s'arrêtent en chemin, c'est un grand désordre monotone qui s'instaure pour beaucoup d'années.

L'ordre, est-ce du moins l'unité du gouvernement ? Il est certain qu'on ne saurait s'en passer. Mais le Reich allemand avait réalisé cette unité dont nous ne pouvons pas dire pourtant qu'elle ait donné à l'Allemagne son ordre véritable.

Peut-être la simple considération de la conduite individuelle nous aiderait-elle. Quand dit-on qu'un homme a mis sa vie en ordre ? Il faut pour cela qu'il se soit mis d'accord avec elle et qu'il ait conformé sa conduite à ce qu'il croit vrai. L'insurgé qui, dans le désordre de la passion, meurt pour une idée qu'il a faite sienne, est en réalité un homme d'ordre parce qu'il a ordonné toute sa conduite à un principe qui lui paraît évident.

Mais on ne pourra jamais nous faire considérer comme un homme d'ordre ce privilégié qui fait ses trois repas par jour pendant toute une vie, qui a sa fortune en valeurs sûres, mais qui rentre chez lui quand il y a du bruit dans la rue. Il est seulement un homme de peur et d'épargne.

Et si l'ordre français devait être celui de la prudence et de la sécheresse de cœur, nous serions tentés d'y voir le pire désordre, puisque, par indifférence, il autoriserait toutes les injustices.

De tout cela, nous pouvons tirer qu'il n'y a pas d'ordre sans équilibre et sans accord. Pour l'ordre social, ce sera un équilibre entre le gouvernement unique et ses gouvernés. Et cet accord doit se faire au nom d'un principe supérieur. Ce principe, pour nous, est la justice. Il n'y a pas d'ordre sans justice et l'ordre idéal des peuples réside dans leur bonheur.

Le résultat, c'est qu'on ne peut invoquer la nécessité de l'ordre pour imposer des volontés. Car on prend ainsi le problème à l'envers. Il ne faut pas seulement exiger l'ordre pour bien gouverner, il faut bien gouverner pour réaliser le seul ordre qui ait du sens. Ce n'est pas l'ordre qui renforce la justice, c'est la justice qui donne sa certitude à l'ordre.

Personne autant que nous ne peut désirer cet ordre supérieur où, dans une nation en paix avec elle-même et avec son destin, chacun aura sa part de travail et de loisirs, où l'ouvrier pourra œuvrer sans amertume et sans envie, où l'artiste pourra créer sans être tourmenté par le malheur de l'homme, où chaque être enfin pourra réfléchir, dans le silence du cœur, à sa propre condition.

Nous n'avons aucun goût pervers pour ce monde de violence et de bruit, où le meilleur de nous-mêmes s'épuise dans une lutte désespérée. Mais puisque la partie est engagée, nous croyons qu'il faut la mener à son terme. Nous croyons ainsi qu'il est un ordre dont nous ne voulons pas parce qu'il consacrerait notre démission et la fin de l'espoir humain. C'est pourquoi, si profondément décidés que nous soyons à aider à la fondation d'un ordre enfin juste, il faut savoir aussi que nous sommes déterminés à rejeter pour toujours la célèbre phrase d'un faux grand homme et à déclarer que nous préférerons éternellement le désordre à l'injustice.

13 OCTOBRE 1944[1]

On ne saurait trop souligner l'importance des déclarations du ministre des Colonies sur le problème impérial. Après avoir noté la grande part que l'Empire a prise, au mouvement de la Libération, M. Pleven[2] a ajouté :

« Cette fidélité des populations indigènes implique pour nous de grandes responsabilités... Une nouvelle phase de notre vie coloniale doit donc s'ouvrir. Il s'agira... de poursuivre la conquête des cœurs. »

Sans doute ces formules sont encore vagues, mais il nous semble bien y distinguer une intention précise. De toute façon, cette déclaration vaut qu'on y revienne.

1. Éditorial. Texte dactylographié.

2. Pleven, René (1901-1993), a rejoint les Forces françaises libres à Londres en juillet 1940. Commissaire aux Colonies du Comité français de Libération nationale, il préside la conférence de Brazzaville qui, en janvier 1944, ouvre la voie aux réformes politiques en Afrique. Il est ministre des Colonies du Gouvernement provisoire de la République française, en septembre 1944, et deviendra ministre des Finances en novembre, en remplacement d'Aimé Lepercq, tué dans un accident de voiture ; il quittera le gouvernement en janvier 1946. Il sera l'un des fondateurs de l'U.D.S.R. ; plusieurs fois ministre, avec des portefeuilles différents dans les gouvernements successifs de la IVe République, il sera par deux fois président du Conseil ; député des Côtes-du-Nord de 1945 à 1973, il sera également ministre de la Ve République.

Pour ceux d'entre nous qui connaissaient la politique coloniale, l'ignorance et l'indifférence des Français à l'égard de leur Empire avaient quelque chose de proprement consternant. Une fois de plus, c'est une petite élite d'administrateurs et de grands aventuriers qui ont donné à leurs compatriotes des richesses dont ils ne se souciaient pas. Aujourd'hui, du moins, la France est trop diminuée en Europe pour ne pas être attentive à tous ses biens. Dans le bilan qu'il nous faut faire, nous serions inexcusables de continuer à ignorer les terres de l'Empire.

Mais que de problèmes difficiles ou douloureux cela ne pose-t-il pas ! Ces problèmes ne peuvent se résoudre que si on les aborde de face. « Il s'agit, a déclaré M. Pleven, de donner à chaque colonie le maximum de personnalité politique. » Cela va bien et la question est relativement simple quand elle concerne seulement les populations indigènes.

Mais, pour prendre un exemple précis, si nous considérons le cas de l'Afrique du Nord, nous nous trouvons à la fois devant une population française et une population indigène[1]. Or, s'il serait souhaitable d'étendre encore l'affranchissement politique que le Gouvernement provisoire a conféré aux indigènes d'Afrique du Nord[2], il faut savoir que le pire obstacle se trouve justement dans la population française.

1. Est-il besoin de souligner la lucidité de l'analyse de Camus en ce domaine ? On sait quels furent ses engagements depuis son soutien au projet Blum-Violette, en 1937, et son reportage « Misère de la Kabylie » (*Fragments d'un combat*, I, pp. 267-335).

2. Par son ordonnance du 7 mars 1944, le Gouvernement provisoire du général de Gaulle, alors à Alger, a aboli toutes les mesures d'exception applicables aux musulmans, leur a ouvert l'accès à tous les emplois civils et militaires, et a élargi leur représentation dans les Assemblées locales (d'un tiers à deux cinquièmes).

Il serait stupide, en effet, de laisser ignorer au pays que cette population était acquise en grande partie à la politique de Vichy. Et qu'elle lui était acquise pour les raisons justement qui faisaient qu'elle était opposée à toute politique d'affranchissement du peuple indigène.

Ce qu'on appelle là-bas, à tort ou à raison, l'esprit colon, s'est toujours dressé contre toute innovation, même demandée par la justice la plus élémentaire. Et il faudra que le Gouvernement, pour réaliser sa politique d'amitié et de protection avec les Algériens, raisonne ou réduise auparavant cette résistance.

Cela est de la plus haute importance. Car nous ne devons pas nous cacher que chez un peuple viril, comme le sont les Arabes, la défaite a entraîné pour nous une perte de prestige. Dès lors, les Français pourraient être tentés, pour regagner un crédit que la force leur a fait perdre, d'étaler à nouveau la force[1]. Nulle politique ne serait plus aveugle. Nous ne trouverons d'appui réel dans nos colonies qu'à partir du moment où nous les aurons convaincues que leurs intérêts sont les nôtres et que nous n'avons pas deux politiques : l'une qui donnerait la justice au peuple de France et l'autre qui consacrerait l'injustice à l'égard de l'Empire.

Ces réflexions n'ont pas d'autre ambition que de souligner la grande difficulté d'une question où tant de problèmes nationaux et internationaux peuvent être impliqués. Elles veulent seulement rappeler que, surtout dans la guerre, il existe un problème impérial que nous avons à considérer d'abord, au

1. Réflexion prémonitoire si l'on pense aux émeutes de Sétif de mai 1945 et à leur répression. Voir *infra* les articles « Crise en Algérie », p. 519 et suivantes.

lieu de l'ignorer, et à régler ensuite dans l'esprit de générosité qui doit être le nôtre.

14 OCTOBRE 1944[1]

Dans son dernier discours, M. Churchill a dit son espoir de voir le gouvernement français enfin reconnu, avec la convocation de notre Assemblée consultative[2]. Mais il est vrai qu'il parlait seul. Cet espoir prouvait bien que tout ne dépendait pas de lui. C'est pourquoi nous avons attendu, avec bonne volonté, qu'une voix d'Amérique vînt apporter une confirmation quelconque à cette attente. Mais l'Amérique garde le silence.

Fidèles à notre politique de sincérité, c'est donc à elle que nous nous adresserons. Il ne s'agit pas de frapper du pied, et de parler du haut d'une puissance que nous n'avons plus. Il s'agit seulement de raisonner.

Nous savons exactement où nous en sommes. Les choses que nous allons écrire sont peut-être péni-

1. Éditorial. Texte dactylographié.

2. Voir les éditoriaux des 29 et 30 septembre, p. 226 et p. 230. L'Assemblée consultative, créée à Alger par le général de Gaulle en septembre 1943, composée de représentants des mouvements de Résistance, devait être ensuite élargie aux représentants des partis politiques. Churchill l'avait rappelé dans son discours du 28 septembre. Le décret sur sa composition est pris le 12 octobre ; elle comportera 248 sièges, dont 148 réservés à des représentants de la Résistance métropolitaine, 60 aux parlementaires, au prorata des effectifs des groupes au Palais-Bourbon en 1939. L'ensemble des partis sera donc représenté à côté des organisations de Résistance.

bles à dire pour un Français, mais nous savons pourtant que notre économie détruite, notre armée sans armes et sans industrie de guerre, notre agriculture sans machines, notre bonne volonté aux mains vides, nous rendent tributaires de nos Alliés. Tout ce que nous pouvons mettre dans l'autre plateau de la balance, nos sacrifices, un passé de grandeur, la résistance, sont choses futiles au regard d'une politique raisonnée froidement.

Pour aujourd'hui, du moins, il faut donc raisonner froidement. Nous avons déjà dit que la politique américaine marquait une méfiance évidente à l'égard de la personne du général de Gaulle. Et nous avons répondu que nous nous solidarisions avec lui. Mais c'est nous qui le disions, car ce n'est pas l'argument qu'en fait on nous oppose. On nous en oppose d'autres, et qui semblent avoir leur valeur.

Celui qui nous occupera aujourd'hui consiste à dire que le gouvernement français n'a pas été reconnu par le peuple de ce pays et qu'il faut attendre que ce dernier se prononce. Faisons d'abord remarquer à nos Alliés que cet argument n'a embarrassé personne chez eux lorsqu'il s'est agi de reconnaître Franco[1]. La diplomatie américaine se trouve

1. Franco Bahamonde Francisco (1892-1975), général en 1926, chef d'état-major en 1934 — il se signale par sa répression de la grève des mineurs des Asturies en 1934 (dont Camus et ses compagnons du Théâtre du Travail avaient fait l'argument de la pièce *Révolte dans les Asturies*). Il prend la tête du coup d'État nationaliste contre la République, en juillet 1936, et, en janvier 1938, il devient chef des armées, de l'État et du gouvernement ; après la victoire nationaliste en 1939, il prend le titre de Caudillo et met en place un régime autoritaire et policier s'appuyant sur l'Église, l'armée et les grands propriétaires. Ayant reçu l'appui des Allemands et des Italiens lors de la guerre civile, il proclame sa neutralité pendant la Seconde Guerre mondiale. On pourra croire à une

aujourd'hui dans une situation paradoxale. Elle mène la guerre contre le fascisme, en entretenant des relations officielles avec le plus dictatorial des régimes et en refusant de reconnaître un gouvernement né de la lutte contre l'oppresseur hitlérien.

Cet argument n'a pas empêché non plus la reconnaissance par l'Amérique du gouvernement de Vichy[1].

Le paradoxe est plus criant encore puisque les États-Unis en guerre ont reconnu d'abord le gouvernement qui collaborait avec leur ennemi, pour refuser ensuite de reconnaître dans la même nation les hommes qui ont aidé à la destruction de cet ennemi.

Cette logique est donc à éclipses. Il est entendu, cependant, qu'il ne s'agit pas de logique, mais de réalisme. On nous dira que l'Amérique avait besoin de conserver ses relations avec Vichy pour préparer le débarquement nord-africain et qu'elle a toujours eu besoin de fréquenter Franco pour le mieux contrôler. On ne saurait mieux dire, dans ce cas, qu'il est indifférent de reconnaître ou de ne pas reconnaître le gouvernement de la France, du moment qu'on n'a pas besoin de la France.

On serait tenté de rappeler ici que, du moins, il n'y a pas si longtemps qu'on a eu besoin d'elle et

---

intervention alliée après le 8 mai 1945, mais il n'en sera rien, et le régime franquiste durera jusqu'en 1975. Le gouvernement de Franco avait été reconnu dès 1939.

1. Les États-Unis avaient effectivement reconnu le gouvernement de Vichy ; les relations diplomatiques ne seront interrompues qu'après le débarquement allié en Afrique du Nord, le 8 novembre 1942 ; les États-Unis n'ont reconnu le Gouvernement provisoire de la République française *de facto* que le 11 juillet 1944 ; sa reconnaissance *de jure* par les Alliés ne se fera que le 23 octobre 1944.

qu'il arrive encore qu'elle soit utile, quelque part du côté de Belfort. Il paraît, cependant, que ce ne sont pas les arguments de la raison. Mais peut-être sera-ce le langage de la raison si nous disons que les Alliés ne peuvent se permettre de négliger toujours une nation à laquelle sa position géographique et sa volonté de renaissance donnent en Europe une place dont l'importance ne peut se nier. On nous répondra que la nation ne s'étant pas encore prononcée, ce n'est pas elle que l'on s'aliène.

Sur ce point, il suffirait de rappeler que la France est maintenant un pays où l'expression est libre. Les quelques contestations qui se sont produites à l'occasion du problème intérieur et sur lesquelles nous reviendrons bientôt, en donnent précisément la preuve. C'est justement l'attitude d'indépendance de la presse qui permet de la donner en exemple. Dans son unanimité, elle réclame la reconnaissance du gouvernement de Gaulle. Il n'est pas une voix française qui veuille s'élever contre cette reconnaissance. Ce que l'Amérique se refuse à reconnaître aujourd'hui, c'est la France tout entière.

Cela, du moins, devait être dit. Ce sont des hommes libres qui s'adressent ici aux hommes libres d'Amérique et qui leur demandent simplement, sans forfanterie et sans humilité, de ne pas les traiter moins bien que ne l'ont été les créatures de Franco ou les domestiques de Vichy. Ce sont des hommes libres qui assurent ici au peuple d'Amérique que le « réalisme » politique ne peut être l'avenir de l'Europe et qu'il perdra la paix, même s'il gagne la guerre. Le langage des hommes libres est celui de la clarté. Si nos amis américains ont des arrière-pensées qu'ils les disent ouvertement et ce sera à nous de nous en arranger. Cela fera plus pour la paix et l'honneur du monde que des années de diplomatie secrète ou de silences calculés.

15 OCTOBRE 1944[1]

On nous excusera de revenir à la reconnaissance du gouvernement français[2]. Il faut bien que nous traitions nous-mêmes de notre position dans le monde puisqu'on continue à faire le silence sur elle. Sans doute, M. Roosevelt[3] a fait vendredi une déclaration. Mais il n'a dissipé aucune équivoque.

Il a noté, en effet, que le gouvernement provisoire de la France était un gouvernement « de facto ». Cela veut dire très précisément qu'il n'est pas reconnu comme étant « de jure[4] ». Et la déclaration de M. Roosevelt consiste à noter seulement que le gouvernement de Gaulle existe dans les faits, qu'il est là, qu'il a en somme une réalité historique, mais qu'il n'a aucune existence juridique et qu'après tout il n'est pas légal.

Nous en sommes donc au même point. Et il nous

1. Éditorial. Texte dactylographié.

2. Suite de l'éditorial de la veille. Camus consacre plusieurs éditoriaux au problème de la reconnaissance du gouvernement français par les Alliés (29, 30 septembre ; 17, 19 octobre ; pp. 226, 230 ; 275, 281).

3. Roosevelt, Franklin Delano (1882-1945) ; élu à la présidence des États-Unis depuis 1932, il joua un rôle essentiel dans la Seconde Guerre mondiale, où son pays est entré après l'attaque japonaise de Pearl Harbor (décembre 1941). Camus lui consacrera deux éditoriaux : le 9 novembre 1944, au moment de sa réélection, et le 14 avril 1945, au moment de sa mort.

4. Voir note 1, p. 269 de l'éditorial précédent.

faut bien revenir à notre raison froide et à notre argumentation. Si nous ne devons compter que sur nous-mêmes et non sur la bienveillance des autres, nous avons du moins, avant d'accepter notre solitude, à démontrer que nous n'avons rien fait pour la mériter.

Car ce gouvernement ne serait illégal que si les conditions de la légalité étant réunies, il n'y faisait pas appel. Il a besoin, il est vrai, du vote populaire. Mais le vote populaire n'est pas possible pour les millions des nôtres qui rêvent encore à la patrie perdue dans les camps d'internement ou de représailles. Il nous faut les attendre[1]. Et c'est par un respect du cœur plus légal que la loi elle-même que nous réservons leur droit de parler.

Non, il n'y a pas de légalité possible dans les institutions françaises, au sens où l'entendent les professeurs. Nous ne pouvons rien contre cela. Mais il est une légalité supérieure à toutes dans cet honneur et cette révolte qui ont fait notre loi pendant quatre ans et que le gouvernement de Gaulle a le premier définie. Cette loi continue d'être la nôtre en attendant que s'affirme la souveraineté populaire dont le gouvernement français a toujours affirmé qu'elle était la seule légalité définitive de ce pays.

Dire que nous n'avons pas d'existence légale, cela revient à dire que nous avons tort d'être dans notre situation. Cela revient à sanctionner nos malheurs par l'indifférence et le dédain. Mais si cela était dit, combien préférerions-nous ce langage net à l'argumentation si ostensiblement juridique qui nous est opposée ?

1. Cette demande d'attendre le retour des prisonniers sera reprise au moment où les élections seront fixées.

On nous dit encore qu'il y a eu des contestations entre le gouvernement français et les organismes de la Résistance.

On nous dit qu'il risque ainsi d'y avoir dualité de pouvoir en ce qui concerne la politique et ambiguïté de commandement en ce qui concerne l'armée.

Il est vrai qu'il y a eu des contestations. Cela donne justement la preuve que ce pays est aujourd'hui libre et qu'il a le gouvernement qu'il faut. Ces contestations ont été portées au grand jour par la presse et elles se sont trouvées rapidement résolues. L'énorme tâche que nous avons assumée ne se réduit pas en un jour. Il y faut à la fois les pouvoirs de l'union et ceux de la libre critique qui définissent ensemble les démocraties fortes.

Nous n'avons jamais pensé que les luttes verbales entre M. Roosevelt et M. Dewey[1] fussent le signe de l'anarchie américaine. Et pourtant le langage où elles s'exprimaient n'a jamais encore été employé dans la presse française. Ces confrontations d'opinions sont bonnes et saines, si l'on n'en fait pas un usage systématique. Elles sont à la fois la semence et le fruit de la liberté.

Quand on affirme le contraire, on semble alors exiger de nous que nous entrions dans un grand silence consterné et tremblant, derrière un chef une fois pour toutes choisi, et que nous consentions ainsi à la dictature. Nous n'aurions donc de gouvernement reconnu qu'à partir du moment où nous renoncerions à toute expression de la liberté. Et les

1. Le démocrate Roosevelt était candidat à sa propre réélection, face au républicain Dewey aux élections présidentielles américaines qui devaient se tenir le 7 novembre.

démocraties alliées, par le simple usage d'une logique étonnante, arriveraient à ne pouvoir reconnaître que les gouvernements de dictature. L'aventure de Franco et celle de Pétain le donneraient à penser. Mais nous nous refusons à le croire, préférant demander à nos Alliés d'examiner ce raisonnement.

Si rien de tout cela n'a d'efficacité, alors nous produirons le langage que le général de Gaulle a tenu hier au pays[1]. Ce langage est supérieur. Nous ne sommes pas ici suspects de complaisance et nous avons donné des preuves de notre indépendance. Mais il faut reconnaître sans détour que la France, depuis de longues années, n'avait pas entendu de paroles plus hautes et plus fermes. On y reconnaît le désir têtu de la vérité et de l'honneur, le dédain de l'artifice et le courage lucide. Que nos amis n'en doutent pas, cette voix est celle de la France. Elle leur dit et nous leur répétons que nous consentirons à la solitude s'il le faut, mais que nous n'accepterons pas moralement l'équivoque. Qu'on dise à la France qu'on ne veut pas d'elle aux conférences de la paix et qu'on lui dise pourquoi. Quoi qu'on puisse en penser à l'étranger, nous ferons alors la preuve qu'elle a maintenant assez de force pour vivre au moins sans illusions.

1. *Combat* reproduit intégralement le discours radiodiffusé du général de Gaulle, déclarant aux Français qu'ils devaient avant tout compter sur eux-mêmes, et appelant au travail, à l'union « réelle, sincère, fraternelle » pour « battre l'ennemi, nous imposer à l'étranger, nous reconstruire, et nous rénover ».

17 OCTOBRE 1944[1]

Il faut bien revenir à la reconnaissance du gouvernement français[2]. Ce sera la dernière fois. Mais il n'y a pas de vérité sans un peu d'obstination et le bon droit n'est rien s'il ne s'accompagne pas d'entêtement. Puisque nous avons commencé à être francs sur ce sujet, nous sommes résignés à l'être encore une fois.

Nous nous trompons peut-être et, à vrai dire, nous le souhaiterions. Si la non-reconnaissance du gouvernement provisoire tenait à un goût prononcé pour la logique démocratique, bien que nous ayons dit combien en l'occurrence cette logique devenait absurde, nous l'admettrions cependant. Mais notre idée est que cette logique ne va pas sans arrière-pensée.

L'arrière-pensée est un climat politique très répandu. Mais c'est un climat humain où il n'est pas possible de respirer. Depuis quatre ans, nous avons appris que notre premier désir était d'être des hommes et non des bulletins de vote. Selon le mot de Lawrence, nous désirons une révolution qui donne moins le pouvoir à une classe qu'une chance à la vie des hommes[3]. Nous ne voulons pas ainsi de l'ar-

1. Éditorial. Texte dactylographié.
2. Suite des deux éditoriaux précédents.
3. Cf. *Carnets I*, p. 183 : « Lawrence : "Il ne faut pas faire la Révolution pour donner le pouvoir à une classe mais pour donner une chance à la vie." »

Cette phrase est tirée des *Lettres* de Lawrence, Thomas Edward (1888-1935), dit « Lawrence d'Arabie » ; il combattit pour la création d'un empire arabe, et laissa une œuvre littéraire dont *Les Sept Piliers de la sagesse*. Camus le cite à plusieurs reprises dans ses *Carnets* et ses conférences.

rière-pensée. Que peut-on faire aussi bien en face d'elle ? Il suffit de parler clair.

Eh bien, l'arrière-pensée qui nous occupe est celle-ci : on ne semble pas désirer que la France assiste aux conférences qui prépareront et qui affirmeront la paix. En tout cas, on ne semble pas désirer qu'elle y ait une autre voix que consultative. Cédons-nous, en pensant cela, à un esprit d'amertume et de persécution ? Il n'y paraît pas. Car cette présomption où nous sommes est aussi une certitude.

Il y a eu, en effet, deux conférences, à Dumbarton Oaks[1] et à Moscou[2]. Nous n'y étions pas présents. Pourtant, il y était question de la paix. À Dumbarton Oaks, on a discuté de l'Allemagne et on a pu le faire sans consulter la seule nation qui puisse prétendre à connaître dans son entier le problème allemand. Quant à Moscou, nous l'avons dit plusieurs fois, c'était une conférence de paix autant qu'une conférence de guerre.

C'est ici que le problème de la non-reconnaissance prend sa vraie dimension. Car, selon le raisonnement officiel, on nous dirait que c'était seulement notre gouvernement qui n'était pas présent. Mais cette feinte serait puérile. Il est bien évident qu'en écartant le gouvernement français, c'est la nation tout entière que l'on imagine écarter de l'avenir européen.

1. Une importante conférence, à laquelle participaient Américains, Anglais, Chinois et Russes, s'est tenue à Dumbarton Oaks, près de Washington, du 21 août au 7 octobre 1944 ; elle prépara les institutions internationales qui devaient remplacer la Société des Nations et aboutir à la création de l'Organisation des Nations unies en juin 1945.

2. Immédiatement après la fin de cette conférence, une réunion à laquelle participaient Anglais (Churchill lui-même) et Américains s'est tenue le 9 octobre à Moscou.

Nous ne faisons pas de mégalomanie. Il est fort possible d'imaginer une paix dont on aurait écarté la France. Pour des raisons différentes, et dont nous ne portons pas toutes les responsabilités, nous sommes assez diminués dans notre force pour qu'on refuse d'écouter notre voix. Mais il s'agit seulement de savoir la paix que l'on désire.

Sur ce point, nous serons entiers.

Il n'est pas possible de faire une politique démocratique à l'intérieur et de mener, à l'extérieur, une action qui nie les principes mêmes de la démocratie. Autrement dit, on ne peut faire la guerre des démocraties qu'en vue d'une paix démocratique. Et nous disons simplement que la paix de la démocratie ne peut se passer de notre voix, pas plus que de celle d'aucun des peuples qui feront l'Europe de demain.

La Société des nations qu'on tente de refaire sera une Société des Peuples ou ne sera rien[1]. Nous le disons sans impatience et sans colère parce que nous ne doutons pas que cela finisse par devenir clair aux yeux mêmes de nos alliés. Ils y mettront seulement le temps qu'il faudra et pendant ce temps, ce n'est pas nous, mais eux, qui se jugeront du même coup. La France est loin d'être tout en Europe, mais il est bien certain qu'on ne pourra pas faire l'Europe sans elle. Ce sont les raisons de notre tranquillité.

À mesure d'ailleurs que les mois passent, cette question perd de son intérêt pour nous. La France et son gouvernement peuvent très bien vivre sans être reconnus. Il suffisait de démontrer l'absurdité

1. On retrouvera ce souci dans le soutien que Camus apportera à Garry Davis ; voir ses prises de position en novembre et décembre 1948.

de la politique qu'on mène à notre égard, il suffisait de rendre évidentes la logique et la justice de notre position. Cela suffit pour que nous continuions à vivre dans la sérénité et dans l'effort obstiné qui consacrera notre relèvement.

18 OCTOBRE 1944[1]

Parlons un peu de l'épuration[2]. Nous n'avons pas abordé souvent ce sujet. Ce n'est pas seulement qu'il est difficile. C'est aussi qu'il demande du sang-froid et, à vrai dire, le sang-froid en ces matières n'est pas toujours possible.

Disons d'abord que l'épuration est nécessaire. Cela n'est pas si évident qu'il y paraît. Quelques Français désireraient qu'on en restât là et, s'ils pensent cela, ce n'est pas toujours pour des raisons impures. Mais la seule réponse à faire est que, pour en rester là, il faut avoir tout fait. Or, quelque chose, mais non pas tout, a été fait.

Il n'est pas question d'épurer beaucoup, il est question d'épurer bien. Mais qu'est-ce qu'une bonne épuration ? C'est une épuration qui vise à respecter le principe général de la justice, sans rien sacrifier au point de vue des personnes.

1. Éditorial. Texte dactylographié.

2. Ce sera le sujet de longues polémiques passionnées — non seulement, dans l'immédiat, entre les tenants de la justice selon Camus et ceux de la charité selon Mauriac, mais encore de nos jours, entre les historiens, sur la légitimité et l'étendue de l'épuration. Les principes posés ici seront souvent repris par Camus.

Quel est, en l'espèce, le principe général de la justice ? Il est dans la proportion. Il est ridicule de sacrifier tel chef de bureau qui a continué à vivre dans l'habitude de l'obéissance sans toucher, d'autre part, aux grands responsables de l'industrie ou de la pensée.

Chaque privilège a ses devoirs, qui y correspondent, et c'est pourquoi l'épuration des organismes administratifs, qu'il est possible de laisser aux comités locaux[1], ne peut aller sans une épuration à l'échelle nationale, qui obéira seulement à quelques grands principes clairement définis.

L'État ne se doit pas seulement de punir tel ou tel de ses fonctionnaires qui a oublié qu'avant d'être un serviteur de l'État il était un serviteur de la France. Il doit aussi connaître les culpabilités dans tel ou tel des organismes qui dépendent de l'État lui-même et qui tirent leur prestige du prestige de la nation.

Épurer l'administration peut être une bonne chose, mais il convient aussi de porter l'instrument de la justice dans ces organismes que sont les banques et les grandes industries. Et il n'est possible de le faire qu'en définissant cette responsabilité proportionnelle dont nous avons déjà parlé.

Autant nous nous sentons portés à l'indulgence en ce qui concerne le Français inconscient qui n'a pas eu une idée exacte de ce qu'était l'intérêt national, autant nous nous sentons impitoyables en ce qui concerne les responsables des grands intérêts de ce pays.

1. Par une ordonnance du 10 octobre 1944, pouvoir est donné aux Comités départementaux de la Libération, qui dépendent du C.N.R., d'instituer des commissions d'enquête et des jurys d'honneur. Mais en mai 1945, il leur sera interdit de s'immiscer dans l'épuration économique.

On peut très bien régler le cas de M. Sacha Guitry[1] en lui interdisant à vie de reparaître sur une scène. Il faut punir les gens dans leurs intérêts les plus certains. Dans ce cas, c'est la vanité. Mais on ne peut se contenter de mesures aussi relatives en ce qui concerne des hommes dont toute la vie repose sur la considération et les facilités que la nation leur accordait. C'est dire, en somme, que la notion d'indignité nationale est utile[2]. Du moins, faut-il la faire jouer. Et, s'il est vrai que le seul fait d'appliquer cette loi morale supérieure à la loi peut revenir à établir des principes de répression étrangers à l'esprit de la démocratie, il existe du moins un correctif. C'est, à la vérité, de limiter dans le temps l'exercice de cette justice morale.

Voilà pourquoi, au demeurant, il est bon, pour que l'épuration soit courte, qu'elle soit vite et bien faite. Lorsque le général de Gaulle demande l'indulgence pour ceux qui se sont trompés, il a raison dans les principes[3]. Mais il faut examiner les applications. Il y a des situations sociales où l'erreur est possible. Il en existe d'autres où elle n'est qu'un crime.

Si le droit ne peut couvrir ces nuances, il faudra bien, pour une période exactement limitée, modifier ce droit comme il convient. Si difficile que cet effort soit pour des âmes éprises de justice et de

1. Sacha Guitry, auteur et acteur dramatique (1885-1957) qui continua à jouer pendant l'Occupation.

2. Dans l'éditorial du 28 septembre, Camus avait déjà relevé l'intérêt de la notion d'« indignité nationale » instituée dès le 26 août 1944.

3. Dans son discours du 15 octobre, de Gaulle, appelant à l'union des Français, avait dit : « [...] beaucoup ont pu se tromper à tel moment ou à tel autre [...] Qui n'a jamais commis d'erreur ? » ; Mauriac l'a approuvé totalement dans son article du 17 octobre, « Les égarements de l'honneur ».

liberté, il faut s'y résigner pour un court moment. Et c'est dans la mesure exacte où cette décision sera prise avec détermination, que ses conséquences dangereuses seront éliminées et que son efficacité sur le plan national sera maintenue.

19 OCTOBRE 1944[1]

La participation de la France au gouvernement militaire allié qui occupera l'Allemagne jusqu'à la paix est, sans contredit, une grande nouvelle[2]. Elle répond à l'une de nos plus légitimes attentes. Elle nous met, en ce qui concerne ce problème particulier, dans la position exacte que nous avons réclamée. Mais à partir du moment où notre droit est reconnu, alors commence notre devoir. Et autant nous avons mis d'obstination à définir le premier, autant nous devons mettre d'attention à bien mesurer le second.

On lira par ailleurs les textes qui donnent une idée de ce que sera cette occupation de l'Allema-

1. Éditorial. Texte très probable.

2. C'est une forme de reconnaissance du gouvernement français que Camus appelle de ses vœux dans plusieurs éditoriaux (14,15,17 octobre). Mais la nouvelle est prématurée ; le lendemain, 20 octobre, *Combat* publie un rectificatif : « Une mise au point officielle du ministère de l'Information fait connaître "qu'aucun accord n'est encore intervenu entre le Gouvernement français et les Gouvernements alliés non plus qu'entre le Gouvernement français et l'état-major interallié". »

À la suite de cette mise au point, *Combat* précise qu'il tenait ses informations de l'Agence France-Presse.

gne[1]. Soulignons seulement qu'elle sera dure et sans merci. Pendant un temps indéterminé, le peuple allemand sera dirigé par un gouvernement militaire étranger, privé de ses moyens d'expression, verra ses villes isolées les unes des autres, et devra se soumettre enfin aux lois inflexibles qu'un vainqueur s'est attaché à préciser pour que sa victoire soit aussi totale que possible. Ainsi, des portions de plus en plus étendues du territoire allemand vont entrer dans cette nuit de l'occupation où tant de peuples européens ont vécu par la faute du IIIe Reich. Il manquera seulement à ce pays ce qui ne nous a jamais manqué dans l'obscurité de la défaite et qui était l'espoir.

L'extrême dureté de cette occupation apparaît donc justifiée par les responsabilités mêmes de l'Allemagne dans les malheurs de l'Europe. L'occupation de ce pays sera plus dure dans sa loi que celle de la France en 1940, quoiqu'elle le soit moins que celle de la Pologne. Mais on peut dire que le IIIe Reich sera à peu près dans la position de la Pologne en 1940. Par rapport aux nations alliées, l'Allemagne deviendra un Gouvernement général.

C'est à ce contrôle difficile que nous allons participer. Et c'est dans cet effort de domination que commencent nos vrais devoirs. Du moins en avons-

1. On peut lire en effet que, jusqu'à sa défaite totale, l'Allemagne occupée subira la loi d'un gouvernement militaire ; sous le commandement du général Eisenhower, il aura la charge de maintenir l'ordre public, de s'occuper des prisonniers et déportés, d'éliminer le nazisme ; les Allemands se livrant à des opérations de guérilla contre les forces alliées sont passibles de la peine de mort ; toute ingérence dans la marche des armées alliées en Allemagne est une « faute capitale » ; les activités de populations civiles sont contrôlées et réduites, les communications postales et téléphoniques interrompues, les journaux cessent de paraître.

nous deux qui paraissent essentiels. Le premier sera de ne jamais oublier que, si la loi allemande en France affectait les aspects de la tolérance, elle a été constamment violée par l'occupant lui-même. En fait, le caractère révoltant de cette occupation résidait dans une constante opposition entre la courtoisie du langage et l'abjecte cruauté des actions. C'est cela qu'il ne faut pas oublier, mais afin de n'être jamais tenté de l'imiter.

Il est juste que la loi imposée à l'Allemagne soit dure. Au reste, elle ne pourra jamais payer les cris et les silences de nos camarades torturés. Mais cette dure loi bien clairement définie, nous aurons à l'observer strictement pour faire la preuve devant ce peuple égaré que la force peut s'accommoder de la justice.

Il est des tentations qui pourraient se comprendre, mais qui n'auraient pas d'excuse. Ce peuple qui a permis à ses maîtres de mutiler et de dégrader les âmes, il nous faudra justement respecter ce qui lui reste d'âme[1]. Non pour une idée de faiblesse ou de vaine charité, mais pour qu'une chance lui soit encore donnée de faire, un jour enfin, quelque chose pour le bien des hommes.

Notre deuxième devoir est de ne pas oublier que ce gouvernement militaire est provisoire. Il ne s'agit pas de s'y installer. Certes, l'occupation peut être longue et nous savons que quatre ans de ce régime font une bien grande douleur. Mais aucun homme raisonnable en Europe ne peut penser que des mil-

1. Dans la quatrième des *Lettres à un ami allemand*, en juillet 1944, Camus écrivait : « Nous voulons vous détruire dans votre puissance sans vous mutiler dans votre âme » (*Essais*, p. 243).

lions d'individus seront tenus dans une servitude indéfinie. Il faudra un jour que l'Allemagne reprenne la place qui lui revient. On peut imaginer avec quel visage défait et égaré ! C'est cela pourtant qu'il faut préparer.

Nous avons démontré qu'aucune défaite n'était définitive. Ayons la sagesse de prévoir qu'une victoire ne l'est pas plus[1]. À aucun moment, l'occupation de l'Allemagne ne devrait figurer pour nous une vengeance. Elle doit seulement nous servir à mieux connaître ce peuple et à essayer de réveiller en lui ce qui peut l'être encore pour l'intérêt de l'Europe. Il serait vain en tout cas d'avoir réclamé cette place difficile à tenir si nous ne devions pas y apporter la conscience claire de ce que nous pouvons représenter et qui est la justice.

Nous n'avons jamais souhaité pour ce pays une politique sentimentale. Il ne s'est jamais agi pour nous de répondre à l'injure par le sourire. Mais il s'est agi de réparer l'injure de la défaite avec toute l'énergie qu'il fallait, il s'est agi d'abord de faire la preuve de notre force pour être mieux à même ensuite de montrer notre générosité. Le faible a beau jeu d'en appeler à la justice, personne ne croira à son désintéressement. Il nous fallait être les plus forts pour que l'on crût à notre vérité. L'occasion aujourd'hui nous en est donnée. Que la France en Allemagne reste égale à cette pure mission qui doit être la sienne et quelque chose du moins aura été sauvé dans cette Europe déchirée par le meurtre et la folie.

1. Cf. les dernières réflexions de Rieux, à la fin de *La Peste* : « Mais il savait que cette chronique ne pouvait pas être celle de la victoire définitive. »

20 OCTOBRE 1944[1]

Nous ne sommes pas d'accord avec M. François Mauriac[2]. Nous pouvons le dire sans aucune gêne puisque nous avons apporté, chaque fois qu'il l'a fallu, notre adhésion à M. François Mauriac.

Bien des choses de son article du *Figaro* ont notre approbation. Nous ne croyons pas nécessaire de tuer nos concitoyens au coin des rues ou de diminuer l'autorité d'un gouvernement que nous avons spontanément reconnu. Mais il ne faut pas que ce juste sentiment nous entraîne à déprécier notre propre action et à renoncer au plus durable de notre espoir.

Il y a certainement un malaise dans les esprits français. Mais nous n'y voyons pas les mêmes raisons que M. Mauriac. Peut-être, en effet, y a-t-il aujourd'hui, dans notre pays, des gens qui ont peur. S'ils ont peur pendant quelques mois, disons seulement que ce sera peu de chose et qu'en vérité cela aidera à leur salut sur cette terre. Mais il y a aussi d'autres gens qui s'inquiètent à l'idée que peut-être cette nation n'a pas encore compris que, trahie par

1. Éditorial. Texte dactylographié.

2. Le 19, dans un article du *Figaro* intitulé « La Justice et la Guerre », Mauriac a souligné le malaise du peuple français qui « se raidit non contre les exigences de la justice, mais contre un système » où règnent le « désordre », la « confusion » et l'« arbitraire » ; il ajoutait que les Français ne pouvaient être éclairés par la presse, résumée à un journal « unique » : « celui de la résistance ».

certains intérêts, elle ne pourra revivre qu'en détruisant ces intérêts sans la moindre pitié.

Quoi qu'en pense M. Mauriac, et c'est là que vraiment nous nous séparons de lui, ce malaise, avec ses causes diverses, se fait jour dans cette presse unique dont il se plaint. Car on peut y lire à la fois la peur et l'indignation et les bien-pensants y gardent une place plus grande que nous ne l'aurions supposé dans notre ingénuité. Il est d'ailleurs d'une logique douteuse d'accuser, à deux articles de distance, la nouvelle presse de s'épuiser en querelles et de former pourtant un journal unique.

Non, cette presse n'est pas si unique qu'il paraît. M. Mauriac se plaint qu'elle représente seulement la Résistance, mais nous avions la faiblesse de croire que la Résistance s'identifiait à la France, et s'il fallait qu'un journal représente autre chose que la résistance du peuple français, que représenterait-il donc ?

L'argument de M. Mauriac revient en somme à dire qu'il y a autre chose en France que la Résistance. Nous n'en doutions pas à l'époque où nos camarades, fidèles aux rendez-vous de combat, contemplaient les queues qui se faisaient aux portes des cinémas ou regardaient passer les autos de nos grands intendants. Mais nous supposons que M. Mauriac n'a pas voulu dire qu'il faille prendre en considération la voix de ceux qui se sont réjouis ou qui ont trahi pendant que d'autres offraient leur visage aux balles de l'ennemi.

Ce n'est pas ici qu'on nous accusera d'exploiter la Résistance. Nous répétons suffisamment que la Résistance a plus de devoirs que de droits et que c'est demain qu'elle se jugera. Ce n'est pas nous qu'on suspectera de complaisance à l'égard de notre presse. Nous avons du goût pour la vérité, même lorsqu'elle nous est contraire. Mais pourtant, nous savons que la vérité n'était pas hier avec M. Mauriac.

Tout n'est pas heureux, il est vrai, dans la manière dont la politique de ce pays est conduite. Mais on ne peut pas ignorer qu'elle pèche autant par ses faiblesses que par ses excès. Notre devoir est de dénoncer les deux en même temps et de montrer ce juste chemin où la force des révolutions s'allie aux lumières de la justice. M. Mauriac ne parle que des excès de cette révolution. Notre effort ici est de faire voir en même temps ses faiblesses. Cela donne déjà la preuve que cette presse n'est pas si uniforme qu'on le dit. Mais ce n'est pas l'important. L'important est de maintenir l'objectivité, dont M. Mauriac a un sens habituellement juste et qu'il dessert aujourd'hui par un souci constant et honorable d'apaisement à tout prix.

Quels que soient nos désirs et nos réactions, il est bien certain que la France a une révolution à faire en même temps qu'une guerre[1]. Il est vrai que c'est son drame. Mais nous ne sortirons pas de ce drame en éludant les questions qu'il nous pose. Nous en sortirons en le souffrant jusqu'au bout et en tirant de cette épreuve douloureuse la part de vérité qu'elle contient. Notre conviction est qu'il y a des temps où il faut savoir parler contre soi-même et renoncer du même coup à la paix du cœur. Notre temps est de ceux-là et sa terrible loi, qu'il est vain de discuter, est de nous contraindre à détruire une

1. Depuis le 21 août, Camus et *Combat* sont revenus à plusieurs reprises sur cette idée essentielle pour l'avenir politique et moral de la France.

part encore vivante de ce pays pour sauver son âme elle-même[1].

21 OCTOBRE 1944[2]

Oui, le drame de la France est d'avoir à faire une révolution en même temps qu'une guerre[3]. Et nous ne

1. Mauriac commente longuement cet éditorial, dans *Le Figaro* des 22-23 octobre, sous le titre « Réponse à *Combat* ». Il écrit notamment : « Je ne jurerais pas que l'éditorialiste de *Combat* qui réfute longuement mon dernier article "La Justice et la Guerre" ait très bien compris ma pensée. Je suis encore moins sûr de bien entendre la sienne. [...] Et comme j'ai lieu de croire que l'auteur de l'article est un de mes cadets pour qui j'ai le plus d'admiration et de sympathie, et dont je goûte fort, d'habitude, le style sans bavure, me voilà dans un embarras que j'avoue avec ma simplicité et ma naïveté ordinaires. »

Après la citation des deux dernières phrases, Mauriac note : « Pas un mot ici qui ne me blesse. [...] Que les doux ne privent pas ce monde de leur douceur ! [...] Il y aura toujours assez de cruauté sur terre. [...] la révolution par la loi ne pourrait-elle s'accomplir s'il n'y avait plus d'innocents dans les prisons en France ? Ma naïveté vous fait peut-être sourire ? Que voulez-vous ! Les hommes de ma génération ont grandi dans une Europe frémissante et divisée parce qu'un officier juif expiait au bagne le crime d'un autre.

« Mais j'entends bien que le système judiciaire qui sévit en France depuis deux mois ne saurait émouvoir beaucoup un homme résolu "à détruire une part encore vivante de ce pays pour sauver son âme elle-même." [...] Mon jeune confrère est plus spiritualiste que je n'imaginais — plus que moi-même en tout cas. [...] Il reste des bribes de christianisme mal éliminées chez les jeunes maîtres de *Combat*. »

Affirmant ne pas comprendre « ce que recouvre ce langage théologique », Mauriac demande à son contradicteur d'avoir « la gentillesse d'éclairer sa lanterne ».

Ce que fera Camus dans son éditorial du 25 octobre, p. 302.

2. Éditorial. Texte dactylographié.

3. Suite de l'éditorial de la veille, dont il reprend cette phrase essentielle.

sommes pas disposés à le prendre avec légèreté. Les uns voudraient que tout soit mis au service de cette guerre et que la justice soit alors suspendue. D'autres voudraient que tout concoure à cette révolution et que la justice soit servie avant la force nécessaire. Mais nous ne pouvons oublier ni la puissance que nous avons à refaire, ni la pureté que nous devons regagner. Et nous savons bien que, dans la réalité, les deux doivent coïncider. Mais nous savons aussi que leurs exigences réciproques peuvent être contradictoires.

Comment oublier aussi que dans les deux cas, il s'agit de la vie de Français, les meilleurs dans le premier, et ils auront à se faire tuer, les pires dans le second, et nous avons à les détruire ? Comment prendre avec insouciance un drame si difficile qui demande encore du sang à un pays que deux guerres ont miné dans sa substance la plus profonde ? Et comment les meilleurs d'entre nous ne se demanderaient-ils pas à certaines heures s'ils ont le droit d'ajouter à la douleur de ce peuple et à l'atroce misère de cette guerre ?

Non, nous ne le prenons pas avec légèreté et il faut que le monde entier le sache. La légèreté, ici, serait de ne jamais douter. Il est bon que de temps en temps nous connaissions le doute qui nous donnera la gravité qui convient. Nous nous méfions des juges qui ne doutent jamais ou des héros qui n'ont jamais tremblé.

Mais, à l'extrémité du doute, il nous faut une résolution. Nous savons bien que le jour où la première sentence de mort sera exécutée dans Paris, il nous viendra des répugnances. Mais il nous faudra penser alors à tant d'autres sentences de mort qui ont frappé des hommes purs, à de chers visages retournés à la terre et à des mains que nous aimions serrer. Quand nous serons tentés de préférer aux noires besognes de la justice les généreux sacrifices de la guerre, nous aurons besoin de la mémoire des morts et du souvenir insupportable de ceux d'entre nous dont la torture a fait des traîtres[1]. Si dur que cela soit, nous saurons alors qu'il est des pardons impossibles et de nécessaires révolutions.

Mais inversement, quand l'impatience nous viendra devant tel amuseur public, restauré par ceux-là mêmes qui devraient le mépriser, quand la médiocrité et la bêtise de nouveau à l'honneur nous pousseront à des révoltes sans portée, quand le désir de frapper qui à certaines heures entraîne tout homme de justice risquera de nous faire confondre l'inconscience et le crime, alors il nous faudra penser à cette épuisante et quotidienne tâche qui s'appelle la victoire. Nous saurons alors qu'il est des violences sans avenir et des guerres inévitables.

Quel est le sens de tout cela ? Cela revient à dire qu'une nation qui s'est mise dans le cas de vivre sur des contradictions aussi déchirantes ne peut se sauver qu'en assumant en pleine lumière ces contradictions, qu'en accomplissant l'effort démesuré qui équilibrera la justice et la force, qu'en menant de front, avec une égale clairvoyance et un même courage, la révolution et la guerre qu'elle ne peut plus séparer. Une grande nation est celle qui se met à la hauteur de ses propres tragédies. Si ce pays n'est pas capable d'obtenir en même temps sa victoire et sa vérité, s'il consent à faire la guerre en consacrant à l'intérieur la lâcheté et la trahison, ou si au contraire il se laisse entraîner à la violence de ses pas-

1. Camus revient à plusieurs reprises sur cette idée ; voir, en particulier, « Ne jugez pas ! », article du 30 décembre 1944, p. 434.

sions en négligeant sa position dans le monde et ses devoirs aux yeux des autres, notre conviction est que ce pays est perdu. Il fera tout en même temps ou il ne fera rien.

Cela est dur, impossible et inhumain ? Nous le savons. Mais cela est. C'est pourquoi, justement, nous ne le prenons pas avec légèreté. Mais notre foi est qu'aucune tâche humaine n'est impossible à l'homme. Il nous faut seulement et précisément des hommes. Des hommes, c'est-à-dire des cœurs avertis à la fois de l'audace et de la prudence, des âmes sensibles et des volontés fermes, des esprits capables en même temps de désintéressement et d'engagement. Et si l'on devait nous dire que cela encore est inhumain, alors nous répondrions que c'est une raison pour le tenter et pour redonner ainsi à ce pays le dernier espoir de sa grandeur.

21 OCTOBRE 1944

L'argent contre la justice[1]

Il existe en France un problème monétaire. Même sans être un technicien, un Français moyen peut se rendre compte qu'il y a sur ce plan quelque

1. Article dont la signature, « Juste Bauchart », renvoie à l'un des pseudonymes de Camus pendant la Résistance. Il est donc plus que probable que ce texte est de lui, ou du moins qu'il a participé à sa rédaction ; s'il n'est pas un spécialiste des questions économiques, le thème de l'opposition entre le règne de l'argent et celui de la justice est de ceux dont il traite. Le pseudonyme permet de prendre un style inhabituel.

chose aujourd'hui qui ne va pas. Il sait d'avance que son billet de cent francs peut avoir des valeurs très inégales, selon qu'il est employé sur le marché blanc ou sur le marché noir. D'une façon générale, ce même Français n'ignore malheureusement rien de la hausse vertigineuse de certains prix et de la stabilité relative de son salaire. Autrement dit, il règne aujourd'hui en France l'injustice majeure, celle qui nourrit quelques privilégiés et affame ou débilite une majorité d'hommes.

L'injustice majeure fait la question urgente. Le problème monétaire est l'un des premiers à résoudre. Nous l'avons déjà abordé. Mais il faut bien dire que depuis rien n'a été fait. Certes, on en donne des raisons. Mais il est vrai aussi que le public ne comprend pas. Nous ne sommes ici ni financiers, ni ministres. Du moins, nous ferons peut-être quelque chose pour le pays en posant le problème, et quelque chose pour nos lecteurs en essayant de le clarifier.

Il existe en économie une loi de l'offre et de la demande qui n'a jamais eu d'effet plus évident que pendant les quatre ans de l'occupation. Un produit qu'on demande peu baisse son prix pour se faire acheter. Mais il le hausse, s'il est très demandé. Tout cela va de soi. Mais, dans l'ensemble d'un pays, lorsque tous les produits deviennent rares, tous les produits sont demandés avec une insistance croissante et tous les prix montent avec cette belle régularité que nous connaissons. Lorsqu'à cela s'ajoute la mise en circulation par le gouvernement de Vichy d'une masse de billets de banque émis sans garantie, le pouvoir d'achat devient absurde en comparaison des possibilités de vente et les prix croissent d'autant. Ce phénomène économique, dans lequel nous essayons de vivre, s'appelle l'inflation.

Y a-t-il des remèdes à l'inflation ? L'un d'eux pourrait être, évidemment, l'accroissement rapide de la quantité des produits offerts au public, mais on sait que ce n'est pas pour tout de suite. Et, de toute façon, la grande quantité de papier-monnaie mise en circulation donnera toujours une supériorité au pouvoir d'achat et maintiendra donc les prix au niveau déraisonnable qu'ils ont atteint. C'est donc cette circulation de billets qu'il faut limiter.

Où se trouvent ces billets ? Un peu partout, bien sûr, mais d'abord dans les mains de ceux qui avaient des produits rares à vendre et vers qui l'argent est venu. Le problème de la circulation monétaire mène ainsi tout droit à celui des fortunes scandaleuses.

Nous avons indiqué dans *Combat* les mesures urgentes qu'il fallait prendre pour repérer immédiatement ces profits illicites. Il s'agissait d'estampiller les billets de banque et de mettre les titres au nominatif pour contrôler ainsi toutes les fortunes françaises. Cela n'a pas été fait. Pour des raisons matérielles d'abord. Les difficultés de communications semblent interdire d'étendre ces mesures à toute la France. Mais aussi pour des raisons politiques, dont la plus avouée est la crainte d'indisposer les paysans, qui détiennent aujourd'hui beaucoup de billets de banque.

Ce n'est pas à nous qu'il appartient de trancher ces questions. Mais il nous appartient de dire que l'efficacité des mesures proposées est fonction de leur rapidité. Depuis longtemps, les fortunes illicites essaient de se régulariser et nous supposons que si l'on consultait l'Enregistrement, on s'apercevrait que beaucoup de billets se sont transformés ces années-ci en immeubles. Aujourd'hui, les billets se transforment en objets de collection. Il n'y a qu'un moyen d'éviter cette fraude supplémentaire qui est d'aller vite et d'interdire en attendant toute vente de biens immobiliers.

Dans tous les cas, le ministère responsable doit se persuader que la question est vitale. C'est parce que la circulation monétaire n'a pas été contrôlée que la hausse des prix n'a pas été résorbée. C'est parce que les fortunes scandaleuses n'ont pas été réduites au profit de l'État que l'on a augmenté le prix du pain. Le quintal de blé est désormais vendu quatre cent cinquante francs au lieu de quatre cent dix francs. Or, la revue anglaise l'*ECONOMIST* nous apprend que ce prix est le double de celui auquel le blé canadien pourrait être transporté en France. Il y a mieux encore. À ce compte, le pain devrait être vendu six francs le kilo. Et il se vend quatre francs quatre-vingt-dix. Mais c'est que le Gouvernement comble la différence qui lui coûte et nous coûte par là 5 300 millions par an.

Ainsi, le simple retard apporté à des mesures d'intérêt public dessert à la fois le Gouvernement et le peuple de ce pays, en même temps qu'il consolide la situation de quelques privilégiés et consacre leurs manœuvres criminelles. Cet état de choses est à ce point absurde qu'il suffit à déprécier les appels à l'amnistie qui fusent de toutes parts. Il n'y a ni justice ni liberté possibles lorsque l'argent est toujours roi. Et l'on ne peut parler aux hommes de pardon quand on n'a encore rien fait pour assurer leur pain. S'il est vrai, comme le dit François Mauriac, qu'il n'y a pas de justice contre la France[1], nous

1. Mauriac concluait son article « La Justice et la Guerre » — auquel Camus a répondu dans son éditorial de la veille — en affirmant : « Il n'y a pas de justice contre la France. »

l'assurons fermement qu'il n'y a pas non plus de justice contre le peuple de France et que c'est pourtant cette injuste justice qu'on est en train de consacrer dans le sommeil et la distraction des ministères.

JUSTE BAUCHART

22 OCTOBRE 1944[1]

Le *Daily Express*[2] vient de publier, en commentaire au discours du général de Gaulle[3], un article proprement stupéfiant. C'est la première fois, depuis la Libération, qu'un journal adopte ce ton à notre égard. Ce n'est pas la première fois sans doute qu'on nous critique, et cela est dans l'ordre. Mais c'est bien la première fois que la France et son représentant sont mis en cause avec tant de violence et avec une si rare grossièreté de style et de pensée.

Le *Daily Express* qui n'a vu dans le discours du 14 octobre qu'une suite de « sottises inopportunes » attribue seulement au général de Gaulle le désir de se rendre populaire en France par la manifestation de sentiments anti-britanniques. Le journal rappelle les efforts de la Grande-Bretagne en guerre, remar-

1. Éditorial. Texte dactylographié.

2. Le *Daily Express*, quotidien britannique à très fort tirage, fondé en 1900, conservateur.

3. Sur ce discours, prononcé le 14 octobre, voir l'éditorial du 15 octobre, p. 271 ; Camus en fait un commentaire très élogieux.

que que la France, en comparaison, a bien vécu pendant ces quatre ans, ajoute qu'elle ne sert pas à grand-chose dans la bataille d'Aix-la-Chapelle[1] et termine ainsi :

« Certaines personnes pensent que le seul espoir de la France se trouve dans l'occupation continue de la plus grande partie de son territoire par les troupes alliées, jusqu'à ce que les esprits se soient calmés. »

Il est difficile de savoir si la France a mieux ou plus mal vécu que ses Alliés pendant cette guerre. Mais il n'est pas possible, si l'on tient à rester dans les bornes de la décence, d'affirmer qu'elle a bien vécu. Il est vrai qu'elle a eu toute sa ration de honte et que, pendant quatre ans, il ne s'est pas passé un seul matin sans que crépitent, dans ce pays, les fusils de l'exécution. De ce point de vue, nous avons été comblés. Mais nous jurons à notre confrère que cela n'a pas suffi. La seule façon que certains Français aient eue de bien vivre a été de faire ce qu'il fallait pour obtenir de bien mourir.

Il est vrai aussi que nous ne sommes pas utiles à Aix-la-Chapelle, si nous le sommes peut-être dans les Vosges[2]. Mais puisque nous en sommes à la sincérité, il faut bien dire que nos soldats de vingt-cinq ans attendent en vain les armes qui leur permettraient d'y courir et que, ne les recevant pas, quel-

1. La bataille dans la région d'Aix-la-Chapelle a été très âpre ; l'offensive alliée, commencée le 1er octobre, a duré plusieurs semaines.

2. Dans les Vosges — où les combats seront également longs et difficiles — combattent la Ire armée française, sous le commandement du général de Lattre de Tassigny, ainsi que la Brigade Alsace-Lorraine dirigée par le « colonel Berger », c'est-à-dire André Malraux.

ques-uns ont cherché encore à vivre bien, au sens où notre confrère l'entend. Ceux-là se battent à Metz avec leurs poitrines et les quelques armes que les Allemands ont eu la courtoisie de leur donner pendant la bataille de Paris.

Quant à cette occupation nécessaire de la France par les troupes alliées, nous voulons croire que notre confrère n'a pas aperçu qu'en la présentant ainsi, il insultait simplement ce pays dont il réclame pourtant la grandeur.

Nous savons ce qu'est une occupation, ce que ne sait pas le rédacteur du *Daily Express* qui a eu la chance de vivre mal pendant ces quatre ans. Nous le savons si bien que nous n'en voulons plus et que ce seul mot suffit à réveiller nos plus profondes colères.

Les troupes alliées sont en France dans un pays ami qui leur prête temporairement des bases de toutes sortes pour la victoire commune. Elles ne peuvent avoir la prétention d'y maintenir un ordre qui se maintient sans elles, et la simple supposition qu'elles puissent avoir un rôle politique à jouer constitue une injure grave à la fois pour la France et pour ses alliés.

Il est difficile de savoir si le général de Gaulle serait populaire en affichant des sentiments antibritanniques et antiaméricains. Du reste, cela va mal avec l'affirmation du même article que « les Britanniques sont presque des idoles pour le peuple français ». Mais ce qu'il y a de sûr, c'est que le général de Gaulle sera toujours populaire en demandant comme il l'a fait qu'on respecte ce pays à qui le malheur n'a pas réussi à donner le goût de la servitude. Dans tous les cas, nous acceptons de grand cœur qu'on nous juge et qu'on nous critique, mais nous demandons seulement à tous nos amis, quels qu'ils soient, de ne jamais perdre dans leurs écrits ou leurs paroles la mesure et la considération que nous nous sentons en droit de toujours exiger.

Et le *Daily Express* qui est si prompt à souligner notre inutilité reconnaîtra de cette façon que nous pouvons servir du moins à lui indiquer les règles du bon ton et la vraie loi de l'amitié.

24 OCTOBRE 1944[1]

Nous élevons ici contre les procédés de la censure une protestation ferme et mesurée[2]. Elle sera mesurée dans les termes, mais elle sera ferme dans la décision de faire paraître nos commentaires politiques, et cet éditorial s'il y a lieu, contre la décision même de la Censure.

Les rapports de la presse et de la Censure sont réglés par l'arrêté du 24 septembre reconnaissant la légitimité de la censure sur les questions concernant les opérations militaires et précisant que toutes les autres questions échappent à son contrôle.

Nous avons souscrit à cette convention et nous, du moins, avons respecté nos engagements. C'est un souci élémentaire dont la Censure au contraire s'est privée. Nous déclarons donc cette censure illégale à partir du moment où elle viole la convention librement acceptée par les deux parties. Et nous

1. Éditorial. Texte dactylographié.
2. Sur la censure, voir l'éditorial du 22 septembre, p. 212.

considérons que l'illégalité en ce cas équivaut à l'inexistence. Autrement dit, nous passerons outre aux décisions de la Censure chaque fois qu'elle détruira sa propre existence en niant les seuls principes qui lui donnent vie.

Nous avons commenté dans notre numéro de samedi les informations de source franquiste concernant l'activité des républicains espagnols, à la frontière[1]. Nos commentaires ont déplu. Pour les raisons que nous venons d'indiquer, nous allons les formuler à nouveau, mais cette fois en les renforçant.

Oui, il y a un problème espagnol, même si cela déplaît à certains. Nous mettions en garde nos lecteurs contre ces informations de source franquiste. Elles revenaient en fait à desservir le gouvernement français à l'étranger en laissant croire que le sud de la France était dans le désordre. Elles visaient d'autre part à obtenir du même gouvernement ce qu'il est convenu d'appeler des mesures d'ordre. La nouvelle publiée par les journaux madrilènes, et selon laquelle Franco aurait osé offrir au général de Gaulle de venir dans nos départements du Sud rétablir l'ordre, obéit exactement aux mêmes intentions.

En ce qui concerne la situation dans nos régions du sud, cela risque de renforcer les rumeurs accré-

1. Le 22 octobre, un article en provenance de Perpignan indiquait que la radio de Madrid avait annoncé que des combats avaient eu lieu en France entre l'armée et les « rouges », des républicains espagnols ayant réussi à s'infiltrer, avec des armes prises aux maquis français ; dans une violente diatribe contre les républicains, la radio avait affirmé : « Perpignan et Pau sont sous contrôle d'un comité où prédominent les républicains espagnols. » Une note de la rédaction précisait : « On accueillera ces informations avec les précautions qui conviennent. La source en est la radio franquiste. C'est dire qu'elle est douteuse. »

Suivait un blanc : « Commentaire politique censuré. »

ditées avec intention dans le public, qui ont impressionné même des esprits distingués, et d'après quoi nos provinces seraient dans l'anarchie. À cet effet, nous publions aujourd'hui le premier article d'un journaliste britannique qui est allé visiter ces régions et qui a bien voulu nous donner le récit objectif de son voyage[1].

Pour le reste, il faut savoir que le problème est encore plus grave qu'on ne pense. L'affaire d'Espagne ne nous intéresse pas seulement parce que nous avons contracté une dette infinie envers la République espagnole. Elle nous intéresse aussi parce que l'effort de la France en guerre risque d'être compromis par la politique franquiste.

Ce qu'on ne sait pas encore en France, et que nous tenons à dire, qu'on le veuille ou non, c'est que de nombreux Allemands (nous donnons sous réserve le chiffre de 40 000), réfugiés en Espagne, se sont regroupés en une véritable armée, parfaitement équipée. Ce sont eux qui font pression sur la politique espagnole. Ce sont eux que la radio de Madrid veut aider par ses commentaires intéressés.

Nous posons seulement la question. Que se passerait-il si, en face de nos F.F.I. désarmés, ces formations essayaient d'aller soulager les garnisons allemandes du Sud-Ouest ? Cette tentative aurait l'apparence du désespoir. Elle ne serait pourtant pas déraisonnable. Car elle permettrait à l'Allemagne de gagner un peu de temps. Elle rejoindrait

1. Sous le titre « Une journaliste anglaise parle des hommes de la Résistance et de ce qu'ils font dans la région de Toulouse », un article signé Vera Lindsay constate que, contrairement aux « potins » entendus à Paris et à Londres sur « une sorte de révolution » qui se ferait à Toulouse et dans le Languedoc, et malgré les activités des miliciens en liberté, l'ordre et le calme y règnent.

cette politique hitlérienne de la résistance à tout prix, de la lutte sans merci, dont les gouvernements de dictature espèrent qu'elle retardera la défaite finale. Une semblable opération donnerait à la résistance allemande le délai qu'elle demande et risquerait d'ensanglanter en même temps quelques-uns de nos départements.

Résumons-nous. Franco essaie de faire croire au monde qu'une partie de la France est dans le désordre. Nous publions aujourd'hui les renseignements nécessaires pour démentir cette propagande. En cela, nous faisons notre devoir de journalistes. Mais les Allemands d'Espagne constituent une menace pour le pays et nous n'avons à leur opposer que le courage de nos troupes populaires dont font partie les Républicains espagnols. C'est aux gouvernements démocratiques qu'il revient alors de faire leur devoir.

Et leur devoir n'est pas de se boucher les yeux, de faire taire la presse et de dérober la vérité. Leur devoir est d'armer les combattants qui garantiront la sécurité et l'ordre de nos départements. Nous le disions dimanche, et nous le répéterons malgré toutes les obstructions : la politique de guerre de la France et des Alliés comporte l'obligation d'armer nos formations des Pyrénées. En l'espèce, le problème politique est fort clair : c'est Franco qu'il faut réduire au silence, et non la presse française.

25 OCTOBRE 1944[1]

Nous hésitions à répondre à l'invitation que nous a courtoisement faite M. Mauriac dans *Le Figaro* de dimanche[2]. Il nous paraissait que ces questions étaient moins urgentes que d'autres. Mais de nombreuses lettres de lecteurs nous persuadent que ces préoccupations sont celles de beaucoup de Français et qu'il est bon d'y ajouter de la clarté.

Pourquoi ne l'avouerions-nous pas ? L'éditorial que *Le Figaro* met en question, nous l'avons écrit dans l'impatience. Les accusations de François Mauriac contre la presse de la Résistance nous avaient blessés parce que nous les trouvions profondément injustes. Là est le vrai dissentiment. Et nous regrettons que M. Mauriac, dans sa réponse, ait passé ce problème sous silence. Mais c'est qu'il en vient à l'essentiel qui est le problème de la justice. Venons-en donc à l'essentiel.

Ce qui a choqué M. Mauriac, c'est que nous écrivions qu'il fallait aujourd'hui savoir parler contre soi-même. Il est bien évident qu'il ne s'agit pas de parler contre ce que l'on pense. Mais il est vrai que le problème de la justice consiste essentiellement à faire taire la miséricorde dont parle M. Mauriac lorsque la vérité de tous est en jeu. Et s'il est vrai aussi que cela est dur, il n'est pas indispensable

1. Éditorial. Texte dactylographié.

2. Suite de la polémique avec François Mauriac ; cet éditorial réplique à sa « Réponse à *Combat* » des 22-23 octobre (voir éditorial du 20 octobre, p. 285 et note 1, p. 288). Commencée à propos de la presse de la Résistance, cette polémique porte désormais sur la conception de la justice et de l'épuration.

d'être chrétien pour croire, en ce domaine, à des sacrifices nécessaires.

Parlons précisément. On s'égare dans les discussions et les calculs des responsabilités. On recherche les cas arbitraires, ou l'on montre au contraire que les formes légales ont été respectées. Mais cela fait de la confusion. Regardons les choses en face : ce colloque s'engage par-dessus une tête menacée de tomber. Lundi, la première condamnation capitale a été prononcée dans Paris[1]. C'est devant ce terrible exemple que nous devons prendre position. Approuverons-nous ou n'approuverons-nous pas cette condamnation ? Voilà tout le problème et il est affreux.

M. Mauriac dira qu'il est chrétien et que son rôle n'est pas de condamner. Mais nous, et c'est ici que nous lui demanderons d'être attentif, nous décidons, justement parce que nous ne sommes pas chrétiens, de prendre en charge ce problème et d'en assumer toutes les exigences. De quelle façon ?

Nous n'avons pas le goût du meurtre. Et la personne humaine figure tout ce que nous respectons au monde. Notre premier mouvement devant cette

1. Il s'agit du journaliste Georges Suarez, membre du Parti populaire français — le parti fasciste de Doriot —, directeur du journal collaborateur *Aujourd'hui* ; il est accusé d'intelligences avec l'ennemi et de trahison. Durant son procès, on cite des phrases de ses éditoriaux : « La dénonciation est un devoir », ou encore, à propos des exécutions d'otages : « Les responsables de ces exécutions ne sont pas les troupes d'occupation, mais les tueurs à la solde des Juifs et des communistes. »

Malgré des dépositions en sa faveur, témoignant de ses interventions auprès des Allemands pour sauver des résistants arrêtés, il est condamné à mort, et sera exécuté le 9 novembre 1944. Dans *Le Figaro*, W. d'Ormesson dira : « Nous avons vu tomber sans trouble un Georges Suarez. »

Camus se refusera à commenter cette condamnation (voir éditorial du 31 octobre, p. 312).

condamnation est donc de répugnance. Il nous serait facile de penser que notre affaire n'est pas de détruire des hommes, mais qu'elle est seulement de faire quelque chose pour le bien de ce pays. Mais en vérité, nous avons appris depuis 1939 que nous trahirions ainsi le bien même de ce pays. La France porte en elle, comme un corps étranger, une minorité d'hommes qui ont fait hier son malheur et qui continueront de le faire. Ce sont les hommes de la trahison et de l'injustice.

C'est leur existence même qui pose donc le problème de la justice puisqu'ils forment une part vivante de ce pays et que la question est de les détruire.

Un chrétien pourra penser que la justice humaine est toujours suppléée par la justice divine et que, par conséquent, l'indulgence est préférable. Mais que M. Mauriac considère le conflit où se trouvent des hommes qui ignorent la sentence divine et qui gardent, cependant, le goût de l'homme et l'espoir de sa grandeur. Ils ont à se taire pour toujours ou à se convertir à la justice des hommes. Cela ne peut aller sans déchirements. Mais devant quatre ans de douleurs collectives succédant à vingt-cinq ans de médiocrité, le doute n'est plus possible. Et nous avons choisi d'assumer la justice humaine avec ses terribles imperfections, soucieux seulement de la corriger par une honnêteté désespérément maintenue.

Nous n'avons jamais demandé une répression aveugle et convulsive. Nous détestons l'arbitraire et la sottise criminelle, nous voudrions que la France garde ses mains pures. Mais nous souhaitons pour cela une justice prompte et limitée dans le temps, la répression immédiate des crimes les plus évidents, et ensuite, puisqu'on ne peut rien faire sans la médiocrité, l'oubli raisonné des erreurs que tant de Français ont tout de même commises.

Ce langage est-il si horrible que le pense M. Mauriac ? Certes, ce n'est pas celui de la grâce. Mais c'est le langage d'une génération d'hommes élevés dans le spectacle de l'injustice, étrangère à Dieu, amoureuse de l'homme et résolue à le servir contre un destin si souvent déraisonnable. C'est le langage de cœurs décidés à prendre en charge tous leurs devoirs, à vivre avec la tragédie de leur siècle et à servir la grandeur de l'homme au milieu d'un monde de sottise et de crimes.

Quant à l'âme de ce pays, qui a intrigué M. Mauriac, il la connaît aussi. Il l'a vue dans les yeux de quelques-uns d'entre nous aux jours merveilleux de l'insurrection. C'est pour maintenir cette flamme claire sur le visage des jeunes Français que nous devons renoncer à cette part de nous-mêmes qui préférerait les consolations de l'oubli et de la tendresse. Il y a quatre ans qu'on nous force à durcir quelque chose en nous. Peut-être cela est-il regrettable ? Mais nous ne voyons pas pourquoi la tendresse ne serait pas virile et pourquoi la fermeté ne s'allierait pas avec la clémence. C'est en tout cas la seule chance qui nous reste d'empêcher que la France et l'Europe deviennent ce désert de médiocrité et de silence où nous ne voulons plus vivre.

27 OCTOBRE 1944[1]

Il nous a été difficile de parler hier de René Leynaud[2]. Ceux qui auront lu dans un coin de journal l'annonce qu'un journaliste résistant, répondant à ce nom, avait été fusillé par les Allemands n'auront accordé qu'une attention distraite à ce qui était pour nous une terrible, une atroce nouvelle.

1. Éditorial. Repris dans *Actuelles*, chapitre « La Chair » (avec la date erronée du 28 octobre).

2. Le 26, *Combat* a publié un petit article : « Notre ami René Leynaud, qui fut un des premiers militants de "Combat", a été fusillé par l'ennemi.

« L'Agence française de Presse a publié hier l'information suivante, qui est venue anéantir l'espoir que nous gardions encore de retrouver un jour un de nos amis les plus chers : René Leynaud.

« "Lyon, 25 octobre.

« "En juin dernier, 19 détenus du fort Montluc, à Lyon, étaient emmenés à Villeneuve, près de Trévoux (Ain) et fusillés dans un champ.

« "On vient de procéder, hier, à leur identification. Parmi eux se trouvait René Leynaud, rédacteur au *Progrès de Lyon*. Le jeune journaliste, après s'être vaillamment battu en Norvège et en France, était entré dans la Résistance. Arrêté et même blessé au cours de cette arrestation opérée par des policiers et des miliciens, René Leynaud avait été transféré au fort Montluc, d'où il fut emmené avec 18 codétenus à Villeneuve (Ain) et fusillé.

« "René Leynaud laisse une veuve et un enfant. Ce jeune journaliste jouissait de l'estime de tous ses confrères et de tous ceux qui avaient pu apprécier ses qualités de cœur et l'ardent patriotisme qui l'animait."

« René Leynaud, s'il avait échappé à l'ennemi, eût été de l'équipe de notre journal, comme il avait été l'un des militants les plus dévoués, les plus appliqués et les plus courageux du mouvement "Combat" depuis 1941.

« L'information que nous avons citée parle de ses qualités de cœur. Et il est vrai que René Leynaud était le camarade le plus dévoué que l'on pût avoir, mais ç'aurait été mal le connaître que de ne voir en lui qu'un homme de cœur. Ce qui faisait le prix de son

Et pourtant, il faut que nous parlions de lui. Il faut que nous en parlions pour que la mémoire de la résistance se garde, non dans une nation qui risque d'être oublieuse, mais du moins dans quelques cœurs attentifs à la qualité humaine.

Il était entré dès les premiers mois dans la Résistance. Tout ce qui faisait sa vie morale, le christianisme et le respect de la parole donnée, l'avait poussé à prendre silencieusement sa place dans cette bataille des ombres. Il avait choisi le nom de guerre qui répondait à ce qu'il avait de plus pur en lui : pour tous ses camarades de « Combat », il s'appelait Clair.

La seule passion personnelle qu'il eût encore gardée, avec celle de la pudeur, était la poésie. Il avait écrit des poèmes que seuls deux ou trois d'entre nous connaissaient. Ils avaient la qualité de ce qu'il était, c'est-à-dire la transparence même. Mais dans la lutte de tous les jours, il avait renoncé à écrire, se laissant aller seulement à acheter les livres de poésie les plus divers qu'il se réservait de lire après la guerre. Pour le reste, il partageait notre conviction qu'un certain langage et l'obstination de la droiture redonneraient à notre pays le visage sans égal que nous lui espérions. Depuis des mois, sa place l'attendait dans ce

---

son amitié, c'était avant tout son honnêteté absolue, intransigeante, et cette pudeur derrière quoi se dissimulaient des dons d'écrivain et de moraliste qui, à peine apparus, le faisaient rougir de confusion.

« Un de ses amis, qui voulait parler de Leynaud ce matin, dans notre journal, n'a pas pu. Nous avons un immense chagrin. »

L'ami est évidemment Camus, qui n'est probablement pas l'auteur de l'éditorial du 26, consacré à un discours du général de Gaulle, même si les idées exprimées sont de celles que l'on retrouve sous sa plume. Il avait connu Leynaud en 1943 et rappellera leur amitié dans l'« Introduction aux *Poésies posthumes* de René Leynaud » (*Essais, op. cit.*, pp. 1471-1479), qu'il écrira en préface à *René Leynaud : Poésies posthumes*, publié chez Gallimard en 1947.

journal et avec tout l'entêtement de l'amitié et de la tendresse, nous refusions la nouvelle de sa mort. Aujourd'hui, cela n'est plus possible.

Ce langage qu'il fallait tenir, il ne le tiendra plus. L'absurde tragédie de la résistance est tout entière dans cet affreux malheur. Car des hommes comme Leynaud étaient entrés dans la lutte, convaincus qu'aucun être ne pouvait parler avant de payer de sa personne. Le malheur est que la guerre sans uniforme n'avait pas la terrible justice de la guerre tout court. Les balles du front frappent n'importe qui, le meilleur et le pire. Mais pendant ces quatre ans, ce sont les meilleurs qui se sont désignés et qui sont tombés, ce sont les meilleurs qui ont gagné le droit de parler et perdu le pouvoir de le faire.

Celui que nous aimions en tout cas ne parlera plus. Et pourtant la France avait besoin de voix comme la sienne. Ce cœur fier entre tous, longtemps silencieux entre sa foi et son honneur, aurait su dire les paroles qu'il fallait. Mais il est maintenant à jamais silencieux. Et d'autres, qui ne sont pas dignes, parlent de cet honneur qu'il avait fait sien, comme d'autres, qui ne sont pas sûrs, parlent au nom du Dieu qu'il avait choisi.

Il est possible aujourd'hui de critiquer les hommes de la Résistance, de noter leurs faiblesses et de les mettre en accusation.

Mais c'est peut-être parce que les meilleurs d'entre eux sont morts. Nous le disons parce que nous le pensons profondément, si nous sommes encore là, c'est que nous n'avons pas fait assez. Lui[1], du moins, a fait assez. Et aujourd'hui, rendu à cette terre pour nous sans avenir et pour lui passagère, détourné de

1. *Actuelles* : *Leynaud* a fait assez [...]

cette passion à laquelle il avait tout sacrifié, nous espérons du moins que sa consolation sera de ne pas entendre les paroles d'amertume et de dénigrement qui retentissent autour de cette pauvre aventure humaine où nous avons été mêlés.

Qu'on ne craigne rien, nous ne nous servirons pas de lui qui ne s'est jamais servi de personne. Il est sorti inconnu de cette lutte où il était entré inconnu. Nous lui garderons ce qu'il aurait préféré, le silence de notre cœur, le souvenir attentif et l'affreuse tristesse de l'irréparable. Mais ici où nous avons toujours tenté de chasser l'amertume, il nous pardonnera de la laisser revenir et de nous mettre à penser que, peut-être, la mort d'un tel homme est un prix trop cher pour le droit redonné à d'autres hommes d'oublier dans leurs actes et dans leurs écrits ce qu'ont valu pendant quatre ans le courage et le sacrifice de quelques Français[1].

29 OCTOBRE 1944[2]

Le ministre de l'Information a prononcé, avant-hier, un discours que nous approuvons dans son entier[3]. Mais il est un point sur lequel il nous faut

1. Mauriac se sent visé par cette dernière phrase, et y répond vivement dans *Le Figaro* du 29 octobre, dans « Mise au point ».
2. Éditorial. Texte repris dans *Actuelles*, chapitre « Morale et politique ».
3. La présence au gouvernement de Pierre-Henri Teitgen, résistant de la première heure, comme ministre de l'Information est appréciée par Camus et *Combat* (voir article du 10 septembre, p. 193) ; ils n'en seront pas moins vigilants à l'égard de ses décisions.

revenir parce qu'il n'est pas si commun qu'un ministre tienne à son pays le langage d'une morale virile et lui rappelle les devoirs nécessaires de la conscience[1].

M. Teitgen a démonté cette mécanique de la concession qui a conduit tant de Français de la faiblesse à la trahison. Chaque concession faite à l'ennemi et à l'esprit de facilité en entraînait une autre. Celle-ci n'était pas plus grave que la première, mais les deux, bout à bout, formaient une lâcheté. Deux lâchetés réunies faisaient le déshonneur.

C'est en effet le drame de ce pays. Et s'il est difficile à régler, c'est qu'il engage toute la conscience humaine. Car il pose un problème qui a le tranchant du oui ou du non.

La France vivait sur une sagesse usée qui expliquait aux jeunes générations que la vie était ainsi[2], qu'il fallait savoir faire des concessions, que l'enthousiasme n'avait qu'un temps, et que dans un monde où les malins avaient forcément raison, il fallait essayer de ne pas avoir tort.

Nous en étions là. Et quand les hommes de notre

P.-H. Teitgen sera, en novembre 1944, l'un des fondateurs du Mouvement républicain populaire — M.R.P. — regroupant des démocrates chrétiens.

Le ministre a annoncé la suppression des journaux collaborateurs, qui n'étaient jusque-là que suspendus, et a déclaré : « Ce qui est grave, c'est que de chute en chute, de concession en concession, d'abandon en abandon et de remords refoulé en remords refoulé, on en était venu à faire perdre à ce pays le sens élémentaire de la distinction du bien et du mal. [...] On a faussé la conscience de ce pays. »

Affirmant qu'il faut instaurer une presse libre, « indépendante des grandes oligarchies de l'argent », Teitgen conclut en insistant sur la nécessité de « réformes de structure ». On comprend l'approbation sans réserve de Camus.

1. *Actuelles* : « de la conscience » est supprimé.

2. *Actuelles* : ainsi *faite* [...]

génération sursautaient devant l'injustice, on les persuadait que cela leur passerait. Ainsi, de proche en proche, la morale de la facilité et du désabusement s'est propagée. Qu'on juge de l'effet que put faire dans ce climat la voix découragée et chevrotante qui demandait à la France de se replier sur elle-même[1]. On gagne toujours en s'adressant à ce qui est le plus facile à l'homme, et qui est de se reposer[2]. Le goût de l'honneur[3] ne va pas sans une terrible exigence envers soi-même et envers les autres. Cela est fatigant, bien sûr. Et un certain nombre de Français étaient fatigués d'avance en 1940.

Ils ne l'étaient pas tous. On s'est étonné que beaucoup d'hommes entrés dans la résistance ne fussent pas des patriotes de profession. C'est d'abord que le patriotisme n'est pas une profession. Et qu'il est une manière d'aimer son pays qui consiste à ne pas le vouloir injuste, et à le lui dire[4]. Mais c'est aussi que le patriotisme n'a pas toujours suffi à faire lever ces hommes pour l'étrange lutte qui était la leur. Il y fallait aussi cette délicatesse du cœur qui répugne à toute transaction, la fierté dont l'usage bourgeois faisait un défaut et, pour tout résumer, la capacité de dire non.

La grandeur de cette époque, si misérable d'autre part, c'est que le choix y est devenu pur. C'est que l'intransigeance est devenue le plus impérieux des devoirs et c'est que la morale de la concession a reçu, enfin, sa sanction. Si les malins avaient raison, il a fallu accepter d'avoir tort. Et si la honte, le

1. Il s'agit bien sûr de la voix du maréchal Pétain.

2. *Actuelles* : « de se reposer » est remplacé par *le goût du repos.*

3. *Actuelles* : l'honneur, *lui,* ne va pas […]

4. Cf. la première des *Lettres à un ami allemand (Essais, op. cit.*, p. 221) : « Je voudrais pouvoir aimer mon pays tout en aimant la justice. »

mensonge et la tyrannie faisaient les conditions de la vie, il a fallu accepter de mourir.

C'est ce pouvoir d'intransigeance et de dignité qu'il nous faut restaurer aujourd'hui dans toute la France et à tous les échelons. Il faut savoir que chaque médiocrité consentie, chaque abandon et chaque facilité nous font autant de mal que les fusils de l'ennemi. Au bout de ces quatre ans de terribles épreuves, la France épuisée connaît l'étendue de son drame qui est de n'avoir plus droit à la fatigue. C'est la première condition de notre relèvement et l'espoir du pays est que les mêmes hommes qui ont su dire non mettront demain la même fermeté et le même désintéressement à dire oui, et qu'ils sauront enfin demander à l'honneur ses vertus positives comme ils ont su lui prendre ses pouvoirs de refus.

31 OCTOBRE 1944[1]

Il est possible de faire allusion à M. Stéphane Lauzanne[2] puisqu'il n'a pas été condamné à mort. Il était difficile, au contraire, de faire autre chose que le silence sur le cas de M. Suarez[3].

1. Éditorial. Texte probable.
2. Stéphane Lauzanne, rédacteur en chef au *Matin*, est, selon Georges Altschuler qui rend compte de son procès, le même jour, dans *Combat*, « un homme sans caractère », successivement pro-anglais, pro-américain et pro-allemand. Âgé de soixante-dix ans, il est accusé d'avoir prôné la collaboration active dans ses éditoriaux et ses émissions à Radio-Paris, entre 1940 et 1944. Il est condamné à vingt ans de réclusion.
3. Sur Georges Suarez, voir l'éditorial du 25 octobre, note 1, p. 303.

M. Stéphane Lauzanne n'est d'ailleurs pas intéressant par lui-même. Il a fait le déshonneur d'une profession, mais enfin il n'était pas le seul. Cependant, le cas de M. Lauzanne est instructif, dans la mesure où il est un symbole.

Ce journaliste était sans talent, on peut nous en croire. Il était sans moralité, on peut bien l'en croire. Il était pourtant rédacteur en chef d'un journal important et ce qu'il écrivait pouvait être, par exemple, reproduit à l'étranger. Dans une certaine mesure (et cela ne peut s'écrire sans un tremblement de colère) il parlait pour la France. Il a parlé pour elle justement et au moment où elle se taisait. Aujourd'hui, si tout le monde sait que la France est en décadence, ce sont les hommes comme M. Lauzanne qui ont fait quelque chose pour répandre cette idée.

De qui faut-il faire alors le procès ? De cet homme qui s'est accommodé de toutes les lâchetés et de toutes les compromissions, ou de la société qui laissait à un journaliste, étranger au talent et ignorant de toute morale, les pouvoirs de diriger l'opinion publique et de parler au nom de son pays.

Disons-le tout de suite, la responsabilité de cette société est immense. Un monde où l'on peut obtenir n'importe quel poste, sans que soit exigée la compétence, ou pour le moins une certaine vertu, est un monde qui porte en lui déjà le germe de sa propre destruction.

Mais la responsabilité de l'homme commence où finit celle de la société. En admettant qu'il soit naturel qu'une âme médiocre ou vile pût être employée à ce travail de scrupule et de réflexion que devrait être l'information, son devoir était d'en bien voir la responsabilité au moment même où il était porté à ce poste.

Peut-être allons-nous prêter à rire, mais pourquoi ne le dirions-nous pas ? Un journaliste qui, relisant son article publié, ne se demande pas s'il a eu raison ou tort, qui ne connaît à ce moment ni doute ni scrupule, et qui, certains soirs, ne désespère pas d'être à la hauteur de ce travail absurde et nécessaire qu'il poursuit au long des semaines, un journaliste enfin qui ne se juge pas lui-même tous les jours n'est pas digne de ce métier et porte à ses yeux et à ceux de son pays la plus lourde des responsabilités[1].

Or, cet homme qui parlait au nom de la France, il faut bien dire qu'il ne s'est pas posé de questions. Ce n'est pas qu'il manquât de délicatesse. On l'a bien vu : comme on lui reprochait de toucher de l'argent allemand, son excuse fut que cet argent lui était donné en francs français. Il est certain que cela arrange tout et qu'ainsi le patriotisme est sauf.

Mais, cependant, quelques autres Français se sont senti des exigences supplémentaires et leur désir, aujourd'hui, est de retrouver à chaque poste important des hommes qui prennent leurs responsabilités et qui mesurent exactement la conséquence de ce qu'ils disent et de ce qu'ils font.

Le jour où ce pays exigera autant de ses enfants que ceux-ci exigeront d'eux-mêmes, ce jour-là une révolution plus profonde que tous les bouleversements historiques aura commencé. C'est une grande tristesse pour des Français que d'avoir à juger aujourd'hui un des leurs pour le crime de

1. Cf. les déclarations de Camus à *Caliban* : « La profession de journaliste est une des plus belles que je connaisse, justement parce qu'elle vous force à vous juger vous-même » (*Essais, op. cit.*, p. 1565).

médiocrité et de veulerie. Mais c'est la dure loi de l'époque qu'elle doive condamner la médiocrité installée dans les privilèges de la vertu ou du talent.

On le voit en somme, M. Stéphane Lauzanne a été condamné à vingt ans de travaux forcés pour avoir ignoré une nuance[1]. C'est cette nuance qui lui aurait appris que l'argent n'a pas la nationalité des billets de banque, mais celle des mains qui le distribuent. En juin 1940, a commencé justement le règne des nuances, mais il s'agissait de nuances qui avaient toute l'étendue de la conscience et qui avaient le pouvoir de tuer ou de déshonorer. On nous excusera de considérer qu'aujourd'hui encore elles posent pour ce pays une question de vie ou de mort.

2 NOVEMBRE 1944[2]

Le Conseil des ministres vient d'instituer une Haute Cour de justice, qui devra juger les membres du gouvernement de Vichy[3]. On remarquera

1. Cf. la première des *Lettres à un ami allemand* : « [...] nous luttons justement pour des nuances, mais des nuances qui ont l'importance de l'homme même » (*Essais, op. cit.*, p. 224).

2. Éditorial. Texte dactylographié.

3. Camus a déjà évoqué le problème de l'épuration le 18 octobre, p. 278, et le 25 octobre, p. 302. Dans les premiers jours de la Libération, ce sont les tribunaux militaires, puis les jurys mis en place par les comités départementaux, qui ont jugé les collaborateurs ; des juridictions spécialisées — Cours de justice, Chambres civiques et enfin Haute Cour de justice — ont été progressivement instituées.

La Haute Cour de justice, « destinée à juger les membres de l'organisme dit "Gouvernement de Vichy" », comprend 5 magistrats et 24 jurés tirés au sort sur une liste de 100 noms établie par

d'abord que tous les membres de ce gouvernement ne sont pas sous les verrous, et que cela revient à affirmer leur culpabilité avant même de décerner les mandats d'arrêt qu'ils méritent. On remarquera ensuite que le Gouvernement vient de prendre une avance nette sur l'Académie française, qui continue de considérer le maréchal Pétain comme un écrivain et un grand Français, ce qui est se tromper deux fois. On nous dira que cet avantage pris par le Gouvernement est mince. Nous en conviendrons.

Ceci dit, une Haute Cour de justice a généralement pour tâche de juger des crimes de trahison. L'instituer à l'intention du gouvernement de Vichy revient donc à déclarer ce gouvernement coupable de trahison dans son entier. Cette formule, dans sa généralité, n'est pas encore impressionnante. Mais, si nous précisons, cela revient à dire que le maréchal Pétain est un traître, ainsi que le président Laval et ses autres collaborateurs.

Faisons remarquer simplement ceci : les hommes qui, aujourd'hui, en France, applaudissent avec bruit à la décision gouvernementale qui concerne les Milices patriotiques[1], sont les mêmes qui reculeront devant cette affirmation nettement formulée

---

l'Assemblée consultative ; ces 100 noms sont ceux de 33 députés, 33 sénateurs, 34 personnalités extra-parlementaires, issus de la Résistance ; c'est le prélude aux procès de Pétain et de Laval, entre autres.

1. Le gouvernement vient de décider le désarmement des milices patriotiques, créées au début de 1944 par le C.N.R. pour assurer l'ordre et la sécurité, notamment au moment de la Libération de Paris. Le C.N.R. estime qu'elles doivent se transformer en gardes civiques et républicaines. Mais le général de Gaulle répond qu'« aucun groupement ne doit subsister en dehors de l'armée et de la police ».

que Philippe Pétain est un traître. Cela est doublement enseignant. Car cela devrait instruire le Gouvernement sur la qualité de certaines approbations qu'il reçoit, comme cela devrait apprendre à ces mêmes hommes que le Gouvernement provisoire, s'il manifeste parfois un sens trop pointilleux de l'ordre, n'a pas encore fait la preuve qu'il avait le goût de la confusion.

C'est donner sa vraie signification à la décision prise par le Conseil des ministres que de déclarer obstinément qu'elle revient à accuser Philippe Pétain de trahison. Mais notre tâche est de donner à cette accusation sa consistance avec toute la mesure désirable. Pour quelques Français encore, en effet, Pétain avait de bonnes intentions et il n'était pas responsable des atrocités qui se sont commises sous son gouvernement. Tout cela renforce encore ce vieux thème de propagande vichyssoise : la politique de Vichy était double.

La réponse est simple. En admettant que cette politique fût double, elle était tout de même un crime. Et le fait même qu'elle parût quelquefois être double en a fait un crime plus grand que la simple trahison. Car, aujourd'hui encore, nous sentons les conséquences de cette immense confusion que le régime de Vichy a introduite partout en France. Aujourd'hui encore, alors que ce régime a choisi d'aller en Allemagne[1] pour continuer à parler de la France, l'équivoque dont il a été le créateur se perpétue dans la nation.

C'est la fiction de légalité que Vichy a créée qui

1. Le gouvernement de Vichy (Pétain et Laval entre autres) a quitté Vichy pour Belfort, puis pour Sigmaringen en août 1944, sous le contrôle allemand.

nous force à substituer la justice morale à la justice de droit et qui donne des arguments à ceux qui devraient maintenant se taire pour toujours.

En 1940 a commencé une époque où le double jeu ne pouvait s'admettre. Il fallait lutter ou s'agenouiller. Mais on ne pouvait imaginer qu'on lutterait à genoux. Si Pétain l'a cru, le résultat est là. Car des têtes françaises sont tombées à cause des lois signées par lui. Peut-être ne l'imaginait-il pas en les signant. Mais, s'il a manqué d'imagination sur ce point, d'autres en avaient pour lui. Il a dû assumer toutes les conséquences d'actes qui lui paraissaient seulement adroits. Cette politique réaliste, ces astuces moribondes, la ruse tâtonnante d'un vieillard, cette diplomatie, enfin, qui, autrefois, eût paru seulement puérile et vaniteuse, ont entraîné trop de morts et de souffrances pendant ces quatre ans pour que nous les décorions d'autre chose que du nom de trahison.

Il faut qu'on le sache. Et que, si la France est disposée à pardonner à ceux qui, par inconscience, n'ont pas su discerner, dans les discours trébuchants qui leur parvenaient à travers les ondes, la voix même de la démission et de la décadence, elle n'est pas décidée, du moins, à oublier que les responsables sont les responsables et qu'un homme qui gouverne doit accepter de rendre les comptes de son gouvernement.

C'est du moins ce que devrait signifier l'institution de cette Haute Cour. Mais il faut aller vite. Plus vite que l'Académie et que tant d'esprits lents de notre pays. S'il est des cas où le devoir n'est pas clair, où la justice est difficile, sur ce point du moins nous nous prononçons sans une hésitation. C'est la voix des tortures et celle de la honte qui se joignent à la nôtre pour réclamer ici la plus impitoyable et la plus déterminée des justices.

3 NOVEMBRE 1944[1]

Gouverner est bien. Mais il y faut de la méthode. Et il arrive qu'on compromette de bons principes par la façon même dont on les applique. Nous venons d'en avoir un exemple et il est utile que nous le soulignions dans l'intérêt même du Gouvernement.

Car, enfin, les arguments que celui-ci a présentés pour la dissolution des milices patriotiques méritaient au moins la discussion[2]. Du reste, cette discussion eut lieu, elle fut vive, les opinions les plus diverses se sont affrontées. Jusque-là, rien qui ne soit dans l'ordre. On pouvait penser que le Gouvernement avait tort ou raison. Et nous avons dit ici notre point de vue. Mais, du moins, on se trouvait devant une position gouvernementale clairement définie au moyen de deux ou trois principes qui méritaient l'attention.

Après discussion, en tout cas, le Gouvernement a maintenu sa position. De même, ceux qui critiquaient la mesure prise en Conseil ont continué d'affirmer leur argument principal qui était l'existence de la cinquième colonne et la nécessité d'une police populaire. Encore une fois, les attitudes étaient nettes et la position du Gouvernement, si elle était contestée, n'était certainement pas diminuée.

1. Éditorial. Texte dactylographié.
2. Camus a déjà évoqué le problème de la dissolution des milices patriotiques dans l'éditorial du 2 novembre, p. 315.

Or, voici que des incidents se produisent à Paris, qu'une vaine alerte est donnée, que des wagons de munitions explosent, causant des morts et des blessés. Tout cela crée de l'émotion. Et comme ces incidents risquent d'avoir des rapports avec le problème discuté en public, chacun pense aux conséquences qu'ils peuvent avoir pour sa propre position.

Dans l'état présent de la question, il était impossible d'affirmer si ces explosions avaient été causées par un accident ou par un attentat. Une partie de l'opinion affirme l'attentat. L'autre partie attend des informations pour se prononcer.

Quelle devrait être la politique du Gouvernement dans ce cas ? Quoi qu'en pensent les sages et les sceptiques, il n'y a jamais qu'une politique pour un gouvernement, celle de la vérité. Le Gouvernement, nous le supposons, n'a jamais nié que des attentats fussent possibles. Il connaît mieux que personne la survivance dans notre pays d'une minorité de collaborateurs et de miliciens.

Ce qui est encore plus symptomatique, c'est que le Gouvernement n'a jamais repoussé l'argument émis par ses adversaires. Il a simplement dit que, s'il existait une cinquième colonne, c'est au Gouvernement qu'il appartenait de la réduire.

Il pouvait donc aujourd'hui informer complètement le public, lui fournir tous les renseignements en sa possession, sauf ceux qui intéressent la sécurité militaire, et avouer que l'attentat était possible dans la mesure même où était possible un accident. Au lieu de cela, on publie des communiqués contradictoires et l'on censure tout ce qui peut laisser croire à un attentat.

Le moins qu'on puisse dire d'une pareille méthode est qu'elle s'avère déraisonnable. Nous n'insistons pas sur le principe même de la vérité, qui voudrait que les choses fussent toujours dites ouvertement, ni sur la puérilité qu'il y avait à penser que des incidents aux portes de Paris pussent être camouflés pendant longtemps. Mais nous voudrions souligner aux yeux mêmes du Gouvernement les résultats d'une pareille politique. Elle laisse croire, en effet, qu'on savait qu'il s'agissait d'un attentat, qu'on attachait une énorme importance à l'argument principal de l'adversaire et qu'enfin le Gouvernement se sentait une assez mauvaise conscience et une position assez menacée pour qu'il ne pût rien laisser publier de ce qui renforçait cet argument.

Une pareille politique n'a aucun sens. Car, loin de renforcer la position du Gouvernement, elle le minimise. Elle apporte du soupçon sur des intentions que rien n'empêchait, jusqu'ici, de considérer comme pures. Elle discrédite, enfin, ce qu'on était prêt à louer.

À tous les égards, cela est malheureux. Ce que nous souhaitons au contraire, c'est que les ministres et les bureaux mettent au service de notre politique intérieure cette diplomatie de la vérité que le général de Gaulle a inaugurée à l'extérieur. La France a besoin d'un seul langage, et il doit être net. Elle a besoin d'un seul gouvernement, mais il doit être vrai. Elle a été asphyxiée par les mensonges, elle a besoin de l'air même de la vérité. À peine lui manque-t-il qu'elle est menacée dans sa vie. C'est un principe qui devrait s'imposer à tous les bureaux et si vraiment il fallait désespérer qu'il s'imposât à eux, peut-être alors faudrait-il se décider à le leur imposer.

3 NOVEMBRE 1944

Le pessimisme et le courage[1]

Depuis quelque temps déjà, on voit paraître des articles concernant des œuvres dont on suppose qu'elles sont pessimistes et dont on veut démontrer en conséquence qu'elles conduisent tout droit aux plus lâches servitudes. Le raisonnement est élémentaire. Une philosophie pessimiste est par essence une philosophie découragée et, pour ceux qui ne croient pas que le monde est bon, ils sont donc voués à accepter de servir la tyrannie. Le plus efficace de ces articles, parce que le meilleur, était celui de M. George Adam, dans les *Lettres françaises*[2]. M. Georges Rabeau, dans un des derniers numéros de *L'Aube*[3], reprend cette accusation sous le titre inacceptable : « Nazisme pas mort ? »

1. Article signé, publié sous la rubrique « Les lettres et les arts ». Repris dans *Actuelles*, dans le chapitre « Pessimisme et tyrannie », avec la date erronée de « septembre 1945 ».

2. *Les Lettres françaises* fut fondé dans la clandestinité par Jacques Decour, dont l'exécution retarda la publication du journal ; il reparaît en septembre 1944, sous la direction de Claude Morgan. Il accueille les écrivains membres du Comité national des Écrivains, dont il publie la liste ; Camus figure parmi eux. Sous le titre « Hors de saison », le 7 octobre 1944, George Adam avait critiqué *Antigone* de Jean Anouilh ; il montrait que le désir de pureté d'Antigone lui faisait mépriser les hommes et la vie, et la conduisait à un véritable suicide, et concluait en affirmant que le « pessimisme individuel » d'Anouilh et de sa pièce lui paraissait « hors de saison ».

3. L'article de Gaston (et non Georges ; *Actuelles* reproduit cette erreur) Rabeau a paru dans *L'Aube* du 21 octobre 1944. *L'Aube* est un journal démocrate-chrétien, né avant guerre, et qui a cessé de

Je ne vois qu'une façon de répondre à cette campagne qui est d'y répondre ouvertement. Bien que le problème me dépasse, bien qu'il vise Malraux, Sartre et quelques autres plus importants que moi, je ne verrais que de l'hypocrisie à ne pas parler en mon nom. Je n'insisterai pas cependant sur le fond du débat. L'idée qu'une pensée pessimiste est forcément découragée est une idée puérile, mais qui a besoin d'une trop longue réfutation. Je parlerai seulement de la méthode de pensée qui a inspiré ces articles.

Disons tout de suite que c'est une méthode qui ne veut pas tenir compte des faits. Les écrivains qui sont visés par ces articles ont prouvé, à leur place et comme ils l'ont pu, qu'à défaut de l'optimisme philosophique le devoir de l'homme, du moins, ne leur était pas étranger. Un esprit objectif accepterait donc de dire qu'une philosophie négative n'est pas incom-

---

paraître entre juin 1940 et le 23 août 1944 ; dirigé par Francisque Gay, il ouvre souvent ses colonnes à Georges Bidault et devient en fait l'organe officiel du M.R.P. G. Rabeau constate que l'on n'a pas pris garde à l'idéologie nazie — que l'Université a même contribué à la répandre — et donne d'idées philosophiques qui intéressaient Camus de très près une caricature qui ne pouvait à l'évidence le laisser indifférent : « C'est notre Université qui a fait connaître Nietzsche, et Nietzsche est une des premières sources du nazisme. [...] Il y eut ensuite la doctrine du néant et du désespoir. Cette philosophie du néant et du désespoir devant l'absurdité du monde et l'inutilité de l'existence est celle de Martin Heidegger. Elle a été tout récemment implantée en France avec beaucoup d'originalité et de profondeur par M. Sartre [grâce au succès de *L'Être et le Néant*]. Mais toute une littérature, romans et théâtre, répand, depuis plusieurs années, des doctrines nihilistes. [...] J'espère que les auteurs célèbres auxquels je fais allusion ne continueront pas à accomplir chez nous leur œuvre de mort. »

Il conclut en lançant un appel aux lecteurs de *L'Aube* pour sauver la France de l'abîme où la jetteraient ces auteurs...

On peut remarquer que si Sartre est nommément désigné, Malraux n'est pas nommé.

patible, dans les faits, avec une morale de la liberté et du courage. Il y verrait seulement l'occasion d'apprendre quelque chose sur le cœur des hommes.

Cet esprit objectif aurait raison. Car cette coïncidence, dans quelques esprits, d'une philosophie de la négation et d'une morale positive figure, en fait, le grand problème qui secoue douloureusement toute l'époque. En bref, c'est un problème de civilisation et il s'agit de savoir pour nous si l'homme, sans le secours de l'éternel ou de la pensée rationaliste, peut créer à lui seul ses propres valeurs[1]. Cette entreprise nous dépasse tous infiniment. Je le dis parce que je le crois, la France et l'Europe ont aujourd'hui à créer une nouvelle civilisation ou à périr.

Mais les civilisations ne se font pas à coups de règle sur les doigts. Elles se font par la confrontation des idées, par le sang de l'esprit, par la douleur et le courage. Il n'est pas possible que des thèmes qui sont ceux de l'Europe depuis cent ans soient jugés en un tournemain, dans *L'Aube*, par un éditorialiste qui attribue à Nietzsche, sans broncher, le goût de la luxure, et à Heidegger l'idée que l'existence est inutile. Je n'ai pas beaucoup de goût pour la trop célèbre philosophie existentielle, et, pour tout dire, j'en crois les conclusions fausses[2]. Mais

1. Le 20 décembre 1945, dans une interview à *Servir*, Camus devait préciser : « Ce qui m'intéresse, c'est de savoir comment il faut se conduire. Et plus précisément, comment on peut se conduire quand on ne croit ni en Dieu ni en la raison » (*Essais, op. cit.*, p. 1427).

2. On sait que Camus a souvent été considéré comme « existentialiste » — en raison du rapprochement abusif avec Sartre plus qu'en se fondant sur ses écrits, et en dépit de ses dénégations répétées : voir « Non, je ne suis pas existentialiste », interview donnée aux *Nouvelles littéraires*, le 15 novembre 1945 (*Essais, op. cit.*, p. 1424). Nietzsche est une référence majeure pour la pensée

elle représente du moins une grande aventure de la pensée et il est difficilement supportable de la voir soumettre, comme le fait M. Rabeau, au jugement du conformisme le plus court.

C'est qu'en réalité ces thèmes et ces entreprises ne sont pas appréciés en ce moment d'après les règles de l'objectivité. Ils ne sont pas jugés dans les faits, mais d'après une doctrine. Nos camarades communistes et nos camarades chrétiens nous parlent du haut de doctrines que nous respectons. Elles ne sont pas les nôtres, mais nous n'avons jamais eu l'idée d'en parler avec le ton qu'ils viennent de prendre à notre égard et avec l'assurance qu'ils y apportent. Qu'on nous laisse donc poursuivre, pour notre faible part, cette expérience et notre pensée. M. Rabeau nous reproche d'avoir de l'audience. Je crois que c'est beaucoup dire. Mais ce qu'il y a de vrai, c'est que le malaise qui nous occupe est celui de toute une époque dont nous ne voulons pas nous séparer. Nous voulons penser et vivre dans notre histoire. Nous croyons que la vérité de ce siècle ne peut s'atteindre qu'en allant jusqu'au bout de son propre drame. Si l'époque a souffert de nihilisme, ce n'est pas en ignorant le nihilisme que nous obtiendrons la morale dont nous avons besoin. Non, tout ne se résume pas dans la négation ou l'absurdité. Nous le savons. Mais il faut d'abord poser la négation et l'absurdité puisque ce sont elles que notre génération a rencontrées et que ce sont elles dont nous avons à nous arranger[1].

---

de Camus ; il lui consacrera un chapitre de *L'Homme révolté*, « Nietzsche et le nihilisme » ; s'il est moins familier de Heidegger, il n'ignore évidemment pas sa réflexion ontologique ni la phénoménologie.

1. Ces quelques phrases donnent un éclairage historique au passage du *Mythe de Sisyphe* à *L'Homme révolté*.

Les hommes qui sont mis en cause par ces articles tentent loyalement par le double jeu d'une œuvre et d'une vie de résoudre ce problème. Est-il si difficile de comprendre qu'on ne peut régler en quelques lignes une question que d'autres ne sont pas sûrs de résoudre en s'y consacrant tout entiers ? Ne peut-on leur accorder la patience qu'on accorde à toute entreprise de bonne foi ? Ne peut-on enfin leur parler avec plus de modestie ?

J'arrête ici cette protestation. J'espère y avoir apporté de la mesure. Mais je voudrais qu'on la sente indignée. La critique objective est pour moi la meilleure des choses et j'admets sans peine qu'on dise qu'une œuvre est mauvaise ou qu'une philosophie n'est pas bonne pour le destin de l'homme. Il est juste que les écrivains répondent de leurs écrits. Cela leur donne à réfléchir et nous avons tous un terrible besoin de réfléchir. Mais tirer de ces principes des jugements sur la disposition à la servitude de tel ou tel esprit, surtout quand on a la preuve du contraire, en conclure que telle ou telle pensée doive forcément conduire au nazisme, c'est fournir de l'homme une image que je préfère ne pas qualifier et c'est donner de bien médiocres preuves des bienfaits moraux de la philosophie optimiste.

ALBERT CAMUS

4 NOVEMBRE 1944[1]

Il y a deux jours, Jean Guehenno[2] a publié, dans *Le Figaro,* un bel article qu'on ne saurait laisser passer sans dire la sympathie et le respect qu'il doit inspirer à tous ceux qui ont quelque souci de l'avenir des hommes. Il y parlait de la pureté : le sujet est difficile.

Il est vrai que Jean Guehenno n'eût sans doute pas pris sur lui d'en parler si dans un autre article, intelligent quoique injuste, un jeune journaliste ne lui avait fait reproche d'une pureté morale dont il craignait qu'elle se confondît avec le détachement intellectuel[3]. Jean Guehenno y répond très juste-

1. Éditorial. Texte repris dans *Actuelles,* chapitre « Morale et politique ».

2. Jean Guéhenno (1890-1978), directeur de la revue *Europe,* puis de *Vendredi* — dont Camus avait regretté la disparition dans un article d'*Alger-Républicain* en novembre 1938 ; humaniste et pacifiste, convaincu que la culture peut aider au progrès de l'homme, auteur d'un essai sur Michelet et du *Journal d'une révolution* sur le Front populaire, il publiera en 1946 le *Journal des années noires 1940-1944* ; ses origines modestes ne pouvaient qu'accentuer la sympathie que Camus éprouvait pour lui et pour ses idées.

3. Dans un article intitulé « Sur la pureté », paru dans *Le Figaro* du 2 novembre, Guéhenno répond aux reproches du journaliste communiste Gilbert Mury, qui l'avait attaqué sur sa « belle âme », sa « pureté », son « goût pour l'éternité » : on croirait lire les accusations dont Camus fera l'objet après *La Peste* et *L'Homme révolté*... Guéhenno écrit notamment : « La grande pureté, c'est d'être pur parmi les impurs, au milieu du monde, à la direction d'un grand journal, à la tribune d'une assemblée, c'est d'affronter les hommes, les sectes, les partis, de concevoir à chaque instant tout le possible et de l'entreprendre, et de garder quand même la droite voie. Et cette pureté-là [...] n'est ni inefficace ni inutile. Non, décidément, tous les moyens ne sont pas bons. »

ment en plaidant pour une pureté maintenue dans l'action. Et, bien entendu, c'est le problème du réalisme qui est posé : il s'agit de savoir si tous les moyens sont bons.

Nous sommes tous d'accord sur les fins, nous différons d'avis sur les moyens. Nous apportons tous, n'en doutons pas, une passion désintéressée au bonheur impossible des hommes. Mais simplement il y a ceux qui, parmi nous, pensent qu'on peut tout employer pour réaliser ce bonheur, et il y a ceux qui ne le pensent pas[1]. Nous sommes de ceux-ci. Nous savons avec quelle rapidité les moyens sont pris pour les fins, nous ne voulons pas de n'importe quelle justice. Cela peut provoquer l'ironie des réalistes et Jean Guehenno vient de l'éprouver. Mais c'est lui qui a raison et notre conviction est que son apparente folie est la seule sagesse souhaitable pour aujourd'hui. Car il s'agit de faire, en effet, le salut de l'homme. Non pas en se plaçant hors du monde, mais à travers l'histoire elle-même. Il s'agit de servir la dignité de l'homme par des moyens qui restent dignes au milieu d'une histoire qui ne l'est pas. On mesure la difficulté et le paradoxe d'une pareille entreprise.

Nous savons, en effet, que le salut des hommes est peut-être impossible, mais nous disons que ce n'est pas une raison pour cesser de le tenter et nous disons surtout qu'il n'est pas permis de le dire impossible avant d'avoir fait une bonne fois ce qu'il fallait pour démontrer qu'il ne l'était pas.

Aujourd'hui, l'occasion nous en est donnée. Ce pays est pauvre et nous sommes pauvres avec lui. L'Europe est misérable, sa misère est la nôtre. Sans

1. Cette pensée sera au cœur de *L'Homme révolté* ou des *Justes*.

richesse et sans héritage matériel, nous sommes peut-être entrés dans une liberté où nous pouvons nous livrer à cette folie qui s'appelle la vérité.

Il nous est arrivé ainsi de dire déjà notre conviction qu'une dernière chance nous était donnée. Nous pensons vraiment qu'elle est la dernière. La ruse, la violence, le sacrifice aveugle des hommes, il y a des siècles que ces moyens ont fait leurs preuves. Ces preuves sont amères. Il n'y a plus qu'une chose à tenter, qui est la voie moyenne et simple d'une honnêteté sans illusions, de la sage loyauté et l'obstination à renforcer seulement la dignité humaine. Nous croyons que l'idéalisme est vain. Mais notre idée, pour finir, est que le jour où des hommes voudront mettre au service du bien le même entêtement et la même énergie inlassable que d'autres mettent au service du mal, ce jour-là les forces du bien pourront triompher — pour un temps très court peut-être, mais pour un temps cependant, et cette conquête sera alors sans mesure.

Pourquoi, nous dira-t-on enfin, revenir sur ce débat ? Il y a tant de questions plus urgentes qui sont d'ordre pratique. Mais nous n'avons jamais reculé à parler de ces questions d'ordre pratique. La preuve est que lorsque nous en parlons, tout le monde n'est pas content[1].

Et, par ailleurs, il fallait bien y revenir parce qu'en vérité, il n'est pas de question plus urgente. Oui, pourquoi revenir sur ce débat ? Pour que le jour où, dans un monde rendu à la sagesse réaliste, l'humanité sera retournée à la démence et à la nuit, des hommes comme Guehenno se souviennent qu'ils

1. *Actuelles* : « tout le monde n'est pas content » est remplacé par *nous ne contentons pas tout le monde*.

ne sont pas seuls et pour qu'ils sachent alors que la pureté, quoi qu'on en pense, n'est jamais un désert.

5 NOVEMBRE 1944[1]

L'*Officiel* publie le texte d'un arrêté qui oblige les journaux à révéler leur tirage[2] et à faire connaître leurs ventes au ministère de l'Information, pour que leurs allocations de papier soient réduites ou augmentées, selon le cas.

Cet arrêté est inspiré par la logique. La publication des tirages sera, dans l'avenir, une façon de contrôler les ressources des journaux, et il est bien certain que tout le fonctionnement de la presse doit être porté en pleine lumière. Quant à la déclaration des ventes, bien qu'elle présente certaines difficultés et qu'elle entraîne un peu d'injustice pour ceux de nos confrères qui ne vendent pas toute leur allocation, et qu'on ne laisse pas plus longtemps courir leur chance, il est évident qu'elle est instituée dans un esprit de loyauté et de logique. Nous disons seulement qu'il faut en pareil cas être logique jusqu'au bout.

En ce qui concerne cette déclaration, en effet, l'arrêté ajoute qu'en cas de fraude l'allocation de papier pour la quinzaine suivante sera réduite d'un chiffre correspondant au nombre d'exemplaires non déclarés ou dissimulés. Notre conviction est que ce

1. Éditorial. Texte dactylographié.
2. *Combat* indique régulièrement son tirage (autour de 180 000 exemplaires).

court alinéa, sur une question secondaire en somme parmi toutes celles qui nous occupent, pose un problème de morale politique de la plus haute importance.

Que signifie-t-il dans la lettre ? Il signifie que la fraude étant admise, elle sera seulement compensée par la suppression dans une allocation de la quantité de papier qui aura été détournée lors de l'allocation précédente. Ce n'est pas une punition, c'est un rajustement, une sorte de reprise honnête faite au voleur par le volé.

Dans ces conditions, ce court texte pose des principes qui sont insoutenables. Car en fait, il revient à admettre que la fraude en ce cas est à la fois inévitable et vénielle. S'il est vrai que toute punition est proportionnée au crime, il revient à accorder à la fraude une tolérance et une indulgence qui finissent par la porter au rang des coutumes naturelles.

Ce n'est pas comme cela qu'il faut commencer. Si nous voulons établir de nouveaux rapports entre citoyens, si nous voulons que des décisions prises, comme celle-ci, dans un esprit de loyauté portent leurs fruits, il faudra appeler la fraude par son nom, et la réprimer comme il convient.

Nous parlerons à peine du danger que peut présenter pour la nouvelle presse une semblable politique. Car il ne faut tenter personne. Et l'idée qu'on peut tricher en risquant seulement de voir sa fraude compensée et non punie, est une grande tentation. Il n'est pas nécessaire de dire avec quelle rapidité les vertueux seront d'abord distancés et, ensuite, traités de naïfs.

Mais, de plus, admettre la fraude avec cette sérénité et cette bienveillance, c'est en vérité lui reconnaître droit de cité. Il n'est pas question de poser la vertu en principe. Elle n'est pas souvent l'affaire des hommes, et il ne faudrait pas nous supposer la naïveté que nous n'avons pas. Mais il faut réprimer la fraude avec une telle détermination et une telle sévérité qu'il apparaisse clairement qu'elle n'a plus rien à faire chez nous. Un journal qui accepte de truquer ses comptes pour bénéficier d'une plus grande audience n'a pas le droit de parler à ce pays, cela est clair. La moindre fraude à cet égard devrait être punie par la suppression de toute allocation de papier pendant un temps assez long pour que la réflexion vienne au secours de la probité.

Nous nous excusons seulement auprès du ministre de l'Information[1] de lui soumettre des problèmes qu'on risque de considérer comme secondaires. Mais notre devoir est de remettre les valeurs à leur place et de dénoncer dans l'idée même de la fraude l'une des causes de toutes les décadences nationales. Si l'*Officiel,* sur ce point, oublie de prendre la question avec toute sa hauteur, c'est à la presse de s'en charger et de maintenir les principes de fermeté et de dignité dont nous avons besoin.

7 NOVEMBRE 1944[2]

Depuis plusieurs semaines, les Français attendaient, les uns avec appréhension et les autres avec impatience, de sévères décisions d'ordre financier.

1. Il s'agit de Pierre-Henri Teitgen.
2. Éditorial. Texte dactylographié.

Vendredi[1], on apprenait que le Gouvernement allait agir. Dans la soirée en effet, un premier bulletin de l'Agence française de Presse[2] annonçait un emprunt à 3 % perpétuel. Cet emprunt était présenté comme une importante initiative financière et un acte politique d'une réelle portée. Disons tout de suite que nous nous refusons à y voir une initiative créatrice, quoique nous admettions sans peine qu'il s'agisse d'un acte politique instructif. Mais cette politique ne saurait emporter notre adhésion sans réserves[3].

On nous excusera de dire encore une fois ce que nous avons sur le cœur et de le dire sans détours. Cet emprunt semble avoir pour objectif principal de prouver aux détenteurs de capitaux que leurs craintes sont vaines et que le Gouvernement entend reprendre la politique dite « de confiance ». Cette politique, en matière financière, consiste à assurer l'argent qu'il ne sera pas menacé et qu'on gouvernera avec son appui. En d'autres termes, il s'agit d'une « pause », difficilement explicable dans un domaine où justement il n'est pas possible de dire qu'on ait beaucoup travaillé.

Le bulletin de l'Agence française de Presse dont nous avons parlé nous confirme dans cette supposition lorsqu'il déclare : « Le renoncement à toute mesure de contrainte sera interprété avec faveur par le Pays... Nul doute que cet appel, conforme à la tradition démocratique française, ne trouve dans la classe paysanne comme dans les autres couches sociales de la Nation, une profonde résonance. »

Nous comprenons ce que cela veut dire. Mais il

1. L'annonce a été faite le vendredi 3 novembre 1944.
2. Sur l'A.F.P., voir article du 3 octobre, note 1, p. 238.
3. La réflexion de Camus est d'ordre moral plus qu'économique.

n'est pas sûr que tout le monde l'ait compris. On peut s'étonner en effet qu'aucune réaction ne se soit encore produite dans les milieux où l'on pouvait penser qu'il s'en manifesterait, et notamment dans la presse d'opinion.

Qu'on ne se méprenne pas sur nos intentions : il ne s'agit pas de critiquer l'emprunt, mais d'en relever la véritable portée politique. Qu'on fasse un emprunt si l'on y tient, cela ne gênera personne. Mais que du moins on se garde de présenter comme une initiative audacieuse une mesure qui a toujours évité à tous les gouvernements les décisions énergiques que les finances françaises attendent depuis tant d'années. En politique comme en finances, les mesures ne sont pas bonnes ou mauvaises en elles-mêmes. Mais elles doivent être adaptées aux situations et aux époques. Et dans les temps déchirés ou chaotiques que nous vivons, l'idée qu'on va réparer tant de maux dus à l'argent par une politique de confiance à l'égard de l'argent est une idée puérile ou malheureuse.

Le ministère des Finances doit savoir en tout cas qu'elle n'a pas notre accord. Nous ferons ce qu'il faut, à notre place, pour que l'emprunt réussisse[1]. Mais nous voulons dire auparavant que nous le jugeons insuffisant et qu'il présente toutes les marques d'une politique à courte vue qui, si elle était poursuivie, finirait par détruire jusqu'aux intérêts mêmes qu'elle a l'intention de défendre.

1. Comme les autres journaux, *Combat* publiera des placards invitant à souscrire à cet emprunt — qui sera d'ailleurs un succès.

8 NOVEMBRE 1944[1]

L'Assemblée consultative a tenu hier sa première séance[2]. On a eu raison de souligner les symboles et les consolations dont ce jour était chargé. Même aux plus durs moments, il ne faut pas méconnaître les motifs de satisfaction que le monde peut encore nous donner. Malgré tout, ce pays, aujourd'hui, est libéré de sa honte. Cela ne peut pas se mesurer.

Mais ce serait une grave erreur politique que de laisser croire que l'Assemblée consultative commence ses travaux dans un climat d'optimisme. De tous les coins du pays, dans beaucoup de cœurs désintéressés et scrupuleux, se lèvent des inquiétudes et des angoisses. Non, ce pays n'est pas sauvé parce qu'il est libéré, et nous risquons de perdre dans la liberté ce que nous étions si bouleversés d'avoir découvert dans les nuits de l'oppression.

Le sort de la France, et du même coup celui des valeurs que nous respectons, dépend de sa politique. Et quand on connaît l'indignité et les tentations de la politique, cela ne peut s'écrire sans appréhension. En fait, peu de choses dans ce que nous voyons sont de nature à nous réconforter. Le pays est pris entre deux politiques également regrettables. L'une est de réaction, et le Gouvernement vient de donner deux ou trois preuves qu'il est en train de la choisir. L'autre est de revendications à outrance et la presse d'opinion en donne de suffisants exemples.

1. Éditorial. Texte dactylographié.

2. Sur l'Assemblée consultative, voir éditorial du 14 octobre 1944, p. 267.

Comme il arrive souvent, la politique de réaction, par son aveuglement même, renforce la politique de revendications qui par ses excès donne de nouvelles raisons à la première. Et pour ceux qui désirent maintenir en France cette difficile vérité humaine dont ils ont conçu l'espoir pendant quatre années inoubliables, ils se sentent pris entre ces déraisons contraires avec, pour seule défense, les armes dérisoires d'un langage scrupuleux et d'une objectivité obstinément maintenue.

C'est ce climat politique, où l'erreur et l'impatience se soutiennent l'une l'autre, qui paraît difficile à vivre pour les meilleurs d'entre nous. L'Assemblée consultative ouvre sa séance le jour même où François Mauriac dit sa lassitude de toute politique et son désir de ne plus s'adresser qu'aux âmes[1]. Cette coïncidence est enseignante, parce qu'elle est amère.

Elle devrait du moins inspirer les réflexions des nouveaux représentants de ce pays.

Nous le disons sans illusion, mais il faut bien le dire, chacun des membres de cette première Assemblée devrait réfléchir à ce problème et se demander s'il ne lui est pas possible d'écarter les voix de l'intérêt ou les cris partisans pour retrouver le langage

1. Dans *Le Figaro* du 7 novembre, Mauriac a publié un article intitulé « La politique impure » ; revenant lui aussi sur la « pureté », après Guéhenno et Camus, il dit que la tentative de l'« introduire dans ce qu'il y a de plus impur au monde : la politique, se ramène à une lutte sans espoir contre de très vieux mensonges ».

Il déplore la « ruse », la « duperie » qui fait passer pour la voix du peuple les mots d'ordre d'un chef de parti, et ajoute : « C'est cela qui finit par écarter de la politique les esprits accoutumés aux libres discussions d'idées (comme nous en eûmes ici avec *Combat*). »

Mauriac conclut en rappelant le mot de Lacordaire, affirmant que l'on finit par ne plus s'intéresser qu'aux âmes.

qui doit être celui de la France, si elle ne veut pas périr.

Si l'Assemblée consultative ne se pénètre pas de cet esprit nécessaire, son œuvre sera nulle. Elle commence ses travaux sous le signe de la liberté, c'est un honneur qui est lourd à porter. Mais il faut qu'elle sache bien que la liberté ne va pas sans contraintes consenties, qu'il n'y a pas d'efficacité générale sans sacrifices particuliers, et qu'il y a plusieurs façons d'aimer et de servir son pays, dont toutes ne sont pas bonnes.

Rien de grand ou de fécond ne se fera chez nous, ni dans le monde, si nous ne faisons pas ce qu'il faut pour démentir l'amertume de ce propos tenu il y a cent cinquante ans par l'un des plus purs amants de la liberté : « Tout le monde veut bien de la République, personne ne veut de la pauvreté ni de la vertu[1]. »

9 NOVEMBRE 1944[2]

L'élection de M. Roosevelt[3] est une bonne chose. Nous avons tous besoin que les problèmes de la

1. Cette phrase est de Saint-Just — dont Camus parlera longuement dans *L'Homme révolté* ; elle est tirée de son « Discours du 29 novembre 1792 sur l'accaparement des denrées ».

2. Éditorial. Texte très probable ; son attribution est indirectement authentifiée par le témoignage de Roger Grenier sur l'article du 14 avril 1945 (voir note 1, p. 505) consacré à la mort de Roosevelt — et qui reprend une phrase de celui-ci.

3. F. D. Roosevelt est élu pour la quatrième fois à la présidence des États-Unis.

paix soient étudiés par les mêmes hommes qui ont mené la guerre. L'idéal serait même que la paix fût faite par les peuples et les hommes qui ont le plus souffert de la guerre. Mais, bien entendu, c'est une vue de l'esprit.

Il est déjà bien que l'Amérique soit assurée d'être représentée demain par le même homme qui a su la persuader que le conflit européen était aussi le sien.

La personnalité de M. Roosevelt n'est pas en cause. Il est vrai qu'il a un visage sympathique. Devant les faces inquiètes, hautaines, ravagées ou éteintes des puissants de l'Europe, c'est le visage même du bonheur[1]. Mais si la sympathie peut aider à la compréhension réciproque, elle ne suffit pas à fonder une politique d'entente.

La preuve en est que la politique personnelle de M. Roosevelt n'a pas toujours été bien inspirée en ce qui concerne nos propres affaires. Mais quoi ! l'Atlantique est large et, vue de loin, la politique française n'est pas toujours claire. Il faudrait beaucoup d'amour pour ne pas s'y tromper et il n'est pas possible d'imaginer l'amour dans les rapports entre nations. L'essentiel est de mettre en commun quelques valeurs morales partagées, avec un petit nombre d'intérêts évidents. À cet égard, notre entente avec le peuple américain est parfaite.

Du reste, ce n'est pas la France qui est en cause, c'est la paix du monde. Et nous ne croyons pas trahir la pensée des Français en disant que notre pays est disposé à beaucoup faire et à beaucoup donner pour assurer au monde une paix qui soit enfin juste

1. C'est cette phrase qui sera reprise dans l'article du 14 avril 1945.

et, par conséquent, durable. De ce point de vue, l'élection de M. Roosevelt satisfait tous nos désirs.

M. Roosevelt a su voir, il y a trois ans, que la guerre européenne était l'affaire de tous[1]. Ce serait un grand malheur si demain l'Amérique ne comprenait pas que la paix, elle aussi, est l'affaire de tous. L'homme qui a su discerner la première de ces vérités, qui en a persuadé peu à peu l'énorme masse d'une Amérique satisfaite et heureuse, cet homme est le mieux désigné pour comprendre la deuxième de ces évidences et la rendre claire à son pays.

Nous avons besoin que les grands problèmes de l'avenir soient abordés par des hommes formés dans l'épreuve, qui se souviennent bien de l'horreur et de la cruauté impliquées dans toute guerre avant de formuler les conditions de la paix mondiale. C'est pourquoi il est bon que Churchill, Roosevelt, Staline, de Gaulle et les autres soient encore là demain. Ils sont forcés de savoir le prix des choses et de la vie humaine. Il ne faut pas seulement qu'ils parlent au nom de la victoire, mais aussi au nom de la douleur.

Voilà pourquoi, malgré nos divergences et nos mauvaises humeurs réciproques, par-dessus toutes nos angoisses et nos doutes, c'est sans arrière-pensée que la France salue la quatrième élection du président Roosevelt. Elle lui maintient la gratitude et l'amitié d'un peuple libre, resté supérieur à toutes les servitudes, mais à qui la mémoire de ses souffrances et le souvenir de son malheur ont donné une terrible faim de justice et de paix.

1. On sait qu'il s'agit là d'un thème majeur de *La Peste* : « À partir de ce moment [...] la peste fut notre affaire à tous » (*op. cit.*, p. 67).

« La peste apparut réellement pour ce qu'elle était, c'est-à-dire l'affaire de tous » (*ibid.*, p. 125).

Ce n'est pas pour ses intérêts personnels, mais par le souci qu'elle a de l'avenir du monde et des hommes que la France elle aussi a voté pour M. Roosevelt.

10 NOVEMBRE 1944[1]

Le parti socialiste a tenu hier la première séance de son Congrès[2]. Si nous en croyons les textes, elle a été consacrée à une sévère autocritique. Ce début est prometteur et on ne saurait suivre avec trop d'attention les journées de ce Congrès. L'idée socialiste est une grande idée. Et le parti socialiste représente une des grandes chances de la France de demain. Mais à la condition qu'il fasse entrer dans la réalité les principes de rénovation qui ont été exposés hier devant le Congrès.

Car enfin, la conciliation de la justice et de la liberté, la mise en train simultanée d'une économie collective et d'une politique libérale, le bien de tous accordé au respect de chacun, ces idées qui pressent tant d'esprits français d'aujourd'hui, sont des idées socialistes. Si on lisait avec attention les rudiments de programme proposés par les démocrates chrétiens ou par le Mouvement de la Libération nationale, on verrait clairement que ces programmes pourraient être signés par n'importe quel mili-

1. Éditorial. Texte dactylographié.
2. L'ensemble de l'équipe de *Combat* et Camus lui-même sont proches des idées du parti socialiste.

tant socialiste. Comment se fait-il donc que le premier mouvement des hommes issus de la résistance, et n'appartenant à aucun parti, n'ait pas été de rejoindre les socialistes ?

Nous posons cette question en toute franchise parce qu'elle est celle que beaucoup d'hommes parmi nous se sont posée. Essayons d'y répondre avec la même franchise, puisque nous y sommes aidés par la façon courageuse dont les socialistes eux-mêmes ont posé le problème devant leur Congrès.

Ce qui sans doute a arrêté beaucoup d'hommes nouveaux devant le parti socialiste, c'est son passé. L'image que nous gardions de lui n'était pas engageante. Nous l'avons connu faible et désarmé, plus prodigue de paroles que curieux d'action, détourné du désintéressement et de l'abnégation socialistes comme certains bigots peuvent l'être du vrai christianisme. En bref, nous étions arrêtés par quelques-uns de ses hommes et par la plupart de ses méthodes[1].

Alors que tant de sentiments et d'idées nous rattachaient à lui, il ne nous a jamais paru à la hauteur de la dure époque que nous vivions. On a eu raison de le signaler hier, les socialistes avaient un peu confondu la réalisation de leur doctrine et l'obtention d'une majorité à l'Assemblée.

Dans notre critique du socialisme il y avait enfin, et il y a, une nostalgie et un regret : celui qui naît à la vue d'une grande idée ramenée à de petites pratiques et au spectacle d'une vocation vécue comme un métier. Nous avions perdu notre confiance.

1. La méfiance de Camus à l'égard des hommes et des méthodes de la IIIe République s'exprime très souvent.

Il serait vain de laisser croire que toutes ces réticences ont disparu. Mais il y a eu la clandestinité et les socialistes ont pris leur part, une bonne et grande part, à cette lutte. Aujourd'hui, ils ont le ton de l'énergie et de la fermeté. Ils semblent résolus à la fidélité. Cette seule résolution est d'une capitale importance. Il faut se persuader que si les socialistes sont capables, renonçant à des hommes et à des méthodes aujourd'hui discrédités ou dépassés, de refaire un grand parti, ils seront la grande force française de demain et ils pourront réunir autour d'eux la plus grande partie des énergies issues de la résistance. Mais ils ont un immense travail à faire qui ne pourra s'effectuer que dans l'obstination et la lucidité. Ils ont à vaincre ce qu'il est le plus difficile de vaincre, des habitudes. Ils ont un langage à recréer, une inspiration à retrouver dans sa pureté. Ils ont une jeunesse à découvrir. La difficulté de cet effort, on la sent mieux quand on compare l'excellent exposé de Daniel Mayer[1] au Congrès et le discours de Félix Gouin[2] à l'Assemblée.

L'éloquence de ce dernier nous paraît regrettable. Pas un seul homme de la résistance n'aura eu de

1. Daniel Mayer, résistant de la première heure, proche de Léon Blum. Il a dirigé le journal *Le Populaire* dans la clandestinité, a fondé les Comités d'Action socialiste et préconisé dès 1942 la mise en place d'un Conseil de la Résistance. En attendant le retour de Léon Blum, déporté en Allemagne, il dirige la S.F.I.O. — et en particulier cet important Congrès.

2. Félix Gouin (1884-1977), député socialiste ; il fait partie des quatre-vingts parlementaires qui ont refusé les pleins pouvoirs à Pétain ; il rejoint la France libre dès 1941. En 1943, il prépare à Alger l'Assemblée consultative, qu'il préside, et continue à présider à Paris, en novembre 1944 ; il sera également président de l'Assemblée constituante de novembre 1945 à janvier 1946, et chef du Gouvernement provisoire à la suite de la démission du général de Gaulle.

plaisir ni d'émotion à entendre célébrer la résistance sur un ton si pompeux. Nous avons besoin de mots plus directs et plus vrais. Ne nous lassons pas de le répéter, nous avons besoin de vérité et nous n'avons besoin que de cela. Cette faim dévorante qui nous tient, si nous sommes sûrs que M. Mayer l'a mieux comprise, c'est qu'il nous semble que, lui, du moins, n'a pas eu d'habitudes à vaincre.

Pour toutes ces raisons, en tout cas, le Congrès du parti socialiste est un événement important. Pour nous qui n'avons personne à servir que ce pays et quelques grandes valeurs humaines, nous souhaitons que le socialisme trouve chez les socialistes son expression et qu'il n'ait pas à la trouver ailleurs, au prix d'efforts encore plus épuisants. Car si la France a besoin d'être bien servie, et si elle ne peut l'être que par des hommes désintéressés appuyés sur quelques idées claires, elle a besoin aussi d'être très vite servie et les meilleurs chemins de sa renaissance seront encore les plus courts et les plus droits.

11 NOVEMBRE 1944[1]

Nos amis de *Défense de la France*[2] se sont inquiétés de notre éditorial où les méfaits combinés d'une

1. Éditorial. Texte dactylographié.
2. Sur *Défense de la France*, voir l'éditorial du 1er octobre 1944, note 2, p. 234. Camus répond ici à l'éditorial de Robert Salmon sur « L'avenir politique de la Résistance », publié le 9 novembre 1944.

politique gouvernementale de réaction et d'une politique publique de revendications étaient dénoncés[1].

Ils nous demandent de ne plus parler de réaction et d'adopter une attitude moins négative. Bien qu'ils nous mettent en garde contre le danger de troubler les esprits, alors que nous ne faisions que traduire le trouble de nos cœurs, contre la possibilité de réveiller les luttes de partis, alors que les luttes de partis nous excèdent, nous savons que ces critiques sont faites fraternellement et nous répondrons sur le même ton. Cela nous aidera aussi bien à préciser notre position.

Succédant à une critique de l'emprunt, il était clair que la politique de réaction que nous visions était la politique financière du Gouvernement[2]. Sur ce point, nos amis nous excuseront de rester fermes. Nous regrettons au contraire qu'aucun journal, sauf *Le Populaire*, n'ait encore pris position à ce sujet[3]. Une politique de confiance à l'argent, dans un moment où l'argent doit être jugulé, sert, que le Gouvernement le veuille ou non, des intérêts qui ne sont pas ceux de la nation. C'est ce que nous appelons une politique de réaction, parce que c'est le nom qui convient. Tout le monde sait que notre effort quotidien est d'appeler ici les choses par leur nom.

Nos amis voudraient aussi qu'à ces critiques, nous ajoutions des propositions constructives. Mais nous

1. Allusion à l'éditorial du 8 novembre, p. 335.
2. Allusion à l'éditorial du 7 novembre, p. 332.
3. À travers plusieurs articles, *Le Populaire* a réclamé une politique financière libérant l'État des trusts, et l'homme du capitalisme.

sommes fondés à leur rappeler que *Combat* a, le premier, abordé la question des fortunes scandaleuses, et qu'il a indiqué dans trois articles de fond les mesures élémentaires qu'il convenait de prendre[1]. Nous avons d'abord posé des principes. Ce n'est qu'ensuite que nous avons apporté notre critique.

Nos amis déplorent que nous mettions en cause publiquement les méthodes gouvernementales. Il faut donc que nous définissions une fois de plus notre position par rapport au Gouvernement. Nous lui avons accordé une ferme confiance de principe. C'est un accord loyal et réfléchi que nous lui avons ainsi donné. Mais nous croyons qu'il n'est pas d'amitié sans franchise et que la sympathie ne peut vivre de malentendus. Nous tenons donc à rester vigilants et à dire avec une égale netteté ce qui nous paraît regrettable et ce qui nous semble louable. Nous ne savons pas si une telle attitude peut, comme le disent nos amis, ajouter au malaise du pays. Mais nous savons bien que ce malaise se nourrira plus sûrement de silences concertés, d'arrière-pensées et de ruminations étouffées. Au reste, et en réalité, nous n'usons pas beaucoup de ce droit de critique.

Lorsque nous le faisons, nos amis peuvent croire que c'est en pesant nos mots et en nous appuyant sur des informations sérieuses.

Au bout de tout cela, *Défense de la France* se demande ce que nous cherchons. Mais nos amis le

1. Dès le 11 septembre, *Combat* a publié un article intitulé « Les fortunes scandaleuses doivent être confisquées », qui précisait les mesures à prendre rapidement ; le 21 octobre, sous le pseudonyme de Juste Bauchart, Camus a donné un article sur « L'argent contre la justice », cf. p. 291 ; François Bruel est revenu à plusieurs reprises sur la nécessité d'une politique financière rigoureuse.

savent pourtant bien. Nous cherchons à maintenir en France cette fragile vérité qu'eux et nous avons défendue pendant de longs mois dans les rues de Paris. Nous cherchons à ajouter une justice encore lointaine à la liberté que nous avons reconquise. La liberté, nous l'avons obtenue à force d'obstination et d'intransigeance. La justice ne se conquiert pas autrement. Il ne faut pas mentir à ce pays et lui parler de révolution politique en lui proposant des mesures de réaction. Il ne peut plus supporter le mensonge. Nous l'assurons à nos amis, il faut appeler les choses par leur nom[1]. C'est là notre tâche. Le Gouvernement, les Assemblées, réfléchiront s'ils le jugent bon. Mais il n'est pas possible qu'on ajoute le silence aux mensonges qui traînent encore en France.

C'est parce que nous savons qu'une politique de réaction serait fatale aussi bien à la nation qu'aux intérêts mêmes qu'elle prétend défendre, c'est parce que nous savons qu'à vouloir aveuglément le moins on finit par obtenir le plus, qu'à ne vouloir jamais rien céder de ses privilèges on finit par tout abandonner mais au moment où il est trop tard, c'est pour tout cela que nous réclamons une politique claire et déterminée qui organisera l'économie socialiste dont nous avons besoin, en même temps qu'elle consolidera la liberté politique hors de laquelle la France ne peut plus respirer.

1. La formule reviendra sous la plume de Camus, non seulement dans l'éditorial du 30 novembre, mais aussi dans *La Peste*, dite par Grand (*La Peste, op. cit.*, p. 45).

14 NOVEMBRE 1944[1]

On remarquera que la première question débattue dans les conversations franco-britanniques a été l'armement des troupes françaises[2]. Les autres questions ne sont pas moins importantes et nous y reviendrons. Mais pour celle-ci, elle demande quelques commentaires.

La production des armes dans une nation en guerre est, en effet, le premier problème. D'abord, et bien entendu, parce qu'il n'y a pas d'autres moyens de s'assurer la victoire. Mais aussi parce qu'elle est la seule façon d'économiser le sang des défenseurs de la nation. Les guerres actuelles sont si meurtrières qu'aucun pays, si riche en hommes soit-il, ne peut se permettre de les aborder à demi préparé.

L'importance du courage proportionnellement à celle du matériel a beaucoup diminué dans la guerre d'aujourd'hui. Si téméraire, si obstiné que soit un peuple, il suffit d'un nombre suffisant de machines pour l'asservir. Et s'il persiste dans sa lutte, il disparaît dans ses hommes mêmes. Le monde entier sait maintenant, par quelques exemples fameux, qu'il n'est pas possible à une nation de perdre sa jeunesse et l'élite de ses hommes sans risquer toutes les décadences. C'est pourquoi les

1. Éditorial. Texte dactylographié.

2. Winston Churchill et Anthony Eden, ministre des Affaires étrangères de Grande-Bretagne, sont à Paris depuis le 11 novembre et ont assisté avec le général de Gaulle à la célébration de l'armistice de 1918. L'équipement des armées françaises par les Alliés a effectivement posé de graves problèmes.

nations du monde entier ont porté leurs efforts sur la production. Elles ont appris à faire la guerre en sacrifiant le plus possible de leurs biens matériels et le moins possible de leurs hommes.

Combien ceci ne sera-t-il pas plus vrai pour la France qui compte justement parmi ces douloureux exemples qui ont fait réfléchir le monde ! La France n'a plus assez d'hommes, pour bien des raisons sans doute, mais surtout parce qu'elle en a beaucoup perdu. Elle a perdu les meilleurs, au cours de cette longue guerre de trente ans. À tous les étages de notre vie nationale, nous mesurons combien cruelle est leur absence. De ce point de vue, il faut avoir le courage de dire que notre jeunesse doit être économisée.

Mais d'un autre côté, et c'est la tragédie française, la défaite nous a imposé d'inimaginables devoirs. Nous avons une place à reprendre, l'Allemagne à vaincre et à occuper. Cette guerre dont nous ne voulions pas, nous avons à la mener jusqu'à son terme victorieux.

Ces violences que nous détestions, elles nous sont aujourd'hui nécessaires.

Mais, aujourd'hui comme pendant les quatre années de la résistance, nous ne pouvons jeter dans la lutte que des hommes désarmés. Nous n'avons pas d'industrie de guerre. Nous ne pouvons produire que du courage et du sacrifice par lesquels nous restituons l'honneur de la France en même temps que nous la menaçons dans sa vie la plus précieuse. Chaque Français qui tombe dans les Vosges ajoute quelque chose à la grandeur du pays, mais diminue d'une unité sa force la plus vive.

On n'imagine pas de conflit plus déchirant et plus cruel. Bien qu'il soit dur à un peuple de demander ses armes à l'étranger, la France, ayant à choisir entre la vie et la mort, doit sauver sa vie en réclamant tous les jours de quoi armer ses soldats et de quoi utiliser leur courage en préservant le plus possible ces existences dont elle a tant besoin.

Certes, tout ce qui peut être fait pour remettre nos usines en marche doit être fait. Mais on sait assez que cela ne suffit pas. Le problème reste entier. Si la victoire devait trouver une France épuisée et sans réaction, pour nous comme pour l'Europe, cette guerre aurait été vaine. Nos Alliés doivent comprendre cela. La France ne demande pas de compassion, elle demande des armes. Et si elle les demande avec tant de fièvre et d'exigence, c'est qu'elle veut en même temps être égale à ses devoirs et sauver son avenir, et c'est qu'elle a conscience que des armes seules lui permettront de résoudre le plus tragique des problèmes qui se soient jamais posés à une nation.

15 NOVEMBRE 1944[1]

Il y a quelque chose d'irritant dans l'abondance des nouvelles qui nous présentent M. Hitler comme malade ou comme mort. Certains journaux n'hésitent pas à être affirmatifs sur ce point et les agences étrangères les y poussent par une foule de dépêches en provenance de Stockholm et qui comportent pourtant plus de points d'interrogation que d'affirmations sérieuses.

1. Éditorial. Texte dactylographié.

Quand on sait que l'Allemagne vit sous le couvercle et combien il est difficile d'en savoir quelque chose de précis, on voudrait que la presse française mette moins d'empressement à accueillir des informations dont l'intention est bonne mais l'authenticité nulle[1].

Certes, on ne peut manquer d'être impressionné en constatant que ce sont des émissions d'ordinaire très prudentes, comme celles du Home Service à Londres, qui posent la question avec le plus d'insistance. Il n'est pas douteux non plus que Himmler prend en Allemagne une importance de plus en plus grande[2]. À ce sujet, les émissions clandestines allemandes, et notamment le Volkssender, dont l'information n'est jamais hasardeuse, donnent des précisions intéressantes. Mais en confrontant toutes les nouvelles, il est seulement possible d'affirmer que Hitler se tait et que la situation de Himmler dans l'Allemagne assiégée devient de premier ordre.

Faut-il en conclure, comme on le fait avec tant de légèreté, que Hitler est immobilisé par la folie ou la maladie, et que Himmler a pris sa place. Cela est possible, mais nous n'en savons rien. Ce que nous savons ne nous permet aucune conclusion. Car cela fait déjà longtemps que Hitler se tait et pendant tout le temps de ce silence, l'Allemagne s'est pourtant battue avec détermination. Par ailleurs, il est d'un usage constant que dans les pays assiégés les

1. Camus revient à plusieurs reprises sur la vigilance nécessaire dans la diffusion des informations ; cf. « La réforme de la presse », le 1er septembre, p. 172, ou l'éditorial du 10 décembre 1944, p. 398.

2. Sur Himmler, voir l'éditorial du 30 août 1944, « Le temps du mépris », note 3, p. 166. Camus a déjà insisté sur ce silence de Hitler, dans son éditorial du 20 septembre, p. 210.

pouvoirs policiers croissent en proportion du danger. De ce point de vue, la situation de Himmler ne cessera de grandir, sans que cela puisse signifier une démission quelconque de Hitler.

Si cette démission se produisait, nous nous en réjouirions. Mais ce n'est pas à nous de l'annoncer, dans l'état actuel des informations. Au reste, que cela soit ou ne soit pas, nos devoirs demeurent les mêmes.

La diffusion constante de semblables nouvelles ne répond à aucune utilité. Notre moral n'a pas besoin d'être remonté. Il ne peut qu'être distrait par ces amusettes.

S'il s'agit au contraire d'impressionner l'Allemagne, qu'il nous soit permis de dire que ce jeu est puéril. L'Allemagne est à un point où il n'est plus question pour elle d'avoir du moral ou de n'en avoir pas. Une machine privée d'âme, remontée jusqu'à la rupture de ses ressorts et cheminant avec l'obstination et l'aveuglement du désespoir, n'a pas besoin de moral. Elle marche, jusqu'à ce qu'elle soit détruite. Et justement, il s'agit de la détruire.

Pour finir, qu'on nous laisse plaider encore en faveur d'une information sérieuse. Nous n'avons que faire des dépêches probables ou de suppositions mystérieuses. Nous avons besoin de nouvelles positives, même si elles nous sont désagréables. Les Français veulent faire la guerre et ils savent désormais qu'on peut la faire sans littérature sensationnelle. Ils ont même le sentiment qu'un certain journalisme ignore ce qu'ils sont devenus et oublie qu'il y a quelque chose de changé dans ce pays. Ils ont alors le sentiment d'être un peu méprisés et ils risquent d'en concevoir de l'impatience parce qu'ils se sentent justement le besoin de ne plus être méprisés.

16 NOVEMBRE 1944[1]

Le Gouvernement a décidé la confiscation des biens de la Société anonyme Renault[2]. On se souvient que ces usines avaient d'abord été réquisitionnées en attendant la conclusion des poursuites engagées contre Louis Renault[3]. Louis Renault est mort. Il n'a plus rien à faire avec la justice humaine.

Mais il reste la puissance financière dont il était le détenteur, et qui ne pouvait être mise au service de la nation qu'après le jugement qui aurait frappé Renault d'indignité. Ce jugement devenant impossible, fallait-il laisser cette énorme puissance aux mains de ses anciens actionnaires ?

Le Gouvernement ne l'a pas pensé. Il a estimé que ces richesses avaient autorisé assez de privilèges sans responsabilités correspondantes, et devaient servir maintenant au bien de tous. En fait, il a porté ainsi un jugement moral qui est sans recours. Nous nous sommes assez expliqués là-dessus pour qu'il soit utile d'y revenir. Mais surtout, il faut bien le voir, le Gouvernement a reconnu ainsi et ouvertement la responsabilité des actionnaires. Dans ce

1. Éditorial. Texte probable.

2. Le 24 décembre 1944, les usines Renault deviendront la « Régie nationale ».

3. Sur Renault, voir les articles des 26 et 27 septembre 1944, p. 218 et p. 222.

sens, il n'a pas établi seulement la responsabilité des individus privilégiés, comme c'était le cas dans l'accusation portée contre Renault, mais aussi celle de l'argent sous sa forme la plus anonyme.

Une société basée sur l'argent ne peut prétendre à la grandeur ou à la justice[1]. Mais elle le peut moins encore lorsque l'argent garde tous ses privilèges sans accepter de responsabilités. La décision d'hier signifie au contraire que l'argent a des devoirs, et d'autant plus grands que ses droits ont été plus exorbitants.

Qu'on nous comprenne bien. Si la nation réclame la confiscation de ces biens, ce n'est pas dans un sentiment d'envie. Il nous est indifférent, dans un sens, que des hommes soient riches et jouissent de tout ce qui est attaché à la richesse. Et s'il fallait donner ici notre sentiment personnel, nous dirions que ces pauvres vies dorées ne nous paraissent pas bien enviables.

Mais les quatre années terribles nous ont appris les rudiments d'une certaine morale. Nous savons maintenant que ceux qui ont choisi de vivre pour l'argent ne trouveront d'excuses que s'ils démontrent qu'ils acceptent les responsabilités de leurs privilèges.

En 1940, les industriels français et leurs actionnaires devaient prendre une juste idée de ces responsabilités en payant le prix le plus cher. Ils devaient résister à l'ennemi. Ils ont préféré être payés.

Lorsque nous avons, il y a déjà quelque temps, abordé le problème Renault, des lecteurs nous ont fait remarquer que des ouvriers aussi étaient partis volontairement en Allemagne pour de hauts salaires. Cela ne change rien à notre position. Car il est vrai que ces hommes aussi ont été coupables. Mais

1. Voir « L'argent contre la justice », le 21 octobre, p. 291.

leurs chefs l'étaient plus, pour la simple raison qu'ils avaient été matériellement heureux jusque-là et qu'ils perdaient la seule occasion qui leur était donnée de justifier ces bonheurs trop solitaires.

Voilà pourquoi nous tenons à dire, une fois de plus, que nous approuvons la décision du Conseil des ministres. Nous avons assez marqué combien nous étions hostiles, par exemple, à la politique financière du Gouvernement[1] pour que notre approbation d'aujourd'hui prenne toute sa force. Qu'on nous permette seulement d'ajouter que si nous nous sentons également déterminés à critiquer ce qui doit l'être et à louer ce qui le mérite, la critique nous paraît cependant une obligation amère et nous préférerions de beaucoup pouvoir toujours approuver des décisions qui, comme celle d'aujourd'hui, ajoutent à la vérité et à la force de notre jeune démocratie.

19 NOVEMBRE 1944[2]

Il faudrait essayer de voir clair dans l'affaire belge. Un conflit qui oppose le gouvernement d'un pays libre à la Résistance de ce pays doit comporter quelques enseignements pour nous, surtout lorsque s'y mêle le risque d'une intervention alliée[3].

1. Voir l'éditorial du 7 novembre, p. 332.
2. Éditorial. Texte dactylographié.
3. La crise belge est suivie avec attention par *Combat*. Il s'agit peut-être moins de s'intéresser à la politique étrangère pour elle-même que d'y chercher des enseignements pour la politique française.

Il est évident que M. Pierlot est partisan d'une politique de conservation[1]. Plus exactement, il essaie de maintenir le visage politique traditionnel de la Belgique en faisant seulement les concessions qui lui paraissent inévitables.

Il est non moins évident que les années de résistance, en Belgique comme en France, ont produit des hommes et une opinion hostiles à toute politique de conservation et désireux de consolider la libération nationale par de justes et audacieuses réformes.

Un conflit était donc probable. Il s'est produit à propos du désarmement des groupes de résistance. Il s'est rapidement aggravé. Cette douloureuse situation s'est vue portée à son comble par la déclaration du général Erskine[2] annonçant qu'il interviendrait dans le cas où des troubles viendraient porter atteinte à la sécurité militaire.

Au début, il est clair que M. Pierlot a eu contre lui la résistance tout entière, groupée autour des communistes. Hier, les socialistes se désolidarisaient pra-

1. Hubert Pierlot (1883-1963) a formé en 1939 un gouvernement catholique avec les socialistes ; après la capitulation de la Belgique, tandis que le roi Léopold III se tenait à l'écart des affaires publiques et se considérait comme prisonnier à Laaken — il sera déporté en Allemagne en juin 1944 —, Pierlot gagne Londres où il dirige un gouvernement en exil ; rentré en Belgique en septembre 1944, il forme un cabinet d'« union nationale » qui prolonge celui de Londres. Libéraux, socialistes et catholiques doivent composer avec une forte présence communiste dans le pays, et Pierlot doit en accepter dans son cabinet. Le 30 septembre, la régence est confiée au frère du roi ; la question royale sera difficile à régler, les Belges reprochant à Léopold III son entrevue avec Hitler en novembre 1940, et son attitude peu combative. Pierlot soutient l'idée que le roi doit retrouver tous ses pouvoirs après sa libération ; il démissionnera le 7 février 1945.

2. Le général anglais Erskine commande les troupes alliées qui ont libéré la Belgique.

tiquement des communistes en acceptant de rester au Gouvernement. Il est vrai que, par ailleurs, les trois ministres démissionnaires, dont deux sont communistes, signaient avec le général Erskine un communiqué commun qui tend à l'apaisement.

Il est donc probable, et nous nous en félicitons, que les choses vont momentanément s'arranger. Nous disons momentanément, car l'apaisement ne vient pas d'un accord entre les partis, mais d'une contrainte extérieure. Le gouvernement Pierlot qui se maintient au pouvoir est à cet égard dans une fausse situation. En effet, quelle est désormais son infériorité manifeste ? C'est qu'il a la force avec lui.

Autrement dit, il gouverne avec la menace de l'intervention alliée, ce qui est la plus fâcheuse position qu'on puisse imaginer pour le gouvernement d'une nation à peine libérée.

S'il faut tirer un enseignement de cette crise, on peut dire qu'un gouvernement qui parvient à se mettre dans cette position laisse à penser que sa politique manque de clairvoyance. Certains ministres de M. Pierlot ont pris des mesures très audacieuses. D'autres ont fait, au contraire, une politique de freinage. Ces ruptures d'équilibre sont les pires méfaits d'un gouvernement dit d'union nationale, lorsque cette union n'est due qu'aux circonstances et n'est pas ressentie en profondeur. Elles arrivent seulement à indisposer toutes les classes d'une nation et à n'en satisfaire aucune. En politique, il faut choisir.

Le gouvernement Pierlot a adopté, par exemple, une politique financière qui devait dresser contre lui les gros intérêts privés. Il fallait continuer et détruire ces intérêts avec l'appui de la Nation au lieu de s'arrêter en chemin et de mécontenter ensuite l'opinion populaire par des mesures qui visaient à désarmer le peuple. Aujourd'hui, les gros intérêts sont toujours debout et hostiles à M. Pierlot, alors qu'il vient, d'autre part, de s'aliéner la sympathie populaire[1]. Ce résultat n'est pas flatteur.

Il faut dire, pour finir, que les Belges, dans cette affaire, ont montré moins de discipline que nous dans une affaire similaire[2]. Le point de vue des Alliés se comprend très bien. Celui de M. Pierlot, mieux expliqué et plus adroit, aurait pu se comprendre. Celui de la résistance a aussi sa légitimité. Cela n'empêche pas que par le seul jeu d'une certaine politique, les Belges se trouvent aujourd'hui dans une situation extravagante et insupportable qu'on a peine à imaginer. Nous aimons mieux ne pas penser à ce qu'aurait été notre position si les armées alliées avaient dû se retourner contre la résistance française. C'est cette pénible situation qui nous permet de dire que même si tout le monde devait démontrer sa raison dans cette affaire, M. Pierlot a mis son pays dans un cas où il était impardonnable de le mettre.

1. Le gouvernement a ordonné le désarmement des résistants ; devant cette mesure, trois ministres ont démissionné : deux communistes et un ancien résistant ; ils demandaient également que toute la lumière soit faite sur la collaboration des industriels belges, et que les grands trusts soient nationalisés.

2. Sur le désarmement des milices patriotiques en France, voir les éditoriaux des 2 novembre, p. 315, et 3 novembre, p. 319.

21 NOVEMBRE 1944[1]

Une fois de plus, faisons le point de la situation espagnole[2]. Franco est toujours au pouvoir. Il espère y rester et, n'espérant plus le faire avec ses amis traditionnels, il essaie de le faire avec l'appui des démocraties.

Il a donc fait des avances[3]. Il a parlé de l'Espagne phalangiste comme d'une « démocratie organique » et il a eu l'idée d'un « bloc catholique » dont l'Espagne serait un des membres. Il a cru ainsi avoir fait assez de concessions pour pouvoir réclamer une place à la Conférence de la paix. Il a fait valoir alors que des nations qui avaient pu se maintenir en paix devaient être plus aptes que d'autres à s'occuper des problèmes que pose la paix.

Dans le même temps, des tractations s'engageaient pour la création d'un gouvernement espagnol de transition. Franco lui-même a fait des offres, restées vaines jusqu'ici, au parti monarchiste. Tandis qu'à Paris, un M. Maura se disait chargé par les Espagnols républicains d'engager des pourparlers avec le Caudillo. Sur ce point, l'Unión Nacional qui a son siège à Paris, vient de démentir la nouvelle, sans nommer toutefois M. Maura.

En face de Franco, on trouve les républicains espagnols et les Alliés. Les Alliés ont adopté une

1. Éditorial. Texte dactylographié.
2. Voir les articles du 7 septembre, et des 5 et 24 octobre, p. 184, 244 et 298.
3. Le 16 novembre, Franco a reconnu le Gouvernement provisoire de la République française.

politique ambiguë. Ils entretiennent des relations diplomatiques avec l'Espagne. Mgr Spilmann[1] use de son crédit en faveur de Franco, et les conservateurs britanniques ont attendu les dernières propositions du dictateur pour lui refuser tout droit moral à entrer dans la Conférence de la paix.

Mais en même temps, les Alliés favorisent l'opposition républicaine. La notion de démocratie phalangiste n'a rencontré chez eux qu'un succès d'incrédulité. Et on laisse la presse et certaines personnalités souligner que l'Espagne n'a jamais été en paix puisque par sa non-belligérance, elle a retenu des divisions françaises à sa frontière, puisqu'elle a combattu contre la Russie, et qu'elle a profité de la difficile situation de l'Angleterre pour modifier par un coup de force le statut de Tanger[2].

Les républicains espagnols, eux, sont sur le chemin de l'union. Mais ils n'y sont pas arrivés. L'organisme le plus remuant est certainement l'Unión Nacional Española, réunie récemment à Toulouse[3]. Mais de larges fractions de l'opinion républicaine, parmi lesquelles les parlementaires, les mouvements de la gauche démocratique et surtout les groupements syndicaux (C.N.T. et U.G.T.) lui dénient le droit de parler au nom de tous. Leur plus grand grief est la présence dans l'Unión Nacional, bien qu'elle soit soutenue par les communistes, de personnalités d'ancien régime, comme M. Gil Robles,

1. Mgr Spilmann est l'archevêque de New York.

2. Le statut de Tanger, établi en 1923, faisait de cette ville une zone internationale ; Franco l'a occupée entre 1940 et 1945.

3. Au cours de cette réunion, l'Unión Nacional a réclamé le rétablissement de la République, la réunion des Cortès en France, et la constitution d'un Gouvernement provisoire.

qui a quelque chose à voir avec la répression des Asturies en 1934[1].

Il est probable, en tout cas, que l'union de républicains a plus de chances de se faire autour d'hommes comme Prieto[2], actuellement au Mexique, ou Negrín[3], qui est en Angleterre. Tout cela n'empêche pas les républicains de préparer d'un même cœur la chute du régime franquiste et de s'étonner des incertitudes de la politique alliée.

Comme on le voit, il y a toujours des Pyrénées, et si nous devons souhaiter qu'il n'y en ait plus, cela ne sera possible que le jour où l'Espagne sera notre amie. Mais il faut faire quelque chose pour cela. Des lecteurs nous demandent pourquoi nous prenons parti dans l'affaire d'Espagne. C'est qu'il faut prendre parti dans certains cas, et si la France est aujourd'hui obligée de mener la guerre contre le fascisme, elle doit le faire totalement ou pas du tout. Nous faisons ce qu'il faut pour que nos informations restent objectives. Mais dans un problème où l'honneur des peuples libres coïncide avec leur intérêt, nous ne devons pas rester neutres.

Nous n'avons pas à intervenir dans les affaires d'Espagne. Nous sommes même de sentiment que

1. Gil Robles, chef du parti d'extrême droite Ceda, dont l'entrée au gouvernement, en 1934, permit effectivement la répression sanglante des mineurs d'Asturies. On sait qu'en 1936, Camus et ses camarades du Théâtre du Travail avaient écrit une pièce, *Révolte dans les Asturies*, consacrée à ces événements.

2. Indalecio Prieto y Tuero, ministre des gouvernements républicains en 1936 et 1937, était chargé de mission en Amérique du Sud, où il resta après la victoire de Franco.

3. Juan Negrín (1887-1956), ministre, puis chef du gouvernement de la République pendant la guerre civile, se réfugia en France en 1939, puis en Angleterre ; il fut chef du gouvernement républicain en exil jusqu'en 1945, et mourut à Paris.

les républicains doivent attendre le bon moment pour agir à coup sûr. Mais nous savons qu'il suffirait d'une pression diplomatique alliée pour assurer la chute de Franco et pour éviter que coule l'un des sangs les plus généreux de l'Europe. Il y aurait de la lâcheté à ne pas faire ce qu'il faut pour cela, en disant ici notre conviction impérieuse.

La France n'y perdra rien. Les seuls amis que nous ayons en Espagne sont les républicains. Mais ils sont les plus nombreux. Nous en avons ainsi 640 000 que nous n'oublierons jamais. Il y a six ans qu'ils désespèrent dans les prisons franquistes. Les républicains espagnols ont connu comme nous le malheur et la lutte sans espoir. Eux et nous sommes entrés dans une communauté de cœur et d'esprit qui ne finira pas. Nous ne voulons pas d'amis dont nous ne puissions être fiers. Et cette amitié-là nous honore autant qu'elle nous engage. La France républicaine ne peut avoir deux politiques, puisqu'elle n'a qu'une parole.

22 NOVEMBRE 1944 [1]

Faisons un peu d'autocritique. Le métier qui consiste à définir tous les jours, et en face de l'actualité, les exigences du bon sens et de la simple honnêteté d'esprit ne va pas sans danger. À vouloir le mieux, on se voue à juger le pire et quelquefois aussi ce qui est

1. Éditorial. Texte repris dans *Actuelles*, sous le titre « Autocritique », en conclusion du chapitre « Le journalisme critique ».

seulement moins bien. Bref, on peut prendre l'attitude systématique du juge, de l'instituteur ou du professeur de morale. De ce métier à la prétention ou à la sottise, il n'y a qu'un pas.

Nous espérons ne l'avoir pas franchi. Mais nous ne sommes pas sûrs que nous ayons échappé toujours au danger de laisser entendre que nous croyons avoir le privilège de la clairvoyance et la supériorité de ceux qui ne se trompent jamais. Il n'en est pourtant rien. Nous avons le désir sincère de collaborer à l'œuvre commune par l'exercice périodique de quelques règles de conscience dont il nous semble que la politique n'a pas fait, jusqu'ici, un grand usage.

C'est toute notre ambition et, bien entendu, si nous marquons les limites de certaines pensées ou actions politiques, nous connaissons aussi les nôtres, essayant seulement d'y remédier par l'usage de deux ou trois scrupules. Mais l'actualité est exigeante et la frontière qui sépare la morale du moralisme, incertaine. Il arrive, par fatigue ou par oubli, qu'on la franchisse.

Comment échapper à ce danger ? Par l'ironie. Mais nous ne sommes pas, hélas ! dans une époque d'ironie. Nous sommes encore dans le temps de l'indignation. Sachons seulement garder, quoi qu'il arrive, le sens du relatif et tout sera sauvé.

Certes, nous ne lisons pas sans irritation, au lendemain de la prise de Metz[1] et sachant ce qu'elle a coûté, un reportage sur l'entrée de Marlene Dietrich[2]

1. Metz a été libéré le 20 novembre, après de durs combats.

2. L'actrice allemande Marlene Dietrich, rendue célèbre par le film *L'Ange bleu* de Josef von Sternberg, avait quitté l'Allemagne nazie pour les États-Unis dès 1933 ; elle donna de nombreux spectacles pour les troupes alliées en campagne.

à Metz. Et nous aurons toujours raison de nous en indigner. Mais il faut comprendre, en même temps, que cela ne signifie pas pour nous que les journaux doivent être forcément ennuyeux. Simplement, nous ne pensons pas qu'en temps de guerre, les caprices d'une vedette soient nécessairement plus intéressants que la douleur des peuples, le sang des armées, ou l'effort acharné d'une nation pour trouver sa vérité.

Tout cela est difficile. La justice est à la fois une idée et une chaleur de l'âme. Sachons la prendre dans ce qu'elle a d'humain, sans la transformer en cette terrible passion abstraite qui a mutilé tant d'hommes[1]. L'ironie ne nous est pas étrangère et ce n'est pas nous que nous prenons au sérieux.

C'est seulement l'épreuve indicible de ce pays et la formidable aventure qu'il lui faut vivre aujourd'hui. Cette distinction donnera en même temps sa mesure et sa relativité à notre effort quotidien.

Il nous a paru nécessaire aujourd'hui de nous dire cela et de le dire en même temps à nos lecteurs pour qu'ils sachent que dans tout ce que nous écrivons, jour après jour, nous ne sommes pas oublieux du devoir de réflexion et de scrupule qui doit être celui de tous les journalistes. Pour tout dire, nous ne nous oublions pas dans l'effort de critique qui nous paraît nécessaire en ce moment[2].

1. Ce sera le thème des *Justes*.

2. Selon Roger Grenier, le même jour, Camus est l'auteur des quelques lignes qui suivent son article sur *Les Noces du rétameur* de Synge, sous la rubrique « La scène et l'écran » : « N.D.L.R. : L'importance de la chronique consacrée par notre collaborateur à l'œuvre de Synge nous oblige à remettre à la semaine prochaine le compte rendu de la très belle comédie de Tourgueniev, *La Provinciale*, intelligemment interprétée par Paul Oettly et Maria Casarès. »

23 NOVEMBRE 1944[1]

À lire attentivement la presse parisienne, on s'aperçoit que tout le monde en France est socialiste. C'est un phénomène que nous avions déjà noté. Du *Figaro* au *Populaire*, l'économie collectiviste connaît le même succès. M. Mauriac parle de « foi socialiste[2] ». M. Jurgensen, écrivant au nom du M.L.N., qualifie ce mouvement de « travailliste[3] », et les démocrates-chrétiens usent du même vocabulaire.

Cela est moins surprenant qu'il n'y paraît. Et ce n'est pas seulement, comme on l'a dit, parce que le glissement à gauche s'est accentué dans le pays.

1. Éditorial. Texte dactylographié.

2. Comme Camus l'avait fait le 10 novembre, Mauriac avait commenté de manière très positive le Congrès du parti socialiste (« Le bilan de quatre-vingts jours », 12 novembre) ; le 16 novembre, il a publié un article d'une longueur exceptionnelle sur « Socialistes et chrétiens », où s'exprime son désir de les voir s'unir, en renonçant à la querelle sur la laïcité et la liberté de l'enseignement pour les uns, et, pour les autres, en dépassant leur anticléricalisme ; le 22 novembre, en post-scriptum à un article sur « L'argent criminel » (dont Camus n'aurait pas désavoué les termes), Mauriac s'insurge contre une formule du *Populaire*, qui saluait en Voltaire « le destructeur des superstitions primitives perpétuées dans nos climats par la religion chrétienne », et conclut : « J'avoue que je sens ma foi socialiste défaillir devant cet Himalaya. »

3. Jean-Daniel Jurgensen est l'un des éditorialistes habituels de *France-Soir* (*Défense de la France*) ; sous le titre « L'entente cordiale », il a publié le 14 novembre un article soulignant « combien l'Angleterre et la France sont rapprochées par l'évolution qui les conduit toutes deux vers le socialisme ».

Il décrit le gouvernement travailliste anglais, et souhaite que la France prenne modèle sur l'Angleterre.

C'est surtout que les hommes de l'ancienne droite ont reconnu, pendant ces quatre ans de méditation forcée, que le problème social existait et qu'une nation ne pouvait être jeune ni forte si elle n'assurait pas le bien de tous ses enfants.

Devant cette quasi-unanimité, c'est d'autre chose qu'il faut s'étonner. Car enfin, qu'est-ce qui empêche que d'aussi larges fractions de l'opinion s'unissent pour former un grand parti libre, à majorité écrasante, et capable de faire aboutir dans un minimum de temps les réformes de structure indispensables à la renaissance française ?

Ce n'est pas assurément les querelles confessionnelles qui se font jour quelquefois dans la presse. L'idée que le problème religieux pourrait être un obstacle à ce rassemblement de bonnes volontés est une idée puérile. Quand les socialistes se plaisent à ne retenir de Voltaire que l'anticléricalisme, ils font preuve de légèreté. Et quand M. Mauriac s'en formalise, il s'impatiente trop vite.

Le problème à régler est d'une telle importance que chacun doit y mettre du sien. Il n'est pas concevable qu'une situation où l'avenir de tant d'esprits est impliqué, soit compromise par la critique de sentiments qui nous paraissent relever du cœur humain dans son destin le plus individuel.

Mais il semble bien que l'obstacle soit ailleurs. Il est probable, d'abord, que tout le monde n'emploie pas le mot de socialisme dans le même sens. Ce qu'il y a de sûr, c'est que tous sentent, plus ou moins confusément, l'urgence de la justice sociale. Ce progrès est déjà considérable.

Mais il n'est pas encore suffisant, il faut essayer de clarifier ce climat politique, à la fois si encourageant et si inquiétant.

Il nous semble qu'on peut, du moins, distinguer dans les pensées politiques qui essaient de s'exprimer en ce moment, deux sortes de socialismes : un socialisme marxiste de forme traditionnelle, représenté par les anciens partis, et un socialisme libéral, mal formulé quoique généreux, qui se traduit dans les mouvements et les personnalités issus de la résistance.

Ce dernier socialisme aurait tendance, pour autant qu'on puisse préciser son expression, à se réclamer d'une tradition collectiviste française qui a toujours laissé sa place à la liberté de la personne et qui n'a rien emprunté au matérialisme philosophique[1]. Et c'est en fait ce qui semble l'empêcher, à l'heure actuelle, de se fondre dans les formations socialistes anciennes.

Nous assistons donc à la confrontation de ces deux socialismes et tout le problème de l'heure est de savoir si cette confrontation aboutira à la constitution d'une doctrine moyenne qui serait celle d'un grand rassemblement, ou si elle permettra seulement au socialisme résistant de se clarifier et de s'exprimer sous une forme originale. Notre avis est que la France a quelque chose à gagner dans cette confrontation. Mais il semble que l'on se précipite aujourd'hui un peu trop. Au lieu de chercher à s'unir sans délai, il vaudrait mieux auparavant que chacun cherchât à bien approfondir ce qu'il veut unir. Le socialisme n'est pas une mode, il est un engagement. Il serait souhaitable, ainsi, que chacun

1. N'est-ce pas ce que l'on devait appeler, quelques décennies plus tard, le socialisme à visage humain ? Les analyses et les propositions de Camus sont d'une remarquable lucidité, rare à l'époque.

cherchât à bien comprendre ce à quoi il s'engage. On ne peut être socialiste de principe et conservateur en finances, par exemple. Le socialisme est de tous les instants et de tous les problèmes.

Si tous ceux qui cherchent honnêtement aujourd'hui la formule qui résume le meilleur de leurs aspirations voulaient bien poursuivre cet examen avec scrupule, alors peut-être un socialisme français, nourri des énergies de la liberté et des intransigeances de la justice, naîtrait enfin pour le plus grand bien du pays. Qu'on sache bien cependant qu'il n'aurait rien de nouveau et qu'il ferait seulement entrer dans l'histoire une pensée dont un certain Jules Guesde[1] a déjà fourni quelques approximations.

24 NOVEMBRE 1944[2]

Plus on y réfléchit, plus on se persuade qu'une doctrine socialiste est en train de prendre corps dans

1. Jules Guesde (1845-1922). Journaliste républicain, s'exilant pour échapper à la prison à laquelle il a été condamné pour avoir soutenu la Commune, tenté par l'anarchie, et militant actif dans la création du Parti ouvrier, qui deviendra le Parti socialiste de France, puis la S.F.I.O., il a joué un rôle important dans la diffusion du marxisme en France et il est l'auteur de nombreux textes sur le collectivisme. Face à Jaurès, il apparaît comme le chef de file des socialistes révolutionnaires et, à tort ou à raison, parce que sa vision du socialisme est essentiellement théorique, on le considère comme incarnant les valeurs les plus pures du socialisme.

2. Éditorial. Texte repris dans *Actuelles,* chapitre « Morale et politique ».

de larges fractions de l'opinion politique. Nous l'avons seulement indiqué hier[1]. Mais le sujet vaut qu'on y apporte de la précision. Car enfin, rien de tout cela n'est original. Des critiques mal disposés pourraient s'étonner que les hommes de la résistance et beaucoup de Français avec eux aient fait tant d'efforts pour en arriver là.

Mais d'abord, il n'est pas absolument nécessaire que les doctrines politiques soient nouvelles. La politique (nous ne disons pas l'action) n'a que faire du génie. Les affaires humaines sont compliquées dans leur détail, mais simples dans leur principe.

La justice sociale peut très bien se faire sans une philosophie ingénieuse. Elle demande quelques vérités de bon sens et ces choses simples que sont la clairvoyance, l'énergie et le désintéressement. En ces matières, vouloir faire du neuf à tout prix, c'est travailler pour l'an 2000. Et c'est tout de suite, demain si possible, que les affaires de notre société doivent être mises en ordre.

En second lieu, les doctrines ne sont pas efficaces par leur nouveauté, mais seulement par l'énergie qu'elles véhiculent et par l'esprit de sacrifice des hommes qui les servent. Il est difficile de savoir si le socialisme théorique a représenté quelque chose de profond pour les socialistes de la IIIe République. Mais aujourd'hui, il est comme une brûlure pour beaucoup d'hommes. C'est qu'il donne une forme à l'impatience et à la fièvre de justice qui les animent.

Enfin, c'est peut-être au nom d'une idée diminuée du socialisme qu'on serait tenté de croire qu'en

1. Cet éditorial poursuit et approfondit la réflexion entreprise la veille.

arriver là est peu de chose. Il y a une certaine forme de cette doctrine que nous détestons peut-être plus encore que les politiques de tyrannie. C'est celle qui se repose dans l'optimisme, qui s'autorise de l'amour de l'humanité pour se dispenser de servir les hommes, du progrès inévitable pour esquiver les questions de salaires, et de la paix universelle pour éviter les sacrifices nécessaires. Ce socialisme-là est fait surtout du sacrifice des autres. Il n'a jamais engagé celui qui le professait. En un mot, ce socialisme a peur de tout et de la révolution.

Nous avons connu cela. Et il est vrai que ce serait peu de chose s'il fallait seulement y revenir. Mais il est un autre socialisme, qui est décidé à payer. Il refuse également le mensonge et la faiblesse. Il ne se pose pas la question futile du progrès, mais il est persuadé que le sort de l'homme est toujours entre les mains de l'homme.

Il ne croit pas aux doctrines absolues et infaillibles, mais à l'amélioration obstinée, cahotique[1] mais inlassable, de la condition humaine[2]. La justice pour lui vaut bien une révolution. Et si celle-ci lui est plus difficile qu'à d'autres, parce qu'il n'a pas le mépris de l'homme, il a plus de chances aussi de ne demander que des sacrifices utiles. Quant à savoir si une telle disposition du cœur et de l'esprit peut se traduire dans les faits, c'est un point sur lequel nous reviendrons.

Nous voulions dissiper aujourd'hui quelques équivoques. Il est évident que le socialisme de la IIIe République n'a pas répondu aux exigences que nous venons de formuler. Il a chance, aujourd'hui,

1. *Actuelles* corrige en *chaotique*.
2. C'est là une des idées majeures de *L'Homme révolté*.

de se réformer. Nous le souhaitons. Mais nous souhaitons aussi que les hommes de la résistance et les Français qui se sentent en accord avec eux, gardent intactes ces exigences fondamentales. Car si le socialisme traditionnel veut se réformer, il ne le fera pas seulement en appelant à lui ces hommes nouveaux qui commencent à prendre conscience de cette nouvelle doctrine. Il le fera en venant lui-même à cette doctrine et en acceptant de s'y incorporer totalement. Il n'y a pas de socialisme sans engagement et fidélité de tout l'être, voilà ce que nous savons aujourd'hui. Et c'est cela qui est nouveau.

25 NOVEMBRE 1944[1]

Oui, nos armées sont sur le Rhin, Strasbourg est atteint, l'Alsace presque libérée[2]. C'est de cela qu'il faut parler aujourd'hui, nous le sentons bien. Mais quels mots pourraient rendre compte d'une victoire attendue depuis quatre ans, préparée tout au long d'un interminable silence et surgissant enfin à la voix prodigieuse des canons ? Comment parler avec assez de mesure de cette minute dont nous ne pouvons nous réjouir tout à fait, puisqu'elle n'est heureuse que pour les vivants, alors qu'elle est faite du sacrifice de tant de morts ?

Oui, nous sommes devant une victoire. Apprécie-

1. Éditorial. Texte dactylographié.
2. La 2ᵉ Division blindée de Leclerc est entrée à Strasbourg le 23 novembre au soir.

t-on ce que cela peut signifier pour une génération qui n'a jamais connu que la défaite et qui doit, aujourd'hui, reconnaître, mesurer, évaluer cet événement bouleversant qui s'appelle une victoire ? Et nous savons bien que l'on peut dire que c'est la victoire du matériel, de la stratégie ou du temps. Mais on nous excusera de dire que rien de tout cela n'a de sens pressant pour nous. Dans toutes ces oriflammes, ces communiqués vainqueurs et ces mains tendues, nous ne voyons que la victoire d'un peuple[1].

Cela seul a du sens pour nous. Car cet élan qui a poussé la jeune armée française plus loin que les objectifs désignés est le même que celui qui a fait réussir une insurrection parisienne que les sages avaient d'avance condamnée, le même que celui qui a incité un peuple à refuser la démission dans les heures les plus désespérées.

De cela du moins nous pouvons être contents. Nous avons bien des raisons d'amertume ou de découragement. Il n'est pas toujours facile de faire quelque chose avec les hommes. Ils ne sont pas toujours drôles ni faciles à vivre. Mais un peuple, une communauté en lutte, nos camarades acharnés à vaincre parce qu'ils savaient avoir raison, ce sera la justification de notre temps. Quoi qu'il en soit de l'avenir, il est des heures que nous n'oublierons plus.

Mais du même coup, sachons reconnaître que toute victoire garde un visage grave. Parce qu'elle engage d'autres victoires et parce qu'elle demande à être méritée, naturellement. Mais surtout parce que

1. Camus retrouve les accents des premiers éditoriaux du mois d'août ; mais la gravité — et la profondeur — de sa réflexion tranche quelque peu avec les cris de victoire de l'ensemble de la presse.

la victoire d'un peuple ne va jamais sans le sang de ce peuple. Et qu'il a fallu une longue suite de corps remplis de balles dans les cours des prisons, le long des murs de France et sur les routes de l'Alsace pour permettre qu'un cri de liberté jeté en 1940, quelque part au centre du pays, face aux fusils allemands, vienne retentir aujourd'hui dans un Strasbourg couvert de drapeaux neufs.

Oui, sachons reconnaître que victoire n'est pas un mot heureux.

C'est un mot comme tous les mots humains, qui prend son sens à la douleur comme à la joie. C'est la raison que nous avons de l'accueillir aujourd'hui avec, en même temps, la gratitude de cœurs trop longtemps privés de fierté et le silence que nous devons à ceux qui ont justifié, de juin 1940 à novembre 1944, la peine que les hommes prennent à vivre depuis si longtemps.

26 NOVEMBRE 1944[1]

Nous y sommes : le sang belge a coulé dans Bruxelles, pourtant libérée[2]. Nous n'avions pas de mérite à prévoir dans notre article sur la crise belge

1. Éditorial. Texte dactylographié.

2. Le même jour, *Combat* annonce : « Sanglants incidents à Bruxelles entre la police et les manifestants. Trente-six blessés dont plusieurs gravement atteints. » La manifestation est organisée par le Front de l'indépendance, un des groupes les plus importants de la Résistance ; elle est autorisée, mais les manifestants pénètrent dans la zone des ministères, qui leur avait été interdite.

que l'accord, un instant réalisé, ne pouvait être que provisoire[1]. Il avait été conclu sous la menace d'une intervention alliée. Et ce n'est pas la contrainte qui fait durer les accords, c'est la liberté.

Du moins, l'arrangement qui était intervenu entre le gouvernement Pierlot et le parti de la résistance aurait pu être suivi de concessions mutuelles. Il aurait alors permis à la Belgique d'attendre une époque moins cruciale pour la stratégie alliée. Ses problèmes politiques auraient pu être posés ainsi dans le climat de liberté, hors duquel ils seront toujours faussés.

Il n'est pas commode, à l'heure actuelle, de connaître les dessous de la situation. Mais si l'on s'en tient aux nouvelles officielles, il est difficile de ne pas regretter qu'elles aient laissé seulement paraître la rare obstination du gouvernement Pierlot à persévérer dans une politique de force.

Officiellement, en effet, la résistance belge a beaucoup cédé. Les socialistes n'ont pas voulu se désolidariser de M. Pierlot, les trois ministres démissionnaires ont signé un accord avec le général Erskine, et les mouvements ont engagé leurs membres à céder leurs armes.

En retour, le Gouvernement a autorisé des manifestations dans un périmètre limité. Mais en même temps, et toujours officiellement, le ministre de la Guerre recevait des pouvoirs dictatoriaux. Il avait le droit d'interdire toute réunion, de contrôler ou de retenir la correspondance privée, de prendre des mesures d'internement administratif et, pour finir, de censurer tout imprimé de nature à porter atteinte au moral de la nation.

1. Voir l'article du 19 novembre, p. 354.

Ces pouvoirs, par leur étendue et dans les formules mêmes qui les exprimaient, nous rappellent des réalités encore trop proches pour que nous ne puissions imaginer l'effet qu'ils ont dû avoir sur le peuple belge. Essayons seulement de nous représenter une situation politique où M. Diethelm[1] se trouverait tout d'un coup investi du pouvoir de supprimer nos réunions et d'ouvrir nos lettres, et où la presse se verrait interdire toute opposition. Des hommes qui sortent de quatre ans de lutte contre la tyrannie et qui se voient soudain gouvernés de la même manière par le gouvernement de leur choix, ont quelque raison de perdre leur sang-froid. Quand on reçoit les balles de ce qui devrait être la liberté, on regrette celles de la tyrannie, parce que, du moins, on les trouve plus franches. Et on comprendra mieux encore ces hommes si on les imagine contraints au silence pour des raisons de stratégie qu'ils ne peuvent pas ne pas comprendre, mais qui font sur leur colère l'effet d'un couvercle sur la vapeur d'une eau bouillante.

Le couvercle a sauté. Les policiers et le peuple se sont heurtés. Cette douloureuse situation est plus que regrettable. Et tous les bons esprits diront que le peuple aurait dû se tenir tranquille. Mais sans vouloir entrer dans la polémique et sans faire appel aux raisons que n'importe quel homme de la résistance porte aujourd'hui dans son cœur à l'annonce de ces nouvelles, il est possible, au moins, de raisonner en bonne logique.

1. Commissaire à l'armée de terre à Alger, André Diethelm est ministre de la Guerre dans le Gouvernement provisoire de la République française.

Même si cela est regrettable, il faut convenir que la politique ne peut se faire avec l'idée que les hommes doivent se conduire en saints. Il eût fallu que le peuple belge ne comptât que des saints et des héros stoïques pour choisir la discipline et le silence forcé. Gouverner consiste à mettre les hommes dans une position telle que la discipline ne leur paraisse pas au-dessus de leurs forces. De ce point de vue, l'expérience belge peut servir d'exemple à tout gouvernement démocratique qui s'interdit, par essence, le recours total à la force, et qui ne dispose alors que de la fermeté, éclairée par une juste idée de l'homme.

De ce point de vue encore, il paraît difficile de dire que M. Pierlot ait gouverné. Beaucoup parmi nos camarades de la résistance écriront simplement que cette politique a été criminelle, et il est vrai qu'il nous faudrait un effort pour les contredire. Mais, pour rester dans la mesure, il suffit bien de juger qu'une politique se condamne elle-même quand, à force d'aveuglement et d'entêtement, elle parvient à acculer une nation aux solutions qui sont justement les plus contraires à ses intérêts mêmes de nation[1].

1. En décembre, l'envoyé spécial de *Combat* à Bruxelles, Paul Bodin, notera que l'agitation politique a cessé, mais que le mécontentement persiste ; et Pierlot déclarera qu'il reste au pouvoir, parce que personne n'en veut. Il devra démissionner en février 1945.

28 NOVEMBRE 1944[1]

De tous les côtés nous revient le malaise produit chez les militaires algériens[2] par l'ignorance et l'incompréhension qu'ils rencontrent dans la Métropole. Tout le malentendu semble venir du fait que les Français croient avoir affaire à une armée de métier et que certains d'entre eux se laissent quelquefois aller jusqu'à prononcer le mot de mercenaires.

Il convient donc de préciser les choses et de rafraîchir quelques mémoires. L'armée qui a été levée en Afrique du Nord par le gouvernement provisoire comporte, bien entendu, des éléments de métier. Ils ont fait leurs preuves et il semblerait convenable de les traiter selon ce qu'on leur doit.

Mais cette armée compte surtout, dans sa grande majorité, des éléments de réserve qui ont été mobilisés et qui, depuis l'Italie, par la Tunisie, la Corse et le Midi, n'ont cessé de se battre pour arriver aujourd'hui dans les Vosges.

Le sort de ces Africains du Nord, qu'ils soient français ou musulmans, mérite qu'on s'y attache. Les troupes levées en Afrique du Nord n'ont pas cessé, pendant ces deux guerres, et à des milliers de kilomètres de leur pays, de prendre la plus large part au combat commun[3]. Et l'Algérie a toujours eu

1. Éditorial. Texte très probable.

2. On notera que l'appellation de « militaires algériens » rassemble ceux que Camus appelle un peu plus loin « français ou musulmans ».

3. Voir l'article des 13-14 mai 1945, « Crise en Algérie », p. 519, où Camus rappelle que « des centaines de milliers d'Arabes viennent de se battre durant deux ans pour la libération de notre territoire ».

un juste sentiment de ce que la France lui devait sur ce point.

Les populations métropolitaines seraient bien inspirées de se souvenir de cet état d'esprit. Les soldats qu'elles rencontrent dans les Vosges sont la plupart du temps des civils qui ont quitté leur pays et leur famille pour défendre une cause qu'ils ont l'habitude de défendre. Cela doit suffire pour que la France les accueille comme ils le méritent avec une idée précise de ce qu'ils ont fait et de ce qu'ils font encore.

Aucun militant de la Résistance ne s'aviserait de traiter ces hommes avec légèreté. C'est que la Résistance a aujourd'hui l'expérience du courage et du sacrifice. Elle sait les reconnaître là où ils sont. Et nous pouvons témoigner que, s'il est un lieu où ils ont toujours été, c'est dans cette armée d'Afrique dont aucun Français ne doit ignorer le vrai visage.

29 NOVEMBRE 1944 [1]

À peine libre, l'Europe remue. La Belgique, l'Italie, la Pologne, la Grèce[2] aussi, à un moindre degré, se trouvent devant des problèmes qui semblent les dépasser. Et quand même elles seraient capables de les régler seules, on ne les laisserait pas faire. La politique intérieure de chaque État a trop d'influence sur la conduite de la guerre pour que les nations belligérantes ne s'y intéressent pas.

1. Éditorial. Texte dactylographié.
2. La situation de la Grèce deviendra rapidement critique ; voir éditorial du 9 décembre 1944, p. 394.

À quoi bon se boucher les yeux ? Le commandement anglais se propose d'intervenir contre la résistance belge[1]. L'Angleterre pose des conditions à la constitution d'un nouveau gouvernement italien[2]. La Russie et la Grande-Bretagne interviennent dans les affaires de la Pologne que les États-Unis abandonnent à son sort[3]. Disons donc ouvertement que ces nations ne sont pas encore souveraines, même si nous devons ajouter que cela est provisoire. Ces servitudes trouvent leur légitimité dans l'état de guerre, mais il ne servirait de rien de ne pas les appeler servitudes.

À voir ainsi le problème dans sa cruauté, on se prépare mieux à en recevoir les enseignements. Car enfin, toutes ces crises européennes se ressemblent. De vieilles équipes revenues au pouvoir n'accordent pas leur politique aux aspirations que la misère et l'oppression ont fait naître chez les peuples. Ces vieilles équipes sont appuyées par les commandements alliés. Et pour tout dire d'un mot, on assiste, par personnes interposées, à un conflit latent entre la résistance européenne et les armées de la libération. Cela peut sembler terrible à écrire, mais cela est.

Qui donc a tort ou raison ? Certes, il est possible de dire que la résistance se montre trop pressée, que la guerre a ses lois et qu'il faut la terminer avant d'entreprendre de trop vastes réformes. Cela

1. Voir éditoriaux des 19 et 26 novembre, p. 354 et 372.

2. Les Alliés se sont opposés à la nomination du comte Sforza comme ministre des Affaires étrangères en Italie.

3. En Pologne, avec le soutien de l'U.R.S.S., s'est mise en place une forme de gouvernement, le Comité de Lublin, qui ignore le gouvernement polonais en exil à Londres. Voir l'éditorial du 3 janvier 1945, p. 447.

est vrai. Mais les problèmes posés par la libération dans chaque pays ne peuvent pas attendre et c'est à leur propos que le conflit s'aggrave.

C'est tout de suite qu'il faut manger et c'est tout de suite que le monde doit être juste. Pour la France comme pour l'Europe, le drame est d'avoir à mener en même temps une guerre et une révolution[1].

Il faut y parvenir au moindre prix, voilà toute la question. C'est pourquoi ceux qui ont la tâche de diriger ce monde ne devraient jamais oublier que cette guerre n'est pas une guerre de conquête ni de gloire.

C'est une convulsion européenne qui pose autant de problèmes sociaux que de questions stratégiques. On ne désire jamais la liberté sans exiger du même coup la justice. Et pendant ces quatre années où la liberté a été le seul pain de peuples affamés, leur soif de justice s'est accrue d'autant. L'Europe n'a plus de patience en réserve.

Il faut donc la traiter comme ce qu'elle est, tenir compte de son épuisement et de son irritabilité. Et la plus sûre manière d'accroître son impatience, c'est encore de lui imposer des usages et des hommes dont elle ne veut plus. Les maux de la guerre ne se guérissent pas avec les médecins du temps de paix. La victoire est le premier des buts. Mais elle n'est pas le seul. Et la victoire sans la justice ne serait pour tous ces peuples qu'une vaste dérision.

Il est sans doute réconfortant de penser que la France échappe aujourd'hui à ces malheurs inutiles. Mais il serait dangereux de nous endormir. La France

1. Depuis ses premiers articles d'août 1944, Camus est revenu à plusieurs reprises sur cette idée essentielle.

est souveraine parce qu'elle se bat. On lui parle sur un ton d'égalité parce que tous les jours des Français meurent pour des victoires évidentes. Cela lui permet de résoudre ses problèmes comme elle l'entend. Mais il n'empêche que ces problèmes ne sont pas résolus, que la justice sociale reste à faire et que nous nous préparons des lendemains décevants si nous ne tirons pas les conclusions qui conviennent des crises qui déchirent les autres pays.

La résistance européenne, même si elle le fait maladroitement, exprime l'espoir et l'exigence des peuples européens. C'est cette exigence qui est aujourd'hui contrecarrée pour des raisons de stratégie militaire. Mais, puisque nous sommes soustraits à ces servitudes, sachons du moins démontrer que cette exigence n'est pas combattue pour d'autres raisons que stratégiques. Ce privilège que nous avons conquis nous crée un immense devoir, celui de donner aussi vite que possible une forme, qui sera en même temps un exemple, à l'espoir commun de tous ces peuples impatients.

30 NOVEMBRE 1944[1]

Le ministère de l'Information prépare un arrêté réduisant de vingt-cinq pour cent le tirage des journaux parisiens.

Cela fait des mois que cette réduction nous me-

1. Éditorial. Texte très probable ; l'éditorial du lendemain 1er décembre, qui est dactylographié, est en continuité directe avec celui-ci.

nace. Cela fait des mois, que preuves en main, la Fédération de la Presse démontre au ministre que sa décision n'est pas fondée. Le manque de pâte à papier, la pénurie de charbon et de transports ont été successivement invoqués. La Fédération a successivement appris à l'Information qu'il existait de la pâte à papier à Rouen, que les mines du Nord tenaient du charbon à notre disposition et que la S.N.C.F. se déclarait capable de le transporter. Aujourd'hui, on arrête que la production est déficitaire de mille tonnes par mois, sans faire allusion aux cinq mille tonnes achetées en Suisse par M. Mendès France[1], en accord de clearing.

Dans le même temps, on a autorisé des journaux à paraître et on annonce qu'avec un nouveau nom et de mystérieux capitaux, *Le Temps* va nous revenir[2]. D'autre part, on se montre incapable de réglementer la presse de province. À Nice, les quotidiens

1. Pierre Mendès France (1907-1982). Radical socialiste, député de l'Eure, secrétaire d'État dans le second gouvernement Blum en 1938 ; en juin 1940, il fait partie des parlementaires qui tentent de gagner le Maroc sur le *Massilia*, et considéré comme déserteur par le gouvernement de Vichy, il est arrêté, mais il s'évade et rejoint la France libre à Londres en 1942, où il sert comme officier aviateur. Il est nommé par le général de Gaulle commissaire aux Finances dans le Comité français de Libération nationale, ministre des Finances dans le G.P.R.F. à Alger, puis, à Paris, en septembre 1944, ministre de l'Économie nationale ; son plan d'austérité financière ayant été rejeté, il démissionnera en janvier 1945. On sait que si Camus revient au journalisme en mai 1955, à *L'Express*, c'est pour apporter son soutien au retour de P. Mendès France au pouvoir, avec l'espoir qu'il saura régler le problème algérien, comme il a su négocier la paix en Indochine et l'autonomie de la Tunisie, lorsque, entre juin 1954 et février 1955, il était président du Conseil. Voir *Albert Camus éditorialiste à* L'Express *(mai 1955-février 1956), op. cit.*

2. Ce sera *Le Monde*, dont le premier numéro paraîtra le 19 décembre 1944.

cessent de paraître, faute de papier, tandis qu'à Toulouse les tirages ne sont l'objet d'aucune limitation.

Nos lecteurs savent que *Combat* a montré sa modération en ce qui concerne le problème de la presse. Nous n'avons jamais participé à la surenchère des tirages, nous n'avons jamais invoqué notre vente pour réclamer ce qu'on ne nous donnait pas. Nous avons accepté avec discipline les limitations imposées. Mais la réduction envisagée aujourd'hui nous menace dans notre vie même. Et notre modération d'hier nous autorise, aujourd'hui, à élever la voix et à appeler les choses par leur nom[1].

Une telle mesure, qu'on le veuille ou non, revient à priver la résistance de ses organes d'expression. Elle n'a pu être conseillée que par des intérêts hostiles à la résistance et à son désir de réformes. C'est cela que nous ne supporterons pas.

De bons esprits nous diront que nous défendons seulement les intérêts d'une fraction. Cela est vrai. Mais nous pensons que les intérêts de cette fraction sont ceux du pays tout entier. S'il est vrai que nous sommes menacés depuis des mois, nous ne sommes pas les seuls. En France comme dans toute l'Europe libérée, l'offensive contre la résistance est commencée. Mais cette offensive est aussi celle des forces de réaction contre la volonté populaire de rénovation. Les hommes de la résistance ont le mauvais goût de ne pas vouloir ressembler à tous les combattants de toutes les guerres qui, rentrés chez eux, se sentaient trop fatigués pour veiller encore au salut de ce qu'ils avaient défendu. La résistance a le tort de ne pas écouter sa fatigue et de s'intéresser à un pays

1. Cf. éditorial du 11 novembre, et note 1, p. 343.

dont on voudrait bien qu'elle se détournât. C'est pour cela qu'elle est attaquée.

C'est aussi pour cela qu'elle se défendra. Nous ne sommes pas toujours d'accord avec tous nos confrères. Mais sur ce point notre solidarité est totale.

Si l'on nous dit que nous défendons des positions acquises, nous ne nous donnerons pas la peine de répondre la vérité qui est que nous abandonnerions volontiers ces positions si enviées pour aller cultiver notre jardin. C'est un autre langage que nous tiendrons. Oui, nous défendons les positions de la résistance et nous ferons ce qu'il faut pour garder la parole, jusqu'à ce que le peuple de ce pays se soit prononcé. Notre combat n'a pas cessé le jour de la libération. Il continue[1] et ce ne sont pas les forces de réaction, l'argent ou les bureaux qui nous empêcheront de porter notre témoignage. Seul le peuple français, dans sa libre expression, au jour des élections, nous dira si le temps du silence a commencé pour nous. En attendant, nous tiendrons nos positions, en effet. Parce que c'est à partir d'elles que nous pourrons veiller à ce que les leçons de la défaite et de la victoire ne soient pas trahies, détournées ou falsifiées par des intérêts que nous méprisons et que nous voulons détruire.

Si le ministère de l'Information veut la rupture avec la presse, il est assuré de l'avoir. La résistance, nous l'avons dit à maintes reprises, n'a jamais prétendu avoir des droits exclusifs. Mais en retour, il ne faut rien exagérer. Et nous commençons à être fatigués de voir faire le procès d'hommes qui ne reconnaissent pas d'autres juges que le pays.

1. Cf. le premier éditorial de Camus : « Le combat continue... », p. 148.

La résistance a donné toutes les preuves possibles de sa patience, de sa discipline et de sa modération. Mais elle ne saurait aller plus loin sans démentir le plus pur d'elle-même. Il y a des principes que nous ne laisserons pas toucher. Et nous ferons la preuve, quand cela sera nécessaire, que l'objectivité n'exclut pas l'énergie.

1er DÉCEMBRE 1944[1]

Le problème de la presse, que nous avons abordé hier, n'offre qu'un des aspects de cette offensive contre la résistance, dont il faut bien que nous prenions conscience. Cette offensive est moins évidente chez nous qu'ailleurs. Mais elle n'en est pas moins dangereuse.

Il est vrai que les hommes de la résistance ne sont pas des saints, et cela est heureux, car nous n'avons que faire d'une nation de saints. Ils prêtent le flanc à la critique. Ici du moins, nous avons toujours reçu cette critique avec la considération qu'elle méritait. Au besoin, nous y avons ajouté, parce que nous considérions que la résistance avait plus de devoirs que de droits et qu'elle avait tout à perdre en devenant une secte.

Mais aujourd'hui, il ne s'agit pas de critique, ni de cet effort de correction mutuelle, où les membres d'une communauté trouvent le principe de leur progrès. Il s'agit d'une bataille qui est menée sur

1. Éditorial. Texte dactylographié.

tous les plans contre des hommes ou des idées dont on commence à juger qu'ils menacent un certain ordre.

La résistance, en effet, était ignorée par beaucoup de Français, et surtout par ceux qui n'avaient jamais rien fait pour elle. Quand on a vécu l'insurrection de Paris, on sait bien que le calme qui régnait alors dans ce qu'on appelle les quartiers riches, était à la fois celui de l'ignorance et de l'indifférence. Les hommes qui n'aiment pas que le monde change quand le monde leur est favorable ont pu croire un moment que la résistance était seulement un groupe de patriotes français qui s'étaient mobilisés eux-mêmes. Ils étaient disposés à lui sourire.

Elle était cela, en effet. Mais elle est devenue quelque chose de plus. Une force de rénovation qui a conçu l'idée d'une France juste, en même temps qu'elle forgeait une France libre[1]. Les hommes qui n'aiment pas que le monde change ont le sentiment, aujourd'hui, d'avoir été trompés. La libération de la France signifiait seulement pour eux le retour aux menus traditionnels, à l'automobile et à *Paris-Soir*[2]. Que la liberté vienne vite et que nous soyons enfin médiocres et puissants à notre aise !

Mais la résistance prétend qu'il ne faut pas se reposer, que tout reste à faire et que le combat continue[3]. Elle dit qu'il faut accepter d'être pauvre pour que le pays soit riche, consentir aux privations pour qu'un peuple reçoive enfin le nécessaire. Mais la

1. On retrouve dans ce texte les idées-forces de « De la Résistance à la Révolution » (21 août), p. 151.

2. Sur *Paris-Soir*, voir « La réforme de la presse », le 1er septembre 1944, note 1, p. 174.

3. Ici encore, on reconnaît là le titre du premier éditorial de Camus, le 21 août.

résistance finit par se dire socialiste. Il y a eu malentendu.

C'est ce malentendu qu'on veut faire payer à la résistance. On veut se reposer[1], on veut garder ses privilèges : l'offensive a commencé. Il ne nous reste donc plus qu'à accepter la lutte. Cela tombe bien, justement. Nous commencions à être lassés de ces continuelles attaques contre ce qu'on appelle une fraction du pays, oubliant ce que le pays doit à cette fraction.

La résistance commençait à être fatiguée de s'entendre dire qu'elle en faisait trop aujourd'hui et pas assez demain, qu'elle était un parti unique et qu'elle croulait pourtant sous les divisions. Avec quelle bonne grâce, pourtant, elle a reçu tout cela, avec quel désir louable d'objectivité et, en somme, quelle jeune timidité !

Elle était disposée à pardonner à la médiocrité et aux intérêts. Il suffisait que la première voulût bien ne pas être agressive, et que les seconds consentissent à apercevoir que l'intérêt des intérêts est quelquefois de se taire et de concéder ce qu'il faut. Il y fallait peu de chose, nous ne sommes pas si avides de destructions qu'on le dit dans certains milieux. Au contraire. Quand on a le désir passionné de l'union, il faut bien se résigner à faire quelque chose pour les médiocres et les cupides, chacun sait qu'ils sont beaucoup. Mais si les cupides se montrent assez aveugles et assez obstinés pour entamer la lutte et pour freiner stupidement ce qui ne peut plus être freiné, alors ils doivent être écrasés. Et ce n'est pas au nom d'un droit que nous disons ceci, mais au nom d'un devoir qui continue.

1. Cf. l'éditorial du 29 octobre, qui opposait le désir de repos et « le goût de l'honneur », p. 309.

C'est cela que la résistance est en train de comprendre. Et peut-être est-il salutaire que les gens d'en face l'y aient aidé. Cela rappelle à ces hommes qui, pendant quatre ans, ont été fous de liberté et de justice, qu'il ne faut pas oublier dans les actions de grâces la révolution à faire. Un chef d'État qui avait une juste idée de ce qu'est une situation révolutionnaire disait, au lendemain d'un grand succès politique : « Premièrement, ne pas chanter victoire. Deuxièmement, anéantir l'ennemi car il n'est que battu et non exterminé. Troisièmement, ne se glorifier que lorsqu'on est arrivé au but, et quand on est arrivé là, c'est inutile. »

Nous savons aujourd'hui que l'ennemi doit être exterminé et nous voulons arriver à ce but où la victoire peut se passer d'être chantée.

3 DÉCEMBRE 1944[1]

Le général de Gaulle s'est entretenu avec le maréchal Staline[2]. Tous les commentaires de la presse sont unanimes : l'alliance russe est vitale pour la

1. Éditorial. Texte dactylographié.

2. Staline (1879-1953) est le chef incontesté du parti communiste et maître absolu de l'U.R.S.S. depuis 1929, après la mort de Lénine et l'élimination de Trotski ; en dépit du pacte de non-agression germano-soviétique (23 août 1939), Hitler attaqua l'U.R.S.S. en juin 1941 ; après les premières victoires allemandes, et le long siège de Stalingrad (septembre 1942-février 1943), l'U.R.S.S. reconquit son territoire, et Staline, reconnu par Churchill et Roosevelt comme un allié incontournable, participa à toutes les conférences sur la préparation de l'après-guerre.

France, parce qu'elle lui permet de régler le problème allemand[1]. Tous les commentateurs ont également approuvé le ministre français des Affaires étrangères[2] lorsqu'il s'est prononcé contre la formule d'un bloc occidental qui pourrait s'opposer à un bloc oriental.

Certains commentateurs ont même cru pouvoir dire que la France devait, au contraire, servir de trait d'union entre l'U.R.S.S. et les démocraties occidentales. Mais la presse soviétique les a démentis en affirmant que l'U.R.S.S. n'avait pas besoin de trait d'union avec la Grande-Bretagne et qu'elle était assez grande pour maintenir toute seule les contacts qui lui étaient nécessaires. De cette petite divergence, nous tirerons seulement qu'il faut peser ses mots, surtout lorsqu'on écrit dans la bonne volonté et l'enthousiasme.

Mais ceci mis à part, la situation est sans ambiguïté. La France a des raisons personnelles de souhaiter l'alliance russe, puisqu'elle a des raisons personnelles de vouloir que l'Allemagne soit toujours surveillée sur deux frontières. Il y a, de plus, des raisons générales pour préférer à la politique des blocs une politique d'entente européenne qui réduise au maximum les rivalités nationales.

Pour tout cela, les entretiens de Moscou ne paraissent pas devoir apporter de surprises considérables. Le général de Gaulle y exprimera le désir de la France de réaliser une entente complète et dura-

1. Les entretiens ont lieu à Moscou du 2 au 6 décembre 1944 ; les accords seront signés le 10 décembre par les ministres des Affaires étrangères. Voir le commentaire de Camus dans l'éditorial du 18 décembre, p. 414.

2. Il s'agit de Georges Bidault.

ble avec l'U.R.S.S. S'il en rapporte les éléments de notre politique étrangère de demain, qui sera basée sur une double et perpendiculaire alliance avec l'U.R.S.S. et les États occidentaux, il aura réglé un grand problème et paré ainsi aux nécessités immédiates. Nous pourrons nous en réjouir.

Mais nous sera-t-il permis de dire que nous souhaitons davantage ? Nous souhaitons qu'à ces succès immédiats, la France en ajoute d'autres qui soient encore plus significatifs et mieux chargés d'avenir. Si nous refusons la politique des blocs, c'est que nous répudions la politique de balance, les jeux compliqués d'alliances et d'intérêts, qui n'ont jamais cessé de mener l'Europe à la guerre. Ce serait dans la logique même de cette attitude que de parler à Moscou, non pas encore de cette fédération européenne qui demandera du temps, mais, plus modestement, de l'aspect international du problème européen.

La politique ne se fait plus aujourd'hui sans l'économie. Or, il n'est pas un seul problème économique du moment qui ne soit international. Tous les pays d'Europe dépendent étroitement les uns des autres dans leur production comme dans leur consommation. Nous savons aujourd'hui que nous sommes solidaires, dans la vie et dans la mort. Nous savons que la faim d'un peuple voisin est une menace pour nous, comme peut l'être aussi une excessive puissance économique. À une économie internationale, il n'est pas possible de faire correspondre seulement des politiques nationales.

Si ces politiques nationales sont aujourd'hui inévitables, il faut pourtant que dans l'avenir les systèmes d'entente européenne reflètent cette interdépendance et cette solidarité.

Pour prendre un exemple concret, si à Moscou, comme dans toutes les conférences où se joue le sort de l'Europe, il était possible d'aborder, puis de préciser le problème des matières premières, pour conclure enfin à la nécessité de leur internationalisation, la paix du monde aurait fait un grand pas. Le jour où seront jetées les bases d'une fédération économique de l'Europe, la fédération politique sera alors possible[1].

Naturellement, ce n'est pas en quelques heures d'entretien que ces problèmes seront réglés. Mais si la France et l'U.R.S.S. pouvaient être les premières à prononcer les mots qu'attendent depuis des années tous les esprits avertis du continent, ce serait pour nous une raison de fierté et de confiance.

5 DÉCEMBRE 1944[2]

Il y a entre M. Mauriac et nous une sorte de contrat tacite : nous nous fournissons réciproquement des sujets d'éditoriaux. Cela tient peut-être à ce que son action et la nôtre sont semblables, et sûrement à ce que nos tempéraments diffèrent. Bien entendu, nous n'y voyons que des avantages. La libre discussion permet de rectifier et de préciser des positions qu'on a trop souvent exprimées dans la hâte. Nous avons tous à y gagner.

1. On ne peut manquer d'être frappé par la lucidité de cette remarque... qui reste d'actualité !
2. Éditorial. Texte très probable, qui continue l'échange avec François Mauriac.

La question est de savoir si de tels échanges peuvent intéresser les lecteurs, quelquefois de bons esprits nous disent en mauvais style que non. Il arrive aussi que nous en doutions nous-mêmes. Aujourd'hui, l'article de M. Mauriac, paru dimanche dans *Le Figaro*[1], se rencontre avec un courrier considérable concernant la Résistance. Il faut donc nous expliquer.

M. Mauriac nous reproche de déclarer qu'une offensive contre la Résistance se dessine et de considérer en même temps que les mesures prises par deux de nos ministres font partie de cette offensive. Selon lui, nous ne devrions pas critiquer des ministres issus de la Résistance. Nous pensons, au contraire, que nous devons le faire. Car il s'agit seulement de critiques et non, comme le dit M. Mauriac, d'accusations.

On peut nous faire confiance : nous ne procéderons jamais par allusions. Si nous venions à le penser, nous écririons en toutes lettres que MM. Teitgen[2] et Lacoste[3], grisés par le pouvoir, ont fini par tourner

1. Dans *Le Figaro* des 3-4 décembre, sous le titre « La vocation de la Résistance », Mauriac a cité « l'éditorialiste de *Combat* », qui a vu dans les mesures décidées par le ministère de l'Information « un des aspects de l'offensive contre la Résistance » — phrase tirée de l'éditorial du 1er décembre. Mauriac a défendu nommément Teitgen et Lacoste, en rappelant leur proche passé de résistants, et a demandé à la Résistance de faire confiance aux hommes d'État issus de ses rangs.

2. Les décisions de Pierre-Henri Teitgen, ministre de l'Information, ont jusque-là été commentées de manière très positive par Camus et *Combat* ; voir éditorial du 29 octobre, p. 377.

3. Robert Lacoste est ministre de la Production. Résistant, membre de la S.F.I.O. et de la Commission administrative de la C.G.T., il continuera sa carrière politique en participant à différents gouvernements socialistes — dont celui de Guy Mollet en 1956 comme ministre résidant en Algérie entre 1956 et 1958.

le dos à leurs camarades de la Résistance. Nous ne l'avons pas écrit parce que nous ne le pensions pas. M. Mauriac ne doit donc pas nous le faire dire.

Mais il reste que des ministres résistants peuvent prendre des mesures qui affaiblissent l'effort de rénovation tenté par la Résistance. M. Mauriac ne doit pas ignorer que les ministères sont encore encombrés d'hommes qui n'ont de républicain que l'emploi. Ce sont ces hommes que gênent la Résistance et sa presse. Tout bien pesé, nous avons choisi de dénoncer cet état de choses.

Aussi bien, MM. Teitgen et Lacoste ne s'effraieront pas d'entendre un langage rude. Ils en ont vu d'autres. Mais de savoir que ce langage est tenu par leurs camarades mêmes les fera peut-être réfléchir. Un ministre ne peut être partout. Il ne peut tout concevoir ni tout surveiller, il arrive qu'il se contente de signer. Il faut bien, alors, qu'on lui dise ce qui n'est pas à signer. La camaraderie de la Résistance n'est pas faite d'admiration mutuelle. Elle ressemble plutôt à cet amour lucide dont M. Mauriac a très bien parlé. Elle a son discours, qui est celui de la vérité.

Mais il faut bien voir que la question est encore plus vaste. En somme, ce qui nous sépare de M. Mauriac, c'est qu'il trouve que le Gouvernement a fait assez en politique intérieure, et que nous ne le pensons pas.

Nous attirons simplement l'attention de notre contradicteur sur ce point qu'en politique intérieure, et dans certaines circonstances, ne pas faire assez expose à ce qu'un jour on en fasse beaucoup trop. Ce sont là nos raisons. Et, pour tout dire d'un mot, si la France, grâce à une politique à la fois énergique et clairvoyante, pouvait faire l'économie d'une Commune, M. Mauriac y verrait comme nous-mêmes un avantage.

Qu'il considère les crises européennes actuelles, qu'il pense à la Grèce[1], et il apercevra la menace que nous dénonçons. Qu'il réfléchisse à ce fait brutal : hier, des hommes de la Résistance ont été fusillés à Athènes pour avoir protesté contre le gouvernement issu de la Libération. Ce n'est pas pour une fin si révoltante qu'ils avaient tout sacrifié, et pendant si longtemps. Combien plus enviable a dû leur paraître le sort des camarades tués pendant l'occupation et qui, eux, du moins, ne sont pas morts sous les balles de leurs amis.

Que M. Mauriac enfin nous comprenne. Lorsque nous prenons la défense des hommes de la Résistance, il aurait tort de croire, avec certains de nos correspondants, que c'est par une idée exagérée de leurs mérites et de leurs droits. Il y a Résistance et Résistance. Nous savons que, la clandestinité aidant, tous aujourd'hui ont de beaux titres pour courir aux places. Et nous savons que les mieux placés ne sont pas toujours les plus méritants. Mais le monde est ainsi et il faut faire la part de la médiocrité. Il est vrai, d'autre part, que tous les résistants ne sont pas des héros et des saints. Est-ce une raison pour condamner tout ce qu'ils ont fait et concevoir un sentiment excessif de leurs tares et de leurs maladresses ?

Nous savons que M. Mauriac ne le pensera pas. C'est pourquoi nous défendons la Résistance, non pour ce qu'elle a fait, qui était naturel, mais pour ce qu'elle veut faire, qui nous paraît juste et bon. C'est

1. Camus reviendra sur les événements de Grèce dans son éditorial du 9 décembre, p. 394.

cela que nous voulons préserver, parce que c'est cela qui préservera la France des pires aventures. C'est cela encore qui nous donne l'audace de toutes les critiques. Que font quelques mots rudes s'ils doivent épargner un jour un sang innocent et rare ? Ce jeune visage de la France, dont M. Mauriac a parlé avec tant de juste émotion, qu'il ne doute pas que nous le connaissions aussi. C'est, au contraire, pour le maintenir au-dessus du chaos, pour le préserver de blessures inguérissables que nous lui souhaitons, aujourd'hui, la sévérité intelligente qui le rendra pour longtemps respectable.

9 DÉCEMBRE 1944[1]

Hier, devant les Communes, M. Churchill s'est expliqué sur l'affaire de Grèce[2]. Ses interpellateurs avaient souligné que l'intervention britannique ne se justifiait ni par des raisons stratégiques, ni par un souci de légalité constitutionnelle. Les voies de ravitaillement de l'armée britannique ne passent pas, en effet, par Athènes, et le gouverne-

1. Éditorial. Texte dactylographié.

2. Après l'évacuation des forces allemandes de Grèce (à la suite de l'offensive russe en Roumanie), les résistants de gauche, au sein d'un Front national à direction communiste, s'opposent au gouvernement grec revenu d'exil et ne déposent pas leurs armes. Après avoir décrété une grève générale à Athènes, ils engagent la lutte contre les forces britanniques débarquées au Pirée le 14 octobre, et qui soutiennent la répression menée par les autorités. Entre le 5 et le 10 décembre, *Combat* relate longuement les événements de Grèce.

ment Papaandreou [*sic*][1] n'a pas été élu par un vote régulier.

M. Churchill a répondu à ces raisons par l'affirmation catégorique de quelques principes. Il a refusé le droit de représenter la démocratie à « des bandes armées d'engins meurtriers qui prétendent faire la loi en faisant irruption dans les grandes villes... ». Il a déploré la prétention des hommes du maquis à vouloir gouverner leur pays.

Ce discours est d'une énergie sans nuances. On lui donnera sa relativité en soulignant qu'il est pour une grande part destiné à l'Amérique officielle, qui a marqué son hostilité à la politique d'intervention pratiquée en Europe par le gouvernement britannique. Il reste, cependant, que les principes affirmés par M. Churchill valent pour toute l'Europe. C'est sur eux que nous devons nous interroger.

Disons d'abord que ce n'est pas sans hésitation préalable que nous affirmons notre désaccord avec un homme qui, pendant quatre ans, a su trouver les mots qu'attendaient des millions d'hommes opprimés. Mais il y va de l'avenir européen et notre histoire de demain dépend des principes que les démocraties adopteront aujourd'hui.

Tel qu'il est formulé, le discours de M. Churchill comporte une grande part de vérité. Nous doutons seulement que ces formules correspondent à la réa-

1. Georges Papandhréou (1888-1968), fondateur du parti social-démocrate, exilé par le dictateur Metaxás en 1938, il forme un gouvernement en exil au Caire en mai 1944 ; en octobre, dans Athènes libérée, il est Premier ministre d'un gouvernement d'union nationale ; sa décision de désarmer les forces de la Résistance entraîne une véritable guerre civile. Il participera à de nombreux gouvernements par la suite, et devra démissionner en 1965 — crise qui aboutira à l'établissement du « régime des colonels » en 1967.

lité. Il a parlé au nom d'une démocratie fonctionnant sans troubles et sans heurts, dans un monde sans problèmes immédiats. Pour la première fois peut-être, il n'a pas parlé pour un continent que la faim et la haine ont dévasté pendant quatre ans et qui porte des blessures qu'on ne saurait toucher sans précautions.

Certes, les hommes du maquis n'ont pas acquis le droit de tout faire. Mais déclarer qu'ils doivent attendre chez eux la récompense que l'État jugera bon de leur donner est une chose amère. Car ils n'ont pas besoin de récompense, ils ont seulement besoin de justice. Cela, en effet, il faut que l'État le leur donne. Mais il n'est en mesure de le faire que s'il a lui-même une idée claire de ce qu'est la justice.

Les troupes britanniques ont tiré sur des Grecs et ont tué des hommes qui, hier, étaient leurs amis.

M. Churchill déclare que cela continuera. Peut-être y a-t-il quelque chose de convaincant dans une détermination si obstinée, mais nous voudrions seulement que le sort de l'Europe ne soit pas tranché de façon si catégorique et qu'on le considère avec plus de prudence.

On nous parle de communisme et de fureur populaire. Nous sommes trop mal informés de la situation pour discuter de ses dessous. Mais nous savons avec quelle facilité nous pourrons, dans de semblables circonstances, être appelés nous-mêmes terroristes ou communistes et traités en conséquence. Nous le savons et, dès lors, nous imaginons mieux que M. Churchill ne peut le faire, la situation du peuple grec en révolte.

Les nations européennes veulent un ordre social qui tienne compte de leurs souffrances passées. Leurs exigences sont proportionnelles à leurs misères. Le peuple grec a connu l'une des misères les plus longues et les plus atroces qu'une nation ait connue pendant ces quatre ans. L'idée qu'on lui donnera satisfaction avec le ministre d'un roi imposé par deux dictateurs, avec des mesures qui visent au désarmement des résistants et au maintien des milices policières créées par la dictature grecque est une idée puérile.

Mais si cela paraît difficile à comprendre pour certains, on peut tout de même admettre l'idée que la revendication d'un peuple, dont la douleur n'a eu d'égale que la fierté, a bien son importance. Tout ce que nous demandons, c'est qu'on ne le traite pas légèrement, c'est que le dédain et les balles ne soient pas seuls pour répondre à cette clameur désespérée qui s'élève de l'Europe.

Quant à la démocratie, il faudrait peut-être se décider à en parler sur le ton qu'il faut. Car le régime qui a fait la carrière d'un Laval et la puissance d'un Schneider[1] ne représente pas plus la démocratie que ces bandes armées dont parle M. Churchill. Du reste, il ne s'agit pas de choisir entre les unes et l'autre. Il s'agit seulement, pour ceux qui gouvernent aujourd'hui le monde, d'adapter leurs méthodes à la détresse de leurs peuples.

M. Churchill a déclaré qu'il voulait assurer l'ordre avant de changer le gouvernement grec. Son contradicteur, M. Cocks, a demandé que les troupes britanniques fussent d'abord retirées d'Athènes et qu'un ministre anglais réunisse ensuite les représentants des partis. Cette seule différence de méthode est instructive. Nous pensons que la vraie

1. Le nom de Schneider, famille d'industriels français, est synonyme ici de puissance d'argent.

démocratie, ce n'est pas de faire parler les fusils avant le peuple. Dans tous les sens du mot, cet ordre n'est pas le bon.

10 DÉCEMBRE 1944[1]

De nombreux journaux ont annoncé, hier, avec trop de précipitation, la démission du général Franco[2]. En matière d'information, il vaut mieux ne pas céder à ses préférences et se fonder d'abord sur l'authenticité. Hier soir, une dépêche Reuter se disait autorisée à démentir l'événement. Le général Franco n'était pas démissionnaire, il était à la chasse.

Il reste cependant que le régime phalangiste n'est pas ferme dans la péninsule. Il reste que la France ne peut se désintéresser de ce problème. Nous avons déjà dit avec quel cœur et dans quel esprit nous prenions le parti de la République espagnole[3]. Au moment où se pose pour l'Espagne un problème de gouvernement dont la diplomatie internationale ne peut se désintéresser, nous voudrions ajouter quelque chose à nos arguments.

Bien des choses dans la situation de l'Espagne rappellent notre propre situation. Mais la grande

1. Éditorial. Texte dactylographié.

2. Camus s'est déjà élevé contre le manque de vigilance dans la diffusion des informations ; voir « La réforme de la presse », le 1er septembre, p. 172, et l'éditorial du 15 novembre, p. 349.

3. Ici encore se manifestent l'attention que Camus porte à l'Espagne, et son soutien constant à l'Espagne républicaine, seule légitime. Voir articles des 7 septembre, 5 et 24 octobre, 21 novembre 1944, p. 184, 244, 298, 358.

différence est que l'Espagne a gardé un gouvernement constitutionnel. Le gouvernement républicain de la France a abdiqué en 1940 devant Vichy et l'Allemand. Il a remis ses pouvoirs et s'est dépossédé de tous ses droits. Au contraire, la République espagnole n'a jamais cessé d'exister en droit. Elle a été expulsée par la force, mais pour des esprits démocratiques, son existence légale s'est toujours maintenue.

Le résultat est qu'en théorie l'Espagne n'aurait pas besoin d'une révolution pour former son gouvernement. Il existe. Il attend le moment de reprendre son activité. Constitutionnellement, il suffirait que M. Martinez Barrio, président des Cortès, actuellement au Mexique, revînt à Madrid et constituât le nouveau gouvernement, pour que la République espagnole redevînt dans les faits ce qu'elle n'a pas cessé d'être en droit.

S'il est vrai que cette guerre est la guerre des démocraties, la conclusion est facile à tirer. Il ne doit exister pour nous qu'un seul gouvernement espagnol, issu d'un vote populaire régulier et unique souverain en ce qui concerne les affaires de la péninsule. S'il est vrai que cette guerre est celle des démocraties, Franco n'a jamais commencé d'exister et nous devons l'ignorer.

C'est le principe que nous affirmons et que nous ne cesserons pas de défendre. Nous voudrions que M. Churchill qui a marqué, hier, sa préférence pour les gouvernements réguliers, adoptât aussi ce point de vue. Le jour où tous les Alliés reconnaîtront à la face du monde que le gouvernement républicain espagnol est le seul qui représente l'Espagne, ce jour-là bien des malaises seront dissipés et la libération de notre voisine accomplie à moitié.

Mais sur ce point il faut aussi que les Républicains espagnols nous aident. Ils peuvent le faire en donnant un corps, aussi rapidement que possible, à ce gouvernement légal, qu'il s'agit de faire reconnaître par le monde. Ils peuvent le faire en réunissant les Cortès sans délai et en réclamant des Alliés le respect et la consécration de la légalité constitutionnelle.

La République espagnole n'est pas à construire. Elle est. Elle a survécu à la défaite, puisqu'elle a eu la dignité de ne jamais l'accepter. Il lui reste, en s'aidant d'elle-même et de ses amis, à prendre la place qui lui revient et à rendre au peuple espagnol cette justice et cette liberté dont il n'a jamais démérité.

13 DÉCEMBRE 1944[1]

On lit un peu partout que nous faisons la guerre. C'est une façon de parler. Il y a cent mille Français qui se battent dans l'Est et qui font la guerre, en effet. Et puis, il y a le reste de la nation qui attend. Elle attend qu'on fasse la guerre, justement. Et qu'on en finisse. Elle comprend bien qu'il n'y a pas

1. Éditorial. C'est le premier texte signé des initiales A. C. (Il en existe une dactylographie, comme pour l'ensemble des textes signés d'initiales.) Le 8 décembre, *Combat* a annoncé que, désormais, plusieurs éditorialistes se relaieront, qui signeront leurs articles ; de fait, les H. C. pour Henri Calet et les P. H. pour Pierre Herbart alterneront avec les A. C. d'Albert Camus, sans périodicité fixe, jusqu'au 9 février 1945, où Camus signera de son nom complet un éditorial affirmant la solidarité des éditorialistes ; après quoi, les éditoriaux redeviendront anonymes.

d'armes. Mais elle sait qu'on peut avancer l'heure de la paix, même si l'on n'est pas au front. Et que dans la guerre moderne le travail fait économiser le sang.

Il y aurait ainsi une façon d'aligner le reste de la nation avec les combattants du front et d'unir enfin la France dans une même lutte. Il suffirait de produire et que les usines roulent, et qu'une certaine épopée de la reconstruction commence enfin. Mais dès qu'on se penche sur ces problèmes, il faut s'en relever avec une surprise mêlée d'indignation.

Voici des faits. La cristallerie de Courbevoie, Jérôme et Bonefoy, qui emploie plus de quatre cents ouvriers spécialistes et qui peut travailler pour les industries radioélectriques de guerre, est en chômage complet. Elle ne manque pas de matières premières, elle manque de gaz, que la Compagnie du gaz ne veut pas lui fournir parce que ses patrons ont une amende considérable à payer pour excès de consommation. Une industrie importante est ainsi stérilisée parce que la Compagnie du gaz tient à faire payer ses amendes et que des industriels sont d'un avis contraire. La stupidité administrative et la mauvaise volonté particulière s'unissent ici pour desservir l'intérêt général.

Mais il y a plus grave. On annonce la nationalisation des houillères du Nord[1]. Immédiatement, les banques jettent en paquets sur le marché les actions de ces houillères. Et la situation créée devient telle que ces actions ne sont même plus cotées en Bourse.

Par ailleurs, le ministère de la Production place sous séquestre la Francolor, consortium franco-allemand d'industries chimiques. L'administrateur-

1. Ce sera effectif le 14 décembre.

séquestre se trouve, cependant, dans l'incapacité de faire marcher son industrie parce que les banques lui refusent les crédits qu'elles n'avaient pourtant pas refusés pendant l'Occupation. Et voici deux industries primordiales pour l'effort de guerre français qui sont paralysées parce que l'argent refuse de collaborer avec la nation dans leur exploitation.

Nous lirons cependant, demain, que nous faisons la guerre. Eh bien non ! Car si nous faisions la guerre, l'État réquisitionnerait la cristallerie de Courbevoie et fabriquerait sans délai l'équipement radioélectrique dont notre armée a besoin. Si nous faisions vraiment la guerre, les intérêts particuliers se tairaient et les banques seraient jugulées.

Mais il faut, pour cela, que tous les ministères fassent en effet la guerre. Et que lorsque la Production réquisitionne et nationalise, les Finances ne souffrent pas que les banques rendent ces mesures stériles. Il faudrait que chacun se sentît responsable de la longueur et de la brièveté de cette guerre, et des vies françaises inutilement sacrifiées.

Nous voudrions rester dans la mesure et dans la clairvoyance. Nous savons bien que c'est cela qui est utile aujourd'hui. Mais quelle terrible rage d'imaginer que le plus précieux des sangs se répand aujourd'hui sur les terres de l'Est, pendant que des hommes font les calculs de l'intérêt et de la politique, sans souci de ce que leur stupidité va nous coûter encore.

Oh non, ce n'est pas faire la guerre que de supporter que des Français meurent tous les jours parce que d'autres n'ont pas assez d'imagination, ou trop de cupidité ! Nous n'avons plus ni le droit ni le pouvoir de gaspiller des vies. L'aveuglement et la vénalité sont des luxes que nous ne pouvons plus nous permettre. Il y a des intérêts que nous devons détruire.

J'ose[1] à peine citer enfin le terrible mot d'un combattant d'une de nos unités les plus éprouvées : « Ici au moins, nous ne sommes pas dans le mensonge. » J'ose à peine le citer parce qu'il n'est pas possible d'accepter que tant d'amertume soit justifiée. Si ceux qui se battent sont dans la vérité, il faut que cette vérité recouvre tout le pays, de gré ou de force, et qu'il ne soit plus permis, enfin, que des Français continuent de mourir avec l'insupportable sentiment que leur mort est inutile.

A. C.

14 DÉCEMBRE 1944[2]

On a commencé de discuter, avant-hier, à l'Assemblée consultative[3], la constitution des Comités d'entreprise[4]. Le sujet est aride, mais la question est d'une importance capitale. Qu'on soit pour ou qu'on soit contre, on ne peut pas ignorer qu'une mesure qui associe le personnel à la gestion des entreprises constitue une réforme dont les répercussions peuvent être considérables. Ce que l'on discutait avant-

1. Camus s'autorise le « je », ce qu'il ne fait pas quand l'éditorial n'est pas signé — à l'exception notable de celui du 2 janvier 1945, p. 443.
2. Éditorial. Texte signé A. C.
3. Sur l'Assemblée consultative, voir éditoriaux des 14 octobre et 8 novembre 1944, p. 267 et 335.
4. Les Comités d'entreprise seront créés le 22 février 1945.

hier à l'Assemblée engageait une grande partie de notre avenir politique et social.

Nous espérions que ceci paraîtrait évident à tous, et plus particulièrement à nos camarades de la Consultative. Mais un observateur venu dans les tribunes du public pour s'instruire de ce difficile sujet, et suivre avec sympathie les débats de notre jeune Assemblée, était obligé de constater que cette évidence n'était pas claire pour tout le monde. Au plus fort de la discussion, il notait la présence d'une quarantaine de délégués seulement sur 225. Le reste était absent, ou se promenait dans les couloirs.

On va encore nous accuser d'en demander trop et de faire un monde avec des détails. Mais nous sommes dans une situation où il n'y a plus de détails et où, justement, chaque question nous donne un monde à soulever. Ce qui est vrai de tout le pays l'est encore plus pour ceux qui ont pris à charge sa vie politique. Et pour parler net, une Assemblée qui ne réunit que le cinquième de ses membres lorsqu'une question d'intérêt national est soulevée, est une Assemblée qui manque à sa mission.

L'Assemblée consultative est née de la résistance. Elle a rendu de grands services et ses commissions, en particulier, font un travail qui l'honore. Nous la soutenons et croyons à son utilité. Ceux qui la composent ont notre sympathie et notre appui. Mais parce qu'ils sont nos camarades, nous ne pouvons pas les laisser s'engager sur la voie de la facilité.

Nous savons que des débats longs et arides sont difficiles à suivre. Mais ces débats recouvrent une réalité qui est la nôtre, qui est grosse de renaissances ou de déchirements. Aucun des délégués n'avait le droit de s'en reposer. L'Assemblée consultative ne doit pas être une fin, elle est un commencement. Ce n'est pas un abri où l'on répare les fatigues passées, et où l'on joue au député, c'est un lieu où l'on engage la seule lutte qui ait de l'importance pour nous, aujourd'hui. Cette lutte demande toute notre vigilance et toutes nos énergies.

La République que nous voulons créer suppose des ministres et des députés qui voudront bien considérer que tout ne se termine pas avec le portefeuille ou le mandat. Mais qu'avec eux, au contraire, de dures responsabilités s'instaurent, qu'il faut être décidé à assumer jusqu'au bout. Parmi ces responsabilités, l'une des premières est de savoir être là quand les circonstances le demandent.

Il paraît que nous faisons la guerre et que nous sommes en train de commencer une révolution par la loi[1]. Mais je doute que nous fassions jamais tout cela en réprimant des bâillements au premier sujet aride qui se présente. Je doute que nous sortions de cette affreuse vieillesse où se trouvent nos administrations et nos coutumes si chacun d'entre nous ne se décide pas à n'être jamais fatigué.

On peut ce que l'on veut. Notre monde, demain, sera ce que nous voudrons qu'il soit. Mais il faut le vouloir durement et longtemps. Il faut savoir que les luttes de la Libération ne sont qu'un prélude de celles qui nous attendent[2]. Nous n'avons plus le droit d'être ennuyés et distraits si nous voulons que la France respire, un jour, fortement et librement.

C'est parce que nous savons que la résistance est la dernière chance de ce pays que nous nous mon-

1. On sait que c'est là une idée-force chez Camus ; mais le « il paraît » souligne le début des désillusions.

2. Nouvelle formulation de l'affirmation « Le combat continue... ».

trons si alarmés. Cette chance sera perdue si la France elle-même la rejette. Nous le verrons alors. Mais cette chance sera perdue plus sûrement si la résistance ne sait pas juger que tous ses devoirs, aujourd'hui, sont sacrés, que nous ne sommes pas en paix et que nous sommes en guerre, et qu'il est des faiblesses qui nous sont interdites. Pour tout dire, c'est parce que nous sommes résolus à défendre la résistance jusqu'au bout que nous ne reculerons jamais à la défendre contre elle-même.

A. C.

15 DÉCEMBRE 1944[1]

La Consultative a abordé, hier, le problème des transports[2]. Le problème des transports pose celui du ravitaillement. Et l'on ne peut pas parler du ravitaillement sans évoquer le marché noir. Nous voudrions, à cet égard, présenter quelques observations de bon sens.

Gagner la guerre vaut bien que nous mangions moins. Il n'est pas un Français qui n'accepte aujourd'hui cet axiome. Mais encore faut-il que les sacrifices soient partagés et que ce ne soient pas toujours les mêmes qui gagnent la guerre. D'autre part, gagner la guerre ne signifie pas pour nous conquérir des kilomètres carrés. Cela signifie accor-

1. Éditorial. Texte signé A. C.
2. On notera que Camus suit au quotidien les travaux de l'Assemblée consultative. Voir éditorial de la veille.

der toutes ses chances de vie à la France. Si nous offrons une France victorieuse à une génération sous-alimentée, nous n'aurons pas fait grand-chose. Il faut donc, au moins, que les rations correspondent au minimum vital. À partir de là, tous les sacrifices doivent être acceptés et le ravitaillement clandestin mis au rang de la trahison.

Nos amis anglais se font gloire d'avoir supprimé chez eux le marché noir. Ils ont raison. Mais ils y sont aidés par le fait que leurs rations sont suffisantes. Il serait bon, évidemment, que la France servît ses destins avec de l'ascétisme. Mais ce serait déjà très bien si elle les servait avec sa sobriété. Des rations suffisantes enlèveraient au marché noir la seule excuse qu'il puisse encore avoir.

Le problème, cependant, n'est pas facile. Il est probable, en effet, que les transports actuels parviendraient à garantir notre minimum vital. Mais une partie importante du ravitaillement est détournée vers les grands restaurants et les gros intermédiaires. La première façon de lutter contre le marché noir est d'augmenter les rations, mais le marché noir empêche justement cette augmentation. Comment sortir de ce cercle ?

On en sortira en distinguant le marché noir et le marché clandestin. Ce n'est pas les quelques œufs et le kilo de beurre qu'un brave homme va chercher à bicyclette, ce n'est même pas le restaurant à cent cinquante francs qui menacent le ravitaillement général. Mais c'est le transport massif de denrées, c'est le restaurant à mille francs qui contribuent à créer cette crise dont les répercussions peuvent être infinies.

C'est là qu'il faut frapper. Et frapper comme on frappe lorsqu'on est en guerre. Vendre à des prix fastueux le médicament indispensable à des vies françaises, stocker des tonnes de beurre et de viande pour alimenter les établissements de luxe, soustraire le charbon nécessaire à l'effort de guerre, tout cela doit être condamné comme sont condamnés les sabotages dans un État en guerre. Le ministre du Ravitaillement[1] semble chercher des solutions. Notre avis est qu'il ne cherche pas beaucoup. Car il aurait déjà trouvé qu'il faut quinze jours pour fermer tous les établissements de luxe, même s'ils ont pauvre mine, pour confisquer leurs moyens de transport, les frapper d'une amende écrasante et emprisonner leurs propriétaires. Il faut quinze jours, pas un de plus. Et cela donnera de la réflexion aux autres.

Si l'on veut faire quelque chose, il faut en donner des preuves. Cette première mesure est simple à concevoir. Nous assurons le ministre qu'elle n'est pas difficile à appliquer. Une déclaration sur ce sujet serait bien accueillie de sa part.

Tous les Français n'ont pas une vocation égale pour le sacrifice, il est vrai. Mais la grande majorité du peuple acceptera cette vocation s'il lui est démontré que le sacrifice va de pair avec la justice. Les discours ne suffisent pas, si l'on s'adresse à des ventres vides et des cœurs amers. Il faut des exemples. Et l'on peut tout demander alors à un peuple qu'on a placé dans la justice.

1. Il s'agit de Paul Ramadier (1888-1961) ; avocat, maire, député socialiste depuis 1928, il fait partie des quatre-vingts qui ne votent pas les pleins pouvoirs à Pétain, et entre très tôt dans la Résistance. Ministre du Ravitaillement depuis novembre 1944 et jusqu'en mai 1945, il sera ministre de la Justice en 1946, et le premier président du Conseil de la IVe République en 1947 ; il mettra fin à la participation des communistes au gouvernement.

Rien de tout cela, enfin, n'est original. Mais nous savons bien ce qui serait original en ce cas. Ce serait de décider d'agir sans délai et de le faire, en effet.

A. C.

16 DÉCEMBRE 1944[1]

On pense, dans quelques milieux, que la nouvelle presse veut s'attribuer un droit de monopole en empêchant la parution de nouveaux journaux[2].

Si cela était, il faudrait d'abord constater son échec. De nouveaux journaux paraissent. Il n'en reste pas moins que si telle était son intention, la chose serait grave. On pourrait l'accuser de trahir, en cela, l'esprit démocratique dont elle se réclame.

Il faut donc nous interroger sur nos propres intentions. Avons-nous le désir de réduire pour toujours la presse parisienne aux journaux qui paraissent aujourd'hui ? Nous répondrons nettement que non. Si nous passons à un autre extrême, avons-nous le désir de voir la presse française revenir à ce qu'elle était, c'est-à-dire un lieu public où l'opinion d'un homme dépendait du portefeuille d'un autre ? Nous répondrons nettement que non.

1. Éditorial. Texte signé A. C.
2. On sait combien les problèmes de la « nouvelle presse » préoccupent Camus ; voir entre autres les éditoriaux ou articles des 31 août, 1er et 8 septembre, 7 et 11 octobre, 22 novembre, p. 168, 172, 187, 250, 257, 361. La parution du *Monde* est imminente (19 décembre).

Ne peut-on concevoir entre ces deux affirmations une attitude qui préserve les droits de l'expression, en même temps qu'elle en limite les abus ? Serait-il si difficile d'imaginer une démocratie qui ne soit ni forcée de s'imposer par la contrainte, ni vouée à toutes les licences ? Nous ne le pensons pas. Et il est possible d'éclairer notre position sur le problème particulier de la presse.

Nous sommes dans une période provisoire, où tout est permis, les entreprises de la justice comme celles de l'intérêt. Nous nous croyons obligés de prendre position en ce qui concerne la justice. Mais nous ne sentons cette obligation que parce que la loi est absente. La démocratie suppose la loi. Une presse libre suppose un statut de la presse. Or, ce que nous attendons depuis déjà longtemps, c'est que le Gouvernement (en l'occurrence le ministère de l'Information[1]) donne à la presse un statut qui, par le jeu de deux ou trois dispositions essentielles, la garantisse contre la domination de l'argent. Ce qui nous intéresse, ce n'est pas de paraître nous-mêmes, à l'exclusion de tout autre journal, c'est de savoir qu'il est possible à tous les journaux de paraître sans qu'une suspicion puisse s'élever à leur sujet et sans qu'ils risquent, avec des intentions pures, de servir, pour finir, des intérêts dont nous ne voulons plus.

En attendant ce statut, nous protestons contre la parution de nouveaux journaux. Mais notre protes-

1. Le ministère de l'Information est dirigé par P.-H. Teitgen, dont Camus et *Combat* ont souligné à plusieurs reprises le courage et le langage sans concession ; mais depuis quelques semaines, devant les difficultés non résolues, le ton s'est fait beaucoup plus critique, ce qui a entraîné, entre autres, des réactions de Mauriac.

tation vise moins ceux-ci que les conditions dans lesquelles ils paraissent. Si cette situation de fait dure, ce n'est pas que nous le voulons, c'est que le statut n'est pas toujours venu. Le ministère est en retard et, paradoxalement, c'est lui qui, aujourd'hui, compromet la démocratie.

Le ministère de l'Information nous répondra que, peut-être, il veut attendre la Législative. Nous le regretterions. Mais, dans ce cas, la Fédération de la Presse sera fondée à maintenir son attitude hostile aux nouvelles parutions.

Nous ne croyons pas que l'idéal de la France soit d'avoir la presse issue de la Résistance comme seul organe d'expression. Le jour où nous saurons que les journaux pourront paraître et s'exprimer dans la clarté et l'honnêteté, nous nous réjouirons de la naissance de nouveaux confrères, qu'ils soient indifférents ou hostiles à la Résistance.

Nous ne défendons pas des positions, mais un principe. Et nous croyons justement que c'est celui de la démocratie. Quand le ministère nous relèvera enfin de cette règle de vigilance, nous croirons avoir fait notre devoir dans le domaine limité et précis qui est le nôtre. Chacun aujourd'hui a sa tâche. Nous accomplirons celle qui nous est dévolue, qui est de maintenir le principe profond de la démocratie, en attendant que le Gouvernement lui donne la forme légale et concrète qui nous permettra de nous occuper d'autre chose.

A. C.

17 DÉCEMBRE 1944 [1]

Que faut-il faire quand une révolution a éclaté pour la ruiner ? L'expérience prouve qu'il faut d'abord y applaudir, louer surtout la générosité, le désintéressement, la magnanimité du peuple. Commence-t-il par s'affirmer, alors le temps est venu de lui crier par toutes les bouches dont on peut disposer que ce serait déshonorer, souiller sa victoire s'il osait en profiter, que l'avantage qu'il doit en retirer est de l'avoir faite, mais que toute garantie qu'il prendrait serait un vol à sa propre renommée.

Dès qu'on a ainsi endormi le peuple par des louanges sans bornes à son désintéressement, il est permis d'aller plus loin. Il faut lui faire sentir que les armes qu'il garde à la main sont un signe de désordre ; qu'il donnera un exemple éclatant de sagesse en les remettant à quelques personnes désignées ou à certains corps institués qui les porteront à leur place.

Sitôt que le peuple sera désarmé, il faudra encore acclamer la débonnaireté du lion ; mais dès le lendemain, on pourra déjà insinuer que cette révolution que l'on croyait si pure n'a pas été sans mélange de crimes, que des forcenés s'étaient mêlés aux héros, mais que, heureusement, les pervers formaient le petit nombre.

Le jour suivant, on pourra se délivrer de ces entraves ; et, si rien n'a branlé, le moment est arrivé de publier que cette révolution qui faisait illusion au premier coup d'œil n'était, après tout, qu'une œuvre de crime, qu'il était aisé de voir que le pillage

1. Éditorial. Texte signé A. C.

en avait été le seul mobile, que, grâce à Dieu, on avait échappé à la scélératesse des principaux ; mais qu'assez de ruines, de vols, de meurtres, d'incendies et d'infamies de toutes sortes témoignaient de ce que la révolution aurait fait si on ne l'eût écrasée au berceau.

Ce thème une fois hasardé, l'expérience démontre que l'on ne pourra y revenir trop souvent jusqu'à ce que le peuple, aveuglé par tant d'accusations subites, finisse par croire qu'il a échappé lui-même à un gouffre de scélératesse. C'est le moment de profiter de la peur, qui amène la stupeur, pour s'élancer hardiment en arrière et mettre le frein aux victorieux.

Ainsi parlait Edgar Quinet, en 1868[1]. Peu de choses, on le voit, changent en ce monde. On lit déjà dans les historiens de la Grèce que les aristocrates de certaines cités hellènes devaient, en prenant possession de leurs charges, prêter le serment de toujours nuire au peuple. À ce principe, vieux de 2000 ans, correspond une méthode que Quinet a définie et que nous éprouvons aujourd'hui. Il y a ainsi chez nous, et depuis des siècles, des serments qui n'ont jamais été faits, mais qui sont toujours tenus.

A. C.

1. Edgar Quinet (1803-1875), historien ami de Michelet, professeur au Collège de France, rendu célèbre par sa participation effective à l'expédition de Morée et son ouvrage *De la Grèce moderne et de ses rapports avec l'Antiquité* (1830) ; en 1846, son cours est suspendu par Guizot ; député en 1848, il est proscrit après le coup d'État du 2 décembre 1851 ; de son exil en Belgique, il publie des études historiques sur les révolutions, et *La Philosophie de l'histoire de France* ; après son retour en France, en 1870, il redevient député, et résume ses théories dans *L'Esprit nouveau*, en 1874. On comprend que l'homme et son œuvre aient intéressé Camus.

18 DÉCEMBRE 1944[1]

On connaît maintenant le texte du pacte franco-soviétique[2]. Nous avions pensé qu'il était inutile de le commenter avant de savoir son contenu. Mais, aujourd'hui que les clauses en sont publiées, un commentaire direct ne semble pas plus urgent. Les obligations des contractants y sont, en effet, si clairement définies qu'on ne saurait que les paraphraser[3]. Ce pacte est d'abord un instrument de guerre, à objectif précis et limité. Il vise à neutraliser l'Allemagne dans le conflit actuel et dans les années qui suivront la paix. C'est en cela qu'il est efficace et nécessaire. C'est pour cela qu'il aura l'accord des peuples soviétique et français. Tel qu'il est défini, il n'y a rien à manifester à son égard qu'un accord

1. Éditorial. Texte signé A. C.

2. Le général de Gaulle s'est rendu à Moscou entre le 2 et le 6 décembre ; à la suite de ses entretiens avec Staline, G. Bidault, ministre des Affaires étrangères, et V. Molotov, commissaire du peuple aux Affaires étrangères de l'U.R.S.S., ont signé le 10 décembre un important traité « d'alliance et d'assistance mutuelle », que *Combat* publie intégralement le 18.

3. Les différents articles du pacte portent sur :

— le combat commun « jusqu'à la victoire finale sur l'Allemagne » ;

— l'engagement de ne pas « entrer en négociations séparées avec l'Allemagne » ;

— l'engagement de prendre « toutes mesures nécessaires » pour prévenir « une nouvelle tentative d'agression de sa part » ;

— l'aide et l'assistance réciproques dans le cas d'une agression de l'Allemagne ;

— l'assistance économique pour la reconstruction des deux pays.

total et sans réserve. Nous y ajouterons la gratitude que mérite l'homme qui a su amener la France à la place qu'elle occupe aujourd'hui.

Mais on peut apporter deux observations complémentaires. La grande importance du texte qui nous est proposé ne doit pas nous faire perdre de vue que les conversations de Moscou ont certainement porté sur d'autres sujets que l'alliance. Les intérêts soviétiques, comme les intérêts français, débordent de beaucoup le problème allemand, malgré l'importance particulière de ce dernier. La zone d'influence soviétique est vaste, la sécurité française ne s'arrête pas à nos frontières. Sur ce point, ce qui a été dit à Moscou garde son intérêt, et il faut espérer que le gouvernement voudra bien en informer le pays.

En deuxième lieu, le préambule du pacte nous permet de préciser une idée qui nous tient à cœur[1]. La France et la Russie ont mis l'accent, en effet, sur leur désir de participer à l'organisation de la sécurité internationale. Elles ont fait sentir que l'alliance qui les unissait, non seulement n'était pas limitative, mais encore visait à s'intégrer dans un système plus général où les intérêts de tous les pays se trouveraient conciliés.

C'est cela qui est important. Le système des alliances peut apparaître parfois, et c'est le cas aujourd'hui,

1. Le préambule affirme, notamment, que les signataires sont « convaincus qu'une fois la victoire acquise, le rétablissement de la paix sur une base stable et son maintien pour un durable avenir comportent comme condition l'existence d'une étroite collaboration entre eux et l'ensemble des Nations unies ;

« Décidés à collaborer afin de créer un système international de sécurité permettant le maintien effectif de la paix générale et garantissant le développement harmonieux des rapports entre les nations ».

comme une nécessité imposée par la réalité historique. Mais il n'a jamais réglé que les problèmes particuliers qui se posent à deux ou trois nations, et il ne les a réglés que pour un temps plus ou moins long.

La paix est le bien de tous les peuples. Nous savons, aujourd'hui, que les nations du monde ont des destins communs, que la gifle donnée à un Tchèque de Prague se répercute sur la vie de ce bourgeois de Fontainebleau, de ce kolkhozien d'Ukraine, ou de ce fermier du Texas. Nous savons que la croissance industrielle de tel État, ou le développement du paupérisme chez tel autre retentissent également sur les nations les plus lointaines. L'organisation de la sécurité mondiale ne peut donc reposer que sur une convention internationale dont les alliances ne constituent que des étapes nécessaires. Parce que les guerres ne peuvent plus être qu'universelles, les paix doivent, aujourd'hui, avoir l'échelle du monde.

Ces idées ne sont pas nouvelles. Aucun État plus que la France et la Russie ne peut y être sensible. Il ne faut jamais oublier que la Russie n'est entrée dans la politique nationale qui est la sienne, qu'après avoir proposé en vain un système de sécurité collective. Il ne faut jamais oublier que, seule entre les États, elle a offert en pure perte le désarmement général.

Après tant d'échecs, pour persévérer dans cette attitude, il lui eût fallu une extrême naïveté que par bonheur pour nous, elle n'a jamais eue. Mais il n'est pas douteux que dans un autre climat politique, elle revienne à sa première position.

Quand on nous dit que des méfiances se manifestent aux États-Unis concernant l'alliance franco-soviétique, il ne faut pas craindre de rappeler à nos amis américains qu'ils portent leur part de l'échec de la politique de sécurité internationale. Ils s'en sont désintéressés à l'époque où ils auraient pu la sauver. L'Europe a été ainsi rendue aux nationalismes. Le résultat ne s'est pas fait attendre.

Aujourd'hui, il faut recommencer à zéro. L'alliance franco-russe est la première étape. Mais c'est une marque de grande sagesse politique que d'avoir souligné qu'elle n'était pas exclusive. Elle doit, en effet, s'appuyer sur des alliances complémentaires qui mêleront les nations unies dans un système à la fois solide et souple. Ce sera la deuxième étape. Mais il serait vain d'ignorer que l'étape définitive, autant que le mot définitif puisse être prononcé dans ce qui touche à la haine ou à l'amour des hommes, ne pourra être qu'une organisation mondiale où les nationalismes disparaîtront pour que vivent les nations, et où chaque État abandonnera la part de souveraineté qui garantira sa liberté. C'est ainsi seulement que la paix sera rendue à ce monde épuisé. Une économie internationalisée, où les matières premières seront mises en commun, où la concurrence des commerces tournera en coopération, où les débouchés coloniaux seront ouverts à tous, où la monnaie elle-même recevra un statut collectif, est la condition nécessaire de cette organisation[1].

Nous en sommes loin encore. On a fait lever la haine, le feu de la justice flambe trop fort au fond des cœurs, l'Europe a des comptes à régler. Mais par-dessus les clameurs et la violence, malgré la décision implacable où nous sommes de vaincre

1. Faut-il souligner l'actualité des idées de Camus sur l'organisation internationale — ou du moins, européenne ?

pour longtemps, n'oublions pas le but à atteindre. Il est le seul qui puisse enlever leur amertume à tant de sacrifices.

D'ici là, nous saluerons avec satisfaction cette alliance claire et solide qui met la France et la Russie à la hauteur du rôle prépondérant qu'elles doivent jouer dans l'immense effort de construction que nous espérons désormais.

A. C.

20 DÉCEMBRE 1944[1]

Au moment même où l'offensive de von Rundstedt s'est déclenchée[2], Hitler a fait prévenir son peuple qu'il convenait de ne pas y puiser trop d'illusions. Ce langage est bon pour toutes les nations qui sont aujourd'hui dans la guerre.

Pas d'illusions, en effet. Et tout d'abord, il est vain de minimiser l'offensive allemande en la présentant comme un dernier sursaut, ou comme une bonne occasion donnée aux Alliés pour qu'ils en finissent, ou comme une tentative désespérée des

1. Éditorial. Texte signé A. C.
2. Le 17 décembre, le maréchal von Rundstedt lance une contre-offensive que *Combat* qualifie de « sérieuse attaque » dans les Ardennes belges — entre Montjoie et Trèves —, et réalise des gains de terrain à la frontière luxembourgeoise ; les combats seront très durs pendant un mois, et la situation assez critique pour que les Américains envisagent de se retirer d'Alsace. Von Rundstedt (1875-1953) avait tenté de prendre ses distances avec le nazisme ; tour à tour disgracié ou rappelé par Hitler, il fut arrêté par les Anglais après la défaite allemande et libéré en 1949.

Allemands, qu'ils exécutent sous la contrainte des faits. Car ce sont toujours les faits qui commandent les offensives, et nous ne savons pas encore si cette occasion sera la bonne ni ce sursaut le dernier.

Tout ce que nous avons à dire, c'est que l'Allemagne existe, qu'elle n'est pas vaincue et que la guerre n'est pas finie. Cette offensive est préparée depuis deux mois et elle était annoncée par les observateurs sérieux. Le fait qu'elle se soit déclenchée plus tôt qu'on ne le pensait, et non pas dans la plaine de Cologne, comme on l'imaginait, ne lui enlève rien. Au contraire, nous sommes en présence d'une attaque exécutée avec de grands moyens et préparée avec minutie. C'est la seule chose que nous puissions constater, et c'est à cette évidence que nous devons mesurer nos décisions et nos efforts.

Cela revient à dire que notre effort est évident lui aussi. Il n'est pas de supputer jusqu'où ira l'avance allemande, ce qui est futile. Il est de contribuer à l'arrêter et à la transformer en défaite coûteuse. Il est de ne jamais oublier que nous faisons la guerre et que si nous la faisons à Montjoie avec des vies américaines, il faut la faire ailleurs avec des sacrifices français.

C'est ainsi que cette offensive pourra être instructive et réveiller quelques imaginations qui ne savent plus distinguer ce qui est urgent de ce qui est superflu. Ce qui est urgent, c'est d'intégrer toute la France dans l'effort de guerre. Et non pas seulement par des appels à l'union, mais par un ensemble de décisions et d'ordonnances qui donneront à chaque Français un emploi précis dans cette lutte commune.

Cette offensive devrait nous apprendre qu'il n'est pas possible qu'un pays en guerre laisse sa jeunesse obéir à sa seule initiative et choisir, selon les cas, l'engagement volontaire ou les bars à la mode. Elle devrait nous enseigner qu'un pays en guerre ne peut admettre ni la trahison, ni la bêtise, ni la sénilité des administrations. Un pays en guerre se réduit de lui-même à l'essentiel. L'essentiel, aujourd'hui, c'est l'intelligence, d'une part, et le courage, de l'autre. L'essentiel, ce sont les besoins de l'armée, le ravitaillement des populations et les nécessités de la production.

Et ce n'est pas en sous-estimant l'offensive allemande, que nous créerons la volonté obstinée dont nous avons besoin aujourd'hui et dont nous aurons besoin demain. C'est en disant bien clairement que l'Allemagne est loin d'être vaincue et qu'il nous faudra encore de longs mois d'efforts pour l'abattre.

Qu'on imagine un instant les Allemands de nouveau à Paris. Nous savons bien lesquels se retrouveraient encore serrés les uns contre les autres pour continuer la lutte. Nous savons bien lesquels fuiraient ou prépareraient un nouveau retournement. Ce pays est en train de crouler sous le poids des conversions. La République est en passe d'étouffer, trop de nouveaux amis la pressent. Mais qu'elle soit seule ou en danger, et elle retrouvera ses vrais défenseurs, même s'ils paraissent aujourd'hui en désaccord. C'est leur foi et leur entêtement qui l'ont libérée et qui gagneront la guerre. C'est leur foi et leur entêtement qui feront demain sa grandeur et sa jeunesse. Pour le reste, je ne sais pas si l'offensive de von Rundstedt est une belle occasion d'en finir avec l'Allemagne, mais je sais qu'elle est la dernière occasion d'en finir avec quelques-uns de ces mensonges qui nous ont fait trop de mal[1], en effet, et qui nous coûtent trop de sang.

A. C.

22 DÉCEMBRE 1944[2]

La France a vécu beaucoup de tragédies qui, aujourd'hui, ont reçu leur dénouement. Elle en vivra encore beaucoup d'autres qui n'ont pas commencé. Mais il en est une que, depuis cinq ans, les hommes et les femmes de ce pays n'ont pas cessé de souffrir, c'est celle de la séparation[3].

La patrie lointaine, les amours tranchées, ces dialogues d'ombres que soutiennent deux êtres par-dessus les plaines et les montagnes d'Europe, ou ces monologues stériles que chacun poursuit dans l'attente de l'autre, ce sont les signes misérables de l'époque. Il y a cinq ans que des Français et des Françaises attendent. Il y a cinq ans que dans leur cœur sevré, ils luttent désespérément contre le temps, contre l'idée que l'absent vieillit et que toutes ces années sont perdues pour l'amour et le bonheur.

1. Allusion à une phrase restée célèbre d'un discours prononcé par Pétain le 23 juin 1940 : « Je hais les mensonges qui vous ont fait tant de mal » ; discours dont Emmanuel Berl était l'auteur (voir *Interrogatoire* par Patrick Modiano, Gallimard, collection Témoins, 1976, pp. 88-89).

2. Éditorial. Texte signé A. C., repris dans *Actuelles*, chapitre « La chair ».

3. On sait que le thème de la séparation est essentiel dans *La Peste* ; dès décembre 1942, Camus en note l'importance : voir *Carnets I*, pp. 67-72 et 90-91.

Oui, cette époque est celle de la séparation. On n'ose plus prononcer le mot de bonheur dans ces temps torturés. Et pourtant, des millions d'êtres, aujourd'hui, sont à sa recherche, et ces années ne sont pour eux qu'un sursis qui n'en finit plus, et au bout duquel ils espèrent que leur bonheur à nouveau sera possible.

Qui donc pourrait les en blâmer ? Et qui pourrait dire qu'ils ont tort ? Que serait la justice sans la chance du bonheur, de quoi servirait la liberté à la misère ? Nous le savons bien, nous autres, Français, qui sommes entrés dans cette guerre, non pour le goût de la conquête, mais pour défendre justement une certaine idée du bonheur. Simplement, ce bonheur était assez farouche et assez pur pour qu'il nous parût mériter de traverser d'abord les années du malheur.

Gardons donc la mémoire de ce bonheur et de ceux qui l'ont perdu. Cela ôtera sa sécheresse à notre lutte et cela surtout donnera toute sa cruauté au malheur de la France et à la tragédie de ses enfants séparés.

Je ne dirai pas ici ce que je pense vraiment de la séparation[1]. Ce n'est pas le lieu ni le moment d'écrire qu'elle me paraît la règle et que la réunion n'est que l'exception, le bonheur un hasard qui se prolonge. Ce qu'on attend de nous tous, ce sont les mots de l'espérance. Il est vrai que notre génération ne s'est jamais vu demander qu'une chose, qui était de se mettre à la hauteur du désespoir. Mais cela nous prépare mieux, peut-être, à parler de la plus grande espérance, celle qu'on va chercher à travers

1. *Actuelles* : phrase supprimée ; d'où, dans la phrase suivante : *la séparation* au lieu de « elle ».

la misère du monde, et qui ressemble à une victoire. C'est la seule qui nous paraisse respectable. Il n'est qu'une chose dont nous ne puissions triompher, et c'est l'éternelle séparation puisqu'elle termine tout. Mais pour le reste, il n'y a rien que le courage et l'amour ne puissent mettre bout à bout. Un courage de cinq ans, un amour de cinq ans, c'est l'inhumaine épreuve que des Français et des Françaises se sont vu imposer, et qui mesure bien l'étendue de leur détresse.

C'est tout cela qu'on a eu l'idée de commémorer dans une Semaine de l'Absent[1]. Une semaine, ce n'est pas grand-chose. C'est qu'il est plus facile d'être ingénieux dans le mal que dans le bien. Et quand nous voulons soulager des malheurs, nous n'avons pas tant de moyens, nous donnons de l'argent. J'espère seulement qu'on en donnera beaucoup. Puisque nous ne pouvons rien pour la douleur, faisons quelque chose pour la misère. La douleur en sera plus libre, et tous ces êtres frustrés auront ainsi le loisir de leurs souffrances. Pour beaucoup, ce sera un luxe dont ils sont privés depuis longtemps.

Mais que personne ne se croie quitte et que l'argent donné ne fasse pas les consciences tranquilles, il est des dettes inépuisables. Ceux et celles qui sont là-bas, cette immense foule mystérieuse et fraternelle, nous lui donnons le visage de ceux que nous connaissions et qui nous ont été arrachés. Mais nous savons bien, alors, que nous ne les avons

1. « La Semaine de l'Absent », qui donnera lieu à des quêtes sur la voie publique, et sera signalée par de nombreuses affiches et encarts dans les journaux, se déroulera du 24 décembre au 1er janvier. La libération des camps de prisonniers et déportés n'aura lieu qu'à partir d'avril 1945.

pas assez aimés, que nous n'en avons pas assez profité, du temps où ils se tournaient vers nous. Personne ne les a assez aimés, et pas même leur patrie, puisqu'ils sont aujourd'hui où ils sont. Que du moins cette semaine, que « notre » semaine, ne nous fasse pas oublier « leurs » années. Qu'elle nous enseigne à ne pas les aimer d'un amour médiocre, qu'elle nous donne la mémoire et l'imagination qui seules peuvent nous rendre dignes d'eux. Par-dessus tout, qu'elle nous serve à oublier les plus vaines de nos paroles et à préparer le silence que nous leur offrirons, au jour difficile et merveilleux où ils seront devant nous.

A. C.

23 DÉCEMBRE 1944[1]

Renaissance française

Un nouvel hebdomadaire illustré vient de paraître. On lui a donné des bobines de papier pour qu'il

1. Billet signé Suétone. Texte possible. La signature rappelle celle de certains textes d'*Alger-Républicain* et du *Soir-Républicain* : « Néron », « Pétrone »... Malgré la tentation d'attribuer à Camus un pseudonyme emprunté à un auteur latin (70-125) qui l'a suffisamment intéressé pour qu'il doive à sa *Vie des douze Césars* le thème de *Caligula*, il faut rappeler que tous les « Suétone » ne sont pas de Camus ; Roger Grenier se souvient d'en avoir écrit lui-même. L'attribution ne peut être certaine pour celui-ci — le premier de la série ; mais l'ironie, la défense de la presse de la Résistance, le refus de la presse à images sensationnelles ne la rendent pas impossible.

y imprime des photographies qui concernent la vie de la France et du monde. Dès sa parution, il a bien montré qu'il méritait la confiance qu'on lui faisait.

Les journalistes qui le fabriquent ont tout de suite trouvé une formule extrêmement nouvelle et adaptée à l'époque. Ils ont, bien sûr, refait *Match*, parce que la vérité est éternelle et parce que c'était beaucoup moins fatigant. Mais ils sont allés infiniment plus loin.

On tombe ainsi sur une page où l'on peut voir d'affreux visages scalpés et des corps torturés par les Allemands. C'est une bonne sensation, comme on voit, directe et plaisante. Mais, dès la page tournée, on tombe sur des danseuses court-vêtues qui fournissent une autre sensation, non moins directe et non moins plaisante.

On le voit, c'est du bon travail, fait enfin par des professionnels qui n'ont rien à voir avec les apprentis de la presse résistante, des techniciens pour tout dire, qui ont une idée du public et de ce qu'il lui faut.

Nous souhaitons la bienvenue à notre confrère et nous félicitons le ministre de l'Information d'avoir su encourager une publication qui fait honneur à la France et qui contribuera certainement à son relèvement dans le monde.

SUÉTONE

24 DÉCEMBRE 1944

Le poète et le général de Gaulle[1]

M. Paul Claudel vient d'évoquer, dans *Le Figaro*, la figure du général de Gaulle. Comme il est poète, il l'a fait en vers[2]. Il a donné la parole à la France et l'a fait s'adresser au général de Gaulle. Le résultat est consternant.

La France demande au général de la regarder dans les yeux et elle l'appelle : « Mon général qui êtes mon fils. » Et le général répond : « Femme, tais-toi ! » Quant à l'inspiration, elle commence avec Péguy[3], continue avec Déroulède[4] et s'achève avec les poètes anonymes de *La Veillée des Chaumières*[5].

1. Billet signé Suétone. L'attribution est beaucoup plus sûre que pour le précédent : Francine Camus, qui envoyait parfois à sa mère, à Oran, des textes de Camus, lui avait envoyé celui-ci.

2. Les poèmes de circonstance de Paul Claudel (1868-1955), poète chrétien et diplomate, ne sont pas à la hauteur de ses *Cinq Grandes Odes* ou de son œuvre théâtrale mais témoignent de ses fidélités successives — puisque ce poème « Au général de Gaulle », paru sous la rubrique littéraire du *Figaro*, succède, dans le recueil *Poèmes et paroles durant la guerre de trente ans*, Gallimard, 1945, à un poème dédié au maréchal Pétain…

3. Péguy, Charles (1873-1914) ; la comparaison avec les versets de *La Tapisserie de sainte Geneviève et de Jeanne d'Arc* — par exemple — n'est pas illégitime : « Tout de même, dit la France, je suis sortie !

« Tout de même, vous autres ! dit la France, vous voyez que l'on ne m'a pas eue et que j'en suis sortie ! »

4. Paul Déroulède (1846-1914) reste le symbole de la — mauvaise — poésie patriotique et revancharde ; fondateur de la « Ligue des patriotes », il soutient le général Boulanger (1837-1891) dans son rejet d'une République parlementaire.

5. *La Veillée des Chaumières* — ou plus exactement *Les Veillées de la Chaumière* —, qu'il s'agisse de l'hebdomadaire illustré créé

Nous avons pour les grandes œuvres de M. Claudel l'admiration qu'il faut. Nous avons pour le général de Gaulle le respect qu'on doit. Mais il est bien évident que ce poème ridiculise l'un et l'autre, et que cela est regrettable. Et, comme le général de Gaulle n'en est évidemment pas responsable, il faut donc dire que M. Claudel l'est.

Mais sa responsabilité est beaucoup plus du citoyen que du poète. M. Claudel a déjà confondu l'héroïsme du maquis et celui du bas de laine. C'était une erreur dans la morale. Aujourd'hui, son erreur est dans l'histoire. Il a cru voir dans le représentant de la Résistance le général Boulanger.

Ces deux erreurs en ont fait une troisième, qui est de style. On peut avoir réussi l'image de la Bible et manquer celle d'Épinal.

SUÉTONE

26 DÉCEMBRE 1944[1]

Le Pape vient d'adresser au monde un message où il prend ouvertement position en faveur de la démocratie[2]. Il faut s'en féliciter. Mais nous croyons

---

en 1860 ou du livre de Mme de Genlis paru en 1823 sous ce titre, reste l'exemple d'une littérature bien-pensante, lénifiante et édifiante.

1. Éditorial. Texte signé A. C. Repris dans *Actuelles*, chapitre « Morale et politique ».

2. Il s'agit du message de Noël du pape Pie XII, qui disait notamment : « La vraie démocratie, qu'elle soit de forme républicaine

aussi que ce message très nuancé demande un commentaire également nuancé. Nous ne sommes pas sûrs que ce commentaire exprimera l'opinion de tous nos camarades de *Combat*, parmi ceux qui sont chrétiens. Mais nous sommes sûrs qu'il traduit les sentiments d'une grande partie d'entre eux.

Puisque l'occasion nous en est donnée, nous voudrions dire que notre satisfaction n'est pas pure de tout regret. Il y a des années que nous attendions que la plus grande autorité spirituelle de ce temps voulût bien condamner en termes clairs les entreprises des dictatures. Je dis en termes clairs. Car cette condamnation peut ressortir de certaines encycliques, à condition de les interpréter. Mais elle y est formulée dans le langage de la tradition qui n'a jamais été clair pour la grande foule des hommes.

Or, c'était la grande foule des hommes qui attendait pendant toutes ces années qu'une voix s'élevât pour dire nettement, comme aujourd'hui, où se trouvait le mal. Notre vœu secret était que cela fût dit au moment même où le mal triomphait et où les forces du bien étaient bâillonnées. Que cela soit dit aujourd'hui où l'esprit de dictature chancelle dans le monde, nous pensons évidemment qu'il faut s'en réjouir. Mais nous ne voulions pas seulement nous réjouir, nous voulions croire et admirer. Nous voulions que l'esprit fît ses preuves avant que la force vînt l'appuyer et lui donner raison.

---

aussi bien que de forme royaliste, assure aux peuples la liberté à laquelle ils aspirent, alors que dans l'État autoritaire gouverné par des mains politiques, personne n'a le droit de vivre honorablement sa vie propre. »

Sur l'attitude du pape pendant la guerre, et les « réserves » de Camus à son égard, voir l'éditorial du 8 septembre 1944, et la note 3, p. 187.

Ce message qui désavoue Franco, comme nous aurions voulu le voir lancer en 1936, afin que Georges Bernanos n'eût pas à parler ni à maudire[1]. Cette voix qui vient de dicter au monde catholique le parti à prendre, elle était la seule qui pût parler au milieu des tortures et des cris, la seule qui pût nier tranquillement et sans crainte la force aveugle des blindés.

Disons-le clairement, nous aurions voulu que le Pape prît parti, au cœur même de ces années honteuses, et dénonçât ce qui était à dénoncer. Il est dur de penser que l'Église a laissé ce soin à d'autres, plus obscurs, qui n'avaient pas son autorité, et dont certains étaient privés de l'espérance invincible dont elle vit. Car l'Église n'avait pas à s'occuper alors de durer ou de se préserver. Même dans les chaînes, elle n'eût pas cessé d'être. Et elle y aurait trouvé au contraire une force qu'aujourd'hui nous sommes tentés de ne pas lui reconnaître.

Du moins, voici ce message. Et maintenant, les catholiques qui ont donné le meilleur d'eux-mêmes dans la lutte commune savent qu'ils ont eu raison et qu'ils étaient dans le bien. Les vertus de la démocratie sont reconnues par le Pape. Mais c'est ici que les nuances interviennent. Car cette démocratie est entendue au sens large. Et le Pape dit qu'elle peut comprendre aussi bien la république que la monarchie. Cette démocratie se défie de la masse, que Pie XII distingue subtilement du peuple. Elle admet aussi les inégalités de la condition sociale, sauf à les tempérer par l'esprit de fraternité.

1. Allusion aux *Grands Cimetières sous la lune* ; Camus a déjà évoqué « la grande voix catholique » de Bernanos dans l'éditorial du 16 septembre (voir note 2, p. 202 de cet article).

La démocratie, telle qu'elle est définie dans ce texte, a paradoxalement une nuance radicale-socialiste qui ne laisse pas de nous surprendre. Au reste, le grand mot est prononcé, lorsque le Pape dit son désir d'un régime modéré.

Certes, nous comprenons ce vœu. Il y a une modération de l'esprit qui doit aider à l'intelligence des choses sociales, et même au bonheur des hommes. Mais tant de nuances et tant de précautions laissent toute licence aussi à la modération la plus haïssable de toutes, qui est celle du cœur. C'est celle, justement, qui admet les conditions inégales et qui souffre la prolongation de l'injustice. Ces conseils de modération sont à double tranchant. Ils risquent aujourd'hui de servir ceux qui veulent tout conserver et qui n'ont pas compris que quelque chose doit être changé. Notre monde n'a pas besoin d'âmes tièdes. Il a besoin de cœurs brûlants qui sachent faire à la modération sa juste place. Non, les chrétiens des premiers siècles n'étaient pas des modérés[1]. Et l'Église, aujourd'hui, devrait avoir à tâche de ne pas se laisser confondre avec les forces de conservation.

C'est là du moins ce que nous voulions dire, parce que nous voudrions que tout ce qui a un nom et un honneur en ce monde serve la cause de la liberté et de la justice. Dans cette lutte, nous ne serons jamais trop. C'est la seule raison de nos réserves. Qui sommes-nous, en effet, pour oser critiquer la plus haute autorité spirituelle du siècle ? Rien, justement, que de simples défenseurs de

1. Camus s'est beaucoup intéressé aux premiers siècles du christianisme — dès son diplôme d'Études supérieures (voir *Essais*, pp. 1224-1313) et jusque dans *La Chute*.

l'esprit, mais qui se sentent une exigence infinie à l'égard de ceux dont la mission est de représenter l'esprit.

A. C.

29 DÉCEMBRE 1944[1]

La politique générale a soulevé de grands débats à la Consultative. Les délégués y sont venus. On y a beaucoup parlé. C'est un reproche qu'on fait généralement aux démocraties. Mais nous n'y souscrirons pas sans quelques nuances. Il faut quelquefois beaucoup parler pour que se révèlent les deux ou trois principes communs qui rendent une action possible. Les dictatures peuvent déclencher cette action plus rapidement, il est vrai, mais il arrive que cela coûte plus cher. Il faut choisir entre l'économie du sang ou celle des paroles.

Encore faut-il que les discours mènent aux principes et, pour finir, à l'action. Nous n'irons pas jusqu'à dire que c'est le cas de ceux qui animèrent les récents débats de la Consultative. Mais enfin, il semble bien que l'accord se soit fait sur un point : le Gouvernement doit gouverner.

Gouverner, c'est se mettre en accord aussi bien avec la nation qu'avec soi-même. Un des orateurs a bien montré que le Gouvernement ne gouverne pas dans la mesure où sa politique n'est pas cohérente. Les ministres qui se sont succédé au même poste

1. Éditorial. Texte signé A. C.

n'avaient malheureusement pas les mêmes idées. Les différents ministères ne suivent pas la même ligne, et il arrive que les Finances contrarient la Production, comme il arrive que l'Intérieur boude la Justice. En somme, l'exercice du gouvernement n'est possible qu'en fonction d'une doctrine précise et d'un plan que tous les ministres doivent poursuivre en commun.

C'est cette doctrine et ce plan qui nous intéressent. Parmi toutes les interventions que nous avons pu lire, nous croyons possible de dire que M. Jules Moch[1] a donné les éléments de cette doctrine, tandis que M. Gorse[2], dans le langage le plus élevé, en fournissait l'esprit et la volonté.

La socialisation des banques, des assurances et des industries clés, une réforme financière et fiscale qui détruise les produits illicites et limite les profits licites, une reconstruction systématique, c'est le programme auquel nous donnons aussi notre adhésion. Quant à l'esprit et à la volonté, il faut être reconnaissant à M. Gorse d'avoir prononcé au milieu du plus vieux des décors les jeunes mots d'aventure et d'héroïsme.

1. Jules Moch (1893-1985). Député S.F.I.O., membre du cabinet de Léon Blum en 1938 ; résistant, il rejoint de Gaulle en 1942 ; membre de l'Assemblée consultative à Alger puis à Paris, et des deux Assemblées constituantes, il sera plusieurs fois ministre de la IVe République. Il prendra le parti de Mendès France lors de sa démission du gouvernement de Gaulle en avril 1945.

2. Georges Gorse (1915-2002). Normalien, rallié à de Gaulle dès juin 1940, membre du cabinet de De Gaulle à Alger en 1943, acteur important de la France libre, il sera député de Vendée, et chargé des Affaires musulmanes en 1946-1947 ; il participera à plusieurs gouvernements de la Ve République, et sera le premier ambassadeur de France en Tunisie, puis le premier ambassadeur de France en Algérie.

Le Gouvernement a les mains libres puisqu'il a l'appui de la nation. Mais il porte les charges et les responsabilités de cette liberté. Il dépend de lui que ce pays soit demain celui de la vieillesse et du renoncement, ou celui de la jeunesse et de la grandeur. Il dépend de lui que l'idéal français soit une retraite ou une conquête. La France a failli mourir de ses petits intérêts et de ses petits enthousiasmes. La tâche du Gouvernement est de lui montrer que ce siècle est une immense aventure, que le monde est à construire et que les temps du sommeil et de l'égoïsme sont révolus. Par-dessus tout, sa tâche est de montrer aux Français que cela n'est ni mauvais ni désespérant et que ce pays éventré, couvert de plaies et de cicatrices, garde encore assez de prestige pour qu'on prenne à tâche de le guérir et de le hisser vers de plus grands destins.

Tout cela ne se fera pas avec des mots. Mais avec une vue claire des choses, une volonté obstinée, la main ferme de ceux qui ne mentent pas et l'intransigeance de ceux qui ne parlent pas en leur nom. Cela ne se fera pas en créant un Conseil supérieur du Ravitaillement, mais en fermant les établissements de marché noir, et en confisquant leurs produits pour les répartir à une population toujours sous-alimentée.

Cela ne se fera pas en autorisant la parution d'un magazine pornographique[1], mais en informant sans relâche la nation des grandes épreuves qui l'attendent. Cela ne se fera pas en laissant six cent mille chômeurs contempler des maisons qui ne se relèvent pas, ni en empruntant l'argent qu'il vaudrait mieux confisquer, ni en pardonnant la trahison

1. Cf. « Renaissance française », du 23 décembre, p. 424.

intelligente, dans le temps même où l'on foudroie la trahison bornée, ni en censurant ce que tout le monde sait, ni enfin en croyant avoir tout fait quand on a signé quelques lettres.

Le Gouvernement va gouverner. Il lui faut être dur, tenace, obstiné, toujours éveillé, sans illusions, mais sans découragement, dédaigneux de la ruse, mais toujours soucieux d'efficacité, loyal mais énergique. Tout cela fait beaucoup de choses. On va nous accuser de demander la lune. Mais la réponse est simple : si le Gouvernement, comme nous-mêmes, ne nous proposons pas comme but quelque chose d'extrême et de démesuré, la France retournera à ce sommeil de l'âme qui pour toutes les nations a toujours ressemblé à la mort.

A. C.

30 DÉCEMBRE 1944

Ne jugez pas[1]

J'entends faire un peu partout le procès de la Résistance et des résistants. Ce sont de grands coupables. Ils s'attribuent le mérite d'une libération qui n'est due qu'aux Alliés, ils courent à toutes les places, ils vivent de haine et d'injustice. Je vois aussi qu'on les défend parfois, et qu'on dit alors qu'ils ont eu du mérite et qu'ils ont beaucoup souffert.

1. Article signé Albert Camus.

Tout cela est dans l'ordre. Il n'est pas un seul sacrifice au monde qui n'ait été un jour insulté et ravalé. Mais je crois que souffrir et mériter ne sont pas des titres exceptionnels dans un monde où l'on était bien obligé de choisir la souffrance et le mérite, si l'on voulait seulement rester un homme.

Simplement, les résistants ont un titre de plus que je n'ai jamais vu assez souligné. Ils ont choisi dans la solitude. Et pour ceux qui n'apercevraient pas les extrémités où cela les a menés, je voudrais parler ici d'un drame insupportable qui déchire aujourd'hui tous ceux d'entre nous qui en ont connaissance.

Beaucoup d'hommes de la Résistance ont connu un de leurs camarades qui commença à lutter contre l'Allemand dès 1941[1]. Il avait choisi le plus difficile. Il organisait en zone nord les sabotages ferroviaires. Recherché en 1942, il devait passer en zone sud. Arrêté par Vichy, il traînait treize mois en prison, au sortir desquels il prenait un poste important dans les Mouvements unis de Résistance, à l'organisation des sabotages. À ce poste, il ne se contentait pas de commander, il exécutait lui-même, il était de tous les dangers. C'est alors qu'il fut arrêté, en même temps que des chefs très importants de la Résistance, près de Lyon, à un rendez-vous que très peu d'hommes connaissaient[2].

1. Il s'agit de René Hardy ; ingénieur à la S.N.C.F., entré très tôt dans la Résistance, responsable de la Résistance-Fer, il avait été en contact avec Henri Frenay et le mouvement « Combat ». Arrêté par les Allemands, puis relâché, il n'en avait rien dit à ses camarades, et cette libération est restée mystérieuse.

2. Il s'agit de la célèbre réunion de Caluire, le 21 juin 1943, au cours de laquelle Jean Moulin — envoyé du général de Gaulle pour unifier les mouvements de Résistance — fut arrêté ; il mourut peu après des tortures subies. La Gestapo avait été manifestement prévenue de cette réunion, et les papiers saisis par Klaus

À cause des personnalités capturées, le coup porté à la Résistance était très dur. Quinze jours après, notre camarade reparaissait cependant, disant qu'il s'était évadé. Une partie de ses compagnons le soupçonna dès lors de complicité avec la Gestapo. Une autre partie, la plus grande, lui maintint sa confiance. Pourquoi ? Il est difficile de le dire, s'il était facile alors de l'éprouver : une certaine poignée de main, les gestes du courage, la vérité d'un regard. Ceux qui lui firent confiance n'eurent jamais à s'en repentir. Jusqu'à la libération, malgré la souffrance morale où le mettait une suspicion qu'il ne pouvait ignorer, cet homme a continué son travail et servi admirablement la cause de son pays.

Depuis la libération, il occupait un poste officiel dans un de nos ministères. Rien n'était changé sinon que ceux qui l'entouraient pouvaient remarquer chez lui une nervosité croissante, de brusques assombrissements qui le mettaient près des larmes. Il y a un mois, cet homme était arrêté par la Sécurité militaire. Et ses camarades stupéfaits étaient informés qu'il avait avoué et que c'était lui, en vérité, qui avait livré le rendez-vous à la Gestapo. Mais dans le premier mouvement de leur colère, ils

---

Barbie lui ont permis d'identifier « Max », c'est-à-dire Jean Moulin. Le rôle de René Hardy dans cette arrestation a donné lieu à de longues polémiques : arrêté à la Libération, ses incontestables faits de résistance — dont a témoigné, entre autres, Henri Frenay — ont abouti en janvier 1947 à un verdict de non-culpabilité ; arrêté de nouveau quelques mois plus tard, à la suite de la découverte de nouveaux documents le compromettant, il sera une nouvelle fois acquitté en 1950, « à la minorité de faveur » ; ces verdicts restent encore très controversés. Voir Henri Frenay, *La Nuit finira, op. cit.*, pp. 483-490. René Hardy mourra en 1987, quelques mois avant le procès de Klaus Barbie.

apprenaient que leur camarade avait été arrêté peu avant le rendez-vous, que sa femme s'était peut-être trouvée aux mains de la Gestapo et que, par la torture ou le chantage, on avait obtenu qu'il parlât. L'histoire était dès lors facile à reconstituer. Un combattant, après des années de services irréprochables, cède une seconde à la douleur ou à l'angoisse[1]. Il reprend ensuite sa place et personne ne pourrait dire si c'est par désespoir ou dans une pensée de réparation. Pendant de longs mois, il a vécu avec son acte et la pensée de ceux qui payaient de longues souffrances ce court instant où il avait cédé. Pendant de longs mois, il a continué d'accomplir un devoir dont il ne se sentait plus digne. Aujourd'hui, il est arrêté. Demain, il sera jugé.

J'ai peu de choses à ajouter à ce simple récit. Rien d'autre, au fond, qu'une question : qui osera juger ? Il y avait entre les hommes de la Résistance un serment jamais exprimé et selon lequel chacun s'engageait à être plus fort que la torture. Ce serment était nécessaire. Mais s'il n'était pas exprimé, c'est que tous savaient les limites de la douleur et qu'aucun homme avant la torture ne peut savoir s'il est lâche ou non. C'est pourquoi ce serment était seulement celui que chaque combattant se faisait à lui-même, dans la solitude.

La plupart l'ont tenu, les bourreaux ont été vaincus. D'autres ont été moins forts. Je sais qu'il serait facile de les charger. Mais je veux dire très haut qu'aucun homme de la Résistance n'accepterait de

1. Cf. sous le titre *Peste* dans les *Carnets II*, p. 118 : « Mais il y a toujours une heure de la journée ou de la nuit où l'homme est lâche. C'est de cette heure que j'ai peur. »

Cette note sera effectivement reprise dans *La Peste*, p. 254.

les condamner. Car, si comme tant d'autres, ils étaient restés chez eux, s'ils n'avaient pas choisi le chemin le plus difficile, ils seraient, aujourd'hui, vivants et respectés. Certes, les chemins difficiles demandent des fidélités supérieures. Mais il est des heures et des souffrances où l'homme n'est plus lui-même, où la raison devient démence et l'orgueil supplication. Les combattants de la Résistance savent bien qu'ils vivaient dans l'appréhension de cette minute, non pour la douleur qu'elle présageait, mais parce qu'elle pouvait leur apporter ou le mépris d'eux-mêmes ou la paix invincible des cœurs restés fidèles.

Non, cet homme ne relève pas de notre justice. Il ne relève que de sa propre justice. Un tribunal officiel pourra peut-être le frapper demain. Mais au plus profond de nous-mêmes, nous le saurons innocent. Et s'il revenait enfin dans une vie qui plus jamais n'aura pour lui le même goût, nous lui offririons notre main et notre silence. Non seulement parce qu'il est allé jusqu'au bout d'une épreuve inimaginable, pendant qu'une foule d'hommes dormaient ou jouissaient au milieu des plus affreux malheurs, mais aussi parce que nous savons tous que cette lutte implacable, commencée dans la solitude, lui a apporté pour finir la plus terrible des condamnations, celle qu'on porte sur soi-même, et justement dans la solitude.

ALBERT CAMUS

31 DÉCEMBRE 1944 - 1er JANVIER 1945

Le treizième César[1]

Nous autres, historiens romains, nous avons le goût de l'objectivité. C'est pourquoi nous ne sommes pas déplacés dans ce journal. Mais pour être historiens romains, nous n'en restons pas moins hommes[2]. Nous avons nos impatiences.

M. Georges Duhamel[3] est ainsi une de mes impatiences. Je sens bien, parfois, mon injustice. Mais rien n'y fait, M. Duhamel m'impatiente. D'abord parce qu'il a publié le livre le plus impatientant

1. Billet signé Suétone. Attribution très probable.

2. Parodie d'un vers de *Tartuffe*, acte III, scène 3 : « Ah, pour être dévot, je n'en suis pas moins homme ! »

3. Dans une des « chroniques » qu'il publie régulièrement dans *Le Figaro*, Georges Duhamel (1884-1966) a évoqué avec une certaine complaisance son attitude de résistance passive pendant l'Occupation. Mais « Suétone » lui-même reconnaît son « injustice » à l'égard d'un écrivain dont l'œuvre a marqué l'entre-deux-guerres — en particulier avec la *Chronique des Pasquier* — et qui n'avait en rien démérité pendant les années noires ; sans doute, outre ses *Scènes de la vie future* (1930), satire de la vie américaine, Camus lui reproche-t-il son statut d'écrivain institutionnel et une littérature de bons sentiments que lui-même récuse. Choqué par ce billet, Mauriac lui répondra (en même temps qu'à l'important éditorial du 5 janvier) dans « Le mépris de la charité », les 7-8 janvier 1945 ; il dit en effet ne pas vouloir reprendre le terme d'« impatientant » « dont se sert M. Camus lorsque de très haut, du haut, j'imagine, de son œuvre future, il se permet de juger l'auteur de *La Vie des Martyrs*, de *Civilisation*, du cycle de *Salavin* et de la *Chronique des Pasquier* ».

On peut penser que dans l'âpreté de la polémique qui va désormais opposer les deux écrivains à propos de l'épuration, ce petit texte de Suétone a joué un rôle non négligeable.

qu'on ait pu écrire sur l'Amérique. Devant une nouvelle civilisation, il n'a trouvé que les mots du petit retraité, ou les amertumes du monsieur dont on sait que tout était très bien de son temps.

Il m'impatiente parce qu'on peut le lire partout, parce qu'il n'est pas modeste, parce qu'il est sentimental et que sa sentimentalité n'est pas de qualité, parce qu'il est prolixe et que sa prolixité me force à regretter Tacite[1], dont on sait pourtant qu'il fut un de mes concurrents les plus sérieux.

M. Duhamel vient enfin de produire des articles qui mettent le comble à mon impatience. Il y vante la forme de résistance qu'il a pratiquée et qui s'est déroulée, paraît-il, au grand jour, ce qui demandait plus de courage que la modeste lutte entreprise par 300 000 combattants clandestins.

L'historien que je suis sait qu'on ne peut décider de rien sans la critique des témoignages. Mais l'homme que je reste sait aussi qu'il ne faut pas jouer au héros quand on a été seulement un bon et sage serviteur, et que les fonctionnaires ne doivent jamais parler plus haut que les vrais guerriers.

En étudiant les Césars[2] de la décadence, j'ai aperçu le prix d'une vertu dont ils étaient tous privés et qui était la pudeur. C'est elle que je voudrais rappeler ici. Encore est-il juste d'ajouter que mes douze Césars restaient quand même plus amusants que M. Duhamel, dont je n'arrive pas à dire décidément à quel point il peut m'impatienter.

SUÉTONE

1. Tacite (v. 55-v. 120), historien latin, dont le style concis et suggestif est resté célèbre.

2. *La Vie des douze Césars* est l'œuvre maîtresse de Suétone.

31 DÉCEMBRE 1944 - 1er JANVIER 1945

1945[1]

La coutume veut qu'au début de l'année nouvelle, un journal adresse ses vœux à ses lecteurs. Cela nous est facile en cette première année de publication au grand jour, parce que nous savons que les vœux de nos lecteurs sont les nôtres. Il fut un temps où, dans un monde abandonné à l'apparence du bien-être, la misère pouvait être solitaire. Aujourd'hui, sauf pour une méprisable minorité, les souffrances sont communes et les solitudes partagées. Nous aurons donc l'accord de tous nos lecteurs en souhaitant la fin de cette guerre, pour que les forces immenses qui s'y prodiguent puissent être appliquées aux travaux de la paix, pour que les séparés soient enfin réunis, les absents retrouvés et les morts librement pleurés, pour qu'enfin nos cœurs se délivrent de la haine.

1. Texte paru dans le numéro des 31 décembre 1944-1er janvier 1945. L'attribution à Camus est possible, mais il a peut-être été écrit en collaboration, notamment avec Pascal Pia ; il n'est pas sans rappeler le ton des vœux publiés le 1er janvier 1940 dans *Le Soir-Républicain*, où l'on pouvait lire : « Nous avons des vœux à formuler, précis, jeunes, ardents. Nous désirons et nous appelons de toutes nos forces un monde nouveau où l'homme garde ses chances de dignité.

« [...] *Le Soir-Républicain* ne vous souhaite pas d'être heureux, puisqu'il sait que vous êtes meurtris dans vos chairs et dans vos esprits. Mais, du fond du cœur, il vous souhaite de garder la force et la lucidité nécessaires pour forger vous-mêmes votre bonheur et votre dignité », *Fragments d'un combat*, II, *op. cit.*, pp. 735-736.

Nous avons donné la preuve que nous pouvions nous hisser encore à la hauteur des plus terribles guerres. Nous ne nous sommes pas dérobés à l'épreuve. Nous avons donc le droit, aujourd'hui, de souhaiter qu'elle finisse pour que soient données à nouveau leurs chances à la création et au bonheur des hommes. Mais nous souhaitons que cette paix ne cesse pas d'être une conquête et une grande aventure où nous continuerons de veiller à ce que la grandeur de ce pays et la justice du monde ne soient plus jamais séparées.

2 JANVIER 1945

Panem et circenses[1]

Le Gouvernement vient d'augmenter les taxes accablant déjà lourdement le cinéma.

Les Césars dont j'écrivais l'histoire avaient une politique inverse. Ils offraient gratuitement les jeux du Cirque. Le pain également, mais il est encore moins indiqué d'en parler.

Ils avaient compris que les spectacles à grande mise en scène, ancêtres des réalisations filmées, étaient, eux aussi, ce qu'on a appelé plus tard un opium du peuple. Le cinéma n'est pas une denrée de luxe. Il est la drogue hebdomadaire dont ne peut plus se passer une foule qui a bien le droit d'oublier quelques heures les malheurs de ce temps.

1. Billet signé Suétone. Attribution possible.

Des esprits mal intentionnés diront qu'en effet, en tant qu'opium, il réussit admirablement à abrutir les masses et qu'il mérite d'être frappé. Mais on pourrait facilement contraindre les membres de cette industrie, qui est tout de même un art, d'en faire un instrument propre à élever l'âme au lieu de l'abaisser.

Les cinéastes français ont fait un effort dans ce sens. Pourtant, eux seuls sont touchés par cette augmentation de taxes. Car les films d'Hollywood, lesquels désertent bien souvent leur mission culturelle, arrivent en France déjà remboursés par leur exploitation en Amérique. Les impôts peuvent être lourds, le rapport de ces productions importées est encore tout bénéfice.

Les Allemands, faisant peser l'oppression d'un occupant sur un pays conquis, n'ont pas réussi à tuer le cinéma français. Le ministre des Finances[1] va-t-il y parvenir ?

SUÉTONE

2 JANVIER 1945[2]

Nous avons lu, avec le respect et l'approbation qu'elle demandait, la lettre d'un combattant, publiée

1. Il s'agit de René Pleven ; voir éditorial du 13 octobre 1944, note 2, p. 264.

2. Éditorial. Texte signé A.C. et repris dans *Actuelles*, chapitre « La Chair ».

hier par *Le Populaire*[1]. Sa sévérité était légitime, ses condamnations fondées pour la plupart. Quant au désarroi et à l'amertume qu'elle exprimait, nous les avons assez soulignés, nous avons assez demandé qu'on soumette toute la nation à la règle de guerre, pour que nous n'y revenions pas.

Ceci dit, nous ne pouvons pas approuver dans la lettre de notre camarade la condamnation qu'il porte contre la jeunesse de l'arrière : « Jeunesse efflanquée, fantoche et ridicule qui se moque bruyamment de ce qui la dépasse, Victor Hugo ou le courage[2]. » Non qu'il soit possible de contredire ce point de vue. Il n'est pas raisonné, en effet, il figure seulement un état d'âme que, d'ailleurs, toute une part de nous-mêmes comprend et approuve. Mais il est nécessaire, peut-être, de penser aux jeunes Français qui seraient tentés, à la lecture de cette lettre, de douter d'eux-mêmes, imaginant que c'est là ce qu'on peut penser d'eux et s'affligeant de donner à leurs aînés une image d'eux-mêmes aussi dérisoire et à ce point désespérante.

Car cette condamnation n'est pas fondée. Son défaut est d'être générale, elle est dictée par la légitime impatience de ceux qui ont souffert. Il y a dans toute amertume un jugement sur le monde. La déception pousse à généraliser et l'on parle d'une

1. Sur *Le Populaire*, voir éditorial du 2 septembre 1944, note 2, p. 176. Sous le titre « Un du front vous parle », est publiée le 1er janvier 1945 une lettre signée A. F. (André Figuéras), présentée par M. B. (sans doute Marcel Bridoux) ; cette lettre — qui se réfère à Léon Blum — décrit la désillusion du combattant venu en permission à Paris : « Tout excité de bonheur à cause de la permission attendue depuis un an, on se dit au bout de deux jours à la fois que ça ne vaut pas la peine d'être au front et qu'on y est mieux qu'ici [...] la mort vaut mieux que mille vies absurdes ».

2. Ce sont les dernières lignes de la lettre.

jeunesse tout entière quand on a contemplé quelques malheureux. Nous ne voulons pas défendre les malheureux dont il s'agit, mais nous croyons possible de témoigner pour cette jeunesse que les hommes de la collaboration ont insultée pendant des années et qu'il serait injuste de condamner dans le temps même où nous avons besoin d'elle.

La jeunesse de France n'a pas eu la tâche facile. Une part d'entre elle s'est battue. Et nous savons bien qu'au jour de l'insurrection, il y avait sur les barricades autant de visages d'enfants que de faces adultes. D'autres n'ont pas trouvé l'occasion de la lutte ou n'en ont pas eu la présence d'esprit. Aujourd'hui, tous sont dans l'expectative. Deux générations ont légué à cette jeunesse la défiance des idées et la pudeur des mots. La voici maintenant devant d'immenses tâches pour lesquelles aucun outil ne lui est donné. Elle n'a rien à faire et tout en ce monde la dépasse. Qui pourrait dire qu'elle est coupable ? J'ai vu récemment beaucoup de ces jeunes visages réunis dans une même salle[1]. Je n'y ai lu que le sérieux et l'attention. Et justement, cette jeunesse est attentive. Cela veut dire aussi qu'elle attend et qu'à cet appel muet personne encore n'a répondu. Ce n'est pas elle, mais nous, mais le pays entier et le Gouvernement avec lui, qui sommes responsables de son isolement et de sa passivité.

On ne l'aidera pas avec les mots du mépris. On l'aidera par une main fraternelle et un langage viril.

1. Dans ses lettres à sa mère, Francine Camus signale que les étudiants demandent souvent des conférences à Camus ; on notera le « Je » que Camus n'emploie pas, généralement, dans ses éditoriaux ; mais il fait part ici d'une expérience personnelle.

Ce pays qui a souffert si longtemps de vieillesse ne peut pas se passer de sa jeunesse. Mais sa jeunesse a besoin qu'on lui fasse confiance et qu'on l'entraîne dans un esprit de grandeur plutôt que dans un climat de détresse ou de dégoût. La France a connu le temps du courage désespéré. C'est peut-être ce courage sans avenir et sans douceur qui l'a sauvée pour finir. Mais cette violence d'une âme détournée de tout ne peut pas servir indéfiniment. Les Français n'ont certes pas besoin d'illusions. Ils sont déjà trop prompts à les entretenir. Mais la France ne peut pas vivre que de défiance et de refus.

Sa jeunesse, en tout cas, a besoin qu'on la fournisse d'affirmations pour pouvoir s'affirmer elle-même.

Il est toujours difficile d'unir réellement ceux qui se battent et ceux qui attendent. La communauté de l'espoir ne suffit pas, il y faut celle des expériences. Mais s'il ne sera jamais possible de fondre dans un même esprit des hommes dont les souffrances sont différentes, ne faisons rien du moins qui puisse les opposer. Dans le cas qui nous occupe, n'ajoutons pas aux angoisses des jeunes Français une condamnation qui les révoltera s'ils en sentent l'injustice et qui les mettra en situation d'infériorité s'ils s'avisent de la trouver plausible. Nous avons bien des raisons de céder parfois à l'amertume. Mais, dans la mesure du possible, il faut que nous la gardions pour nous.

Non, en vérité, cette jeunesse ne se moque pas de ce qui la dépasse. Celle que nous avons connue du moins n'a jamais ri que des grands mots ronflants et elle avait raison. Mais nous l'avons toujours vue silencieuse au milieu de la lutte ou devant le spectacle du courage. C'était la marque de sa qualité et la certitude d'une âme difficile qui ne demande qu'à s'employer, et qui n'est pas encore responsable de la solitude où on la laisse.

A. C.

3 JANVIER 1945[1]

L'Agence française de Presse vient de publier un communiqué dont nous avons souligné, par ailleurs, le caractère officieux[2]. Ce communiqué concerne la transformation du Comité de Lublin en gouvernement provisoire de la République polonaise[3]. La question qu'il soulève est délicate et, dans un de nos

1. Éditorial. Texte signé A. C.

2. Dans le même numéro, *Combat* donne le texte publié par l'A.F.P., en précisant qu'« il semble d'inspiration officieuse ». On y lit notamment :

« La décision prise par le Comité de Lublin de se transformer en gouvernement provisoire de la République polonaise n'a pas provoqué de surprise à Paris.

« Dans les milieux autorisés, on souligne qu'il s'agit avant tout d'une affaire intérieure dans laquelle la France n'a pas à s'immiscer. La décision du comité, apprend-on, ne peut modifier en rien les rapports de la France avec le gouvernement polonais de Londres ni sa position à l'égard du comité. »

Le texte souligne que la France manque d'informations sur la « réalité politique de la Pologne », et que Christian Fouchet, envoyé en Pologne pour s'informer du sort des prisonniers et déportés français, pourra « apporter les renseignements désirables ».

3. Le Comité de Lublin a été installé dans cette ville au moment de sa libération par les troupes soviétiques, le 24 juillet 1944 ; sa légitimité est contestée par les Anglais, qui soutiennent le gouvernement polonais en exil à Londres depuis l'occupation de la Pologne par l'Allemagne.

articles de fond, nous avons dit, hier, ce que nous en pensions. Aujourd'hui, nous ne sommes pas désireux de lui apporter un commentaire d'opinion. Nous voulons seulement nous tenir sur le plan de la méthode politique.

Sur ce plan, nous dirons essentiellement que le communiqué publié par notre agence manque de ce courage élémentaire qui s'appelle la clarté. En bref, on y dit que la France n'a pas à s'immiscer dans les affaires intérieures de la Pologne, qu'elle garde la même considération pour les deux gouvernements polonais et qu'elle ne désire pas prendre parti.

On ne saurait mieux se soustraire aux obligations qui s'imposent à tout gouvernement. Et particulièrement, on ne saurait mieux faire pour mécontenter les deux parties. Nous n'avons pas à dicter au Gouvernement sa règle de conduite, ni la politique qu'il serait convenable de suivre. Mais nous pouvons bien lui dire que s'il est des cas où l'on ne peut prendre parti, le silence vaut mieux qu'une déclaration ambiguë où, pour la première fois, la France oublie le langage net qui a été le sien depuis la libération.

Prétendre que notre pays n'a pas à s'immiscer dans les affaires intérieures de la Pologne, c'est dérober la vraie question. Car la reconnaissance du gouvernement d'un pays étranger n'est pas une intervention dans les affaires de ce pays. C'est un acte de politique internationale que chaque nation est obligée de faire ou de ne pas faire, après avoir pesé toutes ses raisons.

Dire, pour justifier notre neutralité, que la situation politique de la Pologne ne nous est pas suffisamment connue, c'est oublier que cet argument a été soutenu par les Alliés pendant des années pour empêcher la reconnaissance du gouvernement de

Gaulle[1]. Nous leur avons suffisamment reproché ce point de vue pour savoir qu'il n'a jamais eu d'autre signification que dans les arrière-pensées qu'il supposait.

Toutes ces raisons ne nous semblent pas nettes et, encore une fois, le silence eût été plus clair. Nous croyons, d'autre part, qu'une semblable position ne peut guère servir notre pays. Quelles en sont les conséquences, en effet ? D'une part, nous avons déçu le gouvernement de Londres en envoyant un délégué auprès du Comité de Lublin. D'autre part, en maintenant nos relations avec le premier, nous risquons de laisser penser à une nation, dont nous avons choisi de faire notre alliée, que notre politique ne va pas sans arrière-pensée.

Qu'on nous comprenne bien. Nous ne cherchons pas une querelle politique aux Affaires étrangères. Ce que nous avions à dire sur la question, nous l'avons dit.

Nous parlons seulement d'une certaine méthode et d'un certain langage. Nous plaidons pour une politique conséquente. Puisque nous avons choisi de nous allier avec l'U.R.S.S., il va sans dire que nous avons reconnu la légitimité du désir où elle est de vivre près d'une Pologne amie. Nous ne pouvons pas ignorer que l'U.R.S.S. soutient le Comité de Lublin. La France s'attend à ce que ce Comité devienne, dans un proche avenir, le gouvernement réel de la Pologne. On peut le regretter ou s'en féliciter. Mais on ne peut pas jouer l'ignorance, sans risquer de compromettre ce qu'on a pris la décision d'entreprendre.

La politique ne consiste pas à mécontenter tout le monde. Elle ne consiste pas non plus à ne décevoir

1. Voir les éditoriaux du 30 septembre, p. 230, et des 14, 15, 17 et 19 octobre 1944, pp. 267, 271, 275 et 281.

personne. Elle consiste à choisir, après avoir réfléchi, et à marcher tout droit dans le sens que l'on a choisi. Les gouvernements de la IIIe République ont cru qu'on pouvait en même temps aller à Munich et préparer la guerre. Ils étaient dans la vanité et, lorsque nous parlons de la nécessité d'un langage clair et d'une morale politique droite, lorsque nous courons le risque de passer pour des songe-creux, nous avons bien le sentiment, au contraire, d'exprimer une réalité politique plus profonde et plus particulière à l'époque. La rectitude est aujourd'hui la suprême habileté de la France. Le général de Gaulle l'a démontré pendant cinq ans. Il serait fâcheux que cette prodigieuse démonstration fût amoindrie par deux ou trois communiqués, tels que savent en publier des ministères ou des bureaux qui tiennent absolument à perpétuer leurs traditions, d'autant plus désastreuses qu'elles sont plus vénérables. Pour tout dire, nous voudrions que la politique de la France continuât à s'exprimer en textes que nous puissions lire sans le sentiment de gêne qui nous a pris à la lecture de ce commentaire qu'à notre grand regret le monde entier pourra lire aujourd'hui.

A. C.

5 JANVIER 1945 [1]

La presse, ces jours-ci, se préoccupe de l'injustice. C'est qu'elle ne peut parler de la justice. Une

1. Éditorial. Texte signé A. C.

romancière catholique a écrit qu'il n'y avait de justice qu'en enfer. Nos tribunaux font ce qu'ils peuvent pour justifier cette regrettable affirmation. Chroniqueurs et éditorialistes peuvent ainsi faire leur choix parmi les condamnations absurdes et les indulgences saugrenues. Entre les deux, on extirpe les condamnés de leur prison et on les fusille parce qu'ils ont été graciés[1].

Nous voudrions seulement dire que tout cela est dans l'ordre. Et que, très probablement, il est maintenant trop tard pour que la justice se fasse. Celle que nous souhaitions était difficile à mettre en œuvre, parce qu'elle devait concilier la dure nécessité où se trouvait le pays de détruire sans faiblesse cette part de lui-même qui l'avait trahi et le souci où nous étions de ne pas manquer au respect qu'on doit à l'homme. Il fallait pour cela que la justice fût rapide.

On nous dit que cela n'était pas possible. Et qu'on ne pouvait en quelques semaines s'assurer de ceux qui avaient trahi, les juger et les punir. Mais nous le savons bien. Le problème n'était pas là. Le problème, pour que la justice fût rapide, était de la rendre claire. Et il nous faut bien l'expliquer, puisque cela n'a pas été compris.

Pour un pays vaincu la trahison pèse parfois plus lourdement sur la conscience de ceux qui ont été livrés que sur l'âme de ceux qui ont livré. Car il faut songer alors à punir. Et cet horrible mot a toujours

1. Le problème de l'épuration a été évoqué à plusieurs reprises depuis le mois d'octobre et a déjà donné lieu à des échanges avec Mauriac ; mais le ton change avec cet article, où s'expriment amertume et désillusion. Il y eut effectivement des exactions de ce type ; l'épuration est encore actuellement l'objet d'appréciations contradictoires.

répugné à des cœurs un peu délicats. Il a fallu pourtant nous faire à cette idée, prendre en charge la justice humaine, accepter de trancher ce qui était à trancher. Et comme si cette tâche n'était pas assez lourde et assez décourageante, nous avons entrepris de la mener dans le scrupule, ce qui revenait à l'accomplir conformément à la loi. Or, il faut bien le dire et le répéter, il n'y a pas de loi qui s'applique à la forme de trahison que nous avons tous connue. Le problème que nous devons résoudre est un problème de conscience qui se pose en fonction d'une loi qui n'a jamais été écrite. Nous vivons dans un monde où l'on peut manquer à l'honneur sans cesser de respecter la loi.

Que fallait-il donc faire sinon créer la loi qui nous manquait ? Mais, là encore, les scrupules nous arrêtaient. La loi qu'il convenait de créer devait nécessairement s'appliquer à des délits qui lui étaient antérieurs. Et nous revenions à cette rétroactivité de la loi qui est la marque de tous les régimes d'exception et la tare des dictatures.

Fallait-il donc accepter notre impuissance et juger avec les lois dont nous disposions qui, justement, ne pouvaient nous servir de rien ?

Il semble bien que c'est ce qu'on a fait. Le résultat est là. C'est lui qui nous autorise à dire qu'il fallait aller jusqu'au bout de notre contradiction et accepter résolument de paraître injustes pour servir réellement la justice. Nous n'avons pas besoin de dire comment les amis de ceux qui sont aujourd'hui jugés régleraient la question s'ils revenaient en maîtres à Paris. Ce n'est pas de cela qu'il s'agit. Il s'agissait de créer la loi dont nous avons besoin, de la formuler en termes clairs et irréprochables. Il s'agissait enfin, pour compenser sa rétroactivité, de lui assigner dans le temps une limite précise, passée laquelle elle ne serait plus valable. Il était possible alors d'aller vite parce qu'il devenait possible de parler clair. Le Gouvernement ne pouvait pas arrêter tous les coupables en quelques semaines. Il pouvait en quelques semaines créer sa loi d'honneur qu'on aurait appliquée pendant six mois ou un an et qui aurait débarrassé la France d'une honte qui dure encore.

Maintenant, il est trop tard. On condamnera encore à mort des journalistes qui n'en méritaient pas tant[1]. On acquittera encore à demi des recruteurs qui auront eu un beau langage. Et lassé de sa justice infirme, le peuple continuera à intervenir de temps en temps dans des affaires qui ne devraient plus le regarder. Un certain bon sens naturel nous préservera des pires excès, la fatigue et l'indifférence feront le reste. On s'habitue à tout, même à la honte et à la bêtise. À la fin, les Français ne peuvent pas en demander plus que leur ministre.

Tout cela, en effet, est dans l'ordre. Mais nous ne le disons pas sans amertume et sans tristesse. Un pays qui manque son épuration se prépare à manquer sa rénovation. Les nations ont le visage de leur justice. La nôtre devrait avoir autre chose à montrer au monde que cette face désordonnée. Mais la clarté, la dure et humaine rectitude ne s'apprennent

1. Allusion possible à Georges Suarez (voir éditorial du 25 octobre 1944, note 1, p. 303) et surtout à Henri Béraud (1885-1958), qui vient d'être condamné à mort pour « intelligence avec l'ennemi » ; romancier et journaliste à *Gringoire*, il est l'auteur d'articles et d'ouvrages anglophobes et vigoureusement opposés à la démocratie ; sa peine sera commuée en travaux forcés ; dès le 4 janvier, Mauriac s'était élevé contre sa condamnation à la peine capitale (« Autour d'un verdict », *Le Figaro*).

pas. Faute de cela, nous allons avoir besoin de dérisoires consolations. On voit bien que M. Mauriac a raison, nous allons avoir besoin de la charité[1].

A. C.

5 JANVIER 1945[2]

Tibère[3] ministre

Pour un historien, il n'y a pas de petits faits. Le prix du boisseau de blé, à Rome, s'il eût été plus bas, la face du monde en aurait été changée[4].

C'est ainsi que je me sens puissamment intéressé par l'augmentation des tarifs de chemins de fer.

1. Allusion, en particulier, à l'article du 14 décembre, « La nouvelle alliance », où Mauriac écrivait : « Heureux ceux qui croient qu'au-dessus de l'ordre de la politique règne l'ordre de la charité. »

Mauriac va réagir très vivement à ces dernières phrases : les 7-8 janvier, dans un article intitulé « Le mépris de la charité », il ironisera : « Quel dommage que notre jeune maître, qui a des clartés sur tout, n'ait daigné nous en fournir aucune sur cette loi faute de laquelle, nous dit-il, "nous allons avoir besoin de dérisoires consolations". Et il ajoute, avec le sourire supérieur que l'on devine : "On voit bien que M. Mauriac a raison : nous allons avoir besoin de la charité". »

C'est ce même article qui prend la défense de Duhamel (voir « Le treizième César », du 1er janvier), p. 439.

2. Billet signé Suétone ; attribution très probable.

3. Tibère (empereur romain entre 14 et 37), successeur d'Auguste, et prédécesseur de Caligula.

4. On reconnaît une parodie de la célèbre phrase de Pascal : « Le nez de Cléopâtre, s'il eût été plus court, toute la face de la terre aurait été changée. »

Quarante pour cent, c'est quelque chose, et le gouvernement doit avoir ses raisons. « Le gouvernement a toujours ses raisons », disait Caligula en décorant son cheval. Je dois dire que Caligula ne donnait pas ses raisons. Il suffisait qu'on crût à leur existence[1].

Depuis, le monde a fait quelques progrès. Et notre gouvernement a donné ses raisons. Il a dit que l'augmentation était avantageuse parce qu'elle diminuerait le nombre des voyageurs. Chacun sait, en effet, qu'aujourd'hui, les trains trouvent leur avantage à ne pas être pris par les voyageurs. Le gouvernement n'a pas seulement donné ses raisons, il en a fourni la démonstration. Il a précisé que les trains de l'Ouest étaient empruntés surtout par les trafiquants du marché noir, que nous appelions affameurs dans l'Antiquité, et que chaque voyage leur rapportait dix mille francs par jour. Désormais, si je comprends bien, leur sortie ne leur rapportera plus que 9 243 francs par jour, ce qui, évidemment, les découragera de recommencer.

On voit que le gouvernement est énergique. Tibère disait, en regardant ses murènes manger ses esclaves, qu'un gouvernement n'est jamais assez énergique. Nos ministres l'ont compris et ils continuent de donner les esclaves du fisc aux murènes du marché noir.

SUÉTONE

1. On sait l'intérêt que Camus a porté à Caligula ; sa pièce sera créée en septembre 1945.

7-8 JANVIER[1]

L'Espagne s'éloigne[2]. Beaucoup de fausses nouvelles nous en étaient parvenues[3]. Maintenant, il semble que tout soit en ordre, ce qui est une mauvaise façon de dire que Franco est toujours là.

Au vrai, les choses sont simples. Le régime phalangiste a duré autant qu'Hitler. L'Allemagne était en pleine débâcle, voici quelques mois, et le régime franquiste faisait comme elle. L'Allemagne réagit depuis quelques semaines et le gouvernement hitlérien de l'Espagne en reçoit du réconfort, avec une apparence de solidité. Cette communauté dans le malheur ou l'espoir, cet ajustement politique, cette même courbe de température devraient éclairer tout le monde. Mais il est d'incurables cécités.

Pendant ce temps, les milieux de l'émigration républicaine essaient de se définir pour mieux agir. Le Parlement espagnol s'est réuni à Mexico et le docteur Negrín est empêché de parler à Londres[4]. Il est vrai qu'il avait l'inimaginable audace d'affirmer que l'Espagne ne demandait aucune intervention

1. Éditorial. Texte signé A. C.

2. Cette phrase apparaît comme un écho d'un article de Montherlant « Barrès s'éloigne », repris dans *Aux fontaines du désir*, et qui donne son titre à un ensemble de trois textes consacrés à Barrès ; le lien avec l'Espagne — peut-être inconscient — peut se lire dans tel passage de l'un de ces textes : « Tolède m'avertit que Barrès s'éloigne » (Montherlant, *Essais*, Bibliothèque de la Pléiade, Gallimard, 1963, p. 270).

3. Voir éditorial du 10 décembre 1944, p. 398. On sait avec quelle attention Camus suit tout ce qui se passe en Espagne.

4. Sur Juan Negrín, voir éditorial du 21 novembre 1944, et note 3, p. 360.

alliée, désireuse seulement de voir cesser l'appui diplomatique que les nations unies apportent à Franco. D'évidence, cela offensait le bon sens.

Il faut croire, cependant, que M. Negrín avait ses raisons. Car la France, maintenant, paraît vouloir s'en mêler. Et l'on nous dit que M. Mateu arriverait mercredi à Paris, avec rang d'ambassadeur de l'Espagne phalangiste auprès du Gouvernement français. M. Mateu, qui a de grands intérêts dans la Société Hispano-Suiza, dont on connaît les appartenances allemandes, était, en effet, l'homme de la situation. Mais si cela est vrai, nous dirons tout net que s'il était peut-être le personnage le plus digne de représenter un général au service des Allemands, il n'est pas l'homme désigné pour serrer la main d'un autre général qui n'a jamais été qu'au service de la France et de la liberté.

La République française n'a rien de commun avec la dictature de Franco. Peut-être est-il vrai que nous n'avons pas à intervenir en Espagne. Mais c'est intervenir, justement, que de nouer des relations diplomatiques, c'est reconnaître la force et l'injustice que d'accepter leur représentant. Nous avons autre chose à faire. Et si nous ne sommes pas capables d'effacer l'insupportable honte du gouvernement de Vichy, livrant Companys[1] et bien d'autres aux fusils de la Phalange, sachons du moins nous taire et garder le plus neutre des silences. Cela ne nous fera pas honneur, mais nous épargnera l'indignité.

1. Luis Companys (1883-1940). Président de la Généralité de Catalogne en 1934 et en lutte contre le pouvoir central, il se range aux côtés des Républicains en 1936 ; à l'issue de la guerre civile, il se réfugie en France, et est livré par le gouvernement de Vichy à Franco ; il est fusillé à Barcelone en 1940. Camus rappelle ces faits dans son article « Pourquoi l'Espagne ? », publié dans *Combat* le 25 novembre 1948, p. 711 et repris dans *Actuelles*.

On nous dira encore que nous parlons de l'Espagne avec trop de passion. Oui, nous en parlons avec passion. Mais nous parlons de la justice aussi avec passion. Est-ce à dire que nous en avons une fausse idée ? Tant de bêtise et tant de cruauté, l'aveuglement des grands, la politique mêlée au sang des hommes, tant de pays soumis depuis des années à de sanglantes ou de ridicules dictatures, quel est l'homme qui pourrait en parler sans un tremblement de colère ou de passion ? On nous dira qu'il y a peut-être de hautes, de très hautes raisons au maintien des relations avec le général Franco. Mais nous ne connaissons rien de plus haut que la parole droite et la liberté de l'homme. Quelles raisons seraient assez hautes pour que nous mettions notre main dans celle d'un homme qui fut le complice de tout ce que nous avons méprisé et de tout ce que nous combattons ?

Si l'Amérique et l'Angleterre ne sont pas à même de juger d'une humiliation qu'elles n'ont pas connue, des souffrances silencieuses qui leur ont été épargnées, comment pourrions-nous les ignorer ?

Nous sommes les seuls dans l'Europe libre à pouvoir tenir le langage qui convient. Qu'attendons-nous donc pour affirmer clairement et d'avance que nous ne connaissons pas le général Franco et que nous ne reconnaîtrons jamais que le gouvernement constitutionnel espagnol, dont les républicains préparent la réunion dans la légalité et dans l'espérance ? La passion rejoint ici la raison et la vérité. Et l'on ne mettra jamais assez de passion à défendre une cause où nos raisons et notre vérité sont si profondément engagées.

A. C.

11 JANVIER 1945

Justice et charité[1]

M. Mauriac vient de publier sur le « mépris de la charité[2] » un article que je ne trouve ni juste ni charitable. Pour la première fois, il a pris, dans les questions qui nous séparent, un ton sur lequel je ne veux pas insister, et que moi, du moins, je ne prendrai pas. Je n'y aurais pas répondu d'ailleurs si les circonstances ne me forçaient à quitter ces débats quotidiens où les meilleurs et les pires d'entre nous ont parlé pendant des mois, sans que rien fût éclairci qui nous importe vraiment[3]. Je n'aurais pas répondu si je n'avais pas le sentiment que cette discussion, dont le sujet est notre vie même, commence à tourner à la confusion. Et puisque je suis visé personnellement, je voudrais, avant d'en finir, parler en mon nom et essayer une dernière fois de rendre clair ce que j'ai voulu dire.

1. Article encadré, doté d'un titre, et signé Albert Camus ; cette présentation inhabituelle souligne l'importance que Camus et *Combat* lui accordent. Repris dans *Actuelles*, sans titre, chapitre « Morale et politique ».

2. Sur cet article, « Le mépris de la charité », voir la note 1, p. 454 concernant l'éditorial du 5 janvier.

3. Sans doute le fait que cet article soit le dernier publié avant que Camus ne s'absente — pour la première fois depuis le 21 août — pendant un mois joue-t-il aussi un rôle dans sa mise en place ; c'est un homme que la fatigue et la maladie (ce que Camus appelle « les circonstances », et qu'attestent les lettres de Francine Camus à sa mère) ont rendu plus vulnérable aux attaques qui répond ici, en son nom personnel, à Mauriac.

Chaque fois qu'à propos de l'épuration, j'ai parlé de justice, M. Mauriac a parlé de charité. Et la vertu de la charité est assez singulière pour que j'aie eu l'air, réclamant la justice, de plaider pour la haine. On dirait vraiment, à entendre M. Mauriac, qu'il nous faille absolument choisir, dans ces affaires quotidiennes, entre l'amour du Christ et la haine des hommes. Eh bien ! non. Nous sommes quelques-uns à refuser à la fois les cris de détestation qui nous viennent d'un côté et les sollicitations attendries qui nous arrivent de l'autre. Et nous cherchons, entre les deux, cette juste voix qui nous donnera la vérité sans la honte. Nous n'avons pas besoin pour cela d'avoir des clartés sur tout, mais seulement de désirer la clarté, avec cette passion de l'intelligence et du cœur sans laquelle ni M. Mauriac ni nous-mêmes ne ferons rien de bon.

C'est ce qui me permet de dire que la charité n'a rien à faire ici. J'ai l'impression, à cet égard, que M. Mauriac lit très mal les textes qu'il se propose de contredire. Je vois bien que c'est un écrivain d'humeur et non de raisonnement, mais je voudrais qu'en ces matières nous parlions sans humeur. Car M. Mauriac m'a bien mal lu s'il pense que je m'avise de sourire devant le monde qui nous est offert. Quand je dis que la charité qu'on propose comme exemple à vingt peuples affamés de justice n'est qu'une dérisoire consolation, je prie mon contradicteur de croire que je le fais sans sourire.

Tant que je respecterai ce qu'est M. Mauriac, j'aurai le droit de refuser ce qu'il pense. Il n'est pas nécessaire pour cela de concevoir ce mépris de la charité qu'il m'attribue généreusement. Les positions me semblent claires, au contraire. M. Mauriac ne veut pas ajouter à la haine et je le suivrai bien volontiers. Mais je ne veux pas qu'on ajoute au mensonge et c'est ici que j'attends qu'il m'approuve. Pour tout dire, j'attends qu'il dise ouvertement qu'il y a aujourd'hui une justice nécessaire.

En vérité, je ne crois pas qu'il le fera : c'est une responsabilité qu'il ne prendra pas. M. Mauriac qui a écrit que notre République saurait être dure, médite d'écrire bientôt un mot qu'il n'a pas encore prononcé et qui est celui de pardon. Je voudrais seulement lui dire que je vois deux chemins de mort pour notre pays (et il y a des façons de survivre qui ne valent pas mieux que la mort). Ces deux chemins sont ceux de la haine et du pardon[1]. Ils me paraissent aussi désastreux l'un que l'autre. Je n'ai aucun goût pour la haine. La seule idée d'avoir des ennemis me paraît la chose la plus lassante du monde, et il nous a fallu, mes camarades et moi, le plus grand effort pour supporter d'en avoir. Mais le pardon ne me paraît pas plus heureux et, pour aujourd'hui, il aurait des airs d'injure. Dans tous les cas, ma conviction est qu'il ne nous appartient pas. Si j'ai l'horreur des condamnations, cela ne regarde que moi. Je pardonnerai ouvertement avec M. Mauriac quand les parents de Vélin[2], quand la femme de Leynaud[3] m'auront dit que je le puis. Mais pas avant, jamais avant, pour ne pas trahir, au prix d'une effusion du cœur, ce que j'ai toujours aimé et respecté dans ce monde, qui fait la noblesse des hommes et qui est la fidélité.

1. Dès mai 1944, dans « Tout ne s'arrange pas », Camus se disait « sans haine et sans compassion » à l'égard de Pierre Pucheu ; cf. note 3, p. 150.

2. Sur Vélin, pseudonyme d'André Bollier, voir « Un journal dans l'histoire », p. 24.

3. Sur René Leynaud, voir l'éditorial du 27 octobre 1944, p. 306.

Cela est peut-être dur à entendre. Je voudrais seulement que M. Mauriac sentît que cela n'est pas moins dur à dire. J'ai écrit nettement que Béraud ne méritait pas la mort, mais j'avoue n'avoir pas d'imagination pour les fers que, selon M. Mauriac, les condamnés de la trahison portent aux chevilles. Il nous a fallu trop d'imagination, justement, et pendant quatre ans, pour des milliers de Français qui avaient l'honneur pour eux et que des journalistes dont on veut faire des martyrs désignaient tous les jours à tous les supplices. En tant qu'homme, j'admirerai peut-être M. Mauriac de savoir aimer des traîtres, mais en tant que citoyen, je le déplorerai, parce que cet amour nous amènera justement une nation de traîtres et de médiocres et une société dont nous ne voulons plus.

Pour finir, M. Mauriac me jette le Christ à la face. Je voudrais seulement lui dire ceci avec la gravité qui convient : je crois avoir une juste idée de la grandeur du christianisme, mais nous sommes quelques-uns dans ce monde persécuté à avoir le sentiment que si le Christ est mort pour certains, il n'est pas mort pour nous[1]. Et dans le même temps, nous nous refusons à désespérer de l'homme. Sans avoir l'ambition déraisonnable de le sauver, nous tenons au moins à le servir. Si nous consentons à nous passer de Dieu et de l'espérance, nous ne nous passons pas si aisément de l'homme. Sur ce point, je puis bien dire à M. Mauriac que nous ne nous découragerons pas et que nous refuserons jusqu'au

1. Camus a déjà évoqué sa position à l'égard du christianisme dans l'éditorial du 8 septembre 1944, p. 187 ; cette phrase est en résonance avec bien des pages de *La Peste* et de *La Chute* — entre autres.

dernier moment une charité divine qui frustrerait les hommes de leur justice.

ALBERT CAMUS

9 FÉVRIER 1945[1]

Il paraît que *Combat* a changé d'orientation et qu'il est pris d'une fièvre d'opposition regrettable[2]. Il est vrai que depuis la Libération beaucoup de choses et de gens ont changé. Et je suppose que c'est cela qui fait accuser d'inconstance ceux justement qui sont restés fermes dans ce qu'ils disaient.

Il est nécessaire, en tout cas, que j'affirme que *Combat* n'a jamais changé de position. Notre équipe est restée solidaire de ce qui faisait son unité au milieu de l'insurrection, et qui fait encore sa cohésion au milieu d'une si grande confusion. Les éditorialistes de ce journal répondent les uns des autres[3].

Ceux qui nous lisent attentivement le savent bien.

1. Éditorial. Texte signé.
2. Allusion probable à un article de la « Revue de presse » du *Monde* qui, le 25 janvier, s'étonnait « du rôle limité que *Combat* serait enclin à réserver aux groupements de la Résistance », par son refus de l'union des Français que préconise Thorez, qui serait, selon *Combat*, « le parti unique ».
3. Camus, qui n'a rien publié depuis le 11 janvier, est revenu au journal depuis quelques jours, mais selon des horaires un peu moins lourds. Il reprend sa place et sa pleine responsabilité par cet article signé, après lequel les éditoriaux retrouveront l'anonymat des premiers mois, ce qui veut sans doute apparaître comme une garantie de l'esprit d'équipe régnant entre les éditorialistes.

Nous avons toujours dit que la libération n'était pas la liberté, que le combat contre l'ennemi nazi se confondait pour nous avec la lutte contre les puissances d'argent. Nous n'avons jamais cessé d'affirmer que la politique des alliances ne suffisait pas et que notre seul but était une organisation mondiale qui assure enfin la paix des peuples.

Depuis six mois, nous défendons le même programme sans jamais dévier. Depuis six mois, nous réclamons une économie de guerre et de reconstruction qui marque une rupture avec le passé, des socialisations (et d'abord celle du crédit) qui mettent la production au service de la collectivité, au lieu de l'abandonner à des intérêts privés dont nous avons enregistré la démission. Depuis six mois, nous demandons la création d'une vraie démocratie populaire dont l'économie serait juste et le principe politique, libéral. Depuis six mois, conscients de la contradiction où s'étrangle un monde pris entre une économie désormais internationale et des politiques obstinément nationalistes, nous réclamons une fédération économique mondiale, où les matières premières, les débouchés commerciaux et la monnaie seront internationalisés et prépareront ainsi la fédération politique qui empêchera les peuples de s'égorger tous les vingt ans[1].

Nous n'étions pas seuls, en août dernier, à défendre ce programme, nous n'étions pas si originaux. Une quasi-unanimité s'était faite à cet égard, qui était notre meilleur espoir. Notre Gouvernement avait accepté ces principes. Et c'était précisément cela qui faisait que, tout en restant vigilants, nous

1. Ces deux paragraphes résument parfaitement la ligne politique de *Combat* avant que les clivages idéologiques n'apparaissent.

lui apportions notre appui, essayant seulement de défendre cette espérance commune dans le langage de l'objectivité. Qu'y a-t-il donc de changé pour que certains de nos camarades s'étonnent ? Disons-le sans hésiter, ce qui a changé apparemment, ce ne sont pas nos convictions, ce sont les intentions du Gouvernement.

Les décisions prises ces dernières semaines, la politique de certains ministères, ne sont plus en accord avec ce programme. Il y a des ministres qui n'ont plus notre confiance parce qu'ils n'ont pas notre approbation. Ce n'est pas nous qui nous isolons aujourd'hui, c'est lc Gouvernement. Car nous ne sommes pas si seuls. Le parti socialiste, les syndicats, le C.N.R. enfin, viennent de prendre parti sur ce programme. M. Cachin lui-même[1], dans deux articles successifs, vient de corriger les dernières déclarations du parti communiste, et demande, lui aussi, les socialisations nécessaires. Non, rien n'est changé, sinon peut-être les buts du Gouvernement.

Qu'ajouter à cela ? On a prononcé le mot d'opposition. Je trouverais personnellement l'opposition regrettable. Je souhaite qu'elle nous soit évitée. Mais nous la choisirons demain sans une hésitation, si le programme de politique intérieure qui nous est annoncé ne nous prouve pas que le Gouvernement est resté fidèle à ce qu'il a promis. Car nous avons aussi nos promesses à tenir. Nous les avons formées à un moment où l'humiliation deve-

1. Cachin, Marcel (1869-1958), membre de la S.F.I.O., est l'un des fondateurs du parti communiste au Congrès de Tours en 1920 ; il a dirigé *L'Humanité* depuis 1918 jusqu'à sa mort. Il a joué un rôle important dans la Résistance. Député après la guerre, il sera constamment réélu.

nait religion et la démission devoir national. Nous leur resterons fidèles par respect pour nous-mêmes et pour le peuple de ce pays. C'est en tout cas l'idée que nous nous faisons de la rectitude et nous nous y tiendrons.

ALBERT CAMUS

16 FÉVRIER 1945[1]

La Conférence de Crimée avait, entre autres problèmes difficiles, à déterminer si les décisions prises par la future Société des Nations le seraient à la majorité ou à l'unanimité des votants[2]. Le lecteur mal informé pourrait penser qu'il s'agit d'une question de pure forme. En fait, elle engage tout l'avenir du monde[3].

De quoi s'agit-il en effet ? Supposons un conflit politique qui opposerait deux puissances membres de la Société et qui pourrait entraîner l'application des sanctions à l'une d'elles. Il s'agit de savoir si ces sanctions seront appliquées à partir du moment où

1. Éditorial. Texte probable.

2. Il s'agit de l'importante conférence de Yalta, qui a réuni du 4 au 11 février Staline, Churchill et Roosevelt. Prélude à la conférence de San Francisco, qui organisera les Nations unies, la conférence entérine les nouvelles frontières des pays européens, le partage des zones d'occupation en Allemagne, le principe de l'ouverture du Gouvernement polonais aux émigrés de Londres.

3. On ne saurait trop souligner la lucidité de cette remarque : la conférence de Yalta fut en effet décisive pour l'avenir du monde, avec, notamment, le découpage des zones d'influence entre l'Est et l'Ouest.

la majorité des nations jugera que l'une d'entre elles les a encourues ou si, au contraire, il faudra attendre que toutes les nations soient consentantes. Dans ce dernier cas, on voit que la puissance qui risquerait d'être désavouée par le conseil mondial devra donner son approbation aux mesures qui la frapperont. Il lui suffira par conséquent d'opposer son veto pour rendre inopérantes les décisions du Conseil suprême.

On le voit, la question du veto revient, selon qu'elle est tranchée, à faire de la future S.D.N. un instrument fédéral qui appliquera strictement les règles d'une démocratie internationale, ou un organisme qui exigera des puissances cette vertu supérieure par quoi elles sanctionneront elles-mêmes leurs propres visées impérialistes. Comme, malgré nos tendances utopiques bien connues, nous n'avons qu'une confiance modérée dans la vertu des hommes, nous conclurons qu'il s'agit de choisir entre la démocratie internationale ou la reconnaissance des impérialismes.

De ce point de vue, les décisions de la conférence de Crimée revêtaient une importance sans mesure. Le communiqué officiel annonçait que le problème avait reçu sa solution. Cette solution nous est aujourd'hui révélée par le *New York Times*, dont les informations sont généralement sérieuses et qui n'a pas encore été démenti. Selon lui, le droit de veto ne serait pas supprimé, mais il serait réservé, pour toutes les questions importantes, à cinq grandes puissances : U.R.S.S., États-Unis, Grande-Bretagne, France et Chine[1].

1. Ce sont les cinq nations qui auront des représentants permanents au Conseil de Sécurité.

Si la nouvelle est vraie, elle est considérable, car elle reviendrait à supprimer toute idée de démocratie internationale. Le monde serait, en fait, dirigé par un directoire de cinq puissances. Les décisions qu'elles prendraient seraient toujours applicables à l'ensemble des nations, mais il suffirait que ces décisions se retournent contre l'une d'entre elles pour qu'il soit possible à celle-ci de s'y dérober par l'exercice de son droit de veto. Les Cinq garderaient ainsi et toujours la liberté de mouvement qui serait toujours refusée aux autres.

Nous savons ce qu'il y a de flatteur à nous trouver au nombre de ces puissances. Nous savons qu'en particulier le problème allemand se trouve réglé pour quelque temps. Mais nous savons trop aussi les raisons de cinq années de luttes terribles et de misères atroces pour ne pas dire, aussi simplement qu'il se peut, la profonde angoisse qui est la nôtre devant de semblables décisions. Elles engagent le sort de millions d'hommes qui attendaient de la victoire la certitude que la paix durerait assez longtemps pour que leur douleur puisse au moins être oubliée. Ils attendaient qu'un droit international protège les petites nations comme les grandes et sanctionne les visées impérialistes. On leur offre au contraire, si l'information du *New York Times* est vraie, la politique des annexions et de la force, l'équilibre éphémère des puissances, les luttes fatales d'influences. Ils attendaient que les pays vainqueurs abandonnent une part de leur souveraineté au profit de l'organisme international. Mais on leur présente le renforcement de ces souverainetés au détriment de celle des petites nations.

Certes, la France garde la sienne. Mais c'est la tâche de la France, justement, que de dire bien haut que cela n'est pas dans la justice, et que cette voie, qu'on veut nous faire prendre au nom des réalités, ne tient pas compte de ces terribles réalités que sont la puissance et la conquête, qui demain mèneront ce monde à une nouvelle mort. La France, riche aujourd'hui seulement de son travail et de sa liberté, doit dire au monde que la seule voie réelle mène au fédéralisme économique, à la mise en commun des richesses et à la soumission de toutes les nations à une règle de démocratie internationale. C'est pour cela que ce pays s'est couvert pendant quatre ans de fusils, de morts et de tortures. Et puisqu'on nous parle de grandeurs, ne cessons pas de dire qu'il en est dont nous ne voudrons pas si elles sont dressées sur le malheur des autres.

17 FÉVRIER 1945[1]

« Ici, du moins, on ne vit pas dans le mensonge », disait un de nos amis, combattant du front d'Alsace. Cette parole, que nous avons déjà rapportée[2], a paru amère à certains, atroce à d'autres. Et il

1. Éditorial. Texte possible.
2. La reprise d'une phrase citée et le renvoi explicite à l'éditorial du 13 décembre, p. 400, qui était signé par Camus, portent à penser que cet article est également de lui ; mais Camus a rappelé quelques jours auparavant que les « éditorialistes [...] répondent les uns des autres ». La critique interne n'est pas décisive. Camus n'est pas un spécialiste de l'Indochine — ce sera le colonel Bernard qui fera paraître plusieurs articles essentiels sur ce problème —, mais les questions coloniales, et les rapports de nation à peuple et à État l'intéressent.

nous semble, hélas ! que les événements la justifient davantage chaque jour. Mais pour garder, à la fois, sa bonne volonté et son sang-froid, il convient de distinguer entre le mensonge et l'équivoque ou la confusion.

Mensonge, l'affirmation, la main sur le cœur, que la France a toujours joué vis-à-vis de ses colonies un rôle de tutélaire bienveillance : mais sincères, nous n'avons pas de raison d'en douter, et riches d'espérance pour des millions d'hommes, ces mots prononcés par le général de Gaulle à la fête annamite du Têt : « La France entend faire du développement politique, économique, social et culturel de l'Union indochinoise l'un des buts principaux de son activité. »

Ce qui peut risquer de rendre caduques de telles déclarations, ce serait le désir de les appuyer sur une tradition qui n'existe pas. À ne vouloir rien renier du passé, l'on hypothèque gravement l'avenir. Personne n'ignore qu'en Indochine en particulier, le Gouvernement général équilibrait son budget à l'aide de la régie de l'opium, brimait les « élites » et opprimait le peuple. Si la France veut demeurer son propre mandataire en Extrême-Orient, il lui faut, avant tout, affirmer qu'elle entend rompre avec de telles méthodes.

Mensonge, et combien plus grave, plus dangereux pour l'avenir, que de prétendre rechercher demain une démocratie internationale, alors que les modalités de vote réservées à cinq grandes puissances (il s'agit du droit de « veto » dont nous parlions hier à la suite d'une information du *New York Times*) aboutiraient, si elles étaient confirmées, à la reconnaissance implicite des impérialismes. À ce propos, il convient de souligner l'équivoque qui se prolonge entre les notions de peuple, de nation et d'État.

Si déjà en notre siècle d'interpénétration des réalités économiques et sociales, les intérêts des peuples ne s'inscrivent que fort imparfaitement dans les limites périmées de la nation, l'histoire de ces trente dernières années nous apprend que l'État a bien souvent joué contre la nation. C'est devenu un lieu commun que d'affirmer à tout propos qu'un pays avait besoin d'un État fort. La question n'est pas là. Un peuple choisit ou se laisse imposer un régime dont les organismes exécutifs et directeurs constituent l'État. Cet État se voudra d'autant plus fort, c'est-à-dire despotique, que la doctrine qu'il défend à l'intérieur de la nation et dans le monde sera moins liée aux intérêts particuliers du peuple qu'il représente et aux intérêts généraux des peuples qui l'entourent.

Le néfaste Pétain, dans sa logique absurde, avait résolu le problème des rapports entre peuple, nation et gouvernement en escamotant la République pour lui substituer l'État français, ce qui n'avait proprement aucun sens. Prenons garde de ne pas commettre une autre confusion en faisant de l'État une sorte d'entité supérieure qu'il faut « servir ». C'est le rôle des préfets de servir l'État, mais le rôle de l'État, à son tour, dans un régime comme le nôtre, est de servir une politique qui se trouve, n'en doutons pas, fort bien exprimée, encore qu'incomplètement, par la charte de la Résistance par exemple. Il faut, à une démocratie, un État cohérent et énergique, mais non un « État fort » dans le sens que ce terme a acquis. Cette cohérence, cette énergie en ce qui concerne la France, doivent être employées sur le plan intérieur, à réaliser les réformes attendues, et, dans le monde, à défendre la volonté de paix de notre peuple.

Nous savons bien que le gouvernement français n'a pas de responsabilités en ce qui concerne les décisions prises à Yalta, mais il lui appartient, comme l'a dit le général de Gaulle, de ne se sentir lié par rien à quoi il n'ait effectivement collaboré, et qu'il ne puisse approuver en tant que représentant du peuple français.

S'il est affligeant de ne pas vivre dans la vérité, n'y ajoutons pas la douleur de laisser mourir au front les meilleurs des nôtres dans la duperie.

9 MARS 1945[1]

Depuis deux jours, M. Teitgen[2], ministre de l'Information, subit les attaques de l'Assemblée consultative. Aujourd'hui, il va répondre. Mais si habiles et si honnêtes que soient ses justifications, nous doutons qu'elles abordent le fond du problème. Pourquoi, en effet, en serait-il ainsi, puisque la plupart des critiques qui lui ont été adressées portent sur

1. Éditorial. Texte probable ; la défense de la presse de la Résistance contre les journaux soumis à l'argent est un thème souvent repris par Camus ; la violence de l'attaque à l'égard de Pierre-Henri Teitgen pourrait être due à Pascal Pia — dont il faut cependant rappeler qu'il semble avoir signé ses rares articles ; d'autre part, l'attribution de l'article du 16 mars, qui répondra aux remarques de *Témoignage chrétien* sur cet éditorial, n'est guère contestable.

2. Sur P.-H. Teitgen, voir éditoriaux (et notes) du 10 septembre et du 29 octobre 1944, p. 193 et 309.

des questions de papier et de répartition, importantes sans doute, mais cependant secondaires.

En fait, c'est l'existence même du ministère de l'Information et sa fonction qui auraient dû être mises en cause. Au premier abord, on peut douter de la nécessité d'un tel ministère. Car s'il s'agit d'informer l'opinion sur la politique gouvernementale, chaque ministère est pourvu d'attachés de presse qui remplissent cet office, et qui le remplissent, soit dit en passant, sans se soucier le moins du monde du ministère de l'Information.

Quant aux difficultés matérielles, comme le manque de papier, elles ne suffisaient pas à justifier la création d'un ministère particulier. Elles pouvaient relever d'un organisme professionnel tel que la Fédération de la Presse, ou d'un service du ministère de la Production industrielle. C'est donc dire que les véritables raisons d'être du ministère de l'Information ne sont pas là.

La mission de M. Teitgen et de son administration était précise : il s'agissait d'assurer une transition. M. Teitgen devait constituer les dossiers des entreprises de presse ayant travaillé pendant quatre ans avec l'ennemi, il devait assurer la réquisition de leurs biens et l'emploi des biens réquisitionnés, il devait accorder à de nouveaux journaux l'autorisation de paraître pour autant que ces journaux satisfaisaient à des critères clairs et admis de tous, il devait enfin pourvoir la presse française d'un statut la mettant à l'abri des puissances financières et économiques.

M. Teitgen n'a rien fait de tout cela, nous entendons rien fait de sérieux. Là, il s'est contenté d'un empirisme assez court, et ici, il s'est fermement tenu dans l'abstention.

En ce qui concerne les autorisations, elles furent accordées sans la moindre méthode, avec, cependant, un évident souci de favoriser les démocrates populaires[1]. Dans un tel emploi, il fallait un homme qui sût se tenir au-dessus des partis : M. Teitgen a préféré s'enfermer dans le sien.

Cela est grave. Mais il est plus grave encore de laisser un régime nouveau s'instaurer dans la presse sans le confirmer ni dans sa discipline ni dans ses libertés. Car ceci touche non plus seulement les journaux, mais la liberté de l'homme en général.

Il y a deux manières d'attenter à la liberté : par la force policière ou par la force économique. Cette dernière peut s'exercer soit directement — d'une manière matérielle — soit indirectement, en orientant la pensée, en l'abêtissant, en l'infléchissant par la presse dans le sens d'intérêts particuliers. La loi de 1881 à laquelle restent soumis les journaux laissait le champ libre à l'argent. Elle n'a été que très légèrement amendée. Or l'on sait à quel point l'argent a pu utiliser la presse avant la guerre.

Pour que la presse de la Résistance voie le jour, combien d'hommes et de femmes ont été tués, torturés ou déportés ? Faut-il que tant de sacrifices aient été consentis en vain ? Et qu'aujourd'hui, parce que rien ne l'en empêche, tel journal puisse ouvrir ses caisses à un gros bailleur de fonds, abdiquer entre ses mains son indépendance et dilapider cette fortune de courage et de dévouement qui lui a permis d'être ce qu'il est ? Est-ce là vraiment servir la liberté ?

1. Il faut sans doute comprendre les « démocrates chrétiens », puisque P.-H. Teitgen est un des dirigeants du M.R.P., parti de la démocratie chrétienne.

Si la presse de la Résistance, restant exposée à la pression de l'argent ou à celle du pouvoir, finit par abandonner ou par trahir les intérêts nationaux qui la justifient, il y aura quelque déshonneur à n'avoir rien entrepris pour la soustraire à ces pressions. Déjà il est bien tard.

Si M. Teitgen n'entend pas servir la presse libre, qu'attend-il pour le dire, et s'il ne le peut pas, qu'attend-il pour se retirer ?

11-12 MARS 1945[1]

Nous avons donné, hier, un compte rendu aussi objectif que possible du discours de M. Teitgen. La vérité nous obligeait à dire que ce discours fut assez habile pour modifier les sentiments d'une partie de l'Assemblée. Mais il n'est pas moins vrai que ce discours n'a paru si habile qu'en raison de la faiblesse ou de la partialité des objections faites au ministre. Une fois de plus, il faut ici fixer les idées.

Disons d'abord que M. Teitgen a tout à fait raison de demander une réforme de la moralité politique ; ce n'est pas à *Combat* qu'on le démentira et nous ne lui ferons pas de querelle personnelle. Tout au plus lui ferons-nous remarquer que si les journalistes doivent être impartiaux, les ministres ne devraient pas mettre leur personne au-dessus de leur fonction et devraient se garder de la susceptibilité. Le dis-

1. Éditorial. Texte probable, dans la suite du précédent et auquel répond également l'article de *Témoignage chrétien*.

cours de M. Teitgen n'est pas modeste. M. Francisque Gay[1], dans sa défense du ministre, a aussi brouillé les cartes. Que M. Teitgen soit catholique, c'est, en effet, sans importance, et qu'il ait des mérites et des souffrances personnels, nous y consentirons volontiers. Mais cela n'a rien à voir avec sa fonction. Les règles de la politique sont ici celles de la pudeur.

Nous n'avons pas à juger de ce qu'est M. Teitgen, mais de ce qu'il a fait. On lui a présenté, ces derniers jours, des critiques diverses, nombreuses et de valeur inégale. Mais la seule grande critique qu'on pouvait soulever parce qu'elle commande toutes les autres, M. Texcier[2] a été le seul à la formuler. Dans un sens, il est sans importance que de nouveaux journaux aient reçu leur autorisation et il n'y avait pas d'inconvénient à ce que M. Teitgen fît parler en même temps toutes ses « familles spirituelles ». Mais il eût fallu qu'auparavant un statut légal et strict fût donné à la presse, qui apportât l'assurance à ses défenseurs que les fils de Pascal et de Voltaire dont parlait le ministre ne seraient pas en même temps les cousins de MM. de Wendel[3].

1. Francisque Gay (1885-1963). Militant chrétien du mouvement du Sillon de Marc Sangnier, il fait de la maison d'édition qu'il dirige un des centres de la Résistance. Directeur de *L'Aube*, il est l'un des fondateurs du M.R.P. ; membre de l'Assemblée consultative, député de Paris, il participera en tant que vice-président du Conseil ou ministre d'État aux gouvernements de Gaulle, Gouin et Bidault. Il tentera un arbitrage entre *Combat* et H. Frenay et C. Bourdet quelques mois plus tard. Cf. « Un journal dans l'histoire », note 2, p. 69.

2. *Sic* pour Adrien Tixier, commissaire à l'intérieur du C.N.L., puis ministre de l'Intérieur du G.P.R.F.

3. Les Wendel sont une famille d'industriels — maîtres des Forges — depuis des décennies, qui a cumulé les responsabilités politiques et financières.

M. Teitgen a-t-il, oui ou non, donné ce statut à la presse ? Il en connaissait l'importance puisqu'il l'a accepté dans la clandestinité. Il ne l'a pas donné. Il a dit, avant-hier, qu'il allait « en préparer le travail ». Or, les grandes lignes de ce statut ont été préparées dans la clandestinité, cette réforme ne demandait aucun délai, il suffisait de la vouloir. Apparemment, on ne l'a pas voulue. Mais tout est ainsi aujourd'hui. Nous sommes sous le signe du consultatif dans ce qu'on crée et du différé dans ce qu'on promet. On diffère les réformes de structure, on diffère les mesures financières et on diffère le statut de la presse. Demain, l'ennemi s'étant renforcé, les réformes échoueront ou se montreront mauvaises. Nous serons les utopistes.

Il en sera ainsi de la presse si nous n'y veillons pas. Nous étions sûrs de nous, journaux issus de la clandestinité. Nous connaissions le prix de la honte et le souvenir de nos camarades était la garantie que nous apportions avec nous. Mais d'autres journaux sont venus. Nous ne les suspectons ni ne les accusons. Nous dirons seulement que nous ne sommes pas aussi sûrs d'eux que de nous. Il est bon sans doute qu'ils paraissent, mais il fallait d'abord donner son statut à la presse et ensuite autoriser la parution. On ne l'a pas fait. Aujourd'hui, les portes sont ouvertes. Quoi que veuille M. Teitgen, l'argent entrera s'il en a le désir et s'il n'est déjà entré. Voilà notre procès et l'on voit qu'il est simple. M. Teitgen a un cœur pur et un esprit coupable. Il nous pardonnera de lui retirer notre confiance.

Le verdict ne nous appartient pas, mais cela ne nous empêchera pas de définir notre point de vue. M. Francisque Gay, défendant toujours le ministre, a dit que si la presse pourrie revenait, la faute en reviendrait à la presse de la Résistance et non au ministre. C'est une affirmation contre laquelle nous protestons avec la dernière énergie. La presse de la Résistance a fait ce qui était en son pouvoir de faire : occuper les lieux par le moyen de la force insurrectionnelle et sortir ses journaux dans des conditions uniques dans l'histoire. Après cela, il revenait au ministre de donner son statut à la liberté. La presse de la Résistance dans son petit domaine a fait l'histoire. Le ministre devait lui donner la loi. Le ministre ne l'a pas fait et, de ce point de vue, il est entièrement responsable, quelles que soient ses intentions.

Notre conclusion sera donc claire. En politique, il n'est pas possible d'être seulement ce qu'on a été. On se définit par ce qu'on fait. Sur le seul point où il y avait quelque chose à faire, M. Teitgen n'a rien fait. On nous excusera de dire qu'il n'est donc rien à nos yeux. Ou du moins qu'il ne devrait plus rien être.

16 MARS 1945[1]

Dans *Témoignage chrétien*, le R. P. Chaillet veut bien commenter notre position vis-à-vis du ministre actuel de l'Information[2]. Il le fait avec courtoisie,

1. Éditorial. Texte très probable, par sa teneur et son ton, qui fait suite aux éditoriaux des 9 et 11-12 mars.

2. Sur *Témoignage chrétien*, voir l'éditorial du 17 septembre 1944, note 2, p. 205. Dans le numéro du 16 mars 1945, le R. P. Chaillet a publié un article intitulé « En marge d'un grand débat », qui défend le discours de P.-H. Teitgen à l'Assemblée consultative contre les critiques — dont il cite plusieurs passages — de l'« éditorialiste de *Combat* » qu'il dit par ailleurs lire « toujours avec profit », malgré

mais il y brouille quelques idées. En particulier, nous voudrions l'assurer qu'on peut très bien avoir une opinion sur le statut de la presse et l'utilité d'un ministre, sans se référer forcément à une philosophie de la solitude et de l'ironie. Il y a même quelque puérilité à penser le contraire. Quelle que soit notre philosophie, et à supposer que nous en ayons une qui nous soit commune, nous pouvons donner l'assurance à *Témoignage chrétien* que nous ne la mélangeons pas à tous les accidents de la vie quotidienne. Nous ne sommes pas si inspirés.

Nous nous trouvons seulement devant un problème pratique. Nous réclamons pour la presse un statut que le ministre a eu six mois pour établir et dont il annonce seulement la préparation. De ce point de vue, nous craignons qu'il soit trop tard. Le R. P. Chaillet se demande si ce statut suffira à empêcher l'entrée de l'argent dans les affaires de presse. La question nous semble mal posée. Car cela n'est pas sûr, en effet, et nous ne sommes pas assez naïfs pour croire que des institutions, même bien faites, suffiront à vaincre des intérêts. Mais ce qui est tout

---

leurs « divergences métaphysiques ». Il lui reproche notamment de « faire le procès de l'Assemblée issue de la Résistance » et de « donner des armes à ceux qui n'attendent que l'occasion de faire publiquement le procès de la presse issue de la même Résistance ». Il précise : « Nous sommes d'accord sur la vertu corruptrice de l'argent. [...] Mais est-on assuré qu'il suffit d'un statut pour que les réformes n'échouent pas ? »

Il conclut en commentant le dernier paragraphe de l'article des 11-12 mars : « C'est péremptoire comme une norme de désespoir. Ce jugement convient peut-être à la solitude d'une philosophie de l'ironie ; il ne s'inscrit pas efficacement dans la voie des révolutions fécondes, où ce qu'on a été pèse encore d'un grand poids sur ce qu'on doit devenir. On ne construit pas un monde nouveau aussi facilement qu'un univers de théâtre. »

Cette allusion au théâtre vise-t-elle *Le Malentendu* ?

à fait sûr, par contre, c'est que l'argent y entrera si un statut intelligent n'y veille pas. À cet égard, le R. P. Chaillet peut faire confiance à deux ou trois de nos certitudes qui n'ont rien de philosophique. Si demain, la vente du papier devenue libre, nous revenions au régime de la presse tel qu'il existait avant la guerre, la presse indépendante de ce pays disparaîtrait. Pour ne prendre qu'un exemple, il suffira que tel mastodonte de presse consente les sacrifices financiers nécessaires pour publier, le temps qu'il faudra, des journaux de douze pages au même prix que nos pauvres journaux de quatre ou six pages, et les feuilles des amis du R. P. Chaillet comme les nôtres verront leur tirage fondre en quelques mois.

Si un nouveau statut n'interdit pas ces pratiques ou n'oblige pas les marchands de papier à faire payer des journaux de douze pages trois fois plus cher que des journaux de quatre pages, nos camarades disparus auront été sacrifiés pour rien. La France retournera à son mensonge.

Ce simple exemple devrait suffire à autoriser la critique sévère que nous faisons de M. Teitgen. Il devrait montrer en tout cas que nous ne sommes inspirés que par des considérations générales touchant le bien public. La personne du ministre nous importe peu. Ce qu'il fait, et surtout ce qu'il ne fait pas, nous intéresse au contraire. Et il n'y a pas de désespoir, comme le pense notre sympathique contradicteur, à le juger seulement sur ce qu'il fait. Sur le plan humain, nous reconnaîtrons volontiers que ce qu'un homme a fait dans le passé doit toujours être considéré. Mais l'action d'un ministre ne peut se juger sentimentalement.

Quand nous disons enfin que les journaux résistants ont fait ce qu'ils devaient faire pour la révolution de presse, nous ne pensons pas à ce qu'ils ont fait depuis la libération. Nous sommes bien placés pour savoir que ce n'est pas toujours brillant, encore que ce le soit au moins autant que ce qu'ont fait les nouveaux journaux non résistants. Nous pensons seulement à ce que la presse de la Résistance a fait pendant l'insurrection où elle a rempli tous les objectifs qui lui étaient fixés. Elle a attendu, depuis, que le ministre veuille bien consacrer sa victoire. Mais le ministre n'y a pas pensé, et c'est cette distraction qui lui enlève notre confiance.

Nos amis de *Témoignage chrétien* le voient donc bien, il n'y a pas de philosophie là-dedans. Mais peut-être est-il vrai qu'une politique si manifestement incohérente risquerait de nous en donner une où l'amertume aurait trop de part, si nous n'avions justement cette foi raisonnable dans l'homme qui fait de l'obstination une vertu première.

18 MARS 1945[1]

Pour une fois, on nous permettra de parler sur le ton de la colère. De toutes parts, on nous informe que le siège de Paris continue et que les malheureux Parisiens qui vont chercher en campagne de quoi alimenter leur famille sont arrêtés, dépouillés et menacés. On les dépouille et la ration de viande

1. Éditorial. Texte possible, dans la mesure où Camus s'est déjà montré très critique à l'égard de certains ministres, en particulier de ceux qui exerçaient des responsabilités avant la guerre — ce qui est le cas de Ramadier.

non seulement n'est pas augmentée d'un gramme, mais elle est supprimée pour quelques semaines. On les menace et le marché noir, non seulement ne s'en porte pas plus mal, mais connaît un regain de vigueur, parce qu'il faut acheter 17 francs un œuf qu'on avait eu pour 5 francs, mais que la police économique a soustrait aux enfants parisiens.

La mesure est ici dépassée. M. Ramadier[1] s'est distingué jusqu'à présent dans les affaires de ravitaillement par une neutralité parfaite. Dans la plus difficile des situations, ce ministre a choisi de ne jamais intervenir et de donner seulement à ses administrés un compte rendu fidèle d'une situation dont ils pouvaient s'apercevoir sans lui. Quand M. Ramadier veut bien sortir de son silence, c'est pour annoncer ce qu'il ne nous a pas obtenu. Il le fait avec courtoisie et objectivité. C'est un informateur parfait.

On a pu croire un moment que ce ministre était disciple de Machiavel[2]. Et qu'il nous supprimait la viande pour que nos Alliés nous donnent du corned-beef. M. Ramadier semblait décidé à piquer d'honneur les Américains. Lui ne faisant rien, les voilà bien forcés de faire quelque chose. Mais le beurre aussi nous a été supprimé, et d'autres choses pour lesquelles nos Alliés ne peuvent rien. Ce n'est donc pas une politique, c'est un système. Celui qui consiste à ne jamais répartir qu'une chose : les statistiques.

À la limite, ce système pouvait s'admettre, mais il rendait à chaque consommateur sa liberté. Puisque

1. Sur Paul Ramadier, voir éditorial du 15 décembre, note 1, p. 408.

2. Machiavel, Nicolas (1469-1527). On sait que son œuvre maîtresse, *Le Prince*, décrit une doctrine politique fondée sur le cynisme.

le Gouvernement était incapable de briser le système de Vichy, l'autonomie absurde des départements et la toute-puissance des préfets, les Parisiens ont pu conclure qu'il leur revenait d'aller chercher la douzaine d'œufs que le ministre du Ravitaillement a mis six mois à ne pas leur fournir. Ils l'ont fait, et c'est leur ingéniosité qui sauve tous les jours les enfants dont nous avons besoin.

C'est le moment que M. Ramadier a choisi pour sortir de sa longue rêverie. Et comme s'il refusait à ses administrés le droit de réussir ce qu'il a manqué, il répand autour de Paris une nuée de serviteurs zélés qui pourchassent tous ceux qui refusent de mourir de faim.

Eh bien ! cela n'est pas supportable. M. Ramadier, depuis des mois, fait la preuve qu'il est incapable d'assurer notre ravitaillement. On ne lui demandera pas de s'en aller, puisque tout le monde sait aujourd'hui que les ministres connaissent une stabilité inversement proportionnelle à leurs capacités, et puisque personne n'ignore que la stabilité fait la force des gouvernements. Mais, du moins, on exigera de lui qu'il ne sorte pas de cette enviable béatitude où le voici depuis des mois.

On attend de lui qu'il continue, simplement, et qu'il laisse faire aux particuliers ce qu'il n'a pas été capable d'assurer. M. Ramadier ne peut pas ignorer que cet hiver la mortalité infantile a augmenté de 40 %. Nous acceptons à la rigueur qu'il accueille cette nouvelle avec sérénité et qu'il admette l'impossibilité où il est d'y remédier. Mais nous n'acceptons pas qu'il fasse obstacle à des hommes qui se sentent un cœur moins tranquille quand il s'agit de leurs propres enfants, et qui font personnellement l'effort qu'ils ont attendu en vain du Gouvernement.

27 MARS 1945[1]

Il est très fâcheux et un peu ridicule d'être obligé, aujourd'hui, de se prononcer sur le problème de la laïcité. Car, enfin, il y a d'autres chats à fouetter, et si nous ne sommes jamais intervenus dans cette polémique, c'est que nous espérions qu'elle aurait la vie courte. Mais il faut croire que non, puisque le gouvernement lui-même doit se prononcer, puisque M. Capitant[2] a déposé, samedi, un projet qui a provoqué un peu d'indignation et puisqu'il l'a retiré hier[3].

Dans tous les cas, le problème est là et il faut en traiter. Notre seul regret est qu'il se soit posé. De ce

1. Éditorial. Texte authentifié par une lettre de Francine Camus à sa mère, et l'envoi de cet article.

2. René Capitant (1901-1970). Juriste, parmi les premiers à rejoindre la Résistance dans le mouvement « Combat » (il est l'un des fondateurs de « Liberté », avec F. de Menthon), gaulliste convaincu, membre du C.N.L., et ministre de l'Éducation nationale du G.P.R.F., il deviendra garde des Sceaux en 1968. Auteur de nombreux ouvrages politiques, il publie en 1945 *De la Résistance à la rénovation*, qui semble répondre au sous-titre de *Combat*. Camus avait introduit et publié dans *Le Soir-Républicain*, en octobre 1940, plusieurs extraits du livre de Capitant paru en 1935 sur la doctrine du national-socialisme (voir *Fragments d'un combat*, tome II, pp. 653-657).

3. En 1940, le gouvernement de Vichy avait institué l'octroi d'une large subvention aux écoles libres ; Capitant a proposé l'instauration d'une caisse spéciale, qui aurait remplacé cette subvention ; quand la Consultative débat de ce problème, quelques jours plus tard, à l'occasion du vote du budget de l'Éducation nationale, tout en défendant le principe de la laïcité, Capitant estime que cette subvention ne peut être supprimée qu'après le vote de mesures transitoires. De fait, les crédits seront accordés jusqu'à la fin de l'année scolaire, et supprimés à partir du 15 juillet 1945.

point de vue, les militants catholiques ont manqué de clairvoyance et de prudence et donné des armes à leurs adversaires. La certitude de rencontrer une audience favorable dans les milieux gouvernementaux leur a fait oublier qu'ils risquaient de heurter les sentiments d'un grand nombre de Français qui voient dans la laïcité la garantie la plus certaine de la liberté des consciences. De ce point de vue, prendre position sur l'inopportunité d'une pareille querelle, c'est aussi donner son avis sur le problème qu'elle pose.

La liberté des consciences est une chose infiniment trop précieuse pour que nous puissions la régler dans une atmosphère de passion. Il y faut de la mesure. Chrétiens et incroyants devraient apercevoir également que cette liberté, sur le plan de l'éducation, réside dans la liberté du choix. À cet égard, et puisque l'enseignement est le fait de l'État, l'État ne peut enseigner ou aider à enseigner que des vérités reconnues de tous. Il est possible ainsi d'imaginer une instruction civique fournie par l'État[1]. C'est qu'elle est sans contestation. Il n'est pas possible, au contraire, d'imaginer un enseignement officiel de la religion, parce qu'on se heurte à la contradiction. C'est que la foi ne s'enseigne pas plus que l'amour. Et ceux qui sont assez sûrs de leur vérité pour vouloir l'enseigner doivent le faire à leur propre compte. Ils ne peuvent raisonnablement demander que l'État le fasse ou les aide à le faire.

Depuis près d'un demi-siècle, nous n'avons connu en France qu'une seule paix, et c'était la paix reli-

1. On sait que cet enseignement existe désormais ; mais le problème de l'aide de l'État aux écoles libres — qui est de fait actuellement — donne toujours lieu à des débats passionnés.

gieuse. C'est qu'elle était fondée sur les principes que nous venons d'énoncer. Pourquoi vouloir maintenant modifier les institutions qui les exprimaient ? Elles ont fait du bien à tout le monde, puisque c'est grâce à elles que l'anticléricalisme s'est heureusement démodé. Il ne fait pas de doute que leur remise en question desservira, plus qu'elle n'avantagera, les intérêts de la religion.

Nous avons toujours apporté à l'examen des problèmes religieux le respect et l'attention qu'ils méritent. C'est ce qui nous autorise à mettre en garde les catholiques contre les excès de leur conviction. Personne plus que nous ne souhaite le dialogue entre chrétiens et incroyants, parce que nous jugeons cela profitable. Mais l'école laïque est justement un lieu où cette rencontre est possible. Et avec toute l'objectivité du monde, il n'est pas permis d'en dire autant de l'école libre. Un grand nombre de nos professeurs de facultés et lycées sont catholiques s'ils ne sont pas prêtres, et cela est très bien. Rien n'empêche que la même collaboration puisse s'établir dans les écoles communales. Il est impossible, au contraire, ou très exceptionnel, que des incroyants puissent professer librement dans une école religieuse. Et c'est là que nous jugeons des avantages de l'objectivité. À nos yeux, cela règle le problème.

Vichy avait ses raisons de passer outre à ces considérations et de subventionner les écoles libres. Ces raisons n'existent plus aujourd'hui, et il est juste que l'État reprenne sa liberté. Pour le reste, nous dirons seulement ce qui suit. Si nous étions catholiques et si, comme il est naturel, nous voulions alors donner tout son rayonnement à notre conviction, nous déciderions la suppression pure et simple des écoles libres et nous participerions directement, en tant qu'individus, à l'enseignement laïque national. Les jeunes catholiques y gagneraient une expérience précieuse, celle du peuple de ce pays et d'une réalité nationale à l'écart de laquelle ils ont été trop souvent élevés. Peut-être suffirait-il, alors, de quelques années pour que l'Église perde ses tendances réactionnaires et trouve véritablement sa place dans le monde qui est en marche. Elle servirait ainsi un but commun, dont on conviendra qu'il remet à sa vraie place la querelle de subventions et de clocher dont on vient de nous gratifier.

29 MARS 1945[1]

Il n'y a pas de repos dans la vérité. Nous voulions, aujourd'hui, modérer l'approbation de principe que nous avions apportée au projet du Gouvernement concernant l'Indochine. Nous voulions dire que si le projet, précisé par M. Giacobbi[2], marquait un progrès sur notre politique coloniale

1. Éditorial. Texte très probable ; l'accent mis sur la « solitude » et la « solidarité » dans les deux derniers paragraphes suffirait à l'authentifier. Sur Camus et l'Indochine, voir l'article du 17 février 1945, note 2, p. 469.

2. Paul Giacobbi, radical, sénateur de la Gauche démocratique, est parmi les quatre-vingts parlementaires qui ont refusé les pleins pouvoirs à Pétain en juin 1940 ; ministre du Ravitaillement dans le G.P.R.F. jusqu'au 15 novembre 1944, il est depuis ministre des Colonies ; il sera en avril 1947 l'un des fondateurs du R.P.F. gaulliste qu'il quittera peu de temps après.

traditionnelle, il faisait preuve cependant d'une timidité qui l'empêcherait d'atteindre le but poursuivi. Nous voulions montrer que les pouvoirs sans limites conférés au gouverneur général, l'imprécision du mode de scrutin, l'accent mis sur l'aspect militaire de notre entreprise, tout, enfin, laissait croire qu'on n'avait pas compris que la réforme, pour être efficace, devait être totale.

Tout cela, en effet, est à dire. Mais dans le temps même où l'on se sent forcé de le dire, il faut lire dans une dépêche américaine de l'*United Press* : « Les milieux officiels de Washington n'ont pas cherché à nier qu'il n'était pas dans la stratégie alliée de fournir des armes aux forces françaises de la Résistance en Indochine, comme l'avait demandé le général de Gaulle. »

Et nous voilà dans un moment où la vérité devient difficile. Avons-nous le droit d'être exigeants pour notre pays à l'heure où d'autres se mêlent de le juger ? Faut-il mettre en cause la politique coloniale française à l'heure où elle est désavouée par l'étranger ? Mais, dans le cas contraire, faut-il consentir à une image diminuée de notre pays sous prétexte que tout ce qui peut la grandir risque de servir ses rivaux ? Faut-il renoncer à sa justice pour mieux servir ses prestiges extérieurs ?

Ce ne sont pas des questions qu'on puisse soulever avec légèreté. Et nous savons que beaucoup en ce cas n'hésiteraient pas à choisir le silence, préférant une fois pour toutes l'intérêt du pays à celui de la justice. Nous choisirons de parler, au contraire, parce que nous croyons que les deux sont inséparables et que la France aura devant le monde le visage de sa justice.

Et nous dirons, d'abord, et contre tout, que nos

réformes en Indochine ne seront rien si elles apparaissent comme des concessions arrachées par l'événement, et non comme les signes formels d'une politique d'émancipation. Nous dirons que c'est en cela qu'on nous juge et que chacune de nos hésitations devient une arme contre nous. La justice, toute la justice, voilà notre victoire. L'Indochine sera avec nous si la France est la première à lui donner en même temps la démocratie et la liberté. Mais si nous hésitons une seule fois, elle sera avec n'importe qui, pourvu que ce soit contre nous. À l'extrémité où nous nous trouvons, il n'y a pas de demi-mesures. Le Gouvernement français doit le comprendre et, quelle que soit la situation, nous devrons toujours le dire.

Mais, dans le même temps, nous nous adresserons au peuple américain pour lui dire qu'il n'est pas possible qu'il ait voulu cela, qu'il n'est pas possible que des garçons se battent pour que les combattants de l'Indochine soient sacrifiés à des intérêts sans nom. Toutes les grandes nations ont commis leurs erreurs et l'Amérique a commis les siennes.

Il est vrai que la France n'a pas toujours fait tout ce qu'elle devait. Mais il est toujours une part d'elle-même qui n'est pas dupe de ses erreurs et, dans deux ou trois occasions, elle a su faire plus que ce qu'il lui revenait de faire. Les Américains ne peuvent l'ignorer.

Eux et nous n'avons jamais été ennemis. Il n'y a pas eu de moment dans l'histoire où nous n'ayons été frères en armes et en pensée. Et nous savons que le peuple américain ne peut pas vouloir que cette fraternité soit trahie dans ce qu'elle a de plus pur, par l'abandon de ceux qui luttent en pays ennemi pour une cause qui nous est commune.

Les hommes qui s'adressent ici à leurs camarades américains savent ce qu'est la résistance en pays occupé. Elle est d'abord une solitude immense. Quand cette solitude n'est pas secourue, quand les armes ne tombent pas du ciel, elle devient désespoir. Et le dernier péché en ce monde est de désespérer le courage.

La fortune des nations n'a qu'un temps, les luttes des hommes sont éphémères. Mais ce qui ne l'est pas, c'est leur solidarité devant la souffrance et l'injustice. Et par-dessus les gouvernements et les intérêts de quelques-uns, nous savons que la cause du peuple américain est la nôtre et qu'elle le sera aussi longtemps que la liberté sera défigurée quelque part dans le monde. C'est cette certitude qui nous pousse, clairvoyants devant nos erreurs, mais conscients de notre justice, à nous adresser aux hommes libres de l'Amérique pour leur crier qu'ils ne permettront pas cet abandon.

3 AVRIL 1945[1]

Que fêtait-on hier dans les rues de la ville[2] ? Il y avait l'espérance d'une victoire proche, la fièvre prématurée des armistices, la rencontre d'une nation et d'une armée, l'enthousiasme obstiné de ventres

1. Éditorial. Texte authentifié par son envoi par Francine Camus à sa mère, où se retrouvent les thèmes et le ton des éditoriaux d'août 1944.

2. Le 2 avril, Paris a reçu la Croix de la Libération et a acclamé un défilé militaire.

pourtant creux, l'entêtement d'un peuple à lever ses drapeaux dans un monde qui les ignore. Cela faisait beaucoup de choses. Beaucoup de choses qui se mêlaient à la foule elle-même et du sein desquelles on pouvait mal apercevoir ce qui valait la peine qu'on s'en émeuve et ce pour quoi on pouvait crier.

Loin des lieux où la foule s'assemblait et criait, Paris désert avait pourtant sa figure d'histoire. Il y suffisait de quelques vieilles pierres et d'un fleuve toujours jeune. Et c'était là, peut-être, dans cet étrange silence de ville abandonnée, qu'on pouvait mieux saisir les raisons de ce concours de peuple et de ce grand mouvement humain. Car tous ces hommes et ces femmes s'étaient certes assemblés pour contempler une fresque militaire et pour applaudir aux promesses encourageantes d'une puissance que nous n'avons pas encore. Mais ils savaient aussi que c'était la fête de leur Ville et qu'on les conviait à se réjouir de ce que Paris, une fois de plus, avait fait pour la liberté.

C'était donc hier la fête de la puissance espérée et de la liberté déjà conquise, la fête de l'armée et du peuple, de la guerre et de la révolution. Et dans le cœur de tous ceux qui criaient, il ne fait pas de doute que ce mariage si longtemps impossible était noué sans effort. Personne ne séparait l'insurgé du soldat. Fêter Paris, c'était fêter cette ville qui avait fourni en même temps les combattants de l'insurrection et les soldats du front.

Et c'est ici que nous voudrions dire notre émotion, si difficile que cela soit et si inopportun que cela puisse paraître. Car cette conjonction de l'esprit national et de l'esprit révolutionnaire qui était, et qui reste notre plus grande, notre seule espérance, c'était elle qu'il fallait relever. Nous attendions que celui qui en a donné le signal le premier et qui en a fait l'épreuve jusqu'au bout, soulignât cette leçon de Paris et réunît lui aussi cette double tradition. Le général de Gaulle ne l'a pas fait.

Et, certes, ce discours avait son émotion qui, pour une part, était la nôtre[1]. Nous écoutions ce tableau d'un Paris historique, sainte Geneviève et sainte Jeanne d'Arc, Henri IV et les trois Ordres de la Constituante. Tout cela était à rappeler. Mais nous attendions aussi que le général de Gaulle soulignât 1830, 1848 et la Commune. Nous n'attendions même pas, nous en étions sûrs. Pas un mot n'est venu confirmer nos certitudes.

Ce sont pourtant bien des journées de Paris que celles-là et que serait Paris, en vérité, sans ces barricades de la liberté et ces morts anonymes ? Ils ne font pas Paris à eux seuls, bien sûr, mais, enfin, Paris ne peut se faire sans eux ! Qu'on nous comprenne bien. Nous n'avons pas la nostalgie des révolutions, encore que nous sachions que nous avons vécu le plus pur dans les journées d'août 44 et qu'il est désormais un désintéressement que nous ne connaîtrons plus. Mais nous savons aussi le prix du sang, et que celui de France est trop rare pour qu'on puisse désirer le répandre à nouveau. Nous demandons seulement qu'on reconnaisse que le

1. Le général de Gaulle a prononcé un discours à l'Hôtel de Ville, dans lequel il a insisté sur l'aspect « symbolique » de Paris et les grands mythes fondateurs de son histoire. Outre ce que rapporte l'éditorial, il a évoqué 1871 et le triomphe de l'Allemagne prussienne, 1914 et les taxis de la Marne, 1940 et la reddition. Il a magnifié le rôle de Paris dans la Libération de la France, a glorifié l'armée et, après avoir rappelé les « devoirs » et les « pertes » de la France, conclu par un appel à la réunion et au courage des Français : « Silence aux surenchères des partis, comme aux intérêts particuliers. Parlons peu ! Travaillons ! »

sang de la liberté[1] ne se divise pas plus que la grandeur, parce qu'il est la grandeur même. La vraie puissance de ce peuple, c'est son pouvoir d'indignation, c'est sa force de rénovation. Et quand il nous arrive de douter de l'une, c'est que nous nous interrogeons sur l'autre.

Il n'est pas possible en tout cas de mener ce pays à la puissance en ignorant sa vertu révolutionnaire. C'est une vérité qui s'est consacrée par quatre ans de lutte silencieuse et qui aurait dû s'inscrire dans la politique de ce pays. Notre chance de demain, c'est la force des idées neuves et le courage insurgé. Si la voix si souvent solitaire du général de Gaulle avait pu s'accorder un instant à celle du peuple qui l'acclamait, c'est cette chance qu'il aurait exprimée. Et une fois de plus, comme dans ce temps où il nous parlait à travers les mers, il aurait été alors le porte-parole de cette foule d'hommes qui, eux, pour n'avoir jamais rien séparé, ont dû justement mourir sur les pavés de Paris.

4 AVRIL 1945[2]

Tandis que la fin des hostilités approche, la réglementation de la paix se complique chaque jour davantage. Il y a lieu ni de s'en étonner, ni de s'en affecter autrement : une telle évolution est normale. Au fur et à mesure que se desserre la discipline

1. On reconnaît là le titre de l'éditorial du 24 août 1944, p. 158.
2. Éditorial. Texte authentifié par son envoi par Francine Camus à sa mère.

commune imposée par la guerre, chaque État reprend son indépendance d'action. Mais ce serait juger bien vite et bien grossièrement que d'affirmer que les Alliés se divisent parce que leurs points de vue diffèrent sur certaines questions.

Que se passe-t-il exactement ? Chaque nation souhaite de faire triompher ses propres conceptions de la paix et d'assurer la sauvegarde de ses intérêts. Cela est humain. On vient de révéler, un peu tardivement, qu'aux termes des accords secrets signés à Yalta[1], la Russie a demandé à disposer de trois voix à la conférence de San Francisco[2]. Les États-Unis ont un moment envisagé d'élever la même prétention. La Grande-Bretagne n'y ferait pas d'objection, comptant sans doute diriger les votes des Dominions, ce qui lui donnerait cinq voix. Mais certains Dominions ont déjà laissé entendre qu'ils entendaient voter en toute liberté. Enfin, l'émoi a été grand non seulement parmi les petites puissances, mais dans certains milieux américains, à tel point que Washington déclare avoir renoncé à cette prétention. Devant cette levée de boucliers, il semble que l'U.R.S.S. se soit un peu repliée sur elle-même. La délégation soviétique s'est vue privée de son personnage le plus important, M. Molotov[3], et la presse

1. Sur la conférence de Yalta, voir l'éditorial du 16 février, p. 466.

2. La conférence de San Francisco, qui se tiendra du 25 avril au 26 juin 1945, élaborera la Charte des Nations unies.

3. Viatcheslav Molotov (1890-1986), proche de Staline, a joué un rôle capital dans l'histoire de l'U.R.S.S. Membre du parti bolchevique dès 1906, déporté — et évadé — à plusieurs reprises, il est l'un des fondateurs du journal *Pravda*, et après la Révolution d'octobre 1917, successivement membre du Comité central, puis du Politburo, et président du Conseil des commissaires du peuple ; commissaire aux Affaires étrangères à partir de 1939, c'est

a déclaré sans fard que les accords bilatéraux lui paraissaient donner des garanties de sécurité plus sûres que les conseils internationaux, sans être d'ailleurs incompatibles.

Il faut ajouter que cette tiédeur à l'égard de la conférence de San Francisco avait d'autres raisons que celle du vote. L'U.R.S.S. avait demandé que le gouvernement polonais — c'est-à-dire celui de Lublin[1] — fût invité à San Francisco. Elle s'est heurtée à un refus poli mais ferme du président Roosevelt. Enfin, elle ne voit pas d'un très bon œil que le futur gouvernement allemand soit appuyé sur des éléments centre-gauche catholiques. Or il paraît que ces derniers jouissent de soutiens sérieux, à Londres comme à Washington.

Ce sont toutes ces questions, sans doute, qui seraient débattues dans une conférence préliminaire des « Trois » ou des « Cinq Grands », si toutefois une réunion de cet ordre venait à être prévue.

Des faits, comme ceux que nous venons de résumer rapidement, méritent de retenir l'attention des Français. Non pour s'en réjouir, ni s'en désoler, mais parce que « cela est ». Deux très grandes puissances vont sortir, à la fois affaiblies et renforcées, au lendemain de la guerre. Cette puissance, elles l'ont payée, elles l'ont engagée à fond. Et cela leur donne le droit de faire entendre fortement leur voix. La future politique étrangère française ne peut éluder cette évidence.

---

lui qui négocie tous les traités internationaux jusqu'en 1949 ; il retrouve ces responsabilités entre 1953 et 1956 ; représentant la tendance stalinienne la plus dure, il est mis à l'écart du Comité central, puis exclu du parti communiste en 1964.

1. Voir l'éditorial du 3 janvier, p. 447.

Elle ne doit pas ruser avec elle, non plus. Il serait absurde, pour la France, de choisir un camp et de s'y tenir. D'ailleurs, nous avons sous les yeux l'exemple de l'Angleterre, dont la position n'est pas si différente de la nôtre, et qui parvient assez bien à demeurer au-dessus du débat, sans être isolée.

Toujours abordable aux hommes, mais intransigeante sur ses principes directeurs, exempte d'humeur, sachant résister à ses inclinations sentimentales, à ses méfiances ou ses préférences envers des hommes et des régimes, telle devrait être notre politique étrangère.

La situation de la France, son état présent, font qu'elle ne peut être que médiatrice. Toute politique étroitement continentale ou même européenne serait une politique à courte vue. Contribuant à l'assise et à l'organisation de l'Europe par des traités simples, précis, dictés par le bon sens, elle doit, en même temps, s'élever entre ce continent et l'Amérique non comme un arbitre, mais comme un trait d'union.

5 AVRIL 1945 [1]

« Je suis professeur et j'ai faim… » Parmi toutes les lettres que nous recevons, comment ne pas lire celle-ci avec un serrement de cœur ? Une telle phrase s'écrit vite sans doute. Mais pour y parvenir, que de journées désespérantes !

1. Éditorial. Comme les précédents, authentifié par son envoi par Francine Camus à sa mère — et de surcroît par la reprise de la citation de Baudelaire.

On voudrait pouvoir mettre ces journées en face des discours, des décisions et des circulaires dont nous sommes inondés. On voudrait donner de l'imagination à ceux dont les actes ont des répercussions directes sur ces vies individuelles dont le Gouvernement a la charge. Mais l'imagination, elle aussi, est une denrée rare. Le ministère du Ravitaillement[1] continuera de vivre dans l'abstraction, pendant que des centaines de milliers de Français continueront de souffrir dans la plus quotidienne et la plus décourageante des réalités.

Et pourtant, comment ne pas voir qu'une telle phrase constitue le réquisitoire le plus terrible contre une société qui touche à sa fin, qu'elle le veuille ou non ? Car enfin, comment défendre encore ce monde insensé où un agrégé gagne dix fois moins d'argent que le barman le plus déshérité et où ni l'intelligence, ni le travail qualifié ne reçoivent le prix qui leur est dû ?

On nous dit qu'il faut patienter et donner confiance au capital. Mais c'est ici le professeur qui doit patienter, et non pas le ministre, ce qui ôte du sérieux au raisonnement, et dans le restaurant de province où tous les jours le professeur a faim, l'absurde inégalité des revenus met des côtelettes sur une table et des légumes à l'eau sur l'autre. Tant que l'argent sera libre de s'investir au marché noir, il n'y aura pas de patience possible, ni de confiance souhaitable.

Nous épargnerons au ministre du Ravitaillement, dont la sensibilité est bien connue, les conclusions de notre correspondant. Elles ont le ton de l'impa-

1. Voir l'éditorial du 18 mars, p. 481, déjà très critique à l'égard de Paul Ramadier.

tience. C'est qu'on ne se nourrit pas de politesse. Mais nous voudrions seulement dire que nous ne pourrons pas être tout à fait fiers de notre pays, tant que des hommes qui travaillent y auront faim. Si l'on en juge par les hommes qu'on y a mis, le ravitaillement a été considéré comme un département secondaire. Nous ne dirons jamais assez qu'il s'agit d'une erreur colossale. Cette question doit être au premier rang des préoccupations officielles. Des vies humaines, dont nous savons le prix, la plus simple dignité, dépendent des mesures qui seront prises. La phrase que nous avons citée fait la honte d'un pays et d'une administration. Et il faut changer l'administration si nous voulons rendre le pays respectable.

Bien entendu, nous n'avons guère d'illusions. Baudelaire prétendait qu'on avait oublié deux droits dans la Déclaration des droits de l'homme : celui de se contredire et celui de s'en aller[1]. Mais si certains de nos ministres abusent du premier, leur discrétion dans l'emploi du second a de quoi laisser rêveur. M. Ramadier ne s'en ira pas, le collectage ne sera pas remanié, l'inertie fera valoir sa force, et le professeur aura encore faim.

Mais nous ne nous lasserons pas de donner l'alerte et de dire qu'il n'y a pas de petits problèmes. La France sera demain ce que seront ses ouvriers et

1. Camus reprend ici les termes mêmes dans lesquels il cite cette phrase dans ses *Carnets I*, p. 160. Dans *Edgar Poe, sa vie et ses œuvres*, en introduction à sa traduction des *Histoires extraordinaires*, Baudelaire écrit : « Parmi l'énumération nombreuse des *droits de l'homme*, que la sagesse du XIXe siècle a recommencée si souvent et si complaisamment, deux assez importants ont été oubliés, qui sont le droit de se contredire et le droit de *s'en aller*, mais la société regarde celui qui s'en va comme un insolent. »

ses professeurs. S'ils ont faim, nous devrons avoir honte. Mais s'ils reçoivent le pain et la justice qu'ils demandent, nous pourrons avoir une conscience libre. M. Pleven[1] nous excusera de penser que cette liberté-là passe avant celle des capitaux.

6 AVRIL 1945[2]

Ceux qui ne verraient dans la démission de M. Mendès France[3] que le dénouement d'une querelle de personnes se tromperaient lourdement. Avec un homme, c'est un ministère qui disparaît, car, rattachée aux Finances, l'Économie nationale perd sa raison d'être, qui était de dominer et de coordonner à la fois la Production industrielle, le Travail, l'Agriculture et le Ravitaillement. Et cela n'est pas sans gravité.

Certes, le ministère de l'Économie nationale n'avait rien fait, jusqu'ici, qui pût nous le rendre particulièrement cher. Mais cette inaction, il faut bien savoir qu'elle était forcée, et qu'elle constitue,

1. René Pleven est ministre des Finances depuis novembre 1944 ; voir éditorial du 13 octobre 1944 et note 2, p. 264.

2. Éditorial. Comme les précédents, texte authentifié par l'envoi par Francine Camus à sa mère.

3. Sur Pierre Mendès France, voir l'éditorial du 30 novembre 1944, note 1, p. 381. Ministre de l'Économie nationale depuis le tout premier Gouvernement, il a déjà proposé sa démission le 18 janvier au général de Gaulle — qui lui a demandé de la reprendre ; cette démission devient effective le 5 avril, la politique de rigueur monétaire et de stabilité des salaires et des prix qu'il préconisait n'ayant pas été acceptée.

d'évidence, la raison essentielle de la démission de M. Mendès France.

Cette incapacité d'agir tenait à deux causes. Primo, en refusant à l'Économie nationale le contrôle des Finances, on privait M. Mendès France de tous ses moyens d'action. Secundo, il s'est révélé rapidement que le contrôle des autres départements ministériels demeurait proprement théorique. C'est que les souverainetés ministérielles sont non moins ombrageuses et jalouses de leur indépendance que les souverainetés nationales. On peut le regretter dans un moment où, pour se sauver de la honte, du désordre et de la misère, un pays doit faire la guerre et la révolution[1], toutes choses qui exigent une action commune et disciplinée. Mais cela exige aussi, de la part d'un gouvernement, qu'il choisisse les moyens qu'il entend utiliser et la doctrine qu'il veut suivre, et, enfin, qu'il s'en tienne à ses décisions une fois pour toutes. Seule change l'ordre des choses la politique capable d'aller opiniâtrement jusqu'au bout de sa volonté.

Inutile de souligner combien nous sommes loin du compte. Nous ne savons pas grand-chose des mesures préconisées par M. Mendès France. Nous savons que ses propositions en matière financière étaient énergiques et totalement dépourvues de démagogie, ce qui est assez rare pour inspirer le respect et l'estime. Mais nous croyons aussi que des mesures spécifiquement financières resteraient d'une portée limitée si elles ne s'accompagnaient de mesures économiques et administratives. Et, sans rien savoir de son plan, c'était là, pour nous, la justification de ce ministère de l'Économie nationale.

1. Cette affirmation est souvent répétée depuis le 21 août 1944.

Il apparaissait comme l'organe le plus susceptible de redresser une situation qui se caractérise d'abord par la famine pour le plus grand nombre et par l'enrichissement pour quelques-uns. Mais, encore une fois, pour faire œuvre utile, il eût fallu lui confier les pouvoirs nécessaires.

À quoi bon parler de la communauté française si cette communauté ne s'exprime pas d'abord au sein du Gouvernement, si celui-ci n'est pas soucieux de soumettre les prérogatives de ses ministres à quelques tâches qui priment toutes les autres ? Dans ces conditions, il ne faut pas s'étonner de voir s'éparpiller les responsabilités, et les meilleurs demeurer quasi impuissants devant les grandes citadelles administratives. La démission de M. Mendès France a le mérite et l'intérêt de rendre cette situation gouvernementale un peu plus claire, un peu moins équivoque. Car l'Économie nationale passant sous la direction de M. Pleven, nous savons quel avenir nous attend en cette matière.

M. Pleven s'est expliqué assez longuement pour que nous le connaissions. Honnête, sincère, incontestablement, il est aussi l'adversaire résolu des réformes. Le changement lui répugne, il a le goût de la conservation. Il était donc mal désigné pour les nouvelles tâches qui lui incombent. À vouloir sauver et conserver avec tant de tendresse, nous craignons beaucoup qu'il ne nous conserve le marché noir, les trusts et l'injustice.

Malgré la douceur de son étreinte, nous craignons enfin que le franc lui glisse entre les doigts et ne perde chaque jour un peu de son pouvoir d'achat. Car nous sommes à un moment de notre histoire où le conservatisme le plus désintéressé ne peut que se tuer lui-même.

10 AVRIL 1945[1]

Les victoires du front de l'Ouest ne suffisent pas à expliquer la placidité tranquille avec laquelle les Français enregistrent les prodigieux succès que la Russie est en train de remporter à l'Est. Il est entendu, une fois pour toutes, que nos compatriotes ne s'intéressent pas aux changements qui surviennent hors de leurs frontières. Mais le monde va vite. Et ce qui fit notre force à l'époque où nous avions de la santé et de la tradition a fait notre malheur et continuera de le faire si nous n'y veillons pas.

De ce point de vue, les Français ont à corriger à l'égard de la Russie une réaction traditionnelle d'indifférence ou de méconnaissance. Pendant vingt-cinq ans, nos gouvernements, et la majorité des Français avec eux, ont refusé de voir et de comprendre que, sur d'immenses territoires, une étonnante expérience était en train de se dérouler avec laquelle, qu'on le veuille ou non, il faudrait compter un jour. On a commencé par refuser la révolution de 1917. On a forcé la Russie de Lénine[2] à s'entourer d'un épais cor-

1. Éditorial. Texte probable, dans la ligne de l'éditorial du 18 décembre 1944, p. 414, signé A. C.

2. Lénine (1870-1924), militant et théoricien révolutionnaire, chef de la majorité bolchevique en 1903, il fait adopter l'idée d'une révolution socialiste et de la dictature du prolétariat ; élu président des commissaires du peuple en 1917, il met en place l'organisation de l'U.R.S.S. et, en mars 1918, signe la paix de Brest-Litovsk avec l'Allemagne. Ce traité qui libère une partie des troupes allemandes rend périlleux pour les Alliés les derniers mois de la guerre. Après l'armistice de novembre 1918, les puissances alliées organisent une

don sanitaire hors duquel aucune nouvelle ne passait plus. Faute de nouvelles, on en a créé. Et la bêtise des conservateurs aidant, la France a facilement admis que l'U.R.S.S. était en pleine anarchie. La méfiance engendre la méfiance. Et quelle que soit notre opinion sur le réalisme politique, il faut convenir que cette tragédie morale que fut pour tant d'esprits honnêtes le pacte germano-soviétique[1] s'explique clairement si on le place dans le prolongement de Munich*[2].

En 1939 encore, les yeux étaient fermés. Et la guerre russo-finlandaise[3], telle qu'elle était présentée par la presse, a donné le prétexte d'un des plus grandioses malentendus que l'histoire ait connus. Il a fallu l'agression allemande, la résistance russe de 41, les victoires de 42 et 43 pour avertir enfin la France et le monde qu'une puissance formidable était née aux confins de l'Europe et que cette puissance pouvait prétendre à toutes les suprématies.

---

sorte de blocus diplomatique, économique et politique de l'U.R.S.S., ne reconnaissant que tardivement et difficilement le régime communiste de l'U.R.S.S.

1. Signé le 23 août 1939, le pacte de non-agression entre l'U.R.S.S. et l'Allemagne fut dénoncé dans les faits par l'attaque d'Hitler en juin 1941 ; ce pacte, qui prévoyait le démembrement de la Pologne entre la Russie et l'Allemagne, mit les communistes français — qui l'approuvèrent dans leur ensemble — en situation difficile.

* On s'en persuadera mieux en lisant le remarquable livre de M. Gafenco : *Préliminaires de la guerre à l'Est* (Librairie de l'Université, Fribourg.) [*Note de* Combat]

2. Sur Munich, voir l'éditorial du 12 septembre 1944 et la note 2, p. 196.

3. L'U.R.S.S. envahit la Finlande en novembre 1939 ; sans appui des Occidentaux, la Finlande signe avec Moscou un traité qui l'ampute de certains territoires ; sous la contrainte de l'Allemagne, la Finlande poursuit la guerre contre l'U.R.S.S. avec laquelle elle signe un armistice en septembre 1944 ; au traité de Paris en 1947, elle perdra de nouveau la Carélie ; placée dans l'orbite soviétique, elle parviendra à garder une certaine indépendance.

Aujourd'hui, nous nous en apercevons encore mieux. La première proclamation du gouvernement tchécoslovaque souligne dans presque tous ses alinéas l'orientation soviétophile de cette politique. La Russie, il faut en avoir conscience, prend en Europe centrale la place que nous y occupions traditionnellement. Ce ne sont pas les Français qui ont souffert de honte, lors de l'entrée de Hitler à Prague, qui s'en étonneront. Pendant quatre ans, c'est cette honte qu'il nous a fallu laver. Aujourd'hui, à l'heure de la victoire, il faut bien reconnaître que cette même honte empêche que notre place dans cette même victoire soit la première. Que dirions-nous même sans cette amitié franco-britannique que nous avons l'air de dédaigner si déraisonnablement ?

C'est pourquoi notre première démarche devrait être de reconnaître nos erreurs. On sait, de reste, que nous ne sommes pas communistes. Mais c'est cela qui nous donnera plus de liberté pour dire que les Français ont réalisé cette incroyable gageure d'ignorer pendant vingt-cinq ans une civilisation qui se créait sous leurs yeux.

Car il s'agit bien d'une civilisation, quelques objections que nous ayons à lui faire. En Amérique et en Russie, sous des formes différentes, a commencé une nouvelle jeunesse du monde. Mieux avertis des choses de l'Amérique, il nous faut de surcroît ouvrir les yeux sur la Russie. Ouvrons donc les yeux et reconnaissons que les vieilles cultures ont besoin de se rajeunir. La dernière chose qu'on puisse faire avec l'histoire, c'est encore de la bouder. De ce seul point de vue (et il y en a bien d'autres), sachons voir que l'antisoviétisme est une stupidité aussi redoutable que le serait l'hostilité systématique à l'Angleterre ou aux États-Unis.

Est-ce à dire qu'il faille approuver automatiquement toute la politique de la Russie ? Ce serait une autre sorte d'aveuglement et il y a des principes à maintenir, dans l'intérêt de tous, et que la Russie quelquefois fait mine de négliger. Il s'agit simplement de reconnaître nos illusions et de rendre à la nouvelle Russie la place que lui valent ses sacrifices surhumains.

En Europe, cette place est celle-là même que nous avons cédée. Mais quels que soient les regrets que peuvent concevoir des esprits français, ils doivent reconnaître que les nations, tôt ou tard, paient le prix de leur démission. Aujourd'hui, notre renaissance dépend pour une part de notre volonté, et il est vrai que cela ne regarde que nous. Mais elle dépend aussi de notre lucidité. Le premier effort que nous ayons à faire est de remettre les choses à leur place.

14 AVRIL 1945 [1]

Il avait le visage du bonheur[2]. Pour tant d'hommes qui le connaissaient sans jamais l'avoir appro-

1. Éditorial. Texte authentifié par Roger Grenier, dans *Albert Camus, Soleil et Ombre*, Gallimard, 1987, p. 189 : « Au milieu de la nuit, alors que le journal était bouclé, il est arrivé que Pia retînt quelques-uns d'entre nous dans son bureau. Et il nous lisait l'édito de Camus qui paraîtrait le lendemain matin. Il nous montrait ce qui, dans un sujet commandé par l'actualité, pouvait passer pour une allusion, un aveu personnel. Ainsi, à propos de la mort de Roosevelt, quelques phrases sur sa maladie contre laquelle l'homme s'était battu toute sa vie, et que Camus n'avait pu écrire sans penser à la tuberculose qui continuait à le menacer. »

2. La même expression apparaît dans l'éditorial du 9 novembre 1944, p. 337.

ché, ils gardent seulement de lui l'image du sourire que, pendant toutes ces années, il promenait à la première page des journaux, sur les écrans et au milieu des foules bruyantes de son grand pays. Et c'est sans doute la raison de cette émotion qui a parcouru le monde libre à la nouvelle d'une mort, qui n'était pourtant qu'une de celles que l'Amérique prodigue pour la cause qui nous est commune.

Les puissants de l'histoire ne nous ont pas habitués à tant de bonne humeur. L'ambition a ses marques, qui ne sont pas celles de la joie. Mais jamais personne n'eut l'idée d'associer Roosevelt et l'ambition. Il était trop bien l'expression de son pays pour avoir songé à le dominer. Il était un grand individu plutôt qu'un grand homme.

Qu'est-ce qu'un grand individu, en effet, sinon un homme qui donne son visage, son langage et son action à une grande civilisation ? De ce point de vue, Roosevelt nous paraissait l'Américain exemplaire. Mais c'est le propre des individus achevés que de parler pour toute leur culture, au moment même où ils semblent tenir leur langage le plus personnel.

Certes, tout ne pouvait être approuvé dans sa politique. Mais quelle politique peut toujours être approuvée ? La sienne, du moins, n'a jamais porté les marques de la cupidité ou de la haine. Cet idéalisme, dont l'Amérique a démontré qu'il pouvait s'insérer aussi dans la réalité, il lui a donné toute sa grandeur et son efficacité. Le plus grand éloge qu'on puisse faire de lui est de dire qu'il connaissait le prix de la vie.

C'est aussi qu'il avait eu à se vaincre d'abord, avant de vaincre les autres. Son rire avait du mérite. C'était le rire d'une sérénité difficile, celle qu'on trouve au bout d'une infirmité surmontée. Son apparent bonheur n'était pas celui du confort, ni d'une pensée trop courte pour apercevoir la détresse des hommes. Il savait seulement qu'il n'est pas de douleur qui ne se surmonte par l'énergie et la conscience. À ce degré d'expérience, on connaît la valeur des hommes et l'on se met à les aimer.

Mais il est mort. On pouvait, jusqu'à présent, parler de son œuvre, on ne pouvait parler de son destin. Aujourd'hui nous connaissons son destin. Il a été le grand chef de ce peuple libre qu'il a mené au seuil de la victoire. Et, arrivé au bord du triomphe, il s'est détourné brusquement comme s'il avait été créé pour prendre en charge les risques de la liberté et non pour entrer dans les déchirements qui suivront la victoire. Cela, bien sûr, est dans l'ordre. Mais il n'est pas un homme libre au monde qui ne regrette cet abandon et qui n'eût voulu prolonger ce destin. La paix du monde, ce bien sans mesure, il vaut mieux qu'elle soit préparée par des hommes au visage heureux que par des politiques aux yeux tristes.

Mais cela ne sera pas. On dit qu'un grand silence s'est abattu sur l'Amérique à cette nouvelle. On peut croire sans peine à ce désarroi d'un moment. Lequel d'entre nous, à y réfléchir, ne le partagerait ? La réussite d'un esprit, quand elle a cette qualité, est la réussite de tous. Et les hommes, au milieu de tant d'égarements, le sentent assez pour qu'un silence passager se fasse parmi eux, au moment où cet esprit vient à quitter un monde déraisonnable, qui n'a pas d'autre espoir, justement, que la qualité humaine.

15-16 AVRIL 1945[1]

M. Truman[2] n'a pas dissimulé combien lourdes lui paraissaient ses nouvelles responsabilités.

Elles sont, en effet, écrasantes. Il doit succéder à un homme d'une rare envergure, alors que se défait le nœud à la fois simple et follement enchevêtré d'une guerre mondiale. Il lui incombe d'assurer la plus périlleuse des transitions, celle qui mène de la guerre à la paix.

Tandis que les troupes américaines approchent de Berlin, il lui faut, en toute hâte, s'initier au détail des problèmes et des projets du monde, au traitement de l'Allemagne vaincue, à la richesse et à la pauvreté des nations, toutes choses avec lesquelles le sort des États-Unis est maintenant lié. Et il est significatif que M. Truman ait réuni ses conseillers pour s'entretenir d'abord avec eux des questions européennes.

Certes, le nouveau président des États-Unis a déclaré fort explicitement qu'il entendait suivre la politique de Franklin Roosevelt. Mais, en matière de politique économique, on demeure dans une ignorance absolue. Jusqu'ici M. Truman a été un

1. Éditorial. Texte possible, dans la mesure où il continue le précédent, mais ni la teneur ni le ton ne sont décisifs.

2. Harry Truman (1884-1972), vice-président des États-Unis ; durant la dernière législature de Roosevelt, il lui succède et continuera sa politique ; il fera hâter les recherches nucléaires, et prendra la décision de lancer la bombe atomique sur le Japon, mettant ainsi fin à la guerre. Il présidera la conférence de San Francisco, et sera réélu en 1948. Il sera à l'origine de la création de l'O.T.A.N.

homme de politique intérieure, sans doute sérieux, mais guère innovateur. Il s'est toujours défendu des idées préconçues et l'on sait seulement qu'aux dernières élections il s'est fait le champion des petites nations.

N'étant pas un homme de programmes et de plans, il est possible et même probable que le cabinet et le Sénat, un peu éclipsés par la personnalité de Roosevelt, reprennent une importance nouvelle. Mais c'est sans doute les prochains débats du congrès sur l'adhésion des États-Unis au plan financier de Bretton Woods[1] et sur les tarifs douaniers qui fixeront le plus clairement les intentions de M. Truman. L'une et l'autre de ces mesures sont graves de conséquences, pour l'Amérique comme pour le monde.

Enfin, il y a autre chose qui se révélera plus lentement : l'attitude humaine de M. Truman dans ses relations internationales. Les rapports de nation à nation sont d'abord des rapports d'homme à homme. Tout ce qui empoisonne ces derniers, l'humeur, l'incompréhension, l'égoïsme, altère plus ou moins directement les autres.

Déjà on nous dit que M. Truman est d'humeur égale, qu'il aime la musique. Souhaitons aussi qu'il ait le goût et la capacité de penser à l'échelle du monde, avec désintéressement.

1. Une conférence s'est tenue à Bretton Woods entre les États-Unis et quarante-quatre pays en juillet 1944 pour l'établissement d'un nouveau système monétaire international, destiné à se substituer à l'étalon-or.

17 AVRIL 1945[1]

Chaque pas qui nous rapproche de la victoire accroît en même temps les espoirs et les angoisses de tous les Français. Car la victoire pour nous, ce n'est pas seulement la fin de l'ennemi. C'est aussi la réunion avec tous ceux que nous attendons. Nous n'avons pas souffert seulement d'oppression, mais aussi de séparation. Et le monde pendant toutes ces années, autant que du fracas des bombes, s'est peuplé des vains appels de tous ceux qui s'étaient perdus.

C'est tout cela qui va prendre fin. Mais les Français et les Françaises, tournés vers leurs absents depuis si longtemps, ont hâte d'apprendre ce qui va leur échoir. Ils attendent de savoir si leur longue douleur sera enfin compensée par une réunion qui les paiera de tout, ou si elle doit s'achever dans la séparation définitive. Car l'ennemi peut encore détruire s'il ne peut plus rien construire. Et c'est sans doute pourquoi ces jours de victoire ne trouvent pas la France aussi heureuse qu'elle le pourrait. Chaque homme et chaque femme de ce pays a une victoire plus particulière à remporter et qui demeurera incertaine jusqu'au jour de la grande réunion.

Voilà pourquoi aussi chaque nouvelle d'un heureux retour nous trouve plus sensibles encore que

1. Éditorial. Texte possible — bien que le ton ne soit pas entièrement décisif — dans la mesure où Camus a déjà traité ce sujet dans l'éditorial du 22 décembre 1944, p. 421, en des termes parfois très proches ; on sait d'autre part l'importance du thème de la séparation dans son œuvre, en particulier dans *La Peste*.

l'annonce des grands succès militaires. Et certes nous savons que ces succès permettent justement ces retours. Mais il y a le cœur et son injuste sagesse. Il est bon de s'y laisser aller. Hier, des déportées politiques arrivaient à Paris après un long parcours de souffrances[1]. Ce sont nos camarades, celles dont nous sommes le plus fiers et dont l'étonnante odyssée a provoqué chez le général de Gaulle cette émotion que, sur le quai de la gare, il ne cherchait pas à cacher.

Aujourd'hui, on apprend la délivrance de journalistes résistants[2]. Et parmi eux, notre ami Claude Bourdet[3], fils d'Édouard Bourdet. Nous n'en avons jamais parlé, pour ne rien révéler à l'ennemi sur son compte. Mais sous le nom d'Aubin il a été un des animateurs de « Combat » dans la clandestinité et son représentant au C.N.R. Fragile de santé, souriant de caractère, il avait trouvé dans sa foi catholique et dans son goût de l'honneur, l'énergie qu'il fallait pour mener cette difficile aventure que fut la Résistance. Après tant d'inquiétudes sur son sort, quelle joie de le savoir vivant et en route vers ceux qui l'aiment ! Sa place l'attend dans notre équipe. Nous ne serons jamais assez d'hommes et de consciences pour essayer de garder un jugement libre

1. La veille, le général de Gaulle, Henri Frenay, des responsables politiques et syndicaux ont accueilli à la gare de Lyon le premier train en provenance de Ravensbrück, rapatriant des déportées politiques — parmi lesquelles la comédienne Rosine Deréan, à qui Jacqueline Bernard, qui ne rentrera de déportation qu'à la fin du mois de mai, consacrera un article en 1946.

2. Une dépêche du correspondant de guerre de l'A.F.P. auprès de l'armée américaine annonce la libération de 3 500 Français du camp de Buchenwald, parmi lesquels des personnalités politiques, des journalistes ou des professeurs.

3. Sur Claude Bourdet, voir notre introduction, « Un journal dans l'histoire », pp. 68-70.

dans ce moment difficile où il faut passer du combat désintéressé à une vie politique devant laquelle il est moins facile de rester juste.

Nous ne serons jamais assez dans toute la France pour confronter ce que nous avons voulu et ce que nous faisons, et pour estimer ce qu'il faut changer en nous et ce qu'il faut maintenir. Voilà pourquoi, encore, le spectacle le plus émouvant que nous donnent ces derniers jours d'une guerre atroce est à cette gare d'Orsay où toutes les cinq minutes des paquets d'hommes, enchaînés hier, libres aujourd'hui, sont déversés devant un Paris éclatant de lumière et de printemps.

Oui, c'est là-bas qu'il faut aller, au milieu de ce peuple qui les salue de la main, pour comprendre ce que peut être la victoire pour un pays qui fut déchiré pendant quatre ans dans sa conscience et dans ses amours.

9 MAI 1945[1]

Qui pourrait songer à donner de cette journée délirante l'expression qui ne la trahirait pas[2] ? Au sein même des voix confuses et exaltées de tout un peuple, quelle voix solitaire pourrait s'élever, qui soit sûre de donner son sens à ce grand cri de liberté et de paix ? Peut-être, dans le recul du souvenir, sera-t-il possible de choisir, plus tard, au milieu des

1. Éditorial. Texte probable, qui retrouve le ton des éditoriaux de la Libération.

2. L'Allemagne a capitulé le 8 mai 1945.

canons, des sirènes et des cloches, parmi les chants, les drapeaux, les appels et les rires, l'image privilégiée qui ne trahira rien de cet instant. Pour aujourd'hui, il faut se laisser porter et dire seulement cette grande chaleur humaine, cette immense joie pleine de larmes, ce délire qui emplissait Paris. Il n'est pas sûr que la douleur soit forcément solitaire. Mais il est sûr que la joie ne l'est jamais. Hier, c'était la joie de tous. Il faut parler au nom de tous[1].

Devant cette grande clameur, le souvenir de tant de combats et de luttes acharnées prenait tout son sens. Car pourquoi donc s'être tant battu, sinon pour qu'un peuple puisse un jour crier sa délivrance. Dans toutes les capitales de l'Europe et du monde, des millions d'hommes, à la même heure, hurlaient la même joie. Pour les uns, ils riaient sous le ciel chaleureux de mai et, pour d'autres, dans une nuit déjà chaude. Mais ce qu'ensemble ils célébraient, c'est la force que donnent aux hommes libres la conscience de leurs droits et leur amour forcené de l'indépendance.

L'histoire des hommes est semée de triomphes militaires. Mais jamais peut-être victoire n'aura été saluée par tant de bouches bouleversées. C'est que jamais peut-être une guerre n'a tant menacé l'homme dans ce qu'il a d'irremplaçable, dans sa révolte et dans sa liberté. Si hier était le jour de tous, c'est qu'il était justement le jour de la liberté et que la liberté est à tous les hommes ou à personne.

1. Ces expressions sont bien proches de ce que dira Rieux à la fin de *La Peste*, qui apparaît comme un prolongement de ces réflexions — jusque dans la succession des idées : « Quand il se trouvait tenté de mêler directement sa voix aux mille voix des pestiférés, il était arrêté par la pensée qu'il n'y avait pas une de ses souffrances qui ne fût en même temps celle des autres, et que dans un monde où la douleur est si souvent solitaire, cela était un avantage. Décidément, il devait parler pour tous » (*op. cit.*, p. 274).

Pendant cinq années, des millions de combattants ont dû démontrer, au milieu du carnage, qu'il ne se pouvait pas qu'un seul homme prît la liberté pour lui aux dépens de tous les autres.

Une fois de plus, il a fallu faire la terrible preuve de cette vérité, comme si l'histoire des hommes n'était que la longue et affreuse histoire de leurs sacrifices pour affirmer sans trêve une liberté sans cesse contestée.

C'est ainsi que les années de l'asservissement ont été les années du silence. Et c'est ainsi que le jour de la liberté est celui d'un cri sans cesse répété par des millions de voix. C'est ainsi encore que dans Paris, entre le printemps et l'été, une prodigieuse clameur s'est élevée, qui n'a pas cessé de retentir dans la nuit. Nous n'oublierons pas cela. Cet appel était celui de l'esprit libre qui s'incarnait dans tout un peuple. Et cette guerre a été menée à son terme pour que l'homme garde le droit d'être et de dire ce qu'il est. Les hommes de notre génération l'ont compris. Plus jamais ils ne céderont sur ce terrain. Ils ne se laisseront pas fermer la bouche.

Aux quatre coins de la ville, les eaux des fontaines, soudain revenues après tant d'années, bondissaient hier vers le ciel doré de chaleur. Ce grand jaillissement de délivrance et de fraîcheur, nous le sentions tous au fond de l'âme. C'est lui que nous aurons désormais à préserver pour que cette victoire soit définitive et qu'elle demeure le bien de tous[1]. Ceux

1. On sait que cet espoir d'une « victoire définitive » est démenti dans les dernières lignes de *La Peste* : « Mais il savait cependant que cette chronique ne pouvait pas être celle de la victoire définitive. »

d'entre nous qui attendent encore et qui pleurent un être cher ne peuvent avoir de place dans cette victoire que si elle justifie ce pour quoi les absents et les disparus ont souffert. Gardons-les près de nous, ne les rendons pas à la solitude définitive qui est celle de la souffrance vaine. Alors seulement, en ce jour bouleversant, nous aurons fait quelque chose pour l'homme.

12 MAI 1945[1]

On attend le remaniement ministériel[2], un redressement de la politique gouvernementale, les grandes décisions qui pourront seules autoriser la prodigieuse reconstruction dont nous avons besoin. On attend et, au lendemain des jours délirants de la victoire, on se prend à espérer, à se dire que tout est permis et que demain verra la jeune république dont nous rêvons. On attend encore et aux premières informations on nous annonce que les anciens présidents du Conseil Herriot, Daladier, Reynaud et

1. Éditorial. Texte très probable ; on y retrouve des idées souvent défendues par Camus : hostilité à l'égard des hommes politiques de la IIIe République, affirmation qu'il faut les juger sur leurs actes et non sur leurs souffrances passées.

2. Ce remaniement, qui se fera le 1er juin, ne comprendra que peu de changements : Christian Pineau remplace Paul Ramadier (qui voulait démissionner depuis deux mois) au Ravitaillement, P.-H. Teitgen devient ministre de la Justice, en remplacement de François de Menthon, envoyé à Londres à la Commission des criminels de guerre, et Jacques Soustelle succède à Teitgen à l'Information.

Blum[1] pourraient entrer dans la nouvelle formation. Leur expérience nous manquait jusqu'à présent, et leur sagesse.

Si nous avions du goût pour les formules simplistes, nous résumerions notre pensée en disant qu'on décidera de l'avenir de la France en s'appuyant sur

1. Ce sont les noms qui symbolisent l'immédiat avant-guerre.

Herriot, Édouard (1872-1957), président du parti radical de 1919 à sa mort. Maire de Lyon, à plusieurs reprises ministre et président du Conseil, président de la Chambre des députés entre 1936 et 1940, il s'abstient lors du vote des pleins pouvoirs à Pétain en juillet 1940 et ne s'oppose réellement à lui qu'à partir d'août 1942, lorsque le gouvernement de Vichy supprime les bureaux des deux chambres parlementaires. Mis en résidence surveillée puis déporté en Allemagne, il est rapatrié par Laval, qui espère en août 1944 obtenir de lui la convocation de la Chambre des députés. Il sera de nouveau président de l'Assemblée nationale de 1947 à 1954.

Sur Daladier, voir éditorial du 12 septembre 1944, note 1, p. 196.

Reynaud, Paul (1878-1966), républicain de droite, député et ministre à plusieurs reprises sous la IIIe République, en particulier ministre du cabinet Daladier de 1938 ; il devient président du Conseil en mars 1940, il démissionne en juin, laissant la place au maréchal Pétain. Interné par le gouvernement de Vichy, jugé au procès de Riom, il est déporté en Allemagne en 1942. Réélu député à son retour, il fait partie de plusieurs commissions à l'Assemblée nationale et au Conseil de l'Europe.

Blum, Léon (1872-1950) ; conseiller d'État et normalien, écrivain et homme politique, il a joué un rôle très important dans le socialisme français ; collaborateur de Jaurès à *L'Humanité* depuis 1904, il fait partie de la minorité qui refuse le communisme au Congrès de Tours en 1920 et fonde alors *Le Populaire*, organe de la S.F.I.O. Il dirige le premier gouvernement du Front populaire (juin 1936-juin 1937) et prépare avec Maurice Viollette le projet visant à donner la citoyenneté française à certaines catégories d'Algériens (voir *infra* article du 18 mai 1945, note 1, p. 539). Opposé à Laval et aux pleins pouvoirs à Pétain, il est interné, jugé à Riom, et livré aux Allemands qui le déportent à Buchenwald. Après la Libération, il reprendra la direction du *Populaire*, souhaitera une réforme de la Constitution, et dirigera brièvement un gouvernement socialiste en décembre 1946.

Reynaud et Blum sont rapatriés en mai.

ses hommes de trente ans ou sur ses hommes de soixante ans. Mais il paraît que le choix est déjà fait, et il nous reste à dire notre opinion sur une politique qui remettrait aux leviers de commande ceux qui les ont tenus pendant si longtemps et avec un aveuglement si obstiné.

En face d'hommes qui reviennent d'une dure captivité, nous resterons dans la mesure. Il y a eu du malheur dans ces existences. De ce seul fait, elles ont droit au respect et l'on ne trouvera ici aucun mot qui puisse y insulter. Mais une chose est de rendre à des hommes la considération qui leur revient, une autre est de juger si leur malheur suffit à leur assurer une compétence politique qui puisse nous être profitable. De ce point de vue, il n'est pas possible de les juger sur ce qu'ils ont souffert, mais sur ce qu'ils ont fait. Et nous devons dire sans une hésitation que ce qu'ils ont fait ne les autorise pas à diriger la vie politique du pays dans un moment où nous avons besoin d'esprits à la fois circonspects et déterminés.

Les hommes qu'on nous propose ont pris le pouvoir à une époque difficile et troublée. Ils y ont apporté une inégale compétence et des dispositions très diverses. Mais il est une attitude dans laquelle ils se sont tous rencontrés, y mêlant autant de faiblesse que d'aveuglement : ils ont tous reculé devant les agressions du fascisme. Car ce sont ces hommes qui portent la responsabilité, entière ou partagée, d'avoir permis l'assassinat de l'Éthiopie, la destruction de la République espagnole, la conquête de l'Autriche et, pour finir, grâce à Munich, cette entrée des troupes allemandes à Prague qu'aucun des hommes de notre génération ne pourra plus oublier. Et, sans doute, une partie de leurs motifs tenait dans leur désir de paix. Mais c'est l'action conjuguée de ces politiques expérimentées qui, pour finir, mena Daladier à perdre la paix elle-même et à déclarer la guerre dans les pires conditions. Pour être net, on n'imagine pas de politique où l'échec soit plus continu et la sagesse plus folle.

Nous sommes donc obligés de dire que les hommes politiques dont il s'agit ont eu leur temps d'activité. Pour user d'un langage très indulgent, ils n'y ont que médiocrement réussi. Cela n'est pas déshonorant.

La vie politique d'un pays fait une grande consommation d'âmes et toutes ne peuvent pas être de premier ordre. Mais nous sommes dans un temps où la faiblesse même paternelle, où la routine, même inconsciente, ne sont pas ou ne devraient pas être considérées comme des titres suffisants.

Nous apercevons très bien que ce langage peut paraître dur et inopportun. Nous savons que ces hommes ont supporté leur malheur dignement. Mais on nous pardonnera de ne pas les distinguer plus qu'il ne convient dans un monde où des millions d'hommes ont connu le fond de la détresse et dont il s'agit d'abréger les affreuses douleurs. Et puis, enfin, ce n'est pas si terrible. Il ne s'agit pas de condamner ces politiques en tant qu'hommes. Il s'agit seulement de leur refuser des privilèges et un pouvoir dont ils ont eu leur content. Nous le disons sans ironie, la retraite est là qui les attend. Ils y trouveront la paix et la considération qu'on doit à des hommes qui ont pu se tromper, mais qui n'ont pas trahi. Et il est vrai sans doute qu'ils n'y trouveront pas les grandes ivresses de la puissance. Mais il s'agit aujourd'hui pour nous tous d'une bien autre puissance qui ne s'obtiendra qu'à force d'intelligence et de volonté. Quand on mesure à cet effort gigantesque la personnalité de MM. Daladier, Herriot ou Paul Reynaud[1], comment ne pas apercevoir enfin que ce pays parlera d'autant plus haut qu'ils se tairont plus fort.

13-14 MAI 1945

Crise en Algérie[2]

Devant les événements qui agitent aujourd'hui l'Afrique du Nord[3]*, il convient d'éviter deux attitudes extrê-*

1. On notera que Léon Blum n'est pas mis en cause.

2. Texte qui ouvre la série de six articles consacrés à l'Algérie. Tous sont mis en valeur par leur situation en première page et leur présentation : gros caractères des titres, annonce de l'auteur immédiatement après le titre (« par Albert Camus »), intertitres. Cinq d'entre eux dont celui-ci seront repris dans *Actuelles III, Chroniques algériennes, 1939-1958*, en 1958, ainsi que l'éditorial du 15 juin qui leur servira de conclusion.

3. Le 1er mai, des incidents ont opposé des manifestants réclamant la libération de Messali Hadj et la police à Alger et à Oran ; le 8 mai, la célébration de l'armistice est marquée par des manifestations nationalistes dans onze villes d'Algérie. À Sétif et Guelma, dans le Constantinois, elles tournent à l'émeute et se prolongent jusqu'au 13 mai, entraînant une répression effroyable, dont le nombre de victimes est toujours sujet à controverse. On peut noter que ce n'est que le 12 mai que *Combat* rapporte ces événements, par un bref article ; sous le titre : « Agitation en Algérie où la disette a fait naître un vif mécontentement chez les indigènes », il rend compte du Conseil des ministres qui s'est « longuement préoccupé » de la situation en Algérie, « où l'administration rencontre de grosses difficultés nées, en partie, de l'insuffisance de ravitaillement des populations indigènes ».

Le Conseil a arrêté des mesures — qui ne sont pas précisées — pour y remédier, et donné des instructions au Gouverneur général concernant le maintien de l'ordre.

mes. L'une consisterait à présenter comme tragique une situation qui est seulement sérieuse. L'autre reviendrait à ignorer les graves difficultés où se débat aujourd'hui l'Algérie.

La première ferait le jeu des intérêts qui désirent pousser le Gouvernement à des mesures répressives non seulement inhumaines, mais encore impolitiques. L'autre continuerait d'agrandir le fossé qui, depuis tant d'années, sépare la Métropole de ses territoires africains. Dans les deux cas, on servirait une politique à courte vue, aussi contraire aux intérêts français qu'aux intérêts arabes.

L'enquête[1] que je rapporte d'un séjour de trois semaines en Algérie n'a pas d'autre ambition que de diminuer un peu l'incroyable ignorance de la Métropole en ce qui concerne l'Afrique du Nord[2]. Elle a été menée aussi objectivement que je le pouvais, à la suite d'une randonnée de 2 500 kilomètres sur les côtes et à l'intérieur de l'Algérie, jusqu'à la limite des territoires du Sud.

J'y ai visité aussi bien les villes que les douars les plus reculés, y confrontant les opinions et les témoignages de l'administration et du paysan indigène, du colon et du militant arabe. Une bonne politique est d'abord une politique bien informée. À

1. Le terme d'« enquête » apparaissait à plusieurs reprises dans la conclusion de « Misère de la Kabylie », reportage effectué par Camus en juin 1939, publié dans *Alger-Républicain*, et repris dans *Actuelles III, Chroniques algériennes* ; ce qui souligne la continuité de la pensée et de l'attitude de Camus.

2. Camus est arrivé en Algérie le 18 avril, et rentré à Paris le 7 ou le 8 mai, comme l'attestent ses lettres à sa femme, dans lesquelles il évoque ses déplacements dans le Sud constantinois, les Hauts Plateaux, et la Kabylie.

cet égard, cette enquête n'est rien de plus qu'une enquête... Mais, si les éléments d'information que j'apporte ainsi ne sont pas nouveaux, ils ont été vérifiés. J'imagine qu'ils peuvent donc aider, dans une certaine mesure, ceux qui ont pour tâche aujourd'hui d'imaginer la seule politique qui sauvera l'Algérie des pires aventures.

DES PROBLÈMES PARTICULIERS[1]

Mais, avant d'entrer dans le détail de la crise nord-africaine, il convient peut-être de détruire quelques préjugés. Et, d'abord, de rappeler aux Français que l'Algérie existe. Je veux dire par là qu'elle existe en dehors de la France et que les problèmes qui lui sont propres ont une couleur et une échelle particulières. Il est impossible, en conséquence, de prétendre résoudre ces problèmes en s'inspirant de l'exemple métropolitain.

Un seul fait illustrera cette affirmation. Tous les Français ont appris à l'école que l'Algérie, rattachée au ministère de l'Intérieur, est constituée par trois départements. Administrativement, cela est vrai. Mais, en vérité, ces trois départements sont vastes comme quarante départements français moyens, et peuplés comme douze. Le résultat est que l'Administration métropolitaine croit avoir fait beaucoup lorsqu'elle expédie deux mille tonnes de céréales sur l'Algérie. Mais, pour les huit millions d'habitants de ce pays, cela représente exactement une journée de consommation. Le lendemain, il faut recommencer.

1. Les intertitres ne sont pas repris dans *Actuelles III*.

L'ÉVEIL POLITIQUE DES MUSULMANS

Sur le plan politique, je voudrais rappeler aussi que le peuple arabe existe. Je veux dire par là qu'il n'est pas cette foule anonyme misérable, où l'Occidental ne voit rien à respecter ni à défendre. Il s'agit, au contraire, d'un peuple de grandes traditions et dont les vertus, pour peu qu'on veuille l'approcher sans préjugés, sont parmi les premières.

Ce peuple n'est pas inférieur, sinon par la condition de vie où il se trouve, et nous avons des leçons à prendre chez lui, dans la mesure même où il peut en prendre chez nous. Trop de Français, en Algérie ou ailleurs, l'imaginent par exemple comme une masse amorphe que rien n'intéresse. Un seul fait encore les renseignera.

Dans les douars les plus reculés, à huit cents kilomètres de la côte, j'ai eu la surprise d'entendre prononcer le nom de M. Wladimir d'Ormesson[1]. C'est

1. Dans *Le Figaro* du 8 mars 1945, sous le titre « Le souci de l'Empire », Wladimir d'Ormesson (voir éditorial du 8 septembre 1944, note 2, p. 187) a décrit la pénurie que connaît l'Algérie, les magasins vides, la misère totale. Son analyse politique mérite d'être citée, dans la mesure où elle constitue un bon témoignage sur l'opinion la plus répandue à l'époque : « Des agitateurs profitent de cette misère générale pour souffler sur les brandons de discorde. On sait combien il est facile de faire appel à des sentiments démagogiques, de guider les foules simples avec des mots. Que certains professionnels se livrent à ces mauvais jeux, c'est dans la règle. Ce qui n'est pas admissible, c'est qu'ils trouvent des complices dans les fonctionnaires (parfois importants), dans la presse et jusque dans la radio officielle. Ce qui n'est pas admissible, c'est que des Français osent parler publiquement du "scandale de la colonisation française" [*sic*]. Où veut-on en venir avec ces pratiques ? »

que notre confrère a publié sur la question algérienne, il y a quelques semaines, un article que les musulmans ont jugé mal informé et injurieux. Je ne sais pas si le collaborateur du *Figaro* se réjouira de cette réputation obtenue aussi promptement en pays arabe. Mais elle donne la mesure de l'éveil politique qui est celui des masses musulmanes.

Quand j'aurai enfin noté ce que trop de Français ignorent, à savoir que des centaines de milliers d'Arabes viennent de se battre durant deux ans pour la libération de notre territoire, j'aurai acquis le droit de ne pas insister.

L'ALGÉRIE EST À CONQUÉRIR UNE SECONDE FOIS

Tout ceci, en tout cas, doit nous apprendre à ne rien préjuger de ce qui concerne l'Algérie et à nous garder des formules toutes faites. De ce point de vue, les Français ont à conquérir l'Algérie une deuxième fois. Pour dire tout de suite l'impression que je rapporte de là-bas, cette deuxième conquête sera moins facile que la première. En Afrique du Nord comme en France, nous avons à inventer de nouvelles formules et à rajeunir nos méthodes si nous voulons que l'avenir ait encore un sens pour nous.

L'Algérie de 1945 est plongée dans une crise économique et politique qu'elle a toujours connue, mais qui n'avait jamais atteint ce degré d'acuité. Dans cet admirable pays qu'un printemps sans égal couvre en ce moment de ses fleurs et de sa lumière, des hommes souffrent de faim et demandent la justice. Ce sont des souffrances qui ne peuvent nous laisser indifférents, puisque nous les avons connues.

Au lieu d'y répondre par des condamnations, essayons plutôt d'en comprendre les raisons et de faire jouer à leur propos les principes démocratiques que nous réclamons pour nous-mêmes. Mon projet, dans les articles qui suivront, est d'appuyer cette tentative, par le simple exercice d'une information objective.

(À suivre.)

P.-S. — Cet article était terminé lorsque a paru dans un journal du soir[1] un article accusant Ferhat Abbas, président des « Amis du Manifeste », d'avoir organisé directement les troubles d'Algérie. Cet article est visiblement fait à Paris, au moyen de renseignements improvisés. Mais il n'est pas possible de porter aussi légèrement une accusation aussi grave. Il y a beaucoup à dire pour et contre Ferhat Abbas et son parti. Nous en parlerons, en effet. Mais les journalistes français doivent se persuader qu'on ne

1. Il s'agit d'un article d'Yves Grosrichard publié dans *France-Soir* des 13-14 mai, dont le titre est sans équivoque : « C'est l'agitateur Ferrat-Abbas [*sic*] qui a suscité les troubles d'Algérie » ; après avoir exprimé l'espoir que « les mesures prises par le gouvernement, mesures d'ordre alimentaire et militaire permettront d'apaiser l'agitation », l'article conclut : « D'après nos renseignements, le parti du "Manifeste" et son chef disposent de fonds importants. Combattus aussi bien par les caïds, dont le loyalisme est incontestable, que par la caste religieuse des Ulémas, condamnés avec la même vigueur par tous les éléments démocratiques de l'Afrique du Nord, depuis les communistes jusqu'aux "modérés", secrètement approuvés seulement, semble-t-il, par une minorité de riches familles "doriotistes", Ferrat Abbas et ses hommes de main semblent être à la solde d'éléments étrangers. »

Sur Ferhat Abbas, voir *infra* l'article de Camus des 20-21 mai, p. 546.

réglera pas un si grave problème par des appels inconsidérés à une répression aveugle.

ALBERT CAMUS

15 MAI 1945

La famine en Algérie[1]

La crise la plus apparente dont souffre l'Algérie est d'ordre économique.*

Alger, déjà, présente au visiteur attentif des signes non équivoques. Les plus grandes brasseries vous font boire dans des fonds de bouteilles dont on a limé les bords. Les hôtels vous offrent des cintres en fil de fer. Dans leurs vitrines, les magasins démolis par les bombardements ont remplacé le verre par le madrier. Chez les particuliers, il n'est pas rare de voir transporter dans la chambre à coucher l'ampoule qui éclaira le dîner. Crise d'objets manufacturés, sans doute, puisque l'Algérie n'a pas d'industrie. Mais surtout crise d'importation, et nous allons en mesurer les effets.

Ce qu'il faut crier le plus haut possible, c'est que la plus grande partie des habitants d'Algérie connaissent la famine. C'est cela qui explique les graves

1. Article repris dans *Actuelles III,* sans intertitres. Par sa teneur et ses accents, cet article rappelle « Misère de la Kabylie » ; en 1939 déjà, la Kabylie avait souffert de la famine.

* Voir le début de cette enquête dans notre numéro du 13 mai. [*Note de* Combat.]

événements que l'on connaît, et c'est à cela qu'il faut porter remède[1].

En arrondissant les chiffres, on peut évaluer à neuf millions le nombre des habitants de l'Algérie. Sur ces neuf millions, il faut compter huit millions d'Arabo-Berbères pour un million d'Européens. La plus grande partie de la population arabe est répartie à travers l'immense campagne algérienne dans des douars que la colonisation française a réunis en communes mixtes.

La nourriture de base de l'Arabe, c'est le grain (de blé ou d'orge), qu'il consomme sous forme de semoule ou de galettes. Faute de grains, des millions d'Arabes souffrent de la faim.

La famine est un fléau toujours redouté en Algérie, où les récoltes sont aussi capricieuses que les pluies. Mais, en temps ordinaire, les stocks de sécurité prévus par l'administration française compensaient les sécheresses. Ces stocks de sécurité n'existent plus en Algérie depuis qu'ils ont été dirigés sur la Métropole au bénéfice des Allemands. Le peuple algérien était donc à la merci d'une mauvaise récolte.

1. C'est ce que disent tous les commentaires, officiels ou journalistiques, à propos des émeutes de Sétif ; mais contrairement à la plupart d'entre eux, Camus ne s'en tiendra pas à cette explication, et son enquête deviendra beaucoup plus politique. On peut relever que le même jour, *Combat*, comme ses confrères, publie un communiqué du ministère de l'Intérieur, sur les émeutes de Sétif et Guelma, qui ont fait plus de cent victimes, attribuées au P.P.A. et « à certains éléments du mouvement des "Amis du Manifeste" » ; il annonce que l'ordre a été rétabli, et signale les nombreuses affirmations de loyalisme à l'égard de la France. Le journal publie également une dépêche de l'A.F.P., annonçant le massacre d'Européens à Sétif et à Périgotville.

SANS EAU DEPUIS JANVIER

Ce malheur est arrivé. Un seul fait en donnera l'idée. Sur tous les hauts plateaux de l'Algérie, il n'a pas plu depuis janvier. Ces terres démesurées sont couvertes d'un blé à tête légère qui ne dépasse pas les coquelicots que l'on aperçoit jusqu'à l'horizon. La terre, craquelée comme une lave, est à ce point desséchée que, pour les semailles de printemps, il a fallu doubler les attelages. La charrue déchiquette un sol friable et poussiéreux qui ne retiendra rien du grain qu'on lui confiera. La récolte que l'on prévoit pour cette saison sera pire que la dernière, qui fut pourtant désastreuse.

DES CHIFFRES

On m'excusera[1] de donner ici quelques chiffres. Les besoins normaux de l'Algérie, en grains, sont de 18 millions de quintaux. En règle générale, la production couvre à peu près la consommation, puisque la récolte de la saison 1935-1936 fut, par exemple, de 17 371 000 quintaux de toutes céréales. Mais la saison dernière atteignit à peine 8 715 000 quintaux, c'est-à-dire 40 % des besoins normaux.

Cette année-ci, les prévisions sont encore plus pessimistes, puisqu'on s'attend à une récolte qui ne dépassera pas 6 millions de quintaux.

La sécheresse n'explique pas seule cette effrayante pénurie. Il faut y ajouter la diminution

1. *Actuelles III* : *On me pardonnera* [...]

des emblavures, parce qu'il y a moins de semences, et aussi parce que le fourrage n'étant pas taxé, certains propriétaires inconscients ont préféré le cultiver plutôt que les indispensables céréales. Il faut tenir compte encore des difficultés techniques du moment : usure du matériel (un soc[1] qui coûtait 20 francs en coûte 500), rationnement du carburant, mobilisation de la main-d'œuvre à l'extérieur. Si l'on ajoute à tous ces facteurs l'augmentation de la consommation du fait du rationnement des autres denrées, on comprendra qu'isolée du monde extérieur, l'Algérie ne trouve pas sur son sol de quoi faire vivre sa population.

130 À 150 GRAMMES DE GRAIN PAR JOUR

Ce qu'on peut apercevoir de cette famine, en ce moment, a de quoi serrer le cœur. L'administration a dû réduire à 7 kg 500 par tête et par mois l'attribution de grains (les ouvriers agricoles en touchent 18 kg de leur patron, mais il s'agit d'une minorité). Cela fait 250 grammes par jour, ce qui est peu pour des hommes dont le grain est la seule nourriture.

Mais cette ration de famine dans la majorité des cas n'a pu être honorée. En Kabylie, dans l'Ouarsenis, dans le Sud Oranais, dans l'Aurès, pour prendre des points géographiques distants les uns des autres, on n'a pu distribuer que 4 à 5 kg par mois, c'est-à-dire 130 à 150 grammes par jour et par personne.

1. *Actuelles III* : un *sac ;* il s'agit à l'évidence d'une faute de lecture ou d'impression, reproduite dans toutes les éditions.

Comprend-on bien ce que cela veut dire ? Comprend-on que, dans ce pays, où le ciel et la terre invitent au bonheur, des millions d'hommes souffrent de la faim[1]. Sur toutes les routes, on peut rencontrer des silhouettes haillonneuses et hâves. Au hasard des parcours, on peut voir des champs bizarrement retournés et grattés. C'est que des douars entiers sont venus y fouiller le sol pour en tirer une racine amère mais comestible, appelée la « talrouda[2] », et qui, transformée en bouillie, soutient du moins si elle ne nourrit pas.

Qu'y faire, dira-t-on ? Sans doute le problème est difficile. Mais il n'y a pas une minute à perdre, ni un intérêt à épargner, si l'on veut sauver ces populations malheureuses et si l'on veut empêcher que des masses affamées, excitées par quelques fous criminels, recommencent le sauvage[3] massacre de Sétif. Je dirai dans mon prochain article les injustices qu'il faut faire disparaître et les mesures d'urgence qu'il faut provoquer sur le plan économique.

(À suivre.)

ALBERT CAMUS

1. Cf. le premier texte de « Misère de la Kabylie », intitulé « La Grèce en haillons », qui ne sera pas repris dans *Actuelles III* : « Dans une des régions les plus attirantes du monde, un peuple entier souffre de la faim » (*Fragments d'un combat, op. cit.*, p. 279).
2. *Actuelles III* : la *tarouda* [...]
3. *Actuelles III* : *le massacre* [...]

16 MAI 1945

L'Algérie demande des bateaux et de la justice[1]

Pour les millions d'Algériens qui souffrent en ce moment de la faim, que pouvons-nous faire ? On n'a pas besoin d'avoir d'exceptionnelles clartés politiques pour déclarer que, seule, une politique d'importation à grande échelle changera la situation.

Le Gouvernement vient d'annoncer qu'un million de quintaux de blé vont être distribués en Algérie. Cela est bien. Mais il ne faut pas oublier que ces quantités vont couvrir seulement, et à peu près, la consommation d'un mois. On ne pourra pas éviter, le mois prochain et chaque mois qui suivront[2]*, d'injecter à l'Algérie les mêmes quantités de grains. Ce problème d'importation ne doit donc pas être considéré comme résolu, mais poursuivi au contraire avec la dernière énergie.*

À la vérité, je n'ignore pas les difficultés de l'entreprise. Pour rétablir la situation, alimenter convenablement la population arabe et supprimer le marché noir, il faudrait importer 12 millions de quintaux. Cela représente 240 bateaux de 5 000 tonnes chacun. Dans l'état où nous a laissés la guerre, tout le monde comprendra ce que cela signifie.

1. Article repris dans *Actuelles III*, sous le titre : « Des bateaux et de la justice », et sans intertitres. Le titre original rappelle celui d'un article de « Misère de la Kabylie » : « Pour vivre, la Kabylie réclame ! »

2. *Actuelles III* : qui *suivra* [...]

Mais dans l'urgence où nous sommes placés, il faut bien voir aussi que rien ne peut nous arrêter et que nous devons demander ces bateaux au monde entier s'il le faut. Quand des millions d'hommes souffrent de la faim, cela devient l'affaire de tous[1].

Nous n'aurons cependant pas tout fait quand nous aurons fait cela, car la gravité de l'affaire algérienne ne tient pas seulement au fait que les Arabes ont faim. Elle tient aussi à la conviction où ils sont que leur faim est injuste. Il ne suffira pas, en effet, de donner à l'Algérie le grain dont elle a besoin, il faudra encore le répartir équitablement. J'aurais préféré ne point l'écrire, mais il est vrai que cela n'est pas fait.

LES MÉFAITS DES CAÏDS

On en aura une première preuve en sachant que dans ce pays, où le grain est presque aussi rare que l'or, on en trouve au marché noir. Dans la plupart des communes que j'ai visitées, alors que le prix de la taxe est de 540 francs le quintal, on obtient du grain clandestin à des prix qui varient entre 7 000 et 16 000 francs le quintal*. Ce marché noir est alimenté par les blés soustraits aux réquisitions par des colons inconscients ou des féodaux indigènes.

Par ailleurs, même le grain qu'on livre aux organismes collecteurs n'est pas également distribué. L'institution du caïdat, si néfaste, continue à faire

1. Cette expression se retrouvera dans *La Peste*, à plusieurs reprises (*op. cit.*, p. 67, p. 125).

* Pour fixer les idées, le blé à 10 000 fr. le quintal met le kilo de pain à 120 fr. environ. Le salaire quotidien de l'ouvrier arabe est de 60 fr. en moyenne. [*Note de* Combat.]

ses preuves[1]. Car les caïds, qui sont des sortes d'intendants de l'administration française, et à qui l'on confie trop souvent les distributions, les conduisent suivant des méthodes très personnelles.

Les répartitions opérées par l'administration française elle-même, quoique insuffisantes, sont toujours honnêtes. Celles qui sont faites par les caïds sont toujours inégales, et le plus souvent inspirées par l'intérêt et le favoritisme.

Enfin, et c'est le point le plus douloureux, dans toute l'Algérie la ration attribuée à l'indigène est inférieure à celle qui est consentie à l'Européen. Elle l'est dans le principe, puisque le Français a droit à 300 grammes par jour et l'Arabe à 250 grammes. Elle l'est encore plus dans les faits, puisque, nous l'avons dit, l'Arabe touche 100 à 150 grammes.

Cette population, animée d'un sens si sûr et si instinctif de la justice, accepterait peut-être le principe. Mais elle n'admet pas (et devant moi, elle l'a toujours souligné) que les rations de principe ayant dû être restreintes, seules les rations arabes aient été diminuées. Un peuple qui ne marchande pas son sang dans les circonstances actuelles est fondé à penser qu'on ne doit pas lui marchander son pain.

Cette inégalité de traitement s'ajoute à quelques autres pour créer un malaise politique, dont j'aurai à traiter dans de prochains articles. Mais, à l'intérieur du problème économique qui m'intéresse ici, elle envenime encore une situation déjà assez grave

1. Dans « Misère de la Kabylie », Camus s'était élevé contre l'imposition du caïdat, institution typiquement arabe, aux régions kabyles ; le caïd cumule les fonctions de juge, d'administrateur et de chef de la police ; on imagine aisément les abus qu'une telle situation a pu entraîner, et l'on connaît le sens péjoratif pris par ce terme.

par elle-même, et elle ajoute aux souffrances des indigènes une amertume qu'il était possible d'éviter.

Calmer la plus cruelle des faims et guérir ces cœurs exaspérés, voilà la tâche qui s'impose à nous aujourd'hui. Des centaines de bateaux de céréales et deux ou trois mesures d'égalité rigoureuse, c'est ce que nous demandent immédiatement des millions d'hommes dont on comprendra peut-être maintenant qu'il faut essayer de les comprendre avant de les juger[1].

ALBERT CAMUS

17 MAI 1945[2]

« Nous avons pour nourriture un litre de soupe à midi et du café avec trois cents grammes de pain le soir... Nous sommes couverts de poux et de puces... Tous les jours des Juifs meurent. Une fois morts, ils sont empilés dans un coin du camp et l'on attend qu'il y en ait suffisamment pour les enterrer... Alors, pendant des heures et des jours, le soleil aidant, une odeur infecte se répand dans le camp juif et sur le nôtre. »

Ce camp rempli de l'affreuse odeur de la mort est celui de Dachau[3]. Nous le savions depuis longtemps,

1. Par cette réflexion, Camus se démarque de la plupart des commentateurs.

2. Éditorial. Texte repris dans *Actuelles*, chapitre « La chair ».

3. Dès 1933, un camp de concentration a été implanté à Dachau, en Bavière, pour les opposants au régime nazi. Au « camp juif » ont été regroupés 25 000 Juifs venus d'Auschwitz en juillet

et le monde commence à se lasser de tant d'atrocités. Les délicats y trouvent de la monotonie et nous reprocheront d'en parler encore. Mais la France se trouvera peut-être une sensibilité plus neuve, quand elle saura que ce cri est jeté par un des milliers de déportés politiques de Dachau, huit jours après leur libération par les troupes américaines. Car ces hommes ont été maintenus dans leur camp en attendant un rapatriement qu'ils ne voient pas venir. Dans les lieux mêmes où ils ont cru atteindre l'extrémité de la détresse, ils connaissent aujourd'hui une souffrance plus extrême, puisqu'elle touche maintenant à leur confiance.

Les extraits que nous avons cités sont tirés d'une lettre de quatre pages d'un interné à sa famille. Nous en tenons les références à la disposition de tous. Beaucoup d'informations nous laissaient croire qu'il en était ainsi, en effet, de nos camarades déportés. Mais nous nous retenions d'en parler dans l'attente d'informations plus sûres. Aujourd'hui, ce n'est plus possible. Le premier message qui nous parvient de là-bas est décisif et nous devons crier notre indignation et notre colère. Il y a là une honte qui doit cesser.

Quand les campagnes allemandes regorgent de vivres et de produits, quand les officiers généraux hitlériens mangent à leur habitude, c'est une honte, en effet, que les internés politiques connaissent la faim. Quand les « déportés d'honneur[1] » sont rapatriés immédiatement et en avion, c'est une honte

---

1944, dans un état de délabrement physique plus grand encore que celui des autres déportés ; la mortalité parmi eux fut effrayante.

1. Allusion aux ministres et responsables de la IIIe République — Daladier, Blum, Reynaud —, qui ont été déportés dans des camps en Allemagne, dans des conditions sensiblement différentes de celles des autres déportés.

que nos camarades connaissent encore les mêmes horizons désespérants qu'ils ont contemplés pendant des années. Ces hommes ne demandent pas grand-chose. Ils ne veulent pas de traitement de faveur. Ils ne réclament ni médailles ni discours. Ils veulent seulement rentrer chez eux. Ils en ont assez. Ils ont bien voulu souffrir pour la Libération, mais ils ne peuvent pas comprendre qu'il faille souffrir de la Libération. Oui, ils en ont assez parce qu'on leur aura tout gâché, jusqu'à cette victoire qui est aussi, et à un point que ce monde indifférent à l'esprit ne peut pas savoir, leur victoire.

Il faut qu'on sache qu'un seul des cheveux de ces hommes a plus d'importance pour la France et l'univers entier qu'une vingtaine de ces hommes politiques dont des nuées de photographes enregistrent les sourires. Eux, et eux seuls, ont été les gardiens de l'honneur et les témoins du courage. C'est pourquoi il faut qu'on sache que, s'il nous est déjà insupportable de les savoir au milieu de la faim et de la maladie, nous ne supporterons pas qu'on nous les désespère.

Dans cette lettre dont chaque ligne est une raison de fureur et de révolte pour le lecteur, notre camarade dit ce que fut le jour de la victoire à Dachau : « Pas un cri, dit-il, et pas une manifestation, cette journée ne nous apporte rien. » Comprend-on ce que cela veut dire quand il s'agit d'hommes qui, au lieu d'attendre que la victoire leur vienne de l'autre côté des mers, ont tout sacrifié pour hâter ce jour de leur plus chère espérance ? Le voilà donc, ce jour ! Et il faut cependant qu'il les trouve au milieu de cadavres et de puanteurs, arrêtés dans leur élan par des barbelés, interdits devant un monde que, dans leurs plus noires idées, ils n'avaient pu imaginer à ce point stupide et inconscient.

Nous nous arrêterons là. Mais si ce cri n'est pas entendu, si des mesures immédiates ne sont pas annoncées par les organismes alliés, nous répéterons cet appel, nous userons de tous les moyens dont nous disposons pour le crier par-dessus toutes les frontières, et faire savoir au monde quel est le sort que les démocraties victorieuses réservent aux témoins qui se sont laissé égorger pour que les principes qu'elles défendent aient au moins une apparence de vérité.

18 MAI 1945

Les indigènes nord-africains se sont éloignés d'une démocratie dont ils se voyaient indéfiniment écartés[1]

Si grave et si urgente que soit la pénurie économique dont souffre l'Afrique du Nord, elle n'explique pas, à elle seule, la crise politique algérienne. Si nous en avons parlé d'abord, c'est que la faim prime tout. Mais, à la vérité, le malaise politique est antérieur à la famine. Et lorsque nous aurons fait ce qu'il faut pour alimenter la population algérienne, il nous restera encore tout à faire. C'est une façon de dire qu'il nous restera à imaginer enfin une politique[2].

1. Quatrième article sur l'Algérie, repris dans *Actuelles III*, sous le titre « Le malaise politique ». Les intertitres sont supprimés.
2. On ne saurait trop insister sur l'originalité, à ce moment, de ces affirmations. Les communiqués officiels et la plupart des journaux s'en tiennent à l'explication par la famine et les actions

Je n'aurai pas la prétention de définir en deux ou trois articles une politique nord-africaine. Personne ne m'en saurait gré et la vérité n'y gagnerait pas. Mais la politique algérienne est à ce point déformée par les préjugés et les ignorances que c'est déjà faire beaucoup pour elle, si l'on en présente un tableau objectif par le moyen d'une information vérifiée. C'est ce tableau que je voudrais entreprendre.

UN ESPOIR ABANDONNÉ

J'ai lu dans un journal du matin que 80 % des Arabes désiraient devenir des citoyens français. Je résumerai au contraire l'état actuel de la politique algérienne en disant qu'ils le désiraient effectivement, mais qu'ils ne le désirent plus. Quand on a longtemps vécu d'une espérance et que cette espérance a été démentie, on s'en détourne et l'on perd jusqu'au désir. C'est ce qui est arrivé avec les indigènes algériens, et nous en sommes les premiers responsables.

Depuis la conquête, il n'est pas possible de dire que la doctrine française coloniale en Algérie se soit montrée très cohérente. J'épargnerai au lecteur l'historique de ses fluctuations depuis la notion du royaume arabe, chère au second Empire, jusqu'à

---

d'« agitateurs » ; voir, par exemple, dans *Le Figaro* du 22 mai, un article de Philippe Roland, « Positions et dimensions de la crise algérienne », qui décrit objectivement la situation économique (les chiffres sont les mêmes que ceux donnés par Camus) et explique que « les musulmans [sont] travaillés par les propagandes les plus opposées » d'où « un laminage à outrance des esprits [...] de nature à désorienter et à déconcerter finalement le musulman le moins réceptif ».

celle d'assimilation. C'est cette dernière idée qui, en théorie, a fini par triompher. Depuis une cinquantaine d'années, le but avoué de la France en Afrique du Nord était d'ouvrir progressivement la citoyenneté française à tous les Arabes. Disons tout de suite que cela est resté théorique. La politique d'assimilation a rencontré en Algérie même, et principalement auprès des grands colons, une hostilité qui ne s'est jamais démentie.

AINSI S'EXPLIQUE L'ATTITUDE DES INDIGÈNES NORD-AFRICAINS

Il existe tout un arsenal d'arguments, dont certains d'apparence convaincante, qui ont suffi jusqu'à présent à immobiliser l'Algérie dans l'état politique où nous l'avons trouvée.

Je ne songerai pas à discuter ces arguments. Mais il est possible de dire qu'en cette matière, comme en d'autres, il faut un jour choisir. La France devait dire clairement si elle considérait l'Algérie comme une terre conquise dont les sujets, privés de tous droits et gratifiés de quelques devoirs supplémentaires, devaient vivre dans notre dépendance absolue, ou si elle attribuait à ses principes démocratiques une valeur assez universelle pour qu'elle pût les étendre aux populations dont elle avait la charge.

La France, et c'est à son honneur, a choisi. Ayant choisi, et pour que les mots aient un sens, il fallait aller jusqu'au bout. Des intérêts particuliers se sont opposés à cette entreprise et se sont essayés à arrêter l'histoire. Mais l'histoire est toujours en mouvement et les peuples évoluent en même temps qu'elle. Aucune situation historique n'est jamais définitive. Et si l'on ne veut pas adopter l'allure de ses variations, il faut se résigner à la laisser échapper.

LE PROJET BLUM-VIOLLETTE[1]

C'est pour avoir ignoré ces vérités élémentaires que la politique française en Algérie est toujours de vingt ans en retard sur la situation réelle. Un exemple fera comprendre la chose.

En 1936, le projet Blum-Viollette a marqué le premier pas fait en avant, après dix-sept ans de stagnation, vers la politique d'assimilation. Il n'avait rien de révolutionnaire. Il revenait à conférer les droits civiques et le statut d'électeur à 60 000 musulmans environ. Ce projet, relativement modeste, souleva un immense espoir parmi les populations arabes. La quasi-totalité de ces masses, réunies dans le Congrès algérien[2], affirmait alors son accord. Les grands colons, groupés dans les Délé-

1. En 1936, sous l'impulsion de Maurice Viollette, gouverneur de l'Algérie, le gouvernement de Léon Blum veut établir une formule de citoyenneté séparant les droits politiques du statut privé, ce qui devait permettre à un certain nombre d'indigènes musulmans — anciens combattants, titulaires d'une décoration militaire, titulaires du certificat d'études primaires ou d'un diplôme universitaire, entre autres — d'accéder à la citoyenneté française sans renoncer à leur statut personnel. Dans le cadre de la Maison de la Culture d'Alger, Camus avait milité activement en faveur de ce projet (voir le texte complet dans *Fragments d'un combat*, I, *op. cit.*, pp. 143-144, et le « Manifeste des Intellectuels d'Algérie en faveur du projet Viollette » dans *Essais, op. cit.*, p. 1328).

2. Le Congrès algérien — ou Congrès musulman — réunit les mouvements politiques algériens, à l'exception de l'Étoile nord-africaine de Messali Hadj ; il est issu du Conseil des Oulémas, fondé en 1931 par le cheikh Ben Badis, et a soutenu le Front populaire.

gations financières[1] et dans l'Association des maires d'Algérie[2], opérèrent une telle contre-offensive que le projet ne fut même pas présenté devant les Chambres.

L'ORDONNANCE DU 7 MARS[3]

Ce grand espoir déçu a naturellement entraîné une désaffection aussi radicale. Aujourd'hui, le gouvernement français propose à l'Algérie l'ordonnance du 7 mars 1944, qui reprend à peu près dans ses dispositions électorales le projet Blum-Viollette.

Cette ordonnance, si elle était appliquée réellement, donnerait le droit de vote à près de 80 000 musulmans. Elle accorde aussi la suppression du statut juridique exceptionnel des Arabes, suppression pour laquelle les démocrates de l'Afrique du Nord ont lutté pendant des années. L'Arabe n'était en effet soumis ni au même code pénal que le Fran-

1. Les Délégations financières constituent une assemblée locale chargée des questions budgétaires — où les Européens détiennent les 2/3 des sièges.

2. L'Association des maires d'Algérie s'est constamment opposée à toute réforme et, soutenue par les partis de droite en France, a joué un rôle décisif dans le fait que le projet Blum-Viollette ne fut pas présenté au vote du Parlement ; sur leurs démarches, voir *Fragments d'un combat*, I, *op. cit.*, pp. 122-139.

3. L'ordonnance du 7 mars 1944 — prise par le G.P.R.F. à Alger — confère aux musulmans tous les droits et les devoirs de Français, et leur ouvre tous les emplois civils et militaires, sans perte du statut personnel. Elle élargit la représentation des Algériens de 1/3 à 2/5 dans toutes les assemblées locales, étend le collège électoral musulman à tous les Algériens âgés de vingt et un ans, et abolit toutes les mesures d'exception (statut de l'indigénat, décret Régnier). Sur cette ordonnance, voir l'éditorial du 13 octobre 1944, note 2, p. 265, et les textes de Belloul (1/12/44 et 9/1/1945).

çais, ni aux mêmes tribunaux. Des juridictions d'exception plus sévères et plus expéditives le maintenaient dans une sujétion constante. L'ordonnance a supprimé cet abus et cela est un grand bien.

L'HISTOIRE MARCHE

Mais l'opinion arabe, qui a été douchée, reste méfiante et réservée, malgré tout ce que ce projet comporte de bienfaisant. C'est que l'histoire, justement, a marché. Il y a eu la défaite et la perte du prestige français. Il y a eu le débarquement de 1942[1] qui a mis les Arabes au contact d'autres nations et qui leur a donné le goût de la comparaison. Il y a enfin la Fédération panarabe[2] dont on ne peut ignorer qu'elle est une séduction perpétuelle pour les populations nord-africaines. Il y a enfin la misère qui accroît les rancœurs. Tout cela fait qu'un projet qui aurait été accueilli avec enthousiasme en 1936, et qui aurait arrangé bien des choses, ne rencontre plus aujourd'hui que méfiance. Nous sommes encore en retard.

Les peuples n'aspirent généralement au droit politique que pour commencer et achever leurs conquêtes sociales. Si le peuple arabe voulait voter, c'est qu'il savait qu'il pourrait obtenir ainsi, par le libre exercice de la démocratie, la disparition des injustices qui empoisonnent le climat politique de l'Algérie. Il savait qu'il ferait disparaître l'inégalité

1. Voir l'éditorial du 4 septembre 1944, et la note 2, p. 179.

2. La Fédération panarabe — qui deviendra la Ligue arabe — réunit l'Arabie saoudite, l'Égypte, l'Irak, la Jordanie, le Liban, la Syrie et le Yémen.

des salaires[1] et des pensions, celles, plus scandaleuses, des allocations militaires[2] et, d'une façon générale, de tout ce qui le maintient dans une situation inférieure. Mais ce peuple semble avoir perdu sa foi dans la démocratie dont on lui a présenté une caricature. Il espère atteindre autrement un but qui n'a jamais changé et qui est le relèvement de sa condition.

C'est pourquoi l'opinion arabe, si j'en crois mon enquête, est, dans sa majorité, indifférente ou hostile à la politique d'assimilation. On ne le regrettera jamais assez. Mais avant de décider ce qu'il convient de faire pour améliorer cette situation, il faut définir clairement le climat politique qui est devenu celui de l'Algérie.

De nombreux horizons ont été ouverts aux Arabes et, comme il est constant dans l'histoire des peuples que chacune de leurs aspirations trouve son expression politique, l'opinion musulmane d'aujourd'hui s'est groupée autour d'une personnalité remarquable, Ferhat Abbas, et de son parti, les « Amis du Manifeste ». Je parlerai dans mon prochain article de cet important mouvement, le plus original et le plus significatif qu'on ait vu paraître en Algérie, depuis les débuts de la conquête[3].

ALBERT CAMUS

1. L'un des articles de « Misère de la Kabylie » était intitulé : « Des salaires insultants ».

2. *Actuelles III* : scandaleuses, *des pensions*, des allocations ; la répétition de *pensions* est à l'évidence une faute d'impression, reprise dans toutes les éditions.

3. Voir article des 20-21 mai, p. 546.

19 MAI 1945[1]

Nous avons protesté avant-hier à propos du sort réservé aux déportés qui sont toujours dans les camps d'Allemagne[2]. Nos camarades de *France-Soir*[3] ont essayé hier de donner à notre protestation une interprétation politique que nous repoussons catégoriquement. Une semblable tentative n'est pas seulement puérile, elle est encore de mauvais ton à propos d'un problème si grave. Nous n'avons ici personne à défendre. Nous n'avons qu'une chose en vue : sauver les plus précieuses des vies françaises. Ni la politique ni les susceptibilités nationales n'ont plus rien à faire au milieu de cette angoisse.

Ce n'est pas le moment en tout cas de faire des procès, car le procès serait général. C'est le moment de faire vite et de remuer brutalement les imaginations paresseuses et les cœurs insouciants qui nous coûtent aujourd'hui si cher. Il faut agir et agir vite, et si notre voix peut provoquer les remous nécessaires, nous l'emploierons sans épargner personne.

Les Américains nous promettent aujourd'hui de ramener 5 000 déportés par avions et par jour. Cette

1. Éditorial. Repris dans *Actuelles*, chapitre « La chair ».
2. Voir éditorial du 17 mai.
3. Dans *France-Soir* du 19 mai, sous le titre « N'accusez pas pour vous disculper », Philippe Viannay (dont le journal rappelle qu'il fut le fondateur de *Défense de la France*, premier titre de *France-Soir*, et qu'il a « étudié lui-même en Allemagne les conditions de rapatriement de nos déportés ») estime que s'il y a des responsabilités américaines, il y a surtout une « terrible carence du côté des Français qui n'ont pas su défendre les leurs », qui ne travaillent pas assez, et consacrent trop de moyens de transport aux fonctionnaires, et pas assez au rapatriement des déportés.

promesse arrive après notre appel et nous l'enregistrons avec joie et satisfaction. Mais il reste la question des camps en quarantaine. Les camps de Dachau et d'Allach[1] sont décimés par le typhus. À la date du 6 mai, on comptait 120 décès par jour. Les médecins déportés qui sont là-bas demandent que la quarantaine se fasse, non plus dans le camp lui-même qui est surpeuplé et où chaque pouce de terrain est infecté, mais dans le camp de S.S. qui se trouve à quelques kilomètres et qui est propre et confortable. Cela n'a pas encore été obtenu et cela doit l'être.

Quand tout sera réglé, il faudra instruire les responsabilités et elles le seront. Mais il faut réveiller ceux qui dorment, tous ceux qui dorment, sans exception. Il faut leur dire par exemple qu'il est inadmissible que nos camarades déportés n'aient pas une correspondance régulière avec leur famille et que la patrie leur paraisse aujourd'hui aussi lointaine qu'aux jours de leur plus grand malheur. Il faut leur dire encore, et par exemple, que ce ne sont pas des conserves qu'on doit donner à ces organismes délabrés, mais une alimentation médicale qui demande tout un équipement et qui économisera quelques-unes de ces vies irremplaçables.

Nous continuerons en tout cas à protester jusqu'à ce que nous ayons reçu entière satisfaction. Si notre précédent article a soulevé de l'émotion, cela est tant mieux. Il eût mieux valu sans doute que l'émotion n'eût pas besoin d'un article pour naître. Il y a dans Dachau des spectacles qui auraient dû y suffire. Mais le temps n'est pas au regret, il est à l'action.

1. Allach est une dépendance de Dachau.

Pour tout dire en clair, ce n'est pas spécialement aux Américains que nous en avons. On sait du reste que nous faisons ici tout ce qu'il faut pour l'amitié américaine. Mais nous portons une accusation générale à propos de laquelle les responsables doivent se reconnaître, faire amende honorable, et tout mettre en ordre pour réparer leurs oublis et leurs erreurs. Les hommes et les nations ne voient pas toujours où sont leur intérêt et leur vraie richesse.

Les gouvernements, quels qu'ils soient, des démocraties sont en train de faire la preuve, dans ce cas particulier, qu'ils ignorent où sont leurs vraies élites. Elles sont dans ces camps infects, où quelques survivants d'une troupe héroïque se battent encore contre l'indifférence et la légèreté des leurs.

La France particulièrement a perdu les meilleurs de ses fils dans le combat volontaire de la Résistance[1]. C'est une perte dont elle mesure tous les jours l'étendue. Chacun des hommes qui meurent aujourd'hui à Dachau accroît encore sa faiblesse et son malheur. Nous le savons trop ici pour ne pas être terriblement avares de ces hommes et pour ne pas les défendre de toutes nos forces, sans égards pour personne ni pour rien, jusqu'à ce qu'ils soient libérés pour la deuxième fois[2].

1. C'est une idée sur laquelle Camus ne cesse de revenir ; voir l'éditorial du 27 octobre 1944, p. 306.

2. L'éditorial du 23 mai, qui n'est pas de la main de Camus, vient dans la suite de celui-ci, et constate : « Nos protestations et celles qui se sont élevées dans toute la France contre la situation des déportés politiques ont eu leur effet. »

Le rapatriement s'est en effet accéléré, et les déportés de Dachau ont été transférés dans des villages allemands. Le journal rappelle cependant qu'il y a d'autres camps que Dachau, et réclame que tout soit mis en œuvre pour le rapatriement le plus rapide.

20-21 MAI 1945

Les Arabes demandent pour l'Algérie une Constitution et un Parlement[1]

J'ai dit, dans mon dernier article, qu'une grande partie des indigènes nord-africains, désespérant du succès de la politique d'assimilation, mais pas encore gagnés par le nationalisme pur, s'étaient tournés vers un nouveau parti, les « Amis du Manifeste ». Il me paraît donc utile de faire connaître aux Français ce parti, avec lequel, qu'on lui soit hostile ou favorable, il faut bien compter[2].

Le président de ce mouvement est Ferhat Abbas[3], originaire de Sétif, diplômé d'université en pharma-

1. Cinquième article sur l'Algérie, repris dans *Actuelles III* (avec ajout de la note sur Ferhat Abbas) sous le titre « Le parti du Manifeste ».

2. Camus connaissait bien la situation des partis politiques en Algérie, non seulement par ses propres activités politiques, mais aussi parce qu'il avait « couvert », pour *Alger-Républicain*, en juin 1939, le procès du cheikh El Okbi (voir *Fragments d'un combat, op. cit.*, pp. 412-510).

3. Camus retrace parfaitement le parcours de Ferhat Abbas (1899-1985) ; conseiller général, conseiller municipal de Sétif, délégué financier, avant la guerre, F. Abbas considère l'échec du projet Blum-Viollette comme un test de l'impossibilité de l'assimilation : il fonde en 1938 l'Union populaire algérienne pour la conquête des droits de l'homme et du citoyen ; tout en précisant qu'« attachement ne veut pas dire assimilation », il n'envisage pas alors une Algérie séparée de la France. Le programme du Manifeste, et la création du parti des « Amis du Manifeste », marque un net

cie, et qui était, avant la guerre, un des partisans les plus résolus de la politique d'assimilation. À cette époque, il dirigeait un journal, *L'Entente*, qui défendait le projet Blum-Viollette et demandait que soit enfin instaurée en Algérie une politique démocratique où l'Arabe trouvât des droits équivalents à ses devoirs.

Aujourd'hui, Ferhat Abbas, comme beaucoup de ses coreligionnaires, tourne le dos à l'assimilation. Son journal, *Égalité*, dont le rédacteur en chef, Aziz Kessous[1], est un socialiste, ancien partisan, lui aussi, de l'assimilation, réclame la reconnaissance d'une nation[2] algérienne liée à la France par les liens du fédéralisme.

L'HOMME

Ferhat Abbas a une cinquantaine d'années. C'est incontestablement un produit de la culture française. Son premier livre portait en épigraphe une citation de Pascal. Ce n'est pas un hasard. Cet esprit est en vérité pascalien par un mélange assez réussi

---

tournant dans ses revendications. De mai 1945 jusqu'à l'indépendance, Ferhat Abbas jouera un rôle important dans l'histoire de l'Algérie : président en Tunisie du Gouvernement provisoire de la République algérienne, puis président de l'Assemblée algérienne, il sera ensuite totalement évincé.

1. Aziz Kessous eut des responsabilités au sein du parti de Ferhat Abbas ; membre de la S.F.I.O., il tenta de rassembler les libéraux français et algériens, même après novembre 1954, en créant un journal, *Communauté algérienne*. Camus a repris dans *Actuelles III* la « Lettre à un militant algérien » qu'il lui avait adressée, et qui avait paru dans le premier numéro de ce journal.

2. *Actuelles III* : renvoi à la note suivante : « Ferhat Abbas parlait exactement d'une république algérienne. »

de logique et de passion. Une formule comme celle-ci : « La France sera libre et forte de nos libertés et de notre force » est dans le style français. C'est à notre culture que Ferhat Abbas la doit et il en est conscient. Il n'est pas jusqu'à son humour qui ne porte la même marque, quand il imprime en gros caractères, dans *Égalité*, cette petite annonce classée : « Échangeons cent seigneurs féodaux de toutes races contre cent mille instituteurs et techniciens français. »

Cet esprit cultivé et indépendant a suivi l'évolution qui a été celle de son peuple et il a traduit cet ensemble d'aspirations dans un manifeste publié le 10 février 1943 et qui fut accepté par le général Catroux[1] comme base de discussion.

LE PROGRAMME

Que dit ce manifeste ? À la vérité, pris isolément, ce texte se borne à une critique précise de la politique française en Afrique du Nord et à l'affirmation d'un principe. Ce principe constate l'échec de la politique d'assimilation et la nécessité de reconnaître une nation algérienne, reliée à la France, mais munie de caractéristiques propres. « Cette politique d'assimilation, dit le manifeste, apparaît aujourd'hui aux yeux de tous comme une *réalité inaccessible* (c'est

1. Le général Georges Catroux (1877-1969), gouverneur de l'Indochine en 1939-1940, avait rejoint le général de Gaulle à Londres ; en 1943, à l'arrivée à Alger de De Gaulle et du G.P.R.F., il devient gouverneur général de l'Algérie et commissaire d'État au Comité national de Libération. Il sera par la suite ambassadeur en U.R.S.S. ; nommé ministre de l'Algérie en 1956, il ne pourra prendre ses fonctions.

moi qui souligne) et une machine dangereuse mise au service de la colonisation. »

Fort de ce principe, le manifeste demande pour l'Algérie une Constitution propre, qui assurera aux Algériens tous les droits démocratiques et une représentation parlementaire personnelle. Un additif au manifeste, en date du 26 mai 1943, et deux textes plus récents d'avril et de mai 1945 ont précisé encore ce point de vue. Ils demandaient la reconnaissance, à la fin des hostilités, d'un État algérien avec une Constitution propre, élaborée par une assemblée constituante qui serait élue au suffrage universel par tous les habitants de l'Algérie.

Le gouvernement général cesserait d'être alors une administration pour devenir un véritable gouvernement où les postes seraient également répartis entre ministres français et ministres arabes.

Quant à l'assemblée, les « Amis du Manifeste » étaient conscients de l'hostilité qu'aurait rencontrée en France l'idée d'une représentation exactement proportionnelle, puisque, l'Algérie étant peuplée de huit Arabes pour un Français, l'assemblée serait véritablement un Parlement arabe. En conséquence, ils acceptaient que leur Constitution fût composée de cinquante pour cent d'élus musulmans et de cinquante pour cent d'élus européens.

LES « AMIS DU MANIFESTE » ET LEURS REVENDICATIONS

Désireux de ménager les susceptibilités françaises, ils admettaient que les attributions de l'assemblée ne concerneraient que les questions administratives, sociales, financières et économiques, remettant au pouvoir central de Paris tous les problèmes de sécurité extérieure, d'organisation militaire et de diplomatie. Bien entendu, cette thèse fondamentale s'accompagne de revendications sociales, qui visent toutes à faire entrer la démocratie la plus complète dans la politique arabe. Mais je crois avoir dit l'essentiel et ne pas avoir trahi la pensée des « Amis du Manifeste ».

LE MANIFESTE ET LES NATIONALISTES ALGÉRIENS

Dans tous les cas, c'est autour de ces idées et de celui qui les représente qu'une grande partie de l'opinion musulmane s'est réunie. Ferhat Abbas a groupé des hommes et des mouvements très divers, comme la secte des Oulémas, intellectuels musulmans qui prêchent une réforme rationaliste de l'Islam et qui étaient jusqu'ici partisans de l'assimilation, ou des militants socialistes, par exemple. Il est très évident aussi que des éléments du Parti populaire algérien[1], parti nationaliste arabe dissous en 1936, mais qui poursuit illégalement sa propagande pour le séparatisme algérien, sont entrés dans les « Amis du Manifeste » qu'ils considéraient comme une bonne plate-forme d'action.

Il se peut que ce soit eux qui aient compromis les « Amis du Manifeste » dans les troubles récents.

1. Le parti populaire algérien, créé par Messali Hadj en mars 1937, remplaçait l'Étoile nord-africaine, émanation du parti communiste, dont il avait pris la direction en 1927, et qui venait d'être dissoute. Messali Hadj est interné et sera déporté à Brazzaville ; lorsque le P.P.A. sera dissous, il fondera le Mouvement pour le Triomphe des Libertés démocratiques (M.T.L.D.).

Mais je sais, de source directe, que Ferhat Abbas est un esprit politique trop averti pour avoir conseillé ou souhaité de pareils excès, dont il n'ignorait pas qu'ils renforceraient en Algérie la politique de réaction. L'homme qui a écrit : « Pas un Africain ne mourra pour Hitler » a donné sur ce sujet des garanties suffisantes.

Le lecteur pensera ce qu'il voudra du programme que je viens de présenter. Mais quelles que soient les opinions, il faut savoir que ce programme existe et qu'il est entré profondément dans les aspirations politiques arabes.

Si l'administration française avait décidé de ne pas suivre le général Catroux dans l'approbation de principe qu'il donnait au manifeste, il lui était possible de remarquer que toute la construction politique du manifeste tire sa force du fait qu'il considère l'assimilation comme une « réalité inaccessible ». Elle aurait peut-être conclu alors qu'il suffisait de faire que cette réalité devînt accessible pour enlever tout argument aux « Amis du Manifeste ». On a préféré y répondre par la prison et la répression. C'est une pure et simple stupidité.

ALBERT CAMUS

23 MAI 1945

C'est la justice qui sauvera l'Algérie de la haine[1]

Un tableau politique de l'Algérie d'aujourd'hui ne serait pas complet, si l'on n'y donnait la parole aux démocrates français qui vivent au contact journalier des graves problèmes que nous avons évoqués. Disons-le immédiatement, les éléments démocrates sont en minorité.

*Il ne faut pas oublier que la politique de Vichy a trouvé en Algérie ses plus chauds partisans et qu'elle y a laissé des traces. À l'exception d'*Alger-Républicain *(et, dans une moindre mesure, d'*Oran-Républicain*), tous les quotidiens algériens ont collaboré. Ils en ont gardé quelque chose, et l'on s'en aperçoit à leur lecture. Mais, ils ont été maintenus, sans doute à l'insu de M. Teitgen.*

Si ces journaux ont beaucoup de lecteurs, c'est que la démocratie n'a pas bonne presse en Afrique du Nord. Ses lecteurs, du reste, se recrutent souvent parmi les grands fonctionnaires du Gouvernement général. C'est ce qu'on appelle une situation politique clarifiée.

1. Ce sixième article sur l'Algérie n'est pas repris dans *Actuelles III*. On peut penser que Camus l'a trouvé dépassé en 1958...

NOTRE DERNIÈRE CHANCE

Il y a cependant les démocrates. Le parti radical, le parti socialiste et le parti communiste, à cet égard, sont unanimes. J'ai lu en plusieurs endroits que le parti communiste faisait en Algérie de l'agitation. Je suis obligé de dire que c'est tout à fait contraire à la vérité[1].

Le parti communiste, opposé aux « Amis du Manifeste », a suscité la création d'un mouvement, ouvert aux Arabes, et qui s'appelle les « Amis de la Démocratie ». Le point de vue défendu par ce mouvement a pratiquement l'approbation des radicaux et des socialistes. Tous soutiennent l'ordonnance du 7 mars 1944, considérée comme une étape vers l'égalité des droits civiques. Ils demandent son extension et dénoncent les abus sociaux dont souffre l'Algérie.

Je crois qu'on peut résumer leur programme en trois points : 1) extension de l'ordonnance du 7 mars à tous les Arabes possesseurs du certificat d'études et à tous ceux qui ont combattu pour la France ; 2) suppression du régime des communes mixtes et élargissement des droits municipaux indigènes ; 3) politique sociale d'égalité.

Ce programme, qui est raisonnable et humain, constitue, de l'avis général, la dernière chance que la France garde de sauver son avenir en Afrique du Nord.

1. Le parti communiste soutiendra l'insurrection algérienne de 1954-1962 ; peut-être est-ce une des raisons de la suppression de cet article dans *Actuelles III*.

DES HOMMES NOUVEAUX

Mais une politique nouvelle demande de nouvelles méthodes et des hommes nouveaux. Il serait vain, par exemple, d'étendre les droits civiques à tous les certifiés d'études si l'on ne fait rien pour accroître le nombre de ces certifiés.

À l'heure actuelle, et d'après les chiffres de l'administration, un million d'enfants musulmans sont sans école.

Cette incroyable carence ne peut être rachetée que par la construction de nouvelles écoles et la formation accélérée d'instituteurs. De même, on ne saurait admettre que les fonctionnaires prennent sur eux de modifier les ordonnances et d'en saboter l'application, comme cela se voit aujourd'hui en Kabylie, si j'en crois les instructions préfectorales que j'ai eues sous les yeux.

Il faut donc des hommes nouveaux. Et, à l'heure où tant de jeunes Français cherchent une voie et une raison de vivre, on trouvera peut-être quelques milliers d'entre eux pour comprendre qu'une terre les attend, où ils pourront à la fois servir l'homme et leur pays[1].

Je viens de tracer aussi clairement que je l'ai pu les grandes lignes, économiques et politiques, du problème algérien. Les grandes lignes seulement, car je connais les insuffisances de ce témoignage. Mais je n'avais pas d'autre ambition, je l'ai dit, que de clarifier une situation obscurcie par les aveuglements et les préjugés. Je l'ai fait objectivement jusqu'ici. Pour finir, cependant, il me semble que j'ai quelque chose à ajouter qui me sera personnel.

Les conquérants inquiets que nous sommes ont à

1. Cet appel ne sera plus d'actualité en 1958.

apprendre de la sagesse qui nous est proposée par la civilisation arabe. Cela suppose que nous ayons à la comprendre et à la servir. Et, en admettant que nous n'ayons rien à apprendre, il est évident que nous avons quelque chose à nous faire pardonner.

Cette fièvre, ces désirs désordonnés de puissance et d'expansion ne seront jamais excusés que si nous les compensons par une volonté attentive de justice et par un dévouement sans défaillance. Devant les actes de répression que nous venons d'exercer en Afrique du Nord, je tiens à dire ma conviction que le temps des impérialismes occidentaux est passé.

La civilisation matérielle que nous poussons sans arrêt devant nous ne se sauvera que si elle parvient un jour à libérer plus profondément tous ceux qu'elle asservit. Nous obtiendrons alors l'amitié des hommes qui dépendent de nous. Mais, en dehors de cela, nous récolterons la haine, comme tous les vainqueurs incapables de surmonter leur victoire. De malheureuses et innocentes victimes françaises viennent de tomber et ce crime en lui-même est inexcusable. Mais je voudrais que nous répondions au meurtre par la seule justice, pour éviter un avenir irréparable[1].

1. Cette protestation est bien isolée. Dans un reportage du *Figaro* — sous le titre « Ce que j'ai vu et appris en Algérie », publié entre le 7 et le 13 juillet 1945 —, Pierre Dubard — qui a noté auparavant « La répression est terminée » — rapporte un mot du préfet de Constantine, qui « bouillonne » d'« indignation contre la sauvagerie des indigènes » : « La rapidité de la répression a sauvé l'Algérie. » Un témoignage sur « les actes de répression » à Sétif peut se lire dans l'œuvre de Kateb Yacine. Une note de *L'Homme révolté* renvoie à ces événements, après l'évocation du massacre systématique et total de la ville de Lidice par les nazis : « Il est frappant de noter que des atrocités qui peuvent rappeler ces excès ont été commises aux colonies (Indes, 1857 ; Algérie, 1945, etc.) par des nations européennes qui obéissaient en réalité au même préjugé irrationnel de supériorité raciale » (*Essais, op. cit.*, p. 590).

« J'ACCUSE L'EUROPE »

Ce problème, aussi bien, dépasse nos frontières. « J'accuse l'Europe », tel est le titre d'une brochure de Ferhat Abbas. Sur ce point du moins, l'Europe peut donner raison à ce prisonnier. Mieux, l'Europe doit s'accuser elle-même, puisqu'elle a fini, dans ses bouleversements et ses contradictions incessantes, par produire la plus longue et la plus affreuse barbarie que l'histoire ait connue.

Aujourd'hui, les hommes libres de cette Europe ont la victoire, ils ont arrêté un moment le terrible cours de cette décadence. Ils veulent maintenant renverser l'Histoire. Et ils le peuvent assurément, s'ils y mettent le prix du sacrifice. Mais ils ne feront cette révolution que s'ils la font totalement. Ils ne sauveront l'Europe de ses démons et de ses dieux lâches que s'ils libèrent tous les hommes qui dépendent de l'Europe.

Au terme de cette enquête, je demande seulement aux Français qui savent aujourd'hui ce qu'est la haine : « Voulez-vous sérieusement être haïs par des millions d'hommes, comme vous avez haï des milliers d'autres hommes ? Si oui, laissez faire les choses en Afrique du Nord. Si non, accueillez ces hommes auprès de vous et faites-en vos égaux, par les moyens qui conviendront. »

Je ne doute pas de la réponse du peuple français, ni d'aucun homme raisonnable. Il reste les hommes de gouvernement. Mais peut-être est-il temps d'envisager l'époque où les gouvernements gouverneront selon la raison, c'est-à-dire, aujourd'hui, selon l'audace et la générosité[1].

ALBERT CAMUS

1. En complément de cette série d'articles sur l'Algérie — qui trouveront leur conclusion dans l'éditorial du 15 juin —, *Combat* publie le 25 mai une réponse aux accusations portées contre Camus par Quilici, dans *La Bataille* ; s'il est bien évident que Camus ne l'a pas rédigée, il est probable qu'il en a approuvé les termes. Voici ce texte, intitulé « On n'a jamais fait de citoyens français par le mépris » :

« Dans l'hebdomadaire *La Bataille,* M. Quilici prend violemment notre ami Albert Camus à partie à propos de son enquête sur l'Algérie. Depuis son arrivée à Paris, M. Quilici s'est signalé à l'attention des esprits honnêtes : il semblait en effet s'être donné pour tâche d'insulter les hommes de la résistance intérieure. Nous n'avons cependant jamais répondu à ses attaques parce qu'il nous semblait que la qualité n'en était pas bonne. Dans le cas présent, la qualité n'en est pas meilleure. Mais nous sommes obligés d'y répondre parce que le problème que ces attaques engagent est trop grave pour que nous le laissions aux mains de n'importe qui.

« Pour dévaloriser les renseignements que Camus a rapportés d'Algérie, M. Quilici dénonce la suffisance intellectuelle qu'il y a à vouloir connaître la situation nord-africaine après trois semaines d'enquête. Il faut donc que nous précisions que Nord-Africain de naissance et d'éducation, ayant passé en Algérie la plus grande partie de sa vie, le seul problème politique auquel Camus se soit attaché jusqu'à l'armistice de juin 1940 est le problème algérien. Les Kabyles n'ont pas oublié les enquêtes que Camus publia sur la misère en Kabylie, dans *Alger-Républicain,* quelques mois avant la guerre.

« M. Quilici soupçonne Camus d'insouciance à l'égard des victimes françaises de l'Algérie. À la vérité, comment en serait-il capable, ayant là-bas toute sa famille, à la fois dans les villes et dans les villages de colonisation exposés aux révoltes ? Si donc il a demandé qu'on ne répondît pas à la haine par la haine, mais par la justice, il y a quelques chances pour que ce ne soit pas légèrement, mais après réflexion.

« Pour le reste, nous serons nets. M. Quilici a déjà publié sur l'Algérie un article qui était une véritable provocation par l'indigne mépris qu'il manifestait aux Arabes. Il continue. D'une part, il approuve la solution démocratique que Camus a soutenue et qui tendait au renforcement de l'assimilation, et d'autre part il semble regretter que les Arabes ne soient pas tenus d'emprunter des wagons spéciaux dans les transports algériens. On n'a jamais fait de citoyens français par le mépris, et sous les apparences du loyalisme, nous ne connaissons pas de langage qui soit plus méprisable et qui desserve mieux les intérêts de cette patrie sur laquelle M. Quilici croit détenir des droits exclusifs.

« M. Quilici voit en outre une preuve que les troubles de Sétif étaient organisés, par le fait qu'ils se sont produits à la fin de la guerre, comme en 1871. Il est probable en effet que ces troubles étaient organisés. Mais la preuve ne nous paraît pas convaincante et nous imaginons mal un chef d'insurgés attendant pour lancer ses troupes que les soldats de la répression puissent être facilement jetés contre lui.

« Quant au procédé qui consiste à rejeter sur nos amis américains la responsabilité des troubles d'Algérie, il paraîtra vraiment trop puéril. Nous pensons ici que la France est une grande personne qui sait reconnaître ses torts comme elle sait défendre ses droits. C'est ce que M. Quilici appelle le goût de l'universalité. Mais cela tient à une insuffisance de vocabulaire, et à ce qu'il a une idée confuse du mot honnêteté.

« Qu'on n'en doute pas d'ailleurs, cette attitude est significative. Si M. Quilici ne représentait que lui-même, ce serait peu de chose. Mais trop d'hommes comme lui donnent en Algérie une idée de la France qui la trahit. Et l'on comprendra notre indignation lorsque nous aurons dit qu'il est des Français qui, en Algérie, ont connu leur premier sentiment de honte devant la façon dont les semblables de M. Quilici concevaient leur rôle en pays conquis. M. Quilici veut obtenir que l'on parle là-bas le langage de la haine, mais le problème est assez grave, et nous nous sentons assez de scrupules devant l'avenir français en Afrique du Nord pour adjurer le gouvernement de rester sourd à de pareils appels et de déclarer publiquement que la France ne reconnaîtra jamais ce langage pour le sien.

« COMBAT »

25 MAI 1945[1]

Le général de Gaulle a prononcé hier un discours qui nous apporte beaucoup de satisfactions[2]. Que la production du charbon et de l'électricité, que le crédit tout entier soient mis au service de la nation avant que l'année finisse, ce sont là des réformes pour lesquelles nous avons beaucoup combattu. Nous avons combattu le Gouvernement lui-même et cela nous donne plus de liberté pour dire aujourd'hui notre approbation totale.

Le général de Gaulle a replacé d'ailleurs ces réformes dans leur perspective réelle et démontré qu'elles n'avaient pas seulement des raisons intérieures, mais encore des conséquences internationales. C'est un terrain sur lequel nous le suivrons volontiers. Il n'est pas un seul de nos problèmes, en effet, qui n'ait sa répercussion sur le plan mondial et sur lequel la politique internationale n'influe à son tour.

Nous serons ce que nous vaudrons. On nous jugera selon ce que nous produirons. Et nous ne pourrons rien produire si nous ne mettons pas dans

1. Éditorial. Texte très probable : il approuve un discours sévère, exempt de toute démagogie, qui propose des réformes précises, et appelle au travail constructif — autant de thèmes que Camus a souvent repris dans ses éditoriaux.

2. *Combat* reproduit le discours du général de Gaulle, annonçant un certain nombre de réformes répondant aux demandes exprimées par les résistants dans l'esprit du Programme du C.N.R. ; ces réformes seront mises en œuvre en 1945-1946 : réforme de la fonction publique : loi de nationalisation du crédit (2 décembre 1945), nationalisation du gaz et de l'électricité (8 avril 1946), des assurances (25 avril 1946), création des Charbonnages de France (17 mai 1946).

les mains de la nation les principaux instruments de la production, si nous ne lançons pas le pays tout entier dans une seule aventure qui sera la reconstruction. Pour que la nation travaille, il faut bien qu'elle sente qu'elle travaille pour elle, et non pour consolider les privilèges de quelques-uns.

Cette solidarité dans le malheur et la destruction que la France vient de connaître, elle ne peut plus s'en passer à l'heure de sa renaissance. Depuis la défaite, le peuple français a appris que la nation était son bien et non la propriété exclusive de quelques spécialistes. Et c'est pourquoi il prétend que ses sacrifices servent l'intérêt commun et seulement l'intérêt commun.

Voilà pourquoi l'annonce de ces réformes, si elle ne résout aucun des grands problèmes de l'heure, aidera peut-être à leur solution. Les travailleurs ne peuvent accepter les dures contraintes que leur apporte le blocage des prix et des salaires que s'ils ont les preuves que ces contraintes servent à quelque chose et qu'ils ne sont pas les seuls à les supporter. Mais on les aidera encore plus si, comme l'a promis le général de Gaulle, on veut bien faire tout ce qu'il est possible de faire dans le domaine du ravitaillement. Si les produits de la taxe parviennent vraiment aux salariés, leur condition sera soulagée. C'est à cette tâche que le Gouvernement doit s'atteler sans relâche.

Certes, le discours d'hier ne nous apporte ni perspective de confort ni espoir de vie tranquille. Ce qui attend la France, et nous n'en avons jamais douté ici, ce sont des années de labeur et d'effort. Mais ce labeur est libre et quand le Gouvernement aura fait ce qu'il faut pour qu'il soit juste aussi, alors l'unanimité des efforts et des consciences honnêtes se fera.

Nous ne sommes pas de ceux qui pensent que l'effort remplace le bonheur. Chaque individu a sans doute le droit d'en juger pour lui-même. Mais les nations ont le devoir de regarder comme sacré le bonheur de chacun de leurs citoyens. Ces années de travail qui nous attendent ne sont donc pas une fin en soi. Mais elles nous attendent, et il faut y satisfaire. Que le Gouvernement fasse que cela soit dans la justice, et l'effort sera allégé d'autant.

26 MAI 1945[1]

En attendant le remaniement ministériel qui, décidément, se fait un peu attendre, certains parlementaires récemment rapatriés demandent un retour à la « légalité républicaine », à « la Constitution de 1875 ». Cette exigence trouve, l'on s'en doute, un écho fort favorable dans la presse du parti radical[2].

Peut-on dire qu'une telle ambition nous surprend un peu ? Car enfin, s'il s'agit de la stricte observance de la légalité de 1939, ce n'est pas le général de Gaulle qui doit se trouver au pouvoir, mais Pétain. Appelé par M. Albert Lebrun à constituer un ministère en 1940, plébiscité à une majorité écrasante par les Chambres, pourvu par elles des pleins pouvoirs, son accession au gouvernement est la seule qui soit conforme aux lois. Et quant à la

1. Éditorial. Texte possible.
2. Camus est coutumier des attaques contre le parti radical.

Constitution de 1875, ce sont encore tous ces respectables parlementaires qui ont autorisé Pétain à la modifier à sa guise. Ils font donc preuve d'une curieuse logique en invoquant une légalité et une constitution qu'ils ont contribué à abattre.

Le régime de la France, aujourd'hui, est hors de la légalité, ou plutôt il est contraint à composer avec la législation laissée par Vichy et celle de la IIIe République, sans pouvoir s'appuyer réellement ni sur l'une ni sur l'autre, et sans pouvoir non plus en créer franchement une nouvelle.

L'usage de cette dernière possibilité, cependant, ne lui était pas entièrement interdit. Car, si le rôle du gouvernement actuel est d'assurer une transition — ce qui est toujours ingrat — s'il n'a pas à fonder des institutions tant que le suffrage universel ne s'est pas prononcé, la volonté de certaines réformes précises s'était assez clairement manifestée dans l'opinion publique pour qu'il fût autorisé à s'engager dans cette voie. Les élections municipales semblent, à cet égard, enlever les derniers doutes[1].

En vérité, ce qui importe, ce ne sont point les discussions sur la légalité, condamnées à demeurer parfaitement stériles. On demande seulement au Gouvernement provisoire d'agir dans le sens de la démocratie, c'est-à-dire de la liberté et de la justice.

Les élections nationales sont impossibles avant le retour complet des prisonniers. Mais le gouvernement ne doit pas s'emparer de ce prétexte pour se constituer en forteresse, pour se pourvoir de forces policières ou d'agents secrets spéciaux. Maintenant

1. Les élections municipales des 29 avril et 13 mai sont un succès indiscutable pour la gauche — parti communiste, parti socialiste, M.R.P.

que la guerre est finie, en Europe, il doit dire toutes ses intentions en matière intérieure ou étrangère, afin que la sanction électorale puisse être prise sans ambiguïté. Nous entendons qu'il doit s'attacher à travailler en pleine lumière.

Si l'on veut que l'élection de la Constituante ait un sens, il faut que les problèmes actuels soient débattus publiquement, il faut que la politique du gouvernement cesse de s'envelopper dans de vagues approximations. Les apaisements « à bascule » n'ont qu'un temps. On ne peut pas toujours tricher avec les nécessités de l'Histoire.

Les parlementaires d'hier et certains de nos gouvernants actuels nous font songer à ce cardinal de la Renaissance espagnole qui marchait au combat ferré à rebours pour faire croire, disait un de ses collègues, qu'il allait toujours de l'avant, alors qu'il ne cessait de reculer.

27 MAI 1945[1]

La commission des Affaires étrangères de l'Assemblée consultative vient de demander la rupture des relations diplomatiques avec Franco. D'autre part, la France et l'Angleterre se proposent de reconsidérer le statut de Tanger que le dictateur espagnol avait modifié unilatéralement en pleine guerre, selon les procédés démocratiques qui sont les

1. Éditorial. Texte probable dans la ligne de l'éditorial du 21 novembre 1944, p. 358.

siens[1]. Voici donc soulevée à nouveau la question espagnole.

À la vérité, il aurait été bien étonnant qu'elle ne se posât point. À l'heure où les hommes libres du monde entier célèbrent la défaite du fascisme, il faut bien qu'on s'interroge sur le paradoxe qui fait que la Péninsule ibérique tout entière est encore soumise au régime fasciste, au milieu d'un monde qui a l'air de le trouver naturel.

La question est pourtant claire. Personne ne doit ignorer que si Franco est encore au pouvoir, c'est que les Alliés le veulent bien. Si les pays vainqueurs supprimaient purement et simplement leurs rapports avec l'Espagne franquiste, le régime phalangiste aurait quelques jours à vivre. Ce n'est pas un mystère que ce régime dépend des Alliés dans son économie. Si donc il dure, c'est qu'on ne fait pas ce qu'il faut pour qu'il meure.

C'est cela qui est grave. Les Gouvernements alliés, et le Gouvernement français parmi eux, risquent de n'être pas compris par les millions d'hommes qui ont combattu pour le principe même de la liberté. Ils risquent de laisser s'accréditer l'idée qu'ils préfèrent une dictature dont ils sont les maîtres à une république qui ne serait pas de leur goût. Ils seront alors en contradiction avec les hommes qui ont toujours pensé que le fascisme devait être détruit partout où il se trouvait et jusque dans son dernier réduit, fût-il espagnol.

Du moins, ils ne risquent pas d'être en contradiction avec eux-mêmes, car ils le sont déjà. Il n'est

1. C'est en juin 1940, après l'armistice, que Franco s'est emparé de Tanger. Voir éditorial du 21 novembre 1944, note 2, p. 359.

pas une ligne des discours prononcés au cours de cette guerre par les chefs alliés qui ne reçoive un démenti par l'existence même du régime franquiste. Car il est encore un lieu du monde où l'esprit de médiocrité et de cruauté triomphe, où l'on fusille malgré les interventions françaises officielles et où l'on maintient en prison, depuis des années, pour crime d'espérance, des centaines de milliers de combattants. Nous ne rappellerons pas à nouveau ce que sont ces combattants pour nous[1].

Il paraît évident que les diplomates, malgré tant de destructions, n'ont rien changé à leurs usages. Apparemment, il est un langage qui les trouvera toujours sourds.

Mais si les gouvernements acceptent aisément de se contredire, les individus et les peuples ne le peuvent plus aujourd'hui. Ils ont payé trop cher leurs principes pour accepter qu'ils soient accommodés dans une politique de compromis. Tous ceux, quelle que soit leur nation, qui ont refusé Munich et l'Allemand, refusent Franco. S'il est vrai qu'une guerre totale devait fatalement entraîner une victoire totale, alors disons que notre victoire ne sera pas entière tant que l'Espagne sera esclave[2]. La patience garde peut-être un sens dans les bureaux des capitales. Elle n'en a pas pour les prisonniers de Madrid ni pour tous les hommes qui viennent de connaître l'interminable impatience de la défaite et de l'asservissement. Les peuples sont fatigués de la diplomatie

1. On sait l'attachement de Camus à l'Espagne républicaine (voir les éditoriaux des 7 septembre, 5 et 24 octobre, 21 novembre, 10 décembre 1944 et des 7-8 janvier 1945).

2. La formule rappelle celle d'un article de *Combat* clandestin, certainement dû à Camus : « À guerre totale, résistance totale », p. 129.

secrète. Ils demandent que le dernier gouvernement hitlérien de l'Europe disparaisse ou que les Alliés disent clairement et nettement les raisons de leur indulgence et de leurs oublis.

31 MAI 1945[1]

L'affaire de Syrie, dont nous donnons quotidiennement une analyse appuyée sur les informations qui nous parviennent de sources diverses, demande à être abordée avec prudence[2]. Il serait bon que nous soyons en position de pouvoir en même temps reconnaître nos torts et défendre nos droits. Car cette position serait celle de la vraie force. Mais la complexité propre à tout problème en pays arabe s'accroît ici des influences internationales qui se

1. Éditorial. Texte probable.

2. La crise franco-anglaise en Syrie et au Liban — placés sous mandat français en 1919 — a pour toile de fond les tergiversations de la France sur l'indépendance des États du Levant ; promise par les accords Viénot en 1936, elle n'était pas entrée dans les faits ; elle fut proclamée en 1941 par le général Catroux, haut-commissaire, après l'entrée des Forces françaises libres en Syrie, et garantie par les troupes britanniques. Des manifestations nationalistes ont eu lieu à Beyrouth le 8 mai 1945, et des heurts se sont produits depuis ; la situation s'est aggravée le 29 mai par l'attaque des postes français à Damas, et le bombardement de cette ville la nuit suivante.

Les troupes françaises et britanniques ne seront évacuées qu'en 1945.

Combat suit de très près les événements, grâce aux articles de Pierre Kaufmann, envoyé spécial. Le journal met d'autre part l'accent sur l'importance des gisements de pétrole que recèle le Moyen-Orient.

manifestent dans le Moyen-Orient. Et il semble que devant tant de confusion, nous soyons incapables de tenir le langage net qui fortifierait notre position.

L'influence qui se fait le mieux sentir dans le problème syrien est celle de l'Angleterre. Et parce que nous sommes ici particulièrement attachés à l'entente franco-britannique, parce que nous souhaitons qu'elle devienne dans l'avenir une réalité politique où les deux pays trouveront une compensation à leurs faiblesses réciproques, nous regretterons que l'opinion de l'Angleterre se soit manifestée surtout par le communiqué officiel que nous avons publié il y a deux jours et qui nous mettait en position d'accusé.

Non que nous devions rejeter toute accusation et nier obstinément que nous nous soyons trompés. Nous devons reconnaître nos fautes et que l'enterrement du traité d'indépendance de 1936 n'a pas été une bonne action. Mais l'Angleterre doit aussi reconnaître les siennes et tenter de nous rencontrer sur un terrain où le juste droit des populations syro-libanaises soit préservé à leur seul profit, et non à celui d'impérialismes concurrents. Il est heureux qu'une partie de l'opinion britannique l'ait compris. Car c'est le *Manchester Guardian* qui écrit : « Ceux qui ont étudié notre traité avec l'Irak ne peuvent pas considérer les propositions françaises comme extravagantes, car celles-ci ressemblent absolument aux conditions de notre traité. Mais la manière avec laquelle ces réclamations ont été présentées et les négociations poursuivies manque singulièrement de sagesse. » Et le journal libéral ajoute que les fonctionnaires britanniques ont aidé aux difficultés de la France, car « ils ne l'ont pas toujours traitée honnêtement et avec assez de tact ».

Voilà le langage, en effet, qu'il faut tenir. Mais il suppose que les nations occidentales cessent de considérer le Moyen-Orient comme un champ clos dont il s'agit de s'assurer la possession. Il suppose que l'Europe se préoccupe de jouer dans les territoires d'outre-mer une mission émancipatrice plutôt que d'y livrer des luttes d'intérêts. Du train dont vont les choses et les esprits, nous en sommes loin. Mais il n'empêche que ces principes doivent être affirmés et que, dans la mesure du possible, la politique française devrait en donner l'exemple. Dans la situation historique qui est la nôtre, cette position servirait à la fois la justice et notre intérêt. Car vingt peuples qui ont souffert ou lutté pour la liberté attendent dans le monde entier qu'une nation démontre enfin, par ses actes et par ses paroles, qu'elle entend consacrer vraiment le triomphe de cette liberté.

En contrepartie, nous pourrions demander qu'on veuille bien reconnaître à la France, en l'absence de cette société internationale que les nations démocratiques semblent incapables de créer, des droits qui ne sont pas incompatibles avec l'indépendance des États du Moyen-Orient.

Mais sans doute est-il déjà trop tard. Aujourd'hui, la révolte syrienne est déclenchée, Damas bombardé et les hostilités engagées. L'espoir d'un règlement juste et pacifique a disparu. Quel que soit le résultat de ces opérations, où des vies françaises vont encore être prodiguées, elles sont le signe d'un échec amer.

1er JUIN 1945 [1]

L'ultimatum de M. Churchill — car c'est un ultimatum — et la déclaration du président Truman mettent la France dans une situation fort grave, qui a toutes les chances d'évoluer à son détriment[2]. Hier, nous avons dit notre sentiment sur l'affaire syro-libanaise. Il n'a pas changé. Mais aujourd'hui, le conflit dépasse les États du Levant : il oppose les gouvernements américain et anglais au gouvernement français. Et c'est toute la politique extérieure du général de Gaulle qui se trouve mise en cause.

Nous n'avons jamais été tendres pour cette politique. Nous en avons constamment souligné les dangers. Et, aujourd'hui encore, il nous paraît singulier de prétendre à une politique de force et de puissance lorsque les moyens font défaut. Ainsi s'expose-t-on à s'entendre rappeler dans la même journée : d'abord aux Communes, que nous nous conduisons comme si nous avions gagné la guerre, alors que nous avons été battus ; ensuite à Washington, que ce que nous avons d'armée doit son équipement et son

1. Éditorial. Texte probable, comme le précédent, dont il est la suite directe.

2. Churchill a fait remettre, le 31 mai, un message au général de Gaulle, annonçant qu'il avait donné l'ordre au commandant en chef pour le Moyen-Orient des troupes britanniques d'intervenir, et précisant : « En vue d'éviter une collision entre les forces britanniques et françaises, nous vous requérons immédiatement de donner l'ordre aux troupes françaises de cesser le feu et de se retirer dans leurs casernes. Dès que le feu aura cessé et que l'ordre aura été restauré, nous serons prêts à commencer les discussions tripartites à Londres. »

Washington a approuvé l'attitude de Londres.

armement à l'étranger. Les faits font crever la belle baudruche de notre puissance : ils confirment nos critiques et cette confirmation est amère.

Mais, puisque l'affaire est ici interalliée, il faut bien ajouter que notre politique n'est pas seule fautive. Tout le monde sait que la diplomatie internationale est loin d'avoir le désintéressement, la générosité qu'expriment ses communiqués. D'évidence, les conflits du Moyen-Orient n'auraient pas pris cette acuité sans la présence de riches champs pétrolifères. Mais précisément ce terrain économique où il est légitime qu'une France appauvrie défende ses intérêts n'est pas celui qu'elle a choisi. Elle s'y trouve même affaiblie par ses erreurs dans d'autres domaines, erreurs qu'elle aggrave en ne voulant point les reconnaître. La promesse d'indépendance faite à Beyrouth et à Damas et jamais tenue constitue aujourd'hui la meilleure arme de ceux qui veulent voir disparaître la France du Levant.

Certes, nous avons connu des gouvernements qui, depuis la réoccupation de la Rhénanie par les troupes allemandes jusqu'à la Libération, ont toujours cédé devant la force, quelquefois après des rodomontades, mais toujours sans coup férir. Cela est à l'extrême opposé de la politique de Charles de Gaulle, mais à ce point où, comme l'on dit, les extrêmes se touchent : les résultats sont identiques.

Nous avons espéré un moment que la France tirerait une force de sa faiblesse, en parlant au monde un langage nouveau, celui de la vérité et d'un certain désintéressement. Nous ne pensions pas qu'elle assumerait les injustices, les erreurs de sa politique passée, sous le vain prétexte de maintenir la nation dans toute sa force. Car on ne maintient pas ce qui est défait.

Nous sommes contraints à rompre définitivement avec des méthodes et des hommes condamnés par les événements, nous sommes obligés à risquer et à innover si nous voulons que la France survive avec quelque dignité. Nous ne pouvons chausser ni les bottes de Foch[1], ni les souliers de M. Lebrun[2].

Et c'est pourquoi cette crise qui, en d'autres temps, eût provoqué la chute du Gouvernement — et dont il n'est pas exclu qu'elle soit exploitée à cette fin, notamment à l'étranger — ne doit pas nous aveugler. Si profond que soit notre désaccord avec le général de Gaulle sur ces questions, son maintien à l'heure présente peut seul permettre à la France d'organiser cette IVe République dont nous savons maintenant qu'elle aura ses premiers élus avant la fin de l'année.

Et alors — qu'on nous passe ce mot si galvaudé — la France sera révolutionnaire ou ne sera pas.

5 JUIN 1945[3]

Henri Frenay est un de nos camarades de combat[4]. Quand nous aurons dit qu'il est l'homme qui,

1. Le maréchal Foch (1851-1929), généralissime des troupes alliées dans les derniers mois de la guerre de 1914-1918, signataire de l'armistice de 1918.

2. Albert Lebrun (1871-1950) ; président de la République de 1932 à 1940, il se retira au moment de l'armistice de juin 1940.

3. Éditorial. Texte très probable.

4. Commissaire des Prisonniers du C.F.N.L. dès 1943 à Alger, Henri Frenay est, depuis la Libération, ministre des Prisonniers et Déportés.

dès 1940, a créé le mouvement clandestin « Combat », nous aurons assez dit la place morale qu'il occupe parmi nous. C'est en raison de cette camaraderie que nous nous sommes toujours refusés à faire son éloge et que nous avons même hésité à le défendre dans quelques cas où il l'aurait fallu. C'est pour le même motif qu'il s'est toujours refusé à nous demander notre appui. Tout cela va de soi, et ce n'est pas aujourd'hui que nous changerons quelque chose à cette attitude élémentaire.

Mais en poussant les scrupules trop loin, nous finirions par nous prêter au mensonge et par trahir à la fois l'amitié et la vérité. C'est bien le cas aujourd'hui. Il ne s'agira pas, cependant, de déclarer que l'œuvre du ministère des Prisonniers est un modèle du genre, ni même de faire valoir les arguments de bon sens qui feraient justice d'un certain nombre de campagnes démagogiques. C'est d'autre chose qu'il s'agit : le respect d'un principe sans lequel la vie politique et la vie sociale deviennent impossibles, et qui est celui même de la liberté.

Supposons, en effet, que le ministère des Prisonniers soit justiciable de toutes les critiques. Supposons qu'on ait eu raison de rassembler des prisonniers à peine rentrés pour leur faire crier leurs légitimes revendications. Supposons enfin que le meeting de la Mutualité, samedi, ait été organisé par des personnalités qui n'aient que le souci du bien public[1]. Cela dit,

1. Le 2 juin, à l'appel de l'Association des prisonniers de guerre de la Seine, un meeting réunit 25 000 prisonniers rapatriés, protestant contre l'insuffisance de l'aide apportée par le gouvernement, et réclamant la démission d'Henri Frenay.

On peut noter qu'en décembre 1945, lorsque Frenay, attaqué par *L'Humanité*, portera plainte et sera débouté, *Combat* publiera un communiqué de soutien : « *L'Humanité* avait notamment accusé

le ministre des Prisonniers, mis en cause, désire être entendu. Il demande à ces hommes qui l'accusent de bien vouloir écouter ses arguments.

Quoi qu'on puisse penser du fond de l'affaire, on remarquera peut-être que les ministres passés et actuels ne nous ont pas habitués à tant d'indépendance et à ce genre de courage qui consiste, sans souci de sa fonction, à aborder face à face une foule résolument hostile. Ce goût de la responsabilité, ce sentiment de ses obligations, c'est pourtant bien ce que nous souhaitions pour nos hommes de gouvernement.

Cependant, on refuse d'écouter Frenay. Toute une presse à l'unisson déclare tous les jours que ce ministre a tort sur tous les points et convie une foule amère et déçue à le crier avec elle. Le ministre propose de démontrer qu'il a raison sur quelques points. C'est la seule chose sans doute qu'on craignait, puisqu'on refuse de l'entendre. Quelles sont donc ces nouvelles mœurs où la plus simple exigence d'équité est sacrifiée de grand cœur ? Et que pensent les prisonniers rapatriés (ils sont un million) de cette France qui n'est redevenue libre que pour voir naître de nouvelles pratiques de servitude ?

M. Frenay d'avoir volontairement ralenti le rapatriement des prisonniers et déportés, d'avoir refusé l'entrée en France de mille enfants étrangers internés à Buchenwald, d'avoir voulu emprisonner des résistants espagnols à leur retour d'Allemagne, etc.

« Les débats ont établi que ces assertions étaient fausses, mais le juge Albert, qui a rendu l'arrêt, a considéré qu'elles n'étaient pas diffamatoires, montrant peut-être ainsi à ceux qui l'ignoraient encore que la conception que certains magistrats se font de l'honorabilité explique leur présence actuelle dans le prétoire en dépit du serment prêté autrefois à Pétain.

« M. Henri Frenay, dont la conception de l'honneur procède de sentiments tout différents, a décidé d'interjeter appel de l'arrêt qui l'a débouté. »

La cause des prisonniers est une grande cause. L'idée même de l'utiliser à des fins partisanes devrait retourner un cœur honnête. Mais c'est aux prisonniers eux-mêmes à la défendre et à faire qu'elle ne soit pas dévalorisée par des actes d'injustice, comme les manifestations antisémites de l'autre jour, ou par d'aveugles passions de parti. Frenay peut avoir tort et, quand cela nous a paru nécessaire, nous avons dit les déceptions des prisonniers[1]. Mais le droit élémentaire que garde tout homme et qui est de se faire entendre quand il est accusé ne peut être refusé, même à un ministre. C'est là ce qu'il faut affirmer et défendre, car si ces méthodes sont insupportables, ce n'est pas seulement parce qu'elles sont celles que nous avons combattues pendant quatre ans, c'est encore parce qu'elles desservent les intérêts et un malheur qui devraient être sacrés pour tous.

15 JUIN 1945[2]

Un moment secouée, l'opinion française se détourne des affaires d'Algérie. Elle s'en détourne et, profitant de cet assoupissement, des articles paraissent dans différents journaux qui tendent à démontrer que ce n'est pas si grave, que la crise politique n'est pas générale et qu'elle est due seulement à

1. Voir les éditoriaux des 17 et 19 mai, p. 533 et 543.
2. Éditorial. Texte repris dans *Actuelles III*, en « Conclusion » de la série « Crise en Algérie ».

quelques agitateurs professionnels[1]. Ce n'est pas que ces articles se distinguent par leur documentation ou leur objectivité. L'un attribue au président des « Amis du Manifeste » récemment arrêté, la paternité du parti populaire algérien, dont le chef, depuis de longues années, est Messali Hadj, arrêté lui aussi. L'autre fait des Oulémas une organisation politique à but nationaliste, quand il s'agit d'une confrérie religieuse réformiste, qui fut d'ailleurs acquise à la politique d'assimilation jusqu'en 1938.

Personne n'a rien à gagner à ces enquêtes hâtives et mal informées, ni d'ailleurs aux études inspirées qui ont paru dans *Le Monde* ou dans *L'Aube*[2]. Il est

1. En publiant le communiqué du ministère de l'Intérieur, le 15 mai, *Le Figaro* avait déjà commenté, « si la situation n'est pas très grave, elle n'en reste pas moins sérieuse ». *L'Aube* du 17 mai affirmait : « L'ordre est rétabli en Algérie. » *L'Humanité* ne nie pas la gravité des faits, mais l'explique par les menées des grands colons, des fonctionnaires vichystes et de la 5e colonne qui ont organisé la famine et provoqué les émeutes.

2. Dans *Le Monde* des 18 et 24 mai, ont paru deux articles signés Jacques Driand, intitulés « La crise nord-africaine ». Le premier, « Le malaise français », voit dans l'affaiblissement de la France, la montée du nationalisme algérien et la crise économique les raisons des émeutes, signale que les Nord-Africains sont exclus de la politique, mais non de la guerre, et conclut que « cela n'est pas tragique », mais le deviendrait en cas d'abandon ou de déconsidération des cadres français d'A.F.N. Le second, « Européens et indigènes », demande que l'on n'oublie pas « le juste et le raisonnable » dans les mesures de répression.

Dans *L'Aube* des 1er et 2 juin, ont paru deux articles de Paul-Émile Viard, doyen de la faculté de droit d'Alger, sous le titre « Où va l'Algérie ? ». D'inspiration paternaliste, ces articles ont le mérite de poser clairement le problème politique de la représentation des Algériens et de demander l'application de l'ordonnance du 7 mars 1944 ; sans doute en réponse à l'article des 20-21 mai de Camus, qui rappelait que Ferhat Abbas avait cité Pascal en épigraphe à son premier livre, Viard écrit : « Ce n'est pas en collant une étiquette "citoyen" sur un homme qu'on en fait un citoyen français, même s'il place en exergue de ses livres une phrase de Pascal. »

vrai que le massacre algérien ne s'explique pas sans la présence d'agitateurs professionnels. Mais il n'est pas moins vrai que ces agitateurs auraient été sans action appréciable, s'ils n'avaient pu se prévaloir d'une crise politique sur laquelle il est vain et dangereux de se boucher les yeux.

Cette crise politique, qui dure depuis tant d'années, n'a pas disparu par miracle. Elle s'est au contraire durcie et toutes les informations qui viennent d'Algérie laissent penser qu'elle s'est établie aujourd'hui dans une atmosphère de haine et de défiance qui ne peut rien améliorer. Les atroces massacres de Guelma et de Sétif ont provoqué chez les Français d'Algérie un ressentiment profond et indigné. La répression qui a suivi a développé dans les masses arabes un sentiment de crainte et d'hostilité. Dans ce climat, une action politique qui serait à la fois ferme et démocratique voit diminuer ses chances de succès.

Mais ce n'est pas une raison pour en désespérer. Le ministre de l'Économie nationale a envisagé des mesures de ravitaillement qui, si elles sont continuées, suffiront à redresser une situation économique désastreuse. Mais le Gouvernement doit maintenir et étendre l'ordonnance du 7 mars 1944 et fournir ainsi aux masses arabes la preuve qu'aucun ressentiment n'entravera jamais son désir d'exporter en Algérie le régime démocratique dont jouissent les Français. Mais ce ne sont pas des discours qu'il faut exporter, ce sont des réalisations. Si nous voulons sauver l'Afrique du Nord, nous devons marquer à la face du monde notre résolution d'y faire connaître la France par ses meilleures lois et ses hommes les plus justes. Nous devons marquer cette résolution et, quelles que soient les circonstances ou les campagnes de presse, nous devons nous y tenir. Persuadons-nous bien qu'en Afrique du Nord comme ailleurs, on ne sauvera rien de français sans sauver la justice.

Ce langage, nous l'avons bien vu, ne plaira pas à tout le monde. Il ne triomphera pas si aisément des préjugés et des aveuglements. Mais nous continuons à penser qu'il est raisonnable et modéré. Le monde aujourd'hui sue la haine de toutes parts. Partout, la violence et la force, les massacres et les clameurs obscurcissent un air que l'on croyait délivré de son poison le plus terrible. Tout ce que nous pouvons faire pour la vérité, française et humaine, nous avons à le faire contre la haine. À tout prix, il faut apaiser ces peuples déchirés et tourmentés par de trop longues souffrances. Pour nous, du moins, tâchons de ne rien ajouter aux rancœurs algériennes. C'est la force infinie de la justice, et elle seule, qui doit nous aider à reconquérir l'Algérie et ses habitants[1].

1. En complément aux articles sur l'Algérie, il n'est pas sans intérêt de signaler un texte du 8 août 1945 : dans un communiqué, *Combat* annonce : « Un intellectuel nord-africain condamné à vingt ans de travaux forcés ». Il s'agit du procès, devant le tribunal militaire d'Alger pour des faits remontant à octobre 1944, de plusieurs accusés — dont Ben Ali Bouckort, qui, « déjà condamné pour reconstitution du parti populaire algérien et accusé d'avoir incité ses compatriotes à la rébellion contre la souveraineté de la France, a été condamné à vingt ans de travaux forcés, à la dégradation civique et à la confiscation de tous ses biens ». Une « note » de la rédaction ajoute : « Au moment où les agences de presse publient l'information qu'on vient de lire, un ami de Ben Ali Bouckort nous communique une lettre de celui-ci, datée du 28 mai : "Je suis enfermé depuis le mois d'octobre 1944, écrit Bouckort. J'ai été arrêté à la suite d'une perquisition au cours de laquelle on a trouvé le manuscrit d'un ouvrage que j'avais écrit. C'est une étude de 340 pages sur les problèmes algériens, s'inspirant de la doctrine du 10 février 1943."

27 JUIN 1945[1]

M. Herriot vient de prononcer des paroles malheureuses[2]. Une parole malheureuse est une parole qui ne vient pas à son heure. M. Herriot a parlé dans une heure qui n'est plus la sienne et sur un sujet qu'on peut estimer intempestif. Même s'il avait raison, il n'était pas l'homme désigné pour

---

« On peut se demander si le souvenir des émeutes de Constantine n'a pas incité les juges militaires à une sévérité qui risque de ressembler singulièrement à de l'injustice. D'évidence, Bouckort, détenu depuis octobre 1944, ne pouvait qu'être étranger aux événements sanglants du printemps suivant. Et l'on peut se demander si c'est en envoyant les intellectuels au bagne qu'on pense faire triompher une politique d'assimilation. »

On peut penser avec quelque vraisemblance que cet ami de Bouckort n'est autre qu'Albert Camus, et que le commentaire qui accompagne le communiqué est de lui ; en juillet 1936, Bouckort était, avec Omar Ouzegane, secrétaire général du parti communiste algérien, ancienne section locale du P.C. français et qui est alors érigée en section régionale. On sait que Camus était alors membre de ce parti (voir J. Lévi-Valensi, « L'entrée en politique », in *Camus et la politique*, pp. 137-151) ; de plus, Ouzegane — avec qui Camus était lié — et Bouckort ont écrit dans *Alger-Républicain*. Il est plus que probable qu'il avait gardé des liens avec eux, même si leurs trajectoires politiques ont été fort différentes.

1. Éditorial. Repris dans *Actuelles*, chapitre « Morale et politique ».

2. On sait que depuis les années 1937-1938, Camus est très critique à l'égard du parti radical, et en particulier d'Édouard Herriot. Sur Herriot, voir éditorial du 12 mai 1945, note 1, p. 516. Dans un discours prononcé devant la Fédération radicale du Rhône, Edouard Herriot a déclaré : « Je me demande si l'époque actuelle est bien qualifiée pour donner des leçons de moralité aux époques antérieures. »

taxer la nation d'immoralité et pour déclarer que cette époque ne pouvait donner de leçons à l'époque d'avant-guerre.

Si[1] cette condamnation est injuste, c'est parce qu'elle est d'abord trop générale. Il est vrai que les Français ont le goût de parier sur le pire quand il s'agit d'eux-mêmes. Mais si l'on peut passer ce travers à des hommes qui ont beaucoup combattu et souffert pour leur pays, il est difficile de montrer la même indulgence pour un esprit que son expérience politique devait avertir et que sa doctrine devait rendre plus modeste.

Il n'y a rien qu'on puisse condamner en général, et une nation moins que toute autre chose. M. Herriot devrait savoir que cette époque ne prétend pas donner de leçon de moralité à celle qui l'a précédée. Mais elle a le droit, acquis au milieu de terribles convulsions, de rejeter purement et simplement la morale qui l'a menée à la catastrophe.

Car ce n'est pas sans doute les idées politiques de M. Herriot et de ses collègues radicaux qui nous ont perdus. Mais la morale sans obligation ni sanction qui était la leur, la France de boutiquiers, de bureaux de tabac et de banquets législatifs dont ils nous ont gratifiés, a fait plus pour énerver les âmes et détendre les énergies que des perversions plus spectaculaires. Dans tous les cas, ce n'est pas cette morale qui donne à M. Herriot le droit de condamner les Français de 1945.

Ce peuple est à la recherche d'une morale, voilà ce qui est vrai. Il est encore dans le provisoire. Mais il a donné assez de preuves de son dévouement et

1. *Actuelles* corrige à juste titre, en ajoutant un « si » qui manque dans l'article.

de son esprit de sacrifice pour exiger que des hommes politiques qui ont été représentatifs ne le jugent pas en quelques mots méprisants. Nous comprenons fort bien le dépit que M. Herriot peut éprouver à voir rejeter une certaine morale politique d'avant-guerre. Les Français sont fatigués des vertus moyennes, ils savent maintenant ce qu'un conflit moral étendu à une nation entière peut coûter d'arrachements et de douleur. Il n'est donc pas étonnant qu'ils se détournent de leurs fausses élites, puisqu'elles furent d'abord celles de la médiocrité.

Quelles que soient la sagesse et l'expérience de M. Herriot, nous sommes beaucoup à penser qu'il n'a plus rien à nous apprendre. S'il peut nous être encore utile, c'est dans la mesure où, considérant ce qu'il est et ce que fut son parti, et apercevant ensuite la prodigieuse aventure que doit courir la France pour renaître, nous nous dirons qu'il n'y a pas de commune mesure et que la rénovation française demande autre chose que ces cœurs tièdes.

Il est possible que dans l'entourage de M. Herriot, on préfère deux heures de marché noir à une semaine de travail. Mais nous pouvons lui assurer qu'il est des millions de Français qui travaillent et qui se taisent. C'est sur eux qu'il faut juger la nation. C'est pourquoi nous considérons qu'il est aussi sot de dire que la France a plus besoin de réforme morale que de réforme politique qu'il le serait d'affirmer le contraire. Elle a besoin des deux et justement pour empêcher qu'une nation soit tout entière jugée sur les scandaleux profits de quelques misérables. Nous avons toujours mis ici l'accent sur les exigences de la morale. Mais ce serait un marché de dupes si ces exigences devaient servir à escamoter la rénovation politique et institutionnelle dont nous avons besoin. Il faut faire de bonnes lois si l'on veut avoir de bons gouvernés. Notre seul espoir est que ces bonnes lois nous éviteront pour un temps convenable le retour au pouvoir des professeurs de vertu, qui ont fait ce qu'il fallait pour que les mots de député et de gouvernement soient en France, pendant de longues années, un symbole de dérision.

COMBAT MAGAZINE, 30 JUIN-1er JUILLET 1945[1]

Images de l'Allemagne occupée

Pour un homme qui a vécu sous l'occupation hitlérienne, même s'il a connu l'Allemagne avant la guerre, ce pays garde des reflets sanglants et aveugles qu'on a bien du mal à oublier. Et à l'inventer de loin, couvert d'armées étrangères, resserré entre des frontières désormais ennemies, ses villes changées en pierres informes et ses hommes courbés

1. Article publié dans *Combat Magazine* ; à plusieurs reprises, *Combat* a tenté de lancer un « magazine », le samedi ; les difficultés liées au manque de papier, entraînant parfois l'interdiction officielle faite à ce type de supplément, sans doute les problèmes financiers n'ont jamais permis que cette publication devienne régulière. Le 18 août, *Combat* publie un communiqué significatif : « Les difficultés auxquelles se heurte la presse parisienne en ce qui concerne ses approvisionnements de papier nous mettent dans l'obligation de suspendre la publication de notre édition de *Combat Magazine* du samedi. Nous reprendrons cette publication aussitôt qu'une politique du papier plus intelligente sera inaugurée par les services compétents. En attendant, nous nous excusons auprès de nos lecteurs. »

sous le poids de la plus terrible des haines, on lui imagine un visage d'apocalypse à la mesure de ses violences passées et de son épreuve présente.

C'est du moins ce que je sentais confusément et, sur le chemin de la frontière allemande, cahoté sur les routes défoncées de la guerre, ce que je voyais renforçait mon pressentiment. Car nos départements de l'Est n'ont rien qui puisse réjouir un cœur d'homme. En temps de paix, j'y serais déjà mal à l'aise, ayant plus de goût pour les pays de lumière. Pour tout dire, j'y respirerais mal. Mais au milieu de ces décombres et de ces terres ingrates défoncées par la guerre, jalonnées de cimetières militaires sous un ciel avare, un sentiment puissant et consterné emplit par surcroît le voyageur. C'est ici la terre des morts en effet. Et de quels morts ! Trois fois en cent ans des millions d'hommes sont venus engraisser de leurs corps mutilés ce même sol toujours trop sec. Ils ont tous été tués à cette même place, et chaque fois pour des conquêtes si fragiles qu'auprès d'elles ces morts paraissent démesurés.

Tout parle ici de la douleur des hommes. Et il est vrai qu'alors on comprend mieux Barrès. Quelle pitié seulement de ne pouvoir plus le rejoindre dans l'espérance. Nous savons maintenant ce qu'il en est, et pour longtemps encore. Il est une confiance que nous n'aurons plus. Quoi d'étonnant alors qu'on se rapproche de l'Allemagne avec un cœur serré d'amertume ? Et comment ne pas l'imaginer semblable à ce qui fut en partie son œuvre et ne pas attendre qu'elle nous présente, elle aussi, le mufle hideux et barbouillé de la guerre.

L'ALLEMAGNE IDYLLIQUE

Je le dis tout de suite, c'est une attente vaine. Car ce qui frappe au contraire dès qu'on rentre dans l'Allemagne occupée par l'armée française, exception faite pour les quelques villes qui ont été détruites, c'est l'air surprenant de bonheur et de tranquillité qui y règne. Je me hâte de dire qu'il s'agit des pays rhénans, du duché de Bade et du Wurtemberg, c'est-à-dire de l'Allemagne agricole et catholique, qui a moins souffert de la guerre que le reste du pays.

Il n'empêche que le contraste est surprenant. Car au sortir de départements ruinés et peuplés d'une humanité douloureuse, on entre dans une région fertile et prospère, couverte d'une nuée d'enfants magnifiques, de filles solides et rieuses. On danse des rondes dans les prairies. On cueille des bouquets multicolores et les bambins accrochent des cerises à leurs oreilles. Pas d'hommes, il est vrai. Mais de paisibles vieux couples, qui se promènent le soir le long des routes, des faneuses aux robes claires, des villages-jouets élégants et propres, tous les signes de la vie heureuse et confortable. Pour tout dire, on entre dans une Allemagne idyllique où le voyageur croit rêver par instants.

La beauté des enfants, en particulier, est frappante. La veille de mon départ, me trouvant dans le vieux Montmartre, je regardais les enfants de nos rues, aux visages trop mûris, les genoux plus gros que les mollets et la poitrine concave. Ici, au contraire, des petits corps presque nus, bronzés et solides, bien nourris, la tête droite et le rire clair. À ce point de vue, on se convainc rapidement de la vérité d'un témoignage américain selon lequel l'Allemagne, seule en Europe, a gagné biologiquement la guerre. Du moins, c'était là une première impression et je ne suis pas resté assez longtemps en Allemagne pour devoir en changer. Je la livre donc comme je l'ai ressentie, laissant le lecteur libre d'en tirer les conclusions qu'il voudra.

IMPRESSION DE VACANCES

Ce pays pourtant est occupé, et occupé par l'armée française. Le mot d'« occupation » a du sens pour nous. Et j'étais curieux des réactions allemandes, aujourd'hui que la roue a tourné.

L'occupation française est sans doute dure. Elle est cependant, à ce qu'il m'a semblé, dans les limites de la justice, telle que peut l'exercer un vainqueur. Après les excès du début, le pillage et le viol sont sévèrement et parfois, comme je l'ai appris, impitoyablement punis. En contrepartie, les désobéissances à la loi d'occupation sont sanctionnées sans une hésitation et le gouvernement militaire maintient en Allemagne une discipline de fer. Tous les hommes sont ainsi tenus de saluer les officiers français et la récupération des produits manufacturés est systématique, comme d'ailleurs la réquisition des locaux. Si l'on ajoute à ces faits l'incertitude où se trouve l'Allemagne de son avenir (alors que jamais l'espérance ne nous a quittés sous l'occupation nazie), on pourrait s'attendre à des réactions de désespoir ou du moins d'abattement.

Or, et toujours selon la première impression, la qualité la plus sensible des Allemands sous l'occupation se trouve être le naturel. À vrai dire, après ces cinq ans où tant de choses se sont passées qui étaient tout, sauf naturelles, il y a de quoi être surpris.

Les Allemands du Sud vivent à côté des soldats français comme s'ils avaient toujours vécu ainsi. J'ai logé (sous l'uniforme) chez l'habitant. On m'y a accueilli cordialement, on est venu me souhaiter une bonne nuit, on m'y a dit que la guerre n'était pas une bonne chose, et que la paix valait mieux, surtout la paix éternelle. Il n'est pas un de nos jeunes soldats qui n'ait d'autre part sa compagne. Et cela ajoute à la stupéfiante impression de vacances qu'on éprouve au bord du lac de Constance, où une armée de jeunes gars bronzés et vigoureux, venus d'Afrique du Nord par la Tunisie, l'Italie et l'Alsace, se baigne, canote, plaisante dans des foyers spacieux et fleuris, et promène ses conquêtes d'un moment autour des eaux calmes, devant la perspective des Alpes.

Ce sont là les premières images qui me sont venues aux yeux et je les donne pour ce qu'elles valent. Mais je n'étonnerais personne en disant qu'elles se sont gravées très avant en moi, d'abord parce qu'elles étaient inattendues et ensuite parce que je venais d'un pays qui a réagi et qui a souffert un peu différemment.

Il y aurait beaucoup à dire sur ce point et il faudra peut-être un jour essayer de le dire. Je ne puis noter ici que l'incertitude où je me suis trouvé, pendant tout ce voyage en Allemagne, incapable que j'étais de raccorder ce que je savais avec ce que je voyais. Pour en donner une idée juste, il me faudrait parler d'une distraction qui me venait en écoutant le bon grand-père de conte de fées qui me logeait. Il me parlait justement de la paix éternelle que le Christ apporte à chaque homme, et je pensais à cette femme que je sais, déportée en Allemagne, prostituée aux S.S. et à qui ses bourreaux ont tatoué sur la poitrine : « A servi pendant deux ans au camp de S.S. de... »

Il y avait là deux mondes que je ne pouvais raccrocher l'un à l'autre et j'y voyais l'image des déchirements de cette malheureuse Europe, partagée entre ses victimes et ses bourreaux[1], à la recherche d'une justice pour toujours incompatible avec sa douleur. C'est du moins ce que signifient pour moi les quelques images de l'Allemagne occupée que je viens de rapporter. On me comprendra de ne pas en tirer d'autres conclusions.

ALBERT CAMUS

2 AOÛT 1945[2]

Puisque la Cour de Justice a bien voulu reconnaître qu'elle a perdu son temps jusqu'ici et puisqu'un nouveau tournant s'annonce dans le procès Pétain[3],

1. On ne peut manquer de relever ce couple de termes, qui se retrouvera dans la suite d'articles de novembre 1946. Dans ce reportage, qui rompt avec les éditoriaux, Camus ne cherche pas le pittoresque, mais met en valeur la portée morale et symbolique de ce qu'il a vu dans cette brève incursion en Allemagne rhénane.

2. Éditorial. Texte probable ; la mise en cause de Daladier et de Reynaud, le refus de la peine de mort, l'ironie, certaines images peuvent légitimement être attribués à Camus.

3. Le procès de Pétain s'est ouvert le 23 juillet ; il se terminera le 15 août par sa condamnation à mort, commuée deux jours plus tard par le général de Gaulle en détention à perpétuité — selon le vœu exprimé par la Cour. Le procès est suivi par l'ensemble de la presse ; pour *Combat*, c'est Georges Altschuler qui en rend compte quotidiennement, mais une photo souvent reproduite atteste la présence de Camus au procès.

essayons de parler sans trop de passion d'une affaire qui nous laisse tant d'amertume au cœur et qui déchire encore de si nombreux Français.

Jusqu'ici, ce procès était surtout humoristique. Quand nous parlons d'humour, tout le monde comprend qu'il s'agit d'humour noir. Car l'ironie est féroce, dans un procès où l'honneur et une partie de l'avenir français sont engagés, d'avoir choisi un représentant et des témoins de l'accusation qui, justement, n'ont pas qualité pour accuser. Nous comprenons bien que M. Daladier fasse le silence sur son voyage à Munich, ou que M. Reynaud n'arrête pas, au contraire, d'expliquer le choix singulier qu'il a fait de Pétain comme collaborateur. Avec un gros effort, nous arrivons même à comprendre M. Mornet quand il essaie de faire admettre qu'il ait pu accepter de figurer à la Cour de Riom[1]. Mais, enfin, M. Daladier est allé effectivement à Munich, M. Reynaud a fait réellement venir Pétain et M. Mornet a accepté décidément de se rendre à Riom. Tout cela les empêche de bien juger de l'armistice, et même de bien juger tout court. Pour les deux premiers, ils portent une partie des responsabilités évoquées pendant le procès et quant au troisième, on s'étonnerait de le voir à la place qu'il occupe si l'on ne savait que ce sont ces hommes-là justement qui triomphent de tous les régimes.

Mais il n'en reste pas moins que cette ironie n'est

1. La Cour de Riom est le tribunal institué par le gouvernement de Vichy pour juger les responsables de la défaite — Blum et Daladier entre autres ; les procès intentés tournèrent à la confusion de Vichy, mais les accusés restèrent en détention, et, pour la plupart, furent déportés en Allemagne. Le procureur général Mornet, comme la presque totalité des magistrats, avait prêté serment à Pétain.

pas supportable, ni cette manière de rechercher des complots dont on est incapable de faire la preuve ou d'égarer un procès de trahison sur un armistice dont on peut dire, en effet, qu'il était une erreur, mais dont on ne peut pas démontrer qu'il a été un crime. Il ne s'agit pas de prouver que Pétain a eu tort de croire à l'armistice. La preuve en a été faite par un autre, dont la stature grandit tous les jours au-dessus de ces misérables querelles où des témoins plaident sans arrêt pour leur propre cause. De ce point de vue, un seul témoin avait le droit de parler, et c'est un grand malheur pour le pays que la décence aujourd'hui l'oblige à se taire.

Mais la vérité reste tout entière à établir. C'est elle que le procès doit servir et non les passions des partis ou les réputations compromises de quelques hommes politiques. Il s'agit d'établir si Pétain a servi l'Allemagne, si sa politique a renforcé les chances de la guerre hitlérienne, s'il est responsable des déportations, tortures et fusillades dont nous avons été abreuvés, s'il a été, enfin, qu'il l'ait voulu ou non, le serviteur de l'ennemi et l'agent de ses infamies. Ceci établi, il faudra juger. Nous sommes parmi ceux qui attendent ce jugement avec angoisse. Car il donnera tort ou raison à tout ce que nous avons pensé avec une majorité de Français qui sont restés fidèles à l'espoir. Mais pour répondre à une telle attente, il faudrait des juges et des témoins qui sachent se porter au-dessus d'eux-mêmes et de leurs vaines passions.

En ce qui nous concerne, et au-delà de toute amertume, la responsabilité de Pétain nous paraît cependant immense. Mais nous souhaitons que ce procès fasse en sorte que, si elle existe, elle devienne claire pour le monde entier. Nous ne nous laisserons pas entraîner aux cris de la haine. Nous ne croyons pas, par exemple, que la peine capitale soit ici souhaitable. D'abord parce qu'il faut bien se décider à dire ce qui est, à savoir que toute condamnation à mort répugne à la morale, et ensuite parce que, dans ce cas particulier, elle ajouterait à ce vieillard vaniteux une réputation de martyr qui lui ferait gagner quelque chose dans l'esprit même de ses ennemis. Mais nous attendons un jugement explicite dont les attendus soient évidents pour tous.

Ces années fangeuses, cette nuit de la honte ont besoin que la lumière de la justice vienne les éclairer. Apparemment, nous ne sommes pas sur le chemin de cette lumière. Mais il n'est peut-être pas trop tard pour adjurer la Cour de Justice d'apercevoir qu'elle a, elle aussi, de terribles responsabilités et qu'il lui appartient de faire en sorte que les atroces sacrifices de nos élites reçoivent ou ne reçoivent pas leur sens. Oui, il lui appartient enfin de démontrer à ceux qui ont suivi le général de Gaulle s'ils ont été alors des dupes ou des hommes de vérité.

4 AOÛT 1945[1]

L'intérêt des Français de la Métropole, sollicité à la fois par le Palais de Justice[2], Potsdam[3] et le ravi-

1. Éditorial. Texte probable, dans la suite directe des articles sur la « Crise en Algérie », et de l'éditorial du 15 juin.

2. Où se déroule le procès Pétain.

3. Entre le 17 juillet et le 2 août, une conférence réunit à Potsdam Staline, Truman et Churchill (remplacé par Attlee le 28 juillet, après sa défaite aux élections) ; dans la continuation de celle de

taillement, ne doit pas se détourner, cependant, de cette Algérie où l'avenir national est en partie engagé. Des élections municipales viennent de s'y dérouler. Elles constituent le premier indice dont nous puissions disposer pour apprécier la température politique de l'Afrique du Nord.

Ces élections avaient été longtemps retardées et il est bon que cette erreur politique ait été réparée. Mais une consultation semblable, venant après les graves troubles que l'on sait, laissait la place à de grandes craintes. On pouvait redouter, d'une part, que les Français d'Algérie ne manifestassent leur hostilité au peuple arabe par le rejet de toute politique d'assimilation et, d'autre part, que les Arabes appelés à voter ne s'y refusassent en bloc, pour manifester la rancœur laissée par une répression aveugle.

Sans entrer dans l'optimisme des communiqués officieux, il est possible de dire, cependant, que la situation, telle qu'elle se traduit dans les votes, n'est pas aussi désespérée qu'elle a pu le paraître. Les Français d'Algérie ont fait preuve d'une grande sagesse en votant en masse pour les listes de la France combattante dont les candidats défendaient justement la politique d'assimilation et l'ordonnance du 7 mars 1944[1]. Ils ont démontré par là qu'ils ne tenaient pas la masse musulmane pour responsable des actes insensés de quelques criminels. Logiquement, cela devrait ramener un climat de confiance en Algérie.

Yalta, elle fixa les conditions de l'occupation de l'Allemagne, institua une politique de transfert des populations remplaçant celle de la protection des minorités, prit acte des nouvelles frontières polonaises, et adressa un ultimatum au Japon.

1. Sur cette importante ordonnance, voir « Crise en Algérie ».

On mesurera le retournement de situation qui a été opéré quand on saura que des villes comme Sidi Bel Abbes, qui ont toujours été des bastions réactionnaires et même fascistes, sur les murs desquels il était possible d'admirer des « Vive Hitler » et des « Vive Franco » qui avaient la taille d'homme, se sont donné des municipalités socialo-communistes[1].

Quant aux électeurs arabes, le communiqué officieux a raison de dire qu'ils ont voté plus nombreux qu'on ne pensait. Mais il y a eu, d'une part, grève électorale dans la proportion de quarante pour cent et c'est un indice qu'il ne faudra pas minimiser. D'autre part, le vote de dimanche dernier n'a qu'un sens relatif puisque, selon l'ordonnance du 7 mars, 80 000 électeurs arabes au maximum avaient la possibilité de s'exprimer. Pour un peuple de 8 millions d'habitants, c'est très peu de chose et, de toute façon, cela reste insuffisant pour en tirer un enseignement général. Il est possible de dire, cependant, qu'un certain nombre d'électeurs arabes sont allés aux urnes et, qu'en conséquence, l'irréparable ne s'est pas accompli.

Ces succès très relatifs peuvent servir d'encouragement au Gouvernement. Mais ce devrait être un encouragement à aller de l'avant et non pas à s'endormir. La crise algérienne est très loin d'être résolue. Les élections montrent seulement que la politique d'assimilation n'est pas absolument dépassée et qu'il reste une petite chance de lui faire porter des fruits. Mais la condition essentielle est que nous fassions la preuve que nous la voulons vraiment et que nous ne voulons qu'elle. Le premier

1. Les élections municipales ont donné une nette victoire à la gauche.

geste à faire, dans un avenir aussi rapproché que possible, devrait être d'étendre le bénéfice de l'ordonnance du 7 mars à tous les certifiés d'études et à tous les Arabes qui se sont battus pour nous pendant cette guerre. Cette mesure serait de stricte justice et cela devrait suffire à la faire adopter, puisqu'il est bien naturel que puissent s'exprimer ceux qui ont accepté de donner leur sang pour nous. Mais, par surcroît, cette mesure donnerait la preuve de notre bonne foi et nous ferait regagner dans l'esprit et le cœur de nos loyaux amis ce que de longues années d'une politique dilatoire ou injuste nous a fait perdre.

7 AOÛT 1945[1]

Le général Franco a déclaré officiellement que l'Espagne ne demandait pas à être admise aux conférences internationales. Il est vrai que le communiqué de Potsdam avait précisé auparavant que, justement, elle ne serait pas invitée. Cela ôte du prix à cette belle indépendance d'esprit.

Pour être tout à fait juste, reconnaissons aussi bien que le général Franco n'est pas le seul à se contredire. Car dans le temps même où se déroulaient les entretiens de Potsdam[2], Sir Victor Mallet, le nouvel ambassadeur anglais, présentait ses let-

1. Éditorial. Texte probable, qui reprend les thèmes des éditoriaux précédents sur l'Espagne — en particulier des 21 novembre et 10 décembre 1944, p. 358 et 398.
2. Voir éditorial précédent.

tres de créance au dictateur espagnol. Et nous savons de bonne source que les investissements de capitaux américains se poursuivent dans la péninsule. L'U.R.S.S., du moins, est restée cohérente. Elle vient de faire un appel radiodiffusé au peuple espagnol pour lui demander de se désolidariser de son gouvernement.

Dans tous les cas, les affaires espagnoles viennent d'atteindre leur point de crise. La position de Franco paraît bien difficile. Elle le serait encore plus si on ne le retenait pas d'une main pendant qu'on le fait chanceler de l'autre. Mais on ne voit pas comment ce soutien pourrait se continuer sans scandaliser tout à fait cette morale internationale qui, pourtant, en a vu d'autres. C'est pourquoi l'Espagne franquiste cherche des compromis. On parle de don Juan[1] mais c'est sûrement par goût de la légende. Des informations font état d'un gouvernement de militaires qui préparerait des élections libres et, en attendant, on condamne à mort des Espagnols républicains.

Tout cela est bel et bon, mais il faut revenir à la logique et à l'aspect constitutionnel du problème. Le gouvernement légitime de l'Espagne, issu de la consultation populaire, est celui qui a été éliminé par le coup d'État du général Franco. On est en train d'ailleurs de le reconstituer à Mexico. Sa légitimité lui vient des Cortès qui représentent la volonté populaire. La réunion de ces Cortès, qui mettrait un terme à la division des républicains, aboutirait à un nouveau gouvernement dont M. Negrín pourrait être

1. Don Juan, comte de Barcelone, est le fils d'Alphonse XIII, exilé d'Espagne lors de l'établissement de la République en 1931, et qui abdiqua en sa faveur.

le président du Conseil[1]. Ce gouvernement est le seul qu'une démocratie puisse reconnaître. Car c'est le seul qui puisse faire procéder à une consultation populaire loyale. Si ce vote faisait la preuve que la monarchie fût souhaitée par les Espagnols, alors et alors seulement, la monarchie pourrait être acceptée. Cela du reste est fort douteux. Mais la première démarche des démocraties doit être de reconnaître ce gouvernement constitutionnel, de saluer en lui le principe de la légitimité et de lui donner mandat pour rendre enfin la liberté d'expression à la malheureuse Espagne.

Ceci fait, on devra se souvenir que c'est Franco et non l'Espagne qui est exclu des conférences internationales. Ce pauvre et grand pays, par la longue lutte qu'il a soutenue pour la cause commune, par ses souffrances silencieuses, par sa fierté et par son exemple, a conquis sa place dans la démocratie internationale. Il y apportera la voix de l'honneur et de cette justice pour laquelle il a versé tant de sang. C'est une voix que les Français comprendront mieux que d'autres, puisqu'ils peuvent partager avec l'Espagne les souvenirs du malheur et les déchirements de la liberté perdue.

8 AOÛT 1945[2]

Le monde est ce qu'il est, c'est-à-dire peu de chose. C'est ce que chacun sait depuis hier grâce au formi-

1. Sur ces points, voir l'éditorial du 21 novembre 1944, p. 358.
2. Éditorial. Repris dans *Actuelles*, chapitre « Morale et politique ».

dable concert que la radio, les journaux et les agences d'information viennent de déclencher au sujet de la bombe atomique. On nous apprend, en effet, au milieu d'une foule de commentaires enthousiastes, que n'importe quelle ville d'importance moyenne peut être totalement rasée par une bombe de la grosseur d'un ballon de football. Des journaux américains, anglais et français se répandent en dissertations élégantes sur l'avenir, le passé, les inventeurs, le coût, la vocation pacifique et les effets guerriers, les conséquences politiques et même le caractère indépendant de la bombe atomique[1]. Nous nous résumerons en une phrase : la civilisation mécanique vient de parvenir à son dernier degré de sauvagerie[2]. Il va falloir choisir, dans un avenir plus ou moins proche, entre le suicide collectif ou l'utilisation intelligente des conquêtes scientifiques.

En attendant, il est permis de penser qu'il y a quelque indécence à célébrer ainsi une découverte, qui se met d'abord au service de la plus formidable rage de destruction dont l'homme ait fait preuve depuis des siècles. Que dans un monde livré à tous les déchirements de la violence, incapable d'aucun contrôle, indifférent à la justice et au simple bonheur des hommes, la science se consacre au meurtre organisé, personne sans doute, à moins d'idéalisme impénitent, ne songera à s'en étonner.

1. Effectivement, la lecture des journaux est édifiante ; il s'agit essentiellement d'articles scientifiques sur la fabrication de la bombe et l'atome.

2. Ce jugement sans équivoque n'a guère d'équivalent dans les commentaires de la presse sur l'utilisation de la bombe atomique. Dans *Le Figaro* du 10 août, sous le titre « La bombe », Mauriac parle bien d'« angoisse universelle », et du « génie de la destruction », de l'« amour de la mort poussé à son paroxysme » ; mais son article, qui se réfère à Renan, à Anatole France, à Edmond Rostand, à Francis Jammes, est loin d'avoir la vigueur de celui de Camus.

Ces découvertes doivent être enregistrées, commentées selon ce qu'elles sont, annoncées au monde pour que l'homme ait une juste idée de son destin. Mais entourer ces terribles révélations d'une littérature pittoresque ou humoristique, c'est ce qui n'est pas supportable.

Déjà, on ne respirait pas facilement dans ce monde torturé. Voici qu'une angoisse nouvelle nous est proposée, qui a toutes les chances d'être définitive. On offre sans doute à l'humanité sa dernière chance. Et ce peut être après tout le prétexte d'une édition spéciale. Mais ce devrait être plus sûrement le sujet de quelques réflexions et de beaucoup de silence.

Au reste, il est d'autres raisons d'accueillir avec réserve le roman d'anticipation que les journaux nous proposent. Quand on voit le rédacteur diplomatique de l'Agence Reuter annoncer que cette invention rend caducs les traités ou périmées les décisions mêmes de Potsdam[1], remarquer qu'il est indifférent que les Russes soient à Kœnigsberg ou la Turquie aux Dardanelles, on ne peut se défendre de supposer à ce beau concert des intentions assez étrangères au désintéressement scientifique.

Qu'on nous entende bien. Si les Japonais capitulent après la destruction d'Hiroshima et par l'effet de l'intimidation, nous nous en réjouirons[2]. Mais nous nous refusons à tirer d'une aussi grave nouvelle autre chose que la décision de plaider plus

1. Sur la conférence de Potsdam, voir éditorial du 4 août, note 3, p. 589.

2. Hiroshima est bombardée le 6 août, Nagasaki le 9 août ; le même jour, l'U.R.S.S. déclare la guerre au Japon, qui offre de capituler le 10 août ; la capitulation est acceptée par les Alliés le 11 août, et devient effective le 14.

énergiquement encore en faveur d'une véritable société internationale, où les grandes puissances n'auront pas de droits supérieurs aux petites et aux moyennes nations, où la guerre, fléau devenu définitif par le seul effet de l'intelligence humaine, ne dépendra plus des appétits ou des doctrines de tel ou tel État.

Devant les perspectives terrifiantes qui s'ouvrent à l'humanité, nous apercevons encore mieux que la paix est le seul combat qui vaille d'être mené. Ce n'est plus une prière, mais un ordre qui doit monter des peuples vers les gouvernements, l'ordre de choisir définitivement entre l'enfer et la raison.

14 AOÛT 1945[1]

Nous avions manifesté une légère inquiétude au sujet des bases stratégiques réclamées par le président Truman[2]. Il s'agissait beaucoup plus d'une question soulevée que d'une protestation que rien n'autoriserait dans l'état actuel de notre information. Le président Truman a déclaré que les États-Unis essaieraient d'obtenir par traités les bases militaires dont ils ont besoin dans le monde. Comme il est pro-

1. Éditorial. Texte probable.

2. Dans l'éditorial du 11 août, consacré à l'offre de capitulation du Japon — qui ne semble pas être de la main de Camus —, on pouvait lire : « Ce n'est pas le lieu ni l'heure de souhaiter que l'Amérique ne cède pas aux vertiges de cette puissance ni de s'interroger sur ces bases stratégiques que le président Truman a réclamées hier. L'événement d'aujourd'hui demande qu'on oublie pour un temps nos angoisses et nos incertitudes. »

bable que certaines de ces bases militaires risquent de se trouver en territoire français, nous estimons que la question mérite au moins notre attention et que, dans tous les cas, comme le pense M. Truman, elle ne saurait se régler unilatéralement. Comme il arrive souvent aujourd'hui, les intérêts de la France et ceux de la démocratie internationale se rejoignent ici. C'est du moins ce qu'il nous semblait.

Là-dessus, M. Émile Buré nous traite, dans *L'Ordre*, de doctrinaires pacifistes et, bien que l'imperceptible inquiétude que nous avions manifestée se trouve dans un article d'hommage à nos alliés d'outre-Atlantique, nous accuse de dénoncer l'impérialisme américain[1]. M. Buré n'est pas de notre avis et il nous le dit tout net. Il le dit même si nettement qu'on croit décidément rêver. M. Buré révèle, en effet, qu'étant à New York pendant la guerre, il avait émis l'opinion, dans un journal gaulliste[2], que notre pays pourrait, en échange du concours que l'Amérique lui apporterait pour l'équipement de ses colonies, lui donner, sa souveraineté garantie, des bases maritimes dans ces mêmes colonies. « Un industriel américain de descendance française, continue M. Buré, m'objecta

1. Dans *L'Ordre*, quotidien politique et économique, qui reparaît depuis février 1945 et qu'il dirige, Émile Buré écrit dans son éditorial des 12-13 août, après avoir cité un passage du discours du président Truman sur la nécessité de bases américaines acquises ou à acquérir : « Et aussitôt, nos doctrinaires pacifistes de *Combat* s'apprêtent à dénoncer un impérialisme américain naissant ou plus exactement croissant. Nous ne les suivrons pas. »

Il affirme que l'Amérique a besoin d'une expansion coloniale pour accomplir la révolution, compagne de la guerre qui s'achève, et que sa demande de bases est légitime ; il pense qu'il serait normal que la France offre à l'Amérique des bases dans ses colonies, en échange de son concours pour leur équipement.

2. E. Buré rappelle qu'il avait dirigé ce journal, *France-Amérique*.

alors que j'offrais avant qu'on ne me demandât, et je soutins qu'en l'occurrence il était bon d'offrir afin qu'on ne demandât pas trop. »

Après cela, ce sont les rédacteurs de *Combat* qui continuent de figurer cependant comme doctrinaires pacifistes et internationalistes impénitents. M. Buré, qui n'est ni doctrinaire ni pacifiste, et qui a une juste idée de la politique nationale, commence, lui, par offrir les bases stratégiques qu'on ne lui demande pas et qu'aussi bien il n'est pas habilité à offrir. Décidément, nous vivons dans un monde curieux où ceux qui raillent les pacifistes sont ceux qui distribuent avec le plus de facilité des parcelles de leur pays, où les journaux gaullistes publient des thèses qui feraient bondir le général de Gaulle et où les journalistes français reçoivent d'industriels américains, fidèles, eux du moins, à leur origine, des leçons de tenue.

Nous ne rejetterons cependant pas la qualité de pacifistes que M. Buré nous attribue de façon si méprisante. Les pacifistes de *Combat* se sont fait, sous l'Occupation et dans la lutte quotidienne, une idée de la guerre et de la paix qui n'est pas forcément celle qu'on pouvait prendre de New York. C'est en cela qu'ils se sentent fondés à être pacifistes. C'est qu'ils ont connu et accepté les servitudes et les devoirs de la guerre. Nous croyons, avec quelque ingénuité, que la paix se fera lorsque la démocratie s'installera, non seulement à l'intérieur des nations, mais encore entre les peuples. Nous ne sommes pas sur la voie de cette société internationale, parce que notre temps est, en effet, celui des impérialismes. Il y a, malgré M. Buré, un impérialisme américain comme il y a des impérialismes russe et anglais. Nous ne poussons pas l'ingénuité jusqu'à penser que ces impérialismes peuvent être négligés ni même jusqu'à nier qu'ils soient justifiés en quelque façon. Mais nous estimons, en somme, qu'il n'est pas obligatoire de choisir entre ces impérialismes et de distribuer nos bases à la puissance de notre choix, même si ce bon mouvement nous vaut quelques avantages économiques. Le mieux nous paraît être de plaider sans relâche pour cette démocratie internationale où personne ne serait lésé et où toutes les nations se sentiraient solidaires. C'est en cela que nous pensons servir la paix du monde dont nous connaissons mieux encore, s'il se peut, la précarité depuis que la guerre est finie. Et l'on peut voir, par l'exemple de M. Buré, que cette manière de servir la paix peut être aussi la meilleure façon de servir la France et de lui garder son honneur.

15 AOÛT 1945[1]

Ni le premier, ni certainement le dernier dans la presse américaine, le *Washington Times Herald*[2] déclarait hier que « les États-Unis n'ont pas vaincu le Japon dans le but de rendre aux pays d'Europe leurs colonies perdues ». Et ce journal précise qu'il

1. Éditorial. Texte probable.
2. L'éditorial du 16 août — dont le style ne permet pas l'attribution à Camus — donne des précisions sur le *Washington Times Herald* : « Ce journal est l'organe d'un trust de presse isolationniste et réactionnaire, la Mac Cormick Press [...] qui s'est opposé au réarmement américain avant Pearl Harbor, qui n'a accepté qu'avec mauvaise grâce l'entrée de l'Amérique dans la guerre actuelle, et qui multiplie les attaques contre tous les alliés de son pays [...]. »

fait allusion à Hong Kong, les Indes néerlandaises et l'Indochine. Nous voilà donc fixés. Nous ne savons pas ce que pensent de l'affaire les Anglais et les Hollandais. Mais pour l'Indochine, nous avons sans doute notre mot à dire.

Il n'est pas facile, à ce sujet, de donner une forme aux sentiments contradictoires qui nous animent. Et, cependant, nous avons assez nettement affirmé notre position, en ce qui concerne les droits des peuples colonisés et nos devoirs envers eux, pour essayer de raisonner nos réactions sans être soupçonnés de céder à un préjugé impérialiste. Car ce qui, pour nous, est en cause dans ce problème, ce ne sont nullement les droits des peuples d'Orient à l'indépendance. La question est seulement de savoir quel degré de réalité recevra cette indépendance et si l'idéalisme n'est pas utilisé ici comme le meilleur ambassadeur des hommes d'affaires.

Dans le monde où nous vivons, il est possible de poser en principe qu'une nation sans potentiel économique ne peut, en aucun cas, être une nation libre. Les colonies européennes de l'Orient n'ont d'autre choix, dans le monde de San Francisco[1], qu'entre la tutelle politique de l'Europe ou la tutelle économique des États-Unis. Il se peut que la mauvaise humeur, les graves erreurs du système européen de colonisation poussent les peuples orientaux à préférer momentanément la seconde de ces servitudes. Mais ils reconnaîtront bien vite qu'elle entraîne la première à sa suite. Et dans tous les cas, il n'est

1. La conférence de San Francisco, qui s'est tenue entre le 25 avril et le 26 juin 1945, a élaboré la charte des Nations unies, dans la suite des conférences de Dumbarton Oaks et de Yalta ; par là, elle établit un nouvel ordre mondial — qui n'est pas celui que préconisent Camus et *Combat*.

pas possible, dans le monde qu'on nous propose, d'accepter en partage les satisfactions de l'idéalisme pendant que d'autres se réservent les avantages plus concrets du réalisme.

La véritable solution est celle qui servira la cause des peuples colonisés sans qu'aucune autre nation en tire avantage. Il ne s'agit pas de remplacer un système de colonisation par un autre. Il s'agit d'aller au cœur du problème, c'est-à-dire aux conditions politiques et économiques qui rendent aujourd'hui impossible toute solution de justice. Autrement dit, ce n'est pas Hong Kong ou l'Indochine qu'il faut réformer, c'est le monde de San Francisco lui-même. Qu'il s'agisse de l'Allemagne ou de l'Extrême-Orient, on est bien obligé d'en revenir toujours à la même conclusion. Tant que ne sera pas établi un ordre international basé sur l'égalité et la coopération des peuples, un ordre où les richesses économiques seront réparties entre tous, les grands problèmes de ce monde ne pourront recevoir que des solutions imparfaites ou dangereuses, quand elles ne seront pas purement scandaleuses.

17 AOÛT 1945[1]

Maintenant que la guerre est terminée, nous avons le temps de penser à la paix. Peut-être est-ce la seule chose qui vaille la peine aujourd'hui que nous nous mobilisions à nouveau. Il y a le destin de

1. Éditorial. Texte probable.

la France, c'est vrai. Mais le destin de la France est inséparable de la paix, parce qu'il est inséparable du monde, parce que la solitude est un mot qui n'a plus de sens et qu'il n'y a plus sur la terre telle ou telle nation, mais un grand corps souffrant qui demande la guérison.

Ni la France ni l'Europe ne survivront à une nouvelle guerre, voilà ce dont nous devons nous persuader. Elles n'auront même pas leur chance à jouer dans le cas d'une nouvelle conflagration. L'Europe, dans l'état actuel des choses, ne peut plus être qu'un champ de bataille. Cela vaut quelques réflexions.

Puisque les bases d'une vraie démocratie internationale n'ont pu être choisies à San Francisco[1], il est possible de dire que les conflits de demain ne pourront être que des conflits d'empires. Et il est possible de prédire que les raisons de ce conflit d'empires ont des chances de se trouver en Europe. Puisque nous en sommes aux luttes d'influences, sachons reconnaître que l'Europe est un terrain malheureusement privilégié pour ces luttes. Ses divisions autant que ses richesses l'y prédisposent. Coincée entre le monde slave et le monde anglo-saxon, elle offre à ces deux gigantesques empires des tentations égales, elle est partagée entre eux et, par un phénomène historique inévitable, elle est tentée elle aussi de se construire à la ressemblance de l'un ou de l'autre.

Là est le danger immédiat. Il ne s'agit pas de savoir s'il est souhaitable que l'Europe soit soviétique ou américaine. Il s'agit de comprendre que dans la mesure où elle s'abandonnera totalement à l'une de ces influences, elle suscitera une contre-atta-

1. Sur la conférence de San Francisco, voir éditorial du 15 août, et la note 1, p. 601.

que de l'autre. Si l'influence anglo-saxonne oblige l'Europe à freiner le mouvement qui pousse ses peuples vers les réformes sociales profondes qu'ils désirent et à laisser agir ses équipes réactionnaires, l'Union soviétique interviendra. Si l'influence de cette dernière pousse l'Europe à transformer son mouvement de rénovation et à lui donner des formes telles qu'elles écrasent toutes les libertés, les États-Unis interviendront. Rien ne peut rien changer à cela et le destin difficile de notre continent est de trouver à toute force une synthèse où les civilisations orientale et atlantique obtiendront un terrain d'entente et qu'elles respecteront.

La paix du monde dépend en grande partie de la promptitude avec laquelle l'esprit européen trouvera la conciliation entre la justice et la liberté. Chacun de nous, s'efforçant de penser, à sa place, à ces difficiles problèmes, doit avoir dans l'esprit les immenses conséquences que sa solution entraînerait. C'est sous cet angle infiniment tragique que nous devrions envisager nos discussions intérieures. Les élections sont une chose, et sans doute importante[1]. Mais quelle dérision de penser que nous pourrions confiner notre action à ces vains débats, quand le sort du monde dépend d'une formule à trouver. Si l'esprit européen doit s'orienter tout entier vers la recherche de cette formule, la France a sa place dans cette aventure. Nous voudrions que cette place fût la première. Et qu'on puisse dire de ce pays admirable et déconcertant qu'après une

1. Les ordonnances sur les élections viennent d'être publiées ; les élections cantonales sont fixées aux 23 et 30 septembre ; les élections générales ainsi que le référendum sur le choix entre le retour à la constitution de 1875 et l'élection d'une Constituante, omnipotente ou non, sont fixés au 21 octobre 1945.

longue histoire où il a tout connu, depuis les victoires sans avenir jusqu'aux défaites surmontées, il a trouvé encore la force de donner au monde ses paroles définitives et de lui gagner la paix.

22 AOÛT 1945[1]

La première Assemblée nationale de la presse a tenu hier, à Paris, sa première séance. La presse a une place de premier plan dans la vie publique. Et cependant les problèmes qui intéressent sa vie la plus essentielle laissent l'opinion assez indifférente. À cet égard, il est bon que l'Assemblée de la presse ait fait porter ses premiers travaux sur des questions de papier et de distribution. Si faible qu'en soit l'écho dans le public, ces études apprendront du moins aux Français que ce qu'on appelle communément la liberté de la presse dépend de beaucoup de facteurs dont tous ne sont pas entre les mains des journalistes. En particulier, on finira peut-être par savoir que l'absurde politique du papier[2] pratiquée depuis un an par l'Information contrebalance en fait la liberté de principe acquise par les journalistes au milieu de l'insurrection.

Cependant, nous n'ajouterons pas nos commentaires à cet aspect de la question. Nous voudrions seulement exprimer un vœu. C'est que l'Assemblée de la presse, après avoir étudié les problèmes techniques

1. Éditorial. Texte très probable.
2. Voir le communiqué donné en note de l'article « Images de l'Allemagne occupée » (30 juin-1er juillet), p. 581.

qui ont tant d'importance pour nous tous, ne se sépare pas sans avoir abordé le problème fondamental du journalisme résistant, la méthode de l'information. Une presse libre est une presse qui se contrôle elle-même. Notre supériorité sur l'ancienne presse devrait être de pouvoir nous critiquer nous-mêmes[1].

À cet égard, avons-nous achevé la révolution annoncée ? Il est bien certain que non. Lorsqu'on lit par exemple la plupart des journaux du soir parisiens, il est bien évident que leur modèle commun est l'ancien *Paris-Soir*[2] ! Il n'est que de lire leurs titres énormes, hors de proportion avec l'information réelle, portés au présent quand la dépêche qu'ils présentent est au conditionnel, mettant en valeur un détail savoureux aux dépens de la nouvelle véritable. Les quotidiens du matin sont dans l'ensemble plus modestes. Mais ce sont des journaux d'opinion qui sont moins menacés par la tentation du sensationnel. En revanche, et ceci nous concerne autant que nos confrères, ils sont plus vulnérables à la passion politique. Ils risquent d'y perdre la mesure et ils la perdent quelquefois, plus soucieux de leur vérité que de la vérité, plus avides de dénoncer la tare de l'adversaire que de souligner ses avantages ou sa bonne foi.

C'est pourtant par une réflexion attentive sur ces problèmes et ces écueils que le journalisme retrouvera la dignité que des années de compromission et

1. Dans l'entretien donné par Camus à *Caliban* en août 1951, « Une des plus belles professions que je connaisse », il déclarera : « Cette profession vous force à vous juger vous-même » (*Essais*, *op. cit.*, p. 1565).

2. On sait le mépris que Camus avait pour ce journal, qu'il a connu de près en 1940 et qui reste pour lui le symbole de la mauvaise presse ; voir éditorial du 1er septembre 1944, et la note 1, p. 174.

de veulerie lui ont fait perdre. Le public a toujours besoin des journaux, mais il s'en défie dans la mesure même où il en a besoin. L'Assemblée de la presse serait bien inspirée et illustrerait la bonne volonté des nouveaux journalistes en abordant franchement cette question, en élaborant des règles professionnelles qu'elle serait amenée à rappeler périodiquement aux intéressés et en constituant un jury d'honneur qui serait amené à juger les manquements graves aux règles de la profession.

Il est bien certain que la presse française ne sera pas libre sans papier. Mais il est non moins certain que, le papier venu, elle ne le sera pas plus si elle ne crée pas elle-même les conditions de cette liberté. Particulièrement, il est difficile d'imaginer l'indépendance d'une presse dont les journalistes hésiteront à écrire ce qu'ils pensent dans les occasions où ils sont assurés d'être insultés sans merci par trente journaux obéissant aux ordres d'un parti.

23 AOÛT 1945[1]

Le Congrès du parti radical s'est mis en tête de sauver la République[2]. On sait les efforts surhumains que le parti a déjà déployés dans ce sens,

1. Éditorial. Texte très probable dans la ligne de celui du 27 juin, p. 578 — repris dans *Actuelles*.

2. Le Congrès radical se tient depuis le 20 août ; *Combat* ne lui consacre que de brefs comptes rendus très critiques les 22 et 23 ; le 22, les discours de Daladier et de Herriot sont introduits par cette phrase : « Justifier leur politique personnelle et celle du parti radical, telle semble avoir été leur tâche. »

avec quel méritoire enthousiasme il a voté les décrets-lois Daladier[1] et avec quelle rare abnégation ses députés se sont effacés devant Philippe Pétain[2] comme ils s'étaient déjà sacrifiés devant Gaston Doumergue[3]. Tant de sacrifices et de dévouement donnent le droit aujourd'hui aux radicaux de traiter cavalièrement la résistance et de nous proposer en exemple les vertus de M. Daladier et de M. Herriot[4].

Car ils reviennent en effet. Et ils reviennent contents d'eux. M. Daladier n'a pas craint de parler de Munich[5]. Et des esprits qui ont le goût de l'objectivité et qui pourraient avoir la vocation de l'oubli,

1. Dans *Alger-Républicain*, Camus s'était insurgé contre la politique du gouvernement Daladier, mis en place en avril 1938, et ses décrets-lois ; sur sa critique sévère, voir ces articles dans *Fragments d'un combat, op. cit.*, I, pp. 229-238. Sur Daladier, voir éditorial du 12 septembre 1944, note 1, p. 196.

2. Le 10 juillet 1940, les deux tiers — 171 — des parlementaires radicaux ont voté les pleins pouvoirs à Pétain ; 27 ont voté contre, Herriot lui-même s'est abstenu, ainsi que 9 autres, et 36 étaient absents ; la veille, Édouard Herriot, alors président de la Chambre des députés, a appelé à se rassembler autour du maréchal Pétain : « Autour de M. le Maréchal Pétain, dans la vénération que son nom inspire à tous, notre nation s'est groupée en sa détresse. Prenons garde à ne pas troubler l'accord qui s'est établi sous son autorité », cité par Olivier Wieviorka, *Les Orphelins de la République, op. cit.*, p. 56 ; voir également *ibid.*, pp. 147-148. Sur Herriot, voir éditorial du 12 mai 1945, note 1, p. 516.

3. Gaston Doumergue (1863-1937) ; président de la République de 1924 à 1931 — élu par le Cartel des Gauches —, il se retire ensuite de la vie publique, mais est rappelé comme président du Conseil en 1934, après l'émeute du 6 février — élu grâce aux voix radicales ; ses projets de réforme constitutionnelle, renforçant le pouvoir exécutif, inquiètent et provoquent sa démission quelques mois plus tard.

4. Daladier et Herriot sont souvent les cibles de Camus : voir entre autres l'éditorial du 12 mai 1945, p. 515.

5. On sait que les accords de Munich, signés avec l'Allemagne par Daladier, ont abandonné la Tchécoslovaquie à Hitler et n'ont pu sauver la paix ; voir éditorial du 12 septembre 1944, p. 195.

auraient pu admettre à la rigueur qu'il démontrât qu'il ne pouvait faire autrement que d'aller à Munich comme on va à Canossa. On aurait compris ainsi que M. Daladier nous expliquât comment le mécanisme supérieur des intelligences politiques de la IIIe République avait réussi à mener au bord de toutes les capitulations un pays qui sortait à peine de la victoire. Mais lorsque M. Daladier, résumant sa politique personnelle, conclut que la France peut être fière de ce qu'elle a tenté à cette époque, il nous permettra de penser qu'il prononce là un mot de trop.

Car la France, en fait, n'en est pas fière. Et si tant d'hommes sont entrés, de 1940 à 1944, dans une lutte qu'ils jugeaient souvent sans espoir, c'est que justement ils n'étaient pas fiers de ce que la France de M. Daladier avait fait, c'est qu'ils avaient le sentiment que quelque chose était à réparer.

Non, décidément, si M. Daladier avait eu quelque imagination, il n'eût pas écrit ce mot de « fière ». Quelles que soient ses intentions, il aurait dû sentir que cet adjectif allait blesser beaucoup d'hommes pour qui la fierté est un pur souci et qui ont souffert longtemps en silence de ne pouvoir penser aux Tchèques ou aux ouvriers de Vienne[1] sans un insupportable sentiment de honte. Et si M. Daladier, à défaut d'imagination, avait eu la modestie qui convient, il eût senti au contraire qu'il fallait souhaiter à la France non pas qu'elle se réjouît de ce qui fut une démission, mais justement qu'elle se sentît incapable d'en être fière.

1. Allusion à l'écrasement des milices ouvrières, lors de manifestations à Vienne en février 1934, sous le gouvernement du chancelier Dollfuss.

Mais il est évident que pour tous ces revenants solennels, la question n'est pas là. La question est dans les élections et M. Daladier ne peut se présenter dans sa circonscription sans faire que le noir devienne le blanc et Munich un grand fait d'armes. De là cette fureur à se justifier même contre la France et cette condescendance à juger le nouvel état de choses. M. Herriot a pris une attitude supérieure en face de la IVe République. On a parlé avec dédain de ces jeunes hommes qui se montraient si intolérants à l'égard de tant de gloires parlementaires. Ce sont des francs-tireurs, en effet, alors que le parti radical, selon une parole désormais immortelle de M. Herriot, est l'infanterie lourde de la République.

Que faire pourtant lorsque l'infanterie lourde a fait long feu et lorsque son état-major a démissionné, sinon essayer de refaire péniblement une autre armée et de sauver la nation du désastre où l'a laissée la retraite de l'infanterie ? Ces francs-tireurs en somme ne sont pas si terribles. Ils ne font pas un crime à M. Daladier d'avoir légèrement étranglé la République en 1938 et donné en même temps une petite entorse à l'honneur, ils ne demanderont aucune explication à M. Herriot pour l'hommage à Pétain qu'il a écrit de sa main. Tout cela est dans l'ordre, bien entendu, et nous n'allons pas nous montrer si pointilleux. On ne demande à ces hommes aucun compte, aucune plaidoirie, aucune excuse. On leur demande un peu de pudeur et beaucoup de silence.

Bien entendu, le parti radical se donne le luxe de défendre aussi les libertés démocratiques. Et du coup nous voilà sur le même rang. Mais en méditant ce qui précède, en notant que le congrès déclare vouloir libérer les Français de l'asservissement marxiste dans le même temps où M. Herriot adhère au groupement communisant du M.U.R.F.[1], on se persuadera que nous ne parlons pas de la même liberté et que celle du parti radical concerne seulement la campagne électorale. Quant à l'autre, la vraie, celle qui ne peut se passer de la fierté ni de l'honneur, nous nous sentons de taille à la défendre sans les radicaux et, s'il le faut, contre M. Daladier et M. Herriot.

24 AOÛT 1945[2]

Au congrès radical, M. Herriot s'est plaint d'avoir été attaqué dans *Combat* pour avoir osé dire que la France avait besoin d'une réforme morale[3]. Le mot osé est un peu excessif. Car c'est un courage que nous avons eu avant lui et nous sommes ainsi fon-

1. Le M.U.R.F., « Mouvement unifié de la Résistance française », est constitué à l'initiative des communistes ; Herriot, qui depuis 1933 est colonel de l'Armée rouge, et qui, déporté, a été libéré par l'Armée rouge, fait partie du conseil de ce mouvement ; il est également président d'honneur de l'« Union de la jeunesse républicaine de France » qui regroupe les Jeunesses communistes.

2. Éditorial. Texte très probable, dans la suite de l'éditorial de la veille.

3. Dans l'une de ses interventions au Congrès — où il est élu président politique du parti radical — Herriot a déclaré : « Je répondrai d'abord à l'attaque d'un journal qui m'avait déjà critiqué pour avoir osé dire que la France avait besoin d'une réforme morale. Autrefois on pouvait demander compte des attaques à un pauvre diable de gérant. Je pensais que dorénavant les auteurs auraient le courage de signer leurs articles. »

Pour les premières critiques, voir l'éditorial du 27 juin, p. 578, repris dans *Actuelles*.

dés à lui révéler qu'il s'agit en somme de peu de chose. Pour le reste, M. Herriot n'est pas dans la vérité. Il a été mis en cause dans *Combat* non pour avoir dit que la France avait besoin d'une réforme morale, mais pour avoir donné comme modèle de moralité la Troisième République. Il était possible alors de penser que si les Français pouvaient avoir besoin de quelques leçons de moralité, ce n'était sûrement pas les grands parlementaires de la Troisième qui étaient qualifiés pour les leur donner.

Quand M. Herriot feint de déplorer l'anonymat de nos articles, il fait de la rhétorique et de la pire, nous voulons dire de la rhétorique radicale. Car ces éditoriaux, dont toute la presse connaît les auteurs et qui sont la voix quotidienne de notre journal, sont pris en charge par l'équipe de *Combat*[1]. En ce qui concerne particulièrement M. Herriot, elle sera trop heureuse d'en répondre.

M. Herriot a tort d'ailleurs de railler la nouvelle presse. Car c'est elle qui a fait en sorte qu'il n'ait pas à s'adresser en ce cas à un gérant irresponsable, mais à un directeur qui sait ce dont il parle. Dans cette presse de « purification » qui réjouit le président du parti radical, ceux qui écrivent sont aussi ceux qui répondent de leurs écrits. C'est une réforme que les ministères radicaux ont toujours oublié de mettre à leur programme, trop attachés qu'ils étaient à toutes les sortes de moralités, même douteuses. C'est une réforme en tout cas qui va permettre à M. Herriot de nous réclamer satisfaction. Nous l'y engageons très vivement.

Il va de soi, bien entendu, que M. Herriot n'osera

1. L'éditorial signé par Camus le 9 février, p. 463, affirmait déjà la solidarité des éditorialistes.

pas le faire. Il en a parlé, certes, mais il faut parler à toute force au congrès radical et cela ne va pas loin. C'est ainsi d'ailleurs que M. Herriot a pu à la fois témoigner de son admiration pour Pétain et faire cependant quelque chose pour sa condamnation[1]. Qui s'en soucierait aujourd'hui ? La grande règle morale de nos anciens parlementaires est en effet que rien n'engage jamais à rien.

Quoi qu'il en soit, nous allons aggraver notre cas. Les hommes qui se sont battus pour qu'un congrès radical puisse à nouveau se tenir où l'on ferait l'apologie de Munich, pensent qu'ils ont le droit de profiter un peu, eux aussi, de cette liberté reconquise et de dire alors tout ce qu'ils pensent. Les questions de personne sont ici secondaires. Mais il est bien vrai que le dernier malheur qui pourrait nous arriver serait de revoir cette France de boutiquiers que des générations de politiciens professionnels nous ont fabriquée. Ces hommes, petits dans leurs vertus comme dans leurs vices, graves dans leurs propos mais légers dans leurs actions, satisfaits d'eux-mêmes et mécontents des autres, non, décidément, nous ne voulons plus les revoir. Les années qui nous attendent ne sont pas celles des banquets et des discours. Si la France ne se surpasse pas elle-même dans ses hommes et ses doctrines, elle sombrera dans une médiocrité pire que la mort. L'étonnant est que M. Herriot puisse encore s'indigner de ce que nous ressentions cela si vive-

1. Le 31 juillet, *Combat* rendait compte du témoignage — à charge — d'Herriot au procès Pétain ; en fait, pendant deux ans, Herriot ne s'est pas opposé au régime vichyste ; c'est la décision de Laval, en août 1942, de supprimer les deux Chambres — dont les bureaux fonctionnaient encore —, qui provoque son changement d'attitude ; voir sur ce point Olivier Wieviorka, *op. cit.*, pp. 277-280.

ment. L'étonnant pour tout dire est qu'avec tant d'autres il n'ait pas hésité à revenir.

Mais en vérité, cet étonnement ne saurait aller sans naïveté. Quand une classe a perdu le sens de la qualité humaine au point de discuter de M. Herriot comme successeur éventuel du général de Gaulle, il convient seulement de tirer son chapeau et d'attendre. Le jugement populaire viendra. Il démontrera à ces hommes que la France s'est lassée d'eux jusqu'au cœur et que le temps est venu pour ce pays de se donner, sous peine de mort, des gouvernants dont il puisse enfin ne plus sourire.

26-27 AOÛT 1945 [1]

Nous avons été bons prophètes et il est bien vrai que M. Herriot parle pour ne rien dire. Il s'est plaint au Congrès radical de ne pouvoir poursuivre les responsables de *Combat* et malgré les précisions que nous lui avons fournies, il a décidé de ne rien faire, sinon un article dans *La Dépêche de Paris* [2]. Après lec-

1. Éditorial. Texte très probable, dans la continuité des éditoriaux des 23 et 24 août.

2. *La Dépêche de Paris*, qui paraît en février 1945, succède à *Patrie et liberté*, publié dans la clandestinité ; « quotidien républicain d'information », c'est un organe du parti radical ; dans le numéro des 26-27 août, Herriot a publié une « Réponse à *Combat* », sous-titrée : « Pour l'homme d'équipe ». Herriot dit qu'il n'est pas choqué d'être attaqué, mais refuse les « interdictions de retour » lancées par *Combat*, et commente : « Tout cela qui voudrait être blessant n'est que ridicule. Et quelle pédante pauvreté ! Le jeune penseur qui vise à m'accabler me paraît avoir dans sa collection plus de clichés qu'un vieux photographe [...] "Nous sommes

ture, on s'aperçoit que c'est peu de chose. À vrai dire, M. Herriot se plaint encore de n'avoir pas trouvé dans notre journal le nom du directeur responsable. Mais c'est qu'il fait toutes choses légèrement, et jusqu'à la lecture. Sans quoi il aurait trouvé le nom qu'il cherchait si mal, à la place que lui indique la loi et où il paraît chaque jour[1].

Ceci dit et pour éviter à M. Herriot le soin difficile qu'il met à éluder le vrai problème, nous allons lui donner les noms qui composent le comité de direction de *Combat* : Pascal Pia, Albert Camus, Marcel Gimont et Albert Ollivier. Ce sont des noms que M. Herriot ne connaît pas. Car ces hommes ne font pas de politique et n'en feront jamais. Si surprenant que cela puisse paraître à M. Herriot, ils ne se jugent pas indispensables à leur pays et ne se présenteront pas aux élections. Mais c'est cela qui fait leur décision. Et il y aura du moins quelques

---

une équipe", ajoute le courageux pamphlétaire. [...] N'exagérez pas votre notoriété. [...]

« Malgré vos prétentions révolutionnaires, mes amis radicaux et moi, nous savons bien que vous servez la cause de la droite dans votre hostilité contre ceux qui défendirent la République en des moments graves et qui le firent à visage découvert. Vous ne serez jamais que des révolutionnaires spéculatifs, des amateurs sans prise sur le peuple. Dès qu'un rapprochement paraît possible entre des démocrates, vous le dénoncez. [...] Vous ne servez que les ennemis de la République. »

Herriot va jusqu'à évoquer *L'Action française* qu'il accuse *Combat* d'« imiter si faiblement », et affirmant défendre les déportés et les prisonniers contre les attaques de « l'homme de l'équipe », il s'exclame : « Ah le beau nom, l'équipe ! Alors, c'est la formule nouvelle que vous allez substituer à celle des partis. À d'autres ! »

1. Le nom de Pascal Pia est effectivement indiqué chaque jour. Il y a d'ailleurs une certaine contradiction à traiter l'éditorialiste de « jeune penseur » — ce qui suppose qu'il est reconnu — et à lui reprocher son anonymat.

journalistes libres pour dire ouvertement à M. Herriot et à ses semblables qu'ils ont été inutiles et qu'ils sont désormais nuisibles.

Tout étant bien clair, M. Herriot cessera peut-être de placer cette controverse sur un plan qui lui permet de tout éluder. Car le président des radicaux qui a la peau dure comme il dit et qui l'a durcie dans toutes sortes de conjonctures où nous avons eu le mérite de ne pas nous trouver, connaît l'art de tourner les questions gênantes. Il faut donc le remettre en face de ce qu'il ne veut pas regarder.

De quoi s'agit-il ? Nous sommes de ceux qui estiment que la politique, telle qu'elle était pratiquée par M. Herriot et ses amis, a fait son temps. Nous ne voulons plus les revoir. Pourquoi ? Parce que ces hommes ont assez longtemps démontré ce qu'ils savaient faire et surtout ne pas faire. Et parce que, pour tout dire, ils n'ont jamais pris et ne prendront jamais leurs responsabilités. La légèreté avec laquelle M. Herriot revient faire sa parade électorale après avoir félicité le maréchal Pétain du don qu'il avait bien voulu nous faire de sa personne en est une première preuve[1]. La deuxième preuve est que M. Herriot n'a pas osé aborder ce sujet dans son article.

Mais nous avons encore quelque chose à ajouter à nos raisons. M. Herriot et son parti traitent la résistance avec beaucoup de hauteur. Leur conscience sur ce point est aussi dédaigneuse qu'elle est mauvaise. Nous avons toujours fait ici ce qu'il fallait pour que les titres de résistance n'apparussent pas comme des privilèges démesurés. Cela nous donnera sans doute plus de force pour dire à

1. En juin 1940, Pétain avait déclaré : « Je fais à la France le don de ma personne pour atténuer son malheur. »

M. Herriot, de la façon la plus tranquille, qu'aucun homme de la résistance n'aurait accepté d'être délivré des Allemands par Pierre Laval[1]. C'est qu'ils avaient en général une idée ferme de ce qu'ils étaient et de ce qu'ils se devaient.

Ce sont en tout cas ces raisons que M. Herriot doit réfuter s'il veut prouver que notre position n'est pas bonne. Mais là encore, nous sommes assurés qu'il ne le fera pas. Il continuera le jeu des faux-semblants. Il s'essaiera encore à la petite tricherie parlementaire. Il parlera avec émotion du général de Gaulle en laissant ses congressistes l'attaquer pendant trois jours et ses amis le désigner lui, Édouard Herriot, correspondant du maréchal Pétain, comme successeur certain de l'homme du 18 juin. Il nous accusera de faire de la politique de droite, sans crainte de donner à rire à nos lecteurs et sans se soucier de l'écrire au terme d'un congrès consacré tout entier à la répudiation des réformes de structure essentielles[2]. Pour tout dire, il continuera.

Mais nous continuerons aussi et avec l'énergie qui convient. M. Herriot veut absolument, dans son article, que tout se passe dans la gaîté. Il nous excusera de ne pas le suivre. Nous avons du goût pour la gaîté, sauf pour celle qui sévit à la fin des banquets électoraux et dont on dit qu'elle est communicative. Il y a des sujets qui ne seront jamais plus pour nous des prétextes à gaîté. Il fut un temps où le spectacle de la médiocrité au pouvoir servait seulement à l'amusement des foules et à l'édification

1. En août 1944, Laval a fait libérer Herriot pour tenter de préparer avec lui la convocation de la Chambre des députés ; Herriot a refusé.

2. Le Congrès radical a souhaité le retour à la Constitution de 1875, et aux structures politiques d'avant-guerre.

des sages. Depuis, nous l'avons payé de trop de larmes. Non, nous ne pouvons plus séparer la France de M. Herriot du souvenir de notre abaissement. Et il sera décidément le seul dans la nation à continuer de s'en amuser.

28 AOÛT 1945[1]

Beaucoup de lecteurs nous demandent de prendre position sur le prochain scrutin et de dire comment il faut voter. Bien que nous ne nous sentions pas très désignés pour guider l'électeur dans le labyrinthe des subtilités électorales, nous ne sommes pas gênés pour donner notre avis dans ce cas particulier. Car il s'agit en effet de voter sur des principes et non sur des hommes. Et la position que *Combat* a défendue en ces matières peut très bien se résumer de façon pratique.

Deux questions sont posées à l'électeur[2]. On lui demande d'abord de dire s'il désire une Assemblée constituante qui sera chargée de préparer la nouvelle Constitution. Il doit savoir qu'en répondant « non », il marquera sa préférence pour un retour à la Constitution de 1875. Nous répondons « oui » à la première question : 1° parce que la Constitution de 1875 a fait son temps, parce que nous connaissons ses défauts et ses qualités et que les premiers nous paraissent plus fondamentaux que les secon-

1. Éditorial. Texte très probable.

2. Voir dans notre introduction, « Un écrivain face à l'histoire », la note 3, p. 93.

des ; 2° parce que, qu'on le veuille ou non, l'approbation donnée à la Constitution de 1875 signifiera un blanc-seing donné au personnel parlementaire que nous ne voulons plus revoir. (L'électeur aura avantage à méditer ce fait que les radicaux demandent de voter « non ».)

La deuxième question concerne le projet gouvernemental qui vise à aménager les pouvoirs de la Constituante, dans le cas où le pays voterait pour elle. Ce projet reprend en fait le contre-projet présenté par MM. Vincent Auriol[1] et Claude Bourdet[2] à la Consultative. Pour voter en connaissance de cause, il faut se rappeler que l'Assemblée défunte et le Gouvernement s'étaient heurtés sur le principe de la responsabilité gouvernementale. L'Assemblée voulait que le gouvernement fût responsable devant la future Constituante, le Gouvernement désireux de donner à sa politique la stabilité qu'il croyait désirable, prétendait refuser cette responsabilité. Le contre-projet Auriol-Bourdet, qui a fourni l'essentiel du texte sur lequel les électeurs sont appelés à se prononcer, concilie les deux points de vue. Il établit le principe de la responsabilité gouvernementale, sur lequel aucun républicain ne pourrait céder. Mais il précise les dispositions nécessaires à la stabilité ministérielle. L'Assemblée pourra renverser le Gouvernement, mais elle ne pourra le faire qu'après quelques jours de réflexion. La responsabilité gou-

1. Vincent Auriol (1884-1966) ; membre actif de la S.F.I.O., ministre du Front populaire, il est parmi les quatre-vingts parlementaires qui refusent les pleins pouvoirs à Pétain ; il rejoint de Gaulle à Londres ; il sera président des deux Assemblées constituantes, et président de la République de 1947 à 1954.

2. Sur Claude Bourdet, ì notre introduction, « Un journal dans l'histoire », p. 68-70 et note 1, p. 70.

vernementale reste entière, mais l'Assemblée n'exercera sa souveraineté qu'en pleine conscience et le Gouvernement ne sera pas à la merci d'un mouvement d'humeur. À cette deuxième question, nous sommes d'avis en tout cas qu'il faut répondre « oui ». (On se souviendra que les radicaux se proposent d'y répondre « non ».)

Et en vérité, on se demande comment l'unanimité ne s'est pas faite. On se le demanderait plutôt si l'on n'avait pas une juste idée de ce qu'on appelle la cuisine politique. Car enfin il est trois vérités sur lesquelles doivent être d'accord tous ceux qui ont réfléchi aux malheurs de ce pays : 1° Il nous faut une nouvelle démocratie ; 2° cette démocratie doit être complète, ce qui revient à dire que le Gouvernement doit être responsable devant le peuple ; 3° cette démocratie doit être efficace et pour qu'elle le soit, il ne faut plus revoir cette instabilité ministérielle qui a été l'une des plaies de la Troisième République.

En votant « oui » aux deux questions posées, on conserve les trois principes. Aucune considération de personne ou de parti ne peut tenir devant cette évidence. Dans les jours qui vont venir on tentera d'obscurcir cette évidence par les interprétations, les tricheries d'usage, la littérature électorale et les discours partisans... Mais chaque Français peut garder en lui les principes élémentaires qui doivent commander son vote. Le reste est sans importance.

30 AOÛT 1945[1]

On nous excusera de commencer aujourd'hui par une vérité première : il est certain désormais que l'épuration en France est non seulement manquée, mais encore déconsidérée[2]. Le mot d'épuration était déjà assez pénible en lui-même. La chose est devenue odieuse. Elle n'avait qu'une chance de ne point le devenir qui était d'être entreprise sans esprit de vengeance ou de légèreté. Il faut croire que le chemin de la simple justice n'est pas facile à trouver entre les clameurs de la haine d'une part et les plaidoyers de la mauvaise conscience d'autre part. L'échec en tout cas est complet.

C'est qu'aussi bien la politique s'en est mêlée, avec tous ses aveuglements. Trop de gens ont crié à la mort comme si les travaux forcés, par exemple, étaient une peine qui ne tirait pas à conséquence. Mais trop de gens, au contraire, ont hurlé à la terreur lorsque quelques années de prison venaient récompenser l'exercice de la délation et du déshonneur. Dans tous les cas, nous voici impuissants. Et peut-être le plus sûr aujourd'hui est de faire ce qu'il faut pour que des injustices trop flagrantes n'empoisonnent pas un peu plus un air où les Français ont déjà du mal à respirer.

C'est d'une de ces injustices que nous voulons parler aujourd'hui. La même Cour qui condamna

1. Éditorial. Repris dans *Actuelles*, chapitre « Morale et politique ».

2. Déjà, le 5 janvier, Camus exprimait sa crainte de voir la France manquer son épuration et, par là, sa « rénovation », p. 453-454.

Albertini[1], recruteur de la L.V.F.[2], à cinq ans de travaux forcés, a condamné à huit ans de la même peine le pacifiste René Gérin, qui avait tenu la chronique littéraire de *L'Œuvre* pendant la guerre. Ni en logique, ni en justice, cela ne peut s'admettre. Nous n'approuvons pas ici René Gérin. Le pacifisme intégral nous paraît mal raisonné et nous savons désormais qu'il vient toujours un temps où il n'est plus tenable. Nous ne pouvons approuver non plus que Gérin ait écrit, même sur des sujets littéraires, dans *L'Œuvre*.

Mais il faut cependant respecter les proportions et juger les hommes selon ce qu'ils sont. On ne punit pas de travaux forcés quelques articles littéraires, même dans les journaux de l'Occupation. Pour le reste, la position de Gérin n'a jamais varié. On peut ne pas partager son point de vue, mais son pacifisme du moins était l'aboutissement d'une certaine conception de l'homme qui ne peut être que respectable. Une société se juge elle-même si au moment où elle n'est pas capable, faute de définitions ou d'idées claires, de punir d'authentiques criminels, elle envoie au bagne un homme qui ne s'est trouvé que par hasard en compagnie de ces faux pacifistes qui aimaient l'hitlérisme et non la paix. Et une société qui veut et qui prétend opérer sa renaissance, peut-elle ne pas avoir ce souci élémentaire de clarté et de distinction ?

1. Georges Albertini, proche de Marcel Déat, dont il fut le chef de cabinet au ministère du Travail, secrétaire général du Rassemblement national populaire, parti collaborateur et fascisant créé par Déat ; il écrit dans *L'Atelier*, journal collaborateur.

2. La Légion des volontaires français contre le bolchevisme, qui a été créée au lendemain de l'attaque allemande contre l'U.R.S.S., en juillet 1941, recrutait des Français pour combattre sur le front russe.

Gérin n'a dénoncé personne et il n'a participé à aucune des entreprises de l'ennemi. Si l'on jugeait que sa collaboration littéraire à *L'Œuvre* méritait une sanction, il fallait la prendre, mais il fallait la mesurer au délit. À ce degré d'exagération, une telle sanction ne répare rien. Elle donne seulement le soupçon qu'un pareil jugement n'est pas celui de la nation, mais celui d'une classe. Elle humilie un homme sans profit pour personne. Elle discrédite une politique pour le dommage de tous.

Ce procès, dans tous les cas, demande à être révisé. Et non pas seulement pour éviter à un homme des souffrances disproportionnées à ses fautes, mais pour que la justice elle-même soit préservée et devienne, dans un cas au moins, respectable. Bien que René Gérin ait été dans un autre camp que le nôtre, il nous semble que sur ce point toute l'opinion résistante devrait être avec nous pour sauver décidément tout ce qui peut encore être sauvé dans ce domaine.

1er SEPTEMBRE 1945[1]

L'après-guerre est commencée. Un an a passé depuis la libération du territoire. L'Allemagne, puis le Japon sont tombés à genoux. Nous ne sommes pas encore dans la justice, mais nous sommes du

1. Éditorial. Texte très probable. Ce bilan en demi-teinte traduit sans doute le sentiment général des collaborateurs de *Combat*, mais le renvoi à l'éditorial du 7 octobre et à la polémique avec Mauriac milite en faveur de l'attribution à Camus.

moins sortis d'un abject univers où l'injustice était reine. Pour la France elle-même, à peine surgie de l'insurrection, elle a essayé de retrouver pendant cette année sa respiration normale. Elle ne l'a pas tout à fait retrouvée, mais elle est sur la voie. À la veille des élections, il est possible de dire qu'une étape a été franchie et il est souhaitable que l'on fasse le bilan de cette difficile année.

Peut-être n'est-il pas mauvais à cet égard que chacun de nous apporte à son tour les résultats de son expérience. Et par exemple, un journal comme le nôtre qui a eu le désir réfléchi d'être l'une des voix de la France nouvelle, doit se demander au bout d'un an d'exercice quels ont été les résultats de son expérience. La place nous manquant, nous nous bornerons à un seul aspect du problème.

On ne saurait trop remarquer que cette expérience a été limitée. Notre ambition n'allait pas loin. Nous pensions que chaque Français devait essayer de faire du neuf à sa place. Notre place était l'information. Nous avions à rompre avec le passé dans un domaine où le passé avait fait beaucoup de mal. Nous avions à créer les conditions de l'information honnête et de la discussion objective. En ce qui concerne ce dernier point, il nous semblait possible de créer un climat tel que les différentes tendances de la vie politique française pussent se confronter sans se heurter. Notre idée n'était pas, comme l'ont cru et le craignent encore certains, de concurrencer Marx ni le Christ. Nous avions le sens du ridicule. Ni communistes ni chrétiens, nous voulions seulement rendre le dialogue possible, en marquant nos différences et en soulignant nos ressemblances. De ce point de vue, cette année de travail se termine par un bel échec.

Nous avons essayé par exemple d'engager le dialogue avec les communistes. Nous nous souvenons encore de ce long éditorial où nous avions essayé de définir loyalement nos scrupules et nos sympathies[1]. Nous n'avons reçu aucune réponse. Mais à quelques semaines de là, à propos de n'importe quoi, on ne nous a pas manqués. Nous avions pourtant essayé de trouver un certain ton, dont nous savions qu'il nous touche personnellement quand il vient d'un adversaire (et nous sommes si peu des adversaires !). Mais non.

Nous avons essayé encore d'engager le dialogue avec les catholiques ou du moins avec un catholique, M. François Mauriac. De part et d'autre, des bêtises ont été dites, bien entendu. Mais les choses ont assez bien commencé, le dialogue semblait possible. Cela s'est terminé par un article de M. Mauriac qui usait d'un tel ton qu'il nous a rendus muets[2].

Nous n'en avons pas conclu que les autres rendaient le dialogue impossible. Nous en avons conclu que nous n'avions pas encore trouvé le langage qui pouvait nous être commun et qui nous aurait tous réunis sans que nous dussions pour cela renoncer à nos différences. Malgré cet échec provisoire, notre conviction est que ce pays, ce monde ne seront sauvés que lorsqu'ils auront défini leur langage et leur vocabulaire. Nous trichons tous sur le sens des mots ou, du moins, nous nous renvoyons tous des mots que chacun de nous prend dans un sens différent. On nous dit parfois que nous avons

1. Il s'agit sans doute de l'éditorial du 7 octobre 1944, p. 250, que Camus devait reprendre dans *Actuelles*.

2. Voir « Justice et charité : le débat Camus-Mauriac » dans notre introduction, « Un écrivain face à l'histoire », pp. 77-85, et l'article du 11 janvier 1945, p. 459.

un monde à refaire. C'est peut-être vrai. Mais nous ne le referons que lorsque nous lui aurons donné un dictionnaire. Que nos réalistes ne se récrient pas, ce dictionnaire se fait peu à peu dans le sang des guerres et les cris des révolutions. Tout notre espoir à ce sujet est qu'un peu de réflexion pourra peut-être économiser beaucoup de sang.

Mais les conditions du journalisme ne se prêtent pas toujours à la réflexion. Les journalistes font ce qu'ils peuvent et s'ils échouent fatalement, ils peuvent du moins lancer quelques idées en l'air que d'autres rendront plus efficaces. L'idéal serait peut-être que les esprits politiques du pays retournent pendant quelque temps à un silence consenti. Mais cela n'est pas possible, l'histoire même l'interdit. De ce point de vue, la vie publique française continuera sans doute d'être ce qu'elle est, c'est-à-dire l'arène où s'affrontent de puissantes orthodoxies au milieu desquelles quelques voix solitaires essaient de se faire entendre.

Du reste, il est d'autres constatations plus réconfortantes. Le courrier d'un journal ne le renseigne pas sur l'opinion publique, mais sur celle de ses lecteurs. Cependant, un certain ton, les revendications élémentaires sur lesquelles tous sont d'accord, cela renseigne suffisamment. Et de ce point de vue, nous savons que des milliers d'hommes et de femmes se rencontrent avec nous dans l'exigence fondamentale qui était la nôtre. Nous sommes de plus en plus persuadés que les jeux cruels de la politique traditionnelle passent au-dessus du peuple et ne répondent à aucun de ses désirs. Et c'est ce peuple qui a raison. C'est lui qui, par le lent et sûr effort de sa volonté, sauvera inévitablement la France. Oui, nous avons une confiance infinie dans le peuple de ce pays. C'est la grande certitude que nous retirons de cette première année de travail.

Le reste viendra de lui-même. Les hommes peinent, souffrent, s'insultent ou se mutilent pour un but qu'ils n'aperçoivent pas toujours clairement. Mais ce but est toujours dans l'homme. Il est l'homme lui-même et sa libération. Toute l'histoire du monde est l'histoire de la liberté. C'est ce que nous savions il y a un an, dans le grand cri de l'insurrection. Depuis, nous le savons un peu mieux, et nous savons aussi que cette longue conquête est une lutte infernale où même les bonnes intentions peuvent causer des blessures. Réfléchir, se garder de soi-même et ne pas désespérer des autres, cette nouvelle science n'est pas négligeable. C'est elle qui nous permet de conclure que cette année si décevante fut cependant féconde. Demain sera meilleur.

15 NOVEMBRE 1945

La France est en état de siège[1]. Elle est en état de siège économique et pour peu que chacun d'entre

1. Éditorial très probable. Ce ne peut être en effet qu'à ce texte que Camus fait allusion dans sa lettre du 19 novembre à Pascal Pia citée *supra*, dans notre introduction, pp. 95-96. Contrairement aux autres éditoriaux du journal, très négatifs à ce moment, il propose des mesures concrètes ; et l'on ne peut manquer de relever la formule « solitaires ou solidaires » — que l'on retrouvera, au singulier, dans « Jonas ou l'Artiste au travail ». Il faut cependant rappeler que Camus, dans cette même lettre, proteste contre les « corrections lénifiantes et confuses » dont son texte a été l'objet — sans qu'il soit possible de préciser.

nous néglige de s'en apercevoir, la défaite du pays est certaine. Ce que nous devons décider d'abord, ce n'est pas de savoir si nous ferons une politique de puissance ou de prestige, si nous servirons tel bloc contre tel autre, ou si nous agirons, au contraire, en nation indépendante. Que nous pensions en termes de puissance ou d'alliance, que nous voulions être solitaires ou solidaires, dans les deux cas, il nous en faut les moyens. Nous reconstruirons en tant que nation ou nous disparaîtrons en tant que vérité.

C'est pourquoi aucun Français ne saurait considérer avec légèreté la composition d'un nouveau gouvernement et les étonnantes querelles de partis qui l'ont précédée. Ce qu'il faut au contraire, c'est jeter un cri d'alarme, et le pousser assez fort et assez longtemps pour que le pays comme ses représentants y mesurent à la fois l'avenir et leurs responsabilités.

Qu'est-ce que cela signifie ? Cela signifie qu'il est également vain de s'écrier « Programme d'abord » ou « de Gaulle d'abord ! ». Le programme du Gouvernement doit servir la reconstruction ou il ne sera rien. Et même s'il est très bon, il ne servira rien s'il est mal expliqué. Autant qu'un bon programme, c'est un bon ministère qu'il nous faut. C'est ici que le général de Gaulle et les partis vont être mis en cause.

Car ce ministère ne sera pas bon, et dans ce cas le programme sera vain et la reconstruction manquée, et le pays défait, si le gouvernement n'est pas soudé dans une acceptation commune des mêmes responsabilités. Ce ministère ne sera pas bon si un ministre des Finances libéral refuse à un ministre socialiste de l'Économie nationale les moyens de redresser le pays, si le département de la Guerre dérive à son bénéfice ce qu'un communiste aura essayé de récupérer pour la Santé publique. Les partis doivent s'engager tout entiers, parce que le pays et l'époque leur refusent le droit de tricher avec leurs responsabilités.

Maintenant que le général de Gaulle a accepté de former un nouveau gouvernement, il s'agit de reconnaître dans quelles conditions celui-ci trouvera sa plus grande efficacité. Nous savons que cette efficacité sera relative, qu'elle exigera des mesures périlleuses pour la démocratie. Mais comment les éluder ? Il faut, avant tout, éviter une catastrophe à la France.

Notre avis, et nous demandons qu'on y réfléchisse avec la gravité qui convient, est que le général de Gaulle doit réunir les ministères clés dans une sorte de cabinet de guerre, dont les autres ministères dépendront. Les Affaires étrangères, les Finances, l'Économie nationale et l'Intérieur conjugueront leurs efforts avec la reconstruction comme objectif. Et ils en seront solidairement responsables. Puisque le pays a désigné trois grands partis pour le représenter[1], ces trois grands partis devront se partager les ministères clés et les responsabilités qui en découlent. Les appels à la production maintes fois lancés par le parti communiste et son légitime souci de ne pas laisser à des trusts la possibilité de peser sur notre économie paraissent le désigner parfaitement pour la direction de l'Économie nationale. Mais en tout cas, quelle que soit la répartition adoptée, l'essentiel est que les décisions soient prises à l'unanimité par ce « cabinet de guerre » et que les ministres, comme leurs partis, soient solidairement responsables de l'exécution.

1. Les élections ont donné la victoire aux communistes, aux socialistes et aux chrétiens-démocrates.

Dans sept mois[1], nous devons savoir si la France est morte ou vivante. La vie, comme le mouvement, se prouve en marchant. Mais nous ne marcherons que dans la résolution, la responsabilité et l'obstination. Tout le reste, aussi bien, sera sanctionné dans sept mois par la colère populaire et le naufrage de la nation.

1. Le référendum sur la Constitution aura lieu en mai 1946. Le premier projet sera repoussé. De nouvelles élections législatives auront lieu en juin.

19-30 novembre 1946
« Ni victimes ni bourreaux »

La collaboration de Camus à Combat, *en 1946, n'est constituée que par les 8 articles de la série « Ni victimes ni bourreaux », mais cet ensemble jouit d'un statut tout à fait particulier, que la mise en pages souligne. Le premier article est annoncé par une manchette :*

Aujourd'hui, Albert Camus
Le siècle de la peur

La présentation souligne l'importance de ces articles : ils paraissent en première page, en encadré ; leurs sous-titres, en gros caractères, leur servent d'intitulés, et le titre général, « "Ni victimes ni bourreaux", par Albert Camus », est repris au centre de chaque texte. La publication, commencée le 19 novembre 1946, se poursuit les 20, 21, 23, 26, 27, 29 et 30 novembre.

Fait unique pour les écrits journalistiques de Camus, ces textes sont nantis d'un « copyright[1] ». Et —

1. « Copyright by Albert Camus et *Combat*. »

exemple également singulier — ils feront l'objet d'une nouvelle publication, exactement un an plus tard, en novembre 1947, dans la revue Caliban (*n° 11) avant d'être repris* in extenso *dans* Actuelles, *avec le même intitulé global et les mêmes sous-titres, dans un chapitre spécial, curieusement daté de novembre* 1948. *Enfin, il est évident que ces articles sont constitués comme un groupe autonome, formant un véritable petit essai, inspiré par l'histoire mais relativement détaché de l'actualité immédiate. Préparés pour une publication échelonnée — dès le manuscrit les articles sont pourvus d'un sous-titre original, numérotés, et de longueur à peu près égale —, ils sont conçus comme un ensemble, et comme autant de brefs chapitres démontrant une visée cohérente. Tel passage qui figurera dans « Le siècle de la peur » avait d'abord été écrit pour la conclusion. Le tapuscrit*[1] *avec ses ratures, ses repentirs, ses ajouts — qui permettent l'établissement de variantes*[2] *—, reflète le soin apporté à leur conception et à leur rédaction ; les corrections vont toujours dans le sens de la clarté du style et de la fermeté de la pensée. Mais le manuscrit montre aussi une certaine difficulté dans l'écriture, qu'attestent, en particulier, les importantes modifications que comporte l'article sur « Un nouveau contrat social », et ce dont témoigne, par ailleurs, une note des* Carnets II *en octobre :*

1. Conservé au Fonds Camus, CMS2, Ael-01-07 ; l'article du 19 novembre est entièrement manuscrit, les autres sont en partie dactylographiés et corrigés à la main ; manque l'article du 26 novembre « Démocratie et dictature internationales ».

2. Seules sont reproduites les plus importantes ou les plus significatives.

Déchirement où je suis à l'idée de faire ces articles pour *Combat*[1].

Camus est donc bien loin de l'enthousiasme qui avait présidé à ses premiers articles, quelque deux ans plus tôt. En fait, s'il réapparaît dans les colonnes du journal, après une longue absence, c'est pour répondre à une double nécessité : d'une part, il tente, par son retour dans les colonnes du journal, d'aider Combat, *dont la situation financière est devenue très critique, au point que Pia a pu envisager de cesser sa parution ; d'autre part, il tient à lancer un cri d'alarme et de protestation contre le règne de la terreur qui s'est instauré dans le monde, et contre la légitimation du meurtre qui le soustend. « Ni victimes ni bourreaux » n'est pas isolé dans la pensée et les inquiétudes de Camus. Les thèmes qu'abordent ces articles rejoignent, à des degrés divers, la « Remarque sur la révolte*[2] *», parue en 1945, la conférence sur « La crise de l'homme*[3] *», prononcée en mars 1946 à l'Université Columbia, aux États-Unis, le*

1. *Carnets II*, p. 183. Cette note s'inscrit explicitement comme la « suite du précédent » paragraphe, qui disait un profond désarroi : « Il y a des heures où je ne crois pas pouvoir supporter plus longtemps la contradiction. Quand le ciel est froid et que rien ne nous soutient dans la nature... Ah, mieux vaut mourir peut-être. » Ces notes se situent explicitement entre le début octobre (« octobre 1946. 33 ans dans un mois »), p. 180, et une date précise : « 29 octobre », p. 185.

2. Véritable esquisse de *L'Homme révolté*, publiée dans « L'Existence », reprise dans *Essais*, pp. 1982-1997. De nombreuses notes des *Carnets* montrent que les préoccupations de Camus tournent autour de la révolte et du meurtre.

3. « The human crisis » — dont le texte français semble perdu — a été publié dans *La Revue des Lettres modernes*, Série Albert Camus 5, 1972, pp. 157-176, par Peter Hoy ; une traduction française en a été donnée dans la *Nouvelle Revue française* ; dans *Albert Camus, voyageur et conférencier, le voyage en Amérique du Sud*, Archives Albert Camus n° 7, 1995, Fernande Bartfeld a pu

bref article « Nous autres meurtriers[1] *» ; ils seront développés dans « Le temps des meurtriers*[2] *»*, à *São Paulo, et ils sont à la source même de* L'Homme révolté. *Ils sont en profonde résonance avec* La Peste. *Et ils sont l'écho des discussions que Camus a eues, en octobre, avec Arthur Koestler*[3]*, Manès Sperber*[4]*, Sartre et Malraux sur la place du marxisme dans un nouvel ordre mondial ; Koestler et Sperber dénoncent — sans doute sont-ils parmi les premiers à le faire — les méfaits du régime soviétique et la « conspiration du silence » qui les entoure ; Sartre ne veut pas prendre parti contre l'U.R.S.S. ; Malraux s'interroge sur la valeur politique du prolétariat ; et Camus veut placer quelque espoir dans une utopie relative, modeste, réfutant nihilisme et « réalisme politique*[5] *». « Ni victimes ni bourreaux » affirme avec force que rien ne peut légitimer le meurtre — comme le fera* L'Homme révolté.

Le couple « victimes » et « bourreaux[6] *» est déjà apparu sous la plume de Camus. Dans son article*

---

en reconstituer des fragments à partir de la conférence « Le temps des meurtriers » (voir note 2 ci-dessous).

1. Publié dans *Franchise*, n° 3, nov.-déc. 1946, et repris par Fernande Bartfeld, *op. cit.*, pp. 47-49.

2. Publié par Fernande Bartfeld, *op. cit.*, pp. 50-72.

3. Koestler, Arthur (1905-1983), Hongrois de langue anglaise, dont *Le Zéro et l'Infini*, qui dénonce avec force les procès truqués de Moscou, vient d'être publié en français, a été communiste et a participé à la guerre d'Espagne.

4. Sperber, Manès (1905-1984), essayiste et romancier d'origine autrichienne, a publié dès 1938 *Analyse de la tyrannie* ; il s'interroge dans son œuvre sur l'engagement des intellectuels face aux totalitarismes.

5. Voir *Carnets II*, pp. 185-186.

6. Cette association rappelle le poème « L'Heautontimorouménos » de Baudelaire : « Je suis la plaie et le couteau / [...] Et la victime et le bourreau » ; mais il s'agit chez lui des tourments de la conscience individuelle.

du 30 juin 1945, « Images de l'Allemagne occupée », publié dans Combat Magazine, *il évoque « les déchirements de cette malheureuse Europe, partagée entre ses victimes et ses bourreaux*[1] *». En septembre 1945, il note dans ses* Carnets :

Nous sommes dans un monde où il faut choisir d'être victime ou bourreau — et rien d'autre. Ce choix n'est pas facile[2].

Les articles de novembre 1946 répondent à ce dilemme par le refus de choisir ; ils s'efforcent de trouver une issue politique et morale à une situation historique qui semble dans l'impasse. En France, il n'est plus question de l'« esprit de la Résistance », les relations avec les communistes sont devenues conflictuelles, et les oppositions partisanes virulentes. Churchill vient d'employer l'expression de « rideau de fer » pour qualifier la séparation d'avec l'U.R.S.S.

Si ces articles sont donc tout à fait en phase avec l'actualité de l'époque, leur lucidité et leur clairvoyance les rendent encore étonnamment proches des préoccupations et de la sensibilité contemporaines.

1. Voir p. 586.
2. *Carnets II*, p. 141.

19 NOVEMBRE 1946

NI VICTIMES NI BOURREAUX

Le siècle de la peur[1]

Le XVIIe siècle a été le siècle des mathématiques[2]. Le XVIIIe celui des sciences physiques, et le XIXe celui de la biologie. Notre XXe siècle est le siècle de la peur. On me dira que ce n'est pas là une science. Mais d'abord la science y est pour quelque chose, puisque ses derniers progrès théoriques l'ont amenée à se nier elle-même et puisque ses perfectionnements pratiques menacent la terre entière de destruction. De plus, si la peur en elle-même ne peut être considérée comme une science, il n'y a pas de doute qu'elle soit cependant une technique.

Ce qui frappe le plus, en effet, dans le monde où nous vivons, c'est d'abord, et en général, que la plupart des hommes[3] (sauf les croyants de toutes espèces) sont privés d'avenir. Il n'y a pas de vie valable sans projection sur l'avenir, sans promesse de mûrissement et de progrès. Vivre contre un mur,

1. Le texte original, entièrement manuscrit, comporte un certain nombre de ratures ; il n'y a pas de dactylographie conservée. Plusieurs passages de cet article publié en introduction figuraient au tapuscrit de « Un nouveau contrat social », que Camus a visiblement d'abord envisagé comme conclusion, ce qui montre bien la conception globale de l'ensemble.

2. Cette réflexion figure déjà en note dans la Préface que Camus écrivit pour les *Maximes et anecdotes* de Chamfort en 1944, collection « Incidences », Monaco. Reprise en Poche-club, Nouvel Office d'édition, 1963, et sous le titre « Introduction à Chamfort », dans *Essais, op. cit.*, pp. 1099-1109.

3. *Actuelles* : la plupart des hommes sont privés [...]

c'est la vie des chiens. Eh bien, les hommes de ma génération et de celle qui entre aujourd'hui dans les ateliers et les facultés ont vécu et vivent de plus en plus comme des chiens.

Naturellement, ce n'est pas la première fois que des hommes se trouvent devant un avenir matériellement bouché. Mais ils en triomphaient ordinairement par la parole et par le cri. Ils en appelaient à d'autres valeurs, qui faisaient leur espérance. Aujourd'hui, personne ne parle plus (sauf ceux qui se répètent), parce que le monde nous paraît mené par des forces aveugles et sourdes qui n'entendront pas les cris d'avertissement, ni les conseils, ni les supplications. Quelque chose en nous a été détruit par le spectacle des années que nous venons de passer. Et ce quelque chose est cette éternelle confiance de l'homme, qui lui a toujours fait croire qu'on pouvait tirer d'un autre homme des réactions humaines en lui parlant le langage de l'humanité[1]. Nous avons vu mentir, avilir, tuer, déporter, torturer, et à chaque fois il n'était pas possible de persuader ceux qui le faisaient de ne pas le faire, parce qu'ils étaient sûrs d'eux et parce qu'on ne persuade pas une abstraction[2], c'est-à-dire le représentant d'une idéologie[3].

1. Une première formulation qui figure dans le tapuscrit de « Un nouveau contrat social » réunissait un passage repris plus loin (voir note 2 p. 638) et la fin de cette phrase : *Oui, nous sommes dans la terreur parce que la persuasion n'est plus possible, parce que l'homme se refuse à vivre dans un univers où il n'est plus possible d'espérer qu'on tirera de l'*homme des réactions humaines en lui parlant le langage de l'humanité.

Tout ce passage est barré.

2. À plusieurs reprises, dans *La Peste*, le fléau est comparé à une abstraction contre laquelle il faut lutter.

3. Mss : représentant d'une idéologie. Et bien entendu [...]

Le long dialogue des hommes vient de s'arrêter. Et bien entendu, un homme qu'on ne peut pas persuader est un homme qui fait peur. Ce qui fait qu'à côté des gens qui ne parlaient pas parce qu'ils le jugeaient inutile s'étalait et s'étale toujours une immense conspiration du silence, acceptée par ceux qui tremblent et qui se donnent de bonnes raisons pour se cacher à eux-mêmes ce tremblement, et suscitée par ceux qui ont intérêt à le faire. « Vous ne devez pas parler de l'épuration des artistes, en Russie, parce que cela profiterait à la réaction. » « Vous devez vous taire sur le maintien de Franco par les Anglo-Saxons, parce que cela profiterait au communisme. » Je disais bien que la peur est une technique.

Entre la peur très générale d'une guerre que tout le monde prépare et la peur toute particulière des idéologies[1] meurtrières, il est donc bien vrai que nous vivons dans la terreur. Nous vivons dans la terreur[2] parce que la persuasion n'est plus possible, parce que l'homme a été livré tout entier à l'histoire et qu'il ne peut plus se tourner vers cette part de lui-même, aussi vraie que la part historique, et qu'il retrouve devant la beauté du monde et des visa-

1. Mss : des idéologies, il est donc bien vrai [...]

2. Dactylographie de « Un nouveau contrat social » : *Oui,* nous sommes dans la terreur parce que l'homme a été livré tout entier à l'histoire [...] du messianisme sans nuances.

Le passage se continuait ainsi : « *Mais nous pouvons sortir de l'abstraction, et tuer un peu la peur, par la force d'une raison modeste dans ses conclusions et par l'effort de la passion. Si retenu que soit notre espoir, il justifie qu'on entreprenne. "Je pense que nous devons être exaltés, disait un révolutionnaire aujourd'hui à la mode, cela n'exclut ni la sagesse ni le bon sens." Qu'on réfléchisse donc avec bon sens à ces évidences. Dans la longue lutte qui suivra, nous n'aurons jamais assez de cette tranquille exaltation.* » Tout le passage est barré. Le révolutionnaire en question est Saint-Just ; Camus cite cette phrase dans *Carnets II*, p. 162.

ges[1] ; parce que nous vivons dans le monde de l'abstraction, celui des bureaux et des machines, des idées absolues et du messianisme sans nuances. Nous étouffons parmi les gens qui croient avoir absolument raison, que ce soit dans leurs machines ou dans leurs idées[2]. Et pour tous ceux qui ne peuvent vivre que dans le dialogue et dans l'amitié des hommes, ce silence est la fin du monde.

Pour sortir de cette terreur, il faudrait pouvoir réfléchir et agir suivant sa réflexion. Mais la terreur, justement, n'est pas un climat favorable à la réflexion. Je suis d'avis, cependant, au lieu de blâmer cette peur, de la considérer comme un des premiers éléments de la situation et d'essayer d'y remédier. Il n'est rien de plus important. Car cela concerne le sort d'un grand nombre d'Européens qui, rassasiés de violences et de mensonges, déçus dans leurs plus grands espoirs, répugnant à l'idée de tuer leurs semblables, fût-ce pour les convaincre, répugnent également à l'idée d'être convaincus de la même manière. Pourtant, c'est l'alternative où l'on place cette grande masse d'hommes en Europe, qui ne sont d'aucun parti[3] ou qui sont mal à l'aise dans celui qu'ils ont choisi, qui doutent que le socialisme soit réalisé en Russie, et le libéralisme en Amérique, qui reconnaissent cependant à ceux-ci et à ceux-là le droit d'affirmer leur vérité, mais qui leur refusent celui de l'imposer par le meurtre, individuel ou collectif. Parmi les puissants du jour, ce sont des hommes sans royaume. Ces hommes ne

1. Cf. *Carnets I*, p. 152 : « Visages de femmes, joies du soleil et de l'eau, voilà ce qu'on assassine. »

2. Mss : ou dans leurs idées. Je suis d'avis [...]

3. Mss : qui ne sont d'aucun parti, qui *ne croient pas* que le socialisme [...]

pourront faire admettre (je ne dis pas triompher mais admettre) leur point de vue, et ne pourront retrouver leur patrie que lorsqu'ils auront pris conscience de ce qu'ils veulent et qu'ils le diront assez simplement et assez fortement pour que leurs paroles puissent lier un faisceau d'énergies. Et si la peur n'est pas le climat de la juste réflexion, il leur faut donc d'abord se mettre en règle avec la peur.

Pour se mettre en règle avec elle, il faut voir ce qu'elle signifie et ce qu'elle refuse. Elle signifie et elle refuse le même fait : un monde où le meurtre est légitimé et où la vie humaine est considérée comme futile. Voilà le premier problème politique d'aujourd'hui. Et avant d'en venir au reste, il faut prendre position par rapport à lui. Préalablement à toute construction, il faut aujourd'hui poser deux questions : « Oui ou non, directement ou indirectement, voulez-vous être tué ou violenté[1] ? Oui ou non, directement ou indirectement, voulez-vous tuer ou violenter ? » Tous ceux qui répondront non à ces deux questions sont automatiquement embarqués dans une série de conséquences qui doivent[2] modifier leur façon de poser le problème. Mon projet est de préciser deux ou trois seulement de ces conséquences. En attendant, le lecteur de bonne volonté peut s'interroger et répondre[3].

ALBERT CAMUS

1. Mss : tué ou *torturé* [...]

2. Mss : une série de conséquences *qui doit (et je pensais aux socialistes)* modifier leur façon [...]

3. Mss : et répondre. *Pour ma part, j'ai appris depuis deux ans particulièrement que je ne mettrai aucune vérité au-dessus de la vie d'un homme.*

Cette phrase est barrée et reprise au début du manuscrit de l'article suivant ; ce qui prouve la continuité de leur conception.

20 NOVEMBRE 1946

NI VICTIMES NI BOURREAUX

Sauver[1] *les corps*[2]

Ayant dit un jour que je ne saurais plus admettre, après l'expérience de ces deux dernières années, aucune vérité qui pût me mettre dans l'obligation, directe ou indirecte, de faire condamner un homme à mort, des esprits que j'estimais quelquefois m'ont fait remarquer que j'étais dans l'utopie, qu'il n'y avait pas de vérité politique qui ne nous amenât un jour à cette extrémité, et qu'il fallait donc courir le risque de cette extrémité ou accepter le monde tel qu'il était.

Cet argument était présenté avec force. Mais je crois d'abord qu'on n'y mettait tant de force que parce que les gens qui le présentaient n'avaient pas d'imagination pour la mort des autres. C'est un travers de notre siècle. De même qu'on s'y aime par téléphone et qu'on travaille non plus sur la matière mais sur la machine, on y tue et on y est tué aujourd'hui par procuration. La propreté y gagne, mais la connaissance y perd.

Cependant cet argument a une autre force, quoique indirecte : il pose le problème de l'utopie. En somme, les gens comme moi voudraient un monde,

1. Mss : Sauvez les corps.
2. Texte en partie manuscrit, et en partie dactylographié.

non pas où l'on ne se tue plus (nous ne sommes pas si fous !) mais où le meurtre ne soit pas légitimé. Nous sommes ici dans l'utopie et la contradiction en effet. Car nous vivons, justement, dans un monde où le meurtre est légitimé, et nous devons le changer si nous n'en voulons pas. Mais il semble qu'on ne puisse le changer sans courir la chance du meurtre. Le meurtre nous renvoie donc au meurtre et nous continuerons de vivre dans la terreur, soit que nous l'acceptions avec résignation, soit que nous voulions la supprimer par des moyens qui lui substitueront une autre terreur.

À mon avis, tout le monde devrait réfléchir à cela. Car ce qui me frappe au milieu des polémiques, des menaces et des éclats de la violence, c'est la bonne volonté de tous. Tous, à quelques tricheurs près, de la droite à la gauche, estiment que leur vérité est propre à faire le bonheur des hommes. Et pourtant, la conjonction de ces bonnes volontés aboutit à ce monde infernal où les hommes sont encore tués, menacés, déportés, où la guerre se prépare, et où il est impossible de dire un mot sans être à l'instant insulté ou trahi. Il faut donc en conclure que si des gens comme nous vivent dans la contradiction, ils ne sont pas les seuls, et que ceux qui les accusent d'utopie vivent peut-être dans une utopie, différente sans doute, mais plus coûteuse à la fin.

Il faut donc admettre que le refus de légitimer le meurtre nous force à reconsidérer notre notion de l'utopie[1]. À cet égard, il semble qu'on puisse dire ceci : l'utopie est ce qui est en contradiction avec la

1. Mss : notion de l'utopie. *Pour rester encore dans le général avant de passer au concret nous dirons seulement ceci* l'utopie est ce qui est en contradiction [...]

réalité. De ce point de vue il serait tout à fait utopique de vouloir que personne ne tue plus personne. C'est l'utopie absolue. Mais c'est une utopie à un degré beaucoup plus faible que de demander que le meurtre ne soit plus légitimé. Par ailleurs, les idéologies marxiste et capitaliste, basées toutes deux sur l'idée de progrès, persuadées toutes deux que l'application de leurs principes doit amener fatalement l'équilibre de la société, sont des utopies d'un degré beaucoup plus fort. En outre, elles sont en train de nous coûter très cher[1].

On peut en conclure que, pratiquement, le combat qui s'engagera dans les années qui viennent ne s'établira pas entre les forces de l'utopie et celles de la réalité, mais entre des utopies différentes qui cherchent à s'insérer dans le réel, et entre lesquelles il ne s'agit plus que de choisir les moins coûteuses[2]. Ma conviction est que nous ne pouvons plus avoir raisonnablement l'espoir de tout sauver, mais que nous pouvons nous proposer au moins de sauver les corps[3] pour que l'avenir demeure possible.

On voit donc que le fait de refuser la légitimation du meurtre n'est pas plus utopique que les attitudes[4] réalistes d'aujourd'hui. Toute la question est de savoir si ces dernières coûtent plus ou moins cher. C'est un problème que nous devons régler aussi, et je suis donc excusable de penser qu'on peut être utile en définissant, par rapport à l'utopie, les conditions qui sont nécessaires pour pacifier les esprits

1. Mss : coûter très cher. Pratiquement le combat qui s'engage [...]
2. Mss : coûteuses. Nous ne pouvons plus avoir l'espoir [...]
3. Mss : sauver les corps. On voit donc [...]
4. Mss : attitudes *dites* réalistes d'aujourd'hui. *Il reste* à savoir *si elles sont plus ou moins chères.*

et les nations. Cette réflexion, à condition qu'elle se fasse sans peur comme sans prétention, peut aider à créer les conditions d'une pensée juste et d'un accord provisoire entre les hommes qui ne veulent être ni des victimes ni des bourreaux. Bien entendu, il ne s'agit pas, dans les articles[1] qui suivront, de définir une position absolue, mais seulement de redresser quelques notions aujourd'hui travesties et d'essayer de poser le problème de l'utopie aussi correctement que possible. Il s'agit, en somme, de définir les conditions d'une pensée politique modeste, c'est-à-dire délivrée de tout messianisme, et débarrassée de la nostalgie[2] du paradis terrestre.

ALBERT CAMUS[3]

21 NOVEMBRE 1946

NI VICTIMES NI BOURREAUX

Le socialisme mystifié[4]

Si l'on admet que l'état de terreur, avoué ou non, où nous vivons depuis dix ans, n'a pas encore cessé, et qu'il fait aujourd'hui la plus grande partie du

1. D : il ne s'agit pas dans les *[trois] (barré) [quatre] (barré)* articles qui suivront [...]
2. Mss : débarrassée *de toute idée* de paradis terrestre.
3. Comme pour tous les articles de la série, figurait à la fin la mention suivante : « Copyright by Albert Camus and *Combat*. Droits de reproduction réservés pour tous pays. » Particularité qui, comme nous l'indiquions en introduction, mérite d'être soulignée.
4. Texte en partie manuscrit et en partie dactylographié.

malaise où se trouvent les esprits et les nations, il faut voir ce qu'on peut opposer à la terreur. Cela pose le problème du socialisme occidental. Car la terreur ne se légitime que si l'on admet le principe : « La fin justifie les moyens[1]. » Et ce principe ne peut s'admettre que si l'efficacité d'une action est posée en but absolu, comme c'est le cas dans les idéologies nihilistes (tout est permis, ce qui compte c'est de réussir), ou dans les philosophies qui font de l'histoire un absolu (Hegel, puis Marx : le but étant la société sans classes, tout est bon qui y conduit).

C'est là le problème qui s'est posé aux socialistes français, par exemple. Des scrupules leur sont venus. La violence et l'oppression dont ils n'avaient eu jusqu'ici qu'une idée assez abstraite, ils les ont vues à l'œuvre. Et ils se sont demandé s'ils accepteraient, comme le voulait leur philosophie, d'exercer eux-mêmes la violence, même provisoirement et pour un but pourtant différent. Un récent préfacier de Saint-Just[2], parlant d'hommes qui avaient des scrupules semblables, écrivait avec tout l'accent du mépris : « Ils ont reculé devant l'horreur. » Rien n'est plus vrai. Et ils ont par là mérité d'encourir le dédain[3]d'âmes assez fortes et supérieures pour s'installer sans broncher dans l'horreur. Mais en même temps, ils ont donné une voix à cet appel angoissé venu des médiocres que nous sommes, qui se comptent par millions, qui font la matière même de l'histoire, et dont il faudra un jour tenir compte, malgré tous les dédains[4].

1. *L'Homme révolté* reviendra longuement sur ce point.

2. Il s'agit de Jean Gratien, dans son Introduction aux *Œuvres* de Saint-Just, Éditions de la Cité universelle, 1946.

3. Mss : encourir *le mépris* [...]

4. Mss : *même si on le méprise* [...]

Ce qui nous paraît plus sérieux, au contraire, c'est d'essayer de comprendre la contradiction et la confusion où se sont trouvés nos socialistes. De ce point de vue, il est évident qu'on n'a pas réfléchi suffisamment à la crise de conscience du socialisme français telle qu'elle s'est exprimée dans un récent congrès[1]. Il est bien évident que nos socialistes, sous l'influence de Léon Blum, et plus encore sous la menace des événements, ont mis au premier rang de leurs préoccupations des problèmes moraux (la fin ne justifie pas tous les moyens) qu'ils n'avaient pas soulignés jusqu'ici[2]. Leur désir légitime était de se référer à quelques principes qui fussent supérieurs au meurtre. Il n'est pas moins évident que ces mêmes socialistes veulent conserver la doctrine marxiste ; les uns, parce qu'ils pensent qu'on ne peut être révolutionnaire sans être marxiste ; les autres, par une fidélité respectable à l'histoire du parti qui les persuade qu'on ne peut, non plus, être socialiste sans être marxiste. Le dernier congrès du parti a mis en valeur ces deux tendances et la tâche principale de ce congrès a été d'en faire la conciliation. Mais on ne peut concilier ce qui est inconciliable.

Car il est clair que si le marxisme est vrai, et s'il y

1. Le XXXVIIIe Congrès de la S.F.I.O. (et non le XVIIIe comme l'indique la note donnée dans les *Essais, op. cit.*, p. 1513) qui s'est tenu du 29 août au 1er septembre 1946 a vu s'affronter l'« humanisme » de Léon Blum et le marxisme de Guy Mollet ; dans un discours resté célèbre, Léon Blum s'est attaqué aux « vestiges totalitaires » des « mots d'ordre plutôt que des convictions » défendus par G. Mollet, et en a appelé à « la Démocratie et à la Justice » — en des termes très camusiens… mais il est mis en minorité. Guy Mollet succède à Daniel Mayer au secrétariat général du parti.

2. D : jusqu'ici. *Si l'on admet que l'état de terreur, avouée ou non, dans laquelle nous vivons depuis dix ans n'a pas encore cessé, on comprend le* désir légitime *des socialistes* de se référer […]

a une logique de l'histoire, le réalisme politique est légitime. Il est clair également que si les valeurs morales préconisées par le parti socialiste sont fondées en droit, alors[1] le marxisme est faux absolument puisqu'il prétend être vrai absolument. De ce point de vue, le fameux dépassement du marxisme dans un sens idéaliste et humanitaire n'est qu'une plaisanterie et un rêve sans conséquence. Marx ne peut être dépassé, car il est allé jusqu'au bout de la conséquence. Les communistes sont fondés raisonnablement à utiliser le mensonge et la violence dont ne veulent pas les socialistes, et ils y sont fondés par les principes mêmes et la dialectique irréfutable que les socialistes veulent pourtant conserver. On ne pouvait pas s'étonner de voir le congrès socialiste se terminer par une simple juxtaposition de deux positions contradictoires[2], dont la stérilité s'est vue sanctionnée par les dernières élections[3].

De ce point de vue la confusion continue. Il fallait choisir et les socialistes ne voulaient ou ne pouvaient pas choisir.

Je n'ai pas choisi cet exemple pour accabler le socialisme, mais pour éclairer les paradoxes où nous vivons. Pour accabler les socialistes, il faudrait leur être supérieur. Ce n'est pas encore le cas. Bien au contraire, il me semble que cette contradiction est commune à tous les hommes dont j'ai parlé, qui

1. D : alors *la théorie marxiste de la conscience mystifiée est fausse et avec elle toute la critique de l'idéalisme et le marxisme lui-même* [*barré*]. De ce point de vue [...]

2. D : contradictoires. De ce point de vue [...]

3. Il s'agit évidemment des élections du 10 novembre 1946 (et non de novembre 1948 comme l'indique la note donnée dans les *Essais, op. cit.*, p. 1513), qui ont vu la S.F.I.O. ne venir qu'en troisième position, après les communistes et le M.R.P.

désirent une société qui serait en même temps heureuse et digne, qui voudraient que les hommes soient libres dans une condition enfin juste, mais qui hésitent entre une liberté où ils savent bien que la justice est finalement dupée et une justice où ils voient bien que la liberté est au départ supprimée[1]. Cette angoisse intolérable est généralement tournée en dérision par ceux qui savent ce qu'il faut croire ou ce qu'il faut faire. Mais je suis d'avis qu'au lieu de la moquer, il faut la raisonner et l'éclaircir, voir ce qu'elle signifie, traduire la condamnation quasi totale qu'elle porte sur le monde qui la provoque et dégager le faible espoir qui la sous-tend[2].

Et l'espoir réside justement dans cette contradiction parce qu'elle force ou forcera les socialistes au choix. Ou bien ils admettront que la fin couvre les moyens, donc que le meurtre puisse être légitimé, ou bien ils renonceront au marxisme comme philosophie absolue, se bornant à en retenir l'aspect critique, souvent encore valable. S'ils choisissent le premier terme de l'alternative, la crise de conscience sera terminée et les situations clarifiées. S'ils admettent le second, ils démontreront que ce temps marque la fin des idéologies, c'est-à-dire des utopies absolues qui se détruisent elles-mêmes, dans l'histoire, par le prix qu'elles finissent par coûter. Il fau-

1. L'équilibre entre la justice et la liberté sera un des thèmes de *L'Homme révolté*.

2. D : la sous-tend. *J'ai réfléchi pour ma part, et pour traduire les choses simplement, au bout d'un an de journalisme, à mon incapacité de faire fusiller qui que ce soit au nom d'une vérité ou d'une illusion de vérité. J'en ai conclu, comme beaucoup d'autres hommes aujourd'hui, que je ne saurai admettre aucune vérité* [la suite du texte manque au manuscrit ; peut-être Camus s'est-il aperçu qu'il répétait une phrase de « Sauver les corps »].

dra choisir alors une autre utopie plus modeste et moins ruineuse. C'est ainsi du moins que le refus de légitimer le meurtre force à poser la question[1].

Oui, c'est la question qu'il faut poser et personne, je crois, n'osera y répondre légèrement.

ALBERT CAMUS

23 NOVEMBRE 1946

NI VICTIMES NI BOURREAUX

La révolution travestie[2]

Depuis août[3] 1944, tout le monde parle chez nous de révolution, — et toujours sincèrement, il n'y a pas de doute là-dessus. Mais la sincérité n'est pas une vertu en soi. Il y a des sincérités si confuses qu'elles sont pires que des mensonges. Il ne s'agit pas pour nous aujourd'hui de parler le langage du cœur, mais seulement de penser clair. Idéalement, la révolution est un changement des institutions politiques et économiques propre à faire régner plus de liberté et de justice dans le monde. Pratiquement, c'est l'ensemble des événements historiques souvent malheureux qui amènent cet heureux changement.

Peut-on dire qu'aujourd'hui ce mot soit employé dans son sens classique ? Quand les gens entendent

1. Mss : la question. Personne, je crois [...]
2. Texte dactylographié, avec quelques ajouts manuscrits.
3. D : *avril* 1944 [...]

parler de révolution chez nous, et à supposer qu'ils gardent alors leur sang-froid, ils envisagent un changement du mode de la propriété (généralement la mise en commun des moyens de production) obtenu, soit par une législation selon les lois de la majorité, soit à l'occasion de la prise du pouvoir par une minorité.

Il est facile de voir que cet ensemble de notions n'a aucun sens dans les circonstances historiques actuelles. D'une part, la prise de pouvoir par la violence est une idée romantique que le progrès des armements a rendue illusoire. L'appareil répressif d'un gouvernement a toute la force des tanks et des avions. Il faudrait donc des tanks et des avions pour l'équilibrer seulement. 1789 et 1917 sont encore des dates, mais ne sont plus des exemples.

En supposant que cette prise du pouvoir soit cependant possible, qu'elle se fasse dans tous les cas par les armes ou par la loi, elle n'aurait d'efficacité que si la France (ou l'Italie ou la Tchécoslovaquie) pouvait être mise entre parenthèses et isolée du monde. Car, dans notre actualité historique, en 1946, une modification du régime de propriété entraînerait, par exemple, de telles répercussions sur les crédits américains que notre économie s'en trouverait menacée de mort. Une révolution de droite n'aurait pas plus de chances à cause de l'hypothèque parallèle que nous crée la Russie par des[1] millions d'électeurs communistes et sa situation de plus grande puissance continentale. La vérité que je m'excuse d'écrire en clair, alors que tout le monde la connaît sans la dire, c'est que nous ne sommes pas libres, en tant que Français, d'être

1. D : *cinq* millions [...]

révolutionnaires. Ou du moins nous ne pouvons plus être des révolutionnaires solitaires, parce qu'il n'y a plus dans le monde d'aujourd'hui de politiques conservatrices ou socialistes qui puissent se déployer sur le seul plan national.

Ainsi nous ne pouvons parler que de révolution internationale. Exactement, la révolution se fera à l'échelle internationale ou elle ne se fera pas. Mais quel est encore le sens de cette expression ? Il fut un temps où l'on pensait que la réforme internationale se ferait par la conjonction ou la synchronisation de plusieurs révolutions nationales ; une addition de miracles en quelque sorte. Aujourd'hui, et si notre analyse précédente est juste, on ne peut plus penser qu'à l'extension d'une révolution qui a déjà[1] réussi. C'est une chose que Staline a très bien vue et c'est l'explication la plus bienveillante qu'on puisse donner de sa politique (l'autre étant de refuser à la Russie le droit de parler au nom de la révolution).

Cela revient à considérer l'Europe et l'Occident comme une seule nation où une importante minorité bien armée pourrait vaincre et lutter pour prendre enfin le pouvoir. Mais la force conservatrice (en l'espèce, les États-Unis) étant également bien armée, il est facile de voir que la notion de révolution est remplacée aujourd'hui par la notion de guerre idéologique. Plus précisément, la révolution internationale ne va pas aujourd'hui sans un risque extrême de guerre. Toute révolution de l'avenir sera une révolution étrangère. Elle commencera par une occupation militaire ou, ce qui revient au même, par un chantage à l'occupation. Elle n'aura de sens qu'à partir de la victoire définitive de l'occupant sur le reste du monde.

1. D : qui a réussi [...]

À l'intérieur des nations, les révolutions coûtent déjà très cher. Mais, en considération du progrès qu'elles sont censées amener, on accepte généralement la nécessité de ces dégâts. Aujourd'hui, le prix que coûterait la guerre à l'humanité doit être objectivement mis en balance avec le progrès qu'on peut espérer de la prise du pouvoir mondial par la Russie ou l'Amérique. Et je crois d'une importance définitive qu'on en fasse la balance et que, pour une fois, on apporte un peu d'imagination à ce que serait une planète, où sont encore tenus au frais une trentaine de millions de cadavres, après un cataclysme qui nous coûterait dix fois plus.

Je ferai remarquer que cette manière de raisonner est proprement objective. Elle ne fait entrer en ligne que l'appréciation de la réalité, sans engager pour le moment de jugements idéologiques ou sentimentaux. Elle devrait en tout cas pousser à la réflexion ceux qui parlent légèrement[1] de révolution. Ce que ce mot contient *aujourd'hui* doit être accepté en bloc ou rejeté en bloc. S'il est accepté, on doit se reconnaître responsable conscient de la guerre à venir. S'il est rejeté, on doit, ou bien se déclarer partisan du *statu quo*, ce qui est l'utopie totale dans la mesure où elle suppose l'immobilisation de l'histoire, ou bien renouveler le contenu du mot révolution, ce qui présente un consentement à ce que j'appellerai l'utopie relative. Après avoir un peu réfléchi à cette question, il me semble que les hommes qui désirent aujourd'hui changer efficacement le monde ont à choisir entre les charniers qui s'annoncent, le rêve impossible d'une histoire tout d'un coup stoppée, et l'acceptation d'une utopie relative qui laisse une

1. D : légèrement *aujourd'hui* de révolution […]

chance à la fois à l'action et aux hommes[1]. Mais il n'est pas difficile de voir qu'au contraire cette utopie relative est la seule possible et qu'elle est seule inspirée de l'esprit de réalité. Quelle est la chance fragile qui pourrait nous sauver des charniers, c'est ce que nous examinerons dans un prochain article.

ALBERT CAMUS

26 NOVEMBRE 1946

NI VICTIMES NI BOURREAUX

Démocratie et dictature internationales[2]

Nous savons aujourd'hui qu'il n'y a plus d'îles et que les frontières sont vaines. Nous savons que dans un monde en accélération constante, où l'Atlantique se traverse en moins d'une journée, où Moscou parle à Washington en quelques heures, nous sommes forcés à la solidarité, ou à la complicité suivant les cas[3]. Ce que nous avons appris pendant

1. La notion d'utopie relative est au centre de *L'Homme révolté*.

2. Les archives ne contiennent pas de texte dactylographié ni manuscrit pour cet article.

3. On peut lire dans ces phrases et dans l'ensemble de cet article une définition prémonitoire de la mondialisation... Et l'on sait que Camus soutiendra activement le mouvement de Garry Davis, qui se proclamera « citoyen du monde » ; voir les comptes rendus de *Combat* en novembre 1948 sur ces activités, et les deux articles de Camus « À quoi sert l'O.N.U. ? », le 9 décembre, p. 719, et « Réponses à l'Incrédule » les 25-26 décembre 1948, p. 724.

les années 40, c'est que l'injure faite à un étudiant de Prague frappait en même temps l'ouvrier de Clichy, que le sang répandu quelque part sur les bords d'un fleuve du Centre européen devait amener un paysan du Texas à verser le sien sur le sol de ces Ardennes qu'il voyait pour la première fois. Il n'était pas comme il n'est plus une seule souffrance isolée, une seule torture en ce monde qui ne se répercute dans notre vie de tous les jours.

Beaucoup d'Américains voudraient continuer à vivre enfermés dans leur société qu'ils trouvent bonne. Beaucoup de Russes voudraient peut-être continuer à poursuivre l'expérience étatiste à l'écart du monde capitaliste. Ils ne le peuvent et ne le pourront plus jamais. De même, aucun problème économique, si secondaire apparaisse-t-il, ne peut se régler aujourd'hui en dehors de la solidarité des nations. Le pain de l'Europe est à Buenos Aires, et les machines-outils de Sibérie sont fabriquées à Detroit. Aujourd'hui, la tragédie est collective.

Nous savons donc tous, sans l'ombre d'un doute, que le nouvel ordre que nous cherchons ne peut être seulement national ou même continental, ni surtout occidental ou oriental. Il doit être universel. Il n'est plus possible d'espérer des solutions partielles ou des concessions. Le compromis, c'est ce que nous vivons, c'est-à-dire l'angoisse pour aujourd'hui et le meurtre pour demain. Et pendant ce temps, la vitesse de l'histoire et du monde s'accélère. Les vingt et un sourds, futurs criminels de guerre, qui discutent aujourd'hui de paix[1] échan-

1. Depuis le 29 juillet se tient à Paris, au palais du Luxembourg, la conférence de la Paix, qui doit définir les frontières des pays ayant combattu aux côtés de l'Allemagne.

gent leurs monotones dialogues, tranquillement assis au centre d'un rapide qui les entraîne vers le gouffre, à mille kilomètres à l'heure. Oui, cet ordre universel est le seul problème du moment et qui passe toutes les querelles de constitution et de loi électorale. C'est lui qui exige que nous lui appliquions les ressources de nos intelligences et de nos volontés.

Quels sont aujourd'hui les moyens d'atteindre cette unité du monde, de réaliser cette révolution internationale, où les ressources en hommes, les matières premières, les marchés commerciaux et les richesses spirituelles pourront se trouver mieux redistribués ? Je n'en vois que deux, et ces deux moyens définissent notre ultime alternative. Ce monde peut être unifié, d'en haut, comme je l'ai dit hier, par un seul État plus puissant que les autres. La Russie ou l'Amérique peuvent prétendre à ce rôle. Je n'ai rien, et aucun des hommes que je connais n'a rien à répliquer à l'idée défendue par certains, que la Russie ou l'Amérique ont les moyens de régner et d'unifier ce monde à l'image de leur société. J'y répugne en tant que Français, et plus encore en tant que Méditerranéen. Mais je ne tiendrai aucun compte de cet argument sentimental.

Notre seule objection, la voici, telle que je l'ai définie dans un dernier article : cette unification ne peut se faire sans la guerre ou, tout au moins, sans un risque extrême de guerre. J'accorderai encore, ce que je ne crois pas, que la guerre puisse ne pas être atomique. Il n'en reste pas moins que la guerre de demain laisserait l'humanité si mutilée et si appauvrie que l'idée même d'un ordre y deviendrait définitivement anachronique. Marx pouvait justifier comme il l'a fait la guerre de 1870[1], car elle était la guerre du fusil Chassepot et elle était localisée. Dans les perspectives du marxisme, cent mille morts ne sont rien, en effet, au prix du bonheur de centaines de millions de gens. Mais la mort certaine de centaines de millions de gens, pour le bonheur supposé de ceux qui restent, est un prix trop cher[2]. Le progrès vertigineux des armements, fait historique ignoré par Marx, force à poser de nouvelle façon le problème de la fin et des moyens.

Et le moyen, ici, ferait éclater la fin. Quelle que soit la fin désirée, si haute et si nécessaire soit-elle, qu'elle veuille ou non consacrer le bonheur des hommes, qu'elle veuille consacrer la justice ou la liberté, le moyen employé pour y parvenir représente un risque si définitif, si disproportionné en grandeur avec les chances de succès, que nous refusons objectivement de le courir. Il faut donc en revenir au deuxième moyen propre à assurer cet ordre universel, et qui est l'accord mutuel de toutes les parties. Nous ne nous demanderons pas s'il est possible, considérant ici qu'il est justement le seul possible. Nous nous demanderons d'abord ce qu'il est.

Cet accord des parties a un nom qui est la démocratie internationale. Tout le monde en parle à l'O.N.U., bien entendu. Mais qu'est-ce que la démocratie internationale ? C'est une démocratie qui est internationale. On me pardonnera ici ce truisme,

1. Selon Roger Quilliot, Camus se référait sans doute aux lettres de Marx à Engels, à Paul Lafargue, ou à Kugelmann, dans lesquelles il explique que la guerre a appris au prolétariat le maniement des armes, et que la victoire de la Prusse entraînerait une « centralisation du pouvoir d'État [...] utile à la centralisation de la classe ouvrière », *Essais, op. cit.*, pp. 1513-1514.

2. Ce sera l'un des thèmes de *L'Homme révolté*.

puisque les vérités les plus évidentes sont aussi les plus travesties.

Qu'est-ce que la démocratie nationale ou internationale ? C'est une forme de société où la loi est au-dessus des gouvernants, cette loi étant l'expression de la volonté de tous, représentée par un corps législatif. Est-ce là ce qu'on essaie de fonder aujourd'hui ? On nous prépare, en effet, une loi internationale. Mais cette loi est faite ou défaite par des gouvernements, c'est-à-dire par l'exécutif. Nous sommes donc en régime de dictature internationale. La seule façon d'en sortir est de mettre la loi internationale au-dessus des gouvernements, donc de faire cette loi, donc de disposer d'un parlement, donc de constituer ce parlement au moyen d'élections mondiales auxquelles participeront tous les peuples. Et, puisque nous n'avons pas ce parlement, le seul moyen est de résister à cette dictature internationale sur un plan international et selon des moyens qui ne contrediront pas la fin poursuivie.

ALBERT CAMUS

27 NOVEMBRE 1946

NI VICTIMES NI BOURREAUX

Le monde va vite[1]

Il est évident pour tous que la pensée politique se trouve de plus en plus dépassée par les événements.

1. Texte dactylographié, avec corrections et ajouts manuscrits.

Les Français, par exemple, ont commencé la guerre de 1914 avec les moyens de 1870 et la guerre de 1939 avec les moyens de 1918. Mais aussi bien la pensée anachronique n'est pas une spécialité française. Il suffira de souligner ici que, pratiquement, les grandes politiques[1] d'aujourd'hui prétendent régler l'avenir du monde au moyen de principes formés au XVIIIe siècle en ce qui concerne le libéralisme capitaliste, et au XIXe en ce qui regarde le socialisme dit scientifique. Dans le premier cas, une pensée née dans les premières années de l'industrialisme moderne et dans le deuxième cas une doctrine contemporaine de l'évolutionnisme darwinien et de l'optimisme renanien se proposent de mettre en équation l'époque de la bombe atomique, des mutations brusques et du nihilisme. Rien ne saurait mieux illustrer le décalage de plus en plus désastreux qui s'effectue entre la pensée politique et la réalité historique.

Bien entendu, l'esprit a toujours du retard sur le monde. L'histoire court pendant que l'esprit médite. Mais ce retard inévitable grandit aujourd'hui à proportion de l'accélération historique. Le monde a beaucoup plus changé dans les cinquante dernières années qu'il ne l'avait fait auparavant en deux cents ans. Et l'on voit le monde s'acharner aujourd'hui à régler des problèmes de frontières quand tous les peuples savent que les frontières sont aujourd'hui abstraites. C'est encore le principe des nationalités qui a fait semblant de régner à la Conférence des Vingt et un[2].

Nous[3] devons tenir compte de cela dans notre analyse de la réalité historique. Nous centrons au-

1. D : les *grands* politiques [...]
2. Voir article précédent, note 1, p. 654.
3. D : *Eh bien*, nous devons [...]

jourd'hui nos réflexions autour du problème allemand, qui est un problème secondaire par rapport au choc d'empires qui nous menace. Mais si, demain, nous concevions des solutions internationales en fonction du problème russo-américain, nous risquerions de nous voir à nouveau dépassés. Le choc d'empires est déjà en passe de devenir secondaire par rapport au choc des civilisations. De toute part, en effet, les civilisations colonisées font entendre leurs voix. Dans dix ans, dans cinquante ans, c'est la prééminence de la civilisation occidentale[1] qui sera remise en question. Autant donc y penser tout de suite et ouvrir le Parlement mondial à ces civilisations, afin que sa loi devienne vraiment universelle, et universel l'ordre qu'elle consacre.

Les problèmes que pose aujourd'hui le droit de veto sont faussés parce que les majorités ou les minorités qui s'opposent à l'O.N.U. sont fausses. L'U.R.S.S. aura toujours le droit de réfuter la loi de la majorité tant que celle-ci sera une majorité de ministres, et non une majorité de peuples représentés par leurs délégués, et tant que tous les peuples, précisément, n'y seront pas représentés. Le jour où cette majorité aura un sens, il faudra que chacun lui obéisse ou rejette sa loi, c'est-à-dire déclare ouvertement sa volonté de domination[2].

De même, si nous gardons constamment à l'esprit cette accélération du monde, nous risquons de trouver la bonne manière de poser le problème économique d'aujourd'hui. On n'envisageait plus, en 1930, le problème du socialisme comme on le faisait en 1848. À l'abolition de la propriété avait suc-

1. Ici encore, il faut noter la lucidité prémonitoire de Camus.
2. Mss : *puissance.*

cédé la technique de la mise en commun des moyens de production. Et cette technique, en effet, outre qu'elle réglait en même temps le sort de la propriété, tenait compte de l'échelle agrandie où se posait le problème économique. Mais, depuis 1930, cette échelle s'est encore accrue. Et, de même que la solution politique sera internationale ou ne sera pas, de même la solution économique doit viser *d'abord* les moyens de production internationaux : pétrole, charbon et uranium. Si collectivisation il doit y avoir, elle doit porter sur les ressources indispensables à tous, et qui, en effet, ne doivent être à personne. Le reste, tout le reste, relève du discours électoral[1].

Ces perspectives sont utopiques aux yeux de certains, mais pour tous ceux qui refusent d'accepter la chance d'une guerre, c'est cet ensemble de principes qu'il convient d'affirmer et de défendre sans aucune réserve. Quant à savoir les chemins qui peuvent nous rapprocher d'une semblable conception, ils ne peuvent pas s'imaginer, sans la réunion des anciens socialistes et des hommes aujourd'hui solitaires à travers le monde.

Il est possible, en tout cas, de répondre une nouvelle fois, et pour finir, à l'accusation d'utopie. Car, pour nous, la chose est simple, ce sera l'utopie ou la guerre, telle que nous la préparent des méthodes de pensée périmées. Le monde a le choix aujourd'hui entre la pensée politique anachronique et la pensée utopique. La pensée anachronique est en train de nous tuer. Si méfiants que nous soyons (et que je sois), l'esprit de réalité nous force donc à revenir à

1. Tout le paragraphe « De même [...] discours électoral » est ajouté à la main.

cette utopie relative. Quand elle sera rentrée dans l'histoire[1] comme beaucoup d'autres utopies du même genre, les hommes n'imagineront plus d'autre réalité. Tant il est vrai que l'histoire[2] n'est que l'effort désespéré des hommes pour donner corps aux plus clairvoyants de leurs rêves.

ALBERT CAMUS

29 NOVEMBRE 1946

NI VICTIMES NI BOURREAUX

Un nouveau contrat social[3]

Je me résume. Le sort des hommes de toutes les nations ne sera pas réglé avant que soit réglé le problème de la paix et de l'organisation du monde. Il

1. *Actuelles :* l'Histoire [...]
2. *Actuelles :* l'Histoire [...]
3. Texte en partie dactylographié, avec ajouts manuscrits et nombreuses corrections, qui a été considérablement remanié. Il a d'abord été envisagé comme conclusion : une partie en effet en passera dans le dernier article « Vers le dialogue », pour lequel il n'y a pas de manuscrit séparé ni de dactylographie mise au point ; et une autre partie, qui venait à la fin d'« Un nouveau contrat social », a été déplacée et utilisée dans « Le siècle de la peur » ; voir les notes 1, p. 636 ; 1, p. 637 et 2, p. 638 de ce texte. De longs passages ne seront pas gardés. D'autres n'existent pas dans le manuscrit : depuis « Toute pensée qui reconnaît [...] » jusqu'à « d'une société condamnée ».

L'Homme révolté consacrera une analyse au *Contrat social* de Rousseau, sous le titre : « Un nouvel évangile » (*Essais, op. cit.*, pp. 523-526).

n'y aura de révolution efficace nulle part au monde avant que cette révolution-là soit faite. Tout ce qu'on dit d'autre, en France, aujourd'hui, est futile ou intéressé. J'irai même plus loin. Non seulement le mode de propriété ne sera changé durablement en aucun point du globe, mais les problèmes les plus simples, comme le pain de tous les jours, la grande faim qui tord les ventres d'Europe, le charbon, ne recevront aucune solution tant que la paix ne sera pas créée[1].

Toute pensée qui reconnaît loyalement son incapacité à justifier le mensonge et le meurtre est amenée à cette conclusion, pour peu qu'elle ait le souci

1. Au tapuscrit, suit ici ce passage, dactylographié avec quelques corrections manuscrites : *Je ne vois donc rien plus pressé pour les hommes qui réfléchissent à ces problèmes que d'engager toutes leurs forces, leur résistance ou leur temps, leur bulletin de vote si peu qu'il représente, leurs talents ou leurs ressources à réclamer la solution mondiale qui allégera le poids de la misère et de la peur. Et ce mouvement doit s'étaler à l'intérieur de tous les pays et surtout sur le plan international par les moyens de la prédication pour commencer. C'est la première tâche, la plus urgente, la seule efficace, la seule véritablement réaliste.*

Pour le reste, il n'y a pas grand-chose à attendre des gouvernements qui seront dépassés par leur tâche tant que cette question ne sera pas réglée. Et les gouvernements le savent bien. Leur première tâche semble être de se survivre, et la seconde, selon les partis qui la composent, de donner des gages à la puissance étrangère de leur choix. Il n'y a donc pas d'autre solution que provisoire aux autres questions. Les deux seuls problèmes sont celui d'un ordre international qui apportera finalement les réformes de structures durables qui définissent la révolution et celui de l'administration provisoire des besoins et des ressources quotidiennes. Et puisque la société internationale actuelle se trouve, par la faute de ceux qui la dirigent, dans une telle impasse, il faut donc que les hommes, un à un, refassent entre eux, à l'intérieur des frontières et par-dessus elles, un contrat social qui les unisse à *nouveau* suivant des principes plus raisonnables.

La fin de cette phrase et le paragraphe suivant ont été déplacés, et figurent plus loin dans le texte. Voir note 1, p. 665.

de la vérité. Il lui reste donc à se conformer tranquillement à ce raisonnement.

Elle reconnaîtra ainsi : 1° que la politique intérieure considérée dans sa solitude est une affaire proprement secondaire et d'ailleurs impensable ; 2° que le seul problème est la création d'un ordre international, qui apportera finalement les réformes de structure durables par lesquelles la révolution se définit ; 3° qu'il n'existe plus, à l'intérieur des nations, que des problèmes d'administration qu'il faut régler provisoirement, et du mieux possible, en attendant un règlement politique plus efficace parce que plus général.

Il faudra dire, par exemple, que la Constitution française ne peut se juger qu'en fonction du service qu'elle rend ou qu'elle ne rend pas à un ordre international fondé sur la justice et le dialogue. De ce point de vue, l'indifférence de notre Constitution aux plus simples libertés humaines est condamnable. Il faudra reconnaître que l'organisation provisoire du ravitaillement est dix fois plus importante que le problème des nationalisations ou des statistiques électorales. Les nationalisations ne seront pas viables dans un seul pays. Et si le ravitaillement ne peut pas se régler non plus sur le seul plan national, il est du moins plus pressant et il impose le recours à des expédients, même provisoires.

Tout cela peut donner par conséquent à notre jugement sur la politique intérieure le critérium qui lui manquait jusque-là. Trente éditoriaux de *L'Aube* auront beau s'opposer tous les mois à trente éditoriaux de *L'Humanité*, ils ne pourront nous faire oublier que ces deux journaux, avec les partis qu'ils représentent et les hommes qui les dirigent, ont accepté l'annexion sans référendum de Brigue et

Tende[1], et qu'ils se sont ainsi rejoints dans une même entreprise de destruction à l'égard de la démocratie internationale. Que leur volonté soit bonne ou mauvaise, M. Bidault et M. Thorez favorisent également le principe de la dictature internationale. De ce point de vue, et quoi qu'on puisse en penser, ils représentent dans notre politique, non pas la réalité mais l'utopie la plus malheureuse.

Oui, nous devons enlever son importance à la politique intérieure. On ne guérit pas la peste avec les moyens qui s'appliquent aux rhumes de cerveau[2]. Une crise qui déchire le monde entier doit se régler à l'échelle universelle. L'ordre pour tous afin que soit diminué pour chacun le poids de la misère et de la peur, c'est aujourd'hui notre objectif logique. Mais cela demande une action et des sacrifices, c'est-à-dire des hommes. Et s'il y a beaucoup d'hommes, aujourd'hui, qui, dans le secret de leur cœur, maudissent la violence et la tuerie, il n'y en a pas beaucoup qui veuillent reconnaître que cela les force à reconsidérer leur pensée ou leur action. Pour ceux qui voudront faire cet effort, cependant, ils y trouveront une espérance raisonnable et la règle d'une action.

Ils admettront qu'ils n'ont pas grand-chose à attendre des gouvernements actuels, puisque ceux-ci vivent et agissent selon des principes meurtriers. Le seul espoir réside dans la plus grande peine, celle qui

1. Les traités de Paris, signés en février 1947 entre les puissances victorieuses et les anciens alliés de l'Allemagne, prévoyaient, entre autres, la cession par l'Italie à la France des communes de Brigue et de Tende ; le rattachement eut lieu, après un référendum à la fin de l'année.

2. Tarrou dira la même chose : « Ils ne sont jamais à l'échelle des fléaux. Et les remèdes qu'ils imaginent sont à peine à la hauteur d'un rhume de cerveau » (*La Peste, op. cit.*, p. 118).

consiste à reprendre les choses à leur début pour refaire une société vivante à l'intérieur d'une société condamnée[1]. Il faut donc que ces hommes, un à un, refassent entre eux, à l'intérieur des frontières et par-dessus elles, un nouveau contrat social qui les unisse suivant des principes plus raisonnables.

Le mouvement pour la paix dont j'ai parlé devrait pouvoir s'articuler, à l'intérieur des nations, sur des communautés de travail et, par-dessus les frontières, sur des communautés de réflexion, dont les premières, selon des contrats de gré à gré sur le mode coopératif, soulageraient le plus grand nombre possible d'individus et dont les secondes s'essaieraient à définir les valeurs dont vivra cet ordre international[2], en

1. Le texte renoue ici avec le manuscrit.

2. D : ordre international. *Encore une fois cette utopie relative est la seule chance.*

Suit un long passage dont seuls les derniers mots seront repris plus loin dans le texte définitif : *Cela est d'ailleurs si peu utopique qu'on peut apercevoir dans la réalité d'aujourd'hui les éléments de ces rassemblements. Cet exemple n'est qu'un exemple, mais il indiquera au moins une direction de pensée. Le type de cette société contractuelle qui repense notre société jusque dans son mode de production trouve en effet une excellente illustration dans la communauté de travail telle que l'a conçue et réalisée Marcel Barbu, à Valence. Nous avons en France beaucoup d'esprits forts et distingués. Très peu à ma connaissance ont aperçu l'importance de l'expérience Barbu et sa signification réelle dans les temps que nous vivons. Cette communauté existe. Elle comporte 150 hommes de tous credo (marxistes, chrétiens, sans parti) qui se déclarent heureux. Elle dure depuis huit ans. D'autres semblables se sont fondées. On leur dit qu'elles échoueront, mais elles continuent pour le moment et elles auront du moins enlevé pendant huit ans quelques otages à la misère du monde. Elle n'a pas promis la dignité et la paix intérieure dans quatre générations à tous ces travailleurs, elle les leur a données et leur donne depuis des années. Encore une fois, la libération définitive dépend de la réforme internationale. Mais des expériences comme celle de Marcel Barbu, qui crée un type de rapports humains, issus de la libre décision des hommes, respectueux des différences et des libertés, montre que en attendant il nous est possible de réaliser quelques conquêtes provisoires*

même temps qu'elles plaideraient pour lui, en toute occasion.

Plus précisément, la tâche de ces dernières serait d'opposer des paroles claires aux confusions de la terreur, et de définir en même temps les valeurs indispensables à un monde pacifié. Un code de justice internationale dont le premier article serait l'abolition générale de la peine de mort[1], une mise au clair des principes nécessaires à toute civilisation du dialogue pourraient être ses premiers objectifs. Ce travail répondrait aux besoins d'une époque qui ne trouve dans aucune philosophie les justifications nécessaires à la soif d'amitié qui brûle aujourd'hui les esprits occidentaux. Mais il est bien évident qu'il ne s'agirait pas d'édifier une nouvelle idéologie. Il s'agirait seulement de rechercher un style de vie.

---

sur le désordre et la haine universels. Ces conquêtes ne seront fixées que dans l'organisation universelle. Jusque-là elles sont menacées. Mais elles permettent d'espérer.

Ce sont ces rapports qu'il s'agit de multiplier chaque fois que cela sera possible puisqu'il s'agit de refaire une société vivante à l'intérieur d'une société condamnée. Des hommes qui affirmeraient dans la vie politique de tous les jours que le seul problème est la construction de la société internationale, qui démontreraient la vanité de toutes les autres querelles, constitutionnelles ou électorales, et maintiendraient leur exigence sur ce point par une solidarité et une organisation internationales ; qui définiraient simplement les valeurs communes et provisoires qui leur sont nécessaires pour rejeter le meurtre et poursuivre leur but ; qui réclameraient l'abolition générale de la peine de mort *en Occident ;* qui refuseraient tous les avantages de la société actuelle et n'en accepteraient que les devoirs et les charges qui les lient aux autres hommes ; *qui préféreraient en toute circonstance* la prédication à la domination, le dialogue à l'insulte ; *qui feraient entrer dans la presse et surtout dans l'enseignement* les principes de conduite dont il a été question jusqu'ici ; ces hommes-là [...]

1. Si Camus a déjà, à maintes reprises, exprimé son horreur de la condamnation à mort, c'est peut-être ici la première fois qu'il emploie cette formule.

Ce sont là, en tout cas, des motifs de réflexion et je ne puis m'y étendre dans le cadre de ces articles. Mais, pour parler plus concrètement, disons que des hommes qui décideraient d'opposer, en toutes circonstances, l'exemple à la puissance, la prédication à la domination, le dialogue à l'insulte, et le simple honneur à la ruse ; qui refuseraient tous les avantages de la société actuelle et n'accepteraient que les devoirs et les charges qui les lient aux autres hommes ; qui s'appliqueraient à orienter l'enseignement surtout, la presse et l'opinion ensuite, suivant les principes de conduite dont il a été question jusqu'ici, ces hommes-là n'agiraient pas dans le sens de l'utopie, c'est l'évidence même, mais selon le réalisme le plus honnête. Ils prépareraient l'avenir et, par là, ils feraient, dès aujourd'hui, tomber quelques-uns des murs qui nous oppressent. Si le réalisme est l'art de tenir compte, à la fois, du présent et de l'avenir, d'obtenir le plus en sacrifiant le moins, qui ne voit que la réalité la plus aveuglante serait alors leur part ?

Ces hommes se lèveront ou ne se lèveront pas[1], je n'en sais rien. Il est probable que la plupart d'entre eux réfléchissent en ce moment, et cela est bien. Mais il est sûr que l'efficacité de leur action ne se séparera pas du courage avec lequel ils accepteront de renoncer, pour l'immédiat, à certains de leurs rêves, pour ne s'attacher qu'à l'essentiel qui est le sauvetage des vies. Et arrivé ici, il faudra peut-être[2], avant de terminer, élever la voix.

ALBERT CAMUS

1. Mss : ne se lèveront pas. Il est probable que la plupart d'entre eux réfléchissent en ce moment. Mais il est sûr [...]

2. Mss : il faudrait peut-être élever la voix.

30 NOVEMBRE 1946

NI VICTIMES NI BOURREAUX

Vers le dialogue[1]

Oui, il faudrait élever la voix[2]. Je me suis défendu[3] jusqu'à présent de faire appel aux forces du sentiment. Ce qui nous broie aujourd'hui, c'est une logique historique que nous avons créée de toutes pièces et dont les nœuds finiront par nous étouffer. Et ce n'est pas le sentiment qui peut trancher les nœuds d'une logique qui déraisonne, mais seulement une raison qui raisonne dans les limites qu'elle se connaît. Mais je ne voudrais pas, pour finir, laisser croire que l'avenir du monde peut se passer de nos forces d'indignation et d'amour. Je sais bien qu'il faut aux hommes de grands mobiles pour se mettre en marche et qu'il est difficile de s'ébranler soi-même pour un combat dont les objectifs sont si limités et où l'espoir n'a qu'une part à peine raisonnable. Mais il n'est pas question d'entraîner des hommes. L'essentiel, au contraire, est

1. Il n'y a pas de manuscrit séparé pour ce texte ; mais il reprend un passage prévu pour « Un nouveau contrat social ».

2. Reprise de la dernière phrase de l'article précédent.

3. Tout ce passage, depuis « Je me suis défendu » jusqu'à « d'indignation et d'amour », figure dans la dactylographie de « Un nouveau contrat social », où il se continue par un développement repris dans « Le siècle de la peur », qui est barré, et remplacé par le texte manuscrit — très raturé — qui vient à la suite ici : « Je sais bien qu'il faut aux hommes [...] »

qu'ils ne soient pas entraînés et qu'ils sachent bien ce qu'ils font.

Sauver[1] ce qui peut encore être sauvé, pour rendre l'avenir seulement possible, voilà le grand mobile, la passion et le sacrifice demandés. Cela exige seulement qu'on y réfléchisse et qu'on décide clairement s'il faut encore ajouter à la peine des hommes pour des fins toujours indiscernables, s'il faut accepter que le monde se couvre d'armes et que le frère tue[2] le frère à nouveau, ou s'il faut, au contraire, épargner autant qu'il est possible le sang et la douleur pour donner seulement leur chance à d'autres générations qui seront mieux armées que nous[3].

Pour ma part, je crois être à peu près sûr d'avoir choisi. Et, ayant choisi, il m'a semblé que je devais parler, dire que je ne serais plus jamais de ceux, quels qu'ils soient, qui s'accommodent du meurtre, et en tirer les conséquences qui conviennent[4]. La chose est faite et je m'arrêterai donc aujourd'hui. Mais, auparavant, je voudrais qu'on sente bien dans quel esprit j'ai parlé jusqu'ici.

On nous demande d'aimer ou de détester tel ou tel pays et tel ou tel peuple. Mais nous sommes quelques-uns à trop bien sentir nos ressemblances avec tous les hommes pour accepter ce choix. La bonne façon d'aimer le peuple russe, en reconnais-

1. L'édition d'*Actuelles* dans les *Essais* donne « Sauver », alors que l'édition blanche garde « Sauvez ».

2. Mss : le frère *opprime* le frère [...]

3. Mss : le sang et la douleur, *refuser la terreur*, pour *assurer la venue* d'autres générations qui seront mieux armées que nous.
Le manuscrit s'arrête ici.

4. Ici encore, il faut souligner la parenté avec *L'Homme révolté*.

sance de ce qu'il n'a jamais cessé d'être, c'est-à-dire le levain du monde dont parlent Tolstoï et Gorki, n'est pas de lui souhaiter les aventures de la puissance, c'est de lui épargner, après tant d'épreuves passées, une nouvelle et terrible saignée. Il en est de même pour le peuple américain et pour la malheureuse Europe. C'est le genre de vérité élémentaire qu'on oublie dans les fureurs du jour.

Oui, ce qu'il faut combattre aujourd'hui, c'est la peur et le silence, et avec eux la séparation des esprits et des âmes qu'ils entraînent. Ce qu'il faut défendre, c'est le dialogue et la communication universelle des hommes entre eux. La servitude, l'injustice et le mensonge sont les fléaux qui brisent cette communication et interdisent ce dialogue. C'est pourquoi nous devons les refuser. Mais ces fléaux sont aujourd'hui la matière même de l'histoire et, partant, beaucoup d'hommes les considèrent comme des maux nécessaires. Il est vrai, aussi bien, que nous ne pouvons pas échapper à l'histoire, puisque nous y sommes plongés jusqu'au cou. Mais on peut prétendre à lutter dans l'histoire pour préserver de l'histoire cette part de l'homme qui ne lui appartient pas. C'est là tout ce que j'ai voulu dire. Et dans tous les cas, je définirai mieux encore cette attitude et l'esprit de ces articles par un raisonnement dont je voudrais, avant de finir, qu'on le médite loyalement.

Une grande expérience met en marche aujourd'hui toutes les nations du monde selon les lois de la puissance et de la domination. Je ne dirai pas qu'il faut empêcher ni laisser se poursuivre cette expérience. Elle n'a pas besoin que nous l'aidions et, pour le moment, elle se moque que nous la contrarions. L'expérience se poursuivra donc. Je poserai simplement cette question : qu'arrivera-t-il si l'expérience échoue, si la logique de l'histoire se dément sur laquelle tant d'esprits se reposent pourtant ? Qu'arrivera-t-il si, malgré deux ou trois guerres, malgré le sacrifice de plusieurs générations et de quelques valeurs, nos petits-fils, en supposant qu'ils existent, ne se retrouvent pas plus rapprochés de la société universelle ? Il arrivera que les survivants de cette expérience n'auront même plus la force d'être les témoins de leur propre agonie. Puisque donc l'expérience se poursuit et qu'il est inévitable qu'elle se poursuive encore, il n'est pas mauvais que des hommes se donnent pour tâche de préserver, au long de l'histoire apocalyptique qui nous attend, la réflexion modeste qui, sans prétendre tout résoudre, sera toujours prête à un moment quelconque, pour fixer un sens à la vie de tous les jours. L'essentiel est que ces hommes pèsent bien, et une fois pour toutes, le prix qu'il leur faudra payer.

Je puis maintenant conclure. Tout ce qui me paraît désirable, en ce moment, c'est qu'au milieu du monde du meurtre on se décide à réfléchir au meurtre et à choisir. Si cela pouvait se faire, nous nous partagerions alors entre ceux qui acceptent à la rigueur d'être des meurtriers ou les complices des meurtriers, et ceux qui s'y refusent de toutes leurs forces. Puisque cette terrible division existe, ce sera au moins un progrès que de la rendre claire. À travers cinq continents, et dans les années qui viennent, une interminable lutte va se poursuivre entre la violence et la prédication. Et il est vrai que les chances de la première sont mille fois plus grandes que celles de la dernière. Mais j'ai toujours pensé que si l'homme qui espérait dans la condition humaine était un fou, celui qui désespérait des événements était un lâche. Et désormais, le seul honneur sera de tenir obstinément ce formidable pari qui décidera enfin si les paroles sont plus fortes que les balles[1].

ALBERT CAMUS

1. On ne peut manquer de rapprocher ces derniers mots de l'interview que Camus donnera en 1957 à *Demain*, sous le titre « Le pari de notre génération ».

17 mars - 3 juin 1947

À la suite du retrait de Pascal Pia, Camus assure, pendant deux mois et demi, la direction de Combat *; il publie 6 éditoriaux et 2 articles, tous pourvus d'un titre et signés. Ces textes ont une certaine unité ; ils reflètent la désillusion et les craintes de leur auteur quant à la politique intérieure, coloniale et internationale menée par la France. Et comme les précédents, ils témoignent de la haute conception que Camus se fait du journalisme.*

Son nom apparaît dès janvier dans les colonnes du journal ; mais c'est en tant qu'écrivain qu'il répond à l'enquête de Jean Desternes sur la littérature américaine. Bien que ce texte n'ait évidemment pas le même statut que les autres, il semble légitime de le faire figurer à sa place chronologique, dans la mesure où il rappelle que le journaliste est aussi *un romancier : il termine* La Peste, *qui sera publiée en juin. Des articles chaleureux — dont celui de Maurice Nadeau — salueront la sortie du livre ; le 14, le journal annonce qu'« Albert Camus reçoit le Prix des Critiques », avec photo à l'appui. Et Dominique Arban commente : « À* Combat, *chacun de nous a l'impression qu'il lui est arrivé personnellement quelque chose d'heureux. »*

17 JANVIER 1947

« Que pensez-vous de la littérature américaine ?
— Littérature de l'élémentaire »,
répond Albert Camus[1].

« Bien sûr, c'est une mode. Mais toute mode a ses raisons. Les Américains sont étonnés du succès de leurs auteurs en Europe. (Caldwell se vend dix fois plus à Paris qu'à New York.) Moi, je ne suis pas étonné. La technique romanesque américaine est une technique de facilité — elle aura donc toujours raison[2]. Mais, si on compare un Steinbeck à un Melville[3], on s'aperçoit que la littérature américaine du XIXe siècle, dont la grandeur est universelle, a été remplacée par une littérature de magazine.

1. Commencée le 3 janvier, l'enquête de Jean Desternes est publiée dans les pages littéraires du journal.
2. Dans un entretien publié par *Les Nouvelles littéraires* le 15 novembre 1945, Camus disait déjà : « La technique romanesque américaine me paraît aboutir à une impasse. Je l'ai utilisée dans *L'Étranger*, c'est vrai. Mais c'est qu'elle convenait à mon propos qui était de décrire un homme sans conscience apparente. En généralisant ce procédé, on aboutit à un univers d'automates et d'instincts. Ce serait un appauvrissement considérable. C'est pourquoi tout en rendant au roman américain ce qui lui revient, je donnerais cent Hemingway pour un Stendhal ou un Benjamin Constant. Et je regrette l'influence de cette littérature sur beaucoup de jeune auteurs. »
3. On sait l'admiration que Camus vouait à Melville ; cf. la préface qu'il écrira pour la publication de son œuvre, *Les Écrivains célèbres*, Éditions Mazenod, tome III, 1952, reprise dans *Théâtre, Récits, Nouvelles*, Bibliothèque de la Pléiade, pp. 1899-1903.

— *Mais comment expliquer l'influence que cette production exerce sur la nôtre ?*

— J'y vois deux explications, l'une, évidente, et l'autre, plus personnelle, que je donne pour ce qu'elle vaut. La première, c'est le goût de l'efficacité et de la vitesse, goût très général et que je ne méprise pas, mais qu'on introduit maintenant dans les techniques de narration. Le récit fait alors le silence sur tout ce qui constituait jusqu'ici le sujet propre de la littérature, c'est-à-dire, en gros, la vie intérieure. L'homme est décrit, mais jamais expliqué ou interprété. Le résultat est qu'on peut, aujourd'hui, écrire un roman en faisant seulement appel à sa mémoire et à ses yeux. Le reste, expérience intérieure, méditation, connaissance de l'homme et du monde, n'est pas nécessaire. Le roman est mis ainsi à la portée de tous. Si vous savez voir, vous savez écrire, or, tout le monde sait voir, donc tout le monde sait écrire, etc.

— *Et la deuxième explication ?*

— C'est plutôt une impression, que je ne livre qu'avec prudence. Voilà. Nous nous trompons sur les romans américains quand nous les lisons en français. Parce que nous avons la tradition (et le goût) du raccourci, du sous-entendu, de la litote, et que nous prêtons à cette technique qui ne dit jamais rien d'important l'intention de dire des tas de choses que, peut-être, elle n'a jamais voulu dire. Nous lisons *Of Mice and Men*[1] dans le même esprit

1. *Des souris et des hommes*, de Steinbeck.

où nous lisons *La Princesse de Clèves*[1]. Mais les hommes du roman américain, au contraire du prince de Clèves, sont réellement des êtres élémentaires. Si le prince de Clèves ne dit rien, c'est que sa douleur est si aiguë qu'il finira par en mourir. Si le George de Steinbeck ne dit rien, c'est qu'il n'a rien à dire, sinon un grand sentiment confus et puissant qui ne parviendra jamais à la vérité du langage.

— Autrement dit, cet art vous paraît plus élémentaire qu'universel ?

— Exactement, il n'est universel qu'au niveau de l'élémentaire[2]. Cette technique est incomparable pour décrire un homme sans vie intérieure apparente (et je m'en suis servi). Mais en généraliser l'emploi, comme cela se voit aujourd'hui, reviendrait à supprimer les neuf dixièmes de ce qui fait la richesse de l'art et de la vie. Ce serait un appauvrissement. La littérature que nous lisons (exception faite pour Faulkner[3] et deux ou trois autres qui,

1. Camus a publié en juillet 1943, dans un numéro spécial de la revue *Confluences* (n° 21-24) consacré aux « Problèmes du roman », un très bel article intitulé « L'intelligence et l'échafaud » sur le roman classique français, qui fait une large place à Madame de Lafayette et dit son admiration pour *La Princesse de Clèves ; Théâtre, Récits, Nouvelles, op. cit.*, pp. 1887-1894. Cf. également *Carnets II*, pp. 60-62.

Dans sa réponse à cette même enquête (*Combat*, 26-27 janvier) Mauriac notera : « Albert Camus me disait ces jours-ci qu'il n'y avait rien de mieux que *La Princesse de Clèves.* »

2. Cf. dans les *Carnets II*, p. 114, cette note de 1943 : « À propos du roman américain : il vise à l'universel. Comme le classicisme. Mais alors que le classicisme vise un universel éternel, la littérature contemporaine, du fait des circonstances (interpénétration des frontières), vise à un universel historique. Ce n'est pas l'homme de tous les temps, c'est l'homme de tous les espaces. »

3. En 1957, Camus adaptera *Requiem pour une nonne.*

comme lui, n'ont aucun succès là-bas) est un document de premier ordre, mais elle ne garde avec l'art que des rapports lointains.

— *Y a-t-il une explication sociale de ce phénomène ?*

— Il y a toujours une explication sociale aux choses de l'art. Elle n'explique rien de sérieux, voilà tout. Cependant, il me paraît évident que la commercialisation de la littérature, les procédés publicitaires, la perspective de gagner des millions avec un seul livre, si celui-ci est assez élémentaire et complaisant pour devenir un *best-seller*, sont des explications partiellement valables. Les littérateurs ne sont pas des saints et même s'ils étaient des saints, ils ne seraient pas littérateurs. Combien, parmi les écrivains européens, hésiteraient entre la position de millionnaire fabricant de livres et celle de grand talent méconnu ? S'il y a de grands écrivains aujourd'hui en Amérique, il y a des chances pour que nous ne les connaissions pas. Songez au détachement amer et à l'indépendance du grand Melville, inconnu de ses contemporains, mourant dans la médiocrité, ignoré parmi ses chefs-d'œuvre. Songez à Poe, consacré d'abord par l'Europe, à Faulkner imprimé à quelques milliers d'exemplaires, tandis que cet incroyable *Ambre*[1] tire à des millions d'exemplaires.

— *Une discussion s'est instaurée autour de* Pour qui sonne le glas *?*

— Oui, et bien vaine. Il faut rendre à Hemingway ce qui lui revient. *Le Soleil se lève aussi* est un très

1. *Ambre*, traduction française de *For Ever Amber*, roman de Kathleen Winsor, connut un très grand succès de librairie.

bon livre. Mais son livre sur l'Espagne est un livre d'enfant à côté de *L'Espoir* de Malraux[1]. Rien ne me paraît plus décevant que cette histoire d'amour dans le style Metro-Goldwin-Mayer, introduite dans la prodigieuse aventure espagnole. Hollywood et Guernica, ça ne va pas ensemble.

— *Êtes-vous complètement hostile à cette littérature américaine ?*

— Non, parce que j'ai rencontré en Amérique à la fois les raisons de cette littérature et la promesse qu'elle sera dépassée, si elle ne l'est déjà. Et je me sens solidaire de quelques-unes de ces raisons (dans mon pays, en Afrique du Nord, on vit aussi de cette façon brève et violente), comme de cette promesse. L'Amérique éclate de forces encore inemployées et elle n'a pas fini d'étonner le monde. Mais elle pourra l'étonner par les moyens les plus faciles et les plus violents (comme on dit qu'une couleur est violente), ou, au contraire, par la résurrection de ce génie tranquille et démesuré qui a déjà produit Melville et Hawthorne[2]. L'Amérique choisira. Mais ce que nous pouvons faire de mieux pour elle n'est pas de la suivre dans ses œuvres les plus vulgaires, c'est d'essayer, au contraire, de nous tenir dans cette région rigoureuse de l'art où ses grands esprits ont déjà leur place.

— *Donner l'exemple ?*

— Non, nous ne pouvons plus être un exemple pour l'Amérique. Elle a sa voie propre, et nous avons

1. Là encore, il s'agit d'une des grandes admirations de Camus.
2. Camus se sentait sans doute quelque affinité avec Nathaniel Hawthorne ; il relève (*Carnets II*, p. 296) une remarque de Melville sur lui : « Il ne croyait pas et il ne pouvait se contenter de l'incroyance. »

la nôtre, qui n'est plus facile. Mais nous pouvons lui dire parfois qu'elle a tort, pour l'aider, et avoir finalement raison. L'art est le seul domaine où l'honnêteté et l'exigence soient parfois récompensées. On aura déjà oublié *Les Raisins de la Colère* et *La Route au Tabac* qu'on parlera encore de *Moby Dick* et de la *Lettre rouge*[1]. Notre rôle est de le dire, si nous le pensons.

Ajoutons, si vous voulez, quelques nuances. Ce ne sont pas les meilleures œuvres qui ont toujours le plus d'influence. Mais les plus mauvaises œuvres d'une littérature servent parfois de véhicules à ce qu'il y a de bon dans les plus grandes. Et il arrive, pour achever le cercle, que de mauvaises influences suscitent ainsi de grandes œuvres. Il y a en art, de cette manière, une justice ou un miracle, comme on voudra le dire.

— *Conclusion ?*

— Rester calmes. »

17 MARS 1947

La République sourde et muette[2]

La cure de silence est provisoirement terminée[3]. Après plus de quatre semaines d'interruption, notre

1. *Les Raisins de la colère* est de Steinbeck, *La Route au tabac* de Caldwell, *Moby Dick* de Melville, *La Lettre rouge* (traduite généralement par « *écarlate* ») de Hawthorne.
2. Éditorial.
3. À cause de la grève des imprimeurs, le journal n'a pas paru entre le 15 février et le 17 mars. Cette longue interruption compromet définitivement son équilibre financier.

journal se présente à nouveau devant le public. Sa disparition, il est vrai, avait été annoncée par de bienveillants informateurs. On voit que la nouvelle était prématurée. D'autres informations, tout aussi amicales, avaient laissé entendre que *Combat* venait de connaître l'ultime malheur de la vertu, qui est de se vendre à de grands financiers libertins.

Il faut croire, hélas, que *Combat* ne possède en propre que la vertu sans esprit, nous voulons dire celle qui est assez bête aux yeux du monde pour risquer de se laisser mourir de faim. Pauvre et libre avant la grève, *Combat* reparaît encore appauvri, mais toujours libre et décidé à le rester. Vivant de sa vente et de sa publicité, il y a un mois, il continue de ne compter que sur ses lecteurs.

Mais nous réserverons ce sujet pour plus tard. Aujourd'hui nous devons seulement quelques renseignements à nos lecteurs et quelques vérités au Gouvernement. Cette interminable grève a constitué pour tous les journaux une véritable hémorragie financière. Elle les a menacés dans leur existence même et plus particulièrement les organes indépendants. Comme les gouvernements qui se sont succédé portent l'immense responsabilité de n'avoir jamais adopté de statut de la presse, malgré nos incessantes objurgations, la prolongation de la dernière grève n'a eu d'autre résultat que d'augmenter les chances que pouvaient et que peuvent avoir les journaux d'argent de prendre la place des quotidiens restés encore libres. De ce point de vue le Gouvernement actuel est exactement sans excuse.

Il est sans excuse dans la mesure où, malgré les obligations d'une politique de baisse, approuvée à la fois par les journaux et les syndicats, il a refusé de prendre dès le début ses responsabilités. Dans les premiers jours de la grève, le président Ramadier[1] a refusé en effet d'intervenir dans un conflit dont il affirmait « qu'il ne présentait pas de caractère politique ». Les deux parties en présence, toujours dans le cadre de la politique de baisse, ont essayé de mettre alors sur pied des accords où des augmentations de salaire étaient accordées en fonction d'aménagements de production consentis par les ouvriers. La parution des journaux était fixée, d'accord avec le Gouvernement, à sept jours par semaine. Le 10 et le 12 mars, deux accords étaient successivement signés, qui furent successivement rejetés par le Gouvernement. Le 14 mars, le Gouvernement revenait même sur sa décision d'autoriser la parution du septième jour. Après quoi, les ministres intéressés accompagnèrent M. Vincent Auriol[2] dans le voyage de Toulouse, dont on connaît le caractère d'urgence.

Le Gouvernement a donc jugé, selon une vieille tradition, qu'une politique de non-intervention consistait, malgré les apparences, à intervenir, mais seulement dans le sens négatif. Ni libéral, ni dirigiste, il a choisi de laisser faire sans laisser passer. En bonne rhétorique, cela peut être considéré comme une attitude, mais non comme une doctrine. Et puisqu'il faut parler clair, nous dirons qu'inexistant quant à la doctrine, le Gouvernement nous paraît suspect quant à l'attitude.

À l'heure où les bouchers en grève n'honorent plus aucune ration de viande, à l'heure où des parlementaires qui prétendent conduire la nation sans savoir

1. Depuis le 22 janvier 1947, Paul Ramadier est président du Conseil.

2. Vincent Auriol a été élu président de la République le 16 janvier 1947.

se conduire eux-mêmes procèdent à la pacification de l'Indochine par le moyen de rixes déshonorantes[1], au moment où les plus obstinés d'entre nous s'interrogent avec angoisse sur le sort de cette liberté qui pendant des années fut leur raison d'être et leur plus dur souci, le silence général de la presse, la suppression à la radio de la tribune libre des journaux et de la tribune des journalistes parlementaires, la censure dissimulée des éditoriaux radiodiffusés, ne définissent pas une politique qui se puisse avouer. C'est seulement une politique qui vise à empêcher que rien ne s'avoue jamais. C'est seulement la politique du silence telle que les régimes totalitaires l'ont illustrée avec plus d'éclat, et, après tout, plus de franchise.

M. Ramadier aurait déclaré que le silence de la presse avait sauvé la République d'un noir complot qui se serait, il faut le croire, servi de nos colonnes. C'est une nouvelle toute fraîche pour nous, mais elle éclaire en tout cas les singulières conceptions d'un président républicain qui croit assez à l'éloquence de ses ministres pour penser qu'elle est la seule à servir la vérité démocratique, tandis que toute autre voix qui s'élèverait du pays ne pourrait que renforcer ce qu'il est convenu d'appeler les complots de la réaction. M. Ramadier rêve, en somme, d'une république sourde et muette, qu'on puisse livrer impunément aux méthodes curatives de Sganarelle[2].

En ce qui nous concerne, nous pensons qu'il n'est pas de démocratie sans dialogue[3] et que toute poli-

1. Allusion à un duel au pistolet dans lequel fut impliqué Gaston Defferre.

2. Allusion au *Médecin malgré lui.*

3. Faut-il rappeler combien Camus insiste sur la nécessité du dialogue en politique comme ailleurs ?

tique doit être équilibrée et contenue par les jugements qu'elle mérite. Puisque nous avons retrouvé la parole, elle doit servir aujourd'hui à la dénonciation énergique d'une attitude qui a risqué consciemment de détruire les seules valeurs qui nous paraissent mériter le combat en même temps que le seul privilège que nous défendrons de toutes nos forces : celui de dire ici tous les jours, dans la liberté, ce que nous estimons juste et ce qui nous paraît condamnable.

ALBERT CAMUS

21 MARS 1947

Radio 47[1]

Je n'ai pas l'honneur de connaître M. Max Régnier[2]. Faute de temps et peut-être aussi de goût, j'écoute rarement la Radio Nationale. J'ai cependant écouté ses informations pendant la grève des journaux, avec le désir innocent d'être renseigné. Mais l'innocence n'est jamais bien traitée en ce monde. Et j'ai appris assez rapidement que l'originalité de notre radio réside dans la faculté mystérieuse qu'elle a

1. Éditorial.
2. L'émission quotidienne radiophonique du très célèbre chansonnier Max Régnier, « N'oubliez pas le guide », vient d'être supprimée : il s'était livré à de nombreuses plaisanteries sur la chute du franc, et la pauvreté des ressources en or de la Banque de France, et est effectivement accusé de « porter atteinte au crédit de l'État ».

d'annoncer ce qui ne s'est jamais produit, et dans les dispositions exceptionnelles qu'elle montre pour l'exercice d'une partialité systématique. À cet égard, il faut reconnaître que la radio bat notre presse quotidienne de plusieurs longueurs, ce que je croyais humainement impossible.

Bref, je n'ai jamais entendu M. Max Régnier. Je sais, comme tout le monde, que son émission a beaucoup de succès, et je m'en réjouis, ayant un goût désintéressé pour les chansonniers. Je sais aussi que M. Max Régnier est accusé d'avoir porté atteinte au crédit de l'État en présentant inconsidérément des déclarations de notre ministre des Finances. Si la chose est vraie, M. Régnier a tort assurément. Mais, dans l'ignorance où je suis, je me refuse à juger sur le fond. Simplement, la méthode qui consiste à interdire ce qu'on n'a pas été capable d'empêcher, mérite peut-être qu'on la commente.

Son effet le plus remarquable est certainement de donner une importance accrue à une émission qui, sans cela, aurait eu moins d'efficacité. De ce point de vue, le Gouvernement ne s'est pas montré assez politique. Mais d'un autre côté, il l'est peut-être beaucoup trop. Une impatience si farouche touchant quelques railleries a peut-être sa justification dans le désir de protéger le crédit public. Mais elle apparaît moins légitime lorsqu'elle s'attaque en même temps à tout ce qui, dans la radio, représente encore un espoir de liberté. Le cas de M. Régnier n'est rien en lui-même, mais l'ensemble des mesures dans lequel s'inscrit la décision qui le frappe est infiniment plus choquant.

Bien entendu, il est toujours possible d'interdire la Tribune libre des journalistes parlementaires. (À ce propos, je signale à M. Ramadier que la Tribune de Paris continue à faire honneur à la radio et qu'il conviendrait par conséquent de la supprimer.) On peut toujours tronquer les éditoriaux cités dans les revues de presse, supprimer à la première incartade les émissions qui n'utilisent pas le pas cadencé pour fond sonore, et sévir en règle générale contre tout ce qui compense un peu le caractère partisan d'une radio visiblement domestiquée. Mais on s'enlève en même temps le droit de dénoncer les complots contre la République et l'on risque d'imiter M. Daladier qui avait imaginé, en 1939, d'envoyer les Français se battre pour la démocratie dans le temps même où il supprimait cette démocratie par le moyen de décrets-lois et de mesures d'exception[1].

Un de nos grands hommes de gouvernement aurait prononcé cette parole, singulière après tout au siècle de la propagande : « Vous y croyez, vous, à l'information ? » Nous sommes de ceux qui nourrissent à cet égard quelques illusions raisonnables. Oui, nous croyons à l'information. Étant du côté des imbéciles, je veux dire du côté de ceux qui ne tiennent pas à assassiner pour avoir raison, il ne nous reste, pour défendre ce que nous croyons vrai, que la parole et sa liberté. Voilà pourquoi il est impossible d'admettre que par inconscience, bêtise ou calcul, on touche à cette liberté qui, en somme, se défend au moins autant par des chansons et des discussions publiques que par des traités de philosophie ou des discours ministériels.

ALBERT CAMUS

1. On sait le mépris dans lequel Camus tient Daladier. Voir l'éditorial du 12 septembre 1944, note 1, p. 196, et celui du 12 mai 1945, p. 515.

22 MARS 1947

Rien n'excuse cela[1]

On a pu lire, dans notre numéro d'hier, la lettre courageuse que le R. P. Riquet[2], résistant et déporté, a écrite à M. Ramadier. J'ignore ce que les chrétiens peuvent penser à ce propos. Mais, pour ma part, je n'aurais pas la conscience tranquille à laisser cette lettre sans écho. Et il me semble, au contraire, qu'un incroyant doit se sentir obligé, plus que tout autre, à dire son indignation devant l'inqualifiable attitude, dans cette affaire, d'une partie de notre presse.

Je n'ai pas envie de justifier qui que ce soit. S'il est vrai que des religieux ont conspiré contre l'État, ils relèvent, en effet, des lois que ce pays s'est don-

1. Article, publié en encadré. Repris dans *Actuelles*, dans le chapitre « Deux ans après ».

2. Le révérend père Michel Riquet, résistant déporté à Mauthausen puis à Dachau, occupe alors (et jusqu'en 1955) la chaire de Notre-Dame de Paris ; ses sermons, très remarqués, portent sur le chrétien face aux grands problèmes contemporains. Dans le cadre de l'affaire Joanovici, des perquisitions ont été faites dans les couvents et les maisons religieuses ; accusés d'avoir donné asile à des miliciens, des religieux ont été arrêtés ; et le ministre de l'Intérieur, Édouard Depreux, a mis en cause les religieux « protecteurs de miliciens et autres collaborateurs ». Le 21 mars, *Combat* a publié la lettre de protestation que le R. P. Riquet a écrite au président Ramadier. Dans cette lettre — également reproduite dans *L'Aube* —, il rappelle son propre engagement et sa propre déportation, et s'élève contre le climat de délation, de haine, d'inquisition hérité de l'occupation allemande qui règne en France.

nées. Mais, à ma connaissance, et jusqu'à présent, la France n'a pas imaginé que la responsabilité pût devenir collective. Avant de dénoncer les couvents comme des nids d'assassins et de traîtres, l'Église tout entière comme le centre d'un vaste et obscur complot, on aurait voulu que les journalistes et les hommes de parti fissent seulement l'effort de se souvenir.

Peut-être auraient-ils retrouvé alors les images d'un temps où certains couvents couvraient, de leur silence, un complot bien différent. Peut-être auraient-ils consenti à mettre en face des tièdes et des défaillants l'exemple de quelques héros qui surent quitter sans discours leurs communautés pacifiques pour les communautés torturées des camps de destruction. Nous qui fûmes les premiers à dénoncer les complaisances de quelques dignitaires religieux[1], nous avons le droit d'écrire ceci à l'heure où d'autres journalistes oublient assez les devoirs et la dignité de leur profession pour se transformer en insulteurs.

Quelle que soit la responsabilité d'un gouvernement qui n'a visiblement révélé que ce qu'il lui convenait de dire et qui a choisi de le faire au moment le plus heureux pour lui, celle des journalistes est encore plus haute. Car ils ont nié ce qu'ils savaient, ils se sont détournés de ce qui reste notre seule justification et qui fut la communauté de nos souffrances pendant quatre ans. Pour des journaux qui ont eu l'honneur de la clandestinité, c'est un oubli impardonnable, un manquement à la mémoire la plus noble et un défi à la justice. Lorsque *Franc-*

1. Voir les éditoriaux du 16 septembre et du 26 décembre 1944, p. 201 et 427.

Tireur[1], répondant au Père Riquet, sans reproduire sa lettre, s'écrie : « Qui demeure fidèle à l'esprit de la Résistance ? Ceux qui essaient de soustraire à la justice les bourreaux des prêtres déportés ou ceux qui veulent les châtier ? », il oublie que s'il est une jus-

1. Le 18 mars 1945, *Franc-Tireur* écrivait, en manchette : « Allons, la Santé ne manquera pas d'aumônier », et en première page, sous le titre « Et voici le complot des soutanes », publiait un long article signé Madeleine Jacob, qui parlait de « réseaux » remontant jusqu'au Vatican et notait : « Il était déjà de notoriété publique que les couvents pratiquaient avec persévérance le droit d'asile le plus large et le plus attentif en faveur de tout ce qui avait appartenu à la Milice, à la L.V.F., à la Gestapo, en un mot comme en cent à Vichy, pour peu que les ressortissants sachent frapper à la bonne porte et selon le signal convenu. »

Jusqu'au 25 mars, *Franc-Tireur* publie un article quotidien sur cette affaire. À plusieurs reprises ensuite, et en avril encore, il publiera des articles intitulés « Pas de complot des soutanes, mais... ».

L'article auquel répond Camus est celui du 21 mars, qui, sous le titre « Ne confondons pas », reproduisait des passages de la lettre du R. P. Riquet et disait ne pouvoir accepter que l'on confonde « ceux qui combattaient pour la liberté » — auxquels des religieux avaient donné asile — et « ceux qui ont trahi leur patrie ».

Le 22 mars, Georges Altman fait une mise au point intitulée « Sauver les bourreaux au nom des victimes ? ». On peut y voir un rappel des articles de Camus de 1946 ; peut-être celui-ci avait-il prévenu son compagnon de la rue Réaumur de ce qu'il allait publier.

Les 23/24 mars, sous le titre « M. Camus absout les traîtres, mais excommunie *Franc-Tireur* », J.-M. Hermann s'en prend à l'article de Camus : « Mêler de gaîté de cœur le souvenir des martyrs à la trahison continuée, crier à la résistance pour sauver ses ennemis, cela n'indigne pas M. Camus. Nous nous souvenons, nous. Et cette parade et ce battage et ce tam-tam sacrilège... Non, rien n'excuse cela et, n'en déplaise à M. Camus, nous continuerons à parler du complot des soutanes. »

Le même jour, un autre article répète : « N'en déplaise au R. P. Riquet, n'en déplaise à M. Camus, nous continuerons à parler du complot des soutanes. »

Le 25, Georges Altman publie un long article : « Pourquoi ce déchaînement contre *Franc-Tireur* ? C'est qu'il est le gêneur n° 1 », dans lequel il écrit : « On aura tout vu. Même en l'occurrence la réconciliation, du moins spirituelle, sur notre dos de M. Mauriac, de l'Académie française, et de l'ami Camus, de *Combat*. »

tice qui doit s'appliquer à l'ennemi, il en est une autre, supérieure devant l'esprit, et que l'on doit à ses frères d'armes. La justice la plus stricte demandait à cet égard que l'on fît l'effort de ne point mêler dans la confusion d'une accusation générale une poignée de prévenus à l'immense cohorte des innocents, oubliant de gaîté de cœur tous ceux qui se firent égorger. Non, décidément, rien n'excuse cela.

Mais à quoi bon, en vérité ? L'esprit de calcul rend sourd, nous parlons dans le désert. Qui se soucie aujourd'hui de la Résistance et de son honneur ? Après ces deux ans où tant d'espoirs furent saccagés, on se sent le cœur lourd à reprendre le même langage[1]. Il le faut bien pourtant. On ne parle que de ce qu'on connaît, on a honte pour ceux qu'on aime et pour ceux-là seulement. J'entends d'ici les railleries. Eh quoi ! *Combat* est aujourd'hui avec l'Église. Cela, du moins, est sans importance. Les incroyants que nous sommes n'ont de haine que pour la haine, et tant qu'il y aura un souffle de liberté dans ce pays, ils continueront à refuser de rejoindre ceux qui hurlent et injurient, pour demeurer seulement avec ceux, quels qu'ils soient, qui témoignent[2].

ALBERT CAMUS

1. C'est sans doute cette phrase qui justifie le titre donné au chapitre dans *Actuelles* ; il ne s'agit donc pas d'une erreur, contrairement à ce que signale une note de Roger Quilliot (*Essais*, *op. cit.*, p. 1511).

2. Cf. *La Peste*, p. 278 : « Cette chronique [...] ne pouvait être que le témoignage de ce qu'il avait fallu accomplir. » Cf. également — entre autres — « Le Témoin de la liberté », conférence prononcée en décembre 1948, reprise dans *Actuelles, Essais, op. cit.*, pp. 399-406.

22 AVRIL 1947

Le choix[1]

Il paraît qu'il faut choisir[2]. Rien de plus urgent à en croire ceux qui nous pressent. C'est une idée fixe. « Qu'attendez-vous ? Êtes-vous pour le R.P.F.[3] ou contre lui ? » Il y a quelque chose d'un peu comique dans cette obstination. Après tout, la maison ne brûle pas encore. Les charrettes odorantes du printemps traversent Paris[4] et la saison est douce ; on se sent le loisir de la liberté. Mais une fièvre obsidionale brûle les têtes politiques et nous voilà forcés d'aligner quelques vérités élémentaires. Les voici.

Combat, si mes souvenirs sont bons, n'a pas été créé pour être le journal d'un parti. Il a été créé pour que quelques hommes, tout en respectant les nuances d'opinion qui les distinguent, s'unissent dans l'exercice de la libre critique. Rien de plus et rien de moins. Et ce n'est pas parce que le général de Gaulle fonde un rassemblement que nous allons monter sur

1. Éditorial.

2. Cet éditorial provoquera la rupture avec Albert Ollivier, qui, partisan du général de Gaulle et soutenant le R.P.F., avait souhaité lui répondre ; voir sa lettre citée dans notre introduction, p. 99.

3. Le Rassemblement du peuple français vient d'être fondé par le général de Gaulle ; animé, entre autres, par René Capitant et André Malraux, ce « mouvement », qui refuse d'être considéré comme un parti, se veut d'union « dans l'effort de rénovation et de réforme de l'Etat » ; il réunit des hommes hostiles au communisme, parmi lesquels beaucoup d'anciens résistants. Il durera une dizaine d'années.

4. Cf. *La Peste, op. cit.*, p. 11 : « Le printemps s'annonce seulement par la qualité de l'air ou par les corbeilles de fleurs que des petits vendeurs ramènent des banlieues. »

le trépied. Jusqu'à preuve du contraire, le R.P.F. n'est rien autre qu'un nouvel élément dans la vie politique du pays. Il convient donc de le traiter au moins sur un pied d'égalité avec les autres partis. À cet égard, l'excommunication et l'adoration nous paraissent deux attitudes également puériles. Après tout, un certain nombre de Français pensent comme nous que le problème national ne s'identifie pas absolument au dilemme de Gaulle-Thorez et qu'il est encore permis de garder son sang-froid.

Ce n'est donc pas dans nos colonnes, on s'en doute, que le général de Gaulle sera injurié. Nous, du moins, avons de la mémoire. Mais la justice que nous lui rendons nous paraît conciliable avec l'indépendance du jugement. Et, de même que lorsqu'il était président du Gouvernement, nous avons su (et nous étions souvent les seuls) exprimer les critiques les plus fermes, de même nous jugerons le R.P.F. selon ses actes et non selon des principes dont plusieurs restent encore vagues. Ce sont là des idées simples. Mais la simplicité, aujourd'hui, a des airs insolites : il faut encore préciser.

Ce n'est un mystère pour personne que le parti dont nous nous sentons le plus près (avec les déceptions que cela comporte) est le parti socialiste. Il n'empêche que, dans la pratique, les points de vue socialistes ne nous ont pas toujours enchantés et que nous n'avons jamais hésité à le dire, dans la forme objective qui convenait. De la même façon, et pour ne prendre que deux exemples, si le général de Gaulle est pour nous l'homme qui a restauré la République en France (et cela lui donne des droits), il est aussi celui qui a accepté la loi électorale dont les partis font aujourd'hui leur force. Ce qui lui rend difficile, à notre avis, de procéder à une critique vraiment décisive du système organisé par ces mêmes partis.

J'entends bien l'objection : nous nous faisons la part trop belle. Cela n'est pas sûr et nous pouvons témoigner ici que notre rôle n'est pas le plus facile. Mais, après tout, il est peut-être bon pour ce pays qu'à l'écart du tumulte assourdissant que font les voix partisanes, une tribune subsiste encore où, sans prétention et sans peur, l'indépendance d'esprit puisse toujours témoigner. Il est bon que la liberté s'exerce un peu de temps encore, même à contre-courant. Dans le siècle du mensonge, la franchise la plus maladroite est préférable à la ruse la mieux concertée. On y respire du moins et on espère encore, si solitaire que cet effort puisse quelquefois apparaître. Ce sont là nos raisons. Aujourd'hui comme hier, loin des aveuglements de l'enthousiasme et de la haine, il s'agit toujours pour *Combat* de maintenir les raisons de ce fragile espoir.

ALBERT CAMUS

30 AVRIL 1947

Démocratie et modestie[1]

Voici la rentrée[2]. On va reprendre les tractations, les marchandages et les chicanes. Les mêmes pro-

1. Éditorial. Repris dans *Actuelles,* chapitre « Deux ans après », avec la date erronée de « février 1947 ».

2. Il s'agit de la rentrée parlementaire après l'interruption des vacances de Pâques.

blèmes qui nous excèdent depuis deux ans seront conduits dans les mêmes impasses. Et chaque fois qu'une voix libre s'essaiera à dire, sans prétention, ce qu'elle en pense, une armée de chiens de garde de tout poil et de toute couleur aboiera furieusement pour couvrir son écho.

Rien de tout cela n'est réjouissant, bien entendu. Heureusement, quand on ne conserve que des espérances raisonnables, on se sent le cœur solide. Les Français qui ont vécu pleinement les dix dernières années y ont appris du moins à ne plus avoir peur pour eux-mêmes, mais seulement pour les autres. Ils ont réglé leur compte avec le pire. Désormais, ils sont tranquilles et fermes. Répétons donc tranquillement et fermement, avec cette inaltérable naïveté qu'on veut bien nous reconnaître, les principes élémentaires qui nous paraissent seuls propres à rendre acceptable la vie politique[1].

Il n'y a peut-être pas de bon régime politique, mais la démocratie en est assurément le moins mauvais. La démocratie ne se sépare pas de la notion de parti, mais la notion de parti peut très bien aller sans la démocratie. Cela arrive quand un parti ou un groupe d'hommes s'imagine détenir la vérité absolue. C'est pourquoi l'Assemblée et les députés ont besoin aujourd'hui d'une cure de modestie.

Toutes les raisons de cette modestie sont aussi bien réunies dans le monde d'aujourd'hui. Comment oublier que l'Assemblée nationale ni aucun gouvernement n'ont les moyens de résoudre les pro-

1. On retrouve là le sujet de bien des éditoriaux de 1944-1945 ; en novembre 1948, dans *Caliban*, Camus publiera un article intitulé « La démocratie, exercice de la modestie », qui continue ce texte. Voir *Essais, op. cit.*, pp. 1580-1583.

blèmes qui nous assaillent ? La preuve en est qu'aucun de ces problèmes n'a été abordé par les députés sans que la querelle internationale y fût mise en évidence. Manquons-nous de charbon ? C'est que les Anglais nous refusent celui de la Ruhr et les Russes celui de la Sarre. Le pain fait-il défaut ? M. Blum et M. Thorez se renvoient à la face les tonnes et les quintaux de blé que Moscou ou Washington auraient dû nous fournir. On ne saurait mieux prouver que le rôle de l'Assemblée et du Gouvernement ne peut être, pour le moment, qu'un rôle d'administration et que la France, enfin, est dans la dépendance.

La seule chose à faire serait de le reconnaître, d'en tirer les conséquences qui conviennent et d'essayer, par exemple, de définir en commun l'ordre international sans lequel aucun problème intérieur ne sera jamais réglé dans aucun pays. Autrement dit, il faudrait s'oublier un peu. Cela donnerait aux députés et aux partis un peu de cette modestie qui fait les bonnes et les vraies démocraties. Le démocrate, après tout, est celui qui admet qu'un adversaire peut avoir raison, qui le laisse donc s'exprimer et qui accepte de réfléchir à ses arguments. Quand des partis ou des hommes se trouvent assez persuadés de leurs raisons pour accepter de fermer la bouche de leurs contradicteurs par la violence, alors la démocratie n'est plus. Quelle que soit l'occasion de la modestie, celle-ci est donc salutaire aux républiques. La France, aujourd'hui, n'a plus les moyens de la puissance. Laissons à d'autres le soin de dire si cela est bien ou mal. Mais c'est une occasion. En attendant de retrouver cette puissance ou d'y renoncer, il reste encore à notre pays la possibilité d'être un exemple. Simplement il ne pourrait l'être aux yeux du monde que s'il proclamait les vérités qu'il peut découvrir à l'intérieur de ses frontières, c'est-à-dire s'il affirmait, par l'exercice de son gouvernement, que la démocratie intérieure sera approximative tant que l'ordre démocratique international ne sera pas réalisé, et s'il posait en principe, enfin, que cet ordre, pour être démocratique, doit renoncer aux déchirements de la violence.

Ce sont là, on l'a déjà compris, des considérations volontairement inactuelles[1].

ALBERT CAMUS

7 MAI 1947

Anniversaire[2]

Le 8 mai 1945, l'Allemagne signait la plus grande capitulation de l'Histoire. Le général Jodl[3] déclarait alors : « Je considère que l'acte de reddition remet l'Allemagne et le peuple allemand aux mains des vainqueurs. » Dix-huit mois après, Jodl était pendu à Nuremberg. Mais on n'a pu pendre 70 millions

1. Camus avait employé la formule « considérations inactuelles » — empruntée à Nietzsche — comme titre d'un article du *Soir-Républicain*, signé « Néron », publié le 6 novembre 1939 (*Fragments d'un combat, op. cit.*, p. 637) ; elle est ici ironiquement en contradiction avec l'intitulé du volume...

2. Éditorial, repris dans *Actuelles*, chapitre « Deux ans après ».

3. Jodl, Alfred, général allemand très proche de Hitler ; il joue un rôle important dans la stratégie militaire de la guerre 39-45 ; chef d'état-major de Dönitz, il signe la capitulation de l'Allemagne le 7 mai 1945 à Reims ; jugé à Nuremberg, il est pendu.

d'habitants, l'Allemagne est toujours entre les mains des vainqueurs, et, pour finir, ce jour anniversaire n'est pas celui de la réjouissance. La victoire aussi a ses servitudes.

C'est que l'Allemagne n'a pas cessé d'être en accusation, et cela rend difficile, à un Français surtout, de dire ou de faire des choses raisonnables à ce sujet. Il y a deux ans, la radio de Flensburg[1] diffusait sur l'ordre de Dœnitz[2] un appel où les dirigeants provisoires du Reich abattu disaient leur espoir que « l'atmosphère de haine qui entourait l'Allemagne sur toute la terre serait peu à peu remplacée par l'esprit de conciliation entre nations sans lequel le monde ne peut pas se relever ». Cette lucidité venait cinq ans trop tard et l'espoir de Dœnitz ne s'est réalisé qu'à moitié. La haine contre l'Allemagne a été remplacée par un bizarre sentiment où la méfiance et une vague rancune se mêlent à une indifférence passée. Quant à l'esprit de conciliation...

Le silence de trois minutes qui a suivi l'annonce de la capitulation allemande se prolonge donc, interminablement, dans le mutisme où l'Allemagne occupée poursuit son existence hagarde, au milieu d'un monde qui ne lui oppose qu'une distraction un peu méprisante. Cela tient sans doute à ce que le nazisme, comme tous les régimes de proie, pouvait tout attendre du monde, sauf l'oubli. C'est lui qui nous mit à l'apprentissage de la haine. Et peut-être

1. C'est de la ville de Flensburg, dans le Schleswig-Holstein, que Dönitz annonça la capitulation de l'Allemagne.

2. L'amiral Karl Dönitz, successeur désigné de Hitler, représente l'Allemagne après la mort de celui-ci, le 30 avril 1945 ; c'est lui qui négocie la capitulation de l'Allemagne les 7 et 8 mai 1945. Condamné à dix ans de prison par le tribunal de Nuremberg, il sera libéré en 1956.

cette haine aurait-elle pu s'oublier, puisque la mémoire des hommes s'envole à la vitesse même où marche l'Histoire. Mais le calcul, la précision méticuleuse et glacée que le régime hitlérien y apportait sont restés dans tous les cœurs. Les fonctionnaires de la haine s'oublient moins vite que ses possédés. C'est un avertissement valable pour tous.

Il y a donc des choses que les hommes de mon âge ne peuvent plus oublier. Mais aucun d'entre nous, je crois, n'accepterait en ce jour anniversaire de piétiner un vaincu. La justice absolue est impossible, comme sont impossibles la haine ou l'amour éternels. C'est pourquoi il faut en revenir à la raison. Le temps de l'Apocalypse n'est plus[1]. Nous sommes entrés dans celui de la médiocre organisation et des accommodements sans grandeur. Par sagesse et par goût pour le bonheur, il faut préférer celui-ci, bien qu'on sache qu'à force de médiocrité, on revienne aux apocalypses. Mais ce répit permet la réflexion et cette réflexion, au lieu de nous pousser aujourd'hui à réveiller des haines qui somnolent, devrait nous conduire au contraire à mettre les choses et l'Allemagne à leur vraie place.

Quels que soient notre passion intérieure et le souvenir de nos révoltes, nous savons bien que la paix du monde a besoin d'une Allemagne pacifiée et qu'on ne pacifie pas un pays en l'exilant à jamais de l'ordre international. Si le dialogue avec l'Allemagne est encore possible, c'est la raison même qui demande qu'on le reprenne. Mais il faut dire, et avec la même force, que le problème allemand est un pro-

1. En même temps qu'à l'Apocalypse du Nouveau Testament, Camus songe peut-être à la partie de *L'Espoir* qui fait suite à « L'illusion lyrique » et s'intitule « Exercice de l'apocalypse ».

blème secondaire, bien qu'on veuille parfois en faire le premier de tous, pour détourner notre attention de ce qui crève les yeux. Ce qui crève les yeux, c'est qu'avant d'être une menace, l'Allemagne est devenue un enjeu entre la Russie et l'Amérique. Et les seuls problèmes urgents de notre siècle sont ceux qui concernent l'accord ou l'hostilité de ces deux puissances[1]. Si cet accord est trouvé, l'Allemagne et quelques autres pays avec elle connaîtront un destin raisonnable. Dans le cas contraire, l'Allemagne sera plongée dans une immense défaite générale. C'est dire en même temps qu'en toute occasion la France doit préférer l'effort de raison à la politique de puissance. Il faut choisir aujourd'hui de faire des choses probablement inefficaces ou certainement criminelles. Il me semble que le choix n'est pas difficile.

Aussi bien cet effort est une preuve de confiance en soi. C'est la preuve qu'on se sent assez ferme pour continuer, quoi qu'il arrive, à combattre et plaider pour la justice et la liberté. Le monde d'aujourd'hui n'est pas celui de l'espérance. Nous reviendrons peut-être à l'Apocalypse. Mais la capitulation de l'Allemagne, cette victoire contre toute raison et contre tout espoir, illustreront pour longtemps cette impuissance de la force dont Napoléon parlait avec mélancolie : « À la longue, Fontanes, l'esprit finit toujours par vaincre l'épée[2] ». À la lon-

1. Une fois encore, il faut souligner la lucidité politique de Camus.

2. Camus cite de mémoire une phrase relevée dans ses *Carnets*, qui ouvre l'article « Pour préparer le fruit », paru dans *La Tunisie française* en janvier 1941 — texte repris sous le titre « Les Amandiers » dans *L'Été*, en 1954 : « Savez-vous, disait Napoléon à Fontanes, ce que j'admire le plus au monde ? C'est l'impuissance de la force à fonder quelque chose. Il n'y a que deux puissances

gue, oui... Mais après tout, une bonne règle de conduite est de penser que l'esprit libre a toujours raison et finit toujours par triompher, puisque le jour où il cessera d'avoir raison sera celui où l'humanité tout entière aura tort et où l'histoire des hommes aura perdu son sens.

ALBERT CAMUS

10 MAI 1947

La contagion[1]

Il n'est pas douteux que la France soit un pays beaucoup moins raciste que tous ceux qu'il m'a été donné de voir. C'est pour cela qu'il est impossible d'accepter sans révolte les signes qui apparaissent, çà et là, de cette maladie stupide et criminelle.

Un journal du matin titre sur plusieurs colonnes, en première page : « L'assassin Raseta ». C'est un signe. Car il est bien évident que l'affaire Raseta est aujourd'hui à l'instruction, et qu'il est impossible de donner une telle publicité à une si

---

au monde : le sabre et l'esprit. À la longue, le sabre est toujours vaincu par l'esprit » (*Carnets I*, p. 186 ; *Essais*, p. 835 ; les *Carnets* indiquent « garder », et non « fonder »). Dans l'article et l'essai, Camus commentait : « Les conquérants, on le voit, sont quelquefois mélancoliques » ; il garde ici l'idée de « mélancolie ».

1. Article publié en encadré ; repris dans *Actuelles*, chapitre « Deux ans après ».

grave accusation, avant que cette instruction soit achevée[1].

Je dis tout de suite que je n'ai, comme informations non suspectes sur l'affaire malgache, que des récits d'atrocités commises par les rebelles et des rapports sur certains aspects de la répression. En fait de conviction, je ne ressens donc qu'une égale répugnance envers les deux méthodes. Mais la question est de savoir si M. Raseta est un assassin ou non. Il est sûr qu'un honnête homme n'en décidera qu'une fois l'instruction terminée. En tout état de cause, aucun journaliste n'aurait osé un pareil titre si l'assassin supposé s'appelait Dupont ou Durand. Mais M. Raseta est malgache, et il doit être assassin de quelque façon. Un tel titre ne tire donc pas à conséquence.

Ce n'est pas le seul signe. On trouve normal que le malheureux étudiant qui a tué sa fiancée utilise, pour détourner les soupçons, la présence de « sidis », comme ils disent, dans la forêt de Sénart. Si des Arabes se promènent dans une forêt, le printemps n'a rien à y voir. Ce ne peut être que pour assassiner leurs contemporains.

1. Des émeutes ont éclaté le 29 mars 1947 à Madagascar ; tout au long du mois d'avril, *Combat* en a rendu compte ; le gouvernement minimise quelque peu les faits, et l'ensemble de la presse le suit, à la notable exception de *Franc-Tireur*, qui ouvre largement ses colonnes au Docteur Raseta, l'un des dirigeants du Mouvement démocratique de la Révolution malgache — qui sera dissous. Dès le 9 avril, la « correspondante particulière » de *Combat*, Marie-Louise David, insistait sur la gravité des événements dans une analyse de fond. Raseta, député de Madagascar, est agressé dans les couloirs du Palais-Bourbon ; il est l'objet d'un mandat d'amener, alors que son immunité parlementaire n'a pas encore été levée. La mesure provoquera la rupture avec les ministres communistes, qui ne votent pas la confiance au gouvernement.

De même, on est toujours sûr de tomber, au hasard des journées, sur un Français, souvent intelligent par ailleurs, et qui vous dit que les Juifs exagèrent vraiment. Naturellement, ce Français a un ami juif qui, lui, du moins... Quant aux millions de Juifs qui ont été torturés et brûlés, l'interlocuteur n'approuve pas ces façons, loin de là. Simplement il trouve que les Juifs exagèrent et qu'ils ont tort de se soutenir les uns les autres, même si cette solidarité leur a été enseignée par le camp de concentration[1].

Oui, ce sont là des signes. Mais il y a pire. On a utilisé en Algérie, il y a un an, les méthodes de la répression collective[2]. *Combat* a révélé l'existence de la « chambre d'aveux "spontanés" de Fianarantsoa[3] ». Et ici non plus, je n'aborderai pas le fond du problème qui est d'un autre ordre. Mais il faut parler de la manière, qui donne à réfléchir.

Trois ans après avoir éprouvé les effets d'une politique de terreur, des Français enregistrent ces nouvelles avec l'indifférence des gens qui en ont trop vu. Pourtant, le fait est là, clair et hideux comme la vérité : nous faisons, dans ces cas-là, ce que nous avons reproché aux Allemands de faire[4]. Je sais bien qu'on nous en a donné l'explication. C'est que les rebelles malgaches, eux aussi, ont tor-

1. Certains passages de cet article préfigurent le ton de *La Chute*.

2. Allusion aux événements de Sétif ; voir « Crise en Algérie » en mai 1945, p. 519 et suivantes.

3. Le 2 mai, Marie-Louise David écrivait : « La répression a été et est encore terrible. Je ne veux citer que la chambre de torture de Fianarantsoa, "genre Gestapo", pour employer le terme même d'un bourreau chargé de faire parler les rebelles. »

4. On chercherait en vain semblable condamnation ailleurs dans la presse.

turé des Français. Mais la lâcheté et le crime de l'adversaire n'excusent pas qu'on devienne lâche et criminel. Je n'ai pas entendu dire que nous ayons construit des fours crématoires pour nous venger des nazis. Jusqu'à preuve du contraire nous leur avons opposé des tribunaux. La preuve du droit, c'est la justice claire et ferme. Et c'est la justice qui devrait représenter la France.

En vérité, l'explication est ailleurs. Si les hitlériens ont appliqué à l'Europe les lois abjectes qui étaient les leurs, c'est qu'ils considéraient que leur race était supérieure et que la loi ne pouvait être la même pour les Allemands et pour les peuples esclaves. Si nous, Français, nous révoltions contre cette terreur, c'est que nous estimions que tous les Européens étaient égaux en droit et en dignité. Mais si, aujourd'hui, des Français apprennent sans révolte les méthodes que d'autres Français utilisent parfois envers des Algériens ou des Malgaches, c'est qu'ils vivent, de manière inconsciente, sur la certitude que nous sommes supérieurs en quelque manière à ces peuples et que le choix des moyens propres à illustrer cette supériorité importe peu.

Encore une fois, il ne s'agit pas de régler ici le problème colonial, ni de rien excuser. Il s'agit de détecter les signes d'un racisme qui déshonore tant de pays déjà et dont il faudrait au moins préserver le nôtre. Là était et devrait être notre vraie supériorité, et quelques-uns d'entre nous tremblent que nous la perdions. S'il est vrai que le problème colonial est le plus complexe de ceux qui se posent à nous, s'il est vrai qu'il commande l'histoire des cinquante années à venir, il est non moins vrai que nous ne pourrons jamais le résoudre si nous y introduisons les plus funestes préjugés[1].

Et il ne s'agit pas ici de plaider pour un sentimentalisme ridicule qui mêlerait toutes les races dans la même confusion attendrie. Les hommes ne se ressemblent pas. Il est vrai, et je sais bien quelle profondeur de traditions me sépare d'un Africain ou d'un musulman. Mais je sais bien aussi ce qui m'unit à eux et qu'il est quelque chose en chacun d'eux que je ne puis mépriser sans me ravaler moi-même. C'est pourquoi il est nécessaire de dire clairement que ces signes, spectaculaires ou non, de racisme révèlent ce qu'il y a de plus abject et de plus insensé dans le cœur des hommes. Et c'est seulement lorsque nous en aurons triomphé que nous garderons le droit difficile de dénoncer, partout où il se trouve, l'esprit de tyrannie ou de violence.

ALBERT CAMUS

3 JUIN 1947

À nos lecteurs[2]

La Direction politique et administrative du quotidien COMBAT se retire aujourd'hui sans que le jour-

1. On retrouve l'accent des prises de position de Camus sur l'Algérie.

2. Cet éditorial marque la fin du *Combat* de Camus. Il est immédiatement suivi d'un texte de Claude Bourdet : « *Combat* continue », qui écrit : « *Combat* est plus qu'un journal. C'est l'héritage le plus

nal lui-même cesse de paraître. Ceci demande quelques explications que je vais essayer de rendre claires.

COMBAT a aujourd'hui un nombre de lecteurs qui, pour un journal sans ambition, devrait suffire à assurer son existence. Simplement, les conditions d'exploitation d'un quotidien sont devenues telles que seuls des journaux à grand tirage peuvent équilibrer réellement leur budget. Je laisse à penser ce que signifie une loi économique semblable en ce qui concerne la liberté de l'esprit. Malgré sa gestion actuellement déficitaire, *COMBAT* avait, dans les années précédentes, gagné un peu d'argent qui aurait pu lui permettre d'attendre encore une année pour augmenter le nombre de ses lecteurs par une nouvelle organisation et par un effort encore plus grand de persuasion loyale. La chose était parfaitement possible. Mais la grève des imprimeries a fait disparaître les quelques millions qui représentaient le fruit du labeur acharné de la collectivité que nous formions. Bien entendu, il nous était possible de demander de l'argent à l'extérieur et même d'en recevoir sans le demander. Les propositions ne

---

sacré d'une période sinistre et glorieuse. » Après avoir brièvement évoqué *Combat* clandestin, Bourdet salue le « grand quotidien » qu'il est devenu, « dont le courage et l'indépendance sont maintenant proverbiaux [...] ayant réussi cet exploit : forcer l'estime des journalistes du monde entier » ; il rappelle qu'il fut à l'origine de la constitution de l'équipe du journal, qu'il partage son « souci d'indépendance » et son « absence de parti pris », et s'engage à ce que « ni la ligne politique, ni le ton » du journal ne changent. Il donne la liste des collaborateurs qui restent avec lui, et précise : « Il est bien entendu que si Camus et les quelques camarades qui vont prendre maintenant un repos mérité désirent revenir au journalisme quotidien, les colonnes de *Combat* leur resteront ouvertes comme auparavant. »

nous ont pas manqué, on s'en doute (et parmi elles beaucoup furent à la fois honorables et généreuses). Cependant nous n'avons pas cru être en droit de les accepter, étant donné notre situation. Pendant des semaines, l'équipe de *COMBAT*, avec des moyens diminués, a essayé de lutter seule pour sauver le journal et préserver du chômage son personnel. La chose n'eût pas été possible sans les efforts particuliers de ce même personnel. Il reste que, finalement, nous avons reconnu la nécessité où nous étions d'arrêter, en ce qui nous concerne, l'exploitation de notre journal.

Mais nous n'avons pas la propriété exclusive du titre *COMBAT*. Le journal appartient moralement et légalement à tous ceux qui, sous l'Occupation, l'ont rédigé, imprimé et diffusé. Nous devions donc le remettre aux militants du mouvement « COMBAT » au moment où nous renoncions à nos propres titres. Après accord avec la Fédération des Amicales « COMBAT », notre camarade Claude Bourdet, un des fondateurs du journal clandestin, arrêté et déporté dans l'exercice de ses fonctions, et que ses tendances politiques ont toujours rapproché de notre journal, a décidé de prendre en charge lui-même l'exploitation du titre. C'est donc à Claude Bourdet qu'au moment de nous retirer, nous remettons une entreprise dont je n'ai pas besoin de dire ce qu'elle représentait pour nous. Aussi bien, une deuxième raison, qui n'était pas la moindre, nous a conduits à cette décision : le souci d'éviter le chômage à notre personnel et d'assurer la subsistance de tous nos collaborateurs. Je n'insisterai pas sur cette raison. Elle mesure exactement les responsabilités qui étaient les nôtres.

La Direction politique et administrative du journal se retire donc et cède la place à une nouvelle direction. Ceci doit être bien clair. Nous formons les vœux les plus loyaux pour la réussite d'une entreprise qui nous a été si chère. Mais, de même que nos camarades qui feront le journal demain, ne doivent pas supporter les responsabilités que nous avons prises, de même notre départ nous dégage de toute obligation ultérieure. Il est bien entendu cependant que Claude Bourdet a l'intention de continuer ce journal dans la ligne d'objectivité et d'indépendance qui était la sienne. Par ailleurs, la rédaction du journal reste en place.

Il me reste à remercier nos lecteurs de la confiance et de l'attachement qu'ils nous ont témoignés jusqu'à présent. Il y a plusieurs manières de faire fortune dans le journalisme. Pour nous, je n'ai pas besoin de dire qu'entrés pauvres dans ce quotidien, nous en sortons pauvres. Mais notre seule richesse a toujours résidé dans le respect que nous portions à nos lecteurs. Et s'il est arrivé quelquefois que ce respect nous soit rendu, cela était et restera notre seul luxe. Il est possible, bien entendu, que nous ayons commis des erreurs pendant ces trois ans (qui ne se trompe pas, parlant tous les jours ?). Mais nous n'avons jamais rien abdiqué de ce qui fait l'honneur de notre métier. Parce qu'il est vrai que ce journal n'est pas un journal comme les autres, il a été pendant des années notre fierté. C'est la seule façon de dire ici, sans indécence, avec quels sentiments nous quittons aujourd'hui *COMBAT*.

ALBERT CAMUS

1948-1949

En 1948, deux faits vont entraîner sinon le retour de Camus à Combat, *du moins la présence de son nom dans les colonnes du journal — ou au bas de quelques articles : la création de* L'État de siège, *et l'action de Garry Davis, le « citoyen du monde » que Bourdet et Camus soutiennent.*

Le journal donne un écho important aux représentations de L'État de siège *au théâtre Marigny*[1] *: il annonce, le 27 octobre, la « répétition des couturières », publie, le lendemain, une photo réunissant Jean-Louis Barrault, Maria Casarès et Albert Camus, et le 29, un article de Jacques Lemarchand*[2]*, accompagné d'un dessin de Maurice Henry ; le 19 novembre,* Combat *publie un fragment de la pièce*[3]*. Le 23, un compte rendu d'une conférence de Barrault*[4]*, défendant l'idée*

1. La mise en scène est de J.-L. Barrault, qui joue également le rôle de Diego ; la musique est de Honegger, les décors de Balthus. Maria Casarès interprète Victoria.

2. J. Lemarchand se « demande si Jean-Louis Barrault n'a pas contraint Camus à présenter une autre pièce que la sienne » et déplore que le texte disparaisse sous la mise en scène.

3. Il s'agit d'un extrait de la première scène entre Diego et Victoria.

4. Article d'Émile Scotto-Lavina, qui note que la pièce n'a pas ému le public. On sait qu'elle n'aura que 23 représentations.

d'une œuvre de « totale liberté ». Il est donc logique que Camus, deux jours plus tard, choisisse Combat *pour répondre à l'article que Gabriel Marcel avait consacré à* L'État de siège *dans* Les Nouvelles littéraires. *D'autant que sa réponse, d'ordre politique et moral et non littéraire, continue aussi bien ses éditoriaux sur l'Espagne que « Ni victimes ni bourreaux ».*

En quittant Combat, *Camus n'avait pas pour autant renoncé à faire connaître ses opinions politiques, en particulier son rêve d'une organisation internationale socialiste et pacifique. S'il ne fait pas partie du « Rassemblement démocratique révolutionnaire », le mouvement politique où, à côté de socialistes, se sont engagés Jean-Paul Sartre, David Rousset, ou Georges Altman, il s'y intéresse de près et le soutient par des articles dans* La Gauche[1] *ou* Franc-Tireur. *Il n'est pas étonnant qu'il se retrouve proche de* Combat *dans ce soutien, ou dans celui que le journal apporte à Garry Davis, qui tente de créer un mouvement international pour promouvoir la paix mondiale. En mai, Garry Davis avait renoncé à sa citoyenneté américaine, et s'était proclamé « citoyen du monde ». En septembre, il campe devant le Palais de Chaillot, où se tient une session de l'O.N.U. (septembre-décembre 1948) ; il réclame un statut de citoyen du monde et espère se faire entendre à l'O.N.U. Autour de lui se constitue un « Conseil de Solidarité », qui regroupe des intellectuels, des écrivains, des artistes, des journalistes, parmi lesquels Georges Altman, Claude Bourdet, André Breton, Albert Camus, Jean Hélion, Emmanuel Mounier, Jean Paulhan, l'abbé Pierre, Raymond Queneau, Vercors, Richard Wright. En novembre et décembre,* Combat *fait une large place aux meetings*

1. Bimensuel du R.D.R.

de soutien à Garry Davis, auxquels participent les membres de ce « Conseil », et résume ou publie souvent les interventions de Camus. Le 19 novembre, Garry Davis tente d'interrompre une séance de l'O.N.U. pour demander un gouvernement mondial ; il est arrêté. Les 20-21 novembre, Maurice Henry rapporte les propos tenus par Camus au cours d'une conférence de presse improvisée après ces événements par des écrivains membres du « Conseil de Solidarité » présents dans la salle :

Camus souligna l'importance de l'arrestation de Garry Davis, qui place l'O.N.U. dans une situation inextricable. Cette mesure vise en effet un homme qui défend le but que l'O.N.U. prétend soutenir. L'auteur de *La Peste* ajouta que le Conseil de Solidarité est décidé à appuyer de toutes ses forces le mouvement d'opinion qui ne manquera pas de se produire en faveur de Garry Davis.

Le compte rendu qu'Émile Scotto-Lavina fait, le 14 décembre, du meeting international d'écrivains tenu à la salle Pleyel — auquel, outre Camus, ont participé Sartre, Rousset, Breton, Richard Wright ou Carlo Levi — prend pour titre une phrase de Camus : « Ce siècle cherche en vain des raisons d'aimer qu'il a perdues » ; il donne des extraits de cette allocution dont le texte sera publié dans La Gauche *— et qui sera repris dans* Actuelles *sous le titre « Le témoin de la liberté ». Pour* Combat, *il y a sans doute une valeur symbolique attachée au nom de Camus. Le 7 décembre,* Combat *publie le texte d'un appel de 500 intellectuels à l'O.N.U. : « Pour la paix », et précise :*

A. Camus, H. Calet, J. Lemarchand, Roland-Manuel, Maurice Nadeau, Bernard Voyenne, parmi les personnalités les plus familières aux lecteurs de ce journal, ont eux-mêmes signé cette adresse.

Un an et demi après son départ, les lecteurs n'ont évidemment pas oublié Camus... Et lui-même est resté un lecteur attentif du journal : il relève que celui-ci le compte parmi le jury du Prix de la Villa d'Este[1] *et dès le lendemain, sous sa rubrique « Tout se sait »,* Combat *publie une « Mise au point », qui rapporte les paroles de Camus :*

Combat, qui est toujours bien informé, pour une fois l'est un peu trop. Il me fait membre d'un jury littéraire, le Prix de la Villa d'Este — dont j'entends parler pour la première fois. C'est très flatteur, mais voilà, je n'appartiens ni n'appartiendrai dans le proche avenir à aucune sorte de jury. Dites-le donc, à l'occasion. Pour les fondateurs de prix. Et pour le principe.

La signature de Camus, accompagnée de celle d'André Breton, se trouve au bas d'un appel — publié les 26-27 février et le 10 mars — pour sauver dix intellectuels grecs (anciens résistants, condamnés à mort par les Allemands), coupables d'avoir voulu quitter leur pays clandestinement et qui risquent la peine de mort ; Combat *se fait l'écho des démarches effectuées par les signataires, et signale qu'elles aboutissent, puisque les*

1. Le 29 novembre 1947 ; il s'agit d'un prix littéraire ; dans ce jury figurent Duhamel, Maurois, les frères Tharaud... Après avoir rapporté les paroles de Camus, le rédacteur de cet entrefilet conclut : « Camus ayant ajouté qu'il nous paierait à boire prochainement, nous n'attendons pas un jour de plus pour rectifier » ; ce qui montre que Camus avait gardé des relations amicales avec certains collaborateurs du journal.

peines sont commuées. Enfin, en mars 1949, Combat *accueille une lettre de protestation de René Char et d'Albert Camus contre la condamnation d'anciens soldats algériens. Sauf erreur, c'est là le dernier texte de Camus publié dans* Combat ; *avec l'élimination de Claude Bourdet, le journal va bientôt devenir la propriété exclusive d'Henri Smadja — et n'aura plus rien à voir avec celui de Pia et Camus*[1].

25 NOVEMBRE 1948

Pourquoi l'Espagne[2]

RÉPONSE À GABRIEL MARCEL

Je ne répondrai ici qu'à deux des passages de l'article que vous avez consacré à *L'État de siège*, dans *Les Nouvelles littéraires*[3]. Mais je ne veux répon-

1. Camus écrit, en février 1950 : « La disparition du titre vaut mieux que son exploitation par l'actuelle direction. [...] Le titre sans M. Smadja ou M. Smadja sans le titre. » Lettre citée *in* Y. M. Ajchenbaum, *op. cit.*, p. 483.

2. Texte repris dans *Actuelles*, isolé, avec la date erronée de « décembre 1948 ».

3. L'ensemble de la critique fut très sévère. Dès le 4 novembre, *Les Nouvelles littéraires* publiaient une caricature de Ben, et le 11 novembre, l'article de Gabriel Marcel : « Théâtre : *L'État de siège* d'Albert Camus » ; le philosophe de l'existentialisme chrétien, dramaturge à ses heures, éreinte la pièce et son auteur, parlant d'« un véritable académisme dans le forcené », affirmant : « Tout cela est entièrement fabriqué, entièrement cérébral », et concluant : « Je ne pourrai plus croire que ce soit un auteur dramatique. » Le passage qui provoque la réponse de Camus mérite d'être cité : « Je ne trouve pas très courageux ni même honnête d'avoir situé l'action

dre en aucun cas aux critiques que vous, ou d'autres, avez pu faire à cette pièce, en tant qu'œuvre théâtrale. Quand on se laisse aller à présenter un spectacle ou à publier un livre, on se met dans le cas d'être critiqué et l'on accepte la censure de son temps. Quoi qu'on ait à dire, il faut alors se taire.

Vous avez cependant dépassé vos privilèges de critique en vous étonnant qu'une pièce sur la tyrannie totalitaire fût située en Espagne, alors que vous l'auriez mieux vue dans les pays de l'Est. Et vous me rendez définitivement la parole en écrivant qu'il y a là un manque de courage et d'honnêteté. Il est vrai que vous êtes assez bon pour penser que je ne suis pas responsable de ce choix (traduisons : c'est le méchant Barrault, déjà si noir de crimes). Le malheur est que la pièce se passe en Espagne parce que j'ai choisi, et j'ai choisi seul, après réflexion, qu'elle s'y passe, en effet. Je dois donc prendre sur moi vos accusations d'opportunisme et de malhonnêteté. Vous ne vous étonnerez pas, dans ces conditions, que je me sente forcé à vous répondre.

Il est probable d'ailleurs que je ne me défendrai même pas contre ces accusations (devant qui se justifier, aujourd'hui ?) si vous n'aviez touché à un sujet aussi grave que celui de l'Espagne. Car je n'ai vrai-

---

en Espagne, à Cadix, plutôt que dans quelque port dalmate ou albanais, par exemple, ou dans quelque cité subcarpathique : je ne puis m'empêcher de penser que ce fait ne doit pas être imputable à M. Camus lui-même, dont la bravoure est évidente. Toute personne impartiale et bien informée en conviendra, ce n'est nullement de la péninsule Ibérique que nous viennent, depuis quelque temps, les nouvelles les plus propres à désespérer ceux qui gardent le souci de la dignité et de la liberté humaines ; il semble qu'on ait cherché un dérivatif destiné à apaiser le courroux de ceux contre qui, en 1948, je dis bien en 1948, l'œuvre, qu'on le veuille ou non, est principalement dirigée. »

ment aucun besoin de dire que je n'ai cherché à flatter personne en écrivant *L'État de siège*. J'ai voulu attaquer de front un type de société politique qui s'est organisé, ou s'organise, à droite et à gauche, sur le mode totalitaire. Aucun spectateur de bonne foi ne peut douter que cette pièce prenne le parti de l'individu, de la chair dans ce qu'elle a de noble, de l'amour terrestre enfin, contre les abstractions et les terreurs de l'État totalitaire[1], qu'il soit russe, allemand ou espagnol. De graves docteurs réfléchissent tous les jours sur la décadence de notre société en y cherchant de profondes raisons. Ces raisons existent sans doute. Mais pour les plus simples d'entre nous, le mal de l'époque se définit par ses effets, non par ses causes. Il s'appelle l'État, policier ou bureaucratique. Sa prolifération dans tous les pays, sous les prétextes idéologiques les plus divers, l'insultante sécurité que lui donnent les moyens mécaniques et psychologiques de la répression, en font un danger mortel pour ce qu'il y a de meilleur en chacun de nous. De ce point de vue, la société politique contemporaine, quel que soit son contenu, est méprisable. Je n'ai rien dit d'autre, et c'est pour cela que *L'État de siège* est un acte de rupture, qui ne veut rien épargner.

Ceci étant clairement dit, pourquoi l'Espagne ? Vous l'avouerai-je, j'ai un peu honte de poser la question à votre place. Pourquoi Guernica[2], Gabriel

1. On retrouve ici l'un des thèmes de « Ni victimes ni bourreaux », et les prémices des chapitres de *L'Homme révolté* sur « Le terrorisme d'Etat ».

2. Cette ville d'Espagne du Nord fut bombardée par l'aviation allemande le 27 avril 1937 faisant près de 2 000 victimes ; on sait que ce massacre — un jour de marché — qui préfigure les bombardements de la Seconde Guerre mondiale a inspiré un tableau célèbre à Picasso.

Marcel ? Pourquoi ce rendez-vous où pour la première fois, à la face d'un monde encore endormi dans son confort et dans sa misérable morale, Hitler, Mussolini et Franco ont démontré à des enfants ce qu'était la technique totalitaire. Oui, pourquoi ce rendez-vous qui nous concernait aussi ? Pour la première fois, les hommes de mon âge rencontraient l'injustice triomphante dans l'histoire[1]. Le sang de l'innocence coulait alors au milieu d'un grand bavardage pharisien qui, justement, dure encore. Pourquoi l'Espagne ? Mais parce que nous sommes quelques-uns qui ne nous laverons pas les mains de ce sang-là. Quelles que soient les raisons d'un anticommunisme, et j'en connais de bonnes, il ne se fera pas accepter de nous s'il s'abandonne à lui-même jusqu'à oublier cette injustice, qui se perpétue avec la complicité de nos gouvernements. J'ai dit aussi haut que je l'ai pu ce que je pensais des camps de concentration russes*[2]. Mais ce n'est pas cela qui me fera oublier Dachau, Buchenwald, et l'agonie sans nom de millions d'hommes, ni l'affreuse répression qui a décimé la République espagnole. Oui, malgré la commisération de nos grands politiques, c'est tout cela ensemble qu'il faut dénoncer. Et je n'excuserai pas cette peste hideuse à l'Ouest de l'Europe parce qu'elle exerce ses ravages à l'Est.

1. Il n'est pas besoin de rappeler une fois encore ce que représente l'Espagne pour Camus ; il a souvent dit que la guerre d'Espagne était le début de la guerre mondiale.

* Voir *La Gauche*, octobre 1948. [*Note de* Combat.]

2. La note est supprimée dans *Actuelles*. Camus a publié plusieurs articles dans cet organe du R.D.R. Il s'agit de l'article intitulé « Nous ne serons jamais pour le socialisme des camps de concentration », repris dans *Actuelles* sous le titre « Deuxième réponse », chapitre « Deux réponses à Emmanuel d'Astier de la Vigerie ».

Vous écrivez que pour ceux qui sont bien informés, ce n'est pas d'Espagne que leur viennent en ce moment les nouvelles les plus propres à désespérer ceux qui ont le goût de la dignité humaine. Vous êtes mal informé, Gabriel Marcel. Hier encore, cinq opposants politiques ont été là-bas condamnés à mort. Mais vous vous prépariez à être mal informé, en cultivant l'oubli. Vous avez oublié que les premières armes de la guerre totalitaire ont été trempées dans le sang espagnol. Vous avez oublié qu'en 1936, un général rebelle a levé, au nom du Christ, une armée de Maures, pour les jeter contre le gouvernement légal de la République espagnole, a fait triompher une cause injuste après d'inexpiables massacres et commencé dès lors une atroce répression qui a duré dix années et qui n'est pas encore terminée. Oui, vraiment, pourquoi l'Espagne ? Parce qu'avec beaucoup d'autres, vous avez perdu la mémoire.

Et aussi parce qu'avec un petit nombre de Français, il m'arrive encore de n'être pas fier de mon pays. Je ne sache pas que la France ait jamais livré des opposants soviétiques au gouvernement russe. Cela viendra sans doute, nos élites sont prêtes à tout. Mais pour l'Espagne, au contraire, nous avons déjà bien fait les choses. En vertu de la clause la plus déshonorante de l'armistice, nous avons livré à Franco, sur l'ordre d'Hitler, des républicains espagnols, et parmi eux le grand Luis Companys[1]. Et Companys a été fusillé, au milieu de cet affreux trafic. C'était Vichy, bien sûr, ce n'était pas nous. Nous, nous avions placé seulement en 1938 le poète

1. Sur Companys, voir éditorial des 7-8 janvier 1945, note 1, p. 457.

Antonio Machado[1] dans un camp de concentration d'où il ne sortit que pour mourir. Mais en ce jour où l'État français se faisait le recruteur des bourreaux totalitaires, qui a élevé la voix ? Personne. C'est sans doute, Gabriel Marcel, que ceux qui auraient pu protester trouvaient comme vous que tout cela était peu de chose auprès de ce qu'ils détestaient le plus dans le système russe. Alors, n'est-ce pas ; un fusillé de plus ou de moins ! Mais un visage de fusillé c'est une vilaine plaie et la gangrène finit par s'y mettre. La gangrène a gagné.

Où sont donc les assassins de Companys ? À Moscou ou dans notre pays ? Il faut répondre : dans notre pays. Il faut dire que nous avons fusillé Companys, que nous sommes responsables de ce qui a suivi. Il faut déclarer que nous en sommes humiliés et que notre seule façon de réparer sera de maintenir le souvenir d'une Espagne qui a été libre et que nous avons trahie, comme nous l'avons pu, à notre place et à notre manière, qui étaient petites. Et il est vrai qu'il n'est pas une puissance qui ne l'ait trahie, sauf l'Allemagne et l'Italie qui, elles, fusillaient les Espagnols de face. Mais ceci ne peut être une consolation et l'Espagne libre continue, par son silence, de nous demander réparation. J'ai fait ce que j'ai pu, pour ma faible part, et c'est ce qui vous scandalise. Si j'avais eu plus de talent, la réparation eût été plus grande, voilà tout ce que je puis dire. La lâcheté et la tricherie auraient été ici de pactiser. Mais je m'arrêterai sur ce sujet et je ferai taire mes sentiments, par

1. Machado, Antonio (1875-1939), poète espagnol qui a soutenu l'Espagne républicaine ; il ne sortit du camp de réfugiés d'Argelès que pour mourir à Collioure.

égard pour vous. Tout au plus pourrais-je encore vous dire qu'aucun homme sensible n'aurait dû être étonné qu'ayant à choisir de faire parler le peuple de la chair et de la fierté pour l'opposer à la honte et aux ombres de la dictature, j'aie choisi le peuple espagnol. Je ne pouvais tout de même pas choisir le public international du *Reader's Digest*, ou les lecteurs de *Samedi-Soir* et *France-Dimanche*.

Mais vous êtes sans doute pressé que je m'explique pour finir sur le rôle que j'ai donné à l'Église. Sur ce point, je serai bref. Vous trouvez que ce rôle est odieux, alors qu'il ne l'était pas dans mon roman. Mais je devais, dans mon roman, rendre justice à ceux de mes amis chrétiens que j'ai rencontrés sous l'Occupation dans un combat qui était juste. J'avais, au contraire, dans ma pièce, à dire quel a été le rôle de l'Église d'Espagne. Et si je l'ai fait odieux, c'est qu'à la face du monde, le rôle de l'Église d'Espagne a été odieux. Si dure que cette vérité soit pour vous, vous vous consolerez en pensant que la scène qui vous gêne ne dure qu'une minute, tandis que celle qui offense encore la conscience européenne dure depuis dix ans. Et l'Église entière aurait été mêlée à cet incroyable scandale d'évêques espagnols bénissant les fusils d'exécution, si dès les premiers jours deux grands chrétiens, dont l'un, Bernanos, est aujourd'hui mort[1], et l'autre, José Bergamín[2], exilé de son pays, n'avaient élevé la voix. Bernanos n'aurait pas écrit ce que vous avez écrit sur ce sujet. Il savait, lui, que la

1. On sait l'admiration de Camus pour Bernanos.

2. Bergamín, José (1895-1983), écrivain et critique espagnol, catholique, partisan de la République espagnole ; il dut s'exiler au Mexique puis en Amérique du Sud ; il tentera de rentrer à Madrid en 1958, mais devra s'exiler de nouveau et mourra en France.

phrase qui conclut ma scène : « Chrétiens d'Espagne, vous êtes abandonnés », n'insulte pas à votre croyance. Il savait qu'à dire autre chose, ou à faire le silence, c'est la vérité que j'eusse alors insultée.

Si j'avais à refaire *L'État de siège*, c'est en Espagne que je le placerais encore, voilà ma conclusion. Et à travers l'Espagne, demain comme aujourd'hui, il serait clair pour tout le monde que la condamnation qui y est portée vise toutes les sociétés totalitaires. Mais du moins, ce n'aurait pas été au prix d'une complicité honteuse. C'est ainsi et pas autrement, jamais autrement, que nous pourrons garder le droit de protester contre la terreur. Voilà pourquoi je ne puis être de votre avis lorsque vous dites que notre accord est absolu quant à l'ordre politique. Car vous acceptez de faire silence sur une terreur pour mieux en combattre une autre. Nous sommes quelques-uns qui ne voulons faire silence sur rien. C'est notre société politique entière qui nous fait lever le cœur. Et il n'y aura ainsi de salut que lorsque tous ceux qui valent encore quelque chose l'auront répudiée dans son entier, pour chercher, ailleurs que dans des contradictions insolubles, le chemin de la rénovation. D'ici là, il faut lutter. Mais en sachant que la tyrannie totalitaire ne s'édifie pas sur les vertus des totalitaires. Elle s'édifie sur les fautes des libéraux. Le mot de Talleyrand est méprisable, une faute n'est pas pire qu'un crime. Mais la faute finit par justifier le crime et lui donner son alibi. Elle désespère alors les victimes, et c'est ainsi qu'elle est coupable. C'est cela, justement, que je ne puis pardonner à la société politique contemporaine : qu'elle soit une machine à désespérer les hommes.

Vous trouverez sans doute que c'est là beaucoup de passion pour un petit prétexte. Alors, laissez-moi parler, pour une fois, en mon nom personnel. Le monde où je vis me répugne, mais je me sens solidaire des hommes qui y souffrent. Il y a des ambitions qui ne sont pas les miennes et je ne serais pas à l'aise si je devais faire mon chemin en m'appuyant sur les pauvres privilèges qu'on réserve à ceux qui s'arrangent de ce monde. Mais il me semble qu'il est une autre ambition qui devrait être celle de tous les écrivains : témoigner et crier, chaque fois qu'il est possible, dans la mesure de notre talent, pour ceux qui sont asservis comme nous. C'est cette ambition-là que vous avez mise en cause dans votre article, et je ne cesserai pas de vous en refuser le droit aussi longtemps que le meurtre d'un homme ne semblera vous indigner que dans la seule mesure où cet homme partage vos idées.

ALBERT CAMUS

9 DÉCEMBRE 1948

À quoi sert l'O.N.U.[1] *?*

« *Que faites-vous là ?*
— Ce que nous pouvons.

1. Le texte comporte une brève présentation : « On trouvera ci-dessous le texte de l'allocution prononcée à la Salle Pleyel, le 3 décembre, par l'auteur de *La Peste*. »

Il sera repris sous le titre « Je réponds », dans *La Patrie mondiale*, journal créé selon l'annonce faite dans *Combat* le 22 décembre par « un groupe de jeunes », et « aidé » par des écrivains — qui ne sont autres que les membres du Conseil de Solidarité de Garry Davis, dont Camus. Son but est de « lutter contre toute psychose de guerre et pour la remplacer par une psychose de paix ».

— *À quoi cela sert-il ?*

— À quoi sert l'O.N.U. ?

— *Pourquoi Davis ne va-t-il pas parler en Russie soviétique ?*

— Parce que l'on ne l'y laisse pas entrer. En attendant, il le dit au délégué soviétique comme aux autres.

— *Pourquoi Davis ne va-t-il pas parler aux U.S.A. ?*

— Soyons logiques. Vous dites tous les jours que l'O.N.U. est une colonie américaine.

— *Pourquoi n'abandonnez-vous pas la nationalité française ?*

— C'est une bonne objection, un peu perfide, ce qui est naturel puisqu'elle nous vient de nos amis. Voici ma réponse : Davis a abandonné de très nombreux privilèges en abandonnant la nationalité américaine. D'être français suppose aujourd'hui plus de charges que de privilèges. Il est bien difficile, si on a de l'exigence, de renoncer à son pays quand il est dans le malheur.

— *Le geste de Davis ne vous paraît-il pas spectaculaire, partant suspect*[1] *?*

— Ce n'est pas de sa faute si la simple évidence est aujourd'hui spectaculaire. Toute proportion gardée, Socrate aussi donnait des spectacles permanents sur la place des marchés. Et on n'est pas

1. Après avoir rendu son passeport américain, et s'être proclamé « citoyen du monde », Davis campait devant le Palais de Chaillot, où se tenait la session de l'O.N.U. ; il souhaitait y prendre la parole.

arrivé à lui prouver qu'il avait tort, sinon en le condamnant à mort. C'est justement la forme de réfutation qui est la plus usitée dans la société politique contemporaine. Mais c'est aussi la manière la plus ordinaire qu'a cette société d'avouer sa dégradation et son impuissance.

— *Ne voyez-vous pas que Davis sert l'impérialisme américain ?*

— Davis, en abandonnant la nationalité américaine, se désolidarise de cet impérialisme-là comme des autres. Cela lui donne le droit de condamner cet impérialisme, droit qu'il me paraît difficile d'accorder à ceux qui veulent limiter toutes les souverainetés, sauf la soviétique.

— *Ne voyez-vous pas que Davis sert l'impérialisme soviétique ?*

— Même réponse que la précédente en inversant. J'ajoute ceci : "Les impérialismes sont comme les jumeaux, ils grandissent ensemble et ne peuvent se passer l'un de l'autre."

— *Les souverainetés sont des réalités, ne voyez-vous pas qu'il faut tenir compte des réalités ?*

— Le cancer aussi est une réalité. On cherche pourtant à le guérir et personne n'a eu encore le front de dire que pour guérir un cancer qui s'est greffé sur un tempérament trop sanguin, il faille manger de plus en plus de beefsteaks. Il est vrai que les médecins ne se sont jamais pris pour des chefs d'Église qui détiennent toute la vérité. C'est leur avantage sur nos hommes politiques.

— *Cela empêche-t-il que dans les circonstances historiques actuelles la limitation des souverainetés soit une utopie ? (Objection présentée par* Le Rassemblement, *article non signé*[1]*.)*

— C'est le général de Gaulle qui va répondre au *Rassemblement*. Il a dit, en effet, à propos de la Ruhr, qu'on n'était pas obligé d'avoir une bonne solution en main pour discerner et refuser une mauvaise solution. Par ailleurs, Davis propose une solution et c'est vous qui la déclarez utopique. Vous nous faites penser à ces chefs de famille qui, au nom des réalités justement, mettent en garde leurs rejetons contre l'esprit d'aventure. Finalement, il arrive que le rejeton honore la famille dans la mesure où il a désobéi à son père et quitté l'épicerie natale. L'histoire ainsi n'est jamais qu'une utopie qui prend chair.

— *Ne voyez-vous pas que les U.S.A. sont le seul obstacle à l'établissement du socialisme dans le monde ? (Cette question se trouve formulée parfois d'une autre manière : Ne voyez-vous pas que l'U.R.S.S. est le seul obstacle à la liberté du monde ?)*

— Si vous avez la guerre que vous prévoyez avec une obstination digne d'un meilleur emploi, la somme des destructions et des souffrances qui s'abattront sur le monde, et dont la Deuxième Guerre mondiale ne donne qu'une faible idée, rendra tout avenir historique imprévisible. Je ne donnerai pas cher ni de la liberté ni du socialisme dans

1. *Le Rassemblement* est l'organe hebdomadaire du R.P.F. ; il a pris en janvier 1948 la suite de *L'Étincelle*, créé en avril 1947. Succédant à Jacques Baumel, Albert Ollivier en est le directeur-gérant depuis juin 1948 ; il y collaborait depuis février 1948, s'en prenant aux sociaux-démocrates comme aux démocrates-chrétiens. D'autres transfuges de *Combat* signent des articles dans ce journal : Jean Chauveau, et Pascal Pia...

une Europe couverte de ruines et où les hommes n'auront même plus la force de crier leur douleur.

— Cela veut-il dire que vous choisirez la capitulation plutôt que la guerre ?

— Je sais que certains d'entre vous donnent volontiers à choisir entre la pendaison ou la fusillade. C'est l'idée qu'ils se font de la liberté humaine. Nous, nous faisons ce que nous pouvons pour que ce choix ne devienne pas inévitable. Vous, vous faites ce qu'il faut pour que ce choix devienne inévitable.

— Mais s'il est inévitable, que ferez-vous ?

— Si vous arrivez, ce que je ne crois pas, à rendre cela inévitable, nous n'aurons pas d'autre choix que l'agonie du monde. Le reste, c'est du journalisme, et du pire.

J'ai terminé et je poserai, pour finir, une question à nos contradicteurs. C'est bien mon tour. Sont-ils sûrs, dans le fond de leur cœur, que la conviction politique ou la doctrine qui les anime est assez infaillible pour qu'ils rejettent sans y réfléchir les avertissements de ceux qui leur rappellent le malheur de millions de créatures, le cri de l'innocence, le bonheur le plus simple, et qui leur demandent de mettre ces pauvres vérités en balance avec leurs espérances même légitimes. Sont-ils sûrs d'avoir suffisamment raison pour risquer ne fût-ce qu'une chance sur mille de rapprocher encore le danger de la guerre atomique. Oui, sont-ils si sûrs d'eux-mêmes, et si prodigieusement infaillibles qu'il leur faille passer sur tout, c'est une question que nous leur posons, qui leur a déjà été posée et dont nous attendons toujours qu'ils y répondent. »

ALBERT CAMUS

25-26 DÉCEMBRE 1948

Réponses à l'Incrédule[1]

ALBERT CAMUS À FRANÇOIS MAURIAC[2]

Vous répondre, c'est m'étonner. Vous ne ferez pas cependant comme *Le Populaire* qui prend pour une

1. Ce texte est publié dans une double page spéciale réalisée par le Centre de recherche et d'expression mondialiste, proche du R.D.R. et du Conseil de Solidarité qui soutient Davis. Elle se présente comme « le premier essai d'une page internationale », et comme une « tentative de créer une libre tribune de la conscience mondiale, où seront abordés les nouveaux problèmes communs à tous les hommes ». Sous le titre « Peuple du monde », cette double page paraîtra tous les quinze jours pendant quelques mois en 1949. Les 25-26 décembre 1948, outre celui de Camus, sont publiés des articles de Richard Wright, de Henry Usborne, d'Emmanuel Mounier.

Le titre ne manque pas d'humour, s'adressant à Mauriac... qui ne croit pas à la possibilité du mouvement mondial dont rêve le « Comité Davis ». Camus répond à la fois aux réactions suscitées par son article paru le 7 décembre dans *Franc-Tireur*, « L'embarras du choix » (*Essais, op. cit.*, pp. 1583-1586), et à celles provoquées par le texte de *Combat* du 9 décembre, « À quoi sert l'O.N.U. ? ».

2. Dans *Le Figaro* des 11-12 décembre, sous le titre « Nous nous éloignons infiniment de ce que nous aimons », Mauriac a répondu au texte précédent, « À quoi sert l'O.N.U. ? ». Après s'être dit tenté de suivre Garry Davis, mais retenu par un « réflexe de bon sens », il analyse l'intervention de Camus : « Albert Camus, dans *Combat*, qui répond sans peine à toutes les objections de Davis, faiblit devant une seule : "Ne voyez-vous pas que Davis sert l'impérialisme soviétique ?" »

Mauriac cite la phrase sur la gémellité des impérialismes, dont il dit ne pas comprendre la « portée », et affirme : « La seule raison d'exister de l'O.N.U. serait justement de créer des conditions telles que l'U.R.S.S. et l'Amérique ne puissent se passer l'une de l'autre et choisissent de travailler en commun au salut du monde. »

agression mon simple étonnement à voir que les socialistes, non seulement ne sont pas les premiers à soutenir une initiative solitaire pour la paix, mais s'oublient jusqu'à la couvrir d'ironies[1]. On est bien seul dans l'Église, avez-vous écrit. Jugez des sentiments de ceux qui n'ont pas la foi pour se consoler de leurs Églises !

Il ajoute qu'il a signé une pétition en ce sens — ce qui « est autre chose que de propager un mouvement irrépressible, que de mettre en marche des forces incontrôlables et indifférentes à toute contingence, fût-ce à cette contingence : l'impérialisme soviétique », et compare Davis à Chamberlain, qui, lui aussi, aimait la paix.

1. C'est les 4-5 décembre que *Le Populaire* « couvre d'ironies » le meeting du 3 décembre, dans un bref compte rendu sur la « Salle Pleyel, volière de la paix », et s'interroge : « La paix est un oiseau, mais lequel ? Était-ce le merle-Camus, ironique et passionné ? "*Le Populaire*, dit-il, demande pourquoi Garry Davis ne va pas parler en Russie soviétique. C'est qu'on ne l'y laisse pas entrer, parbleu." Non, beau merle, *Le Populaire* se réjouit que le cas de Garry Davis ait pu se poser à Paris, et doute qu'il puisse jamais l'être à Karkhov. »

Sont évoqués ensuite « l'orfraie-Mounier », et la « cigogne-Vercors ».

Le 8, Henri Noguères, sous le titre « Pacifisme et publicité », répond à l'article de *Franc-Tireur*, « L'embarras du choix ». Il proteste contre « l'agression de mauvais goût contre *Le Populaire* » à laquelle, selon lui, s'est livré Camus, « sous prétexte de pacifisme » et le cite : « Les communistes interprètent tout désir de paix, exprimé de cette manière [le refus de se laisser enfermer dans le dilemme : guerre aux côtés des Américains contre les Russes, ou guerre aux côtés des Russes contre les Américains], comme une aide objective aux Américains. *Le Rassemblement* (et, ma foi, *Le Populaire* aussi) vous explique sans délai que, objectivement encore, cette prudence naïve sert l'impérialisme russe. »

Traitant Camus de « singulier propagandiste du pacifisme », Noguères lui reproche de « rejeter *Le Populaire* dans la fosse commune des bellicistes », de « ranger les socialistes dans le camp des ennemis de la paix », et de feindre de croire que ceux qui ne veulent combattre ni contre les Russes, ni contre les Américains sont peu nombreux ; il affirme que ceux-là « ne le considèrent nullement comme leur porte-parole ».

Quelques écrivains et moi avons été pressentis pour protéger par notre solidarité un homme qui avait accompli, seul, un acte courageux et significatif et en avait été récompensé par les ricanements d'une presse qui ne manque jamais une occasion, vous le savez, de faire honneur à ce pays. Il s'agissait en somme de défendre Davis contre la bureaucratie et d'attirer l'attention sur son témoignage. Il nous a semblé que nous ne pouvions pas refuser cela. Et tout aussitôt nous voilà Chamberlain, Daladier, ou Marcel Déat[1]. Passe encore qu'un de mes anciens collaborateurs de *Combat* écrive, sans apparence de honte, dans *Le Rassemblement*, que je me repens d'avoir été résistant[2].

1. On sait que Chamberlain et Daladier ont été les signataires du traité de Munich, censé, en 1938, préserver la paix en sacrifiant la Tchécoslovaquie, et que Déat a été un chantre de la Collaboration.

2. Dans *Le Rassemblement* du 11 décembre, un entrefilet intitulé « M. Albert Camus se repent » cite un passage de l'article de Camus publié le 7 décembre dans *Franc-Tireur* (« L'embarras du choix ») : « Malgré l'affreuse amertume et la honte qui peuvent nous prendre à la pensée des bagnes où d'immenses troupeaux d'hommes se survivent encore, nous ne devons pas perdre de vue que la paix nous laisse une chance de voir ces injustices réparées, tandis que la guerre ne nous en laisse aucune. »

Et il commente : « Voilà l'illusion dont se berce M. Albert Camus dans *Franc-Tireur* : il ne croit plus que l'on doive résister par la force aux entreprises totalitaires. »

Cet entrefilet n'est pas signé ; l'« ancien collaborateur de *Combat* » est-il Albert Ollivier ou plutôt Jean Chauveau ?

Dans le même numéro du *Rassemblement*, Pascal Pia, commentant le meeting du 3 décembre et les réactions des communistes, glisse une pointe contre « la philosophie tout ce qu'il y a 3e force de M. Albert Camus » ; le 18 décembre, dans un article intitulé « Marcher avec le peuple ou le faire marcher », il s'en prend au « pacifisme » de Camus et de Sartre — dont l'article est paru le 10 dans *Franc-Tireur* : « Une campagne anti-belliciste est sans objet, à moins qu'elle ne tende à décourager d'avance toute résistance à un Etat totalitaire visant au contrôle de notre pays. Les récentes assises de "Paix et liberté", patronnées par le parti communiste, ne s'inspirent que de ce seul souci. »

Après tout, je sais qu'il n'est pas orfèvre. Passe encore que je trouve une nouvelle fois mon juge d'instruction en la personne, si j'ose dire, de M. Pierre Hervé[1]. Il est ainsi des vocations irrésistibles et nous savons désormais que la police est un apostolat. Mais quant à vous, il faut que je m'étonne.

Bien que je ne voie pas de raisons à la façon dédaigneuse dont vous parlez des intellectuels du Comité Davis, je vous concéderai volontiers que la qualité d'écrivain ne suppose pas forcément l'infaillibilité. Mais, en somme, cette vérité, M. Mauriac, est générale. Et il arrive aussi qu'on puisse être écrivain sans manquer absolument de courage intellectuel. Je n'ai pas qualité pour parler au nom de mes amis, mais enfin je ne leur ai jamais entendu dire que l'impérialisme soviétique fût une contingence. Et pour quelques-uns du moins, ils le reconnaissent comme un fait, ajoutant qu'ils n'accepteront jamais le socialisme concentrationnaire (plus concentrationnaire à vrai dire que socialiste). Bref, ils ne ruseront pas avec les faits. Leur bonne foi les place donc sans défense devant la question que vous leur posez. Si Garry Davis réussit à propager ses conceptions, puisqu'il est vraisemblable qu'il ne pourra le faire qu'en Occident, ceci ne risque-t-il pas de précipiter la victoire de l'impérialisme russe ?

Laissez-moi d'abord prendre le problème en sens inverse. Supposons que vous ayez tout à fait raison. Que devez-vous faire ? Ce que vous ne faites pas. Car si le danger russe prime tous les autres, dans le temps et dans l'espace, et si le recul devant la guerre risque de rapprocher encore ce danger, alors, toutes affaires cessantes, il nous faut prendre

1. Pierre Hervé, journaliste communiste.

les mesures qui s'imposent en acceptant qu'elles puissent amener la guerre. Il faut nous appuyer immédiatement sur la seule force qui puisse freiner les Russes et les arrêter, le cas échéant, c'est-à-dire les États-Unis, dont nous adopterons forcément (avec bonne ou mauvaise humeur, cela ne changera rien) la politique étrangère. Comme les Russes ont placé enfin les partis communistes en avant-garde, il nous faudra combattre le communisme en nous appuyant sur le seul mouvement qui, en France, soit capable de s'opposer par la force au communisme, c'est-à-dire le gaullisme. À ma connaissance, vous ne faites ni l'un ni l'autre, et je ne dis pas cela pour le vain plaisir de vous mettre en contradiction avec vous-même, mais pour vous inspirer une indulgence plus soutenue envers notre incohérence, à supposer qu'elle existe. Dans tous les cas, il faut reconnaître qu'à partir du moment où l'on pense en termes d'impérialisme, d'agression et de tactique, de guerre froide enfin, la position que je viens de définir est la seule logique. Si je ne me trompe, elle est celle des quelques hommes sincères qui ont rejoint de Gaulle.

Personnellement, je trouve cette logique inévitable à partir du moment où l'on pense comme vous. Mais j'ai quelque chose contre ses conséquences et je vais continuer à développer la position qui devrait être la vôtre. En termes de guerre froide, il faudrait tout subordonner, en France, à la lutte contre le parti communiste, ce qui suppose quelques limitations à l'idée qu'à tort ou à raison nous nous faisons de la démocratie, et tout plier à la nécessité de développer notre puissance militaire, ce qui n'ira pas sans inconvénients pour notre économie. Quand je dis que ces inconvénients seront supportés, d'abord, par les travailleurs de toutes classes, il me semble que je reste dans les limites de la vraisemblance. À l'extérieur, pour servir, en réalistes, la guerre froide. Il vous faudra passer sur quelques-unes de vos répugnances. Si Tsaldaris[1] vous sert mieux contre le bolchevisme, il vous faudra fermer les yeux sur les exécutions d'Athènes, les îles de la relégation et la politique de répression. Il y a mieux. Vous avez été un des premiers à vous élever contre la rébellion de Franco, l'on doit vous rendre cet hommage. Mais puisque Franco a donné des gages militaires aux États-Unis, puisqu'il fait barrage à la Russie, il vous faudra le supporter, souhaiter sa prospérité, et, à l'occasion, lui serrer la main. Si vous ne le faisiez pas, vous serviriez l'impérialisme russe. En bref, si vous n'acceptez pas, pour commencer, une aggravation de l'injustice sociale, une limitation de nos libertés, les exécutions grecques et les prisons franquistes, vous servez, tout comme nous, l'impérialisme russe.

Il y a mieux, et d'autres conséquences surviennent qui me paraissent difficiles à digérer. Car si, dans l'esprit de certains, la guerre froide est le seul moyen d'éviter la guerre tout court, sans servir l'impérialisme russe, ils se trouvent, à mon avis, dans un dilemme aussi embarrassant que le nôtre. L'impérialisme russe étant ce qu'ils disent, il n'y a pas de doute que le temps travaille pour lui, que les Russes auront un jour la force atomique couron-

1. Tsaldaris, Premier ministre grec, qui mène une politique de répression. Après les troubles de 1944 (voir éditoriaux des 29-11, 5 et 9-12-1944, pp. 377, 390 et 394), la guerre civile en Grèce dure depuis la fin 1946. Camus interviendra à plusieurs reprises pour défendre les intellectuels grecs condamnés (voir en 1955 « L'enfant grec », in *Camus éditorialiste à L'Express*, pp. 118-121).

nant une économie restaurée et qu'ils seront prêts, ce jour-là, pour l'empire du monde. Les partisans de la guerre froide sont donc obligés d'accepter l'idée de la guerre préventive ou de supporter de s'entendre dire, sans pouvoir se justifier, par des hommes plus réalistes qu'eux : « En ne déclarant pas la guerre tout de suite, vous servez l'impérialisme russe. » C'est qu'au raisonnement dont vous acceptez les prémisses, il n'y a pas d'autre conclusion : « Tout vaut mieux que la domination soviétique, même la guerre atomique immédiate. »

Devant une telle conséquence, je suis sûr que vous comprendrez peut-être nos répugnances. Comment pourrions-nous applaudir à tant de folle assurance, forcés que nous sommes de mesurer notre ignorance, de comparer une menace que nous connaissons bien et une autre qu'il nous faut imaginer. Pourtant les avertissements ne nous ont pas manqué. Quand Niels Borh[1], qui, lui, se tient forcément au courant, écrit : « Un million d'êtres humains pourraient exploser et perdre leur vie en une seule journée » ; quand il ajoute : « Ces chiffres effraient, mais ils sont encore au-dessous de la réalité. » Il me semble qu'on doit peser le pour et le contre, un peu plus longtemps que vous et d'autres ne le font. Je sais bien que Paulhan[2] trouve sot de dire que les guerres sont funestes parce qu'elles détruisent des êtres humains. Je m'obstine person-

1. *Sic* pour Niels Bohr, physicien danois (1885-1962). Prix Nobel de physique en 1922, auteur de nombreux travaux sur l'atome.

2. Jean Paulhan, écrivain et critique (1884-1968), considéré comme « l'éminence grise des lettres », directeur de *La N.R.F.* de 1925 à 1940, puis, à partir de 1953, résistant, il a joué un rôle décisif dans la publication de *L'Étranger* et du *Mythe de Sisyphe* en 1942, chez Gallimard.

nellement dans cette sottise, mais si même nous tenons les morts pour négligeables, il faut bien dire qu'après une série d'explosions de ce genre notre conception de la liberté aura du mal à s'acclimater dans une Europe éventrée et dans une France dont vous savez, dont tout le monde sait, qu'elle ne se relèvera pas d'une troisième guerre mondiale !

Dans tous les cas, un raisonnement qui nous amène à choisir entre les cimetières et les camps de concentration est peut-être rigoureux. Mais, la rigueur mise à part, on ne m'ôtera pas de l'idée qu'il doit lui manquer quelque chose. Peut-être, à force de rigueur, nous contraindra-t-on un jour à ce beau choix. Chacun fera ce jour-là ce qu'il devra. Après tout, les hommes de ma génération sont préparés au pire, et puis il est bien vrai que je ne me sens pas disposé à accepter n'importe quelle paix. Mais il faut savoir du moins, que ce que nous ferons ou ne ferons pas alors n'aura d'importance que pour nous. Les mouettes crient aussi dans la tempête, mais je suppose que c'est pour leur plaisir personnel.

Arrivés ici, trouvez-vous toujours utile de charger de vos dédains des hommes qui essaient de découvrir les deux ou trois chances qui permettraient de sauver en même temps la paix et la liberté, et qui cherchent encore à réfléchir ? Car il ne s'agit de rien d'autre. Vous pouvez moquer le grain de sel que Davis cherche à mettre sur la queue de la colombe. Il y a évidemment une façon de s'emparer de la colombe de la paix sans se donner le ridicule du grain de sel, c'est de la foudroyer à bout portant. Cette méthode rigoureusement efficace est sans aucun doute de celles dont Davis ne veut pas. Il s'est refusé à choisir la belle rigueur des machines à tuer et s'est contenté pour le moment de mettre en lumière le mensonge et l'absurdité de notre société internationale. Les rêves que vous ou d'autres lui prêtez vous ne les avez sûrement pas trouvés dans ce qu'il dit ou fait. Vous avez été mal informé, ce qui arrive à tout journaliste.

Vous avez l'air de considérer en effet qu'il s'agit d'un objecteur de conscience. Où avez-vous pris cela ? Je n'ai jamais entendu Davis dire qu'il fallait refuser toute guerre. Il a déclaré qu'il serait le premier à s'engager comme pilote dans une force de police internationale. Il a seulement jugé qu'il y avait encore une possibilité pour que la guerre ne se produisît pas, et pour que la vraie chance se présentât ainsi de voir mourir seules les tyrannies, au lieu de les faire mourir en même temps que l'Europe. Il a dit ce que tout le monde pense, que le seul organisme qui soit chargé de la paix du monde est stérilisé par le raidissement des souverainetés. Par son geste, il a mis en lumière cette contradiction essentielle. Et il a montré à tout organisme international, présent ou futur, quels devaient être les vrais buts d'une Société des Nations. C'est tout, c'est énorme, et c'est ce qui nous a paru mériter notre adhésion. Dites-moi seulement qui fera le mieux réfléchir les délégués de l'O.N.U., s'ils le peuvent encore, l'adresse que vous avez signée avec 500 intellectuels ou le geste de Davis.

Je pense que c'est Davis, voilà toute ma raison. Je pense qu'il faut encore essayer de sauver l'Europe et notre pays d'une catastrophe démesurée. Il faut sauver le plus de vies que l'on peut pour préserver les énergies qui changeront peut-être la face de la guerre et de la paix. Puisqu'il ne s'agit pas encore de guerre et de capitulation, puisque la France ne peut se battre sans les armes des autres, je trouve à la fois utiles et décentes toutes les entreprises qui ne parient pas pour une guerre inévitable et qui ne nous amènent pas à choisir entre deux sortes de hontes, celle de la capitulation et celle qui consiste à faire silence sur les tueurs grecs et la répression espagnole. À l'heure où tout le monde est contraint de parier, il me semble préférable de parier pour un espoir raisonnable. Ni Davis, ni ceux qui l'ont accueilli ne prétendent apporter la vérité au monde. Ils savent bien que leur voie finalement est ailleurs, et leur vrai métier. Ils ont seulement poussé un cri d'alerte, selon leur état, et il est bien possible que ce cri soit poussé dans le désert. Mais avant d'en sourire, considérez au moins le sale air de honte et de calcul qu'on voit aux vérités et aux Églises qui ont cours forcé aujourd'hui et vous du moins, vous surtout, ne nous jetez pas la première pierre.

14 MARS 1949

Seuls les simples soldats trahissent

UNE LETTRE D'ALBERT CAMUS ET DE RENÉ CHAR[1]

Nous lisons dans *Combat* que deux tirailleurs algériens ont été condamnés à mort par le tribunal militaire d'Alger pour désertion à l'ennemi. Leur section

1. Cette brève protestation, cosignée avec René Char, est, sauf erreur, la dernière publication de Camus dans *Combat*.

tout entière se serait livrée à l'ennemi, il y a 9 ans, dans la Meuse, en pleine débâcle. Nous vous demandons de bien vouloir rapprocher cette implacable sentence (compte tenu du climat de 1940) de celle qui a frappé avec beaucoup de modération des généraux accusés d'avoir offert leurs services à l'ennemi, étant prisonniers de l'armée allemande. Nous vous demandons, par surcroît, de bien vouloir porter à la connaissance de l'opinion publique qu'il est extrêmement rare qu'un sujet algérien jouisse des droits du citoyen français, bien qu'il soit astreint, comme vous venez de le voir, aux mêmes devoirs. Ces rapprochements permettent d'apprécier, nous l'espérons du moins, la singulière leçon de morale que nos tribunaux viennent de donner au peuple français et au peuple algérien.

Annexes

Chronologie des principaux événements

1944-1948

Sans prétendre donner une vue exhaustive de cette période historique si riche, il m'a semblé nécessaire d'en présenter, en regard des articles de Camus, une chronologie succincte. Même lorsque les articles de Camus ne sont pas en rapport direct avec les événements mentionnés, il est important de savoir dans quel contexte ils ont été écrits. Cette chronologie s'inspire librement de celles établies par Jacques Julliard dans *La IVe République, « Naissance et mort »*, Calmann-Lévy, 1968, et par Jean-Pierre Rioux dans *La France de la IVe République, 1, « L'ardeur et la nécessité », 1944-1952*, Seuil, « Points Histoire », 1980.

Articles de Camus	Événements

1944

L'Assemblée consultative, créée à Alger, et le Gouvernement provisoire de la République française rejoignent Paris

AOÛT 1944

Articles de Camus	Événements
21 : « Le combat continue… » **21** : « De la Résistance à la Révolution »	**20-30** : Libération du territoire national jusqu'au pied des Vosges (persistance des poches)

20-25 : Libération de Paris

21 : Début de la conférence de Dumbarton Oaks où sont jetées les bases de l'O.N.U., en l'absence de la France à laquelle on réserve un siège au Conseil de Sécurité

22 : « Le temps de la justice »
23 : « Ils ne passeront pas »
24 : « Le sang de la liberté »
25 : « La nuit de la vérité »
29 : « L'intelligence et le caractère »
30 : « Le temps du mépris »
31 : « Critique de la nouvelle presse »

SEPTEMBRE 1944

1er : « La réforme de la presse »
2 : « La démocratie à faire »

2 : Premier Conseil des ministres du G.P.R.F. à Paris

4 : « Morale et politique »
6 : « La fin d'un monde »

6 : Début de l'utilisation des V2 dans les bombardements de Londres

7 : « Nos frères d'Espagne »
8 : « Justice et liberté »
8 : « Le journalisme critique »

9 : Remaniement du gouvernement par le général de Gaulle ; constitution d'un gouvernement d'unanimité nationale. Yves Chataigneau, gouverneur général de l'Algérie

10 : « Le nouveau gouvernement est constitué… »

12 : « Camarade qui nous écrivez... »	**12** : Discours à Chaillot du général de Gaulle qui déclare que les grandes sources de la richesse doivent revenir à la collectivité
	14 : Entrée des armées occidentales en Allemagne
15 : « En 1933, un avide et frénétique personnage... »	**15** : Organisation des cours spéciales de justice succédant aux cours martiales et aux tribunaux militaires et marquant le début de l'épuration officielle
16 : « Une information d'agence [...] épiscopat français »	
17 : « Que fait le peuple allemand ? »	
19 : « Le Mouvement national de Libération... »	
20 : « Nous avons parlé l'autre jour du peuple allemand... »	
22 : « Tout le monde sait que les journaux [...] censure militaire »	
23 : « Il y a quatre ans [...] bataille d'Angleterre »	**23** : Décret incorporant les F.F.I. dans les armées régulières
26 : « Avec l'arrestation de Louis Renault... »	
27 : « On nous excusera de revenir sur le cas de Renault... »	
28 : « On lira par ailleurs le communiqué... »	

29 : « Nous sortons de l'euphorie... »	**29** : Jefferson Caffery, représentant des U.S.A. auprès de l'Autorité française *de facto* (le G.P.R.F. est reconnu *de facto* sur les territoires libérés depuis le 11 juillet)
30 : « Churchill vient de prononcer... »	

OCTOBRE 1944

1 : « On nous dit : "En somme, qu'est-ce que vous voulez ?"... »	
3 : « Sous la signature d'Allan Forbes... »	
4 : « On verra par ailleurs que la Fédération de la Presse clandestine... »	
5 : « À cette même place... »	**5** : Ordonnance sur le droit de vote des femmes
6 : « Il y a eu beaucoup de bruits... »	
7 : « Le 26 mars 1944 à Alger... »	**7** : Fin de la conférence de Dumbarton Oaks
8 : « Le Conseil national de la Résistance... »	
11 : « La situation de la presse pose des problèmes... »	
12 : « On parle beaucoup d'ordre, en ce moment... »	**12** : Arrêté sur la composition de l'Assemblée consultative élargie à des délégués de la Résistance intérieure et à des parlementaires

13 : « On ne saurait trop souligner [...] problème impérial » **14** : « Dans son dernier discours, M. Churchill... » **15** : « On nous excusera de revenir à la reconnaissance du gouvernement français... » **17** : « Il faut bien revenir à la reconnaissance du gouvernement... »	
18 : « Parlons un peu de l'épuration... »	**18** : Ordonnance sur la confiscation des profits illicites
19 : « La participation de la France au gouvernement militaire allié... »	
20 : « Nous ne sommes pas d'accord avec M. François Mauriac... » **21** : « Oui, le drame de la France... » **21** : « L'argent contre la justice » **22** : « Le *Daily Express*... »	
	23 : Reconnaissance *de jure* par les Alliés du G.P.R.F.
24 : « Nous élevons ici contre les procédés de la censure... » **25** : « Nous hésitions à répondre à l'invitation [...] M. Mauriac... » **27** : « Il nous a été difficile [...] René Leynaud »	**23** au **25** : Congrès des cadres du M.L.N. (Mouvement de Libération nationale) Tentative de rassemblement des mouvements sur la base du programme du C.N.R. (Comité national de Libération) **28** : Suppression des milices patriotiques malgré les protestations du C.N.R.

29 : « Le ministre de l'Information... »

31 : « Il est possible de faire allusion à M. Stéphane Lauzanne... »

NOVEMBRE 1944

2 : « Le Conseil des ministres [...] Haute Cour de justice... »

3 : « Gouverner est bien... »

3 : « Le pessimisme et le courage »

4 : « Il y a deux jours, Jean Guehenno... »

5 : « L'*Officiel* publie [...] journaux à révéler leur tirage... »

7 : « Depuis plusieurs semaines [...] ordre financier »

7 : Première réunion de l'Assemblée consultative élargie ; Félix Gouin est élu président
Réélection de Roosevelt

8 : « L'Assemblée consultative a tenu hier sa première séance... »

7-8 : Congrès extraordinaire de la S.F.I.O.
Discussion en vue de l'unité organique avec les communistes

9 : « L'élection de M. Roosevelt... »

10 : « Le parti socialiste a tenu hier... »

11 : « Nos amis de *Défense de la France*... »

14 : « On remarquera que [...] l'armement des troupes françaises »

15 : « Il y a quelque chose d'irritant [...] M. Hitler comme malade ou comme mort »

16 : « Le Gouvernement a décidé la confiscation des biens de [...] Renault »

19 : « Il faudrait essayer de voir clair dans l'affaire belge... »

21 : « Une fois de plus, faisons le point de la situation espagnole... »

22 : « Faisons un peu d'autocritique... »

23 : « À lire attentivement [...] tout le monde en France est socialiste... »

23 : Entrée des troupes françaises à Strasbourg

24 : « Plus on y réfléchit [...] une doctrine socialiste... »

25 : « Oui, nos armées sont sur le Rhin... »

26 : « Nous y sommes : le sang belge a coulé... »

26 : Congrès constitutif du M.R.P.

27 : Retour de Thorez à Paris

28 : « De tous les côtés, [...] malaise produit chez les militaires algériens... »

28 : Création des chambres civiques, juridictions de l'épuration

29 : « À peine libre, l'Europe remue... »

30 : « Le ministère de l'Information [...] tirage journaux parisiens »

DÉCEMBRE 1944

1er : « Le problème de la presse… »	
3 : « Le général de Gaulle s'est entretenu avec le maréchal Staline… »	**3** : Début de la guerre civile en Grèce
5 : « Il y a entre M. Mauriac et nous une sorte de contrat… »	
9 : « Hier, devant les Communes, M. Churchill […] Grèce… »	
10 : « De nombreux journaux […] démission du général Franco »	**10** : Signature du pacte franco-soviétique
13 : « On lit un peu partout que nous faisons la guerre… »	**13** : Ordonnance créant les Houillères nationales du Nord et du Pas-de-Calais (nationalisation)
14 : « On a commencé de discuter […] la constitution des Comités d'entreprise… »	
15 : « La Consultative […] problème des transports… »	**15-17** : Réunion des C.D.L. (Comités départementaux de la Libération) nés de la clandestinité, où siègent tous les mouvements
16 : « On pense, dans quelques milieux […] nouveaux journaux… »	
17 : « Que faut-il faire quand une révolution […] pour la ruiner ? »	
18 : « On connaît maintenant le texte du pacte franco-soviétique… »	**18** : Premier numéro du *Monde*

19 : Offensive allemande dans les Ardennes

20 : « Au moment même où l'offensive de von Rundstedt… »

20 : Comité d'entente P.C.F./S.F.I.O.

22 : « La France a vécu beaucoup de tragédies… »

23 : « Renaissance française » (Suétone)

24 : « Le poète et le général de Gaulle » (Suétone)

26 : « Le Pape vient d'adresser au monde… »

26 : Ordonnance sur l'indignité nationale

29 : « La politique générale a soulevé de grands débats à la Consultative… »

30 : « Ne jugez pas. »

31 : « Le treizième César » (Suétone)

31 : Le comité de Lublin (dominé par les communistes) se proclame Gouvernement provisoire polonais

1945

Gouvernement d'unanimité nationale du général de Gaulle
Assemblée consultative élargie (président : Gouin)
Première Assemblée constituante (21 octobre-8 novembre)
(président : Gouin)
Gouvernement de Gaulle (21 novembre 1945-20 janvier 1946)

JANVIER 1945

1er : « 1945 »

1-5 : Les Allemands menacent Strasbourg

2 : « *Panem et circenses* » (Suétone)

2 : « Nous avons lu [...] la lettre d'un combattant... »

3 : « L'Agence française de presse [...] Comité de Lublin... »

5 : « La presse [...] se préoccupe de l'injustice... »

6 : « Tibère, ministre » (Suétone)

6 : Augmentation du salaire des fonctionnaires après de grands mouvements sociaux

7-8 : « L'Espagne s'éloigne... »

11 : « Justice et charité »

16 : Nationalisation des usines Renault qui ont travaillé pour les Allemands : constitution d'une Régie nationale

21-23 : Comité central du P.C. à Ivry

« Unir, combattre, travailler » (Thorez)

23 : Recul des Allemands dans les Ardennes

23-28 : Premier Congrès du M.L.N. Refus de fusion avec les communistes

27 : Maurras est condamné à la réclusion perpétuelle. Les Soviétiques libèrent Auschwitz

FÉVRIER 1945

3 : La minorité du M.L.N. fusionne avec le Front national pour fonder le M.U.R.F. (Mouvement uni de la Résistance française), d'obédience communiste.

	4-12 : Conférence de Yalta (Churchill, Roosevelt, Staline). Établissement du statut des Nations unies, de l'Allemagne et des territoires libérés. De Gaulle refuse de rencontrer Roosevelt à son retour
9 : « Il paraît que *Combat* a changé d'orientation... »	
	6 : Exécution de Brasillach
	13-14 : Bombardement de Dresde
16 : « La conférence de Crimée... »	
17 : « Ici, du moins, on ne vit pas dans le mensonge... »	
	22 : Ordonnance sur la création des comités d'entreprise Les partis politiques tunisiens se prononcent en faveur de l'autonomie interne
	28 : Accord Pré-Bail

MARS 1945

	4 : Les Alliés atteignent le Rhin. Création au Caire de la Ligue arabe
9 : « Depuis deux jours, M. Teitgen... »	**9** : Coup de force des Japonais sur l'Indochine
11-12 : « Nous avons donné [...] Teitgen... »	**11** : Proclamation de l'indépendance du Nord-Vietnam et du Cambodge
	13-18 : Premiers procès devant la Haute Cour de Justice

16 : « Dans *Témoignage chrétien*... »
18 : « Pour une fois [...] colère... »
27 : « Il est très fâcheux [...] laïcité... »
29 : « Il n'y a pas de repos dans la vérité... »

AVRIL 1945

3 : « Que fêtait-on hier ? »
4 : « Tandis que la fin des hostilités... »
5 : « Je suis professeur et j'ai faim... »

5 : Démission de Mendès France en désaccord avec le choix du gouvernement en matière de politique financière

6 : « Ceux qui ne verraient dans la démission de M. Mendès France... »

9 : Nationalisation des usines Gnome et Rhône, constructeurs de moteurs d'avions qui ont travaillé pour l'Allemagne

10 : « Les victoires du front de l'Ouest... »

12 : Truman succède à Roosevelt après le décès de celui-ci

14 : « Il avait le visage du bonheur... »
15-16 : « M. Truman n'a pas dissimulé... »
17 : « Chaque pas qui nous rapproche de la victoire... »

19 avril-13 mai : Élections municipales (succès de la gauche)

5 : Jonction des troupes américaines et soviétiques

26 : De retour en France, Pétain se constitue prisonnier

25 avril-25 mai : Conférence de San Francisco où la France a refusé d'être puissance invitante et qui établit la Charte des Nations unies

30 : Suicide de Hitler

MAI 1945

1 : Dönitz succède à Hitler

8 : Capitulation allemande

9 : « Qui pourrait songer à donner de cette journée délirante... »

8-12 : Émeutes à Sétif et Guelma, insurrection en Petite Kabylie, suivie d'une très sévère répression. Prodromes de la guerre d'Algérie

10-30 : Retour des prisonniers et déportés

12 : « On attend le remaniement ministériel... »

13-14 : « Crise en Algérie »

15 : « La famine en Algérie »

16 : « L'Algérie demande des bateaux et de la justice »

16 : La France obtient un siège de membre permanent au Conseil de Sécurité

17 : « Nous avons pour nourriture... »
18 : « Les indigènes nord-africains se sont éloignés d'une démocratie dont ils se voyaient indéfiniment écartés »
19 : « Nous avons protesté avant-hier à propos du sort réservé aux déportés... »
20-21 : « Les Arabes demandent pour l'Algérie une Constitution et un Parlement »
23 : « C'est la justice qui sauvera l'Algérie de la haine »
25 : « Le général de Gaulle a prononcé hier un discours... »
26 : « En attendant le remaniement ministériel... »
27 : « La commission des Affaires étrangères... »

28 : Accord Blum-Byrnes sur la liquidation des dettes de guerre
30 : En Syrie, à l'issue de mouvements indépendantistes, la France réprime la résistance nationaliste en bombardant Damas. L'intervention des forces britanniques oblige les troupes françaises à regagner leurs casernes et un cessez-le-feu est signé le 30 mai

31 : « L'affaire de Syrie... »

JUIN 1945

1er : « L'ultimatum de M. Churchill… »

4-15 : Échange des billets de banque

5 : « Henri Frenay est un de nos camarades… »

5 : Attribution à la France d'une zone d'occupation en Allemagne

7-25 : L'U.D.S.R. (Union démocratique et sociale de la Résistance) se constitue à partir d'éléments non communistes de la Résistance, par l'éclatement du M.L.N.

12 : Suppression de la censure de la presse
L'Humanité publie un article de Duclos sur l'unité organique

15 : « Un moment secouée, l'opinion française se détourne des affaires d'Algérie… »

26 : Signature de la Charte des Nations unies
Nationalisation par prise de participation dans les compagnies de transport aérien (qui seront rassemblées en 1948 dans Air-France)

26-30 : Congrès du P.C.F.

27 : « M. Herriot vient de prononcer des paroles malheureuses… »

28 : Ordonnance sur les loyers

30 juin-1er juillet : « Images de l'Allemagne occupée »

30 : Ordonnance sur le blocage des prix et la lutte contre le marché noir

JUILLET 1945

1-22 : Conférence de Bretton Woods ; adoption du dollar et de l'or comme références

10-14 : États généraux de la Renaissance française (d'obédience communiste)

18 juillet-2 août : Conférence de Potsdam (Staline et Molotov, Truman et Byrnes, Churchill et Eden, puis Attlee et Bevin : accord sur le traité de paix en Europe, réparations allemandes, dénazification, frontière polonaise sur la Niesse). La France n'a pas participé

23 : Ouverture du procès Pétain

AOÛT 1945

2 : « Puisque la Cour de Justice [...] procès Pétain... »

3 : Dernière séance de l'Assemblée consultative

4 : « L'intérêt des Français de la Métropole [...] de cette Algérie... »

6 : Bombe atomique sur Hiroshima

7 : « Le général Franco a déclaré... »

8 : « Le monde est ce qu'il est [...] bombe atomique... »

8 : Déclaration de guerre de l'U.R.S.S. au Japon

9 : Bombe sur Nagasaki

12-15 : Congrès de la S.F.I.O., où l'unité organique socialo-communiste est rejetée

12 : Le Japon demande à capituler

14 : « Nous avions manifesté une légère inquiétude au sujet des bases stratégiques réclamées par le président Truman... »

15 : « Ni le premier, ni certainement le dernier dans la presse américaine... »

15 : La Haute Cour condamne Pétain à mort tout en souhaitant la grâce, qui sera accordée par de Gaulle

16 : En Indochine, appel à l'insurrection nationale lancé par Hô Chi Minh

17 : « Maintenant que la guerre est terminée... »

17 : Ordonnance sur les élections d'octobre

20 : Proclamation de la république du Vietnam

22 : « La première Assemblée nationale de la presse... »

23 : « Le Congrès du parti radical... »

24 : « Au congrès radical... »

25 : Abdication de Bao Dai. Formation du gouvernement Hô Chi Minh

26-27 : « Nous avons été bons prophètes […] M. Herriot… »
28 : « Beaucoup de lecteurs […] comment il faut voter… »
30 : « On nous excusera […] l'épuration en France… »

SEPTEMBRE 1945

1er : « L'après-guerre est commencée… »

2 : Capitulation du Japon
4-15 : Procès et exécution de Laval
5 : Benoît Frachon est élu secrétaire de la C.G.T.
18 : Ouverture du procès de Nuremberg
23 : Les Français se réinstallent à Saigon
23-30 : Élections cantonales

OCTOBRE 1945

4 : Début du procès Laval
4-19 : Ordonnance sur la Sécurité sociale
11 : Ordonnance sur la crise du logement
15 : Exécution de Pierre Laval
19 : Débarquement en Indochine du Corps expéditionnaire français commandé par Leclerc

21 : Référendum et élections à la première Constituante. Oui aux deux questions : rejet des institutions de la IIIe République. Aux élections, succès des communistes, du M.R.P. et des socialistes ; échec pour la droite et pour les radicaux

NOVEMBRE 1945

8 : Gouin élu président de l'Assemblée nationale

13 : De Gaulle élu à l'unanimité chef du gouvernement.

15 : « La France est en état de siège... »

DÉCEMBRE 1945

2 : Nationalisation des banques et du crédit

13 : Crise syro-libanaise ; évacuation des troupes françaises et anglaises

22 : Création du P.R.L. (Parti républicain de la Liberté)

26 : Ratification des accords de Bretton Woods : les monnaies seront définies en or et en dollars ; création du Fonds monétaire international (F.M.I.) et d'une banque pour la reconstruction (B.I.R.D.)

28 : Rétablissement de la carte de pain

1946

Deuxième Assemblée constituante (Assemblée nationale)
(président : Vincent Auriol)
Démission du général de Gaulle (20 janvier)
Gouvernement Gouin (29 janvier)
Gouvernement Bidault (23 juin)
Gouvernement Blum (16 décembre)

JANVIER 1946

10 : Assemblée générale de l'O.N.U.

20 : Démission du général de Gaulle, en désaccord avec la conception du gouvernement et celle des partis

24 : Bases du tripartisme dans le protocole d'accord M.R.P./S.F.I.O./P.C.

29 : Élection de F. Gouin comme chef du Gouvernement

31 : Vincent Auriol élu président de l'Assemblée constituante.

FÉVRIER 1946

1 : Grève dans la presse parisienne

MARS 1946

6 : Accord Sainteny-Hô Chi Minh sur la reconnaissance de l'État libre du Vietnam

AVRIL 1946

3 : Démission de F. de Menthon, rapporteur général de la Constitution, remplacé par Pierre Cot
8 : Nationalisation du gaz et de l'électricité
16 : Loi sur les délégués du personnel
19 : La majorité socialo-communiste vote la Constitution
29 : La C.G.T. encadre la grève chez Renault. Rations de pain à 250 g

MAI 1946

5 : Victoire du « non » au référendum ; le projet de constitution est repoussé (52 % des voix)
16 : Loi sur les Comités d'entreprise
17 : Loi sur les Charbonnages
28 : Accord financier Blum-Byrnes : remise des dettes et crédits de 650 millions de dollars
Demande de hausses des salaires par la C.G.T.

JUIN 1946

2 : Élections à la 2e Constituante ; succès M.R.P. ; gains communistes ; recul socialiste En Algérie, succès de l'U.D.M.A. (Union des Amis du Manifeste) de Ferhat Abbas

12 : Création du C.N.P.F.

16 : Discours de Bayeux : le général de Gaulle propose une constitution proche de celle qui devait être adoptée en 1958

18 : Proclamation de la République italienne

19 : Bidault devient chef du Gouvernement

23 : Ministère Bidault fondé sur le tripartisme (socialistes, communistes, M.R.P.)

JUILLET 1946

4 : Conférence du Palais-Royal patronat-syndicats : stabilité des prix et augmentation des salaires

6 : Ouverture de la conférence franco-vietnamienne de Fontainebleau en présence d'Hô Chi Minh

29 : Ouverture à Paris de la conférence de la Paix

30 juillet-3 août : Grève des postiers

AOÛT 1946

3 : Augmentation de 25 % du traitement des fonctionnaires

6 : Loi sur les prestations familiales

29 : 38e congrès S.F.I.O.

SEPTEMBRE 1946

4 : Guy Mollet élu secrétaire général de la S.F.I.O.

12 : Loi sur l'assurance vieillesse

14 : Fin de la conférence de Fontainebleau. Un accord provisoire entre Moutet et Hô Chi Minh permet d'éviter la rupture

30 : Le nouveau projet de constitution est adopté à l'Assemblée

OCTOBRE 1946

13 : Référendum constitutionnel : le projet de constitution est adopté

15 : Fin de la conférence de Paris

19 : Loi sur le statut de la fonction publique

Fin octobre : Scandale des vins et du textile

NOVEMBRE 1946

10 : Élections législatives : progression communiste, recul socialiste

18 : Rencontre Hô Chi Minh-Thierry d'Argenlieu

Ni victimes ni bourreaux

19 : « Le siècle de la peur »

20 : « Sauver les corps »

21 : « Le socialisme mystifié »

23 : « La révolution travestie »

23 : Bombardement d'Haiphong par l'artillerie de marine française qui fait plusieurs milliers de morts

24 novembre-8 décembre : Élections au Conseil de la République

26 : « Démocratie et dictature internationales »

27 : « Le monde va vite »

29 : « Un nouveau contrat social »

30 : « Vers le dialogue »

DÉCEMBRE 1946

3 : Élection de Vincent Auriol à la présidence de l'Assemblée

12 : L'O.N.U. décide le boycott diplomatique mais non économique de l'Espagne

16 : Après les échecs de Thorez et de Bidault, Blum devient chef du Gouvernement ; ministère socialiste homogène

19 : Insurrection à Hanoi. Annexion économique de la Sarre à la France

23 : Loi sur les conventions collectives

1947

Auriol, président de la République
Gouvernement Ramadier (28 janvier)
Gouvernement Schuman (22 novembre)

JANVIER 1947

1er : Entrée en vigueur du plan de Sécurité sociale

2 : Baisse des prix de 5 %

8-15 : Grève de la presse parisienne

8-9 : Moutet et le général Leclerc quittent l'Indochine

16 : Vincent Auriol est élu président de la République. Démission du ministère Blum

17 : [Réponse à une enquête sur la littérature américaine]

21 : Édouard Herriot est élu président de l'Assemblée nationale

24 : Plan français sur le statut de l'Allemagne

28 : Ramadier, chef du Gouvernement

FÉVRIER 1947

10 : Traité de paix avec la Finlande, la Bulgarie, la Hongrie, la Roumanie, l'Italie. Signature au Trianon

11 février-17 mars : Grève de la presse parisienne

MARS 1947

4 : Traité d'alliance franco-britannique

5 : Bollaert est nommé haut-commissaire en Indochine

10 : Conférence de Moscou sur l'Allemagne

12 : Discours de Truman sur l'aide américaine

17 : « La République sourde et muette »

18 : Monnerville élu président du Conseil de la République (Sénat)

21 : « Radio 47 »

22 : « Rien n'excuse cela »

22 : Vote des crédits militaires pour l'Indochine. Le P.C.F. refuse la politique de Ramadier

30 : Discours de De Gaulle à Bruneval

31 : Entrevue de Gaulle-Ramadier

Début de l'insurrection malgache

Création du S.M.I.G.

AVRIL 1947

2-12 : Répression à Madagascar

7 : À Strasbourg, le général de Gaulle annonce la création du Rassemblement du peuple français (R.P.F.) qui naît officiellement le 14

9 : Le sultan du Maroc dénonce le Protectorat

21 : Accord franco-américain sur la Ruhr

22 : « Le choix »

24 : La conférence de Moscou sur le problème allemand échoue
La France se rapproche de l'Angleterre et des États-Unis

29 : La C.G.T. prend en charge la grève chez Renault

30 : « Démocratie et modestie »

MAI 1947

1 : Ration de pain à 200 g par jour. Manifestation à Paris

4 : Révocation des ministres communistes qui ont protesté contre l'arrestation des députés malgaches et n'ont pas voté la confiance au gouvernement

7 : « Anniversaire »

10 : « La contagion »

10-21 : Incidents à Lyon et Dijon

16 : Reprise du travail chez Renault

18 : Nomination du général Juin comme résident général au Maroc

25 : Réquisition du personnel E.D.F./G.D.F.

JUIN 1947

3 : « À nos lecteurs »

2-1er juillet : Nombreuses grèves

5 : Proposition d'un plan d'aide à l'Europe par le général Marshall, secrétaire d'État américain. Accepté par la France et l'Angleterre, il sera refusé par l'U.R.S.S. et la Tchécoslovaquie

6 : Levée de l'immunité parlementaire des députés malgaches

JUILLET-DÉCEMBRE 1947

27 août : Adoption du statut de l'Algérie

Septembre-novembre : Nouvelle vague de grèves

5 octobre : Constitution du Kominform (Bureau d'Information des partis communistes et ouvriers) qui, en réponse au plan Marshall, regroupe les pays à direction communiste — U.R.S.S., Bulgarie, Hongrie, Pologne, Roumanie, Tchécoslovaquie — et les partis communistes de France et d'Italie

19 novembre : Démission de Ramadier

28 novembre : Après l'échec de Léon Blum, investiture de Robert Schuman
Mort accidentelle du général Leclerc

10 décembre : Séance inaugurale de l'assemblée de l'Union française

14-28 décembre : La S.F.I.O. et le M.R.P. se prononcent pour une « Troisième force » politique

15 décembre : Échec de la conférence des Quatre, à Londres, sur le problème allemand

1948

JANVIER-OCTOBRE 1948

25-30 janvier : Dévaluation du franc, retour à la liberté du marché de l'or, blocage des billets de 5 000 francs

30 janvier : Assassinat de Gandhi

11 février : M. Naegelen est nommé gouverneur général de l'Algérie

24 février : Les communistes s'emparent du pouvoir à Prague

28 février : Création du Rassemblement démocratique révolutionnaire (Altman, Sartre, Rousset)

13 mars : Le Sénat américain adopte le plan Marshall

4-11 avril : Élections en Algérie

12 avril : Congrès constitutif de la C.G.T.-F.O.

14 mai : Proclamation de l'État d'Israël

5 juin : La France reconnaît l'indépendance du Vietnam

22 juin : Début du blocus de Berlin par les Soviétiques

19 juillet : Démission de Robert Schuman

24 juillet : Gouvernement André Marie

25-28 août : Naissance du Mouvement pour la Paix, à Wrocław

27 août : Démission du gouvernement Marie, remplacé par Robert Schuman, mis en minorité

11 septembre : Gouvernement Queuille

4 octobre : Dans le procès des émeutes de Madagascar, deux condamnations à mort — dont celle de Raseta

NOVEMBRE 1948

En novembre et décembre, controverses et meetings de soutien à l'action de Garry Davis, qui s'est proclamé citoyen du monde

2 : Réélection du président Truman

25 : « Pourquoi l'Espagne ? »

29 : Fin des nombreuses grèves qui ont entraîné réquisitions, occupations par les C.R.S., rappel des réservistes

DÉCEMBRE 1948

9 : « À quoi sert l'O.N.U. ? »

10 : Déclaration universelle des droits de l'homme adoptée à l'O.N.U.

25-26 : « Réponses à l'Incrédule »

Éléments de bibliographie

I. OUVRAGES SUR ALBERT CAMUS

BARTFELD (Fernande), *Albert Camus voyageur et conférencier, le voyage en Amérique du Sud*, Archives des Lettres Modernes, Archives Albert Camus n° 7, Lettres Modernes, 1995

GRENIER (Roger), *Albert Camus, Soleil et Ombre*, Gallimard, 1987

GUÉRIN (Jeanyves), *Camus et la politique*, Actes du Colloque de Nanterre, 5-7 juin 1985, L'Harmattan, 1986

GUÉRIN (Jeanyves), *Portrait de l'artiste en citoyen*, François Bourin, 1993

LEBESQUE (Morvan), *Camus par lui-même*, « Écrivains de toujours », Seuil, 1963

PARKER (Emmett), *The Artist in the Axena*, University of Wisconsin Press, Madison and Milwaukee, 1965

TODD (Olivier), *Albert Camus, Une vie*, Gallimard, 1996

WEYEMBERGH (Maurice), *Albert Camus ou la mémoire des origines*, De Boeck Université, Bruxelles, 1998

Collectifs

À Albert Camus, ses amis du Livre, Gallimard, 1962

Camus, « Génies et réalités », Hachette, 1964

II. OUVRAGES SUR *COMBAT*

AJCHENBAUM (Yves Marc), Combat, *1941-1974, Une utopie de la Résistance, une aventure de presse*, Gallimard, coll. Folio Histoire, 2013 [première publication sous le titre *À la vie, à la mort. Histoire du journal « Combat », 1941-1974*, Le Monde Éditions, 1994]

GUÉRIN (Jeanyves) (sous la direction de), *Camus et le premier « Combat »*, Actes du Colloque de Paris X-Nanterre, Éditions européennes Érasme, 1990

III. OUVRAGES SUR LA PÉRIODE HISTORIQUE

AGERON (Robert), *Histoire de l'Algérie contemporaine*, P.U.F., 1970

ARON (Raymond), *Mémoires, 50 ans de vie politique*, Julliard, 1983

ARON (Robert), *Histoire de la Libération de la France*, Fayard, 1959

ARON (Robert), *Histoire de l'épuration*, Fayard, 1967

ARON (Robert), *Les Origines de la guerre d'Algérie*. Textes et documents contemporains, Fayard, 1962

AZÉMA (Jean-Pierre) et BÉDARIDA (François) (sous la direction de), *La France des années noires*, tome I : *De la défaite à Vichy*, Seuil, 1993 ; tome II : *De l'Occupation à la Libération*, Seuil, 1993

AZÉMA (Jean-Pierre) et BÉDARIDA (François) (sous la direction de), *Les Années de tourmente. De Munich à Prague*. Dictionnaire critique, Flammarion, 1995

CONAN (Éric) et ROUSSO (Henry), *Vichy, un passé qui ne passe pas*, Fayard, 1994, Folio « Histoire », Gallimard, 1996

DAHAN (Yves-Maxime), *La Vie politique à Alger de 1940 à 1944*, Librairie de droit et de jurisprudence, Pichon et Durand-Auzias, 1963

DANSETTE (Adrien), *Histoire de la Libération de Paris*, « Les grandes études contemporaines », Librairie Arthème Fayard, 1946

ELGEY (Georgette), *La République des illusions (1945-1951) ou la vie secrète de la IV*[e] *République*, « Les grandes études contemporaines », Fayard, 1965

FAUVET (Jacques), *La IV*[e] *République*, « Les grandes études contemporaines », Librairie Arthème Fayard, 1959

FRENAY (Henri), *La nuit finira, Mémoires de Résistance, 1940-1945*, Robert Laffont, 1973

GUÉRIN (Alain), *La Résistance, Chronique illustrée 1930-1950*, 5 tomes, Livre Club Diderot, 1972-1976

HAMON (Léo), *Vivre ses choix*, Robert Laffont, 1991

JULIEN (Charles-André), *L'Afrique du Nord en marche, Algérie-Tunisie-Maroc, 1880-1952*, Préface d'Annie Rey-Goldzeiguer, Omnibus, 2002

JULLIARD (Jacques), *La IVe République, « Naissance et mort »*, Calmann-Lévy, 1968

OLLIVIER (Albert), *Fausses Sorties*, La Jeune Parque, 1946

PAXTON (Robert O.), *La France de Vichy*, Seuil, 1973

REY-GOLDZEIGUER (Annie), *Aux origines de la guerre d'Algérie, 1940-1945, de Mers-el-Kébir aux massacres du Nord-Constantinois*, Éditions La Découverte, 2001

RIOUX (Jean-Pierre), *La France de la IVe République, I, « L'ardeur et la nécessité », 1944-1952*, « Points Histoire », Seuil, 1980

STORA (Benjamin), *Histoire de l'Algérie coloniale, 1830-1954*, La Découverte, 1991

STORA (Benjamin), *Histoire de la guerre d'Algérie (1954-1962)*, La Découverte, 1993

WIEVIORKA (Olivier), *Les Orphelins de la République*, Seuil, 2001

IV. AUTRES SOURCES

Périodiques consultés

L'Action, Alger-Républicain, L'Aube, Caliban, Le Figaro, France-Soir (ex-Défense de la France) Franc-Tireur, L'Humanité, Le Monde, Le Populaire, Le Parisien libéré, Le Rassemblement (ex-*L'Étincelle*), *Soir-Républicain, Témoignage chrétien, La Table Ronde, Temps présent*.

Divers

L'Année politique 1944-1945, Revue chronologique des principaux faits politiques, économiques et sociaux de la France, de la Libération au 31 décembre 1945, sous la direction de

M. Seydoux et M. Bonnafous, Éditions du Grand Siècle, 1946
L'Année politique 1946
L'Année politique 1947
L'Année politique 1948
CONTAT (Michel) et RIBALKA (Michel), *Les Écrits de Sartre.* Chronologie, bibliographie commentée, Gallimard, 1970

Archives consultées

Fonds Albert Camus, Centre de Documentation Albert Camus, Cité du Livre, Aix-en-Provence
Archives Jean Bloch-Michel

REGROUPEMENTS THÉMATIQUES

À *COMBAT*

COMBAT CLANDESTIN : MARS-JUILLET 1944

21 AOÛT 1944 - 15 NOVEMBRE 1945

17 MARS - 3 JUIN 1947

1948-1949

Annexes

DU MÊME AUTEUR

Aux Éditions Gallimard

L'ENVERS ET L'ENDROIT, *essai* (Folio essais n° 41).

NOCES, *essai* (Folio n° 16).

L'ÉTRANGER, *roman* (Folio n° 2, Folioplus classiques n° 40).

LE MYTHE DE SISYPHE, *essai* (Folio essais n° 11).

LE MALENTENDU SUIVI DE CALIGULA, *théâtre* (Folio n° 64 et Folio théâtre n° 6 et n° 18).

LETTRES À UN AMI ALLEMAND (Folio n° 2226).

LA PESTE, *récit* (Folio n° 42 et Folioplus classiques n° 119).

L'ÉTAT DE SIÈGE, *théâtre* (Folio théâtre n° 52).

ACTUELLES : (Folio essai n° 305 et n° 400)

I — Chroniques 1944-1948.

II — Chroniques 1948-1953.

III — Chroniques algériennes 1939-1958.

LES JUSTES, *théâtre* (Folio n° 477, Folio théâtre n° 111 et Folioplus classiques n° 185).

L'HOMME RÉVOLTÉ, *essai* (Folio essais n° 15).

L'ÉTÉ, *essai* (Folio n° 16 et Folio 2 €, n° 4388).

LA CHUTE, *récit* (Folio n° 10 et Folioplus classiques n° 125).

L'EXIL ET LE ROYAUME, *nouvelles* (Folio n° 78).

JONAS OU L'ARTISTE AU TRAVAIL, suivi de LA PIERRE QUI POUSSE, extraits de L'EXIL ET LE ROYAUME (Folio 2 €, n° 3788).

RÉFLEXIONS SUR LA GUILLOTINE (Folioplus philosophie n° 136)

DISCOURS DE SUÈDE (Folio n° 2919).

CARNETS :

I — Mai 1935-février 1942 (Folio n° 5617).

II — Janvier 1942-mars 1951 (Folio n° 5618).

III — Mars 1951-décembre 1959 (Folio n° 5619).

JOURNAUX DE VOYAGE (Folio n° 5620).

CORRESPONDANCE AVEC JEAN GRENIER.

LA POSTÉRITÉ DU SOLEIL.

Adaptations théâtrales

LA DÉVOTION À LA CROIX de Pedro Calderón de la Barca.

LES ESPRITS de Pierre de Larivey.

REQUIEM POUR UNE NONNE de William Faulkner.

LE CHEVALIER D'OLMEDO de Lope de Vega.

LES POSSÉDÉS de Dostoïevski (Folio théâtre n° 123).

Cahiers Albert Camus

I — LA MORT HEUREUSE, *roman* (Folio n° 4998).

II — Paul Viallaneix : *Le premier Camus*, suivi *d'Écrits de jeunesse d'Albert Camus*.

III — *Fragments d'un combat* (1938-1940) — Articles d'*Alger-Républicain*.

IV — CALIGULA (version de 1941), *théâtre*.

V — *Albert Camus : œuvre fermée, œuvre ouverte ?* Actes du colloque de Cerisy (juin 1982).

VI — *Albert Camus éditorialiste à* L'Express *(mai 1955-février 1956)*.

VII — LE PREMIER HOMME (Folio n° 3320).

VIII — *Camus à* Combat, *éditoriaux et articles (1944-1947)* (Folio essais n° 582).

Bibliothèque de la Pléiade

ŒUVRES COMPLÈTES (4 VOLUMES).

Dans la collection Écoutez lire

L'ÉTRANGER (3 CD).

En collaboration avec Arthur Koestler

RÉFLEXIONS SUR LA PEINE CAPITALE, *essai* (Folio n° 3609).

À l'Avant-Scène

UN CAS INTÉRESSANT, adaptation de Dino Buzzati, *théâtre*.

Composition Nord Compo
Impression Novoprint
à Barcelone, le 26 février 2017
Dépôt légal : février 2017
Premier dépôt légal dans la collection : septembre 2013

ISBN 978-2-07-045334-4./Imprimé en Espagne.

316328